NRES
AIRES

Le récit

- **Histoire**, réelle ou fictive, racontée par un **narrateur**.
- **Héroïne / Héros** : personnage principal.
- Alternance de **descriptions** (lieux, personnages) et d'**actions**.
- Écrit le plus souvent au **passé**.
- Progresse par étapes selon un **schéma narratif**.

L'épopée

- Long **récit** en **vers**.
- Raconte les **exploits** de **héros mythologiques** ou **légendaires**.
- Présence d'éléments **merveilleux**.

L'*Odyssée* > p. 122

Le mythe

- Récit ancien de **tradition orale**.
- Raconte une **histoire symbolique** qui répond à une **question essentielle** que les êtres humains se posent.
- Met souvent en scène **des êtres surnaturels**.

Le mythe d'Héliopolis > p. 156

Le conte

- **Récit court**, souvent issu de la **tradition orale**.
- Raconte les **péripéties** d'une **héroïne** ou d'un **héros** confronté(e) à des **épreuves**.
- Obéit à un **schéma narratif**.
- Souvent porteur d'une **leçon** (morale).

« Les Fées » > p. 114

Le roman

- **Récit long**.
- Raconte les **aventures** d'une **héroïne** / d'un **héros**.
- Alterne **scènes** d'**action**, **dialogues** et **descriptions**.

Ronya, fille de brigand > p. 46

Flashez-moi pour accéder
à toutes les ressources élève !

Comment accéder aux ressources numériques de Colibris 6e ?

POUR LES ÉLÈVES

▶ En accès **direct et gratuit** (sans passer par le manuel numérique)

1 **Dans le manuel papier, je repère le code de la ressource :**

Écoutez le texte lu
hatier-clic.fr/25coli92

2 **Je me connecte au site hatier-clic.fr :**

https://www.hatier-clic.fr/

3 **Je saisis le code de la ressource pour y accéder :**

ENTREZ LE **CODE DE LA RESSOURCE**

25coli92

ACCÉDER À LA RESSOURCE

▶ Et en accès direct dans le **manuel numérique élève** en cliquant sur le code

SPÉCIAL ENSEIGNANTS

▶ En accès direct dans le **manuel numérique enseignant**

1 **Repérez les ressources signalées par :**

+PROF

2 **Cliquez sur le picto pour accéder à la ressource.**

+PROF
Les textes des dictées 1 à 8

+PROF
Évaluation différenciée et corrigée

+PROF
Proposition de parcours différenciés (partie Langue)

▶ Toutes les ressources numériques **hatier-clic** pour les élèves sont également accessibles dans le **manuel numérique enseignant**

LES RESSOURCES NUMÉRIQUES DE COLIBRIS 6e

→ Signalées au fil des chapitres et des fiches

▶ 50 textes lus et 8 dictées lues par des comédiennes et des comédiens

▶ Des vidéos (extraits de mises en scène, films, entretiens...)

▶ 11 lectures d'images animées

▶ Des quiz sur les œuvres intégrales

▶ Des documents à imprimer et compléter (tableaux, cartes mentales, textes à trous...)

▶ Des propositions de sites en prolongement des textes étudiés

SPÉCIAL ENSEIGNANTS

▶ Des dictées

▶ Des évaluations différenciées et corrigées

▶ Des propositions de parcours différenciés (partie Langue)

6e
CYCLE 3

COLIBRIS
Français

NOUVEAU PROGRAMME 2025

Ouvrage réalisé sous la direction de **Béatrice Beltrando**

Lisa Bellet
professeure à Rouen (76)

Béatrice Beltrando
professeure à Arpajon (91)

Jeanne Beltrando
professeure à Arpajon (91)

Jérémie Cantet
professeur à Vigneux-sur-Seine (91)

Laure-Amélie Charpentier-Poisson
professeure à Saint-Arnoult-en-Yvelines (78)

Mathilde Ferrier
professeure à Paris (75)

Sarah Lebas
professeure à Honfleur (14)

David Martins
professeur à Morlaàs (64)

Stéphanie Pagnac
professeure à La Farlède (83)

Nathalie Soula
professeure à Saint-Arnoult-en-Yvelines (78)

Anne Subervie
professeure à Levallois-Perret (92)

Agathe Villemagne-Boussel
professeure à Neuville sur Saône (69)

Ce manuel a été conçu et rédigé dans le respect de la **Charte pour l'égalité filles-garçons dans les manuels scolaires** signée en 2024 par les Éditeurs d'éducation et les ministères chargés de l'éducation nationale et de la culture. hatier-clic.fr/25coli1

Hatier

Extraits du programme de Français 6e

D'après le BO n° 16 du 17 avril 2025

Les propositions d'œuvres littéraires et les pistes de prolongements artistiques et culturels sont consultables dans le document « Exemples pour la mise en œuvre des programmes ».

Textes officiels
hatier-clic.fr/25coli2

CULTURE LITTÉRAIRE ET ARTISTIQUE

Que dit le programme ?	**Dans votre manuel Colibris 6e** [Œuvres intégrales préconisées]
Créer, recréer le monde : récits des origines (récit, fiction) • En prenant appui sur l'étude et l'appropriation de larges extraits d'œuvres intégrales, comme sur des lectures cursives, l'élève découvre au moins un texte fondateur (issu notamment des religions monothéistes) et quelques mythes et contes étiologiques (issus de différents continents et traditions culturelles). Il les compare, devient sensible aux symboles et aux métaphores, s'interroge sur les représentations et les valeurs qu'ils portent. • Au fil de l'année et de sa progression, l'élève entrevoit la force des récits collectifs au sein desquels il peut inscrire sa propre vision, notamment par des productions écrites et créatives.	**CHAPITRE 7 Les récits de la création du monde** ▶ Comment les différentes cultures racontent-elles la création du monde ? > p. 148 **CHAPITRE 8 *Les Métamorphoses* d'Ovide** œuvre intégrale ▶ Comment raconter la naissance du monde et des êtres ? > p. 170
Chanter et enchanter le monde : mots et merveilles (poésie) • En prenant appui sur l'étude et l'appropriation d'une œuvre poétique intégrale (recueil ou section de recueil) et/ou d'un groupement de textes, comme sur des lectures cursives, l'élève manipule ces ressources de la langue. • Au fil de l'année, il découvre ainsi la magie du langage poétique. En explorant différentes traditions et cultures poétiques, y compris francophones, qu'elles soient patrimoniales ou contemporaines, l'élève mesure, qu'au-delà de ses aspects formels (vers, rimes, etc.), la force de la poésie réside dans ses images et son pouvoir d'évocation.	**CHAPITRE 9 Le chant du monde** œuvres intégrales ▶ Comment la poésie permet-elle de s'émerveiller sur le monde ? > p. 194 **CHAPITRE 10 Jouer avec les mots** ▶ Quels sont les secrets des poètes ? > p. 216
Se masquer, jouer, déjouer : ruses en action (théâtre) • Inviter les élèves à découvrir des ruses en action, c'est leur permettre d'appréhender le rapport complexe qui se noue au théâtre entre l'illusion et le réel, l'artifice et la vérité, l'être et le paraitre. L'élève est conduit à apprécier le ressort dramatique et comique que constitue la ruse, à s'interroger sur les modalités et les enjeux de sa mise en scène, et sur les valeurs qui sous-tendent l'action. Les activités de théâtralisation et les pratiques théâtrales – mise en voix, mise en jeu et mise en scène – contribuent à l'appropriation de l'œuvre. • Au fil de l'année, l'élève développe ainsi ses compétences orales – écoute, concentration et expression – mobilise sa créativité et son jugement critique, renforce sa confiance en lui et en l'autre.	**CHAPITRE 11 *Le Médecin volant* de Molière** œuvre intégrale ▶ Comment les ruses rendent-elles la pièce comique ? > p. 230 **CHAPITRE 12 *Le Petit Chaperon rouge* de Joël Pommerat** œuvre intégrale ▶ Comment l'écriture théâtrale met-elle en scène la ruse ? > p. 254

Édition : Anne Calmels, Anne Desréaux, Sarah Gaisser, Laurence Gautré, avec la collaboration de Claire Dupuis
Conception graphique : Favre & Lhaik
Mise en page : Sabine Beauvallet, Sylvie Lavaud, Dany Mourain, Isabelle Vacher
Cartes mentales : Vincent Landrin (pages « Je révise » et gardes)
Photogravure : RVB
Iconographie : Julie Sirdey / Hatier illustration
Illustrations : Tacmela (pages « Je me repère » et « Mise en jeu »)
Relecture : Catherine Jardin, Nathalie Rachline

 ISBN : 978-2-401-11893-5

Que dit le programme ?	Dans votre manuel Colibris 6e  [Œuvres intégrales préconisées]
Partir à l'aventure ! (récit, fiction) • En prenant appui sur l'étude et l'appropriation d'une œuvre intégrale et/ou d'un groupement de textes, comme sur des lectures cursives, l'élève interroge l'élan constitutif de l'aventure et mesure combien l'expression littéraire en décuple le pouvoir. • Au fil de l'année et de sa progression, il enrichit sa culture et sa réflexion personnelle, en engageant son imagination et sa créativité artistique notamment à travers la production de récits personnels.	**CHAPITRE 1 *L'Appel de la forêt* de Jack London** œuvre intégrale ▶ Pourquoi les aventures du chien Buck nous fascinent-elles et nous font-elles réfléchir ? > p. 18 **CHAPITRE 2 *Ronya, fille de brigand* d'Astrid Lindgren** œuvre intégrale ▶ Comment l'aventure nous fait-elle grandir ? > p. 46 **CHAPITRE 3 Défi aventures !** ▶ En quoi le roman d'aventures suscite-t-il l'intérêt du lecteur ? > p. 68
Rencontrer des monstres : expérience de l'autre, expérience de soi (récit, fiction) • En prenant appui sur l'étude et l'appropriation d'une œuvre intégrale et/ou d'un groupement de textes, comme sur des lectures cursives, l'élève est invité à découvrir la part d'humanité d'un personnage monstrueux inspirant la peur ou la compassion et à dégager la visée éducative d'un conte ou d'un récit. • Au fil de l'année, l'élève prend conscience de la permanence de la figure du monstre à travers les âges et en identifie les principales caractéristiques. Il mobilise sa créativité, ses connaissances et ses acquis lexicaux pour créer de nouveaux monstres et les intégrer dans des récits existants ou les mettre en scène dans une production inédite.	**CHAPITRE 4 *Contes des cataplasmes* de Vercors** œuvre intégrale ▶ Que nous apporte la lecture des contes merveilleux ? > p. 88 **CHAPITRE 5 Les *Contes* de Perrault** œuvre intégrale ▶ À quoi servent les personnages monstrueux des contes traditionnels ? > p. 112 **CHAPITRE 6 *L'Odyssée* d'Homère** œuvre intégrale ▶ Comment le héros Ulysse se révèle-t-il en affrontant des monstres ? > p. 122

Prolongements artistiques et culturels	
Les œuvres intégrales étudiées en 6e sont complétées par des lectures cursives et des groupements de textes choisis par les professeurs, en lien avec les entrées littéraires ou leurs prolongements artistiques et culturels. [Il s'agit] d'inviter les élèves à développer leur goût pour la lecture et une relation personnelle aux œuvres littéraires et artistiques.	■ Affiche de l'Alaska Commercial Company > p. 27 ■ Charlie Chaplin, *La Ruée vers l'or* > p. 44 ■ Hokusai, *La grande vague de Kanagawa* > p. 79 ■ S. Gaxie, un conte musical > p. 81 ■ *Tristan et Iseut* (enluminure) > p. 101 ■ J. W. Waterhouse, *Ulysse et les Sirènes* > p. 133 ■ Monstres mythologiques > p. 146 ■ Raphaël, *La Création des animaux* > p. 153 ■ W. de Brailes, *Le Déluge de Noé* (enluminure) > p. 177 ■ Le Bernin, *Daphné et Apollon* > p. 192 ■ C. Larsson, *Esbjörn fait ses devoirs* > p. 207 ■ Arcimboldo, *Les quatre saisons* > p. 227 ■ *Le Médecin volant* (mise en scène) > p. 243 ■ *Le Petit Chaperon rouge* (mise en scène) > p. 263 ■ Gravures de Gustave Doré > p. 272

Extraits du programme de Français 6e

D'après le BO n° 16 du 17 avril 2025

Textes officiels
hatier-clic.fr/25coli2

LECTURE, ÉCRITURE, ORAL, VOCABULAIRE,

Que dit le programme ?	Dans votre manuel Colibris 6e
Lecture Au cycle 3, la lecture vise toujours l'automatisation du déchiffrage. La lecture à voix haute des professeurs, de l'élève seul ou en groupe, est régulièrement pratiquée, comme l'interprétation théâtrale des textes qui contribue à fluidifier la lecture. Ces modalités favorisent notamment la compréhension, objectif central du cycle. Elle est soutenue par un indispensable travail sur la langue et stimulée par les multiples activités d'appropriation des textes et des œuvres. • Lire avec fluidité • Lire à voix haute avec expressivité • Lire et comprendre seul des textes, des documents et des images • Lire et comprendre des textes, des documents et des images pour apprendre dans toutes les disciplines • Lire une œuvre et se l'approprier	**Dans les chapitres** ► Pages Atelier LECTURE ► Rubriques Atelier LECTURE ► « Je me repère dans l'œuvre intégrale » ► Carnets de lecture ► Prolongements artistiques et culturels **Dans la partie Méthode** ► Lire une image > p. 380
Écriture L'enseignement de l'écriture porte sur l'acquisition de la fluidité du geste, qui n'est pas encore automatisé au cycle 3. L'élève doit continuer à s'entraîner régulièrement, lors de temps spécifiques. Dans le prolongement des premières phrases et des premiers textes simples rédigés au cycle 2, il s'agit d'apprendre à produire des textes cohérents, courts et longs, visant des finalités diverses et s'inscrivant dans des situations de communication différentes. La dimension artistique et créative de ces productions est notamment valorisée afin d'encourager chez l'élève le développement de son imagination, le plaisir de jouer avec la langue, et la découverte de processus créatifs. • Écrire à la main de manière fluide et efficace • Écrire pour réfléchir, apprendre et mémoriser • Produire des écrits variés	**Dans les chapitres** ► Ateliers LANGUE & ÉCRITURE ► Rubriques Écriture ► Projets **Dans la partie Langue** ► Exercices d'écriture
Oral Le langage oral continue à faire l'objet d'une attention constante et d'un travail spécifique. Encouragé et développé au travers d'activités d'écoute et de production régulières, en lien avec des supports variés, il est également au cœur de séances qui lui sont spécifiquement consacrées. • Écouter pour comprendre • Dire pour être compris dans toutes les disciplines • Participer à des échanges verbaux	**Dans les chapitres** ► Textes audio ► Rubriques « Partageons notre lecture » ► Rubriques Oral ► Débats ► Projets **Dans la partie Langue** ► Construisons ensemble

GRAMMAIRE ET ORTHOGRAPHE GRAMMATICALE

Que dit le programme ?

Vocabulaire

Au cycle 3, dans la continuité des cycles précédents, le vocabulaire est un domaine d'apprentissage à part entière. L'enrichissement lexical (extension et précision) est l'objet d'une vigilance constante et exigeante, à la fois à travers l'ensemble des activités, mais aussi lors de séances spécifiques en lien avec les objectifs d'apprentissage.

- Enrichir son vocabulaire dans toutes les disciplines
- Établir des relations entre les mots
- Réemployer le vocabulaire étudié
- Mémoriser l'orthographe des mots

Dans votre manuel Colibris 6e

Dans les chapitres

- Ateliers VOCABULAIRE
- Rubriques VOCABULAIRE
- Carnets de VOCABULAIRE

Dans la partie Langue

- Fiches Vocabulaire > **p. 278**

Grammaire et orthographe grammaticale

L'enseignement de la grammaire et de l'orthographe irrigue la lecture et l'écriture, tout en constituant un objet d'apprentissage spécifique, rigoureux et explicite. Au cycle 3, l'attention de l'élève est dirigée vers la compréhension et la reconnaissance des phénomènes linguistiques fondamentaux. Ces connaissances sont réinvesties dans des activités langagières orales et écrites, contribuant ainsi à développer l'autonomie de l'élève.

La démarche pédagogique peut notamment s'appuyer sur l'observation de corpus qui favorise la comparaison, les tris, les classements et les manipulations syntaxiques.

Identifier les constituants d'une phrase simple

- Analyser une phrase simple
- Identifier les mots, un groupe de mots selon leur nature
- Analyser le groupe nominal

Se repérer dans la phrase complexe

- Différencier phrase simple et phrase complexe à partir de la notion de proposition
- Repérer les différents modes d'articulation des propositions au sein de la phrase complexe

Acquérir l'orthographe grammaticale

- Identifier les classes de mots subissant des variations
- Réaliser la chaîne d'accords au sein du groupe nominal
- Accorder le sujet et le verbe
- Approfondir sa maîtrise de la conjugaison

Dans les chapitres

- Ateliers LANGUE & ÉCRITURE

Dans la partie Langue

- Fiches Grammaire > **p. 292**
- Fiches Conjugaison > **p. 332**
- Fiches Orthographe > **p. 356**
- Exercices « Je manipule »

Découvrir – Jouer

Au cycle 3, l'année est orientée par une perspective : « Découvrir – Jouer ».

Celle-ci encourage et valorise le plaisir de la découverte et du jeu dans le processus d'apprentissage, à travers l'acquisition de compétences langagières, linguistiques, lexicales ou l'appropriation personnelle des textes et des œuvres.

Dans les chapitres

De nombreuses activités ludiques

Dans les mises en jeu (partie Langue)

- Les Olympiades du dictionnaire > **p. 276**
- L'île aux phrases > **p. 290**
- Il était une fois… le verbe > **p. 302**
- Le labyrinthe de la bibliothèque > **p. 320**
- Dragons et conjugaison > **p. 330**
- L'odyssée de l'orthographe > **p. 354**

Pour les élèves, rendez-vous > p. 16 avec Le jeu du colibri !

Le récit, la fiction

Partir à l'aventure !

1 *L'Appel de la forêt* de Jack London Œuvre intégrale

▶ Pourquoi les aventures du chien Buck nous fascinent-elles et nous font-elles réfléchir ?

2 *Ronya, fille de brigand* d'Astrid Lindgren

Œuvre intégrale

▶ Comment l'aventure nous fait-elle grandir ?

+PROF
Évaluation différenciée et corrigée

3 Défi aventures !

TRAVAILLER AUTREMENT • DÉFI LECTURE

▶ En quoi le roman d'aventures suscite-t-il l'intérêt du lecteur ?

+PROF
Évaluation différenciée et corrigée

Le récit, la fiction

Rencontrer des monstres :
expérience de l'autre, expérience de soi

4 *Contes des cataplasmes* de Vercors

Œuvre intégrale

▶ Que nous apporte la lecture des contes merveilleux ?

+PROF
Évaluation différenciée et corrigée

5 Les *Contes* de Perrault

Œuvre intégrale

TRAVAILLER AUTREMENT • CLASSE PUZZLE

▶ À quoi servent les personnages monstrueux des contes traditionnels ?

+PROF
Évaluation différenciée et corrigée

6 L'*Odyssée* d'Homère

Œuvre intégrale

▶ Comment le héros Ulysse se révèle-t-il en affrontant des monstres ?

Je découvre

Lectures

Prolongement *artistique* et *culturel*

Je me repère dans l'œuvre intégrale

Ateliers

Projets

Bilan

Carnet de lecture

+PROF Évaluation différenciée et corrigée

Prolongement *artistique* et *culturel*

Le récit, la fiction

Créer, recréer le monde : récits des origines

7 Les récits de la création du monde

▶ Comment les différentes cultures racontent-elles la création du monde ?

+PROF
Évaluation différenciée et corrigée

Œuvre intégrale

8 *Les Métamorphoses* d'Ovide

▶ Comment raconter la naissance du monde et des êtres ?

Je découvre

Lectures

Ateliers

Projets

Bilan

Carnet de lecture

+PROF
Évaluation différenciée et corrigée

Prolongement **artistique** et **culturel**

La poésie

Chanter et enchanter le monde : mots et merveilles

9 Le chant du monde

Œuvres intégrales

▶ Comment la poésie permet-elle de s'émerveiller devant le monde ?

Je découvre

Lectures

Ateliers

Projets

Bilan

Carnet de lecture

+PROF
Évaluation différenciée et corrigée

10 Jouer avec les mots

TRAVAILLER AUTREMENT • ATELIER D'ÉCRITURE

▶ Quels sont les secrets des poètes ?

Je découvre

Lectures

Bilan

Carnet de lecture

+PROF
Évaluation différenciée et corrigée

Se masquer, jouer, déjouer : ruses en action

11 *Le Médecin volant* de Molière
Œuvre intégrale

▶ Comment les ruses rendent-elles la pièce comique ?

+PROF
Évaluation différenciée et corrigée

12 *Le Petit Chaperon rouge* de Joël Pommerat
Œuvre intégrale

TRAVAILLER AUTREMENT • MISE EN SCÈNE

▶ Comment l'écriture théâtrale met-elle en scène la ruse ?

+PROF
Évaluation différenciée et corrigée

VOCABULAIRE

Retrouvez le vocabulaire thématique en contexte au fil des chapitres.

GRAMMAIRE

La phrase

Natures et fonctions pour analyser la phrase

Natures et fonctions pour analyser le groupe nominal

Conjugaison et valeur des temps

Retrouvez les tableaux de conjugaison p. 370.

Orthographe

MÉTHODE

Le jeu du COLIBRI !

Explorez votre manuel et le programme de l'année de 6e pour résoudre l'énigme de *Colibris 6e*.
Des colibris sont cachés sur certaines pages… Trouvez-les en faisant les jeux ci-dessous dans l'ordre : notez les lettres qu'ils portent dans leur bec et résolvez l'énigme du message secret : _ _ _ _ _ _ _ _ _ _

JEU 1 Qu'allez-vous apprendre ?

Répondez par vrai ou faux aux questions en vous aidant du sommaire du manuel.

1. Cette année, vous allez étudier le roman policier.	Vrai	Faux
2. Chouette, il y a un chapitre sur les monstres !	Vrai	Faux
3. Le titre de la pièce de Molière étudiée comporte le mot « volant ».	Vrai	Faux
4. À la fin de l'année vous saurez conjuguer le plus-que-parfait du subjonctif.	Vrai	Faux
5. Le manuel vous donne la méthode pour analyser une image.	Vrai	Faux

Les numéros des réponses vraies, pris dans l'ordre, vous indiquent la page où vous trouverez votre premier colibri. Notez bien la lettre du colibri.

JEU 2 Qui allez-vous croiser ?

Trouvez les pages des chapitres dans lesquelles se trouvent ces personnages pour la première fois.

1 Circé
2 Polyphème
3 Céleste
4 Ronya

Récoltez les quatre lettres supplémentaires.

JEU

3 Quelles pages vont vous aider ?

Manon a un contrôle de grammaire sur les compléments circonstanciels. Non seulement elle a perdu son classeur, mais elle a aussi beaucoup de mal à apprendre une leçon.

1. **Cherchez une page contenant une leçon de grammaire sur les compléments circonstanciels.**
2. **Cherchez une page contenant une méthode pour apprendre une leçon.**

Récoltez deux lettres supplémentaires.

JEU

4 Quelles idées de lectures et de films allez-vous trouver ?

1. Yanis part en vacances : il a un très long voyage en train et aimerait trouver un livre pour s'occuper. Il s'intéresse particulièrement aux histoires de métamorphose de la mythologie grecque.
   Trouvez une page qui contient des suggestions de lectures adaptées.
2. Leila a terminé son devoir de mathématiques. Elle aimerait regarder un film de Charlot et en apprendre plus sur ce personnage qu'elle adore.
   Quelle page lui indiquez-vous ?

Bravo ! Vous avez récolté vos deux dernières lettres !

BONUS DÉFI DE VITESSE

Vous n'avez pas résolu l'énigme ? Rattrapez-vous en réalisant le meilleur chrono !

Feuilletez votre manuel et notez les pages où vous trouverez :

1. Une image représentant un théâtre sans acteurs.
2. La définition de la comparaison.
3. La conjugaison entière de verbes du 3e groupe à certaines personnes au conditionnel présent.
4. Une statue pas antique d'un mythe antique.
5. Un tatou.

→ Solutions p. 383

1

Œuvre intégrale

L'Appel de la forêt de Jack London

▶ Pourquoi les aventures du chien Buck nous fascinent-elles et nous font-elles réfléchir ?

1. Observez les **docs 1 et 2** : où va se passer ce roman d'aventures ? Avec quels personnages ?

2. Doc 3 Quelle différence faites-vous entre un chien et un loup ?

3. Doc 4 Imaginez ce que le loup se dit quand il voit le collier du chien.

Doc 1

■ Buck, illustration de **Paul Bransom** (1912)

Doc 2

■ **Pierre-Emmanuel Dequest**, *L'Appel de la forêt*, d'après Jack London, éditions Plein Vent (2023)

Doc 3

Doc 4

Le Loup et le Chien

Le loup et le chien vont ensemble.
– Comment se fait-il que tu sois si gras ? dit le loup au chien.
– C'est que je garde la maison de mon maître, répond le chien.
Mais le loup voit à son cou un collier...

■ **Ésope** (VIe s. av. J.-C.), *Fables*

Projet 1 > p. 40

Produire des écrits variés

Écrire le récit des aventures d'un animal

• Votre lecture de *L'Appel de la forêt* sera l'occasion de travailler vos compétences d'écriture : comment rédiger un récit d'aventures dont le héros est un animal ?

Projet 2 > p. 41

Participer à des échanges verbaux

Organiser un atelier philo sur *L'Appel de la forêt*

• Ce roman d'aventures américain vous emportera aux limites de la civilisation. Dans un monde sauvage, qui est civilisé ? Qui est vraiment libre ?

• Vous apprendrez à exprimer votre point de vue sur ces questions et à le défendre lors d'un débat.

Je découvre

L'Appel de la forêt, un roman du Grand Nord

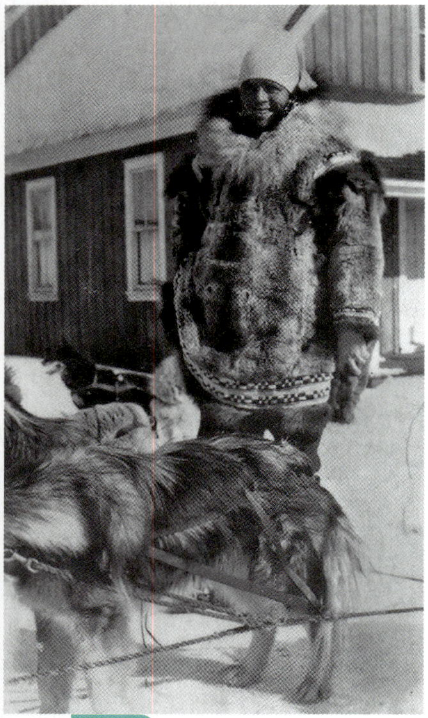

Doc 1

■ **Jack London** et ses chiens dans le Klondike (1897-1898)

Jack London, un romancier et un aventurier

- Jack London (1876-1916) est un auteur américain. Il a écrit des romans d'aventures comme *Croc-Blanc* (1906) et de nombreuses nouvelles. En 1903, il publie *L'Appel de la forêt* en feuilleton (par épisodes) dans un journal : c'est son premier grand succès littéraire.
- Il exerce de très nombreux métiers afin de financer ses études à l'université, ses voyages et pour avoir le temps d'écrire. En 1897, il part dans le Grand Nord comme chercheur d'or. Il voyage ensuite tout autour du monde en bateau.

1. Doc 1 Où l'auteur se trouve-t-il ?

2. Docs 1 et 2 Pensez-vous qu'il s'est inspiré des expériences qu'il a vécues pour écrire *L'Appel de la forêt* ?

3. Doc 2 Les hommes qui partent chercher de l'or semblent-ils réaliser à quel point leur vie sera difficile ?

Doc 2

■ **André Juillard**, **Jean Ollivier**, extrait de la bande dessinée *Chasseurs d'or* (Delcourt, 1987)

1. **rafiot :** terme péjoratif pour désigner un navire.
2. **s'amarrer :** attacher un navire à quai.
3. **hypothéquer :** s'engager à donner sa maison si on ne peut pas rembourser un prêt.

Vidéo
Dawson City et la ruée vers l'or
hatier-clic.fr/25coli21

La ruée vers l'or dans le Klondike

- Une **ruée vers l'or** se produit quand de l'or est trouvé dans une région : de nombreuses personnes s'y rendent en pensant y faire fortune.
- Jack London raconte dans le roman celle qui a eu lieu à la fin du XIXe siècle. De l'or a été trouvé dans le **Klondike**, fleuve de la région du **Yukon**, au Canada. L'hiver y est long et très froid. L'arrivée de l'été, assez chaud, fait fondre la glace et rend les fleuves dangereux.
- 100 000 **prospecteurs** seraient partis là-bas. Chacun apportait sa nourriture pour survivre pendant un an. En hiver, ils se déplaçaient à pied, sur des **raquettes**, pour ne pas s'enfoncer dans la neige ni glisser. Le matériel était transporté à dos d'homme ou sur des **traîneaux** à chiens.

Doc 3

Attelage de chiens de traîneau à Sheep Camp, piste Chilkoot, Alaska, photographie d'Éric A. Hegg (vers 1898)

4. Doc 3 À quoi servent les chiens dans le Klondike ?

5. Doc 4 a. Que proposent les trois vendeurs ?
b. Ce qu'ils vendent est-il essentiel pour un prospecteur d'or ?

Doc 4

Morris (dessins), **Yann et J. Léturgie** (textes), vignette extraite de l'album *Lucky Luke* – Tome 35 – *Le Klondike* (1996)

Vers le projet 1

- En quoi le Grand Nord est-il un terrain propice à vivre des aventures ? Quels autres territoires pourraient vous inspirer un récit d'aventures avec des animaux ?

Vers le projet 2

- À votre avis, pourquoi les chercheurs d'or sont-ils partis si nombreux ?

CARNET DE VOCABULAIRE
Notez et définissez les termes en vert.

→ Découvrez à présent les aventures de Buck dans le Grand Nord.

Bonne lecture !

Le royaume de Buck

Extrait 1 Une époque troublée

Atelier LECTURE

Stratégies de compréhension

Trouvez un synonyme pour chaque mot du texte surligné en bleu.

Buck ne lisait pas les journaux et était loin de savoir ce qui se tramait vers la fin de 1897, non seulement contre lui, mais contre tous ses congénères[1]. En effet, dans toute la région qui s'étend du détroit de Puget[2] à la baie de San Diego[2], on traquait les grands chiens à longs poils, aussi habiles à se tirer d'affaire dans l'eau que sur la terre ferme…

Les hommes, en creusant la terre obscure, y avaient trouvé un métal jaune, enfoncé dans le sol glacé des régions arctiques, et les compagnies de transport ayant répandu la nouvelle à grand renfort de réclame[3], les gens se ruaient[4] en foule vers le nord. Et il leur fallait des chiens, de ces grands chiens robustes aux muscles forts pour travailler, et à l'épaisse fourrure pour se protéger contre le froid.

Buck habitait cette belle demeure, située dans la vallée ensoleillée de Santa-Clara[2], qu'on appelle « le Domaine du juge Miller ».

■ **Jack London**, *L'Appel de la forêt* (1906), traduit de l'anglais par Raymonde de Galard

1. **congénères :** animaux de la même espèce.
2. lieux situés sur la côte ouest nord-américaine. > **p. 24**
3. **réclame :** publicité.
4. Le verbe *se ruer* est de la même famille que le nom *ruée*.

VOCABULAIRE

Enquête

a. À quelle famille de mots appartient l'adjectif *ensoleillée* (l. 12) ?

b. Sur quel aspect du climat de Santa-Clara insiste-t-il ? À quel champ lexical est-il opposé ?

Partageons notre lecture

● Qui est Buck ? Justifiez votre réponse.

Activités

1 a.* Quelle matière les hommes ont-ils trouvée dans les régions arctiques ?

b.*** Pourquoi son nom n'est-il pas donné dans le texte ?

2* D'après vous, Buck a-t-il une vie heureuse à Santa-Clara ?

3 a.** De quels types de chiens les chercheurs d'or ont-ils besoin ?

b.*** Que peut-il se passer dans la suite du roman ?

Extrait 2 Le portrait de Buck

Écoutez le texte lu hatier-clic.fr/25coli22

VOCABULAIRE

Enquête

a. Que désigne un *monarque* (l. 1) ?

b. Que révèle au lecteur l'emploi de ce mot appliqué au chien Buck ?

Le monarque absolu de ce beau royaume était, depuis quatre ans, le chien Buck, magnifique animal dont le poids et la majesté tenaient du gigantesque terre-neuve[1] Elno, son père, tandis que sa mère Sheps, fine chienne colley[1] de pure race écossaise, lui avait donné la beauté des formes et l'intelligence humaine de son regard. L'autorité de Buck était indiscutée. Il régnait sans conteste non seulement sur la tourbe insignifiante[2] des chiens d'écurie, sur le carlin japonais[1] Toots, sur le mexicain[1] Isabel, étrange créature sans poils dont l'aspect prêtait à rire, mais encore sur tous les habitants du même lieu que lui. Majestueux et doux, il était le compagnon inséparable du juge, qu'il suivait dans toutes ses promenades, il s'allongeait d'habitude aux pieds de son maître, dans la bibliothèque, le nez sur ses pattes de devant, clignant des yeux vers le feu, et ne marquant que par un imperceptible mouvement des sourcils l'intérêt qu'il prenait à tout ce qui se passait autour de lui. [...] Il ne manquait pas non plus d'accompagner les jeunes filles dans leurs promenades à pied ou en voiture ; et parfois on le voyait sur les pelouses, portant sur son dos les petits-enfants du juge, les roulant sur le gazon et faisant mine de les dévorer, de ses deux rangées de dents étincelantes. Les petits l'adoraient, tout en le craignant un peu, car Buck exerçait sur eux une surveillance sévère et ne permettait aucun écart à la règle. D'ailleurs, ils n'étaient pas seuls à le redouter, le sentiment de sa propre importance et le respect universel qui l'entourait investissant le bel animal d'une dignité vraiment royale.

Depuis quatre ans, Buck menait l'existence d'un aristocrate blasé[3], parfaitement satisfait de soi-même et des autres, peut-être légèrement enclin[4] à l'égoïsme, ainsi que le sont trop souvent les grands de ce monde. Mais son activité incessante, la chasse, la pêche, le sport, et surtout sa passion héréditaire[5] pour l'eau fraîche le gardaient de tout alourdissement et de la moindre déchéance[6] physique : il était, en vérité, le plus admirable spécimen de sa race qu'on pût voir. Sa vaste poitrine, ses flancs évidés sous l'épaisse et soyeuse fourrure, ses pattes droites et formidables, son large front étoilé de blanc, son regard franc, calme et attentif, le faisaient admirer de tous.

Jack London, *L'Appel de la forêt, ibid.*

Atelier LECTURE

Lecture expressive

Exercez-vous à lire les longues phrases de ce texte en respectant les pauses indiquées par chaque virgule. Vous pouvez écouter le texte enregistré pour vous aider.

1. races de chiens.
2. **la tourbe insignifiante :** l'ensemble sans intérêt.
3. **blasé :** qui a déjà tout vu, tout fait.
4. **enclin à :** disposé à.
5. **héréditaire :** qu'il tient d'un parent (ici, son père).
6. **déchéance :** affaiblissement.

Buck chez le juge Miller, illustration de **Paul Bransom** (1912)

Partageons notre lecture

- Buck est-il un chien ordinaire ? Justifiez votre réponse.

Activités

1* Buck vit-il dans de bonnes conditions au début du roman ?

2* Listez les éléments du portrait physique de Buck.

3 a.* Listez les adjectifs qui établissent son portrait moral.

b.** Observez ses actions (l. 9 à 20) : trouvez pour chacune un nouvel adjectif qui exprime une qualité de Buck.

4*** Relevez tous les mots du texte qui reprennent ensuite l'idée que Buck est un *monarque* (l. 1). Quels éléments de l'image confirment cette impression ?

ÉCRITURE

Rédigez en un paragraphe le portrait physique de Buck. Aidez-vous des éléments donnés dans le texte et dans l'image.

Extrait 3 La menace

Atelier LECTURE

Lecture fluide

Entraînez-vous à lire le texte en effectuant les liaisons. Pour vous aider, recopiez l'extrait et entourez les liaisons.

Telle était la situation du chien Buck, lorsque la découverte des mines d'or du Klondike attira vers le nord des milliers d'aventuriers. Tout manquait dans ces régions neuves et désolées ; et pour assurer la subsistance[1] et la vie même des émigrants, on dut avoir recours aux traîneaux attelés de chiens, seuls animaux de trait capables de supporter une température arctique.

Buck semblait créé pour jouer un rôle dans les solitudes glacées de l'Alaska ; et c'est précisément ce qui advint, grâce à la trahison d'un aide-jardinier.

■ **Jack London**, *L'Appel de la forêt, ibid.*

1. **subsistance :** survie.

VOCABULAIRE

Enquête

L'adjectif *désolé* (l. 3) peut signifier :
a. triste et désert,
b. affligé,
c. qui regrette.

Lequel de ces trois sens est celui du texte ?

Partageons notre lecture

- À votre avis, qu'annonce cet extrait ?

ORAL

Observez la carte.
- Combien environ y a-t-il de kilomètres entre le Yukon et Santa-Clara ?
- Quel moyen de transport vous semble le plus adapté pour aller de Santa-Clara au Yukon ?

Activités

1* Quelle expression montre que la présentation de Buck est terminée ?

2** De quoi la région du Klondike manque-t-elle ? Relevez le mot qui l'indique. Pourquoi des chiens seraient-ils utiles ?

3** Quelles qualités Buck possède-t-il pour vivre dans le Klondike ?

4*** **Débat** Quelle peut être cette *trahison d'un aide-jardinier* dont parle la dernière phrase du texte ?

Bilan de la Lecture 1

Que raconte ce début de roman ?

1* Répondez par vrai ou faux aux affirmations suivantes.

a. Buck est un homme, c'est un roi.
b. Le juge Miller possède de nombreux chiens.
c. Le juge Miller va perdre tous ses chiens.
d. Les enfants du juge Miller jouent avec Buck.
e. Buck est heureux chez le juge Miller.
f. L'aide-jardinier trahit Buck et le juge Miller.
g. L'histoire de Buck débute au Canada dans la région des chercheurs d'or.

2** Lisez cette définition.

> Le nom **incipit** vient du verbe latin *incipere*, qui signifie « commencer ». Il désigne les premières pages d'un récit, qui permettent d'entrer dans l'histoire. Le plus souvent, le **narrateur** (celui qui raconte l'histoire) y présente le cadre du récit et les personnages principaux.

Les trois extraits que vous avez lus correspondent-ils bien à l'incipit du roman ? Justifiez votre réponse.

Qui est le héros ?

3 a.* **Débat** Un chien peut-il être un héros ?
b.** Citez d'autres œuvres (roman, film, BD) dont le héros est un animal.

Quelles aventures le héros va-t-il vivre ?

4** À partir des extraits lus et de cette planche de BD, imaginez la suite du roman.

Pierre-Emmanuel Dequest, *L'Appel de la forêt*, d'après Jack London, éditions Plein Vent (2023)

CARNET DE VOCABULAIRE

Notez et définissez les termes suivants : *majestueux, spécimen, arctique, incipit, narrateur.*

Vers le projet 1 Choisir et caractériser un héros animal

a. Choisissez l'animal qui sera le héros de votre récit d'aventures.

b. Attribuez-lui des qualités physiques et morales héroïques à l'aide du vocabulaire.

COUP DE POUCE
Vocabulaire de l'héroïsme
- Adjectifs : *digne, loyal(e), courageux(se), noble, respectueux(se)...*
- Verbes : *admirer, s'extasier, apprécier, contempler, s'étonner, célébrer...*

Vers le projet 2 Définir la place de Buck dans le monde « civilisé »

a. Que fait Buck pour le juge Miller ? Le juge est-il désigné comme le maître de Buck ? Buck est-il vraiment libre ?

b. Comment Buck se comporte-t-il avec les autres chiens ? Avec les petits-enfants du juge ? Comment Buck se considère-t-il par rapport à eux ?

Lecture 2

La découverte de la neige

Vendu par l'aide-jardinier à un trafiquant de chiens, Buck est revendu à Perrault et François. Il arrive dans le Grand Nord canadien, avec leurs autres chiens, notamment Curly et Dave.

Quand le paquebot entra dans la baie de la Reine-Charlotte, Buck et Curly pensèrent devenir fous de terreur en sentant le bateau rouler, tanguer et crier comme un être humain sous les coups de la lame. Mais Dave, témoin de leur agitation, levant la tête, les regarda avec mépris ; puis il bâilla et, se recouchant sur l'autre côté, se rendormit tranquillement.

Les jours passèrent, longs et monotones. Peu à peu la température s'abaissait. Jamais Buck n'avait eu si grand froid.

Enfin l'hélice se tut ; et le navire demeura immobile ; mais aussitôt une agitation fébrile[1] s'empara de tous les passagers. François accoupla[2] vivement les chiens et les fit monter sur le pont. On se bousculait pour franchir la passerelle ; et tout à coup Buck se sentit enfoncer dans une substance[3] molle et blanche, semblable à de la poussière froide et mouillée. Il recula en grondant ; d'autres petites choses blanches tombaient et s'accrochaient à son poil. Intrigué, il en happa[4] une au passage et demeura surpris : cette substance blanche brûlait comme le feu et fondait comme l'eau…

Et les spectateurs de rire.

Buck était excusable pourtant de manifester quelque surprise en voyant de la neige pour la première fois de sa vie.

Jack London, *L'Appel de la forêt*, *ibid.*

1. **fébrile :** cet adjectif vient du nom latin *febris*, « la fièvre ».
2. **accoupla :** associa par deux.
3. **substance :** matière.
4. **happa :** attrapa d'un coup sec de la mâchoire.

Écoutez le texte lu
hatier-clic.fr/25coli26a

Atelier LECTURE

Écoute active

Écoutez le texte puis complétez le texte à trous proposé par votre professeur(e).

+PROF Texte à trous

VOCABULAIRE

Enquête

Qu'est-ce qu'une *lame*, pour vous ? Quel est le sens de ce mot dans cet extrait (l. 3) ?

Partageons notre lecture

- Que découvre Buck pour la première fois dans ce texte ?

Activités

1 a.* Quels indices indiquent que le navire est arrivé dans le Grand Nord canadien ?

b.** Pourquoi Buck et Curly ont-ils peur ?

2 a.* Comment la neige est-elle décrite ?

b.** À travers le regard de quel personnage la neige est-elle perçue ?

c.*** Pourquoi n'est-elle pas nommée directement ?

3* Comment les humains réagissent-ils à la nouvelle expérience de Buck ?

Prolongement **artistique** et **culturel**

- Cette image est une **publicité** ancienne (1898).
- **En 1867, les États-Unis achètent** à la Russie **le territoire de l'Alaska**, au nord-ouest du Canada.
- L'**Alaska Commercial Company** est fondée en 1868. Elle organise le **transport de marchandises** depuis Seattle vers l'Alaska.
- Le **commerce** se fait sous forme de **troc** (or, fourrures, poisson). Les magasins servent aussi de tribunal et de bureau de poste.

1. Quelle couleur évoque la présence de l'or ?

2. Quels éléments de l'image rappellent le climat froid et hostile de l'Alaska ?

Couverture d'un guide publicitaire publié par l'Alaska Commercial Company à l'époque de la ruée vers l'or du Klondike (1898)

CARNET DE VOCABULAIRE

Notez et définissez les termes suivants : *rouler, tanguer, monotone, fébrile.*

Bilan — Quelles expériences commencent à transformer Buck ?

4* Quelles sont les diverses découvertes de Buck après avoir quitté la paisible demeure du juge Miller ?

5** Buck est-il toujours supérieur aux autres chiens pendant le voyage en bateau et à leur arrivée ?

Vers le projet 1 Imaginer et raconter une expérience nouvelle du héros

a. Un chat de salon se retrouve à la rue dans une grande ville : imaginez son exploration de ce milieu nouveau pour lui. Que découvre-t-il ? Que ressent-il ?

b. Écrivez un paragraphe de récit pour évoquer sa première découverte marquante.

Vers le projet 2 Définir la place de Buck dans le Grand Nord

a. Quelles sont les deux caractéristiques principales du monde dans lequel arrive Buck ?
Ce monde lui semble-t-il plus agréable à vivre que la demeure du juge Miller ?

b. À ce moment du roman, si Buck pouvait choisir entre le monde sauvage du Nord ou celui, civilisé, du Sud, lequel choisirait-il ? Pourquoi ?

Lecture 3

La vie quotidienne du Grand Nord

Buck fait partie de l'attelage de chiens de Perrault et de François, chargés de transporter le courrier dans le Yukon. Ils doivent parcourir de grandes distances le plus rapidement possible.

Atelier LECTURE

Lecture-relais

Chaque élève lit une phrase à tour de rôle.

Ce jour-là, ils firent quarante miles[1], car la voie était frayée[2] ; mais le lendemain, et bien des jours encore, ils durent, pour établir leur propre piste, travailler plus dur tout en avançant plus lentement. En général, Perrault précédait l'attelage, tassant la neige avec ses patins pour lui faciliter la route. François maintenait la barre du traîneau et changeait rarement de place avec son compagnon. Perrault était pressé et se targuait[3] de bien connaître la glace, science indispensable, car la couche nouvelle était peu épaisse et sur l'eau courante il n'y en avait pas du tout. Pendant de longs jours Buck tira dans les traits[4]. On levait toujours le camp dans l'obscurité, et les premières lueurs de l'aube retrouvaient les voyageurs en marche, ayant déjà un certain nombre de miles à leur actif[5]. D'habitude aussi, on dressait le camp à la nuit noire, les chiens recevaient une ration de poisson et se couchaient dans la neige ; Buck aurait voulu avoir plus à manger ; la livre[6] et demie de saumon séché qui était sa pitance[7] journalière ne semblait pas lui suffire. Il n'avait jamais assez, et souffrait sans cesse de la faim ; toutefois les autres chiens, qui pesaient moins et étaient faits à cette vie, ne recevaient qu'une seule livre de nourriture, et se maintenaient en bon état. Buck perdit vite sa délicatesse de goût, fruit[8] de son éducation première. Mangeur friand, il s'aperçut que ceux de ses congénères qui avaient fini les premiers lui volaient le reste de sa ration, sans qu'il pût la défendre contre leurs entreprises car, tandis qu'il écartait les uns, les autres avaient vite fait de happer le morceau convoité. Pour remédier à cet état de choses, il se mit à manger aussi vite qu'eux, et la faim le poussant, il n'hésita pas à prendre comme eux le bien d'autrui quand l'occasion se présenta.

Ayant vu Pike, un des nouveaux chiens, voleur habile, faire disparaître une tranche de jambon derrière le dos de Perrault, il répéta l'opération et la perfectionna dès le lendemain, emportant le morceau tout entier.

■ **Jack London**, *L'Appel de la forêt, ibid.*

1. **40 miles :** environ 68 km.
2. **frayée :** tracée.
3. **se targuait :** se vantait.
4. **traits :** lanières qui relient le chien au traîneau.
5. **à leur actif :** parcourus.
6. **livre :** 500 grammes.
7. **pitance :** ration.
8. **fruit :** conséquence.

CARNET DE VOCABULAIRE

Notez et définissez les termes suivants : *pitance, friand, congénère, convoité.*

Partageons notre lecture

- Buck mène-t-il une vie facile ? Justifiez votre réponse.

Illustration de **Maurizio A.C. Quarello** pour *L'Appel de la forêt* de Jack London, Éditions Sarbacane (2015)

Activités

1* Observez l'illustration. À quelle partie du texte correspond-elle ? Repérez les détails du texte présents dans l'image.

2** Relevez un passage qui correspond à chaque moment de la journée de Buck.
- Avant le lever du jour
- Du lever du jour à la tombée de la nuit
- Après la tombée de la nuit

3** Relevez quatre verbes qui expriment des actions habituelles, réalisées tous les jours. À quel temps de l'indicatif sont-ils conjugués ?
> p. 332 à 335

4 a.** Que fait Buck pour manger davantage ?

b.*** Pourquoi, à votre avis, la nourriture des chiens est-elle limitée ? Pourquoi la ration ne suffit-elle pas à Buck ?

Bilan — Quelles informations cet extrait donne-t-il ?

5* Recopiez et complétez la carte mentale.

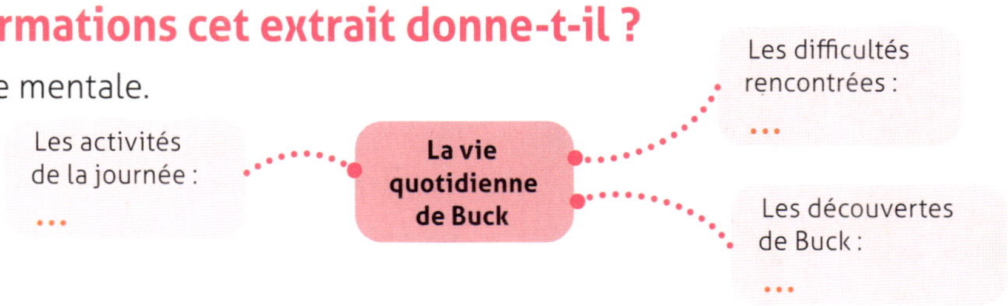

Vers le projet 1 — Raconter les activités d'une journée en utilisant les temps du passé

Devenu vieux, Buck raconte une de ses journées de travail à des chiots. Imaginez son récit. Employez l'imparfait et réutilisez le vocabulaire du texte. > p. 340

Vous commencerez par : *Nous nous réveillions avant le lever du soleil…*

Vers le projet 2 — Comprendre la relation entre les chiens et les hommes

Répondez à ces questions.
- Que font les chiens pour servir les hommes ? Ce travail est-il difficile ?
- Que font les hommes pour les chiens ? Leur donnent-ils assez de soins ?
- À qui est destiné le jambon volé par les chiens ? Cette action peut-elle menacer la survie des hommes ?
- Si les hommes ne survivent pas, les chiens survivront-ils ?

Lecture 4

L'appel du monde sauvage

Buck change de maîtres : ces derniers le maltraitent. Un homme, Thornton, le sauve et le garde avec lui. Buck consacre désormais sa vie à le protéger. Mais, souvent, il entend une sorte d'appel qui vient de la forêt.

Une nuit, il fut réveillé tout à coup en sursaut : alerte, les yeux brillants, les narines frémissantes, le poil hérissé en vagues... L'Appel se faisait entendre, et tout près cette fois. Jamais il ne l'avait distingué si clair et si net. Cela ressemblait au long hurlement du chien indigène[1].

Et, dans ce cri familier, il reconnut cette Voix, entendue jadis, qu'il cherchait depuis des semaines, et des mois.

Traversant, rapide et silencieux comme une ombre, le camp endormi, il s'élança sous bois. Mais comme il se rapprochait de l'être qui l'appelait, il ralentit par degrés son allure et s'avança, prudent et rusé.

Et tout à coup, au cœur d'une clairière, il vit, assis sur ses hanches et hurlant à la lune, un loup de forêt, long, gris et maigre.

Bien que le chien n'eût fait aucun bruit, la bête l'éventa[2] et cessa soudain son chant. Buck s'avança, la queue droite, les oreilles hautes, prêt à bondir. Pourtant tout dans son allure marquait, en même temps que la menace, le désir de faire amitié. Mais le fauve, sourd à ces avances, prit soudain la fuite.

Buck le suivit à grands bonds, plein d'un désir fou de l'atteindre. Longtemps ils coururent, presque côte à côte. [...]

Buck était infiniment joyeux : il se sentait répondre à l'Appel ; les souvenirs anciens lui revenaient en foule sur cette terre vierge et sous ces cieux immenses, tandis qu'il courait aux côtés de son frère le fauve.

Mais les deux coureurs s'étant arrêtés pour boire à un clair ruisseau, l'onde froide dissipa cette ivresse ; le souvenir de John Thornton étreignit[3] soudain le cœur de Buck. Il s'assit brusquement.

Le loup continua sa route, puis revint à lui, le poussant avec son nez, l'encourageant à le suivre.

Mais Buck retournait lentement sur ses pas, et pendant une heure, son frère sauvage l'accompagna, gémissant doucement. Puis il s'assit à son tour, et, pointant le museau en l'air, poussa un long hurlement. Tandis que le chien poursuivait sa route, cette plainte lugubre[4] continua de déchirer l'air, résonnant longtemps encore dans le lointain. Elle s'éteignit enfin...

Thornton achevait de dîner lorsque Buck tomba dans le camp comme une bombe, sautant sur son maître, lui léchant la figure et les mains, criant de joie, renversant tout sur son passage, dans sa folle expansion de tendresse ; jamais Thornton ne l'avait vu si exubérant...

■ **Jack London**, *L'Appel de la forêt, ibid.*

Écoutez le texte lu
hatier-clic.fr/25coli30

Atelier LECTURE

Lecture expressive
Lisez le texte en rendant compte dans votre intonation des émotions et des sentiments de Buck.

VOCABULAIRE

Enquête
Que signifie le mot *alerte* (l. 1) ? Quel est son sens dans le texte ?

1. **indigène :** originaire de la région.
2. **éventa :** sentit son odeur portée par le vent.
3. **étreignit :** serra fortement.
4. **lugubre :** sinistre.

Partageons notre lecture

● Quel adjectif définit le mieux pour vous le sentiment de Buck dans la forêt ? Comparez vos réponses.

Lecture d'image
Illustration de C. Lapointe
hatier-clic.fr/25coli31

■ Illustration de **Claude Lapointe** pour *L'Appel de la forêt*, Gallimard Jeunesse (1979)

Activités

1 a.* Quelle phrase du texte vous apprend que c'est un loup qui « appelle » Buck ?

b.** Comment le narrateur a-t-il décrit cet appel avant de nous apprendre qu'il s'agit du hurlement d'un loup ?

c.*** Pourquoi, à votre avis, a-t-il retardé ce moment ?

2** Relevez les sensations physiques et les émotions de Buck dans la forêt, puis quand il retrouve son maître.

3 a.* Quelles expressions désignent le loup ? Et Thornton ?

b.** Que représente chacun d'eux pour Buck ?

Bilan — Que raconte cette aventure de Buck ?

4* Remettez dans l'ordre chronologique ces éléments du texte.

a. Buck saute dans les bras de son maître.
b. Buck boit de l'eau fraîche au ruisseau.
c. Buck rejoint le loup qui l'appelle.
d. Buck entend souvent une Voix qui l'appelle.
e. Un soir, Buck entend l'Appel de façon très nette.
f. Buck quitte le loup pour retrouver son maître.
g. Buck court avec le loup.
h. Buck se souvient de son maître.

5* Utilisez les phrases précédentes pour rédiger un résumé. Pensez à supprimer les répétitions.

6** Comment ce passage explique-t-il le titre du roman, *L'Appel de la forêt* ?

Vers le projet 1 Décrire les émotions du héros

Écrivez quelques phrases pour évoquer les sensations et les émotions d'un des animaux suivants :
- un poisson est délivré de son bocal et redécouvre l'océan,
- un aigle de zoo s'échappe de sa volière et rejoint la montagne,
- une chenille grandit dans la serre d'un producteur de fleurs. Devenue papillon, elle s'envole dans les prairies environnantes.

Vers le projet 2 Comprendre le déchirement de Buck entre deux mondes

Expliquez pourquoi Buck est sensible à cet appel de la forêt, émis par un loup. Pourquoi Buck ne reste-t-il pas avec le loup ? Est-il prêt à choisir entre ces deux mondes ?

CARNET DE VOCABULAIRE

Notez et définissez les termes suivants : *hérissé, clairière, onde, étreindre, exubérant.*

Lecture 5

La fin de l'histoire de Buck

Buck partage sa vie entre le camp de Thornton et la forêt. Enfin, après la mort de son maître, Buck retrouve la meute de loups.

Écoutez le texte lu
hatier-clic.fr/25coli32

Comme un flot argenté, la meute des loups déboucha dans la clairière où Buck, immobile comme un chien de pierre, attendait leur venue. Son aspect était si imposant qu'ils s'arrêtèrent un instant, interdits[1] ; mais un plus hardi que les autres sauta sur le chien qui lui tordit le cou, rapide comme l'éclair. Puis il reprit sa pose majestueuse, sans se préoccuper de la bête qui râlait à terre. Trois autres tentent l'attaque et se retirent en désordre, la gorge ouverte d'une oreille à l'autre.

Enfin, la horde[2] entière se rue sur l'ennemi. Mais la merveilleuse agilité de Buck, sa force sans pareille lui permettent de déjouer toutes les attaques.

Pour empêcher les assaillants de le prendre par-derrière, il vient s'adosser à un talus et, protégé de trois côtés, réussit à se défendre si vaillamment que les loups découragés reculent enfin. Les uns demeurent couchés, la langue pendante, saignant par vingt blessures ; les autres jappent[3], montrant leurs crocs étincelants, sans quitter de l'œil le terrible adversaire ; d'autres boivent avidement l'eau de l'étang.

Tout à coup un loup grand et maigre se détache de la troupe et s'approche du chien avec précaution mais en gémissant doucement. Buck reconnaît soudain son frère sauvage, son compagnon d'une nuit et d'un jour, leurs deux museaux se touchent, et le chien sent son cœur battre d'une émotion nouvelle.

À son tour, un vieux loup décharné[4], couvert de cicatrices, se rapproche. Buck, tout en retroussant les lèvres, lui flaire[5] les narines et remue doucement la queue. Sur quoi, le vieux guerrier s'assied et, pointant son museau vers la lune, pousse un hurlement mélancolique et prolongé. Les autres le reprennent en chœur.

Buck reconnaît l'Appel… Il s'assied et hurle de même. Alors la meute l'entoure en le reniflant, sans plus lui témoigner aucune hostilité.

Et tout à coup, les chefs, poussant le cri de chasse, s'élancent dans la forêt ; la bande entière les suit, donnant de la voix, tandis que Buck, au côté du frère sauvage, galope, hurlant comme elle.

Et ceci est la fin de l'histoire de Buck.

Jack London, *L'Appel de la forêt*, *ibid.*

Atelier LECTURE

Lecture expressive
Écoutez le texte lu, puis associez une émotion à chaque paragraphe. Entraînez-vous à lire le texte en exprimant chaque émotion.

VOCABULAIRE

Enquête
Quels sont les différents sens du verbe *râler* ? Quel est son sens dans le texte (l. 6) ?

1. **interdits :** stupéfaits.
2. **horde :** groupe d'animaux.
3. **jappent :** poussent des aboiements aigus.
4. **décharné :** cet adjectif est formé du préfixe *dé-* et du radical *charné*, qui vient du latin *carnis*, « la viande ».
5. **flaire :** sent, renifle.

Partageons notre lecture

Quels sentiments suscite en vous la fin de l'histoire de Buck ? Choisissez-en deux et justifiez votre choix.

joie – tristesse – soulagement – espoir – peur – indifférence – satisfaction

Activités

1 a.* À quoi la meute de loups est-elle comparée (l. 1) ? Quels sont les points communs entre les deux éléments comparés ?

b.** À quoi Buck est-il comparé (l. 2) ? Quels sont les points communs entre les deux éléments comparés ?

Outils La comparaison met en relation deux éléments (le **comparé** et le **comparant**) à l'aide d'un **outil de comparaison** : *comme, ainsi que, tel...*

Ex : *Le loup comme un vieux guerrier s'assied dans la neige.*

■ Affiche du film *The Call of the Wild*, **Fred Jackman** (1923)

2 Repérez dans le texte la partie consacrée au combat de Buck. Répartissez-vous en trois groupes pour l'analyser.

a.* **La violence du combat.** Relevez les mots exprimant la violence.

b.** **Le rythme du combat.** Relevez les indicateurs de temps, les verbes d'action et leur temps.

c.** **Les combattants.** Relevez les mots désignant les combattants et les mots ou expressions associés.

3** **a.** Quelles qualités permettent à Buck de gagner son combat contre les loups ?

b. Qu'est-ce qui met fin au combat ?

c. Comment Buck montre-t-il qu'il fait partie de la meute ?

Bilan — Comment Buck choisit-il le monde dans lequel il veut vivre ?

4* Retrouvez les trois étapes de l'entrée de Buck dans la meute.

5 a.** Illustrez votre vision de la fin de l'histoire de Buck (dessin, collage...).

b.*** Donnez à votre illustration un titre.

COUP DE POUCE
Vérifiez bien les informations que vous donnez dans votre illustration.

Vers le projet 1
Raconter un combat d'animaux

Écrivez en quelques phrases un affrontement entre deux animaux. Utilisez des verbes d'action au présent pour rendre la scène vivante. Pensez à évoquer le cri de chaque animal.

Vers le projet 2
Commenter le choix final de Buck

Que pensez-vous du choix de Buck de partir avec les loups dans la forêt ? Sa vie sera-t-elle plus facile ?

L'Appel de la forêt de Jack London en un COUP D'ŒIL

Cette page vous aidera à vous repérer dans les six chapitres que comporte le roman *L'Appel de la forêt*. Vous pourrez vérifier que vous avez bien compris l'histoire.

CHAPITRE 1 • LA LOI PRIMITIVE

- **Buck** vit heureux en **Californie**, chez le **juge Miller**.
- Il est **vendu** par un aide-jardinier à un **trafiquant de chiens** qui le bat. lecture 1
- Il est ensuite **vendu** à Perrault et François, qui transportent le courrier dans le Yukon. Il découvre le **Grand Nord canadien**, la neige et le froid. lecture 2

CHAPITRE 2 • LA LOI DU BÂTON ET DE LA DENT

- Buck s'acclimate aux **conditions de vie** dans le Yukon : se nourrir, dormir dans la neige, tirer le traîneau. lecture 3
- Perrault et François imposent des **efforts extraordinaires** à leurs chiens pour transporter le courrier rapidement.
- Buck **se bat** avec **Spitz**, le chien de tête de l'attelage. Il le tue et devient le nouveau chef de la meute.

CHAPITRE 3 • BUCK PREND LE COMMANDEMENT

- Devenu **chef**, Buck se sent fier de pousser l'attelage au bout de ses limites physiques.

CHAPITRE 4 • LES FATIGUES DU HARNAIS ET DE LA ROUTE

- Les chiens, **épuisés** par leur mission, sont **vendus** à **Charles**, **Hal** et **Mercédès**, **trois citadins** venus chercher la fortune et l'aventure.
- Buck et ses compagnons **souffrent** sous leurs ordres.
- Un jour, à bout de forces, Buck **refuse de se lever**. Hal le bat, mais un homme, John **Thornton**, s'interpose et le **sauve**. L'équipage repart sans Buck et périt dans l'eau glacée.

CHAPITRE 5 • AMITIÉ

- Buck devient le **fidèle compagnon** de Thornton qui, lui aussi, a souffert.
- Buck est **prêt à tout** pour son nouveau maître, comme sauter dans un ravin...
- Buck commence à entendre l'**appel de la forêt**.

CHAPITRE 6 • L'APPEL RÉSONNE

- Parti avec Thornton exploiter une **mine** lointaine, Buck partage sa vie entre la **forêt sauvage** et le **camp de Thornton**. lecture 4
- Après une sortie en forêt, Buck découvre le **camp massacré** par la tribu des **Indiens** Yeehats.
- Buck **quitte** définitivement le **monde des hommes** pour vivre avec les loups. lecture 5
- Père de nombreux **petits**, il **attaque** sans crainte les hommes. Pour les Yeehats, il devient un **redoutable Chien-Esprit**.

Activités

1* Les maîtres de Buck

- Faites une liste chronologique des différents maîtres de Buck.
- Notez le sentiment que ressent Buck pour chacun (crainte, amour...).

2** L'évolution de Buck

- Repérez les étapes du changement de Buck : du chien de compagnie à l'animal sauvage.
- Rédigez une phrase pour chaque étape. Commencez par : *Quand Buck vit avec le juge Miller, il est un...*

3** Testez votre connaissance de l'œuvre

Vous avez lu l'œuvre intégrale ? Répondez aux questions du quiz et autoévaluez votre connaissance du roman.

Quiz hatier-clic.fr/25coli35

À lire et à voir...

Un film FILM

L'Appel de la forêt, Chris Sanders (2020)

Une bande dessinée

P.-E. Dequest, *L'Appel de la forêt* (2023), éd. Plein Vent

Atelier
LECTURE

Échauffement

1* Entraînez-vous à lire ces phrases sans hésitation.

a. Jack et Buck débarquent sur un dock en Alaska.

b. Un chasseur sachant chasser doit savoir chasser sans son chien.

c. Le brave chien Buck aboie dans la brume des bois.

d. Sur la piste passent les chiens, leurs pattes plongent dans la poudreuse pure et profonde.

e. Sous la lune lumineuse, les meutes de loups luttent et hurlent.

Déchiffrage

2* Lisez ces listes de mots à voix haute.

a. congénère • spécimen • colley • carlin • happer • convoiter • indigène • éventer

b. aristocrate • se targuer • friand • perfectionner • alerte • frémissant • infiniment

c. subsistance • arctique • péril • obscurité • pitance • clairière • talus

d. traîneau • atteler • traits • tasser • frayer • neige • glace

3 Entraînez-vous à lire ces noms propres présents dans *L'Appel de la forêt*.** Audio hatier-clic.fr/25coli36

a. Les personnages : Buck • Miller • Perrault • Thornton

b. Les animaux : Toots • Curly • Dave • Pike • Elno • Sheps

c. Les lieux : Alaska • Klondike • Santa-Clara • San Diego

N. C. Wyeth, *Un après-midi de janvier* (détail), illustration pour *Scribner's* Magazine (1916)

Lecture

4 Lisez le texte et devinez les quatre mots manquants.**

Une demi-douzaine de fois, Perrault, qui marchait en éclaireur, sentit la ... céder sous son poids, et ne fut sauvé que par le long bâton qu'il portait de façon à le placer en travers du ... fait dans la glace par son corps. Le ... était terrible, le thermomètre marquait 50 degrés au-dessous de zéro, et Perrault devait, après chaque bain involontaire, allumer du ... et sécher ses vêtements.

D'après **Jack London**, *L'Appel de la forêt*, *ibid.*

5* Pour chaque passage de couleur différente, indiquez la tonalité (prétentieuse, incrédule, confiante, à la cantonade, solennelle, honteuse). Puis lisez le texte en mettant le ton.**

Les hommes parient que leur chien est le plus fort de tous.

– Le mien est capable de traîner à lui seul un poids de six cents livres, disait l'un, ne mentant que de moitié.

– Et le mien en tirerait bien sept cents, dit Matthewson, un des nababs[1] de l'endroit.

– Sept cents ? fit Thornton. Buck en traînerait mille !

– Oui-da ? ricana le nabab jaloux. Il est si fort que ça ? Et sans doute il serait capable de faire démarrer mon traîneau qui est là fixé dans la neige, peut-être même de le tirer à lui seul sur un parcours de cent mètres ?

– Tout à fait capable, répéta tranquillement Thornton.

– Eh bien, dit Matthewson, en articulant très haut sa proposition, afin que chacun pût l'entendre, je parie mille dollars qu'il ne le fait pas ; et les voilà !

Il déposait en même temps sur le bar un sac de poudre d'or roulé et gonflé comme une saucisse.

Il y eut un silence. Thornton se sentit rougir : sa langue l'avait trahi.

D'après **Jack London**, *L'Appel de la forêt*, *ibid.*

1. **nabab :** homme riche, qui a du pouvoir.

Test de lecture

6 a. Fluence

Lisez ce texte. Notez votre temps de lecture précisément.

Écoutez le texte lu
hatier-clic.fr/25coli37

b. Compréhension

Répondez aux questions pour vérifier que vous avez compris l'essentiel du texte.

Buck ayant refusé de se mettre debout, il reste avec Thornton. Charles, Hal et Mercédès, des aventuriers sans expérience, repartent avec le traîneau.

Tandis que Buck, qui avait relevé la tête en entendant partir ses camarades, les suivait du regard, Thornton s'agenouillait près de lui, et de sa main rude, plus douce en ce moment que celle d'une mère, il chercha si la bête avait quelque os cassé.

Il ne put découvrir que des contusions[1] nombreuses, plus un pitoyable état de maigreur et de faiblesse.

Pendant ce temps, le traîneau avançait lentement sur la glace ; il avait fait un quart de mile lorsque l'homme et le chien qui le suivaient des yeux virent tout à coup l'arrière s'enfoncer comme dans une ornière[2] profonde, et la barre, que Hal tenait toujours, se projeter dans les airs.

Le cri de Mercédès parvint jusqu'à eux, Charles bondit pour revenir en arrière ; mais une énorme section de glace s'enfonça ; bêtes et gens disparurent avec l'attelage dans un trou béant et profond : la glace s'était rompue sous leur poids.

D'après **Jack London**, *L'Appel de la forêt*, *ibid.*

1. **contusion :** blessure causée par un choc. 2. **ornière :** trou dans le sol.

Pierre-Emmanuel Dequest, *L'Appel de la forêt*, d'après Jack London, éditions Plein Vent (2023)

1. De quelle manière Thornton touche-t-il Buck ?
2. Buck a-t-il des os cassés ?
3. Charles parvient-il à sauver le traîneau ?
4. Pourquoi le traîneau et ses occupants disparaissent-ils ?

Atelier
VOCABULAIRE

Le vocabulaire de l'héroïsme

1 * **Classez les mots suivants selon qu'ils expriment une qualité morale ou physique.**

la sincérité • la force • la gentillesse • l'adresse • la patience • l'endurance • la débrouillardise • la rapidité • l'audace • la résistance

2 * **Complétez cette présentation de Buck en utilisant des synonymes d'*exceptionnel*.**

sensationnel • prodigieux • fantastique • formidable • inouï • incroyable • extraordinaire • remarquable • stupéfiant • époustouflant • admirable • hors du commun...

Buck est un chien **exceptionnel**. Sa taille est **exceptionnelle**. Son **exceptionnelle** capacité d'adaptation en fait un compagnon **exceptionnel**. Buck fait également preuve d'un courage **exceptionnel** lorsqu'il est confronté au danger.

3 ** **Associez chaque mot à son antonyme.**

> **COUP DE POUCE**
> Les **antonymes** sont des mots de même nature mais de sens contraire. Ils permettent de créer des oppositions. > p. 284

remarquable •	• la faiblesse
observer •	• le dénuement
la force •	• anodin
la richesse •	• malhonnêtement
misérable •	• ignorer
honnêtement •	• prospère

Le vocabulaire de l'environnement hostile

4 ** **Complétez le texte avec des mots du champ lexical du froid.**

glace • neige • gelait • cristaux • glaçons

Sur la ... , un attelage de chiens-loups progressait lentement. Leur fourrure épaisse était alourdie de ... . Leur souffle ... aussitôt qu'il sortait de leur gueule. La ... formait des blocs accrochés aux patins du traîneau. Les manteaux des hommes étaient recouverts de ... .

5 **a.** ** **Identifiez le champ lexical des mots en gras dans le texte.**

b. * **Proposez trois mots pour le compléter.**

Les lumières de la *Peggy Sue* avaient disparu dans l'obscurité de la nuit, me laissant seul dans l'**océan**, seul avec la certitude que mes parents étaient déjà trop loin, qu'ils ne pourraient plus entendre mes appels au secours. Puis je pensai aux **requins** qui fendaient l'**eau** noire, en dessous de moi – ils me flairaient déjà, étaient sur mes traces, se dirigeaient vers moi – et je compris qu'il ne me restait aucun espoir. Je serais mangé vivant. Ou bien je **coulerais** lentement. Rien ne pourrait me sauver.

Je fis du surplace dans l'**eau**, essayant désespérément de découvrir dans l'obscurité impénétrable une chose vers laquelle **nager**. Il n'y avait rien.

■ **Michael Morpurgo**, *Le Royaume de Kensuké*, traduit de l'anglais par D. Ménard, Folio Junior (2018) © Éditions Gallimard © MICHAEL MORPURGO, 2003, publié par HarperCollins, reproduit avec l'autorisation de David Higham Associates

6 **a.** * **Cherchez trois mots du champ lexical du danger et trois mots de celui de la tempête.**

b. ** **Rédigez quelques phrases pour raconter la situation dans laquelle se trouvent les personnages de ce tableau.**

■ **Ferdinand Perrot**, *Sauvetage d'un bateau de pêche bas-breton, par le «Neptune», navire danois, sur les côtes de la Basse-Bretagne* (1836), huile sur toile (133 x 196 cm), musée d'arts de Nantes

Les temps du récit

Outils Le récit peut être mené au **présent** ou au **passé**. On utilise alors le **passé simple** et l'**imparfait**. > p. 346

1 a. * **Relevez les verbes conjugués.**
b. ** **Identifiez leur temps et donnez leur infinitif.**

L'ours Baloo enseigne les lois de la jungle aux plus jeunes.

Mais Mowgli, comme petit d'homme, en dut apprendre bien plus long. Quelquefois Bagheera, la Panthère Noire, venait en flânant au travers de la Jungle voir ce que devenait son favori, et restait à ronronner, la tête contre un arbre, pendant que Mowgli récitait à Baloo la leçon du jour.

■ **Rudyard Kipling**, *Le Livre de la jungle*, traduit de l'anglais par L. Fabulet et R. d'Humières (1899)

2 a. ** **Relevez les verbes conjugués. Attention, un verbe du texte est conjugué à un temps composé.**
b. ** **Classez-les selon leur temps.**
c. *** **Donnez la valeur de chaque temps simple.**

Le tigre Shere Khan est piégé dans un ravin. Mowgli lance sur lui un troupeau de buffles.

Shere Khan entendit le tonnerre de leurs sabots, se leva et rampa lourdement vers le bas du ravin, cherchant de tous côtés un moyen de s'enfuir ; mais les parois étaient à pic, il lui fallait rester là, lourd de son repas et de l'eau qu'il avait bue, prêt à tout plutôt qu'à livrer bataille. Le troupeau plongea dans la mare qu'il venait de quitter, en faisant retentir l'étroit vallon de ses mugissements.

■ **Rudyard Kipling**, *Le Livre de la jungle*, *ibid.*

3 ** **Racontez, à la suite du texte de l'exercice 1, comment Mowgli récite et applique la leçon du jour : comment se déplacer dans les arbres. Vous utiliserez les temps du récit au passé.** > p. 346

Les pronoms personnels

Outils Les **pronoms personnels** permettent de reprendre un élément du texte pour éviter une répétition. > p. 312

4 * **Précisez quel nom ou groupe nominal est repris par chaque pronom en gras.**

Un garçon se lie d'amitié avec un loup captif dans un zoo.

Œil dans l'œil, tous les deux. Avec le grondement de la ville en guise de silence. Depuis combien de temps se regardent-**ils** ainsi, ce garçon et ce loup ? Le garçon a vu le soleil se coucher bien des fois dans l'œil du loup. Non pas le froid soleil de l'Alaska (celui-là, avec sa lumière si pâle, on ne sait jamais s'**il** se couche ou s'**il** se lève...), non, le soleil d'ici, le soleil du zoo qui disparaît chaque soir quand les visiteurs s'en vont. La nuit tombe alors dans l'œil du loup. **Elle** brouille d'abord les couleurs, puis **elle** efface les images.

■ **Daniel Pennac**, *L'Œil du loup* (1984) © Nathan

Le sujet du verbe

Outils Le **sujet** du verbe peut être de différentes natures. Il commande l'**accord** du verbe conjugué. > p. 358

5 * **Repérez le sujet des verbes conjugués en gras.**

Charles, Hal et Mercédès, aventuriers inexpérimentés, attellent leurs chiens pour partir dans le Grand Nord.

Trois hommes sortis d'une tente voisine les **regardaient** faire en ricanant.

– Vous **avez** déjà un fort chargement, **dit** l'un d'eux ; certes, je n'ai pas à vous donner de conseils, mais à votre place, je ne m'**embarrasserais** pas de cette tente.

– Que **dites**-vous ? **s'écria** Mercédès, froissée. Me passer de tente ?... Et comment ferais-je la nuit ?

■ **Jack London**, *L'Appel de la forêt*, *ibid.*

Projet 1

Écrire le récit des aventures d'un animal

PRODUIRE DES ÉCRITS VARIÉS

Comme Jack London, vous êtes auteur ou autrice d'un roman dont le héros est un animal.
→ Écrivez une scène où votre héros vit une aventure palpitante! Suivez les étapes.

Étape 1 Choisissez votre héros

▶ Votre choix est important, car vous écrirez le récit du point de vue de l'animal.

1. **Choisissez un animal :**
– dont le lecteur peut se sentir proche,
– qui peut agir dans des situations variées et dynamiques.

2. Donnez-lui un **nom** et attribuez à votre personnage des **caractéristiques physiques et morales extraordinaires.**

■ Affiche du film *Flow*, de **G. Zilbalodis** (2004)

Étape 2 Définissez le contenu du récit

▶ **Choisissez les éléments du récit** parmi ces propositions, en vous inspirant des lectures et activités du chapitre.

1. Le lieu de l'action
❒ la mer ❒ la forêt ❒ une ville
❒ le ciel ❒ un désert ❒ la jungle
Le lieu choisi doit être cohérent avec votre animal.

2. L'époque de l'action
❒ de nos jours ❒ dans le passé
Quelle que soit l'époque, vous rédigerez le récit aux temps du passé. > p. 346

3. Les difficultés que traverse le héros
❒ une nature hostile (le froid, la chaleur, la tempête...)
❒ des créatures agressives (d'autres animaux, des humains...)

4. La façon dont l'animal affronte l'aventure
❒ seul ❒ aidé par d'autres (animaux ou humains)
❒ grâce à plusieurs de ses qualités (morales ou physiques)

5. La fin de l'épreuve
❒ il est sain et sauf ❒ il est blessé

▶ Prenez des notes sur votre brouillon.

Étape 3 Rédigez

▶ **Rédigez votre brouillon** en suivant cette structure.
- **paragraphe 1 : présentez votre héros** et le cadre spatio-temporel.
- **paragraphe 2 : introduisez l'aventure.** Commencez par un connecteur temporel (ex: *Un jour...*).
- **paragraphe 3 : écrivez** la mise en place de l'épreuve.
- **paragraphe 4 : racontez** comment l'animal affronte cette épreuve grâce à ses qualités.
- **conclusion** de l'épisode.

▶ **N'oubliez pas d'enrichir le récit** avec des adverbes et des expressions qui expriment les sentiments des personnages, les circonstances de l'action (ex: le cadre, les objets...).

Étape 4 Améliorez votre brouillon

▶ Avant de recopier au propre, relisez-vous bien. > Méthode p. 376

Projet 2

Organiser un atelier philo sur *L'Appel de la forêt*

PARTICIPER À DES ÉCHANGES VERBAUX

Vous allez participer à un atelier philosophique sur le monde sauvage, le monde civilisé et la liberté.
→ Défendez vos idées ! Suivez les étapes.

Étape 1 Identifiez les sujets philosophiques possibles

▶ **Répondez à ces questions pour définir deux ou trois sujets de réflexion posés par le roman.**

- Où Buck vit-il au début du roman ? À la fin ? Quel lieu paraît civilisé ? Quel lieu paraît sauvage ?
- Buck est-il libre au début du roman ? Au cours du roman ? À la fin ?
- Buck aime-t-il vivre parmi les hommes (cette question inclut le juge Miller) ? A-t-il la même relation avec tous ses maîtres ?
- Buck est-il heureux quand il est avec les autres chiens ? Se sent-il libre ?
- Les relations de Buck avec les hommes et avec les autres animaux vous semblent-elles civilisées ?

Étape 2 Réfléchissez à votre opinion

▶ **Faites correspondre chacune de vos réponses précédentes avec l'une de ces questions.**

1. Buck fait-il le bon choix en quittant les hommes ?
2. Le monde des hommes est-il civilisé ou sauvage ?
3. La nature est-elle civilisée ou sauvage ?
4. Les animaux sont-ils plus ou moins sauvages que les hommes ?

▶ **Réfléchissez et donnez votre propre opinion sur chaque question.**

Illustration de **Paul Bransom** (1912)

Étape 3 Trouvez des arguments et des exemples

▶ **Cherchez des arguments et des exemples pour défendre votre opinion.**

COUP DE POUCE

- Un **argument** est une idée en faveur de votre opinion.
Ex : *Quand un animal doit travailler pour mériter sa nourriture, il n'est pas libre.*
- Un **exemple** est une application concrète et précise de l'argument.
Ex : *Pour mériter sa nourriture, Buck doit tirer les traîneaux des hommes. S'il ne le fait pas, il mourra. Il n'est donc pas libre.*

▶ **Dans un tableau, associez chaque exemple ci-dessous, tiré du roman, avec un argument.**

1. L'aide-jardinier vend Buck à un trafiquant de chiens.
2. Dans le bateau, Dave n'aide pas Curly et Buck qui sont terrorisés.
3. Les chiens se volent la nourriture entre eux.
4. Les chiens doivent parcourir jusqu'à 40 miles par jour en tirant le traîneau.
5. Les chiens volent de la nourriture aux hommes.
6. Buck se sent extrêmement joyeux de courir avec le loup dans la forêt.
7. Buck ressent un amour profond pour Thornton, qui lui a sauvé la vie.

Étape 4 Débattez

▶ **Pour chaque question philosophique, donnez votre opinion et défendez-la en donnant un argument et un exemple.**

- Exprimez clairement votre opinion pour que les autres la comprennent. (**étape 2**)
- Annoncez votre argument en disant, par exemple : *Mon argument est que…* (**étape 3**)
- Donnez ensuite votre exemple tiré de *L'Appel de la forêt*. (**étape 3**)
- Écoutez bien ce que disent les autres pour ne pas répéter la même chose.

BILAN

+PROF
Évaluation différenciée et corrigée

Je construis

1 • Un chien exceptionnel

Recopiez et remplissez le tableau avec les qualités physiques et morales de Buck.

Qualités morales	Qualités physiques
...	...
...	...
...	...
...	...

2 • Une progression vers le monde sauvage

Associez chaque lieu de vie de Buck à son degré de civilisation.

- la demeure du juge Miller •
- le Grand Nord canadien et ses camps de prospecteurs •
- la forêt du Grand Nord •

- • lieu en cours de civilisation
- • lieu sauvage
- • lieu très civilisé

3 • Buck face aux autres personnages

Classez les personnages suivants selon qu'ils s'opposent ou s'associent à Buck. Certains personnages peuvent évoluer au cours du roman. Il faudra le préciser.

le juge Miller • Curly • Thornton • l'aide-jardinier du juge Miller • les loups • Perrault et François

Je retiens

L'Appel de la forêt de Jack London

Un roman d'aventures

- *L'Appel de la forêt* est un célèbre **roman d'aventures** américain. Ce type de roman confronte le héros à des **épreuves** qui le font **évoluer** tout au long de son histoire.

La ruée vers l'or

- *L'Appel de la forêt* se fonde sur l'**expérience personnelle** de Jack London, vers 1897, quand il est parti **chercher de l'or** dans le Yukon. Des milliers d'Américains s'y sont rendus et ont souffert des dures **conditions de vie**, sans pour autant faire fortune.

Des aventures variées

- Le chien Buck, le héros du roman, traverse de nombreuses épreuves. Il découvre différents **aspects de la nature humaine** (la loyauté mais aussi la cruauté). Il affronte la **nature hostile** du Grand Nord avec le froid, la glace et la neige, mais aussi les chiens de traîneau et les **loups**.

Un héros animal

- Buck est **valorisé** par les épreuves qu'il rencontre. Ses **qualités** se révèlent (il apprend vite) ou se développent (il nage bien, il aime commander). Choisir un chien comme **héros** permet de montrer sa **part sauvage**, qui le rapproche des loups, et sa **part civilisée**, venue de sa vie auprès des hommes.

carnet de
LECTURE

Lire un roman d'aventures

Lisez ce roman

• **Découvrez** les aventures d'une adolescente en Alaska pendant la ruée vers l'or.

Jean-François Chabas, *Ba* (2006), éditions Casterman

Vérifiez que vous avez bien lu

Présentez votre lecture à la classe

• **Préparez** un bref résumé : vous devez pouvoir le dire à l'oral sans le lire. Entraînez-vous !

• **Observez** les points communs et les différences entre ce roman et *L'Appel de la forêt* :
– le cadre spatio-temporel
– l'identité du héros ou de l'héroïne
– les aventures vécues par le héros ou l'héroïne
– les épreuves qu'il ou elle affronte (adversaire humain, animal, ou danger climatique). Que révèlent-elles du personnage ?
– le regard posé sur la ruée vers l'or : est-il le même dans les deux romans ?

• En conclusion, quel roman avez-vous préféré ? **Expliquez** pour quelles raisons.

Après la lecture

• Dans votre carnet, **attribuez** un nombre d'étoiles à ce livre (de 1 à 5) pour dire si vous avez aimé ce roman ou non… et **expliquez** pourquoi.

• À lire, à voir et à écouter…

• Des aventures en bande dessinée

56 pages

C. Lemoine, J.-C. Vergne, *Robinson Crusoé*, adaptation du roman de Daniel Defoe (Glénat, 2022)

Après un naufrage, Robinson se retrouve sur une île déserte. La survie s'organise. Puis il rencontre un indigène…

• Un roman de survie

336 pages

William Golding, *Sa Majesté des mouches* (Folio Junior, 2020)

Des écoliers survivent au crash de leur avion. Ils doivent s'organiser ensemble pour survivre sur une île déserte.

• Un classique

288 pages

Jules Verne, *L'École des Robinsons* (Livre de Poche, 2013)

Parti en Nouvelle-Zélande avec son professeur de danse Tartelett, Godfrey doit survivre avec lui, après le naufrage de leur bateau.

• La solitude d'un naufragé

FILM

Robert Zemeckis, *Seul au monde* (2001)

Après le crash de son avion, Chuck Noland doit survivre seul sur une île déserte.

Au cinéma

Prolongement **artistique** et **culturel**

La Ruée vers l'or de Charlie Chaplin

Connaissez-vous Charlot ?

1. **Décrivez le personnage de Charlot.**

2. **À votre avis, est-il un personnage comique ou sérieux?**

1

- D'abord artiste de **music-hall** au Royaume-Uni, **Charlie Chaplin (1889-1977)** crée le personnage de Charlot en 1914 en arrivant aux États-Unis.
- Il devient célèbre en réalisant des **films muets** autour de ce personnage : *Le Kid* (1921), *La Ruée vers l'or* (1925), *Les Temps modernes* (1936).
- Ses films deviennent sonores en 1940 et il abandonne alors son personnage de Charlot.

CARNET DE VOCABULAIRE

Notez et définissez les termes suivants : *music-hall, burlesque, vagabond, photogramme.*

Affiche de **L. Kouper** (1955)

2

- Le **cinéma burlesque** s'est surtout développé à l'époque du cinéma muet au tout début du XXe siècle.
- C'est un **cinéma comique** qui introduit de nombreux **gags** dans la vie quotidienne, s'inspirant des clowns et du music-hall. Ces gags visuels sont souvent violents : chutes, coups, poursuites, bagarres...
- Le burlesque de Charlie Chaplin dénonce aussi les **injustices sociales**, car Charlot est un **vagabond** que les autres personnages cherchent souvent à chasser.

Visionnez le film en entier

3. **Remettez les photogrammes dans l'ordre et donnez-leur un titre. Puis rédigez un résumé du film.**

4. **Quel photogramme représente votre passage préféré? Expliquez pourquoi.**

Cette scène, nécessitant des centaines de figurants, reconstitue l'ascension du Chilkoot par les chercheurs d'or. C'est la même image qui a inspiré Jack London pour *L'Appel de la forêt*.
> p. 21

A

B

C

D

E

F

Le dîner

5. **Visionnez la scène. Qu'est-ce qui vous a fait rire?**

6. **En groupe, proposez des dialogues. Vous ferez parler Charlot et Big Jim.**

Vidéo
La scène du dîner
hatier-clic.fr/25coli45a

Les accessoiristes ont fabriqué des chaussures en réglisse. Et comme la scène a nécessité de nombreuses prises, Charlie Chaplin a dû être soigné pour une indigestion !

Vidéo
La scène du poulet
hatier-clic.fr/25coli45b

Charlot en poulet

7. **Visionnez attentivement la scène : décrivez le trucage. D'après vous, comment a-t-il été réalisé?**

8. **Le cinéma muet utilise des « cartons » : on filme un carton noir sur lequel on écrit en blanc. À quoi servent-ils ici?**

2

Œuvre intégrale

Ronya, fille de brigand d'Astrid Lindgren

▶ Comment l'aventure nous fait-elle grandir ?

1. Décrivez l'image (**doc 1**).

2. Que pouvez-vous en déduire sur l'intrigue que vous allez découvrir ?

3. Savez-vous ce qu'est un *brigand* ? Proposez un mot ou une expression synonyme.

Doc 1

■ *Ronya, fille de brigand*, série télévisée d'animation co-produite par le studio Ghibli (2014)

Je découvre

Un roman de fantasy

Un roman entre tradition et modernité

- Écrit en 1981 par Astrid Lindgren, *Ronya, fille de brigand* est un classique en Suède. Il présente une intrigue moderne avec une héroïne forte et courageuse : Ronya (« Ronja » dans la version originale).
- *Ronya, fille de brigand* est un roman d'apprentissage, mais aussi un roman d'aventures. Ce type de récit se caractérise par une intrigue dynamique où les péripéties s'enchaînent dans des environnements souvent insolites, inspirés des voyages et des grandes découvertes.

Doc 2

Portrait d'Astrid Lindgren

1. Recherches Cherchez des titres de romans d'aventures célèbres.

2. Oral Expliquez à vos camarades ce que vous attendez de la lecture d'un roman d'aventures.

Le genre de la fantasy

- Le genre de la fantasy est souvent associé au genre du roman d'aventures. La fantasy puise ses origines dans les mythes, les contes et les légendes du monde entier, avec des œuvres comme *Le Seigneur des anneaux* de J. R. R. Tolkien ou *Le Monde de Narnia* de C. S. Lewis.
- La fantasy présente des univers magiques riches, peuplés de créatures fantastiques (dragons, elfes, sorciers et sorcières…).

Doc 3

Le Seigneur des anneaux : Le Retour du roi, film adapté du roman de J. R. R. Tolkien, réalisé par **Peter Jackson** (2003)

Un jeu sur la fantasy
hatier-clic.fr/25coli47

CARNET DE VOCABULAIRE

Recopiez les mots en vert dans votre carnet en les associant à leur définition.

Projet 1 > p. 64

Lire une œuvre et se l'approprier

Imaginer la suite du roman

- Votre lecture de *Ronya, fille de brigand* sera l'occasion de travailler les compétences d'écriture en ajoutant un nouveau passage à l'œuvre.
- Récoltez des indices tout au long de vos lectures pour enrichir votre texte !

Projet 2 > p. 65

Lire à voix haute avec expressivité

Créer un livre audio

- Vous allez réaliser une production orale et l'enregistrer, pour proposer des extraits de l'ouvrage à écouter.
- Les aventures de Ronya vont prendre vie grâce à vous !

Une nuit extraordinaire

Extrait 1 La naissance de Ronya

Atelier LECTURE

Lecture fluide

Relisez l'extrait en marquant les liaisons des mots surlignés en bleu dans le texte.

VOCABULAIRE

Enquête

Observez le verbe *criaillant* (l. 5). Quel autre verbe de la même famille reconnaissez-vous ? Que pouvez-vous en déduire sur le sens de *criaillant* ?

La nuit où naquit Ronya, le tonnerre grondait sur la montagne. Oui, c'était une terrible nuit d'orage. Tous les génies qui hantaient la forêt de Mattis se réfugièrent peureusement dans leurs trous et leurs cachettes. Seules les sylves griffues[1] aimaient l'orage : elles volaient en hurlant et en criaillant autour du château des brigands, là-haut sur la montagne de Mattis. Tout ce bruit gênait Lovise qui, allongée sur sa couche[2], dans le château, s'apprêtait à mettre un enfant au monde. Elle dit à Mattis :

« Chasse les sylves maléfiques ! J'ai besoin de silence, sinon je n'entends pas ce que je chante ! »

C'était ainsi. Lovise chantait quand elle donnait naissance à un enfant. Cela facilitait les choses, disait-elle, et le bébé aurait certainement une nature plus joyeuse s'il entendait une chanson en venant au monde.

Astrid Lindgren, *Ronya, fille de brigand (Ronja Rövardotter)*

1. **sylves griffues** : créatures imaginaires habitant les forêts. 2. **couche** : lit.

Partageons notre lecture

- Trouvez-vous la situation effrayante ? Expliquez votre point de vue.

George Sand, *Vue d'un château fantastique au clair de lune* (19e siècle), aquarelle

Activités

1 a.* Relevez les passages du texte qui décrivent la tempête.

b.** Quels effets ces précisions ont-elles sur le lecteur ?

2* Quelle autre menace pèse sur la naissance du bébé ?

3* Proposez un adjectif pour qualifier l'attitude de Lovise dans ces circonstances.

4 a.** Identifiez l'infinitif du verbe *naquit* (l. 1). À quel temps est-il conjugué ? > p. 346

b.** Dans quel genre de texte rencontre-t-on ce temps ?

ÉCRITURE

En vous appuyant sur les indices du texte, imaginez une description des *sylves griffues*. Vous pouvez aussi proposer un dessin.

Extrait 2 La fierté de tous !

Mattis a pris sa fille dans ses bras.

Atelier LECTURE

Lecture chorale

Relisez l'extrait à deux voix : le narrateur et Mattis.

Il contemplait avec ravissement ses yeux sombres et purs, sa petite bouche, ses touffes de cheveux noirs et ses mains délicates. Il dit d'une voix vibrante d'amour :

« Mon enfant, tu tiens déjà mon cœur de brigand entre tes petites mains. Je n'y comprends rien, mais c'est comme ça. »

■ *Ronya, fille de brigand*, série télévisée d'animation co-produite par le studio Ghibli (2014)

Per le Chauve demanda s'il pouvait prendre un peu l'enfant et Mattis posa Ronya dans ses bras comme si elle était un œuf en or.

« Le voici, le nouveau chef des brigands dont tu parles depuis si longtemps. Mais tâche de ne pas la faire tomber si tu tiens à la vie ! » [...]

Ils vidèrent de nombreuses chopes[1] de bière à sa gloire. Cela fit plaisir à Mattis, qui s'assit à la place d'honneur et montra encore plusieurs fois ce bébé tout à fait exceptionnel.

« Borka va être fou de rage, dit-il. Tout ce qui lui reste à faire, c'est de se terrer dans son repaire[2] et grincer des dents de jalousie. Ah ! Misère et lamentations ! Ses dents grinceront tellement que les sylves griffues et les nains gris de la forêt de Borka se boucheront les oreilles, ça je peux vous le dire ! »

■ **Astrid Lindgren**, *Ronya, fille de brigand*, ibid.

1. **chope** : 
2. **repaire** : cachette.

VOCABULAIRE

Homophones

a. Quelle différence faites-vous entre une *tache* et une *tâche* ? Déduisez le sens du verbe *tâcher* (l. 12).

b. Même consigne pour *repaire* (l. 21) et *repère*.

Partageons notre lecture

● Quels sont les sentiments de Mattis envers sa fille d'une part, et envers son ennemi d'autre part ?

Activités

1* Pourquoi Ronya est-elle un *bébé tout à fait exceptionnel* (l. 18-19) ?

2 a.* Relevez les expressions qui montrent que Mattis est très attaché à sa fille.

b.** Identifiez le personnage de Per le Chauve dans l'image. Dans le texte, quels sentiments éprouve-t-il pour la fille de son chef ?

3** Expliquez la comparaison *comme si elle était un œuf en or* (l. 9) > p. 33.

Extrait 3 Le coup de tonnerre

À cet instant, il y eut un coup de tonnerre comme on n'en avait jamais entendu dans la forêt de Mattis. Même les brigands blêmirent[1] et Per le Chauve, qui était très faible, tomba par terre. À la surprise générale. Ronya laissa échapper un petit sanglot qui secoua Mattis bien plus violemment que ne l'avait fait le coup de tonnerre.

« Mon enfant pleure, s'écria-t-il. Qu'est-ce qu'il faut faire, qu'est-ce qu'il faut faire ? »

Lovise, elle, resta calme et sereine. Elle prit l'enfant et le pressa contre son sein. Les pleurs cessèrent aussitôt.

« Ça, c'était ce qu'on peut appeler un coup de tonnerre ! dit Per le Chauve une fois remis de ses émotions. Que le diable m'emporte si la foudre n'est pas tombée ! »

En effet, elle était tombée. Et pour de bon, comme on le constata le matin venu. Le château de Mattis était perché au sommet de la montagne depuis les temps les plus reculés. À présent, il était fendu en deux du haut de la muraille jusqu'au fond de la cave. Entre les deux parties du château, il y avait un gouffre.

Illustration d'**Irina Petelina**

Astrid Lindgren, *Ronya, fille de brigand*, ibid.

1. **blêmir** : devenir pâle sous l'effet d'une émotion.

Atelier LECTURE

Lecture expressive

Repérez les phrases exclamatives et interrogatives, puis faites une lecture expressive en soignant l'intonation grâce à la ponctuation.

Partageons notre lecture

- Choisissez des adjectifs pour décrire le coup de tonnerre.

spectaculaire
ordinaire
violent
surprenant
calme
effrayant
inattendu

VOCABULAIRE

Enquête

Donnez un synonyme de l'expression *à présent* (l. 19). Expliquez le sens de l'expression contraire *depuis les temps les plus reculés* (l. 19).

Activités

1* Mattis est-il impressionné par le coup de tonnerre ?

2* Citez les deux phrases de l'extrait qui expliquent les conséquences de cet événement.

3** Comparez l'attitude de Lovise et celle de Mattis. Que remarquez-vous ?

Bilan de la Lecture 1

Que raconte le début du roman ?

1** Rédigez en quelques phrases un résumé des trois extraits que vous venez de lire en réutilisant les mots du carnet de vocabulaire ci-dessous. Appuyez-vous également sur les titres donnés aux extraits pour en dégager les thématiques principales.

2* Recopiez et complétez ce schéma des personnages du roman que vous avez découverts :

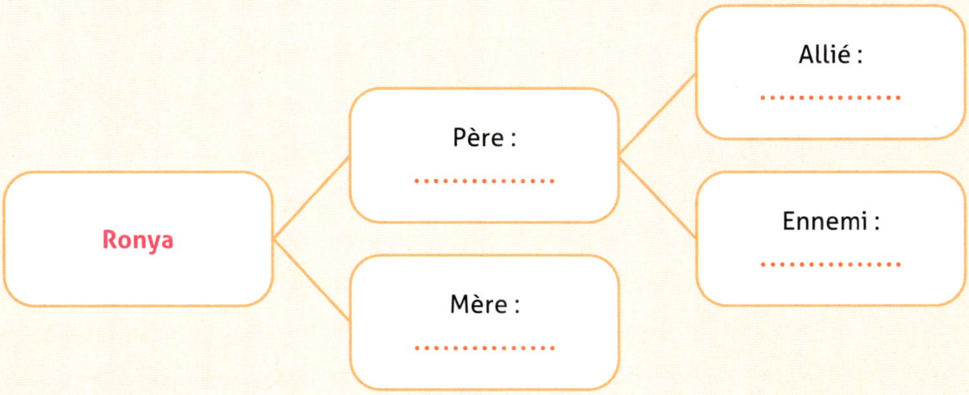

Quels sont les éléments surnaturels ?

3 a.* Faites une liste des éléments surnaturels présents dans les extraits.

b.** Grâce à cette liste, continuez le paragraphe suivant :
Ronya, fille de brigand d'Astrid Lindgren est un roman qui développe un univers de fantasy. En effet, le roman n'est pas réaliste et le surnaturel y fait plusieurs apparitions. Tout d'abord ..., ensuite ...

Quelles aventures va vivre Ronya ?

4 a.** Qu'est-ce qu'un *gouffre* (extrait 3 > p. 50, l. 22) ? Réfléchissez au sens figuré de ce mot. Peut-il avoir plusieurs sens, selon vous ?

b.*** Formulez ainsi des hypothèses sur la suite de l'aventure.

CARNET DE VOCABULAIRE

Notez et définissez les termes suivants : *tonnerre, terrible, griffues, brigand, longtemps, plusieurs, violemment, gouffre*.
Écrivez d'une couleur différente les lettres muettes ainsi que les doubles consonnes.

Vers le projet 1 Composer un portrait physique

Ronya a grandi. Elle est désormais une jeune fille.
- Relisez le début de l'extrait 2 > p. 49.
- Rédigez son portrait physique en soulignant les traits distinctifs de son visage et de sa silhouette.

Vers le projet 2 Illustrer le cadre spatial d'un récit

Dans le cadre de votre projet de livre audio, vous devez réaliser une couverture virtuelle.
- En vous inspirant de l'image > p. 50, imaginez une image du château fendu en deux.
- Vous pouvez dessiner ou proposer un collage de votre composition.

Lecture 2

De l'autre côté du gouffre

Ronya a grandi et a parcouru la forêt qui entoure le château. Après une rencontre effrayante avec les nains gris, elle s'entraîne à dépasser ses peurs. Malgré les mises en garde de son père, elle se rend au gouffre de l'Enfer.

Atelier LECTURE

Hypothèse de lecture

Lisez attentivement le chapeau (introduction) du texte : pourquoi Ronya s'aventure-t-elle au gouffre de l'Enfer ?

« Misère et lamentations ! Quel coup de tonnerre ! Si tu l'avais entendu ! En fait, tu l'as entendu, pauvre petit nouveau-né que tu étais. Boum ! et on avait deux châteaux au lieu d'un, avec un gouffre entre les deux. Et n'oublie jamais ce que je t'ai dit : prends garde de ne pas tomber dans le gouffre de l'Enfer ! » [...]

Elle était déjà montée sur le toit plusieurs fois, mais elle ne s'était jamais approchée de l'abîme qui s'ouvrait brusquement au beau milieu du toit. Elle se mit à plat ventre et rampa jusqu'au bord pour jeter un coup d'œil dans le vide. [Brrr ! c'était pire qu'elle ne l'avait imaginé !]

Elle prit une des pierres cassées et la laissa tomber. Elle eut des frissons en entendant le bruit de la chute, longtemps après. [Ce bruit venait de si loin ! Oui, l'abîme était terriblement profond, et pourtant il n'était pas bien large. Il devait être possible de le traverser d'un bond. Mais personne n'était assez fou pour s'y essayer ! Non, mais malgré tout, ce serait peut-être un bon moyen de surmonter le danger et de s'entraîner encore un peu] comme elle avait pris l'habitude de le faire. De nouveau, elle jeta un coup d'œil dans le gouffre. [Brrr ! Quel abîme !] Elle leva les yeux pour chercher un endroit propice[1] d'où elle pourrait tenter de sauter. Mais ce qu'elle vit à ce moment-là la surprit tellement qu'elle faillit tomber dans le gouffre de l'Enfer.

Là, de l'autre côté de l'abîme, il y avait quelqu'un. Un enfant, à peu près aussi grand qu'elle, assis les jambes ballantes au-dessus du gouffre de l'Enfer.

Ronya savait qu'elle n'était pas le seul enfant sur terre. Mais dans le château et la forêt de Mattis, il n'y en avait pas d'autre. Lovise avait dit qu'il existait partout ailleurs deux sortes d'enfants : ceux qui, plus tard, seraient des Mattis et ceux qui, plus tard, seraient des Lovise. Ronya serait une Lovise. Mais elle avait le pressentiment[2] que l'enfant qui balançait ses jambes au-dessus du gouffre de l'Enfer serait un jour un Mattis.

Il ne l'avait pas encore aperçue. Ronya le contempla et elle rit tout bas à la pensée que cet enfant existait.

■ **Astrid Lindgren**, *Ronya, fille de brigand*, ibid.

CARNET DE VOCABULAIRE

Notez et définissez les termes suivants : *abîme, s'entraîner, château, forêt.*

Prenez bien soin de tracer l'accent circonflexe.

1. **propice** : favorable.
2. **pressentiment** : connaissance intuitive et vague.

Partageons notre lecture

- Quelle héroïne découvrons-nous dans ce passage ?

Adaptation théâtrale mise en scène par **Milena Paulovics** (2018) avec Bo-Phyllis Strube (Ronja) et Lukas Benjamin Engel (Birk), Hans Otto Theater (Potsdam, Allemagne)

Activités

1 a.* Observez les guillemets (l. 1 à 5). Qui parle, selon vous ?

b.** Justifiez votre réponse à l'oral en vous référant notamment à l'interjection *Misère et lamentations !* (l. 1), déjà rencontrée dans un extrait > p. 49.

2 a.* Repérez les passages où l'on semble entendre la voix de Ronya.

b.** Relevez l'onomatopée utilisée à deux reprises dans ces passages. Quel sentiment est exprimé ici ?

c.** Imaginez à votre tour une onomatopée pour illustrer la chute de la pierre que Ronya laisse tomber dans le gouffre (l. 10-11).

3*** **Débat** Que veut dire Lovise ? (l. 24 à 26)

Bilan — Que représente la rencontre ?

4*** La rencontre avec cet autre enfant est-elle positive ou négative pour Ronya ? Expliquez votre point de vue.

Outils Une **onomatopée** est un mot reproduisant un **son**. Elle peut exprimer un son émis par une chose (*Boum ! Vlan ! Paf !*) ou un être (*Miaou !*), mais aussi un son évoquant une émotion (*Argh, Pfff !*).

Vers le projet 1 Imaginer les pensées d'un personnage

Imaginez au discours direct > p. 165 les pensées de Ronya (l. 9, 11 à 16 et 17, signalées par des crochets bleus dans l'extrait > p. 52).

- Veillez à employer la 1re personne du singulier et le présent de l'indicatif.
- Encadrez enfin votre travail par des guillemets, comme dans le premier paragraphe du texte.

Vers le projet 2 Construire un exposé

Proposez une lecture expressive de ce passage.

- Vous transmettrez ces divers sentiments : l'inquiétude attentive de Mattis, la peur et l'excitation de Ronya, la sagesse de Lovise.
- Enregistrez votre lecture pour vous évaluer et l'améliorer.

Le grand saut

Mattis a capturé Birk, le fils de Borka. Les deux clans se font face, de chaque côté du gouffre. Les négociations avancent, mais Mattis ne compte pas relâcher si facilement son jeune prisonnier.

Ronya, fille de brigand, série télévisée d'animation co-produite par le studio Ghibli (2014)

Atelier LECTURE

Rythme et ton

Relisez à haute voix les lignes 1 à 6 en mettant en lumière la gravité de la situation. Pour cela, adoptez un ton plus solennel et ralentissez le rythme de votre lecture.

VOCABULAIRE

Enquête

a. Observez l'adjectif *incompréhensible* (l. 9) et décomposez-le pour en dégager le préfixe et le suffixe.

b. Trouvez deux autres adjectifs formés de la même manière dans l'extrait.

Et soudain elle sut ce qu'elle devait faire. Elle l'avait déjà fait un jour, avec une sorte de rage qui était loin d'égaler ce qu'elle éprouvait aujourd'hui. Elle était presque dans un état second quand elle prit son élan pour traverser le gouffre de l'Enfer. En la voyant, Mattis poussa un cri. Le cri d'un animal sauvage à l'agonie[1]. Le sang se glaça dans les veines des brigands, qui n'avaient jamais rien entendu d'aussi terrible. Et puis ils virent Ronya, leur Ronya, de l'autre côté du gouffre, chez l'ennemi. Rien de plus épouvantable n'aurait pu se produire, et rien de plus incompréhensible.

C'était tout aussi incompréhensible pour les brigands de Borka. Les yeux écarquillés, ils regardaient Ronya comme si une sylve griffue avait atterri parmi eux à l'improviste[2].

Borka était déconcerté, mais il se ressaisit rapidement. Il comprit que ce qui venait de se passer allait tout changer. Voilà que la fille de Mattis, ce lutin sauvage, était venue le sortir de sa situation délicate. Il était incapable de comprendre pourquoi elle faisait une chose aussi insensée, mais il se dépêcha de lui passer une lanière autour du cou, en riant intérieurement. Puis il dit à Mattis :

« On a des cachots souterrains de ce côté aussi. Ta fille sera donc à l'abri, si on a un été pluvieux. Que ça te réconforte, Mattis ! »

Mais Mattis était inaccessible à toute idée de réconfort. Il balançait son corps imposant comme s'il cherchait à alléger une souffrance

CARNET DE VOCABULAIRE

Notez et définissez les termes suivants : *écarquillé, déconcerté, insensé, blessé, prostré.*

insupportable. Il ressemblait à un ours blessé. Ronya se mit à pleurer en le voyant. Il avait lâché la lanière avec laquelle il tenait Birk, mais celui-ci ne bougeait pas. Pâle et prostré, il regardait Ronya qui pleurait de l'autre côté du gouffre de l'Enfer. [...]

« Écoute, Mattis, dit Borka, tu vas me rendre mon fils, oui ou non ? » [...]

Mattis reprit enfin ses esprits.

« Mais bien sûr, dit-il sur un ton détaché. Quand tu voudras.

– Je le veux tout de suite, pas à la fin de l'été. Tout de suite ! »

Mattis hocha la tête.

« J'ai dit quand tu voudras. »

C'était comme si cette affaire ne le concernait plus. Borka dit en ricanant :

« Et en même temps, tu récupèreras ton enfant. Le troc, c'est le troc. Tu comprends ça, hein, crapule ?

– Je n'ai pas d'enfant », répondit Mattis.

■ **Astrid Lindgren**, *Ronya, fille de brigand*, ibid.

1. **agonie** : derniers moments de vie. 2. **à l'improviste** : de manière soudaine, imprévue.

Partageons notre lecture

● Selon vous, pourquoi Ronya saute-t-elle de l'autre côté du gouffre ?

Activités

1* Expliquez la métaphore *ce lutin sauvage* (l. 15).

2* De quelles qualités Ronya fait-elle preuve en sautant au-dessus du gouffre de l'Enfer ?

3*** À quoi Mattis est-il comparé au début et à la fin de l'extrait ?

4** Expliquez la dernière phrase du texte.

Outils La **métaphore** est une **image** qui consiste à associer deux mots pour les comparer, **sans outil de comparaison**.

Ex : *Cette forêt est une jungle.*

Bilan – Quel genre d'héroïne est Ronya ?

5** Choisissez deux adjectifs pour décrire Ronya et expliquez votre choix.

sage
déloyale
généreuse
désobéissante
téméraire
loyale
agile
peureuse
maligne
courageuse
intelligente
ingrate
maladroite

Vers le projet 1 Imaginer un dialogue

Plus tard, Ronya et Birk évoquent cette scène.
- Imaginez un dialogue en insistant sur les sentiments des deux personnages.
- Vous pouvez réutiliser les mots du carnet de vocabulaire pour enrichir votre travail.

Vers le projet 2 Jouer une scène de dialogue

Par groupe de trois élèves, jouez la fin de l'extrait (l. 27 à 37).

Lecture 4

Une nouvelle ère

Ronya et Mattis finissent par se réconcilier. Après avoir proposé une alliance à son ennemi juré, Borka, et l'avoir battu en duel, Mattis devient le chef des deux bandes de brigands.

Atelier LECTURE

Lecture-relais

Chaque élève lit une phrase du texte.

VOCABULAIRE

Sens propre, sens figuré

Quel est le sens propre du mot *rapace* ? Que signifie alors, au sens figuré, *les brigands sont des rapaces* ? (l. 29)

Mais l'hiver laissa la place au printemps. Le cycle des saisons se poursuivait, les gens pouvaient vivre ou mourir, ça n'y changeait rien. Mattis devint plus gai, comme chaque fois que le printemps arrivait. Il sifflait et chantonnait quand il passa le Piège-aux-loups[1], suivi de tous ses hommes. Borka l'attendait en bas, avec ses hommes à lui. Hourra ! la vie de brigands allait enfin reprendre, après ce long hiver ! Mattis et Borka s'en réjouissaient innocemment, puisqu'ils étaient tous les deux nés brigands.

Leurs enfants étaient bien plus sages. C'étaient des choses totalement différentes qui les rendaient heureux, comme la disparition de la neige, le fait de pouvoir à nouveau monter à cheval ou de retourner bientôt dans la Grotte aux ours[2].

« Et puis, Birk, je suis heureuse que tu ne veuilles pas devenir brigand », dit Ronya.

Birk éclata de rire.

« Je l'ai juré. Mais je me demande de quoi on va vivre, toi et moi ?

– Moi, je sais, dit Ronya. On va exploiter une mine. Qu'est-ce que tu en penses ? »

Elle révéla à Birk l'existence de la Montagne d'argent dont Per le Chauve lui avait parlé. Le nain gris la lui avait montrée pour le remercier de lui avoir sauvé la vie.

« Il paraît qu'il y a des pépites d'argent grosses comme des galets, dit Ronya. Et qui sait, ce n'est peut-être pas une légende. Per le Chauve a juré que c'était vrai. On pourra y aller un jour, pour voir. Je sais où c'est.

– Rien ne presse, dit Birk. Seulement, il faut garder le secret. Sinon, tous les brigands viendront y chercher de l'argent ! »

Ronya se mit à rire.

« Tu es aussi sage que Per le Chauve ! Les brigands sont des rapaces, c'est ce qu'il disait. C'est pour ça que je n'avais le droit d'en parler à personne d'autre que toi.

■ **Astrid Lindgren**, *Ronya, fille de brigand*, ibid.

1. **Piège-aux-loups** : lieu de chasse sur le sentier menant au château de Mattis.
2. **Grotte aux ours** : grotte naturelle où les enfants ont passé une partie de l'hiver.

Partageons notre lecture

● Quel élément inattendu permet aux enfants d'envisager un avenir différent de celui du brigandage ?

■ **Helmer Osslund**, *Vue depuis Klocka* (fin 19e-début 20e siècle), aquarelle et gouache (26 x 56 cm), Nationalmuseum (Stockholm, Suède)

Activités

1 a.* Délimitez le passage symbolisant le monde d'avant les aventures de Ronya.

b.** Quels personnages incarnent ce monde ?

2** Quelles phrases montrent la différence entre les pères et leurs enfants ?

3** Dans le dialogue entre Ronya et Birk, identifiez les indices qui évoquent l'avenir.

4*** En quoi peut-on dire que le personnage de Per le Chauve fait le lien entre les deux générations ?

Bilan — Comment se termine le roman ?

5*** Complétez le texte suivant pour montrer que cet extrait, situé à la fin du roman, permet de clore le récit sur la sérénité retrouvée après les difficultés.

À la ... du roman, la tension retombe. Les familles de Mattis et Borka sont .... Ronya et Birk paraissent de nouveau ... : en effet, ils ont décidé de ne pas devenir ... comme leurs pères. Suivant les conseils de Per le Chauve, ils vont exploiter une .... Leur amitié leur a permis de ... et d'envisager un nouvel ....

CARNET DE VOCABULAIRE

Notez et définissez les termes suivants : *chantonner, innocemment, pépite.*

Vers le projet 1 Rédiger un paragraphe pour organiser ses idées

Que pensez-vous de la proposition de Ronya d'exploiter une mine d'argent ? En quoi cela montre-t-il que les enfants ont grandi ? Développez vos idées dans un paragraphe d'une dizaine de lignes.

Vers le projet 2 Lire en mettant en valeur des émotions

Entraînez-vous à relire le dialogue entre Ronya et Birk en faisant entendre la joie et l'apaisement retrouvé des jeunes héros.

Ronya, fille de brigand d'Astrid Lindgren en un COUP D'ŒIL

Cette page vous aidera à vous repérer dans les 18 chapitres que comporte le récit des aventures de Ronya. Vous pourrez vérifier que vous avez bien compris l'histoire.

Chapitres 1 et 2

- Au château de **Mattis**, chef de brigands, Ronya naît par une nuit d'**orage** si terrible que le **château** se fend en deux, créant ainsi une faille profonde. Lecture 1
- Elle grandit entourée d'affection, mais c'est dans la **forêt** qu'elle aime passer ses journées, développant ainsi son courage. Sa tranquillité est pourtant bientôt troublée par un curieux voisin, de l'autre côté du **gouffre**... Lecture 2

Chapitres 3 à 5

- **Birk** révèle que son père **Borka**, le chef de brigands ennemi, s'est installé dans la partie nord du château. Ronya découvre les activités de son père et refuse de suivre ses traces. Elle se réfugie dans la forêt mais elle est bientôt attaquée par une **sylve**.
- Miraculeusement, Birk lui sauve la vie. Les deux enfants se lient d'une **amitié** fraternelle.

Chapitres 6 et 7

- Ronya crée un passage dans les **souterrains** du château pour rejoindre Birk. Celui-ci souffre de la faim mais survit grâce à Ronya qui lui apporte de la nourriture tous les jours.

Chapitres 8 à 10

- Mattis capture Birk pour forcer Borka à quitter le château. Ronya, n'écoutant que son cœur, saute le **gouffre de l'Enfer** pour sauver son ami. Lecture 3
- Mattis renie alors sa fille et sombre dans un profond désespoir. En rupture avec leurs pères, les enfants s'enfuient et s'installent dans la **Grotte aux ours**.

Chapitres 11 à 15

- Les enfants éprouvent un grand sentiment de liberté mais prennent également conscience de leurs responsabilités pour **survivre face à la faim et aux dangers**. L'hiver approche…
- Ronya reçoit la visite d'un brigand de Mattis qui lui demande de revenir au château mais elle refuse de quitter Birk. Plus tard, après une **attaque de sylves** et une dangereuse **chute dans la rivière**, Lovise les retrouve et tente, elle aussi, de convaincre sa fille…

Chapitres 16 et 17

- Mattis vient à la rencontre de Ronya et Birk qui acceptent de rentrer. Sous la pression des soldats, il devient le chef de tous les brigands après avoir battu Borka en **duel**.
- Cependant, les enfants refusent cette vie de brigandage et, bientôt, **Per le Chauve** révèle un secret à Ronya.

Chapitre 18

- Per le Chauve meurt. Au printemps, **Ronya partage son secret** avec Birk et ils reviennent ensemble à la Grotte aux ours.

Lecture 4

Activités

1* Les personnages

Relevez les différents personnages mentionnés et ajoutez un groupe nominal > p. 304 permettant de les identifier.

2** Sélectionnez vos extraits préférés

Recopiez les phrases renvoyant aux extraits que vous avez aimé lire en intégralité. Partagez vos choix avec vos camarades en les justifiant.

3** Testez votre connaissance de l'œuvre

Vous avez lu l'œuvre intégrale ?
Répondez aux questions du quiz et autoévaluez votre connaissance de *Ronya, fille de brigand*.

Quiz
hatier-clic.fr/25coli59

4*** Créez un bestiaire de créatures fantastiques

Listez les créatures fantastiques qui peuplent la forêt dans le roman : sylves griffues, nains gris… Cherchez ensuite des créatures présentes dans d'autres œuvres de fantasy. Dessinez ou faites un collage pour illustrer chaque créature et créer un bestiaire illustré. Présentez le fruit de votre travail à vos camarades.

À voir…

Une série d'animation

Ronya, fille de brigand par Goro Miyazaki et Kazuma Shimizu
Découvrez la magnifique version animée du roman d'Astrid Lindgren.

Atelier
LECTURE

Échauffement

1* **Entraînez-vous à lire ces phrases sans hésitations.**

a. Ronya, rieuse et rusée, rôde dans les ravins rocailleux.

b. Les brigands barbus bavardent bruyamment en buvant de la bière.

c. Birk, brave fils de Borka, bondit dans la brume.

d. Les sylves griffues sifflent dans les sapins.

e. Les tempétueux trolls des ténèbres traversent les torrents en trépignant.

Déchiffrage

2** **Entraînez-vous à lire ces noms propres appartenant au roman.**

a. Les lieux : la forêt de Mattis • la Grotte aux ours • le Piège-aux-loups • la citadelle de Borka • le gouffre de l'Enfer • la Chute-Goulue

b. Les personnages principaux : Ronya • Birk • Mattis • Lovise • Borka • Per le Chauve

c. Les autres brigands du clan de Mattis : Tiegge • Pélié • Fiosok • Jutis • Joen • Labbas • Knotas • Turre • Tiorm • Sturkas • Petit-Malin

d. Les créatures fantastiques : sylves griffues • les pataudgrins • les nains gris • les souterriens • les trolls des ténèbres

3* **Entraînez-vous à lire ces mots presque identiques, appelés *paronymes*.**

a. apporter • emporter

b. allusion • illusion

c. attention • intention

d. évoquer • invoquer

e. inclinaison • inclination

Lecture

4** **Lisez le texte en faisant attention à la ponctuation : une pause longue pour un point, une pause courte pour une virgule.**

■ Illustration d'**Ilon Wikland** (1981)

En haut d'une petite colline, elle vit danser des trolls des ténèbres. Ça ne leur arrive que les nuits de clair de lune, avait dit Per le Chauve. Elle s'arrêta un instant pour les regarder sans qu'ils remarquent sa présence. C'était une drôle de danse. Ils se déplaçaient lentement, lourdement, se dandinaient et marmonnaient bizarrement. C'était leur chanson de printemps.

■ **Astrid Lindgren**, *Ronya, fille de brigand*, ibid.

5*** **Lisez ce dialogue en mettant le ton. Lisez-le d'abord à deux : chaque élève joue un personnage ; puis tout seul, en jouant les deux personnages.**

Mattis fait des recommandations à Ronya avant que celle-ci ne découvre la forêt seule pour la première fois.

« Méfie-toi des sylves griffues, des nains gris et des brigands de Borka, dit-il.

– Comment est-ce que je pourrai savoir qui sont les sylves griffues, les nains gris et les brigands de Borka ? demanda Ronya.

– Tu les reconnaîtras, dit Mattis.

– Ah bon, dit Ronya.

– Prends garde de ne pas te perdre dans la forêt, ajouta Mattis.

– Qu'est-ce que je fais si je me perds dans la forêt ? demanda Ronya.

– Tu cherches ton chemin, répondit Mattis.

– Ah bon, dit Ronya.

– Prends garde de ne pas tomber dans la rivière.

– Qu'est-ce que je fais si je tombe dans la rivière ?

– Tu nages.

■ **Astrid Lindgren**, *Ronya, fille de brigand*, ibid.

Test de lecture

6 a. Fluence

Lisez ce texte. Notez votre temps de lecture précisément.

b. Compréhension

Répondez par *vrai* ou *faux* aux affirmations ci-dessous pour vérifier que vous avez compris l'essentiel du texte.

Ronya, la fille du brigand, film réalisé par **Tage Danielsson** (1984)

Elle finit par ramper jusqu'au bord du gouffre pour regarder en bas. Elle aperçut Birk. Il était juste en dessous de l'endroit où elle se trouvait, debout sur une pierre ou une poutre qui dépassait du mur fendu. Il y avait tout juste assez de place pour ses pieds. Et sous ses pieds, il y avait le gouffre profond. Il cherchait désespérément un endroit où s'accrocher pour remonter sur le toit. Mais il savait, tout comme Ronya, qu'il ne pouvait pas sortir de là sans son aide. Il ne pouvait rien faire. Ils le savaient tous les deux, et quand il serait à bout de forces, il n'y aurait plus de Birk, fils de Borka.

« Tiens bon ! » dit Ronya.

Il répondit en s'efforçant de sourire :

« C'est bien ce que je fais, puisqu'il n'y a pas d'autres occupations ici. »

Astrid Lindgren, *Ronya, fille de brigand*, ibid.

Vrai ou faux ?

1. Ronya est en mauvaise posture.

2. Birk est tombé au fond du gouffre de l'Enfer.

3. Birk a besoin de l'aide de Ronya.

4. Ronya et Birk savent que Birk peut sortir tout seul du gouffre.

5. Birk plaisante alors qu'il est en danger de mort.

Atelier
VOCABULAIRE

Le vocabulaire des émotions et des sentiments

1* Repérez les émotions et les sentiments éprouvés par Ronya dans ces différents passages.

COUP DE POUCE
Un **sentiment** est un état affectif durable (*amour, jalousie, mélancolie*...). Une **émotion** est une réaction spontanée (*peur, joie, tristesse*...).

a. Ronya tenait à passer cette nuit seule. Elle resta longtemps éveillée. Dans sa poitrine, son cœur était contracté par la haine qu'elle éprouvait maintenant envers son père.

b. C'est à ce moment-là qu'elle vit quelque chose qui lui fit peur. De tous côtés, des yeux brillaient dans les arbres. Le rocher était encerclé.

c. Elle était triste à cause de Mattis et de Lovise, et heureuse de sentir toute cette magie, toute cette beauté et ce silence autour d'elle.

d. Elle pouvait les aimer tous les deux ! Un miracle venait de se produire. Le cœur rempli de joie, d'amour et de reconnaissance, elle regarda Mattis. Puis Birk.

■ **Astrid Lindgren**, *Ronya, fille de brigand*, ibid.

2 Associez chaque sentiment à son antonyme.**

COUP DE POUCE
Un **antonyme** est un mot de sens contraire.

a. admiration • reconnaissance • amitié • espoir • amour • fierté

b. honte • découragement • haine • mépris • ingratitude • inimitié

3* Pour chaque émotion, classez les mots suivants dans la colonne correspondante, en les rangeant selon leur intensité :** agacer • bonheur • contrarier • ébahi • euphoriquement • furieusement • satisfait • stupéfaction • surprendre.

Joie	Colère	Étonnement

Le vocabulaire de la colère et de la peur

4 a.* Relevez les mots appartenant au champ lexical de la colère.
b. Quel sentiment succède à la colère ? Justifiez votre réponse en citant le texte.**

À sa naissance, le père de Timoti s'est trompé de prénom en le déclarant à la mairie.

« Tu m'as appelé comme un shampooing ?
– Oui, mais un très bon shampoing, très nutritif ! [...] Timoti ! Ne sois pas fâché contre moi, chacun fait ce qu'il peut ! »

En entrant dans sa chambre, Timoti se rend compte qu'il a, dans son énervement, décroisé les doigts. Sa colère contre son père redouble. Il fonce dans son cabinet de toilette, regarde le reflet de son visage dans le miroir et se met à pleurer.

■ **Alice Butaud**, *Les filles montent pas si haut d'habitude* (2021) © Éditions Gallimard Jeunesse

Ce texte vous plaît ? Lisez l'histoire entière ! p. 67

5 a.* Réécrivez ces mots en deux colonnes selon qu'ils expriment une peur peu intense ou très intense : angoisse • inquiétude • terreur • effroi • panique • crainte • épouvante • frayeur • trouille • appréhension.

b. Associez à chacun un mot de la même famille.**

c.* En vous inspirant du texte, écrivez quelques lignes en mettant votre personnage dans une situation angoissante. Faites des phrases courtes.**

Tomek s'est laissé entraîner sur l'Île inexistante que personne n'a jamais réussi à quitter.

Toute vie s'était arrêtée. Tomek se demanda si son propre sang coulait encore. Il frissonna car un froid humide s'était abattu sur l'eau. Il tenta de ramer pour se réchauffer un peu mais la barque ne bougea pas d'un seul centimètre. C'est juste après cela qu'il vit la créature [...]. Il n'avait jamais imaginé qu'un être aussi épouvantable puisse exister.

■ **Jean-Claude Mourlevat**, *La Rivière à l'envers* © Pocket Jeunesse, 2000

Les compléments circonstanciels

Outils Les **compléments circonstanciels** apportent des **informations** sur les circonstances de l'action.
Un complément circonstanciel peut être **supprimé** ou **déplacé**. > p. 314

1 a.* **Identifiez tous les compléments circonstanciels dans ces phrases.**

a. Dans le silence de la nuit, je venais de percevoir un son qui me glaçait le sang dans les veines. (R. L. Stevenson, *L'Île au trésor*)

b. Il quitterait la maison de sa tante le lendemain matin. (M. Twain, *Les Aventures de Tom Sawyer*)

c. En ce moment, à deux milles dans le nord, apparut la bande de Talibas. (J. Verne, *Cinq semaines en ballon*)

d. Au même instant elle aperçut la Reine tout près derrière elle. (L. Caroll, *Alice au pays des merveilles*)

b.** **Que remarquez-vous sur la place des compléments circonstanciels ?**

2** **Donnez la valeur des compléments circonstanciels en gras : temps, lieu ou manière.**

Mowgli, le petit d'homme élevé par les loups a été enlevé par le peuple singe. Bagheera la panthère et Baloo l'ours se battent pour le délivrer.

Pendant ce temps, la lutte avec Baloo continuait, les singes glapissaient **dans le réservoir autour de Bagheera**, et Mang, la chauve-souris, volant de-ci de-là, portait la nouvelle de la grande bataille **à travers la jungle**, si bien que Hathi, l'éléphant sauvage lui-même, se mit à barrir et que, **très loin**, des bandes de singes dispersées, que le bruit réveillait, accoururent, **en bondissant à travers les routes des arbres, à l'aide de leurs camarades des Grottes Froides**, et que le fracas de la lutte effaroucha tous les oiseaux du jour **à des milles à la ronde**.

Rudyard Kipling, *Le Livre de la jungle* (1899), traduit de l'anglais par L. Fabulet et R. d'Humières

Ce texte vous plaît ? Lisez l'histoire entière ! p. 67

3** **Réécrivez les phrases en déplaçant les compléments circonstanciels en tête de phrase et en les détachant par une virgule.**

a. Ronya avançait gaiement sur le chemin.

b. Birk marchait derrière elle.

c. Ils virent des saumons dans la rivière.

d. Ronya et Birk mangeaient du poisson à chaque repas.

4** **Complétez le texte à l'aide des compléments circonstanciels suivants :**

au début • de là • de très haut • entre deux parois rocheuses • juste devant la grotte • sur le flanc de la montagne • sur les montagnes et les forêts.

La Grotte aux ours donnait sur la rivière. Elle la surplombait ..., encastrée .... Pour y accéder, il fallait passer par une sorte de plate-forme .... C'était assez étroit ... et ça pouvait paraître dangereux, mais ..., la plate-forme s'élargissait pour former une grande terrasse naturelle. ..., on dominait la rivière rugissante et on pouvait voir le soleil se lever dans toute sa splendeur ....

Astrid Lindgren, *Ronya, fille de brigand*, ibid.

5** **Complétez les phrases suivantes par les compléments circonstanciels de lieu et de temps de votre choix.**

a. L'enfant s'endormit ...

b. Elle prit la parole ...

c. Vous pourriez venir ...

d. Ils aperçoivent ...

Rédiger une description

6*** **Observez cette image et rédigez une courte description en utilisant au moins cinq compléments circonstanciels de temps et de lieu.**

Alice et le chat du Cheshire, illustration pour *Les Aventures d'Alice au Pays des merveilles* de Lewis Carroll (1865), lithographie couleur

Projet 1

Imaginer la suite du roman

LIRE UNE ŒUVRE ET SE L'APPROPRIER

Astrid Lindgren avait prévu une suite à son roman. Elle a laissé des notes : « Les deux héros souhaitent désormais exploiter la mine d'argent dont Per le Chauve a parlé mais des souterriens y ont élu domicile. »

→ Vous raconterez l'aventure au présent en vous aidant des étapes ci-dessous.

Illustration d'**Irina Petelina**

Étape 1 Décrivez les personnages

▶ Parmi les propositions suivantes, choisissez celles que vous souhaitez utiliser pour enrichir votre récit.

1. Ronya
- ❒ a appris à ne pas craindre les créatures de la forêt.
- ❒ a quitté le château de Mattis pour exploiter la mine.
- ❒ a oublié sa première rencontre avec des souterriens car elle est sensible à leurs pouvoirs.

2. Birk
- ❒ est un garçon courageux.
- ❒ a déjà sauvé Ronya des souterriens.
- ❒ n'est pas réceptif au pouvoir des souterriens.

3. Les souterriens
- ❒ ne montrent jamais leur apparence.
- ❒ dispensent une brume qui trouble les sens.
- ❒ sortent à l'automne.

Étape 2 Donnez un cadre spatial

▶ Pour arriver à la mine, Ronya et Birk doivent traverser la forêt. Préparez une courte description avec des groupes nominaux contenant des adjectifs. Voici quelques suggestions. Veillez aux accords !
Noms : forêt, bois, végétation, chemin, sentier, route, ciel, soleil, nuages
Adjectifs : dense, déserte, éclatant, étroit, profonde, sinueux, sombre, blancs, dégagé

▶ Liez vos phrases par des compléments circonstanciels de lieu > p. 63.
Vous pouvez également utiliser : *au fond, plus haut, plus bas, partout, au-dessus de leurs têtes,* etc.

Étape 3 Racontez les péripéties

▶ Racontez l'aventure en commençant par les propositions suivantes.
Vous pouvez rendre votre travail plus vivant en utilisant des onomatopées > p. 53.
1. la rencontre avec les créatures : *Soudain, un bruit sourd résonne dans la mine…*
2. la sensibilité de Ronya à leurs pouvoirs : *Étrangement, Ronya s'avance alors lentement…*
3. le courage de Birk qui les chasse en agitant des torches enflammées : *C'est alors que Birk, apercevant…*

Étape 4 Rédigez la conclusion

▶ Finissez votre texte en recopiant correctement le paragraphe suivant.
Ronya reprend brutalement ses esprits :
« Que s'est-il passé ? demande-t-elle, inquiète.
– Tu ne te rappelles donc rien ? Les souterriens t'ont envoûtée ! Il faudra veiller à garder ces torches toujours allumées, je crois ! » s'exclame alors le jeune garçon en riant.
Désormais, la lumière brille toujours au fond de la mine de Per le Chauve…

▶ Relisez-vous bien > p. 376.

Projet 2
Créer un livre audio

LIRE À VOIX HAUTE AVEC EXPRESSIVITÉ

Vous allez enregistrer des extraits du roman *Ronya, fille de brigand* afin de faire découvrir l'œuvre d'une manière différente et accessible.

→ Formez des groupes et suivez les étapes ci-dessous pour réaliser votre livre audio.

Étape 1 Présentez le livre

▶ Un groupe d'élèves se charge de la présentation du livre audio : titre, autrice, date de publication, noms des participants et participantes au projet.

▶ Vous devrez également composer une image de présentation : pour cela, réfléchissez ensemble aux thématiques importantes du roman en vous appuyant sur le Bilan. > p. 66

Étape 2 Identifiez les extraits

▶ Sur un document de travail, écrivez le nom des extraits. Laissez de la place pour compléter les informations associées à chaque extrait.

- Vous allez enregistrer **les extraits du chapitre**, mais vous pouvez aussi ajouter **d'autres extraits issus du roman**.
- Pour chaque extrait, pensez à préciser le **numéro du chapitre**.
- Vous pouvez aussi lire un bref **résumé** introductif > p. 58-59.

Étape 3 Identifiez les lecteurs et lectrices

▶ À l'oral, répondez aux questions suivantes puis complétez votre document de travail :

1. Les élèves qui incarneront les différents personnages changent-ils d'un extrait à l'autre ?
2. La narration est-elle assurée par la même personne pour chaque extrait ?
3. Certains personnages sont présents mais ne parlent pas. Comment signifier leur présence ?

▶ La **présentation du livre audio** peut être prise en charge par la même personne ou répartie entre plusieurs élèves.

Étape 4 Préparez la lecture pour lire de façon expressive

▶ Dans chaque extrait, repérez les mots inconnus ou difficiles à prononcer et les liaisons à faire entendre. Entraînez-vous > p. 60-61.

▶ Pour un travail « VRAI », pensez à l'acronyme de ce mot : Volume – Rythme – Articulation – Intonation.

1. **Volume :** parlez assez fort et choisissez quelques brefs passages où vous augmenterez le volume de votre voix.
2. **Rythme :** ralentissez la vitesse de lecture en vous appuyant sur la ponctuation. Prenez votre temps et marquez de courtes pauses.
3. **Articulation :** veillez à parler distinctement en accentuant chaque son.
4. **Intonation :** usez d'une voix tantôt neutre, grave ou plus aiguë. La ponctuation vous sert de guide !

Étape 5 Créez une ambiance sonore

▶ Au fil du texte, ajoutez entre parenthèses la mention des **bruitages** et des **effets sonores** qui peuvent mettre en valeur votre lecture : *vent, rivière, forêt, orage*, etc.

▶ Pensez également à la **musique** qui peut créer une atmosphère particulière.

▶ Cherchez un **son** pour faire la transition entre chaque extrait.

Illustration d'**Ilon Wikland** (1981)

BILAN

+PROF Évaluation différenciée et corrigée

Je construis

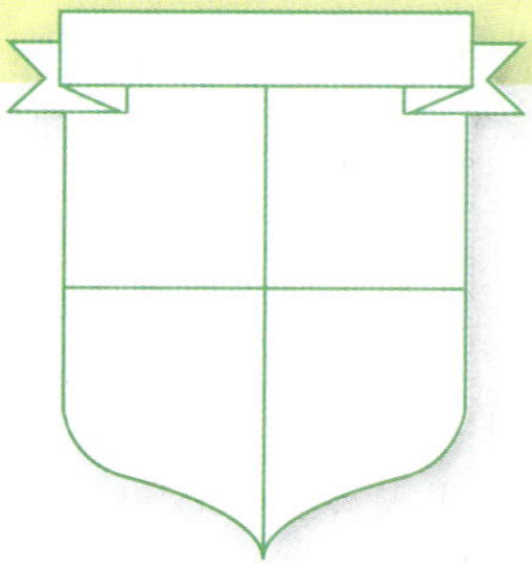

1 • Composer un blason des personnages

a. À partir du modèle, créez le blason de Ronya et celui de Birk.
Dans chacune des cases, vous dessinerez : un lieu, un objet, un animal ou une créature, une couleur, caractéristiques du personnage.

b. Inventez une devise pour le personnage et inscrivez-la dans la bannière supérieure. Ex : *La liberté est notre trésor.*

2 • Comprendre l'évolution du personnage

a. Ronya a grandi durant cette aventure et a choisi son propre chemin. Mais elle a aussi fait évoluer les relations entre le clan de Mattis et le clan de Borka. Expliquez en vous appuyant sur ce tableau.

Début du roman	→	Fin du roman
Le clan de Mattis déteste le clan de Borka.	→	...
...	→	Ronya va exploiter une mine d'argent.

b. Oral Expliquez quel rôle a eu chacun de ces personnages secondaires dans ces changements : Birk, Mattis, Lovise, Per le Chauve, les nains gris, les sylves griffues.

Je retiens

Ronya, fille de brigand

Une aventure fantastique

- Le roman *Ronya, fille de brigand* appartient au genre de la **fantasy** : il met en scène un univers issu d'un **passé non réaliste** et peuplé de **créatures surnaturelles**.
- Leurs aventures illustrent des **qualités** comme le courage, la générosité ou encore leur soif de liberté.

Une nature sauvage

- Au rythme des **saisons**, le roman montre comment les jeunes héros parviennent à vivre en **harmonie** avec une **nature** inflexible mais généreuse dans un monde marqué par la domination et la rivalité.
- Ce lien profond fait écho aux préoccupations modernes du **respect de l'environnement**.

Une amitié à toute épreuve

- Comme l'amour dans *Roméo et Juliette* de W. Shakespeare, l'**amitié** entre Ronya et Birk est l'élément central de l'intrigue.
- Ils incarnent la pureté des **sentiments** authentiques face aux épreuves et à la haine de leurs deux clans.

Un roman d'apprentissage

- Le roman retrace l'**évolution de Ronya et Birk** qui refusent de continuer l'activité de brigandage de leur clan. Leur amitié les aide à **grandir** et à affirmer leur **choix** face aux adultes.
- Les **relations parents-enfant** sont aussi évoquées. Mattis désapprouve d'abord l'attitude de Ronya, puis finit par l'accepter, sous l'influence de Lovise et de son amour paternel.

Lire un roman d'aventures

Choisissez votre profil de lecteur / lectrice

Petite faim ? Gourmand(e) ? Affamé(e) ?

- **Choisissez** un roman d'aventures, par exemple parmi ces ouvrages.
Vous pouvez aussi demander conseil à votre professeur(e) documentaliste ou à un(e) bibliothécaire.

Alice Butaud, *Les filles montent pas si haut d'habitude*

René Fallet, *Bulle ou la voix de l'océan*

Philip Pullman, *À la croisée des mondes* (tome 1)

Rudyard Kipling, *Le Livre de la jungle*

Vérifiez que vous avez bien lu

Préparez une conférence de presse

- **Choisissez** un passage du roman : il doit donner une idée juste de l'ouvrage.
- **Lisez**-le ensuite à la classe et **justifiez** votre choix.
- En retour, vos camarades vous poseront des **questions** sur le roman.

Écrivez une critique de votre roman

- **Présentez** le roman : auteur ou autrice, titre, genre (aventures, apprentissage, fantasy…), date de parution.
- Dans un deuxième paragraphe, **résumez** en quelques phrases l'intrigue du roman.
- Dans un troisième paragraphe, **décrivez** l'univers du roman (lieux, place de la nature…).
- Dans un quatrième paragraphe, **présentez** le héros ou l'héroïne : parlez de ses qualités et défauts et de son évolution.
- Dans un cinquième paragraphe, donnez votre avis sur le roman et conseillez-le à vos lecteurs et lectrices.

Après la lecture

- Dans votre carnet, **attribuez** un nombre d'étoiles à ce livre (de 1 à 5) pour dire si vous l'avez aimé ou non… et **expliquez** pourquoi.

À lire et à voir…

Une BD fantasy

80 pages

Arleston, Alwett, Mini Ludvin, *Le Grimoire d'Elfie* (tome 1, Drakoo, 2021)

Suivez les aventures d'une jeune héroïne qui découvre qu'elle a de super pouvoirs…

Une BD d'aventures

224 pages

Hope Larson et Rebecca Mock, *Pile ou Face* (tome 1, Rue de Sèvres, 2016)

Les aventures d'un frère et une sœur entre chasse au trésor et quête des origines.

Un classique de l'aventure

320 pages

R. L. Stevenson, *L'Île au trésor* (Hatier, 2011)

Des pirates, un trésor, une île déserte, un jeune héros intrépide… Tous les ingrédients d'un roman d'aventures et d'apprentissage !

Un classique de la fantasy

400 pages

J. R. R. Tolkien, *Bilbo le Hobbit* (Pocket Jeunesse, 2024)

Le quotidien paisible de Bilbo, un jeune hobbit, est un jour bouleversé par l'arrivée de Gandalf, le magicien…

3 Défi aventures !

Travailler autrement

DÉFI LECTURE

▶ En quoi le roman d'aventures suscite-t-il l'intérêt du lecteur ?

Doc 1

■ **Anne-Lise Nalin**, illustration de couverture du roman *Les Exploits de Connie Mara*, de Jean-Philippe Arrou-Vignod (Gallimard Jeunesse, 2024)

Doc 2

■ Affiche de la 35e édition du festival « Étonnants Voyageurs » (2025). Visuel : **Miles Hyman**

1. Docs 1, 2, 3 Qu'est-ce qui évoque l'aventure ?

2. Pour vous, quelles sont les qualités d'un aventurier ou d'une aventurière ?

Je découvre

Défi lecture

Qu'est-ce qu'un défi lecture ?

- Un défi lecture est un **jeu** qui voit s'affronter des **équipes** autour d'une **liste commune de livres à lire**.
- Chaque équipe lit tous les **livres** et conçoit **des énigmes et des questionnaires** pour tester la lecture des autres équipes.
- À la fin du défi, toutes les équipes s'affrontent dans un **grand tournoi** > p. 84. À vous de jouer !

LES ÉQUIPES

- Répartissez-vous en **quatre équipes**.
  – Donnez à votre équipe **le nom** d'un aventurier ou d'une aventurière célèbre choisi(e) librement ou parmi le nuage de noms suivants :

Lara Croft · Matilda · Indiana Jones · Jack Sparrow · d'Artagnan · Robinson Crusoé · Tom Sawyer · Catwoman · ZORRO · Phileas Fogg · Hermione Granger · Fantômette

  – Inventez-vous **un slogan** de ralliement.
- Faites serment d'accomplir **votre quête** jusqu'au bout !

Doc 3

Corto Maltese, fresque réalisée par ArtMural dans le cadre du « Parcours BD » de la Ville de Bruxelles (2009), d'après un dessin de **Hugo Pratt**

Recherches

– Rendez-vous sur le site du podcast « Les Odyssées » de France Inter.
– Choisissez une émission évoquant un aventurier ou une aventurière célèbre.
– **Écoutez l'émission** et **présentez** ensuite le **personnage** que vous aurez choisi à votre classe.

Podcast
hatier-clic.fr/25coli69a

LES CONTRATS DE LECTURE

- Selon vos capacités de lecteur, engagez-vous, individuellement, à **lire 1, 2, 3, 4** ou **5 des romans d'aventures** proposés page suivante.
  – Si vous remplissez votre **contrat**, vous rapportez 50 points à votre équipe.
  – Si vous lisez un **livre supplémentaire**, vous obtenez le contrat supérieur et rapportez **15 nouveaux points** à votre équipe.

Contrats de lecture
hatier-clic.fr/25coli69b

Lecteur ★	Lecteur ★★	Lecteur ★★★	Lecteur ★★★★	Lecteur ★★★★★
1 livre lu	2 livres lus	3 livres lus	4 livres lus	5 livres lus

- Recevez votre carte-contrat pour inscrire vos lectures.

Je découvre

Les romans d'aventures du défi

Voici 5 romans d'aventures : découvrez-en les premières lignes, puis faites votre choix ! Étudiez les caractéristiques de ce genre littéraire à travers les extraits de ces romans. Vous fabriquerez ensuite des jeux sur le roman que vous avez choisi pour mettre au défi vos camarades. > p. 84

Le saviez-vous ?

L'**incipit**, du latin *incipere*, « être au début de », est le début d'un roman. Il est très important car il **doit donner** envie au lecteur de se plonger dans les aventures du héros. Il doit aussi **lui donner des renseignements** (sur les lieux, les personnages…) tout en l'incitant à **se poser des questions** sur la suite.

Timothée de Fombelle, *Céleste, ma planète* > p. 80

La première fois qu'elle m'a embrassé, nous étions suspendus par des câbles à cent vingt mètres du sol, avec quinze hommes armés à nos trousses. C'est peut-être pour cela que, pendant longtemps, je n'ai pu l'approcher sans avoir le vertige. Aujourd'hui, j'écris son nom en haut de ce petit cahier trempé qui me reste. Il fait froid. Le feu n'y change rien. Je ne sais pas pourquoi l'encre de mon stylo ne gèle pas. Cette histoire, je n'aurai pas assez de pages pour en faire un roman, juste assez pour laisser une trace, la trace bleue de ce qui changea ma vie et aurait pu changer le monde.

Timothée de Fombelle, *Céleste, ma planète*, Folio Junior (2009), © Éditions Gallimard Jeunesse

Jean-Claude Mourlevat a remporté le **prix de littérature jeunesse** Astrid Lindgren en 2021

Jean-Claude Mourlevat, *La Rivière à l'envers* > p. 72

L'histoire que voici se passe en un temps où l'on n'avait pas encore inventé le confort moderne. Les jeux télévisés n'existaient pas, ni les voitures avec airbags, ni les magasins à grande surface. On ne connaissait même pas les téléphones portables ! Mais il y avait déjà les arcs-en-ciel après la pluie, la confiture d'abricot avec des amandes dedans, les bains de minuit improvisés, enfin toutes ces choses qu'on continue à apprécier de nos jours. Il y avait aussi, hélas, les chagrins d'amour et le rhume des foins, contre lesquels on n'a toujours rien trouvé de vraiment efficace.

Bref, c'était… autrefois.

Jean-Claude Mourlevat, *La Rivière à l'envers* (2000) © Pocket Jeunesse

Michael Morpurgo, *Le Royaume de Kensuké* > p. 74

J'ai disparu la veille de l'anniversaire de mes douze ans. Le 28 juillet 1988. Aujourd'hui seulement, je peux enfin raconter toute cette histoire extraordinaire, la véritable histoire de ma disparition. Kensuké m'avait fait promettre de ne rien dire, rien du tout, jusqu'à ce que dix ans au moins se soient écoulés. C'était presque la dernière chose qu'il m'a dite. J'ai promis et j'ai dû vivre dans le mensonge. J'aurais pu laisser dormir les mensonges assoupis, mais plus de dix ans ont passé, maintenant. Je suis allé au lycée, à l'université et j'ai eu le temps de réfléchir.

Michael Morpurgo, *Le Royaume de Kensuké*, Folio Junior (2018), © Éditions Gallimard © D.Higham Associates.

Florence Thinard,
Encore heureux qu'il ait fait beau > p. 78

Personne ne sut jamais comment, ni pourquoi la bibliothèque Jacques-Prévert, un grand bloc de béton gris audacieusement cubique, avait un jour largué les amarres.

Ce que l'on sut, bien longtemps après, c'est que ce mardi-là, un 12 février froid et venteux, deux événements exceptionnels se produisirent.

Le premier eut lieu à 16 h 42 : Sarah Boubacar mit Saïd Hussein à la porte. Il est extrêmement rare qu'une bibliothécaire jette un lecteur dehors. Mais celui-ci rôdait depuis des heures comme un tigre en cage, de la salle des périodiques à l'espace multimédia, sans jamais, jamais ouvrir un livre.

■ **Florence Thinard**, *Encore Heureux qu'il ait fait beau* (2012), Éditions Thierry Magnier

Xavier-Laurent Petit,
153 jours en hiver > p. 76

– Un jour, je t'accompagnerai et on fera des milliers de kilomètres ensemble.

Lorsque Galshan disait ça à son père, Ryham lui ébouriffait les cheveux en riant : « Camionneur, c'est pas pour les filles ! Tu sais, je passe souvent dans des régions dangereuses, avec des rebelles… J'ai toujours une arme à côté de moi, au cas où… » Mais tout ce qu'il pouvait dire lui donnait encore plus envie d'y aller. Un matin, elle en était sûre, elle se cacherait dans le camion et, lorsqu'il la découvrirait, il serait trop tard pour faire demi-tour.

■ **Xavier-Laurent Petit**, *153 jours en hiver* (2002), © Flammarion

Choisissez votre profil de lecteur / lectrice

Petite faim ? **Gourmand(e) ?** **Affamé(e) ?**

Comment choisir un roman ?

1. **Décrivez la couverture qui vous donne le plus envie de lire le roman. Justifiez ensuite votre choix.**

2. **En vous aidant de sa définition, indiquez quel incipit vous semble le plus efficace et pourquoi.**

3. **Notez une phrase qui vous a particulièrement marqué(e) dans un de ces débuts d'histoire et expliquez pourquoi.**

ÉCRITURE

Choisissez un des incipits des romans présentés sur cette double-page et **inventez une suite** à l'histoire en une dizaine de lignes.

→ **Découvrez à présent les textes du défi lecture.**

Bonne lecture !

Lecture 1

La quête

Tomek, le jeune épicier, reçoit dans sa boutique une visite qui va changer sa vie…

Écoutez le texte lu
hatier-clic.fr/25coli72

C'était une jeune fille de douze ans environ, brune comme on peut l'être, en sandales et dans une robe en piteux état. À sa ceinture pendait une gourde de cuir. Elle était entrée sans bruit par la porte ouverte, si bien qu'on aurait dit une apparition, et maintenant elle fixait Tomek de ses yeux noirs et tristes :

– Est-ce que vous vendez des sucres d'orge ?

Alors Tomek fit deux choses en même temps. La première, ce fut de répondre :

– Oui, je vends des sucres d'orge.

Et la seconde chose que fit Tomek, lui qui de toute sa vie ne s'était pas retourné trois fois sur une fille, ce fut de tomber amoureux de ce petit brin de femme, d'en tomber amoureux instantanément, complètement et définitivement.

Il prit un sucre d'orge dans un bocal et le lui tendit. Elle le cacha aussitôt dans une poche de sa robe. Mais elle ne semblait pas vouloir s'en aller. Elle restait là à regarder les rayons et les rangées de petits tiroirs qui occupaient un mur tout entier.

– Qu'avez-vous dans tous ces petits tiroirs ?

– J'ai… tout, répondit Tomek. Enfin tout le nécessaire…

– Des élastiques à chapeau ?

– Oui, bien sûr.

Tomek escalada son échelle et ouvrit un tiroir tout en haut :

– Voilà.

– Et des cartes à jouer ?

Il redescendit et ouvrit un autre tiroir :

– Voilà.

Suite du texte

VOCABULAIRE

Recherche de synonymes

a. Donnez un synonyme des adjectifs *piteux* (l. 3) et *timide* (l. 28).

b. Expliquez avec vos mots l'expression *tout le nécessaire* (l. 37).

Maxe L'Hermenier (scénario) et **Djet** (dessin), *La Rivière à l'envers*, tome 1 : *Tomek*, d'après le roman de Jean-Claude Mourlevat, *Jungle*, 2018

Atelier LECTURE

Lecture expressive

En binôme, entraînez-vous à lire de façon expressive le dialogue entre Tomek et la jeune fille (l. 35 à la fin). Ne lisez que les paroles des personnages !

Elle hésita, puis un sourire timide se forma sur ses lèvres. Cela l'amusait visiblement :

Et des images... de kangourou ?

Tomek dut réfléchir quelques secondes puis il se précipita vers un tiroir sur la gauche :

– Voilà.

Cette fois, les yeux sombres de la petite s'éclairèrent tout à fait. [...]

– Ainsi vous avez tout dans votre magasin ? Vraiment tout ? dit la jeune fille en levant les yeux vers lui. Tomek se trouva un peu embarrassé.

– Oui... enfin tout le nécessaire... répondit-il avec ce qu'il fallait de modestie.

– Alors, dit la petite voix fragile et hésitante, mais soudain pleine d'un fol[1] espoir, sembla-t-il à Tomek, alors vous aurez peut-être... de l'eau de la rivière Qjar ? [...] C'est l'eau qui empêche de mourir, vous ne le saviez pas ?

Tomek secoua doucement la tête, non, il ne le savait pas.

– J'en ai besoin... fit la petite.

■ **Jean-Claude Mourlevat**, *La Rivière à l'envers* (2000) © Pocket Jeunesse

1. **fol :** remplace le mot *fou* lorsque celui-ci est suivi d'un nom commençant par une voyelle ou un *h* muet.

Partageons notre lecture

● Quel personnage de ce texte souhaiteriez-vous connaître un peu mieux ?

Activités

1 a.* Rappelez qui sont les deux personnages présents dans cet extrait.

b.** Qu'apprend-on sur eux ? Relevez des indices dans le texte et rangez-les dans un tableau à deux colonnes.

2* En quoi l'épicerie de Tomek semble-t-elle différente d'une épicerie ordinaire ? Donnez trois adjectifs pour la caractériser.

3** Quels différents sentiments ressent Tomek au fil de cette étrange visite ?

4** Quel lien pouvez-vous faire entre cet extrait et le titre du livre ?

ORAL

Organisez un vote dans votre classe : Pourquoi la jeune fille a-t-elle besoin de cette eau ? Par groupe de 4, **proposez une hypothèse** pour répondre à cette question. Inscrivez votre proposition au tableau. L'ensemble de la classe vote pour l'hypothèse qui semble la plus probable.

Bilan – Comment cette scène déclenche-t-elle l'action du roman ?

5* Résumez la quête qui lance l'aventure de Tomek. Vous utiliserez les mots suivants : *rencontre, recherche, sentiment, objet.*

6** Faites une liste d'autres quêtes qui pourraient motiver un héros ou une héroïne dans un récit d'aventures.

Outils Dans un récit d'aventures, un **élément déclencheur** vient lancer l'action. Le héros est confronté à un **élément imprévu** qui constitue une motivation, un but, et qui va le pousser à agir. La quête du héros est aussi un **voyage intérieur** qui lui permet de grandir et de se connaître lui-même.

CARNET DE VOCABULAIRE

Notez et définissez les termes suivants : ***embarrassé*** **et** ***modestie.***

Lecture 2

Le cadre de l'aventure

Écoutez le texte lu
hatier-clic.fr/25coli74

Au cours d'un orage, Michael et sa chienne Stella sont projetés hors du bateau sur lequel ils naviguaient avec les parents de Mickael. Ils se retrouvent sur une île et le jeune garçon décide d'explorer les lieux.

Ce qui, au premier abord, m'avait paru être une petite promenade à l'intérieur de l'île ressemblait plutôt à une grande expédition. Nous sortîmes épuisés de sous les arbres et, après avoir escaladé laborieusement un éboulis[1] rocheux, nous arrivâmes enfin au sommet. Je restai longtemps là, avec Stella.

Le soleil flamboyait. Jusqu'alors, je n'avais pas vraiment senti sa chaleur brûlante. Je scrutai l'horizon. [...] La mer. La mer. La mer. Rien d'autre que la mer de tous les côtés. J'étais sur une île. J'étais seul.

L'île devait faire trois ou quatre kilomètres de long, pas plus. Elle avait un peu la forme d'une cacahuète allongée, mais elle était plus grande d'un côté que de l'autre. Une bande de sable blanc et brillant s'étendait des deux côtés de l'île. Une colline apparaissait à un bout, plus escarpée[2] que la mienne, avec une végétation plus touffue, mais moins haute. À l'exception de ces deux sommets, toute l'île semblait recouverte de forêt. D'après ce que je pouvais voir, il n'y avait aucun signe de présence humaine. Et pourtant, même ce premier jour, tandis que je restais là, plein d'appréhension à l'idée de ce qui m'attendait dans ma terrible situation, je me souviens d'avoir été émerveillé par la splendeur de cette île, un joyau vert cerclé de blanc, dans le bleu satiné et chatoyant de la mer. Bizarrement, réconforté peut-être par la beauté extraordinaire de l'endroit, je n'étais pas du tout abattu. Au contraire, je me sentais euphorique[3]. J'étais vivant. Stella Artois était vivante. Nous avions survécu.

Michael Morpurgo, *Le Royaume de Kensuké*, Folio Junior 2018,

1. **éboulis** : amas de roches. 2. **escarpée** : pentue. 3. **euphorique** : saisi d'une grande joie.

Atelier LECTURE

Écoute active

Après avoir écouté attentivement le texte, faites à votre tour une lecture expressive. Vous veillerez à faire ressentir les différents sentiments éprouvés par Michael.

VOCABULAIRE

Étymologie

En latin, *labor* désigne le travail, l'effort ou l'épreuve. Expliquez le sens de l'adverbe *laborieusement* (l. 4-5) dans le texte.

Partageons notre lecture

- Pourquoi Michael compare-t-il son exploration de l'île à *une grande expédition* ? (l. 3)

CARNET DE VOCABULAIRE

Notez et définissez les termes suivants : *expédition, scruter, appréhension.*

ORAL

Faites le dessin de l'île sur laquelle se trouvent Michael et Stella. Pour cela, aidez-vous des réponses de l'activité 1. **Comparez** ensuite votre description avec celle de votre voisin(e) de classe et **débattez** oralement de vos choix.

■ **Paul Gauguin**, *Montagnes tahitiennes* (1891), huile sur toile (67,9 x 92,3 cm), Minneapolis Institute of Art (États-Unis)

Activités

1* L'île ressemble-t-elle à :
une noix • un papillon • une cacahuète ?

2** Identifiez les différents éléments du paysage décrit par Michael. Qu'est-ce qui permet de rendre précise cette description ? Relevez trois exemples.

3 a.* Réussissez-vous à vous représenter ce que Michael voit ?

b.** Relevez les indicateurs de lieu qui vous aident à situer les différents éléments du décor.

4 a.* À quoi Michael compare-t-il l'île (l. 19-20) ?

b.* Remarquez-vous un outil de comparaison ? Cette image donne-t-elle de l'île une représentation positive ou négative ?

c.** À votre tour, créez une métaphore qui rend compte de la beauté de cette île.

5* Observez le tableau ci-dessus. Quelles ressemblances et quelles différences relevez-vous entre l'île de Tahiti peinte par Gauguin et l'île décrite par Michael ?

Bilan Comment le romancier peint-il le cadre de l'aventure ?

6* Recopiez et complétez le texte à trous à l'aide des mots suivants :
indicateurs de lieu, sentiments, représenter.
La description permet au lecteur de se ... un lieu. Elle indique les différents éléments du paysage qui s'organisent dans l'espace grâce aux ... .
Elle met aussi en valeur les ... du personnage face au paysage découvert.

Outils La **métaphore** est une figure de style qui consiste à désigner une personne ou une chose par une autre en établissant un **rapport de comparaison** entre le comparé et le comparant mais **sans outil de comparaison**.

Lecture 3

L'héroïne

Galshan, la jeune héroïne de l'histoire, est partie chercher Baytar, son grand-père qui s'est aventuré dans la montagne par un froid terrible. Elle est accompagnée de son cheval Gris-de-Fer.

Vers midi, le froid se fit moins âpre, mais Galshan savait que d'ici trois heures, lorsque le soleil disparaîtrait derrière les escarpements rocheux, la température redeviendrait intolérable. La peur et le froid étaient frère et sœur. Ils l'enveloppaient tous deux comme une seconde peau, présents à chaque instant, alourdissant chacun de ses gestes, engourdissant son esprit…

Le plateau se rétrécit en un défilé rocheux plus resserré où le jour pénétrait difficilement. Les oreilles couchées, Gris-de-Fer peinait sur les roches verglacées et renâclait[1] à avancer. Galshan finit par descendre et le tenir par la bride.

Un éboulis de roches et de glace bloquait le sentier, elle attacha son cheval et continua seule. Jamais encore elle ne s'était aventurée aussi loin. La neige et le vent avaient effacé tous les repères et la pente se faisait de plus en plus escarpée. Elle atteignit enfin un surplomb et observa les alentours. Au plus profond d'elle-même, la peur se noua comme une corde.

Plus loin, la jeune héroïne découvre des traces de sang dans la glace.

Sang d'homme ? Sang de loup ?… Galshan suivit leur piste. Elle ne ressentait plus le froid, mais une effroyable douleur lui broyait la poitrine. La peur l'étouffait. Derrière les rochers, un froissement d'ailes la fit sursauter.

Le vautour se dandinait comme une grosse marionnette. Le bec en avant, d'autres approchaient à pas comptés d'une silhouette adossée à la roche, prêts à fouailler[2] sa chair. […]

Galshan se précipita.

– Attas[3] ! Attas !

Baytar tourna la tête. Les vautours s'enfuirent dans un vacarme d'ailes et de plumes. Galshan s'agenouilla […].

Baytar pesait des tonnes.

Le bras passé sous son épaule valide, Galshan le portait plus qu'elle ne l'aidait à marcher. Chaque seconde l'alourdissait et, tous les quatre ou cinq pas, elle devait s'arrêter pour reprendre haleine, le dos broyé par le poids du vieil homme. À demi conscient, Baytar geignait[4] comme un animal blessé.

Le soleil déclina, plongeant lentement le défilé dans un froid d'acier. Galshan ne sentait plus rien, son visage était dur comme de la pierre. Elle devait absolument retrouver Gris-de-Fer avant que le soleil ne s'efface derrière les crêtes[5]…

■ **Xavier-Laurent Petit**, *153 jours en hiver* (2002) © Flammarion

Atelier LECTURE

Lecture expressive

Lisez la deuxième partie du texte (l. 16 à la fin) de façon expressive.

a. Entraînez-vous d'abord à lire les verbes d'action suivants : *broyait, se dandinait, alourdissait, geignait*.

b. Repérez enfin les différents types de phrases présents dans l'extrait à l'aide de la ponctuation. > p. 292

VOCABULAIRE

Enquête

Expliquez la formation de l'adjectif *intolérable* (l. 3). Commencez par identifier la racine de ce mot.

1. **renâclait :** reniflait pour manifester son mécontentement.
2. **fouailler :** fouetter, attaquer.
3. **Attas :** surnom que donne Galshan à son grand-père.
4. **geignait :** gémissait.
5. **crête :** sommet découpé d'une montagne.

La Jeune fille et son aigle, documentaire réalisé par **Otto Bell** avec Aisholpan Nurgaiv (2016)

Partageons notre lecture

- Seriez-vous prêt(e) à suivre Galshan dans cette nature hostile ?

Activités

1* De quelle(s) qualité(s) essentielle(s) Galshan fait-elle preuve dans ce texte ? Relevez deux phrases qui justifient votre réponse.

2** Contre quel sentiment lutte-t-elle tout au long du texte ? Relevez une sensation physique provoquée par ce sentiment.

3*** Que remarquez-vous dans la phrase : *La peur et le froid étaient frère et sœur* (l. 3-4) ? Expliquez l'image utilisée pour parler de la peur et du froid.

Bilan — En quoi Galshan est-elle une héroïne ?

4** Faites la liste de toutes les épreuves que doit surmonter l'héroïne dans ce texte.

CARNET DE VOCABULAIRE

Notez et définissez les termes suivants : *âpre, escarpement, engourdir.*

ÉCRITURE

À l'aide de l'extrait proposé, **préparez un bref portrait du personnage** de Galshan en vous aidant de la carte mentale ci-contre.

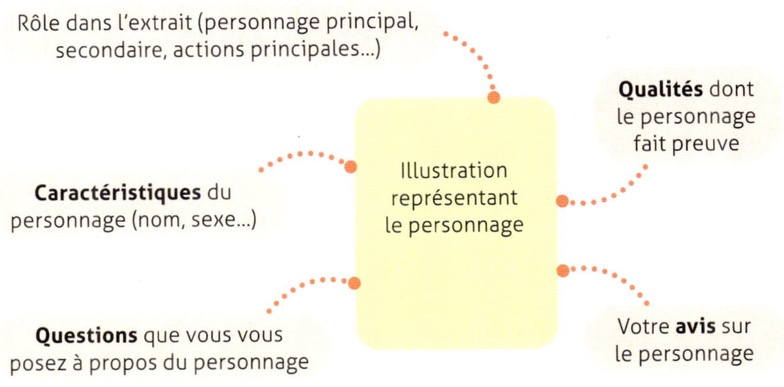

L'épreuve

Alors que des élèves et leur professeur sont à la bibliothèque, celle-ci se met à dériver mystérieusement au milieu de l'océan. Un jour, une énorme vague déferle sur le toit où se trouvent deux élèves, Kevin et Turgut, ainsi que Sarah, la bibliothécaire.

Écoutez le texte lu
hatier-clic.fr/25coli78

Kevin lut l'horreur sur le visage de Sarah et voulut regarder derrière lui. Comme dans certains rêves, il eut l'impression que sa tête tournait au ralenti, que ses yeux avaient besoin d'un temps infini pour capter la réalité. [...]

Il n'eut peur qu'une fraction de seconde. Son cerveau commanda à ses poumons de se remplir et à ses jambes de courir, mais l'ordre était toujours en chemin quand l'avalanche d'eau salée les engloutit tous. Durant des secondes qui lui parurent des heures, il fut violemment écrasé au sol, puis soulevé, retourné tête en bas, lancé contre une des cheminées qui lui meurtrit[1] l'épaule, tiré en arrière à toute vitesse. Il se sentit comme un de ces jouets qu'il précipitait dans les tourbillons de son bain et s'étonna de cette pensée absurde.

Dans son reflux[2], la vague le jeta à toute volée contre la rambarde. Il sentit craquer ses os et un second choc lui éjecta des poumons le peu d'air qui y restait. Un autre corps vivant était venu le percuter. D'instinct il referma ses doigts sur un bras et s'y cramponna. Il était à bout de souffle quand, enfin, sa tête retrouva l'air libre.

Le bras entre ses doigts glissait, glissait.

– Tiens-moi, cria Turgut.

Ils étaient chacun d'un côté de la rambarde[3]. Kevin côté toit, Turgut côté mer. À travers les barreaux de métal, Kevin retenait à bout de bras l'autre garçon que l'océan emportait.

Turgut s'efforça d'agripper le bord du toit. En vain.

Leurs yeux s'accrochèrent. Sombres, intenses.

– Tu m'as laissé mourir de soif, accusa le regard de l'un. Tu m'as frappé. Tu m'as insulté. Tu m'as volé[4].

– Je regrette, répondit le regard de l'autre. J'ai si peur maintenant.

– Je peux me venger. Simplement en ouvrant les doigts.

– Ne fais pas ça ! Je t'en prie. Sauve-moi.

Lentement, Kevin tendit son autre main à travers la rambarde. Turgut s'y accrocha. En unissant leurs efforts contre le roulis désordonné et les coups de boutoir des vagues, ils parvinrent à hisser le torse de Turgut entre les barreaux. Le garçon se tortilla avec l'énergie du désespoir et regagna enfin le toit.

Florence Thinard, *Encore heureux qu'il ait fait beau* (2012) © Éditions Thierry Magnier

Atelier LECTURE

Lecture expressive

Exercez-vous à lire le texte en maintenant le suspense.

VOCABULAIRE

Enquête

Relevez tous les termes qui se rapportent au champ lexical de la mer dans le texte. Ces mots peuvent être de différentes natures.

1. **meurtrit :** blessa.
2. **reflux :** mouvement de la mer qui se retire.
3. **rambarde :** barrière de protection.
4. Kevin a gaspillé beaucoup d'eau par accident. Turgut s'est vengé en lui volant sa ration d'eau et en le frappant. Kevin a failli en mourir.

Partageons notre lecture

- À quelle épreuve Kevin est-il confronté ?

Lecture d'image
Gravure d'Hokusai
hatier-clic.fr/25coli79

Hokusai, *La Grande Vague de Kanagawa* (vers 1830-1832), gravure sur bois (25,7 x 37,9 cm), The Metropolitan Museum of Art (New York, États-Unis)

Prolongement artistique et culturel

Cette célèbre **estampe** (sorte de gravure) a été réalisée par le peintre japonais **Hokusai** vers 1830. Elle représente des pêcheurs en barque, pris dans une tempête, devant le **mont Fuji**.

1. Observez la taille des éléments qui composent l'estampe : les barques, la montagne, les vagues.

2. Comment le peintre a-t-il traduit la puissance de la mer ?

Activités

1* Remettez dans l'ordre les différentes étapes du récit.

a. Kevin et Turgut se retrouvent chacun d'un côté de la rambarde.

b. Kevin parvient à faire remonter Turgut sur le toit.

c. La vague engloutit tout.

d. Kevin est projeté de tous côtés par la violence de la vague.

e. Turgut demande à Kevin de lui pardonner et de le sauver.

2 a.* Selon vous, en combien de temps se déroule cette scène ?
– Relevez les indicateurs de temps.
– Qu'est-ce qui dans le texte montre aussi cette rapidité de l'action ?

b.** Kevin a-t-il la même perception de la durée ? Pourquoi, à votre avis ?

3** À quelle image sont respectivement associés la vague et Kevin ? Qui semble l'emporter ?

4* Selon vous, en quoi cette vague est-elle terrifiante ?

Bilan — À quelles épreuves le héros et l'héroïne sont-ils confrontés ?

5** En prenant modèle sur le texte, vous prodiguerez des conseils à un jeune romancier pour écrire une scène d'épreuve et d'action dans un roman d'aventures. Dressez une liste des éléments nécessaires.

ÉCRITURE

À bord de la bibliothèque flottante, tous les enfants tiennent un journal de bord pour raconter leur quotidien. **Écrivez la page** que Turgut a écrite après avoir vécu cet épisode.

CARNET DE VOCABULAIRE

Notez et définissez les termes suivants : *roulis, se tortiller.*

Lecture 5

L'aboutissement de la quête

Le narrateur est tombé amoureux de Céleste. Celle-ci est gravement malade et le narrateur découvre qu'elle souffre de la même maladie que notre planète. Pour la protéger et la soigner, il la cache dans une cabane isolée. Un jour, un homme y fait irruption.

L'homme se tient debout devant la porte. Il arme le deuxième coup de son fusil.

D'un seul élan, il se jette sur la porte et la brise d'un mouvement d'épaule. Il entre, tourne sur lui-même et braque[1] son arme vers une jeune fille couchée sous des couvertures.

Il hurle :

– Ne bouge pas !

Il semble nerveux.

– Où est-il ? J'ai vu quelqu'un d'autre !

La fille le regarde.

– Vous m'avez trouvée, répond-elle. Emmenez-moi. Je suis seule.

L'homme scrute la pénombre[2]. Il n'a pas l'air de comprendre.

Alors, une ombre bondit derrière lui, roule dans ses jambes, le fait trébucher et se saisit du fusil.

En une seconde, l'homme s'est trouvé désarmé par un garçon de seize ans qui le maintient en joue[3]. [...]

– Vous ne l'aurez pas, dit le garçon. Elle commence juste à aller mieux.

L'homme regarde la fille. Il n'arrive pas à détacher ses yeux de ce visage. Il se mord les lèvres.

– Vous êtes la...

Des larmes mouillent ses paupières de givre.

– Vous êtes... Céleste ? [...] Le monde entier vous connaît.

Dans la cabane, le silence est devenu très intense.

Le jeune garçon baisse son arme. Il écoute l'homme qui parle.

– Tous connaissent votre histoire, mademoiselle. Vous avez changé le monde...

Suite du texte

1. **braque :** pointe.
2. **pénombre :** lumière faible, tamisée.
3. **maintient en joue :** pointe une arme en direction de quelqu'un de manière menaçante.

Atelier LECTURE

Lecture expressive

Faites une lecture expressive du texte en vous répartissant les rôles avec trois autres camarades : le narrateur, le jeune adolescent, Céleste et le trappeur.

Outils Une **allégorie** consiste à représenter de **manière concrète** une **notion abstraite**. Dans le texte, la jeune fille malade est l'allégorie de la planète Terre et des blessures que l'humanité lui inflige.

La fille semble surprise, mais son ami est très pâle. Il murmure :
– Briss... Briss[4] a réussi. Les photos...
– Les photos sont partout, interrompt le trappeur[5]. Il s'est passé quelque chose d'extraordinaire. Tout a changé. Les gens ne font plus rien comme avant. Et... Vous, Céleste... Vous êtes... guérie ?

Alors la jeune fille se lève, laisse tomber la couverture. Oui, elle se porte bien. Elle a un manteau sur les épaules. Elle interroge :
– Et notre planète ?

Un grand sourire illumine le visage du trappeur. Le sourire du médecin qui va vers des parents quand leur enfant est enfin hors de danger. Le sourire de l'officier annonçant à la fiancée que le soldat s'en sortira. Le sourire éclatant des grandes nouvelles de la vie.
– Et la planète ? répète Céleste, les yeux brillants.

L'homme inspire longuement pour profiter de l'instant. Sa voix est claire quand il répond :
– Elle va mieux. Beaucoup mieux.

Timothée de Fombelle, *Céleste, ma planète*,

4. Le narrateur avait chargé son meilleur ami Briss de diffuser par Internet dans le monde entier les photos des plaies de Céleste qui correspondent aux plaies de la Terre.

5. **trappeur :** chasseur professionnel d'Amérique du Nord.

VOCABULAIRE

Relations entre les mots

Donnez un synonyme et un antonyme > p. 284 du verbe *illuminer* (l. 36).

Partageons notre lecture

Les gens ne font plus rien comme avant. (l. 31-32)
À votre avis, qu'est-ce qui a changé dans la vie des gens grâce au narrateur et à Céleste ?

Activités

1* À la fin du texte, Céleste est-elle guérie ?

2** Quelle nouvelle à propos de la planète le trappeur apporte-t-il ?

3** Selon vous, la fin du roman est-elle optimiste ou pessimiste ?

4*** Quel est le message de l'auteur, Timothée de Fombelle ?

Bilan – La quête aboutit-elle à une réussite ?

5** Relevez dans le paratexte et le texte les éléments qui montrent que le narrateur a contribué à sauver Céleste et le monde.

Prolongement **artistique** et **culturel**

Un conte musical

Extrait musical
hatier-clic.fr/25coli81

• **Sébastien Gaxie** a composé en 2013 un *Conte symphonique pour voix et orchestre* inspiré du roman *Céleste, ma planète*.

• Écoutez le passage qui correspond au texte que vous venez d'étudier.

1. Comment la bande-son parvient-elle à nous faire comprendre où sont les personnages ?

2. Qui joue le rôle du trappeur ? Que pensez-vous de ce changement ?

3. Comment la musique rend-elle compte des émotions ?

4. Que pensez-vous de l'image finale ?

CARNET DE VOCABULAIRE

Notez et définissez les termes suivants : *planète, trébucher, interrompre, interroger.*

Atelier
VOCABULAIRE

Les sentiments

1* Reliez chaque mot à son antonyme (mot de sens contraire).

téméraire •	• lâche
altruiste •	• peureux(se)
déterminé(e) •	• égoïste
valeureux(se) •	• indécis(e)

L'équipement et les actions

2 Lisez le texte et imaginez ce que Tomek emporte pour son voyage. Vous pourrez commencer par : « Il mit dans son sac... »**

La plupart des aventuriers ne possédaient rien et son préféré, Robinson Crusoé, encore moins que les autres puisqu'il avait tout perdu au cours de son naufrage. La jeune fille aux sucres d'orge n'avait rien non plus, semblait-il. Aussi Tomek décida-t-il de suivre leur exemple et de n'emporter avec lui que l'indispensable.

■ **Jean-Claude Mourlevat**, *La Rivière à l'envers, ibid.*

3* Décrivez l'épreuve que traverse cette aventurière à l'aide du vocabulaire.**

Les actions : *se dépasser, surmonter une épreuve, repousser ses limites, relever un défi.*

Les sentiments : *être soulagé(e), s'inquiéter, frissonner, être envahi(e) par la peur, regretter, avoir soif d'aventures, être curieux.*

■ Tomb Raider, *La Légende de Lara Croft*, série télévisée d'animation développée par **Tasha Huo** (2024)

Le portrait physique du héros ou de l'héroïne

4 a. Complétez le portrait ci-dessous avec les adjectifs de la liste suivante :**

noirs • taciturne • déchiquetés • couturées • bruns • malpropre • féroce • grand • livide

Jim Hawkins est un jeune aventurier qui se lance dans une palpitante chasse au trésor après avoir rencontré un pirate mystérieux...

C'était un ... gaillard solide, aux cheveux très ... tordus en une queue poisseuse qui retombait sur le collet d'un habit bleu ... ; il avait les mains ... de cicatrices, les ongles ... et ..., et la balafre du coup de sabre, d'un blanc sale et ..., s'étalait en travers de sa joue. [...] Il était ordinairement très .... [...] La plupart du temps il ne répondait pas quand on s'adressait à lui, mais vous regardait brusquement d'un air ....

■ D'après **R.-L. Stevenson**, *L'Île au trésor* (1883), traduit de l'anglais par Déodat Serval, © Hatier

b.* Décrivez le physique du héros ou de l'héroïne de votre choix : d'abord son visage puis son corps, en utilisant des adjectifs variés. Lisez ensuite ce portrait à votre voisin(e) pour lui faire deviner de qui il s'agit.**

Le cadre de l'aventure

5 Les champs lexicaux des différents lieux de l'aventure ont été mélangés. Recopiez le tableau et remettez-les à la bonne place.**

La mer et l'île déserte	La jungle	La montagne
éboulis rocheux	submerger	tropicale
crêtes	récif	roulis
végétation	rivage	sommet
cimes	lianes	flux et reflux des vagues
insulaire	escarpée	feuillage
dense	escalader	touffue

Se repérer dans l'espace et dans la chronologie

Outils Les indicateurs de lieu (adverbes, prépositions, groupes nominaux prépositionnels) permettent de situer les éléments d'une description **dans l'espace**.
Les indicateurs de temps situent les événements **dans la chronologie** du récit.

1 * **Relevez les indicateurs de lieu dans le texte suivant. Que permettent-ils?**

Le paysage sinistre s'étendait en contrebas. Au nord, la mer gelée, formant parfois une arête solide, là où deux blocs de glace s'étaient rencontrés, au milieu d'une immensité uniformément plate et blanche qui continuait jusqu'au Pôle, et même bien plus loin [...]. À l'est et à l'ouest se dressaient d'autres montagnes, de hauts sommets déchiquetés qui tendaient fièrement vers le ciel leurs escarpements gorgés de neige. [...] Au sud se trouvait le chemin par où ils étaient venus.

■ **Philip Pullman**, *À la croisée des mondes* (1995), traduit de l'anglais par Jean Esch, Folio Junior, © Éditions Gallimard Jeunesse

2 ** **Complétez ce texte qui résume *Le Petit Prince* de Saint-Exupéry avec les mots suivants :**

rapidement • peu à peu • puis • d'abord • un jour • pendant qu'

..., un avion s'écrase dans un désert. L'aviateur doit réparer ... son appareil. ... il travaille sur le moteur, apparaît le Petit Prince. Celui-ci lui demande ... de lui dessiner un mouton. ... il lui parle de sa planète et de son voyage à travers l'univers. ..., les deux personnages vont devenir amis.

Outils Les expansions du nom (épithètes, compléments du nom) permettent de rendre la description ou le portrait précis.

3 ** **Donnez la nature et la fonction des expansions des noms soulignés :**

Partout où portait le regard, on ne voyait qu'elle. La mer. Un <u>océan</u> vert intense, le vert des grands fonds. Çà et là, quelques <u>moutons</u> blancs ourlaient la <u>crête</u> des vagues levées par un <u>vent</u> frais.

■ **Florence Thinard**, *Encore heureux qu'il ait fait beau, ibid.*

Comparaisons et métaphores

Outils La comparaison est une figure de style qui rapproche deux éléments, le **comparé** et le comparant, grâce à un outil de comparaison.
La métaphore procède de même mais sans outil de comparaison.

4 ** **Dans les phrases suivantes, repérez puis indiquez les comparaisons et les métaphores :**

a. Ça donne des voies rapides, des tunnels et des bretelles d'autoroute qui se mélangent comme un plat de spaghettis. (*Céleste, ma planète*)

b. Un ciel très bleu, poli comme un marbre, enchâssait les montagnes. (*153 jours en hiver*)

c. On avait l'impression d'être sur le toit du monde. (*La Rivière à l'envers*)

d. Sarah observa le ciel d'un bleu de carte postale. (*Encore heureux qu'il ait fait beau*)

Décrire un paysage

5 *** **Décrivez ce paysage en utilisant des indicateurs de lieu, des expansions du nom et des images (métaphores, comparaisons).**

DÉFI LECTURE

Chaque équipe a lu tous les romans du défi. Vous êtes prêts à vous affronter ! Suivez les étapes.

ÉTAPE 1 La préparation des livrets de jeux

Chaque équipe crée un livret-jeu par roman : répartissez-vous le travail en fonction de vos lectures au sein de votre équipe.

- Pliez une feuille A4 en deux pour fabriquer le livret. Sur la première page, indiquez **le titre et l'auteur du roman** ainsi que le **nom de votre équipe**. Vous pourrez faire ou coller une **illustration**.
- Sur les trois pages restantes, vous écrirez vos trois épreuves : un **quiz** de 10 questions sur le livre, et **deux autres épreuves** de votre choix parmi celles proposées en étape 2.
- Sur une feuille indépendante, vous proposerez le **corrigé** de vos épreuves.
- Veillez à écrire de façon lisible et n'oubliez pas de vérifier l'orthographe : votre livret ne doit pas contenir d'erreurs.

François Place, illustration pour le roman *Le Royaume de Kensuké*, de Michael Morpurgo (Gallimard Jeunesse, 2000)

ÉTAPE 2 Les épreuves

- Préparez le quiz sur le roman.

Épreuve 1 : quiz

Notez 10 **questions** concernant le livre du défi. Vos questions peuvent porter sur les **personnages**, les **lieux**, l'**intrigue**... Trouvez des questions originales dont les réponses ne seront pas trop évidentes pour vos camarades.

→ **Corrigé :** notez les réponses attendues à vos questions. Indiquez la page ou le chapitre du livre où vous avez trouvé ces réponses.

- Choisissez ensuite deux autres épreuves parmi les suivantes pour composer votre livret.

Épreuve 2 : nuage de mots

Réalisez un **nuage de mots** sur une **scène importante** du roman (vous pouvez évoquer le **cadre**, les **qualités** du héros ou de l'héroïne, le vocabulaire des **émotions**, les **épreuves**). L'équipe adverse devra reconnaître le roman à partir de ce nuage de mots.

→ **Corrigé :** indiquez la scène que vous avez représentée dans votre nuage de mots. Indiquez le chapitre ou la page du roman concerné.

Épreuve 3 : devinette

Inventez une **devinette** pour faire découvrir un **personnage** de votre roman. Vous pouvez évoquer une **caractéristique physique**, **morale** ou encore une **action** particulière, une **phrase** prononcée...

→ **Corrigé :** indiquez de quel personnage il s'agit. Vous pouvez expliquer vos indices.

Épreuve 4 : charade

Inventez une **charade** sur votre roman. Aidez-vous du modèle suivant :

Mon premier est un aliment en grains petits et blancs
Mon deuxième est l'antonyme de « mort »
Mon troisième est un des quatre éléments
Mon tout coule à l'envers et est l'objet de la quête de Tomek.

→ **Corrigé :** notez la réponse de votre charade puis réécrivez la réponse en décomposant chaque étape. Ex. *rivière* : riz-vie-air

Épreuve 5 : mots croisés

Proposez une grille de **mots croisés**. Vous indiquerez les **définitions** pour pouvoir la remplir.

→ **Corrigé :** donnez la grille remplie.

• POUR CLORE LE DÉFI Le tournoi des lecteurs et les vainqueurs

- Installez-vous par équipe. **Chaque équipe** reçoit un livret de jeu d'une équipe concurrente et **répond aux questions**. Le professeur valide les réponses justes.
- Selon le temps imparti pour le jeu, chaque équipe pourra répondre à plusieurs livrets.
- À la fin du jeu, l'équipe ayant donné le plus grand nombre de réponses justes aura gagné le tournoi des lecteurs.
- Votre professeur comptera les points de chaque équipe : les **points des contrats de lecture** (p. 69) et les **points du tournoi** : quelle équipe sera sacrée la meilleure équipe de lecteurs de l'année ?
- Pour clore le défi, **déposez vos livrets au CDI** pour que d'autres élèves puissent les utiliser et tester leurs connaissances sur ces romans.

+PROF Évaluation différenciée et corrigée

Je construis

1 • La recette d'un roman d'aventures réussi

Quels sont, selon vous, les ingrédients essentiels à la réussite d'un roman d'aventures ?
Vous présenterez votre réponse sous la forme d'une recette de cuisine.

RECETTE D'UN ROMAN D'AVENTURES

Ingrédients
- …
- …

Préparation
- …
- …

2 • Le bilan sur le roman que j'ai lu

En vous appuyant sur le roman que vous avez lu, recopiez et complétez la carte mentale ci-dessous :

L'aventure
- Les lieux de l'aventure
- Les qualités du héros et de l'héroïne
- La quête et son déclencheur
- Les épreuves

3 • Les enjeux du roman d'aventures

Parmi les verbes suivants, quels sont ceux qui, pour vous, sont les plus importants dans un roman d'aventures :

s'évader – frissonner – tenir en haleine – rire – apprendre – réfléchir – rêver

Échangez votre point de vue avec votre classe.

Je retiens

Le roman d'aventures

L'aventurier(ère)

- Le **héros, l'héroïne** du roman d'aventures est souvent un(e) enfant ou un(e) adolescent(e), ce qui permet au jeune lecteur de **s'identifier** au personnage.
- Le personnage est doté de **qualités** comme le courage, l'intelligence, la détermination....

Les lieux de l'aventure

- L'aventure se déroule généralement dans des **lieux exotiques** (la jungle, une île déserte...) ou **imaginaires.** Le personnage est alors confronté à un univers **mystérieux** et **inconnu**.

La quête

- Elle est motivée par un **élément déclencheur** qui pousse le personnage à partir. Il va affronter de nombreuses **épreuves**, qui mettent en évidence ses qualités et le font grandir. C'est pourquoi le roman d'aventures est aussi un **roman initiatique**.

Pourquoi lire un roman d'aventures ?

- Le roman d'aventures permet au lecteur de **s'évader**, **d'être tenu en haleine**, de **s'identifier** à un personnage porteur de **valeurs positives** (le courage, la générosité...).

carnet de
LECTURE

Poursuivre le défi aventures avec d'autres lectures

Jouez au bingo de la lecture

Vous avez aimé ce défi lecture sur le thème de l'aventure ? Poursuivez-le en choisissant des livres parmi ceux proposés dans la grille de bingo ci-dessous (le bingo est un jeu dont l'objectif est de remplir sa grille avant les autres). À vous de jouer !

- Fixez-vous comme objectif de valider toute la grille, une ligne, une colonne ou une seule case.
- Partagez ensuite vos lectures avec votre classe en faisant une courte présentation orale du livre que vous aurez préféré.

BingO de la lecture

une BD, un manga ou un album sur l'aventure	un roman d'aventures adapté en film ou film d'animation	un autre roman d'aventures écrit par Michael Morpurgo
un roman d'aventures dont le titre ou la couverture sont en lien avec un ou des animaux	**Relevez le défi du bingo. Lisez les livres proposés dans les cases !**	un roman d'aventures comportant 200 pages ou plus
une robinsonnade	un roman d'aventures ayant pour univers un univers merveilleux	un roman d'aventures trouvé et emprunté au CDI

À lire et à voir...

Une robinsonnade

96 pages

Aline Bureau et Alexandrine Civard-Racinais, *Les Robinsons de l'île Tromelin* (Belin Éducation, 2020)

Une robinsonnade tirée d'une histoire vraie, celle de Tsimiavo, une jeune esclave malgache...

Un roman d'aventures et d'amitié

320 pages

Sara Pennypacker, *Pax et le petit soldat* (Gallimard Jeunesse, 2017)

Une histoire d'aventures et d'amitié entre un garçon et un renard apprivoisé...

Un classique

304 pages

Joseph Kessel, *Le Lion* (1958, Gallimard jeunesse 2018)

Un roman d'aventures classique qui vous emmènera au pied du Kilimandjaro...

Une aventure futuriste

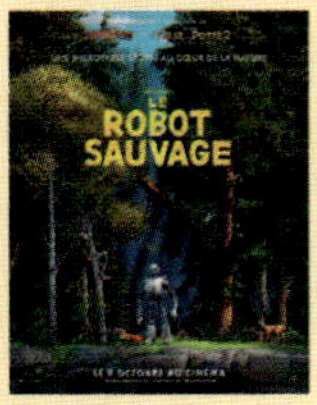

FILM

Chris Sanders, *Le Robot sauvage* (2024)

Suivez les aventures d'un naufragé pas comme les autres qui va devoir s'adapter pour survivre dans la nature...

4

Œuvre intégrale

Contes des cataplasmes de Vercors

▶ Que nous apporte la lecture des contes merveilleux ?

1. Observez le tableau. L'univers représenté vous semble-t-il accueillant ou inquiétant ? Pourquoi ?

2. Quels êtres extraordinaires repérez-vous ?

3. Choisissez-en un et et décrivez-le en imaginant son nom, ses pouvoirs, son histoire...

Doc 1

■ **René Magritte**, *Alice au Pays des merveilles* (1946), huile sur toile (146,8 x 114,3 cm), collection particulière

Je découvre

Un recueil moderne et traditionnel

L'auteur : Vercors

- Jean Bruller (1902-1991) est un illustrateur et écrivain français. Pendant la Seconde Guerre mondiale, il participe à la Résistance et choisit le **pseudonyme** Vercors pour publier clandestinement *Le Silence de la mer* (1942).
- Il écrit les *Contes des cataplasmes* en 1971, à l'âge de 69 ans.

Doc 2 Portrait de Vercors (1982)

1. Recherches

Quel nom porte la maison d'édition que fonde Vercors en 1941 ?

Des histoires qui séduisent le jeune public

- Les *Contes des cataplasmes* est un **recueil** qui rassemble quatre histoires > p. 102. Le texte est plein de **fantaisie** : il laisse une large place à l'imagination.
- C'est une lecture distrayante qui s'inscrit dans le genre **merveilleux** > p. 113. L'auteur s'est inspiré de contes de fées et d'histoires populaires ou mythologiques.

Doc 3

Couvertures des éditions 1971, 1986 et 1989

2. Oral

a. Pour vous, laquelle des couvertures **(doc 3)** illustre mieux chacune de ces thématiques ?

monstres • héros • imagination • enfance

b. Quel conte de votre enfance vous a le plus marqué(e) ? Comment l'avez-vous connu ? Racontez.

CARNET DE VOCABULAIRE

Recopiez les mots en vert dans votre carnet en les associant à leur définition.

Projet 1 > p. 108

Écrire pour réfléchir, apprendre et mémoriser

Enquêter sur les souvenirs liés aux contes

- Et si vous tendiez l'oreille aux histoires qui vous entourent... Quels récits ont marqué les personnes qui vous entourent ? Et vous, quel est votre conte préféré ?
- En véritable reporter, vous regrouperez des témoignages et leur donnerez la forme d'un objet unique et précieux.

Projet 2 > p. 109

Lire une œuvre et se l'approprier

Devenir passeur ou passeuse de conte

- À vous de captiver votre auditoire : dans ce chapitre vous allez développer votre talent pour maîtriser l'art de conter.
- Vous organiserez collectivement un festival pour partager vos histoires préférées et mettre en pratique les techniques abordées.

Torture et plaisir des cataplasmes

Écoutez le texte lu
hatier-clic.fr/25coli90

Extrait 1 La voix du conteur

Le saviez-vous ?

La moutarde est utilisée comme médicament depuis l'Antiquité : à partir de ses graines, on réalise des **cataplasmes**. En appliquant ces galettes sur la peau, il se produit un afflux sanguin qui soulage l'organe touché par la maladie.

Quand j'avais ton âge, mon vieux (ou ma vieille), il m'arrivait assez souvent de faire quelque bêtise (tu connais ?). Surtout l'hiver, comme de me fourrer dans un courant d'air pour me rafraîchir quand j'avais trop couru, et hop, j'attrapais une bronchite[1]. Je ne le faisais pas exprès, non, mais enfin, je ne détestais pas ça. Surtout quand il y avait une récitation que je n'avais pas apprise, ou un devoir que je n'avais pas fait. Ça ne tombait pas toujours aussi bien. Quelquefois même ça tombait mal, quand justement, par exemple, on devait m'emmener au cirque ou au cinéma. Bon, pas la peine d'insister, tu sais tout ça aussi bien que moi.

Donc, j'attrapais des bronchites comme d'autres attrapent des grenouilles. Ça devenait une espèce d'habitude. Deux fois chaque hiver au moins. On me mettait au lit, bien au chaud, avec mes jouets, mes albums, du papier à découper. C'était chic. On me faisait des petits plats. On me laissait tranquille pendant des heures. Bien sûr, d'un autre côté, il y avait quelques petits ennuis. Matin et soir, il fallait prendre ma température (on s'y habitue). Mais surtout, tant qu'elle n'avait pas baissé, on me mettait des cataplasmes.

Vercors, *Contes des cataplasmes* (1971), « Petits contemporains » (2011)

1. **bronchite** : maladie qui fait tousser.

Atelier LECTURE

Stratégies de compréhension

De quoi parle le narrateur dans la phrase en couleur ? (l. 4-5) À l'oral, reformulez cette phrase en remplaçant les pronoms *le* et *ça* pour expliquer de quoi il est question.

Partageons notre lecture

Observez l'image : de quel type de document s'agit-il ? Quel lien faites-vous avec le texte ?

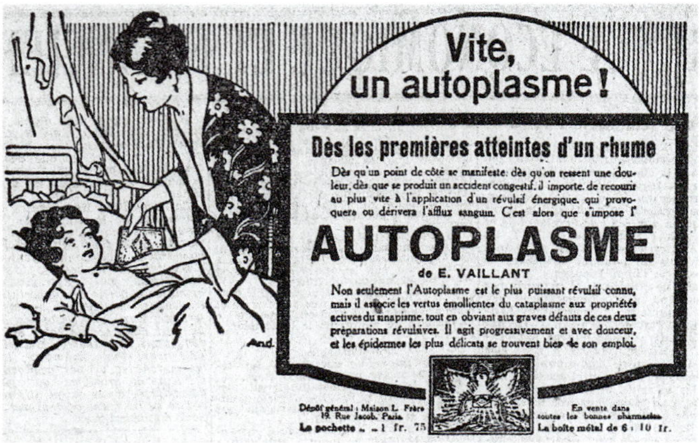

Publicité pour l'autoplasme de E. Vaillant (1933)

Activités

1* *Quand j'avais ton âge* (l. 1), *tu sais tout ça aussi bien que moi* (l. 9) : qui s'adresse à qui dans ces passages ?

2** Identifiez dans un tableau les avantages et les inconvénients de la situation vécue par le narrateur. Intitulez la première colonne *c'était chic* (l. 13) et l'autre *quelques petits ennuis* (l. 15).

3*** Le ton employé par le narrateur vous semble-t-il plutôt grave ou léger ? Donnez deux exemples pour expliquer votre point de vue.

Écoutez le texte lu
hatier-clic.fr/25coli91

Extrait 2 Souffrance et consolation

Atelier LECTURE

Lecture à voix haute

Exercez-vous à lire le premier paragraphe (l. 1 à 12) à voix haute, de manière expressive.

Je me tortillais[1] dans mon lit. Pendant ce temps, ma mère saupoudrait[2] sa galette avec de la farine de moutarde, qui avait, elle, une odeur abominable, aigre et forte (je la sens encore d'y penser). C'était ça qui piquerait, **il fallait que ce soit bien chaud pour bien piquer, il fallait que la peau soit bien rouge quand on enlèverait le cataplasme**. Et par-dessus le marché, c'était moi qui devais écarter, des deux mains, les bords de ma chemise de nuit, pour me découvrir la poitrine. Sale moment ! Mais, flac, le cataplasme m'était plaqué dessus d'une main ferme[3] ; je criais bien un peu pour la forme : « Ça brûle ! ça brûle ! » mais pas trop ; parce que si j'avais crié trop longtemps, il n'y aurait pas eu la suite, et la suite, ça me récompensait de tout.

Parce que la suite, c'était l'histoire que ma mère racontait, pour me distraire du cataplasme en train de me piquer de plus en plus. [...] De sorte qu'à part la cérémonie[4] de la préparation, et la courte torture[5] de l'attente, au fond j'avais eu surtout du plaisir ; de sorte aussi que la pensée du lendemain, du cataplasme du lendemain, qu'accompagnerait la suite de l'histoire, eh bien, ce n'était pas du tout une pensée désagréable, au contraire.

Vercors, *Contes des cataplasmes*, ibid.

Seymour Joseph Guy, *La connaissance est le pouvoir* (fin 19e s.), huile sur toile (76,2 x 63,5 cm), collection particulière

1. **me tortillais :** bougeais beaucoup, me tournais dans tous les sens.
2. **saupoudrait :** recouvrait de petits éléments, de grains.
3. **ferme :** solide, sûr(e). 4. **cérémonie :** moment solennel, rituel.
5. **torture :** douleur, souffrance.

VOCABULAIRE

Enquête

Par-dessus le marché, flac, eh bien : ces expressions appartiennent-elles à un langage soutenu ou familier ? Écrit ou oral ? Déduisez-en si le texte est plutôt fait pour être lu silencieusement ou écouté.

ÉCRITURE

Décrivez un moment où vous avez écouté quelqu'un vous raconter une histoire. Vous pouvez résumer l'histoire et présenter la personne qui vous l'a racontée puis détailler la scène (lieu, moment, ambiance) et partager ce que vous avez ressenti.

Partageons notre lecture

À quel moment du texte peut correspondre l'image ?

Activités

1 a.* Pourquoi le narrateur est-il dans son lit ? Appuyez-vous sur la lecture de l'extrait 1 p. 90.

b.** Reformulez l'expression *Sale moment !* (l. 7-8) en expliquant la situation.

2 a.* Recopiez la phrase en gras (l. 4-5) et surlignez les mots répétés.

b.** Sur quoi ces répétitions insistent-elles ?

3 a.** Que fait la mère pour aider son enfant à supporter la douleur ?

b.** Cela est-il efficace ?

Extrait 3 Des histoires formidables

Écoutez le texte lu
hatier-clic.fr/25ccli92

Mais c'était que les histoires de ma mère, elles aussi, me semblaient formidables. C'est pourquoi je voudrais te les raconter. C'était toujours les mêmes, et ainsi je me les rappelle bien. [...] [Ces] histoires, elles viennent de si loin que personne ne peut se souvenir. Peut-être même du temps où les marins grecs débarquèrent en Provence et fondèrent Marseille. Je dis ça mais je n'en sais rien, disons que c'est une idée que je me suis faite. De toute façon, ça montre que ces histoires ont toujours plu au peuple et aux enfants, à travers les pays et les siècles, autant qu'elles me plaisaient à moi, et que j'espère qu'elles te plairont. La seule différence, c'est que je ne te les raconte pas, comme ma mère, pendant que tu rutiles[1] sous un cataplasme, et naturellement ce n'est pas tout à fait la même chose. Mais enfin tant pis, n'est-ce pas ? Je veux dire tant pis pour moi, parce que c'est fantastique, quand on a un cataplasme sur la poitrine ou sur les omoplates[2], qui pique de plus en plus fort, qu'on est couché sur le dos ou sur le ventre, sans pouvoir bouger, c'est fantastique ce que l'on écoute bien. Surtout des histoires que l'on connaît presque par cœur. Enfin écoute-moi quand même (ou plutôt lis-moi) aussi bien que tu pourras.

PREMIER CATAPLASME

« Le Génie[3] des Laumes »

Eh bien, l'histoire que racontait ma mère, ou plutôt les histoires, c'étaient celles d'une vieille maman et de ses trois grands fils, Albéric, Ulric et Ludovic. Drôles de noms, mais cela se passait, vois-tu, il y a très, très longtemps [...].

■ **Vercors**, *Contes des cataplasmes*, ibid.

Atelier LECTURE

Stratégies de compréhension

a. Relevez les trois formes du verbe *plaire* dans les lignes 7-9.

b. Quels sont les trois temps employés ?

1. **rutiles** : brilles intensément, ici à cause de la chaleur.
2. **omoplates** : os plats à l'arrière de l'épaule.
3. **génie** : être magique qui réalise des vœux.

■ **Edvard Munch**, *Histoire* (1911), huile sur toile (4,48 x 11,63 m), Université d'Oslo (Norvège)

Partageons notre lecture

● La mère invente-t-elle les histoires qu'elle raconte ?

Activités

1* Le narrateur découvre-t-il les histoires ou les connaît-il déjà ?

2** Résumez le premier paragraphe en 3 à 5 lignes. (l. 1 à 17)

3 a.* Expliquez ce qui change dans le texte entre la ligne 17 et la ligne 18.

b.** D'après vous, quelle est l'utilité d'indiquer « Premier cataplasme » (l. 18) ?

Bilan de la Lecture 1

Qui raconte ?

1 a.* Dans les *Contes des cataplasmes*, quel ton le narrateur emploie-t-il ?

b.* À qui s'adresse-t-il ?

2** Quel type de lien se crée entre le narrateur et le lecteur ? Rédigez au moins trois phrases pour expliquer. Aidez-vous si besoin des mots choisis ci-dessous.

complice • chaleureux • direct • joyeux • généreux • accessible • ludique • sympathique • amical • léger • humoristique • proche • protecteur

3*** D'après vous, l'introduction > p. 90 réussit-elle à capter l'attention des lecteurs et des lectrices ? Justifiez votre point de vue.

Où nous emmènent les *Contes des cataplasmes* ?

4* D'après vous, de quoi vont parler les histoires racontées par la mère du narrateur ?
amour • mythologie • batailles • monstres • aventure • animaux

5** Imaginez et décrivez la famille nommée à la fin du troisième extrait > p. 92 :
« une vieille maman et [...] ses trois grands fils, Albéric, Ulric et Ludovic ».
Sentez-vous libre. La fantaisie est autorisée !

6** **Débat** Avez-vous envie de connaître leur histoire ?

7*** Parmi les trois extraits > p. 90, 91 et 92, choisissez celui que vous avez préféré. Préparez-en une lecture expressive et enregistrez-la avec un dictaphone, un ordinateur ou un téléphone.

CARNET DE VOCABULAIRE

Notez et définissez les termes suivants : *narrateur / narratrice, complicité, récit, conte, merveilleux.*

Vers le projet 1 Établir un questionnaire sur les contes

En binôme avec la ou le camarade de votre choix, interrogez-vous sur vos souvenirs de contes.
a. Établissez un questionnaire. Vous pouvez inclure des questions comme :
- Quels contes ou histoires te racontait-on lorsque tu étais plus jeune ?
- Y a-t-il un conte qui t'a particulièrement marqué(e) ou que tu aimes encore raconter ?
- Quels personnages de contes t'ont le plus frappé(e) ?

b. Préférez-vous prendre des notes ou enregistrer la personne qui vous répond ? Qu'est-ce qui est le plus efficace pour vous ? Faites des tests.

Vers le projet 2 Se préparer à conter

Vous allez avoir besoin d'utiliser votre corps pour bien faire vivre votre récit.
a. Pour commencer, accordez toute votre attention à votre respiration, pendant environ cinq cycles inspiration-expiration.
b. Échauffez votre voix en pratiquant quelques vocalises : dites les voyelles de manière prolongée, avec des sons graves et aigus.
c. Adoptez une posture qui vous permettra de maintenir clarté et énergie : tenez-vous droit(e), assis(e) ou debout, les épaules détendues et le regard ancré.
d. Enfin, choisissez une phrase du texte > p. 92 et prononcez-la en faisant bien entendre chaque son.

Bathilde

Écoutez le texte lu
hatier-clic.fr/25coli94a

L'histoire commence par le récit de la jeunesse de la mère d'Albéric, Ulric et Ludovic. Elle s'appelle Bathilde.

Autour de son berceau, la petite Bathilde n'avait pas eu seulement de bonnes fées. Il s'en était trouvé aussi de maléfiques. D'abord, quand elle eut quelques mois, l'on s'aperçut que la pauvre petite était sourde. Quand on est sourde à la naissance, on reste aussi muette, forcément, puisque l'on ne peut pas apprendre à parler. (Du moins était-ce ainsi naguère[1] encore, aujourd'hui il y a des écoles pour cela.) Tout au plus Bathilde sut-elle apprendre à lire sur les lèvres une partie de ce qu'on lui disait ; mais elle ne pouvait répondre que par gestes. Elle grandit donc dans un univers très étrange, sans bruits, sans paroles, sans musique, sans chants d'oiseaux. Pourtant il existait une musique pour elle : celle des couleurs ; qu'elle « entendait », si l'on ose dire, par ses grands yeux. Car elle avait de beaux grands yeux verts, que tout le monde admirait. Ils rayonnaient de bonté et d'intelligence. Aussi ne la plaignait-on que davantage pour son malheur.

Un jour que, toute jeune encore, elle se promenait dans le jardin du château, sa mère la vit qui cueillait des fleurs. Mais elle ne les rassemblait pas en bouquets. Elle les disposait sur le sol, groupées par coloris, mais pas seulement les bleus avec les bleus, les jaunes avec les jaunes, les rouges avec les rouges : **mêlant** au contraire ces couleurs entre elles dans une harmonie de tons si merveilleuse qu'on avait l'impression, vraiment, d'entendre de la musique. Sa mère en fut bouleversée, et comprenant que la jeune fille avait un œil et une âme d'artiste, elle acheta pour elle des laines de toutes les teintes, un grand métier à tisser[2], et lui fit montrer, par le meilleur tapissier de la région qu'elle avait fait venir à grands frais, comment se servir de tout cela. Ce que Bathilde, en effet, apprit avec une grande rapidité. Bientôt les **tapisseries** qu'elle faisait dépassèrent en beauté, en coloris et **imagination**, celles même de son maître. Aussi sa réputation commença-t-elle bientôt à se répandre. [...]

Or, un peu plus au nord, vivaient un seigneur et son fils, frappés eux aussi d'un grand malheur. Quand il avait quinze ans, accompagnant son père à la chasse au renard, le jeune garçon avait fait une chute de cheval si malencontreuse[3], heurtant brutalement une souche[4] de son front, que, depuis, il était aveugle. Son nom était Geoffroy.

■ **Vercors**, *Contes des cataplasmes*, ibid.

Atelier LECTURE

Écoute active

Écoutez le texte attentivement puis complétez le texte à trous.

Activité
Texte à télécharger
hatier-clic.fr/25coli94b

VOCABULAIRE

Enquête

Trouvez plusieurs mots de la famille de chacun des mots en gras.

1. **naguère** : autrefois.
2. **métier à tisser** : 
3. **malencontreuse** : grave.
4. **souche** : 

Partageons notre lecture

● Ce texte ressemble-t-il aux débuts de contes que vous connaissez ?

Odilon Redon, *Ophélie au milieu des fleurs* (vers 1905-1908), huile sur toile (64 × 91 cm), The National Gallery (Londres, Royaume-Uni)

ORAL

Observez l'image. Quelles sont les couleurs, les teintes et les nuances utilisées ? Quelles émotions peut déclencher ce tableau d'après vous ?

Activités

1* Il est question de *bonnes fées* et de fées *maléfiques* (l. 2). Traditionnellement, dans les contes, que font les fées à l'arrivée d'un ou d'une enfant ?

2** Faites le portrait de Bathilde : quelles sont ses forces et ses faiblesses ?

3 a.* Que fait la mère de Bathilde quand elle découvre le talent de sa fille ?

b.** Quelles en sont les conséquences ?

Bilan — Qui sont les personnages du conte ?

4** À quoi vous attendez-vous après avoir lu les portraits de Bathilde et Geoffroy ?

Vers le projet 1 Illustrer un texte

- Recherchez ou créez une autre image en lien avec le texte p. 94.
- Sur quels éléments du texte avez-vous envie d'attirer l'attention ? Quelle ambiance avez-vous envie de suggérer ?

Vers le projet 2 S'entraîner à conter

a. Installez-vous face à un miroir. Lisez à voix haute les deux premières phrases du texte p. 94 (l. 1-2).
b. Imprégnez-vous du sens de la phrase et répétez, en changeant les mots selon votre inspiration. Variez l'intonation, le rythme, les pauses.
c. Imaginez face à vous un public que vous devez captiver en vous ajustant à ses réactions.

Lecture 3

Le Génie des Laumes

Écoutez le texte lu
hatier-clic.fr/25coli96

Bathilde vient d'apprendre par Isembert que Geoffroy l'aime aussi et qu'il a utilisé son vœu pour qu'elle ne soit plus sourde ni muette.

Résumé
Geoffroy tombe amoureux de Bathilde, mais comme il est aveugle, et qu'elle est sourde et muette, il pense cet amour maudit. Un jour, il vient en aide à Isembert, un étudiant prisonnier du Génie des Laumes. Pour récompenser son courage, le Génie lui offre d'exaucer un vœu. Geoffroy obtient que Bathilde ne soit plus sourde ni muette. Quelque temps plus tard, Bathilde tombe à son tour amoureuse du jeune seigneur aveugle.

Elle ne dormit pas de toute la nuit et se jura qu'elle mourrait, ou qu'elle rendrait la vue à Geoffroy.

Alors, de bon matin, elle fit seller son plus beau cheval et partit pour la forêt des Laumes. Ce qui, pour une jeune fille, était déjà excessivement hardi[1], car la forêt était infestée[2] de loups et de bêtes sauvages. Mais c'est un des effets de l'amour qu'il fait braver la mort. Et c'est un des effets du courage que les bêtes prudentes le devinent et préfèrent ne pas s'y frotter. Elles laissèrent donc la jeune fille tranquille tandis que, se rappelant le récit d'Isembert, elle ne cessait de crier du plus fort qu'elle pouvait, tout en galopant dans tous les sens parmi les arbres :

« Ô vieux Génie des Laumes, si tu existes, montre-toi ! » espérant que ces mots de défi mettraient le Génie en colère, et qu'il se montrerait.

Mais pendant plus d'une heure, personne ne lui répondit.

Enfin, tandis qu'elle passait au pied d'un sapin immense, gros comme une tour et tellement haut qu'on n'en voyait pas le faîte[3], elle entendit une voix si grave qu'elle paraissait sortir de terre et qui disait :

« Qui donc es-tu, qui oses venir me provoquer chez moi ? »

Et Bathilde arrêta son cheval et, s'étant retournée, elle crut voir, pendant aux lourdes branches du sapin colossal, quelque chose qui ressemblait à une barbe verte, autour d'une sorte de trou noir qui aurait pu être une bouche.

« Je ne te provoque pas, ô bon Génie, dit-elle. Je viens au contraire te faire humblement une grande prière. Car il me semble que tu as commis deux injustices.

– Moi ? dit la voix. »

Vercors, *Contes des cataplasmes*, ibid.

1. **hardi :** courageux.
2. **infestée de :** pleine de.
3. **faîte :** partie la plus haute d'un arbre.

Atelier LECTURE

Lecture chorale

Formez des groupes de trois personnes. Distribuez-vous les rôles (le narrateur, Bathilde, le Génie des Laumes) et proposez une lecture à haute voix.

Partageons notre lecture

Le Génie vous paraît-il impressionnant ? D'après vous, s'agit-il d'un bon ou d'un mauvais génie ?

CARNET DE VOCABULAIRE

Notez et définissez les termes suivants : ***braver, colossal, humblement.***

■ *Sylvebarbe*, personnage du film *Le Seigneur des anneaux : Les Deux Tours*, réalisé par Peter Jackson (2002)

Activités

1* Décrivez l'attitude de Bathilde en employant au moins trois adjectifs choisis dans cette liste.

Audacieuse
Rusée
Courageuse
Entreprenante
Généreuse
Persévérante

2** Quels éléments du texte soulignent l'aspect effrayant des lieux et de la rencontre ?

3 a.** Résumez la stratégie de Bathilde : quelle est son attitude avant de trouver le Génie ? Et une fois qu'il lui a parlé ?

b.*** Cette stratégie réussit-elle ? Bathilde parvient-elle à obtenir l'attention du Génie ?

Bilan — Comment le merveilleux intervient-il ?

4* Qui est le Génie de la forêt des Laumes ? Répondez par *vrai* ou *faux*.

a. Le Génie de la forêt des Laumes se montre facilement.

b. C'est un petit homme bleu.

c. Il ne se prend pas au sérieux.

d. Sa voix est légère.

e. Il peut exaucer des souhaits et jeter des sorts.

5** À partir de vos réponses à l'activité précédente, rédigez un texte pour présenter ce personnage.

Vers le projet 1 — Rédiger un témoignage

- À vous de témoigner : quel être merveilleux, rencontré dans un conte, vous a marqué(e) ? Rédigez un texte de 5 à 15 lignes.
- Faites le portrait du personnage et expliquez pourquoi il vous plaît ou vous impressionne.

Vers le projet 2 — Lire à voix haute

Entraînez-vous à lire à voix haute le dialogue des lignes 11 à 25.

a. Pour donner vie aux personnages et faire entendre la personnalité du narrateur, modulez votre voix : le passage d'une voix à une autre doit être perceptible, sans exagération.

b. Efforcez-vous d'adapter votre diction aux émotions de chaque personnage, à sa personnalité et à ses intentions.

c. Jouez sur le rythme, l'intensité et les pauses pour rendre ce moment unique et vivant.

La potion magique

Écoutez le texte lu
hatier-clic.fr/25coli98

Bathilde explique au Génie qu'elle veut aider Geoffroy.

Il résolut[1] de mettre la jeune fille à l'épreuve.

« Accepterais-tu, dit-il, de retomber dans ta surdité pourvu qu'il retrouve la vue ?

– Oui », dit Bathilde sans hésiter.

Il y eut comme un léger frémissement dans les branches.

« Bravo ! dit la voix, tu es courageuse. Eh bien, prends sur moi un morceau de mon écorce. Tu vois qu'elle se détache sans mal. Emporte-la. Fais-la cuire dans un breuvage fait d'airelles[2], de prunelles[2] et de framboises sauvages, cuites elles-mêmes dans du vin sucré de miel. Fais boire de ce breuvage à ton jeune aveugle, et bois-en toi-même avec lui. Et souhaite tout bas dans ton cœur qu'il retrouve la vue. Aussitôt l'échange sera fait : il verra clair mais toi tu n'entendras plus.

– Je le ferai, dit Bathilde. Mais permets-moi de te dire, ô bon génie, que cet échange n'est pas juste non plus.

– Et pourquoi ? dit la voix.

– Parce que, dit Bathilde, si je redeviens sourde, ce sera pour Geoffroy comme si son vœu avait fait le contraire de ce qu'il désirait.

– C'est vrai, dit le Génie ; seulement je n'y puis rien. Car, vois-tu, je ne suis pas tout-puissant, mais l'humble génie local de la forêt des Laumes, simple sujet du Génie de Toutes les Forêts ; et je n'ai reçu en partage que des moyens très limités : je ne peux exaucer qu'un seul vœu à la fois, en récompense d'un seul acte de courage. Pour que tu conserves l'ouïe tout en même temps que Geoffroy retrouverait sa vue, il faudrait l'acte de courage d'une troisième personne. Sans cela, rien à faire. »

Certes, la pauvre Bathilde trouvait cruel le marché proposé, mais elle trouvait plus cruel encore d'entendre les oiseaux au prix des yeux de Geoffroy. Elle s'approcha donc du grand sapin et en détacha un morceau d'écorce.

« Bien, dit la voix. Mais attention ! Je ne peux exaucer un vœu que si l'acte de courage est parfait. Et dans le cas contraire le souhait se retourne contre celui ou celle qui l'a exprimé. Ainsi prends garde : si, au dernier moment, tu recules, tu hésites, ou même si simplement tu ne souhaites pas l'échange avec assez de conviction, tu risques de provoquer un grand malheur pour Geoffroy et toi. Par conséquent, réfléchis bien d'abord ! Cela dit, ma jolie, bonsoir, et bon courage ! »

■ **Vercors**, *Contes des cataplasmes*, ibid.

Atelier LECTURE

Stratégies de compréhension

Identifiez les trois étapes du dialogue. Donnez un titre à chacune.

VOCABULAIRE

Polysémie

a. Quels sont les différents sens du verbe *éprouver* ?

b. Lequel est employé dans chacune de ces phrases ?

1. Le Génie *éprouve* le courage de Bathilde.
2. Bathilde *éprouve* de l'appréhension.
3. Isembert est très *éprouvé* par les malheurs qui arrivent à ses amis.

1. **résolut** : décida.
2. **airelles, prunelles** : fruits sauvages.

Partageons notre lecture

● Quelle est l'attitude de Bathilde dans ce passage ?

Marie Desplechin et Magali Le Huche, *Verte*, Éditions Rue de Sèvres (2017)

Activités

1* Quel échange le Génie des Laumes propose-t-il à Bathilde ?

2 a.* Que lui offre-t-il pour pouvoir agir ? Que doit faire Bathilde ?

b.** Quel personnage traditionnel des contes prépare des boissons magiques ?

c.** Lisez la bande dessinée. Lequel des deux personnages est initié, et à quoi ?

3*** Quelle condition est nécessaire à la réussite du vœu de Bathilde ?

Bilan — Qu'est-ce qu'un récit initiatique ?

4* En quoi consiste l'épreuve ?

5** Quelles sont les qualités humaines valorisées dans ce texte ? Choisissez-en trois et expliquez à quels moments elles interviennent.
empathie • ténacité • optimisme • créativité • modestie • courage • gratitude • altruisme

6*** Après avoir lu les textes 2, 3 et 4 > p. 94, 96 et 98, que retenez-vous concernant le personnage de Bathilde ?

CARNET DE VOCABULAIRE

Notez et définissez les termes suivants : *épreuve, frémissement, breuvage, exaucer.*

Vers le projet 1 Raconter une péripétie

a. Inventez une phrase pour souligner le suspense que l'on peut ressentir à ce moment du conte. Vous pouvez utiliser la forme interrogative et les points de suspension.
b. Comme Bathilde, il vous est sûrement déjà arrivé, ou à une personne proche, d'être confronté(e) à un obstacle ou de devoir faire un choix difficile. Expliquez.

Vers le projet 2 Créer une attente

Lisez à voix haute les deux derniers paragraphes (l. 25 à 35) en vous efforçant de créer du suspense. Variez le rythme de votre narration : ralentissez lors des moments clés. Faites des pauses dramatiques, utilisez des silences pour instaurer l'attente. Modifiez votre ton pour maintenir l'incertitude.

Lecture 5

Le courage récompensé

Écoutez le texte lu
hatier-clic.fr/25coli100

Le moment de boire la potion arrive.

Résumé
Bathilde prépare la potion selon les instructions du Génie des Laumes pour rendre la vue à Geoffroy. Elle se confie à Isembert pour qu'il l'aide à réaliser son plan. Il accepte de verser la boisson dans la coupe de Geoffroy, mais il trouve injuste qu'elle redevienne sourde. Il prévoit donc de boire en secret la potion, en même temps que Geoffroy et Bathilde, en faisant le vœu que le malheur retombe sur lui.

Pendant que Geoffroy buvait, Bathilde buvait aussi en pensant de toutes ses forces : « Que je redevienne sourde mais qu'il retrouve la vue ! » Tandis que le noble Isembert de son côté buvait en priant : « Que la belle Bathilde soit épargnée et que le mal retombe sur moi ! » Et puis elle et lui attendirent, anxieux[1], de voir ce qui allait se passer. [...]

Geoffroy brusquement venait de cesser de chanter. Et il était si pâle, avait les yeux tellement écarquillés, que tout le monde prit peur et crut qu'il était malade. Mais quand on l'entendit s'écrier : « Dieux de miséricorde ! » et qu'on le vit tomber à genoux les yeux tournés vers le ciel, chacun comprit qu'il venait soudainement de recouvrer[2] la vue. Et l'assistance se précipita vers lui, et ce ne furent qu'embrassades et congratulations[3], que rires et exclamations. Seul Isembert n'osait pas se réjouir autant que les autres, car du moment qu'il entendait tout cela malgré son vœu, c'était donc, pensait-il, que sa prière avait été vaine et que la belle et trop courageuse Bathilde avait de nouveau perdu l'ouïe. Mais quand il la vit se retourner vers lui avec un regard à la fois de bonheur et de stupéfaction, et se jeter dans les bras de sa mère en pleurant de joie, il comprit que tout avait réussi au-delà de ses espérances, et que, comme l'avait en somme indiqué le Génie des Laumes, à chaque acte de courage avait répondu un vœu exaucé. [...]

Et pendant plusieurs jours, au château de Geoffroy, avant et après le mariage [de Bathilde et Geoffroy], ce ne furent que fêtes et que libations[4].

Et comme ils étaient aussi nobles et vertueux l'un que l'autre, pendant de longues années ils furent les plus heureux et les plus aimants des époux. Et de leur union naquirent trois fils, qui furent Albéric, Ulric, et Ludovic.

Et ce sont les aventures de ces trois fils qu'à présent je vais te raconter.

*

Mais quand ma mère en était là, j'avais supporté la farine de moutarde autant que j'avais pu ; et malgré tout le désir que j'avais d'entendre ces aventures, ça me piquait trop fort et je lui demandais de retirer la compresse. De sorte que je n'avais qu'une envie, c'était que le lendemain vint très vite pour écouter ma mère me raconter la suite, fût-ce au prix d'avoir à supporter le prochain cataplasme.

■ **Vercors**, *Contes des cataplasmes*, ibid.

1. **anxieux** : inquiet. 2. **recouvrer** : retrouver.
3. **congratulations** : félicitations.
4. **libations** : banquets, festins avec beaucoup de boissons.

VOCABULAIRE

Champ lexical

a. Relevez dans le texte au moins trois mots appartenant au champ lexical de la vue, puis trois mots appartenant au champ lexical de l'ouïe.

b. Complétez la liste des cinq sens :

la vue 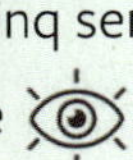, l'ouïe ,
... 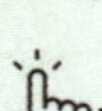, ... ,
... 

Partageons notre lecture

● Quels personnages boivent la potion ? Dans quel ordre ?

Prolongement artistique et culturel

Plusieurs œuvres littéraires, depuis le XIIe siècle, racontent l'histoire de l'amour impossible de **Tristan** et **Iseut**. Les **manuscrits médiévaux** sont souvent illustrés et décorés par des **enluminures** : de fins dessins à la plume parfois rehaussés d'or.

1. Observez l'enluminure : combien de personnages repérez-vous ? Faites des hypothèses sur leur identité.

2. Expliquez pourquoi le jeu d'échecs peut symboliser les relations amoureuses, en vous renseignant si nécessaire sur les principales règles d'une partie.

Tristan et Iseut buvant le philtre d'amour, enluminure de **Michel Gonnot** (vers 1470), bibliothèque nationale de France (Paris)

Lecture d'image
Enluminure
hatier-clic.fr/25coli101

Activités

1* De quelle qualité Bathilde a-t-elle fait preuve ? Qui l'a aidée ?

2 a.* *À chaque acte de courage avait répondu un vœu exaucé* (l. 19-20) Quels actes de courage ont été réalisés ? Quels vœux ont été exaucés ?

b.** Résumez la fin du conte en quelques phrases.

3** Expliquez ce qui change dans le texte entre la ligne 26 et la ligne 28.

Bilan — Quel est le message du conte ?

4*** Faites le bilan de votre lecture en quelques phrases. Vous devrez utiliser les mots suivants, dans l'ordre de votre choix.
boire • sacrifice • secret • ami • cœur • réussir • magie • narrateur • plaisir • attendre

CARNET DE VOCABULAIRE

Notez et définissez les termes suivants : *manuscrit, enluminures.*

ÉCRITURE

Inventez un récit en vous inspirant de l'image. Vous devez mentionner que la boisson servie dans la coupe possède des propriétés magiques.

Vers le projet 1 Résumer un conte

• Résumez le conte « Le Génie des Laumes » en dix lignes maximum. Relisez si nécessaire les lectures 2 à 5 (p. 94 à 100). Ne dévoilez pas la fin, ménagez le suspense.

• Recopiez votre texte au propre en soignant particulièrement la présentation pour donner envie de lire (mise en page, couleurs, lettres ornées…).

Vers le projet 2 S'adresser à l'auditoire

Imaginez plusieurs formules pour vous adresser directement à l'auditoire (cela soutient l'attention et crée une complicité). Recopiez et complétez ce tableau avec vos idées.

Au début	Au milieu	À la fin
• *Mesdames et messieurs, imaginez…* • *Laissez-moi vous emmener dans ce monde…*	• *Et vous, que feriez-vous à sa place ?* • *Vous rappelez-vous de…*	• *Il est temps de revenir ici et maintenant.* • *Qu'en pensez-vous ?*

Contes des cataplasmes de Vercors en un COUP D'ŒIL

Pour vous faire une idée de la suite des textes de ce chapitre, découvrez le résumé de chaque « cataplasme ». À vous de jouer !

Le récit cadre

- Au début du recueil, l'**auteur** s'adresse directement au **lecteur**.
- Il n'a pas oublié les histoires que lui racontait sa mère durant son enfance, lorsqu'il était malade.
- Au fil du récit, il maintient constamment l'attention du lecteur en entretenant avec lui une **relation chaleureuse et familière**. Lecture 1

Premier cataplasme : « Le Génie des Laumes »

- Le **cadre** général est posé : dans la tradition du conte de fées, les faits se déroulent dans un passé et un lieu imprécis.
- **Bathilde**, **Geoffroy** et **Isembert** sont mis à l'épreuve par le **Génie** de la forêt des Laumes. Lectures 2 à 5

Deuxième cataplasme : « La Bête-à-sept-têtes »

- Bien des années plus tard, **Bathilde** est veuve. Elle vit paisiblement avec ses trois fils.
- Un jour, **Albéric**, le fils aîné, se perd. À Organde, il affronte la **Bête-à-sept-têtes** et sauve la belle **Zerbine**. Malheureusement, un traître le fait prisonnier.
- Bathilde, devinant qu'il est en danger, envoie à son secours ses deux autres fils.

Troisième cataplasme : « Le Corps-sans-âme »

- Le fils cadet, **Ulric**, cherche son frère au château de Transème. Il tombe dans un piège tendu par le **Corps-sans-âme**.
- Le plus jeune fils, **Ludovic**, vient en aide à des animaux qui le récompensent par des cadeaux magiques. Grâce à ces dons, Ludovic sauve Ulric et vainc le Corps-sans-âme.

Quatrième cataplasme : « La Femme-anguille »

- Pour libérer **Albéric**, **Ulric** a recours à des ruses qui lui permettent de terrasser la **Femme-anguille**. Par la même occasion, il tombe amoureux d'une jeune fille qu'il délivre d'un mauvais sort.
- Mère et fils sont réunis et heureux, **deux mariages** sont célébrés.

Activités

1* Exposition

- Sur une feuille A3, réalisez une affiche sans texte pour illustrer l'un des cataplasmes. La technique est libre : dessin, collage, outils numériques… Il est interdit d'inclure des mots sur l'affiche !
- Répartissez-vous les histoires pour qu'elles soient toutes représentées.
- Exposez les réalisations et votez pour la plus réussie.

2** Prolongez le recueil : rédigez le cinquième cataplasme

- Bathilde, en rejoignant ses fils, croise la route d'un être surnaturel. Choisissez le personnage : un âne qui parle, une luciole fée, un gnome des bois…
- Imaginez une mise à l'épreuve qui valorise des qualités humaines.

3** Testez votre connaissance de l'œuvre

Vous avez lu l'œuvre intégrale ? Répondez aux questions du quiz et autoévaluez votre connaissance des *Contes des cataplasmes*.

Quiz
hatier-clic.fr/25coli103

4*** Débat

Quel monstre vous semble le plus terrifiant : la Bête-à-sept-têtes, le Corps-sans-âme ou la Femme-anguille ? Constituez trois équipes et affûtez vos arguments.

À lire…

Un autre conte merveilleux

Marie Catherine d'Aulnoy, *La Belle aux cheveux d'or*

Avenant est chargé de rendre visite à la Belle aux cheveux d'or pour la persuader d'épouser le roi. Au cours de son voyage, il vient en aide à une carpe, un corbeau et un hibou, qui, en retour, le soutiendront lors des épreuves imposées par la Belle aux cheveux d'or…

Atelier
LECTURE

Échauffement

1* Lisez les phrases suivantes plusieurs fois et de manière fluide.

a. La brave Bathilde boit le breuvage bouilli.

b. Geoffroy guide généreusement les gens gentils.

c. L'athlétique Albéric pique, repique, attaque et applique ses tactiques antiques.

d. Zen et zélée, Zerbine sourit et zigzague sous les ombres.

2* Lisez la formule suivante à voix haute et avec le sourire. Exercez-vous jusqu'à ce que votre diction soit fluide.

Bracatarax, graines de moutarde, écorce de frêne, airelles et prunelles,
Bricatiflac, sept têtes sans langue, une patte de fourmi, un poil de loup gris, une plume de colombe,
Brocatoplasme, un rayon de lune, les échos envoûtants d'une voix mystérieuse,
En route, héros épiques, nobles héroïnes,
Délivrez-nous des rhinites, bronchites, laryngites.

Déchiffrage

3* Lisez ces prénoms. Ils sont anciens, mais vous connaissez peut-être des personnes ou des personnages qui les portent.

Prénoms masculins : Godefroy, Hilaire, Aymar, Eudes, Gérald, Hugues, Anselme

Prénoms féminins : Eudoxie, Bertrade, Sévère, Radegonde, Isabeau, Gertrude, Mélisende

4 Lisez ces titres et ces noms d'auteurs et autrices inventés.**

a. *Voyage dans l'Inframonde : bienvenue au pays du Phénix embrumé*, par Althariel de Lombreau

b. *Le Miroir des Ombres éthérées et autres contes d'antan*, par Lysandre Virelune

c. *Cent Chroniques de l'Autre Royaume et deux légendes des Nébuloses*, par Théodoric Silvershade

d. *Le Noxéon ou La Forêt des Vents silencieux*, par Maëlis et Eleanor Dusombre

e. *Tribulations et Fabulations du Régno Céleste*, par Vesperis Luminara

Lecture

5* Replacez les mots suivants dans le texte.

cérémonie • trucs • baissé • supplice • imaginer • faciles

> Mais surtout, tant [que la fièvre] n'avait pas **...**, on me mettait des cataplasmes.
> Ce n'était pas des **...** comme aujourd'hui, tout apprêtés, **...** à mettre et à enlever. C'était toute une **...** : ma mère cuisinait le cataplasme devant moi, sur une lampe à alcool, et j'avais tout le temps de me préparer au **...**, c'est-à-dire de l'**...** sous toutes ses coutures.
>
> ■ D'après **Vercors**, *Contes des cataplasmes*, ibid.

6 a. Lisez ce texte et dites à quoi servent les mots en gras.**
b. Relevez cinq verbes à l'infinitif.

> **D'abord**, il fallait faire bouillir de la farine de lin dans une casserole. Ça donnait une bouillie épaisse, dont l'odeur doucereuse vous barbouillait **déjà** le cœur. **Ensuite**, il fallait la laisser refroidir, mais pas trop, **après** l'avoir enfermée comme une galette dans de la tarlatane, une espèce de gaze à pansement.
>
> ■ **Vercors**, *Contes des cataplasmes*, ibid.

7 a. Lisez le texte. Qui dit *je* dans cet extrait ? Justifiez en relevant plusieurs indices dans le texte.**
b.* Quels points communs voyez-vous avec le narrateur des *Contes des cataplasmes* > p. 90 ?**

> Ce soir, leur dit-elle, mes chères enfants, je vais vous conter ma propre histoire, mon histoire de petite fille ; car j'ai été jeune comme vous, j'ai eu comme Gilberte de longues boucles blondes dont j'étais fière et des joues roses comme les vôtres. En ce temps-là, j'avais dix ans, l'âge d'Anne-Marie, et je me souviens que je me demandais alors comment on faisait pour vieillir. Les années sont venues, les cheveux blonds ont blanchi, et me voici devenue matrone, dans mon grand fauteuil.
>
> ■ **Lucie des Ages**, *La Grand-mère de Gilberte* (1878)

Test de lecture

8 a. Fluence
Lisez ce texte. Notez votre temps de lecture précisément.

Écoutez le texte lu
hatier-clic.fr/25coli105

b. Compréhension
Répondez aux questions pour vérifier que vous avez compris l'essentiel.

On aurait pu vérifier la chaleur juste, avec un thermomètre. Mais ma mère préférait en approcher la main, comme font les blanchisseuses, tu sais, qui se frôlent la joue de leur fer à repasser, pour sentir s'il n'est pas trop chaud et s'il ne brûlera pas le linge. Toutes les demi-minutes, elle tâtait donc sa galette du dos de la main, jusqu'à ce qu'elle dît : « Ça va. » Mais c'est alors que, pour moi, ça n'allait plus du tout. J'avais toujours énormément peur que la galette soit encore trop chaude, parce que ça dépendait de la patience de ma mère et, comme elle n'était pas très patiente, souvent elle se pressait trop. Ça n'avait pas assez refroidi. Du moins, n'était-ce pas à mon goût. Et le dos de sa main s'était habitué, tandis que la peau de mon dos, ou de ma poitrine, n'était pas habituée du tout. Je demandais dix fois à tâter moi-même. Je me tortillais dans mon lit.

■ Vercors, *Contes des cataplasmes*, ibid.

■ **Edgar Degas**, *Repasseuse* (1887), huile sur toile (81,3 x 66 cm), National Gallery of Art (Washington, États-Unis)

1. Avec quoi la mère du narrateur contrôle-t-elle la température du cataplasme ?
2. Que dit-elle quand la température est bonne ?
3. Que ressent le narrateur ? Pourquoi ?
4. Quelle est son attitude ? Que demande-t-il ?

Le vocabulaire de la forêt

1 * **Cherchez dans un dictionnaire le sens des mots suivants.**

fourré • bosquet • clairière • futaie • sous-bois • lisière • orée • taillis

2 ** **Choisissez trois feuilles sur l'image et décrivez-les en insistant sur leurs différences.**

3 ** **Dessinez un arbre et indiquez par des flèches ses différentes parties.**

branche • cime • tronc • fourche • frondaison • ramure • racine

4 *** **Associez chaque élément de la liste 1 avec un élément de la liste 2 pour évoquer les sons de la forêt.**

Liste 1 : le hululement • le craquement • le bourdonnement • le frémissement • le bruissement • le martèlement • le gémissement • le crissement

Liste 2 : du vent • des herbes • des aiguilles • des feuilles • des branches • de la chouette • des insectes • du pic-vert

Le vocabulaire du merveilleux

5 * **Remplacez *merveilleux* par l'un des adjectifs suivants :** délicieux • exceptionnel • magique. **Faites les accords et les transformations nécessaires.**

a. En sortant de la forêt, le cavalier aperçut un paysage **merveilleux**.

b. Ulric utilisa le miroir **merveilleux** pour endormir son adversaire.

c. Les trois frères firent un **merveilleux** repas.

6 ** **Remplacez chaque mot en gras par un mot choisi dans cette liste :** un vœu • une métamorphose • une potion • un maléfice.

COUP DE POUCE
N'oubliez pas de faire les **accords** nécessaires.

Sous le ciel étoilé, elle murmura un **sortilège** aux accents chantants, formulant un **souhait** mystérieux. D'un geste précis, elle versa un **breuvage** dans un calice. À l'instant où le liquide effleura ses lèvres, son corps subit un **changement** surprenant.

7 *** **Mots mêlés : retrouvez dans la grille le nom des êtres magiques correspondant à ces définitions.**

a. Être surnaturel lié à la nature, souvent immortel et possédant des pouvoirs.

b. Créature ailée, magique et bienveillante.

c. Petite créature malicieuse, souvent laide et rusée, nuisible ou espiègle dans le folklore.

d. Être magique capable d'exaucer des vœux ou de jeter des sorts.

e. Petit être espiègle et malicieux, souvent associé aux forêts dans le folklore.

f. Être effrayant représentant une menace ou une créature malfaisante.

g. Entité immatérielle représentant une présence surnaturelle.

h. Magicien capable de manipuler la réalité par des sorts ou des enchantements.

i. Personne, généralement une femme, pratiquant la magie.

A	G	I	E	L	F	E	H	Y	K
R	F	N	A	Z	É	U	M	Q	Z
D	M	G	O	B	E	L	I	N	U
G	O	U	D	V	M	U	A	K	O
E	N	C	H	A	N	T	E	U	R
N	S	S	O	R	C	I	È	R	E
I	T	M	X	B	A	N	G	M	L
É	R	E	S	P	R	I	T	E	S
G	E	L	C	N	U	S	N	V	N

8 ** **Inventez des noms de monstres sur le modèle de ceux des *Contes des cataplasmes* (la Bête-à-sept-têtes, le Corps-sans-âme, la Femme-anguille). Composez vos noms avec les mots proposés.**

serpent • chose • spectre • rôdeur • terreur • compagne • cendres • silence • yeux • sourire • os

Insérer des paroles dans un récit

Outils

- Dans un récit, la présence de **paroles** est visible grâce à la **présentation** (texte à la ligne, tiret, guillemets...).
- Des **verbes de parole** peuvent indiquer le ton de la voix ou l'intention du personnage : *demander, répondre, protester, s'écrier...*

1 **a.*** **Combien de personnages parlent ici ?**
b.** **Qu'est-ce qui vous permet de le comprendre ? Justifiez en citant le texte.**
c.** **Améliorez le dialogue en modifiant les verbes de parole pour éviter les répétitions.**

– C'est donc ici le grand-duché d'Organde ! s'écria Albéric. Eh bien, me voici rudement loin de chez moi. Mais maintenant, reprit-il, dites-moi pourquoi vous pleurez comme ça ?

– Hélas ! hélas ! monsieur, c'est à cause de ce grand malheur qui, depuis bien des années, s'est abattu sur Organde et sur ses habitants !

– Mais quel malheur ? **dit** Albéric.

– N'avez-vous donc jamais, **dit** le rôtisseur, entendu parler de la Bête-à-sept-têtes ?

– Non, **dit** Albéric, mais vous savez, j'habite tellement loin d'ici... Et qu'est-ce que c'est, cette Bête-à-sept-têtes ?

■ **Vercors**, *Contes des cataplasmes*, ibid.

2 * **Recopiez ce texte en rétablissant les retours à la ligne et les tirets.**

Le pêcheur fut rassuré en entendant les paroles que le génie avait prononcées. Il lui dit : Pour qui vous prenez-vous, Génie ? Il y a plus de dix-huit cents ans que Salomon le prophète est mort. Pourquoi donc alors étiez-vous enfermé dans ce vase ? Tu es bien hardi de me parler ainsi ! répondit le génie. Sais-tu que je vais te tuer ? Hé ! pourquoi me tueriez-vous ? répliqua le pêcheur. Je viens de vous mettre en liberté ; l'avez-vous déjà oublié ?

■ *Les Mille et Une Nuits*, d'après la traduction d'Antoine Galland, adaptée par Hélène Potelet © Hatier, 2023

Ce texte vous plaît ? Lisez l'histoire entière ! p. 111

3 **a.*** **Relevez les six verbes de parole présents dans cet extrait.**
b.** **Que nous indiquent ces verbes sur l'attitude de chaque personnage ? Expliquez.**

Le chasseur Zan Danso a entendu des appels au secours.

« Qui est là ? » cria-t-il.

Une voix puissante répondit :

« Moi, Lion, Roi de la brousse et le plus puissant des quadrupèdes, ainsi que Hyène ma servante fidèle [...].

– Ouhou ! Ouhouou ! fit l'Hyène. Je suis Hyène, citoyenne de la brousse...

– Tais-toi, pelage fauve sale ! ordonna le Lion.

– Seigneur, gémit l'Hyène, laisse-moi manifester ma joie. [...]

– Tais-toi, vagabonde ! Laisse-moi finir ce que j'ai à dire », rugit le Lion.

■ **Amadou Hampâté Bâ**, *La Révolte des bovidés et autres contes de la savane* (2013) © Éditions Stock

Ce texte vous plaît ? Lisez l'histoire entière ! p. 111

Rédiger un dialogue

4 *** **Observez l'image et imaginez ce que peuvent dire les deux personnages. Rédigez le dialogue. Vous emploierez au moins six verbes de parole différents.**

■ *La Princesse Louise de Mecklembourg-Strelitz au chevet d'un enfant malade lisant un conte de fées* (1789)

Projet 1

Enquêter sur les souvenirs liés aux contes

ÉCRIRE POUR RÉFLÉCHIR, APPRENDRE ET MÉMORISER

Vous allez mener l'enquête pour en apprendre plus sur la place des contes et rendre hommage à l'art de raconter des histoires.

→ Suivez les étapes pour réaliser un recueil de témoignages.

Illustration de **Nuvolanevicata**

Étape 1 Interrogez des personnes de votre entourage

▶ Identifiez **trois personnes** avec qui vous vous sentez à l'aise. Dites-leur que vous aimeriez leur poser quelques questions et fixez un rendez-vous.

COUP DE POUCE
Si vous êtes timide, vous pouvez choisir des personnes de votre famille. Choisissez ensemble **un moment et un lieu propices**, où vous ne serez pas trop dérangés.

▶ Préférez-vous prendre des notes ou enregistrer la voix de la personne ? Réunissez le matériel adapté. N'oubliez pas de préparer aussi une **liste de questions.** > p. 93

▶ **Menez vos entretiens** : assurez-vous de bien comprendre ce qui vous est transmis. N'hésitez pas à demander des précisions.

Étape 2 Ajoutez votre témoignage personnel

▶ Demandez-vous à votre tour quel est **votre conte préféré**. Résumez-le.

▶ **Racontez** comment vous avez découvert ce conte : était-ce un parent, un grand-parent ou un autre adulte qui vous l'a transmis ? L'avez-vous lu dans un livre ou vu dans un film ?

▶ **Expliquez** pourquoi il vous touche particulièrement. Ajoutez une réflexion sur ce que ce conte représente pour vous et pourquoi il reste un souvenir marquant. > p. 97

▶ Vous pouvez éventuellement **réécrire ou adapter** ce conte à votre manière, en y ajoutant des détails ou en modifiant certains aspects pour le personnaliser encore plus.

Étape 3 Choisissez des illustrations

▶ Recherchez ou réalisez vous-même des **illustrations** pour les différentes parties de votre travail. > p. 95

▶ Réfléchissez bien à l'**atmosphère** que vous souhaitez donner. L'important est que les images viennent enrichir l'imaginaire des lecteurs.

Étape 4 Mettez en forme le document final

▶ **Recopiez** au propre chacun des témoignages. Changez de page chaque fois que nécessaire.

COUP DE POUCE
Pensez à la place de chaque image avant d'écrire. N'hésitez pas à utiliser des **couleurs** variées, une **écriture** artistique, tout ce qui contribuera à une présentation attractive.

▶ Réalisez une **première de couverture** et agrafez les pages ensemble ou bien glissez-les dans un porte-vues.

▶ Vous pouvez ajouter des éléments personnels comme une **préface** ou des **citations** qui introduisent les contes.

Projet 2
Devenir passeur ou passeuse de conte

LIRE UNE ŒUVRE ET SE L'APPROPRIER

Vous allez organiser un festival du racontage. Chaque groupe recevra un prix pour récompenser ses points forts.

→ Participez au festival en suivant ces étapes.

Étape 1 Préparation

▶ **Réunissez-vous par équipe.** Vous allez vous relayer pour raconter une histoire. Choisissez un conte qui vous plaît, parmi ceux que vous connaissez, au CDI ou parmi les propositions des carnets de lecture. > p. 111, 121

▶ Déterminez dans quel **ordre** interviendront les membres du groupe.

▶ Faites une **première lecture** en vous succédant pour tester. > p. 97

Étape 2 Approfondissement

▶ **Une fois que vous avez choisi un conte, identifiez les passages** que vous pouvez vous approprier et personnaliser. Vous pouvez décider de réduire ou au contraire développer une partie du conte. N'hésitez pas à vous éloigner du texte et à suivre votre inspiration.

▶ Réunissez-vous pour faire le **bilan** de vos recherches individuelles. Vérifiez que vous êtes d'accord sur l'intention générale : avez-vous compris la même chose ?

COUP DE POUCE

C'est un travail **collectif**, conseillez-vous et soyez solidaires.

▶ **Entraînez-vous.** Il est peu probable que vous soyez à l'aise avant au moins trois répétitions.

Étape 3 Réalisation du festival

Vous allez tour à tour **conter** et **écouter** les autres groupes conter.

Pour bien conter	Pour bien écouter
▶ Adoptez une posture vous permettant de conter avec dynamisme et clarté. Regardez votre auditoire pour capter son attention. > p. 95 ▶ Vous pouvez garder le livre à portée de main, pour vous appuyer sur les illustrations ou sur vos post-it. ▶ Prenez votre temps. Faites-vous plaisir en contant.	▶ Installez-vous en cercle si c'est possible. ▶ Orientez votre attention sur les passeurs et passeuses de conte. ▶ À certains moments, vous aurez l'occasion de réagir. Soyez sincère, mais toujours dans le respect du groupe qui conte.

Étape 4 Remise des prix

▶ Lorsque tous les groupes sont passés, nommez un représentant ou une représentante de votre groupe pour faire partie du **jury**.

▶ Déterminez pour chaque prestation des **points forts** et associez-leur un prix. Exemples : prix de la meilleure utilisation du corps, prix du meilleur choix de texte, prix du suspense le plus haletant, prix du groupe le plus complice…

▶ Organisez une **remise des prix** avec un maître ou une maîtresse de cérémonie.

BILAN

+PROF Évaluation différenciée et corrigée

Je construis

1 • *Contes des cataplasmes*

a. D'après vous, quelle illustration devrait se trouver sur la couverture de la prochaine édition du recueil ?

b. Écrivez une lettre adressée à une maison d'édition imaginaire pour défendre votre choix.

c. Proposez une maquette de cette couverture (image, titre, auteur, éditeur).

Chère Madame, cher Monsieur,

J'ai appris que vous travaillez pour « La Forêt des livres » et que vous allez bientôt republier les Contes des cataplasmes *de Vercors. Je voudrais vous proposer mon idée pour la couverture…*

2 • Le Génie des Laumes

a. Quels passages sont magiques dans le conte « Le Génie des Laumes » ?

b. Selon vous, quelles leçons ce conte transmet-il ? Échangez vos opinions.

Je retiens

Contes des cataplasmes

Un recueil traditionnel

- Les *Contes des cataplasmes* sont inspirés de **légendes populaires anciennes**. Ces histoires s'inscrivent dans un imaginaire collectif : une époque peu précise, des personnages caractéristiques (la jeune fille, le Génie…).
- Le texte fait intervenir le **merveilleux** : certains personnages ou objets ont des propriétés extraordinaires ou des pouvoirs magiques.

La voix de l'auteur

- L'auteur, **Vercors**, crée un lien privilégié avec le lecteur ou la lectrice. Héritier de la tradition de la transmission orale du conte, il adopte un **ton familier** qui rappelle le récit à voix haute.

« Le Génie des Laumes », un parcours initiatique

- L'héroïne Bathilde est **mise à l'épreuve** : elle doit affronter des situations dangereuses, puis en triomphe par ses qualités et grâce à l'aide d'un ami.
- Chaque **péripétie** la transforme et la fait avancer.

Un récit symbolique

- Le succès du conte tient à son **sens caché** : derrière les personnages, les situations, le conte donne aux lecteurs la possibilité de chercher une **interprétation symbolique**. En lisant ces récits, chaque personne peut trouver des réponses qui l'intéressent.

carnet de
LECTURE

Lire un recueil de contes

Choisissez votre profil de lecteur / lectrice

Petite faim ? Gourmand(e) ? Affamé(e) ?

• **Choisissez** un conte ou un recueil de contes, par exemple parmi ces ouvrages. Vous pouvez aussi demander conseil à votre professeur(e) documentaliste ou à un(e) bibliothécaire.

Amadou Hampâté Bâ, *La Révolte des bovidés et autres contes de la savane*

Sabrina Inghilterra, *L'Ogre et sa princesse aux petits oignons*

Boris Moissard et Philippe Dumas, *Contes à l'envers*

Vérifiez que vous avez bien lu

Réalisez un booktube

• **Réalisez** une courte vidéo (entre 1 et 2 minutes), à la manière d'un **booktube** : filmez-vous de face ; montrez le livre ; donnez le titre, un très court résumé, et votre avis sur cette lecture.

• Terminez par la lecture à voix haute de votre passage préféré.

• En classe, **formez** des petits groupes où chaque élève aura lu un livre différent. À tour de rôle, **présentez** votre livre, puis répondez aux questions de vos camarades.

Créez un mini-livre plein de suspense

• Repensez à un conte qui vous a plu. **Résumez-le** en quelques lignes.

• **Séparez votre résumé en trois moments** : il faut que les deux premières interruptions créent de l'attente, du suspense.

• **Pliez** une feuille A4 en deux, comme un livret. Recopiez votre résumé en le répartissant sur les quatre pages.

• **Décorez** avec des couleurs ou des illustrations.

Après la lecture

• Dans votre carnet, **attribuez** un nombre d'étoiles à ce livre (de 1 à 5) pour dire si vous l'avez aimé ou non... et **expliquez** pourquoi.

À lire et à voir...

Un manga rempli de magie

192 pages

Booksterz (tome 1, Kana éditions, 2016)

Dans le monde de Soul, des livres magiques, appelés codex, détiennent de grands pouvoirs. Les Bookmasterz de tous horizons s'affrontent lors de duels magiques.

Des contes du Far West

124 pages

Contes de l'Ouest américain (L'École des loisirs, 2002)

Les héros de ce livre sont des hors-la-loi, cow-boys et chercheurs d'or, comme Davy Crockett, qui raconte comment il a décoincé la Terre et gelé le Soleil.

Un classique venu d'Orient

120 pages

Les Mille et Une Nuits (Hatier, 2023)

Une sélection des contes les plus célèbres de cet immense recueil venu d'Orient.

Des courts-métrages poétiques

FILM 1h01

Le Conte des contes (version restaurée 2024)

Quatre courts-métrages d'animation réalisés par Youri Norstein, le maître du papier découpé. Des petits bijoux de poésie.

5

Œuvre intégrale

Les *Contes* de Perrault

Travailler autrement

CLASSE PUZZLE

▶ À quoi servent les personnages monstrueux des contes traditionnels ?

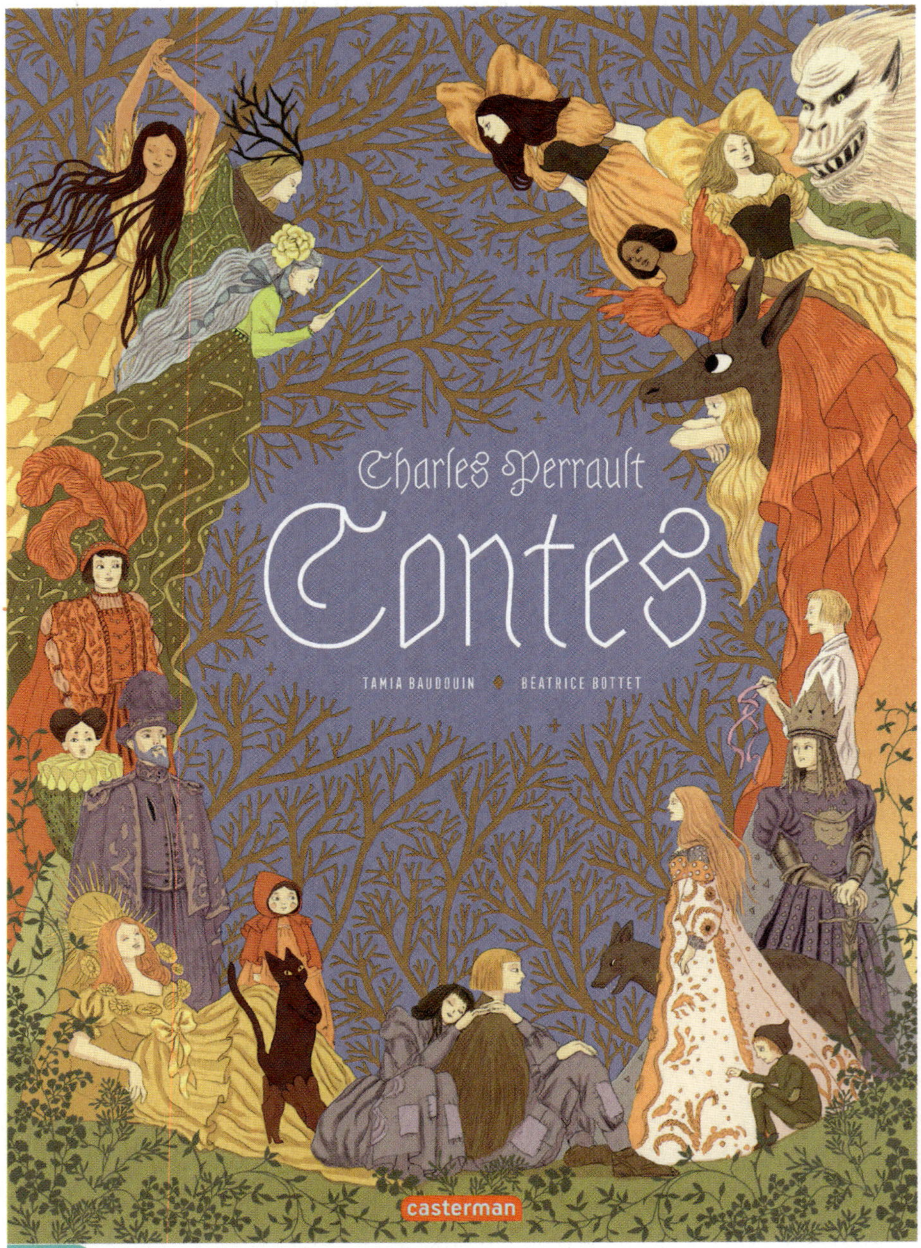

Doc 1

Couverture de l'album *Contes de Charles Perrault* de **Béatrice Bottet** et **Tamia Baudouin** © Casterman

1. Pour vous, qu'est-ce qu'un conte réussi ?

2. Quels contes célèbres reconnaissez-vous sur cette couverture ?

Je découvre

Les contes merveilleux

Qu'est-ce qu'un conte merveilleux ?

- Un conte **merveilleux** est un court récit de fiction contenant des éléments surnaturels (de la magie, des fées, des sorcières, des ogres…).
- Il **plaît** par son histoire et **éduque** par la leçon que l'on tire de cette histoire.

Doc 2

Gustave Doré, frontispice des *Contes* de Perrault (1867), bibliothèque nationale de France

1. a. Observez l'image (**doc 2**). Qui raconte les contes ? À qui ?

b. À partir de la position et du regard des personnages, déduisez l'effet produit par les contes sur l'auditoire.

2. Choisissez un conte célèbre que vous connaissez bien : « Cendrillon », « Le Petit Chaperon rouge », « Le Vilain Petit Canard »… Pourquoi avez-vous retenu ou apprécié ce conte ? Quelle leçon tirez-vous de cette histoire ?

Qui a écrit les contes ?

- Les contes se sont transmis par **tradition orale** : ces histoires étaient racontées dans les **veillées** depuis très longtemps et partout dans le monde.
- Plus tard, des auteurs écrivent ces histoires traditionnelles : **Charles Perrault** en France (au XVIIe siècle) puis les **frères Grimm** en Allemagne, ou **Hans Christian Andersen** au Danemark au XIXe siècle.
- Les contes, bien que très anciens, sont restés très vivants : ils font régulièrement l'objet de création d'**albums** ou de **films** pour les enfants. Ainsi continuent-ils à se transmettre de génération en génération.

CARNET DE VOCABULAIRE

Recopiez les mots en vert dans votre carnet en les associant à leur définition.

3. Recherches a. Associez ces contes célèbres à l'auteur ou l'autrice qui les a proposés, en choisissant dans cette liste : Hans Christian Andersen, les frères Grimm, Madame Leprince de Beaumont, Charles Perrault.

COUP DE POUCE Lisez bien la page, vous y trouverez un indice important.

- La Petite Sirène
- Blanche-Neige
- Raiponce
- Cendrillon
- La Belle et la Bête

b. Quel célèbre studio de dessins animés a proposé un long métrage d'animation pour chacun de ces contes ?

Le saviez-vous ?

Plusieurs contes célèbres sont à la fois racontés par **Charles Perrault** en France et par les **frères Grimm** en Allemagne : « Le Petit Chaperon rouge », « Cendrillon », « La Belle aux bois dormant »…

→ **Découvrez à présent un conte de Perrault en intégralité.**

Bonne lecture !

Écoutez le texte lu
hatier-clic.fr/25coli114

Les fées

IL était une fois une veuve qui avait deux filles : l'aînée lui ressemblait si fort d'humeur et de visage, que qui la voyait, voyait la mère[1]. Elles étaient toutes deux si désagréables et si orgueilleuses[2] qu'on ne pouvait vivre avec elles. La cadette, qui était le vrai portrait de son père pour la douceur et pour l'honnêteté[3], était avec cela une des plus belles filles qu'on eût su voir. Comme on aime naturellement son semblable, cette mère était folle de sa fille aînée, et en même temps, avait une aversion effroyable pour la cadette. Elle la faisait manger à la cuisine, et travailler sans cesse. Il fallait, entre autres choses, que cette pauvre enfant allât, deux fois le jour, puiser de l'eau à une grande demi-lieue du logis, et qu'elle en rapportât plein une grande cruche. Un jour qu'elle était à cette fontaine, il vint à elle une pauvre femme qui la pria de lui donner à boire.

« Oui da, ma bonne mère », dit cette belle fille ; et, rinçant aussitôt sa cruche, elle puisa de l'eau au plus bel endroit de la fontaine, et la lui présenta, soutenant toujours la cruche, afin qu'elle bût plus aisément[4]. La femme, ayant bu, lui dit :

« Vous êtes si belle, et si honnête, que je ne puis m'empêcher de vous faire un don (car c'était une fée qui avait pris la forme d'une pauvre femme de village, pour voir jusqu'où irait l'honnêteté de cette jeune fille). Je vous donne pour don, poursuivit la fée, qu'à chaque parole que vous direz, il vous sortira de la bouche ou une fleur ou une pierre précieuse. »

Lorsque cette belle fille arriva au logis, sa mère la gronda de revenir si tard de la fontaine.

« Je vous demande pardon, ma mère, dit cette pauvre fille, d'avoir tardé si longtemps », et, en disant ces mots, il lui sortit de la bouche deux roses, deux perles et deux gros diamants.

« Que vois-je là ? dit sa mère tout étonnée. Je crois qu'il lui sort de la bouche des perles et des diamants ! D'où vient cela, ma fille ? » (Ce fut là la première fois qu'elle l'appelait sa fille.)

La pauvre enfant lui raconta naïvement tout ce qui lui était arrivé, non sans jeter une infinité de diamants.

« Vraiment, dit la mère, il faut que j'y envoie ma fille. Tenez, Fanchon, voyez ce qui sort de la bouche de votre sœur quand elle parle ; ne seriez-vous pas bien aise d'avoir le même don ? Vous n'avez qu'à aller puiser de l'eau à la fontaine, et, quand une pauvre femme vous demandera à boire, lui en donner bien honnêtement.

– Il me ferait beau voir, répondit la brutale, aller à la fontaine !

– Je veux que vous y alliez, reprit la mère, et tout à l'heure[5]. »

Elle y alla, mais toujours en grondant. Elle prit le plus beau flacon d'argent qu'il y eût dans le logis. Elle ne fut pas plus tôt arrivée à la fontaine, qu'elle vit sortir du bois une dame magnifiquement vêtue, qui vint

Les puces orange présentes dans le texte sont des repères de lecture > Activités p. 116.

CARNET DE VOCABULAIRE

Notez et définissez les termes suivants : ***aversion, cruche, logis, bien aise.***

1. **qui la voyait, voyait la mère** : celui qui regardait la fille aînée reconnaissait en elle le portrait de sa mère.
2. **orgueilleuses** : fières, dédaigneuses.
3. **honnêteté** : au XVIIe siècle, l'honnêteté comprend toutes les bonnes manières.
4. **aisément** : facilement.
5. **tout à l'heure** : au XVIIe siècle, l'expression signifie *tout de suite*.

Illustration de **Clarissa Filice**

lui demander à boire. C'était la même fée qui avait pris l'air et les habits d'une princesse, pour voir jusqu'où irait la malhonnêteté de cette fille.

« Est-ce que je suis ici venue, lui dit cette brutale orgueilleuse, pour vous donner à boire ? Justement, j'ai apporté un flacon d'argent tout exprès pour donner à boire à Madame ! J'en suis d'avis : buvez à même si vous voulez.

– Vous n'êtes guère honnête, reprit la fée sans se mettre en colère. Et bien ! puisque vous êtes si peu obligeante, je vous donne pour don qu'à chaque parole que vous direz, il vous sortira de la bouche ou un serpent, ou un crapaud. »

D'abord que sa mère l'aperçut, elle lui cria :

« Eh bien ! ma fille !

– Eh bien ! ma mère ? lui répondit la brutale en jetant deux vipères et deux crapauds.

– Ô Ciel ! s'écria la mère, que vois-je là ? C'est sa sœur qui en est cause : elle me le paiera. »

Et aussitôt elle courut pour la battre.

● La pauvre enfant s'enfuit, et alla se sauver dans la forêt prochaine. Le fils du roi, qui revenait de la chasse, la rencontra, et, la voyant si belle, lui demanda ce qu'elle faisait là toute seule et ce qu'elle avait à pleurer.

« Hélas ! Monsieur, c'est ma mère qui m'a chassée du logis. »

Le fils du roi, qui vit sortir de sa bouche cinq ou six perles et autant de diamants, la pria de lui dire d'où cela lui venait. Elle lui conta toute son aventure. Le fils du roi en devint amoureux, et, considérant qu'un tel don valait mieux que tout ce qu'on pouvait donner en mariage à une autre, l'emmena au palais du roi son père, où il l'épousa.

Pour sa sœur, elle se fit tant haïr, que sa propre mère la chassa de chez elle ; et la malheureuse, après avoir bien couru sans trouver personne qui voulût la recevoir, alla mourir au coin d'un bois.

MORALITÉ

L'honnêteté coûte des soins[6],
Et veut un peu de complaisance[7] ;
Mais tôt ou tard elle a sa récompense,
Et souvent dans le temps qu'on y pense le moins.

Charles Perrault, « Les Fées », in *Contes* (1697), éditions Beauchemin et Valois (1886)

6. **soins** : efforts.
7. **complaisance** : gentillesse, bienveillance.

Activités

CLASSE PUZZLE

Constituez des équipes d'au moins 4 élèves. Vous allez lire et étudier deux contes de Perrault en autonomie. Suivez les étapes :

ÉTAPE 1 Lecture du conte

- **Toutes les équipes lisent le conte « Les Fées »** > p. 114-115. Chaque membre de l'équipe lit à voix haute une partie du conte. On change de lecteur ou de lectrice à chaque repère « ● ».
- **Faites le point ensemble** sur le vocabulaire difficile en vous aidant des notes.
- **Chacun résume** alors sa partie et tout le monde s'assure que le conte est bien compris.

Quiz hatier-clic.fr/25coli116

ÉTAPE 2 Activités de lecture

- **Chaque équipe étudie un aspect du conte** en s'aidant des Cartes outils > p. 117.

Équipe verte : les étapes du conte

Repérez les grandes étapes du conte en vous aidant du **schéma narratif** décrit dans la carte outil verte. Dressez la liste des différentes péripéties. Si votre travail est réussi, vous obtenez un **résumé du conte**.

Équipe bleue : les personnages du conte

Classez les personnages du conte en vous aidant des différents **types de personnages** décrits dans la carte outil bleue. Pour chacun d'eux, écrivez **une phrase pour le décrire** et indiquer son rôle.

Équipe rouge : le merveilleux

Repérez les éléments merveilleux du conte en vous aidant de la carte outil rouge. Décrivez particulièrement le **personnage merveilleux** : quel rôle joue-t-il dans le parcours de l'héroïne ?

Équipe orange : la leçon du conte

Relevez toutes les oppositions que l'on trouve dans le conte en recopiant et complétant le tableau :

	Qualités/défauts	Apparence de la fée	Actions du personnage	Don reçu	Situation finale
La cadette	...	...	...	...	...
L'aînée	...	...	...	...	...

Dites alors quelle leçon les lecteurs peuvent tirer de ces oppositions en vous aidant de la carte outil jaune.

ÉTAPE 3 Activités de bilan

1. Constituez de nouveaux groupes comprenant un membre de chaque équipe.
a. Chaque membre expose les analyses faites par son équipe.
b. Fabriquez une trace écrite de l'étude du conte en faisant un bilan des analyses de chaque équipe.
2. Débat Quels personnages du conte peuvent être qualifiés de monstres ? Quelles qualités permettent-ils de mettre en valeur chez l'héroïne du conte ?

▶ Pour aller plus loin Activités de lecture cursive

- Conservez les groupes de l'étape 3 et lisez **un des contes de Perrault** suivants en lecture silencieuse : « Le Petit Poucet », « Le Petit Chaperon rouge », « Le Chat botté », « Riquet à la houppe ».
- **Étudiez** les étapes du conte, les personnages, le merveilleux et la leçon du conte.

Cartes outils > *pour l'étape 2 p. 116*

Les étapes du conte

Un conte traditionnel comporte différentes étapes que l'on nomme le **schéma narratif** :

- La **situation initiale** présente les personnages et leur situation au début du conte.
- L'**élément déclencheur** est un événement qui déclenche l'action (un ordre, une quête…).
- Les **péripéties** sont les épreuves que le héros ou l'héroïne du conte traverse.
- L'**élément de résolution** est l'action finale qui rétablit une situation stable pour le héros ou l'héroïne.
- La **situation finale** est la nouvelle situation des personnages, à la fin du conte.

Les personnages du conte

Un conte traditionnel comporte des personnages types :

- Le **héros** ou l'**héroïne** du conte : souvent jeune, il ou elle possède des qualités qui vont être révélées dans les péripéties. Ce personnage est souvent présenté à travers sa relation à ses parents.
- Les **aides** : ces personnages aident le héros ou l'héroïne dans ses épreuves. Ils sont souvent merveilleux et usent de pouvoirs magiques.
- Les **opposants** : ces personnages constituent des obstacles dans la quête du héros ou de l'héroïne. Ils prennent parfois l'aspect d'un monstre (un ogre, une sorcière…).

Le merveilleux

- Les contes traditionnels sont dits « merveilleux » car ils contiennent des **éléments surnaturels**, féeriques, magiques : des êtres, des objets…
- Ces éléments surnaturels sont acceptés par le lecteur qui ne les remet pas en cause.
- L'univers des contes n'étant pas le réel, le conte a souvent lieu **dans un passé lointain** (*Il était une fois…*) et dans **un lieu indéterminé** (*dans un lointain royaume*).

La leçon du conte

- Les contes traditionnels délivrent une leçon ou une **morale**. Il s'agit d'un enseignement que l'on déduit de l'histoire.
- Les contes expliquent souvent la **conduite à tenir** dans des situations inhabituelles : par exemple, le lecteur du « Petit Chaperon rouge » est invité à se méfier des inconnus.
- Les contes valorisent des **qualités**, qui sont **récompensées** ou des **défauts**, qui sont **punis**.

Atelier VOCABULAIRE

Le vocabulaire des qualités et des défauts

1* Classez ces mots qui expriment dans le conte les qualités et les défauts selon le personnage.

désagréable • orgueilleuse • douce • honnête • brutale • malhonnête • guère obligeante • guère honnête

La cadette (l'héroïne)	La mère	L'aînée
...	...	...
...	...	...

2 Associez les qualités et défauts de l'exercice 1 à un synonyme ou à une périphrase de la liste suivante.**

peu serviable • délicate • agressive • dédaigneuses • ayant de mauvaises manières • déplaisantes • ayant de bonnes manières

> **COUP DE POUCE**
> • Un **synonyme** est un mot de même nature et de sens proche (Ex : *bon* et *gentil*).
> • Une **périphrase** remplace un mot par une expression de même sens (Ex : *Cendrillon* → *la pauvre jeune fille*).

3 Employez ces adjectifs évoquant des défauts ou des qualités dans les phrases suivantes. Lisez bien les phrases et observez bien les accords pour répondre.**

bonne • cruel • orgueilleuses • courageuse • douce • rusé • curieuse • docile • méchante • envieuses

> **COUP DE POUCE**
> Certains adjectifs peuvent être employés plusieurs fois.

a. La jeune épouse de Barbe-Bleue est trop ... : elle ne résiste pas à la tentation d'ouvrir la chambre secrète.

b. Le Chat botté est un félin ... : par ses stratagèmes, il permet à son maître de devenir riche.

c. Cendrillon se montre toujours ... et ... face aux corvées que lui impose sa ... marâtre.

d. Les sœurs de Cendrillon se montrent ... et ... : elles ne recevront aucune récompense !

e. Grâce à l'aide de sa ... marraine, la ... jeune fille deviendra princesse.

f. Le loup du « Petit Chaperon rouge » est un animal ... qui n'hésite pas à dévorer une ... petite fille et sa grand-mère.

g. Le Petit Poucet est un tout petit garçon très ... : il sauve ses frères des dents de l'ogre ... .

Le vocabulaire du conte

4* Proposez un classement possible pour mettre de l'ordre dans tous ces mots.**

narratif • légende • historique • histoire • historienne • narrateur • imaginaire • narrer • légende • conter • imaginer • narratrice • récit • récitation • conte • conteur • légendaire • narration

> **COUP DE POUCE**
> On peut rapprocher des mots par leur sens, leur famille, leur nature grammaticale...

5 a. Dans les phrases suivantes, un élève a mélangé les homonymes du nom *conte*. Rétablissez la bonne orthographe.**

> **COUP DE POUCE**
> Les **homonymes** sont des mots qui se prononcent de la même manière, mais s'écrivent différemment et possèdent un sens différent.

a. Dans le célèbre **compte** de Charles Perrault, le Petit Chaperon rouge doit rendre visite à sa grand-mère.

b. À la fin de chaque journée, le marchand faisait le **comte** des pièces qu'il avait gagnées.

c. Chaque soir, la mère lui lisait un nouveau **compte** plein de magie et d'aventures.

d. Le **conte** donne un bal pour fêter le mariage de sa fille.

b. Cherchez au moins deux mots de la famille de chacun de ces homonymes :

conte • compte • comte.

Les temps du récit

Outils

- Le conte est un récit écrit au **passé**.
- Les actions principales sont exprimées par des verbes conjugués au **passé simple**.
- Les actions secondaires, les actions répétées ou habituelles, les descriptions et les portraits sont exprimés par des verbes conjugués à l'**imparfait**.

1 * **Écrivez au passé simple ces phrases de conte écrites au présent.**

a. Le Chat botté **met** ses bottes et **va** rapidement au château.

b. La Belle au bois dormant **s'endort**.

c. Le prince **passe** des jours entiers à chercher la princesse, mais il ne la **trouve** pas.

d. Lorsque le loup **voit** le Petit Chaperon rouge, il **élabore** un plan.

2 ** **Complétez ces phrases de conte décrivant un lieu ou un personnage avec des verbes conjugués à l'imparfait.**

a. Dans la forêt, les oiseaux … doucement.

b. Tous les soirs, Cendrillon … à une vie meilleure.

c. Blanche-Neige … le teint blanc comme la neige. Ses cheveux … noirs comme l'ébène. Ses lèvres … la couleur du sang.

d. Le soir, le château … de mille feux. Une musique joyeuse et des rires … ses murailles épaisses.

Les connecteurs

Outils

- Les **connecteurs temporels** permettent d'articuler entre elles les différentes étapes du récit.

3 * **Associez chaque connecteur à une étape du schéma narratif.**

autrefois • soudain • jadis • un beau jour • finalement • tout à coup • le lendemain • alors • il y a très longtemps • un matin

Situation initiale	Élément déclencheur ou péripéties	Situation finale
…	…	…
…	…	…

Décrire un personnage merveilleux

4 ** **Décrivez l'ogre de l'image. Associez chaque détail à un adjectif qui le précisera (*un <u>grand</u> couteau, des dents <u>aiguisées</u>*). Vous utiliserez l'imparfait.**

Illustration de **Yannick Robert**

COUP DE POUCE
Pour organiser la description, suivez un ordre précis : de haut en bas, le visage puis le corps...

Écrire une situation initiale de conte merveilleux traditionnel

5 **Vous allez écrire le début d'un conte.**

a. * **Choisissez parmi les personnages suivants.**

- Brave, un jeune orphelin déterminé à défendre les faibles
- Sauvage, une jeune princesse indisciplinée qui aime la nature et les animaux
- Rouspète, une princesse jamais satisfaite
- Gracieuse, une jeune fille douce et rêveuse qui parle aux fleurs
- Rêveur, un garçon passionné par les histoires et les contes

b. ** **Choisissez la formule d'introduction :**
« Il était une fois / jadis / autrefois / il y a bien longtemps… » Puis racontez la situation initiale de votre conte : décrivez le héros ou l'héroïne (ses qualités physiques et morales), le lieu où le personnage demeure, ses relations avec sa famille...

c. *** **Imaginez ensuite l'élément déclencheur.**

Méthode

Travailler son brouillon

- Relisez votre texte à haute voix pour « entendre » les phrases et les corriger.
- Travaillez une phrase après l'autre. Vérifiez que vous avez employé des majuscules et des points.
- Améliorez vos phrases en variant votre vocabulaire, en évitant les répétitions.
- Relisez une dernière fois pour vérifier l'orthographe (accord sujet-verbe, adjectifs). > p. 375

BILAN

+PROF
Évaluation différenciée et corrigée

Je construis

1 • Le merveilleux

Parmi les éléments de conte suivants, retrouvez ceux qui sont merveilleux.

a. la sœur cadette • la fée de la fontaine • la mère • la sœur aînée • la fontaine • le sort • le prince • la cruche.

b. sept garçons • la forêt • l'ogre • les couronnes • des cailloux • les bottes de sept lieux.

c. un chat qui parle • un jeune homme pauvre • le roi • le marquis de Carabas • les bottes de sept lieux.

d. un jeune garçon • une bonne fée • une princesse belle mais sans esprit • une forêt.

Défi ! Pour chaque liste, essayez de retrouver le conte !

2 • Les étapes du conte

a. Recopiez et remplissez le schéma avec les éléments tirés du conte de votre choix parmi ceux que vous avez lus.

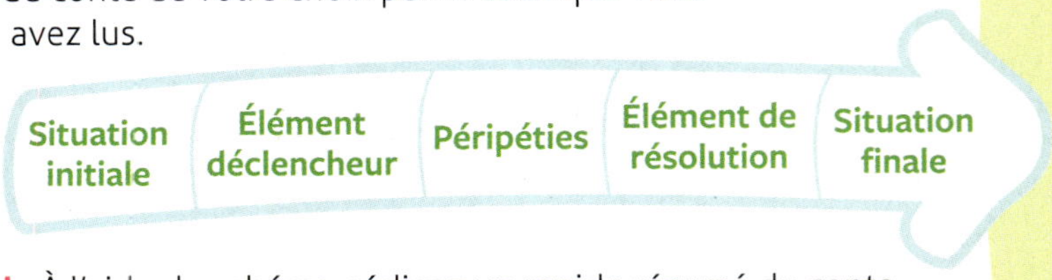

b. À l'aide du schéma, rédigez un rapide résumé du conte. Puis, dans votre résumé, encadrez en rouge le héros ou l'héroïne, surlignez en jaune ses aides et en vert ses opposants. Enfin, soulignez les éléments merveilleux.

3 • Débat

Faites la liste des récompenses que le héros ou l'héroïne reçoit en raison de sa bonne conduite : qu'en pensez-vous ?

Je retiens

Les Contes de Perrault

Des contes traditionnels

- Au XVIIe siècle, Charles Perrault fixe par écrit des **contes traditionnels** très anciens.
- Parmi les plus connus : « Les Fées », « Le Petit Poucet », « Le Petit Chaperon rouge », « La Barbe Bleue », « Le Chat botté »...

Le schéma narratif

- Le récit du conte obéit à un **schéma narratif** : la **situation initiale** est perturbée par un **élément déclencheur**, qui entraîne des péripéties. Celles-ci se terminent quand l'élément de **résolution** vient clore le récit. C'est alors la **situation finale**.

Le merveilleux

- Les contes se caractérisent par leur aspect **merveilleux** : ils présentent des **objets**, des **lieux** ou des **personnages** surnaturels et magiques.
- Parmi ces personnages, certains sont des **monstres** : sorcière, ogre, dragon... En les confrontant, le **héros** ou l'**héroïne** du conte éprouve ses qualités.

La leçon du conte

- Le conte traditionnel offre une **histoire plaisante** qui captive les lecteurs.
- Il délivre aussi une **leçon** en mettant en scène un **personnage exemplaire**. Ce personnage révèle ses **qualités** lors des **épreuves** qu'il subit, notamment dans sa confrontation à des personnages monstrueux.

carnet de
LECTURE

Lire un recueil de contes traditionnels

Choisissez votre profil de lecteur / lectrice

Petite faim ? Gourmand(e) ? Affamé(e) ?

• **Choisissez** un recueil de contes traditionnels : contes d'Andersen, de Grimm, contes russes, chinois, africains...

Grimm, *Contes*

Contes russes d'Afanassiev. L'Oiseau-de-feu

Contes des Mille et Une Nuits

Vérifiez que vous avez bien lu

Composez un mini-dictionnaire

• **Choisissez** votre conte préféré. Trouvez les 10 mots qui le représentent le mieux.

• Pour chacun des mots, **écrivez** une définition à la manière d'un dictionnaire.

Ex : ***Sorcière*** : *nom féminin. Être merveilleux et malfaisant. Souvent affreuse, la sorcière est dotée de pouvoirs redoutables. Par exemple, la sorcière piège Hansel et Gretel dans sa maison faite de confiseries.*

Créez un jeu de cartes

• **Choisissez** vos 5 contes préférés.

• Pour chacun d'eux, sur un quart de feuille A4 de papier cartonné, **fabriquez** une carte. Au recto, une image (dessin ou collage) illustrant le conte, associée au titre du conte. Au verso, le résumé du début du conte (situation initiale et élément déclencheur) : en laissant le suspense sur les péripéties et la situation finale, vous donnerez envie de le lire à vos camarades.

• **Échangez** ensuite vos « jeux de cartes » pour découvrir la sélection de vos camarades.

Après la lecture

• Dans votre carnet, **attribuez** un nombre d'étoiles à ce livre (de 1 à 5) pour dire si vous l'avez aimé ou non... et **expliquez** pourquoi.

À lire et à voir...

Un recueil de contes

144 pages

Pierre Gripari, *La Sorcière de la rue Mouffetard et autres contes de la rue Broca* (Gallimard Jeunesse, 2007)

Des contes modernes et fantaisistes qui sont devenus des classiques !

Un conte du Nord

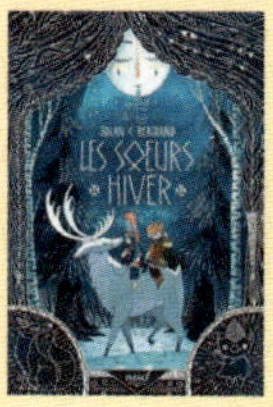

226 pages

Jolan C. Bertrand, *Les sœurs Hiver* (L'École des loisirs, 2022)

Il y a très longtemps, il y avait deux hivers... Un conte fantastique inspiré de la mythologie nordique.

Un classique du XIXe siècle

96 pages

George Sand, *La Reine Coax* (Belin Déclic, 2025)

Quand une prophétie annonce qu'une grenouille deviendra reine... Découvrez le conte de cette grande romancière du XIXe siècle.

Un film d'animation

FILM 1h39

Michel Ocelot, *Azur et Asmar* (2006)

Un conte animé racontant la vie de deux presque frères et traitant des différences et des injustices.

6

Œuvre intégrale

L'*Odyssée* d'Homère

▶ Comment le héros Ulysse se révèle-t-il en affrontant des monstres ?

1. À quelle époque les images vous font-elles penser ?

2. Avez-vous déjà entendu parler de l'*Odyssée* ou du héros Ulysse ? Qu'est-ce que ce nom évoque pour vous ?

3. Observez les **docs 1 à 3** : quels indices récoltez-vous sur l'œuvre que vous allez lire ?

Doc 1

Le navire d'Ulysse, illustration de **François-Louis Schmied** (1930-1933), lithographie en couleur, collection particulière

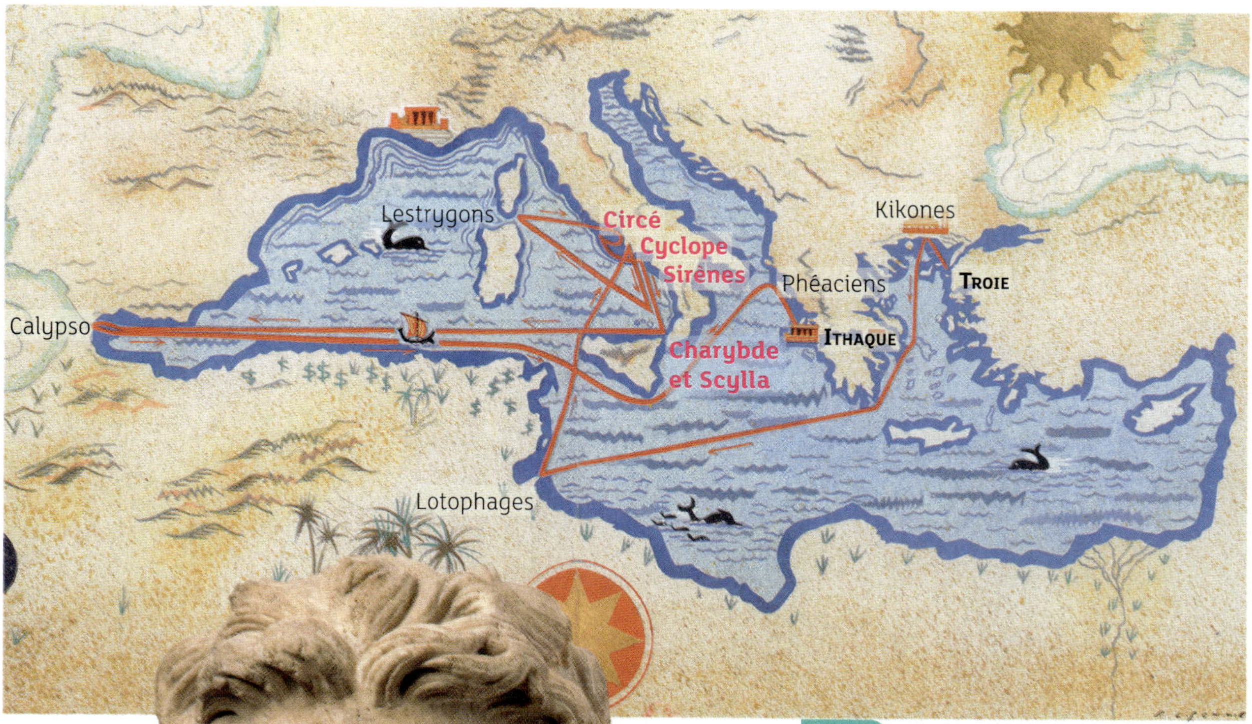

Doc 2

■ *Carte des navigations d'Ulysse*, illustration de **François-Louis Schmied**, Bibliothèque nationale de France (Paris). Les noms en rose correspondent aux épisodes étudiés dans les pages **Lecture**.

Doc 3

■ *Tête de Polyphème* (vers 150 av. J.-C. ou plus tard), marbre (h : 30 cm), musée des Beaux-Arts de Boston (États-Unis)

E

Projet 1 > p. 142

Produire des écrits variés

Écrire un récit de combat avec un monstre

- Votre lecture de l'*Odyssée* sera l'occasion de travailler vos compétences d'écriture.
- Comment décrire un monstre et le rendre terrifiant ?
- Comment rédiger un récit haletant du combat entre votre héros et le monstre ?

Projet 2 > p. 143

Dire pour être compris dans toutes les disciplines

Organiser une conférence sur l'*Odyssée*

- La lecture de ce grand classique de la littérature grecque vous permettra de découvrir cette culture : ses mythes, ses réalisations artistiques.
- Vous apprendrez à faire des recherches et vous les présenterez lors d'une conférence que vous organiserez.

Je découvre

L'*Odyssée*, une épopée antique

Homère, l'auteur de l'*Odyssée*

- Homère est un **aède** : un poète qui déclamait ses œuvres en public, en s'accompagnant de musique. La légende dit qu'il était aveugle.
- Il aurait vécu dans la Grèce antique au VIIIe siècle avant J.-C.
- Il a composé deux **épopées**, de très longs poèmes qui racontent des histoires mettant en scène des héros : l'*Iliade* et l'*Odyssée*. Ces œuvres sont considérées comme les premières de la littérature occidentale.

Doc 1

Auguste Leloir, *Homère* (1841), huile sur toile (147 x 195 cm), musée du Louvre (Paris)

1. Observez le tableau et repérez Homère. Quelle est l'attitude du public ?

Ulysse, héros de l'*Odyssée*

- Ulysse, « Odysseus » (ΟΔΥΣΣΕΥΣ) en grec, est le roi de l'île d'Ithaque en Grèce.
- C'est un **héros** : un être extraordinaire par ses qualités. Certains héros sont des demi-dieux par leur naissance, d'autres le deviennent grâce à leurs exploits > p. 125.
- Il a combattu pendant la guerre de Troie : c'est le sujet de l'*Iliade*.
- L'*Odyssée* raconte son voyage de retour à Ithaque. Il met dix ans à rentrer chez lui car il doit affronter de nombreuses épreuves. Les dieux sont tantôt à ses côtés, tantôt contre lui.

Activité
L'alphabet grec
hatier-clic.fr/25coli124

2. Recherches

Vers le projet 1
- Faites quelques recherches afin de pouvoir raconter l'origine de la guerre de Troie et l'épisode du cheval de Troie.

Vers le projet 2
- Choisissez un héros grec (Achille, Thésée, Persée, Jason...) et faites des recherches. Racontez son histoire en quelques phrases et associez une illustration à votre texte.

Les dieux grecs

- Les **14 déesses et dieux principaux** de la mythologie grecque siègent sur le **mont Olympe** sous la direction de Zeus > p. 173.
- On compte 8 dieux et 6 déesses que l'on reconnaît à leurs attributs (objets symboliques et magiques, animaux, parures) : Zeus, Hadès, Poséidon, Apollon, Héphaïstos, Hermès, Dionysos, Arès, Héra, Déméter, Hestia, Athéna, Aphrodite, Artémis.
- Les dieux et déesses interviennent souvent auprès des humains pour les aider, les punir ou les mettre en garde.
- Ils s'unissent parfois à un humain ou une humaine pour donner naissance à un **demi-dieu**. Le grand-père maternel d'Ulysse n'est autre que le dieu Hermès.

Doc 2 ■ **Raphaël**, *Le Conseil des dieux* (1517-1518), fresque, villa Farnesina (Rome, Italie)

P _ _ E _ D _ N

A _ _ _ N _

H _ R _ _ S

3. Recherches Identifiez les trois dieux représentés ci-dessus, qui interviennent le plus souvent dans l'*Odyssée*. Recherchez leurs fonctions et leurs attributs.

Vidéo
Le mont Olympe
hatier-clic.fr/25coli125

CARNET DE VOCABULAIRE

Notez et recopiez les mots en vert dans votre carnet en les associant à leur définition.

→ **Découvrez à présent les épreuves qu'Ulysse a affrontées pour rentrer chez lui, à Ithaque.**

Bonne lecture !

Ulysse chez les cyclopes

Extrait 1 Le monstre Polyphème

Écoutez le texte lu
hatier-clic.fr/25coli126

Ulysse raconte son escale sur l'île des cyclopes. > p. 136

Parvenus à la terre dont nous étions tout proches, nous avons aperçu à sa pointe extrême une caverne ombragée de lauriers devant laquelle des brebis et des chèvres se reposaient. Tout autour s'élevait un haut mur fait de blocs fichés dans le sol, de grands pins et de chênes touffus. C'est là que vivait un géant hors la loi. Il gardait ses troupeaux à l'écart, isolé de tout, et ne voyait personne. Ce monstre gigantesque ne ressemblait pas à un homme. En le voyant, on avait l'impression de voir apparaître une montagne.

Corneille Van Clève, *Polyphème assis sur un rocher* (détail, 1681), marbre (h : 79,5 cm), musée du Louvre (Paris)

Ulysse et ses compagnons sont entrés dans la caverne de Polyphème. Quand celui-ci revient chez lui, Ulysse lui demande l'hospitalité.

– Nous sommes des Grecs de retour de Troie et nous avons erré par tous les vents sur le grand gouffre de la mer ; nous retournions chez nous, mais d'autres routes, d'autres chemins, nous ont conduits ici ; ainsi Zeus l'a voulu. Nous voici donc à tes genoux, espérant que tu nous accueilles et que tu nous fasses un don d'hospitalité selon la coutume. Crains les dieux, nous sommes des suppliants et Zeus défend l'étranger comme le suppliant. [...] Ce cœur monstrueux n'a rien répondu mais il a bondi, jetant les bras en avant, a saisi d'un coup deux de mes compagnons et les a fracassés contre terre comme des chiots. [...] Nous autres, en pleurant tendons les mains vers Zeus, désarmés, impuissants, condamnés à regarder cette atrocité !

Homère, *L'Odyssée*, traduit par Isabelle Pandazopoulos », chant 9

Atelier LECTURE

Stratégies de compréhension

a. Lisez attentivement le chapeau du texte : où arrivent Ulysse et ses compagnons ?

b. Trouvez un synonyme pour chaque mot du texte surligné en bleu.

VOCABULAIRE

Enquête

Comment sont construits les mots *désarmés* et *impuissants* (l. 21) ? Déduisez leur sens.

Partageons notre lecture

- Trouvez-vous Polyphème effrayant ? Expliquez votre point de vue.

Activités

1* Relevez les informations données sur Polyphème en deux colonnes : par le texte d'une part, et par l'image d'autre part. Rédigez une courte description du cyclope.

2* **a.** Faites la liste des règles d'hospitalité à respecter, d'après Ulysse.
b. Polyphème les respecte-t-il ?

3* Quels détails horribles pouvez-vous relever dans ce passage ? Quel mot du texte qualifie ces actions ?

4** Comment Ulysse insiste-t-il sur la grandeur et la sauvagerie du cyclope et de sa caverne dans ce récit ?

Extrait 2 La ruse d'Ulysse

Ulysse imagine alors un stratagème : il dérobe le pieu du cyclope et lui propose du vin.

Il prend la jatte[1], la vide et le doux nectar lui plaît à tel point qu'il en redemande :

– Sois gentil, donne m'en encore et puis dis-moi ton nom pour que je te fasse à mon tour un cadeau qui te plaise.

Je lui ai reversé du vin de feu ; trois fois je l'ai servi, et trois fois l'**imprudent** l'a bu. Puis, une fois que le vin a troublé ses esprits, je lui ai dit ces paroles **mielleuses** :

– Tu veux savoir mon nom le plus connu, Cyclope ? Je vais te le dire, mais n'oublie pas le cadeau que tu m'as promis ! Je m'appelle Personne. Personne est le nom que mon père et ma mère et tous mes compagnons me donnent.

À ces mots, ce cœur **impitoyable** répond :

– Je mangerai donc Personne en dernier, après ses compagnons. Voilà mon présent d'hospitalité !

Il dit, se renverse et tombe sur le dos ; puis son énorme tête a fléchi et un sommeil **irrésistible** s'est emparé de lui [...].

Alors j'ai enfoui le pieu[2] sous le tas de braises pour le faire chauffer, tout en exhortant[3] mes compagnons au courage – il ne fallait pas que la peur les gagne. Quand le pieu d'olivier est sur le point de s'**enflammer**, je le retire du feu, il répand une lueur terrible. Un dieu nous insuffle un grand courage, mes hommes le soulèvent et l'enfoncent dans l'œil [...]. Le Cyclope pousse un hurlement épouvantable.

Homère, *L'Odyssée*, ibid.

Atelier LECTURE

Lecture expressive

Jouez le texte à plusieurs voix : Ulysse narrateur, Ulysse personnage, Polyphème le cyclope.

1. **jatte** : 
2. **pieu** : 
3. **exhortant** : poussant, incitant.

VOCABULAIRE

Enquête

Quel mot simple reconnaissez-vous dans chaque mot en gras ? La réponse vous aide-t-elle à comprendre le sens du mot ? Proposez-en une définition.

Ulysse et ses compagnons crevant l'œil de Polyphème, illustration à partir d'un vase grec à figures noires (1887), lithographie, bibliothèque des Arts Décoratifs (Paris)

Partageons notre lecture

- Qui trompe qui ?

Activités

1* Relevez tous les mots qui désignent Ulysse et ceux qui désignent le cyclope.

2* Le cyclope respecte-t-il maintenant les lois de l'hospitalité ?

3** **Débat** Dans ce passage, qui commet des actes cruels ?

4*** Quelle raison peut avoir Ulysse de cacher son identité ?

ORAL

Dans la suite du texte, les autres cyclopes sont alertés par les cris de Polyphème et lui demandent qui lui a fait du mal. Que va-t-il répondre ?

Imaginez leur dialogue en quelques phrases.

Extrait 3 La fuite d'Ulysse

Atelier LECTURE

Lecture expressive

Exercez-vous à lire le texte en faisant particulièrement attention à la ponctuation.

Ulysse a blessé le cyclope, il lui faut maintenant s'enfuir, avec les quelques compagnons qui ont échappé à la voracité du monstre.

Moi, j'ai cherché le moyen le plus sûr pour nous arracher à la mort. Or, les béliers[1] bien nourris ont une épaisse toison[2]. Sans bruit, je les ai attachés trois par trois avec les osiers[3] tressés sur lesquels dormaient ce monstre sans foi ni loi. Le bélier du milieu porterait l'homme et les deux autres le protégeraient. Pour moi, j'ai choisi le plus gros du troupeau. Je l'ai pris par les reins, je me suis glissé sous son ventre, m'accrochant à sa laine avec les mains.

Puis je suis resté immobile, attendant patiemment l'Aube divine. Lorsque est apparue la fille du matin, l'Aube aux doigts de rose, les béliers aussitôt ont bondi vers le pâturage. Lui, le maître du troupeau, rongé par de cruelles douleurs, a palpé le dos de chaque bête. Il n'a pas vu, l'idiot, que mes hommes étaient attachés sous les bêtes à épaisse toison.

Homère, *L'Odyssée*, ibid.

1. bélier :

2. toison : pelage laineux des moutons.

3. osier : plante dont on fait les paniers.

Jean-Léon Gérôme, *Polyphème*, huile sur toile (61 x 100 cm), collection particulière. Les bulles contenant le texte ont été ajoutées.

Partageons notre lecture

Expliquez cette dernière ruse d'Ulysse. Vous pouvez faire un dessin ou un schéma.

Activités

1* Observez l'image : quelles sont les conséquences de cette aventure pour Ulysse et ses hommes ?

2* Comment Ulysse, dans son récit, qualifie-t-il la déesse de l'aube ? Comment Polyphème qualifie-t-il le dieu Poséidon ?

Outils **L'épithète homérique** est un complément du nom propre qui caractérise le personnage.

Ex : *L'Aube aux doigts de rose, Poséidon aux cheveux bleus.*

ÉCRITURE

Racontez comment Ulysse fuit l'île des Cyclopes, retrouve son navire et prend la mer. **Inspirez-vous** de l'image et insérez les dialogues des bulles dans votre récit.

Bilan de la Lecture 1

Que raconte cet épisode du voyage d'Ulysse ?

1** Remettez dans l'ordre les actions de l'aventure d'Ulysse sur l'île des cyclopes.

a. Polyphème demande son nom à Ulysse qui affirme s'appeler « Personne ».

b. Ulysse et ses hommes abordent sur l'île des cyclopes pour rechercher des vivres.

c. Polyphème jette un rocher dans la mer et manque le navire d'Ulysse.

d. Ils découvrent la grotte de Polyphème et décident de l'attendre.

e. Ulysse et ses hommes se cachent sous les moutons de Polyphème pour sortir de la grotte.

f. Profitant de l'ivresse du cyclope, Ulysse et ses hommes lui enfoncent un pieu brûlant dans l'œil.

g. Ulysse lui crie son véritable nom.

h. Polyphème demande de l'aide, affirmant : « Personne m'a blessé » et n'obtient aucun secours des autres géants.

i. Ulysse et ses compagnons regagnent leur navire.

j. Polyphème invoque la vengeance de son père Poséidon, dieu des mers.

k. Ulysse demande l'hospitalité à Polyphème.

l. Ulysse enivre Polyphème avec du vin.

m. Polyphème dévore certains des compagnons d'Ulysse.

2*** À partir des propositions remises en ordre, rédigez un résumé : faites disparaître les répétitions et liez les phrases entre elles grâce à des connecteurs : *alors, mais, de plus, ensuite, dans le même temps...*

Qu'est-ce qu'un monstre ?

3* Notez les éléments du récit qui font de Polyphème un monstre physiquement et moralement, d'une part, et ceux qui le rapprochent d'un être humain, d'autre part.

4** À partir de la carte mentale, rédigez une présentation du monstre Polyphème.

Quel héros Ulysse est-il ?

5* Choisissez trois adjectifs pour caractériser Ulysse. Justifiez votre choix.

6*** Ulysse est appelé « Ulysse aux mille ruses » par Homère. Cette épithète homérique est-elle justifiée ?

CARNET DE VOCABULAIRE

Notez et définissez les termes suivants : *cyclope, gigantesque, hospitalité, atrocité, ruse, cruel.*

Vers le projet 1 Inventer et décrire des monstres

a. Recherchez des informations sur l'un de ces célèbres monstres de la mythologie grecque : *l'hydre de Lerne, le Minotaure, Cerbère, Méduse, Chimère, le Sphynx.*

b. Écrivez une description de ce monstre en faisant ressortir son aspect effrayant, en vous aidant du vocabulaire proposé ci-contre.

COUP DE POUCE

Vocabulaire de l'effroi et de la cruauté

- **Adjectifs :** *horrible, épouvantable, abominable, effrayant, monstrueux, menaçant, ignoble, hideux, géant, gigantesque*
- **Verbes :** *effrayer, horrifier, épouvanter, terrifier*

Vers le projet 2 Créer une BD en céramique

a. Cherchez des objets antiques en céramique grecque illustrant l'épisode du cyclope. Notez bien le titre donné à l'objet ainsi que sa date et son lieu de réalisation.

b. Présentez-les dans l'ordre, comme une BD, en les associant aux passages de l'épisode décrit (aidez-vous du résumé de la question 2 du bilan).

Lecture 2

Dans le palais de Circé

Ulysse poursuit son récit. Jetant l'ancre aux abords d'une île, il envoie une partie de ses compagnons, menés par le fidèle Euryloque, en reconnaissance…

Écoutez le texte lu
hatier-clic.fr/25coli130

Atelier LECTURE

Écoute active
Écoutez attentivement le texte lu, puis répondez à la question 1 > p. 131.

Au fond d'un vallon, dans un lieu dégagé, ils ont découvert la maison de Circé avec ses murs de pierre lisse autour desquels tournaient des lions et des loups ensorcelés par la Nymphe de l'Océan. Loin de se jeter sur mes hommes, les fauves se sont approchés en agitant leurs longues queues comme des chiens fêtant leur maître. Mes hommes tremblaient en voyant ces monstres terribles. Ils se sont arrêtés devant la porte de la déesse. Circé chantait à belle voix tout en tissant une toile magnifique, légère et brillante, comme en font les déesses. Ils l'ont appelée.

Aussitôt elle a accouru, a ouvert la porte et les a invités à entrer. Et tous ensemble, ces fous, ils l'ont suivie ! Seul Euryloque, qui flairait le piège, est resté dehors.

Circé les a fait asseoir et puis leur a servi du vin mêlé de farine, de fromage et de miel auquel elle a ajouté un philtre[1] qui devait leur faire oublier leur patrie. Elle leur a présenté la coupe qu'ils ont vidée d'un trait. Alors la déesse les a frappés de sa baguette. [Aussitôt, ils ont pris l'apparence de cochons – leurs nez se sont transformés en groins, leurs peaux en soies[2] et, de leurs bouches ne sortaient plus que des grognements alors qu'ils avaient gardé leur conscience d'êtres humains. Parqués comme des bêtes, ils pleuraient tandis que Circé leur jetait des glands, des faines[3] et des fruits, la nourriture ordinaire des cochons qui se vautrent dans la boue.] Euryloque est revenu en hâte au navire pour nous annoncer quel était le triste sort de nos compagnons. Mais dans sa détresse, il ne pouvait dire un mot, il ne faisait que pleurer. Il a fini par nous raconter que toute la troupe avait disparu, pas un seul homme n'était ressorti de chez Circé.

À ces mots, j'ai jeté sur mes épaules un grand glaive[4] de bronze à clous d'argent, passé mon arc par-dessus et je me suis éloigné aussitôt du bateau et de la mer.

■ **Homère**, *L'Odyssée*, chant 10, ibid.

• VOCABULAIRE

Enquête
Que signifie au sens propre le verbe *flairer* ? Que veut-il dire, au sens figuré, dans le texte (l. 10) ?

1. **philtre** : potion magique.
2. **soies** : poils des cochons sauvages. 
3. **faines** : fruits du hêtre. 
4. **glaive** : courte épée. 

Partageons notre lecture

Quel passage du texte est représenté sur l'image > p. 131 ? Les compagnons d'Ulysse ont-ils été prudents ?

Briton Rivière, *Circé et les compagnons d'Ulysse* (1871), aquarelle, gouache sur papier, Manchester Art Gallery (Royaume-Uni)

Activités

1 a.* Après avoir bien écouté le texte, dites si les propositions sont vraies ou fausses.

b.** Justifiez vos réponses à l'oral.

A. Ulysse découvre la maison de Circé.
B. Circé est une belle femme et une sorcière.
C. Circé offre l'hospitalité aux compagnons d'Ulysse.
D. Euryloque est le premier à entrer chez la magicienne.
E. Circé transforme les compagnons d'Ulysse en lions et en loups.
F. Ulysse abandonne ses hommes pour les punir de leur imprudence.

2** Choisissez deux adjectifs pour décrire Circé. Justifiez votre choix en relevant des passages du texte.

charmante
attirante
ensorcelante
dangereuse
effrayante
perfide

Bilan — Quel genre de créature est Circé ?

3* Complétez le bilan :
Circé est une ... . Elle attire les ... par sa beauté, son chant et son hospitalité. Mais c'est pour les ... en cochon. Heureusement ... a résisté au charme de Circé et a pu ... Ulysse qui court ... ses compagnons.

4** Comparez Polyphème, le cyclope > p. 126 et Circé, la magicienne : sont-ils tous les deux des monstres ?

CARNET DE VOCABULAIRE

Notez et définissez les termes suivants : *ensorcelés, Nymphe.*

Vers le projet 1 Raconter la métamorphose

Réécrivez le passage entre crochets de la métamorphose (l. 15 à 20, p. 130) à la première personne, comme si vous étiez l'un des compagnons d'Ulysse. Ajoutez des détails et exprimez les sentiments du personnage.

Vers le projet 2 Découvrir la forme initiale de l'*Odyssée*

L'*Odyssée* est à l'origine un poème. Écoutez la traduction en vers, puis notez vos impressions.

Audio
hatier-clic.fr/25coli131

Lecture 3

Ulysse et les Sirènes

Circé est devenue une alliée et a mis en garde Ulysse contre les dangers qui le guettent en mer.

Circé m'avait raconté que les Sirènes étaient des monstres à forme humaine envoûtant tous les hommes qui s'approchaient d'elles. Assises dans un pré, elles charment et ensorcellent les humains d'un chant limpide, tandis que traînent autour d'elles les os des corps décomposés dont les peaux se dessèchent. L'imprudent qui prête l'oreille à leurs voix enchanteresses ne reverra jamais sa femme et ses enfants. Mes compagnons se sont levés, ont amené les voiles et les ont rangées au fond du navire. Moi, j'ai bouché les oreilles de mes compagnons avec de la cire amollie sous mes doigts et à la chaleur du soleil. Ils m'ont lié les pieds et les mains avec des cordes et ils m'ont attaché au mât. Je voulais goûter au charme de leurs voix enchanteresses sans danger.

C'est alors que les Sirènes ont aperçu notre navire passant en toute hâte. Elles ont entonné leur chant limpide :

– Viens ici, Ulysse le fameux, gloire éternelle des Grecs ! Arrête ton navire, viens nous écouter ! Jamais aucun bateau n'a longé notre rivage sans succomber au charme des chants qui sortent de nos bouches. [...]

Elles chantaient et j'entendais leurs voix admirables. J'avais le cœur rempli d'une félicité[1] sans borne, d'une ivresse intense qui engourdissait ma volonté, ne sentant plus que le désir impatient d'en entendre davantage. J'avais beau faire signe à mes compagnons de me détacher, ils m'ignoraient, se courbant un peu plus sur leurs rames tandis qu'Euryloque[2] et Périmède[2] se levaient pour resserrer les liens.

L'île enfin a disparu. Nous n'entendions plus ni leurs voix, ni leurs chants. Alors seulement ils ont ôté la cire de leurs oreilles et ont défait mes liens.

Homère, *L'Odyssée*, chant 12, ibid.

Atelier LECTURE

Lecture-relais

Chaque élève lit une phrase du texte à tour de rôle.

VOCABULAIRE

Famille de mots

Trouvez plusieurs mots de la famille d'*ensorceler* (l. 3) et *enchanteresse* (l. 6).

1. **félicité** : bonheur.
2. **Euryloque et Périmède** : deux compagnons d'Ulysse.

Partageons notre lecture

Le tableau ci-contre représente-t-il bien la scène ? Justifiez votre réponse à l'oral.

Activités

1 a.* Relevez tous les mots qui montrent quelles créatures sont les Sirènes. Savez-vous précisément à quoi elles ressemblent ?

b.** Comment fonctionne leur charme ? Relevez tous les mots qui le décrivent.

2** Quelle ruse Ulysse emploie-t-il pour en protéger son équipage ? Et lui-même ?

3*** Relevez la phrase qui décrit l'effet de ce charme sur Ulysse. Comment est exprimée la puissance du charme dans la phrase ?

DÉBAT

Était-il sage de se faire attacher au mât pour écouter les Sirènes, ou Ulysse aurait-il dû boucher ses oreilles comme ses compagnons ?

Bilan — Comment résister au chant des Sirènes ?

4** Faites le bilan de votre lecture en quelques phrases. Vous devrez utiliser les mots suivants : *monstres, merveilleux, danger, envoutant, stratagème, enchanter.*

CARNET DE VOCABULAIRE

Notez et définissez les termes suivants : *sirène, enchanteresse, charme, succomber.*

Prolongement **artistique** et **culturel**

John William Waterhouse est un **peintre** anglais du XIXe siècle qui représente des **scènes** appartenant aux **mythes** antiques ou aux **légendes** médiévales. Il y présente les héros en action.

1. Comment Ulysse est-il mis en valeur ? Observez les lignes de force et les couleurs. > p. 380

2. Comment Waterhouse a-t-il imaginé ses Sirènes ? Notez les éléments qui composent ces monstres. Qu'est-ce qui les rend à la fois séduisantes et menaçantes ?

■ **John William Waterhouse**, *Ulysse et les Sirènes* (1891), huile sur toile (100,6 x 202 cm), National Gallery of Victoria (Melbourne, Australie)

Lecture d'image
Tableau de Waterhouse
hatier-clic.fr/25coli133

Vers le projet 1 Imaginer la description des Sirènes par Circé

En reprenant des éléments du texte, imaginez ce que dit Circé à Ulysse pour le mettre en garde contre les Sirènes.

Vers le projet 2 Faire des recherches sur les Sirènes

Le terme « Sirènes » désigne différentes créatures selon les époques.
Cherchez des descriptions et des représentations des Sirènes de la Grèce antique et des représentations plus modernes.

Charybde et Scylla

Écoutez le texte lu
hatier-clic.fr/25coli134a

Circé a prévenu Ulysse des dangers qui le guettaient. Après les Sirènes, il lui faut affronter Charybde et Scylla, deux monstres marins.

Les paroles de Circé me revenaient en mémoire :

– Scylla a la voix d'un petit chien qui vient de naître mais c'est un monstre affreux et personne, pas même un dieu, n'aurait envie de la rencontrer. Ses pieds – elle en a douze – sont aussi difformes qu'inutiles et chacun de ses six énormes cous porte une tête effrayante, avec trois rangs de dents serrées, pleins des ombres de la mort. Enfoncée à mi-corps dans le creux de la grotte, elle allonge ses têtes qui pointent comme des dards[1] hors de l'abîme. C'est de là qu'elle pêche tout autour du rocher des poissons, des dauphins, des chiens de mer[2] et tout autre monstre marin. Aucun homme ne peut se vanter d'être passé par là sans avoir subi des pertes : avec chacune de ses têtes elle arrache toujours une proie à un navire. L'autre rocher qui est tout près du premier porte un grand figuier sauvage. Juste en dessous, la divine Charybde **engloutit** le flot noir, qu'elle **avale** et **revomit** trois fois par jour. Ne passe pas au moment où elle engouffre l'eau sombre, car alors même Poséidon ne pourrait rien pour toi. Dirige plutôt ton navire vers l'écueil[3] de Scylla, filant à toute allure ; car il vaut mieux perdre six de tes hommes que de les perdre tous.

Homère, *L'Odyssée*, chant 12, ibid.

1. **dards** : armes de jet, avec une pointe en fer.
2. **chien de mer** : petit requin. 
3. **écueil** : rocher immergé constituant un obstacle, un danger.

Atelier LECTURE

Écoute active

Écoutez le texte attentivement, puis complétez le texte à trous.

Activité
Texte à télécharger
hatier-clic.fr/25coli134b

VOCABULAIRE

Champ lexical

Observez les mots en gras : quel champ lexical est utilisé pour parler du monstre Charybde ?

Partageons notre lecture

● De Charybde ou de Scylla, laquelle vous paraît la plus terrifiante ?

Activités

1* Observez la bande dessinée : identifiez les deux monstres puis tous les éléments des descriptions du texte que l'on retrouve dans l'image.

2** Ces monstres peuvent-ils être vaincus ? Relevez pour chacun d'eux une phrase du texte pour justifier votre réponse.

3** **Débat** Relisez le conseil final de Circé : qu'en pensez-vous ?

Bilan – Quelle image du héros donne la confrontation d'Ulysse à ces deux monstres invincibles ?

4 a.** Recopiez les dix mots du texte qui vous semblent le mieux évoquer l'aspect terrifiant des deux monstres. Réalisez ensuite un nuage de mots pour chaque monstre.

b.*** En vous appuyant sur l'extrait de BD, racontez comment Ulysse va affronter cette nouvelle épreuve : va-t-il sacrifier six de ses hommes ? Va-t-il au contraire chercher à combattre ces terribles monstres ?

■ **Béatrice Bottet** et **Émilie Harrel**, *La Mythologie en BD, L'Odyssée* © Casterman

CARNET DE VOCABULAIRE

Notez et définissez les termes suivants : *effrayant, proie.*

Vers le projet 1 Raconter un combat

• Imaginez qu'Ulysse ait choisi de combattre Scylla. Racontez en quelques phrases le premier assaut d'Ulysse et ses compagnons contre ce terrible monstre. Vous indiquerez leurs différentes actions.
• Pour rendre votre récit terrifiant, vous évoquerez aussi les bruits du combat et de la mer déchaînée.
• Commencez ainsi votre récit : *Mais tandis que nous regardons de ce côté, craignant la mort, Scylla attrape six compagnons de mon navire. Je me retourne et...*

Vers le projet 2 Étudier les représentations de Scylla

La description de Scylla est à la fois précise et floue. Notez les éléments donnés par le texte. Cherchez trois représentations différentes du monstre et relevez ce que l'illustrateur a inventé.

L'*Odyssée* d'Homère en un COUP D'ŒIL

Ces pages vous aideront à vous repérer dans les 24 chants que comporte le récit de l'*Odyssée*. Vous pourrez retrouver dans l'histoire la place des textes que vous avez étudiés. Si vous lisez l'intégralité de l'*Odyssée*, vous pourrez vérifier que vous avez bien compris l'histoire.

HOMÈRE RACONTE...

CHANTS 1 À 4

- **Ulysse** est retenu chez la nymphe **Calypso** depuis 7 ans.
- La déesse **Athéna** demande aux dieux sa libération.
- **Télémaque**, fils d'Ulysse, part à la recherche de son père.
- **Pénélope**, femme d'Ulysse, fait attendre les **prétendants** qui veulent l'épouser grâce au stratagème de la tapisserie.

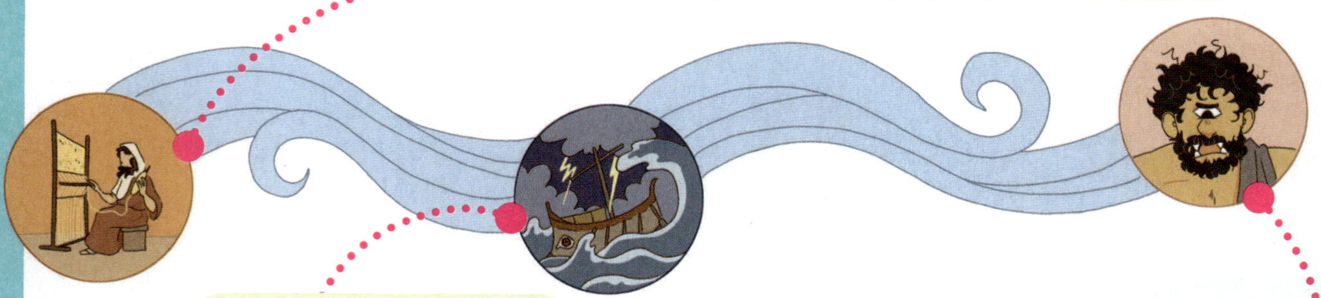

CHANTS 5 À 8

- Ulysse fait face à une terrible tempête.
- Il est recueilli par **Nausicaa**, fille du roi des Phéaciens, **Alcinoos**.
- Ulysse raconte ses aventures aux **Phéaciens**.

DÉBUT DU RÉCIT D'ULYSSE

CHANT 9

- Ulysse quitte **Troie** avec douze navires.
- Il combat le peuple des **Kikones**.
- Il échappe au peuple des **Lotophages** et à leur drogue de l'oubli.
- Il vainc le cyclope **Polyphème**, provoquant la colère du dieu **Poséidon**. lecture 1

Chants 10 et 11

- Les marins désobéissent au dieu **Éole** et déclenchent une tempête.
- Ils combattent des géants anthropophages : les **Lestrygons**.
- Ils arrivent sur l'île de **Circé** qui transforme les hommes en cochons. lecture 2
- Le dieu **Hermès** aide Ulysse à les libérer.
- Ulysse se rend aux Enfers pour consulter le devin **Tirésias**.

Chants 13 à 16

- Les **Phéaciens** ramènent Ulysse à **Ithaque**.
- Il se déguise en mendiant sur les conseils d'**Athéna**.
- Ulysse retrouve **Télémaque** et ils élaborent un plan.

Chant 12

- Ulysse affronte les **Sirènes**. lecture 3
- Il échappe aux monstres **Charybde** et **Scylla**. lecture 4
- L'équipage tue les bœufs d'**Hélios**, dieu du soleil et **Zeus** les punit par un naufrage.

Fin du récit d'Ulysse

Chants 17 à 24

- Ulysse remporte le concours de tir à l'arc contre les **prétendants**.
- Les prétendants sont massacrés.
- **Pénélope** reconnaît Ulysse.

Activités

1* La carte des personnages

- Relevez les personnages de l'épopée : classez-les selon qu'ils sont des dieux, des monstres, des magiciens ou des humains.
- Dans vos listes, surlignez de couleurs différentes les personnages alliés à Ulysse et ses ennemis.
- Présentez-les sur une feuille : placez-les selon leurs caractéristiques et accompagnez leur nom d'une image ou d'un dessin.

2** Le journal de bord d'Ulysse

Imaginez qu'Ulysse tienne son journal de bord. À chaque étape importante de son récit, il mentionne les lieux qu'il découvre, les faits et ses sentiments. Créez ce journal au fur et à mesure de votre lecture.

3** Testez votre connaissance de l'œuvre

Vous avez lu l'œuvre intégrale ? Répondez aux questions du quiz et autoévaluez votre connaissance de l'*Odyssée*.

Quiz hatier-clic.fr/25coli137

4*** Devenez aède

Vous avez 3 minutes pour raconter l'épisode que vous avez préféré en dehors des textes étudiés en classe. Entraînez-vous : votre récit oral doit être vivant et captivant !

À lire et à voir...

L'histoire d'Ulysse FILM

Les grands mythes, *L'Iliade* et *l'Odyssée*

Série **Arte** créée par François Busnel (2018)
Un film d'animation retraçant l'histoire du héros.

Atelier LECTURE

Échauffement

1 * **Entraînez-vous à lire ces phrases sans hésitations.**

a. Si c'est Circé, c'est pas cyclope ; si c'est cyclope, c'est pas Circé.

b. Six sirènes sifflent six symphonies.

c. Pénélope tisse sa toile tout en tentant de tromper le temps.

d. Ulysse l'astucieux use ses souliers sur des sables sournois.

e. Les vagues vagabondes valsent vers les vaillants navires.

Déchiffrage

2 ** **Lisez ces listes de mots à haute voix :**

a. terre • détroit • défi • trident • détour • tempête • divinité • destinée

b. grec • crique • galère • épique • courage • cyclope • saga

c. flot • fleuve • épreuve • fidèle • rivage • vaisseau • naufrage

3 * **Lisez ces mots qui n'existent pas :**

grouffe • blusque • vartir • rambuter • ramatrouille • goutulaire • brascaillon • terpileur • dérapatisation • furnaisement

4 ** **Entraînez-vous à lire ces noms propres présents dans l'*Odyssée* :**

Audio hatier-clic.fr/25coli138

a. Les personnages :
Ulysse • Pénélope • Télémaque • Nausicaa • Alcinoos • Euryloque • Périmède • Calypso

b. Les monstres :
Polyphème • Charybde • Scylla • Circé • Lestrygons

c. Les lieux :
Ithaque • Troie • Ogygie • Thrinacie

d. Les dieux :
Vénus • Zeus • Poséidon • Hermès • Aurore aux belles boucles

Lecture

5 * **Lisez ce texte : trois mots se sont glissés par erreur. Retrouvez-les !**

Tandis qu'il hésite, ne sachant que faire, une forte vague mais le jette sur un rocher. D'un bond, il saisit la roche de ses deux mains et s'y colle, haletant, grognant, il laisse passer la vague, tenant bon. Mais le reflux l'emporte, déchirant la peau mer de ses mains qui restent accrochée aux rochers comme les cailloux tentacules d'une pieuvre. Il est rejeté au large et les flots le recouvrent.

■ D'après **Homère**, *L'Odyssée*, ibid.

6 ** **Lisez le texte et devinez les six mots manquants.**

Ulysse est pris dans une terrible tempête.

Pendant deux jours et deux …, Ulysse dérive sur la mer déchaînée, voyant souvent la mort de près. Mais quand l'Aube aux belles boucles amène le troisième jour, soudain plus un souffle de …, un calme plat s'installe. Alors Ulysse aperçoit la …, toute proche, il la fouille des yeux, son bonheur est immense. Aussitôt il s'élance, se mettant à … pour atteindre le rivage. Très vite, la terre est à portée de voix quand il entend le … sourd de la mer se brisant sur les rochers : pas un port, pas une crique, rien d'autre en vue que des pointes et des récifs : « Malheur à moi ! se dit-il. Au moment où Zeus met la terre sous mes yeux, quand j'ai franchi ces gouffres, rien pour m'en sortir, pas un endroit où … mes deux pieds pour éviter la mort ! »

■ D'après **Homère**, *L'Odyssée*, ibid.

■ *Ulysse dans la tempête*, gravure colorisée (1907)

Test de lecture

7 **a. Fluence**

Lisez ce texte. Notez votre temps de lecture précisément.

Écoutez le texte lu
hatier-clic.fr/25coli139

b. Compréhension

Répondez aux questions pour vérifier que vous avez compris l'essentiel du texte.

Ulysse a vaincu les flots et se retrouve épuisé sur la rive…

Profondément endormi, Ulysse ne sait pas qu'il est tout près d'un groupe de belles jeunes femmes venues au bord du fleuve pour laver du linge sale. Elles s'en emparent à pleines mains, le plongent dans l'eau profonde et le foulent aux pieds en rivalisant d'ardeur. Lavé, rincé, étendu sur les galets, il sèche aux rayons du soleil pendant que les femmes se baignent à leur tour et s'enduisent le corps avec de l'huile fine. Puis elles prennent leur repas sur les berges du fleuve et, une fois rassasiées, se mettent à jouer au ballon après avoir dénoué leurs voiles. C'est Nausicaa aux bras blancs qui mène le jeu. Nausicaa, la vierge, la pure, qui brille au milieu de ses servantes. Elle est la fille du grand Alkinoos, le roi des Phéaciens.

Mais c'est l'heure maintenant de rentrer au palais, d'atteler les mules et de plier le linge. Athéna, la déesse à l'œil étincelant, en décide autrement. Elle veut qu'Ulysse se réveille, qu'il voit la jeune fille au beau visage et qu'elle le conduise au pays des Phéaciens.

Homère, *L'Odyssée*, ibid.

Nausicaa et ses suivantes jouant à la balle, illustration de **Willy Pogány** (1918)

1. Que sont venues faire les jeunes filles au bord du fleuve ?

2. Qui est Nausicaa ?

3. À quoi les jeunes filles jouent-elles ?

4. Que décide Athéna ?

Atelier VOCABULAIRE

Le vocabulaire des personnages : monstres et héros

1* **Associez les parties du corps du monstre à des adjectifs. Puis complétez la liste par des mots de votre choix.**

dents •	• monumental, …, …, …
gueule •	• hirsute, …, …, …
corps •	• aiguisées, …, …, …
tête •	• béante, …, …, …

2** **Le tableau a été mal recopié et les lignes se sont mélangées. Retrouvez les synonymes des mots proposés.**

COUP DE POUCE
Les **synonymes** sont des mots de même nature et de sens proches. Ils permettent d'éviter les répétitions ou de choisir le mot juste pour sa rédaction. > p. 284

laid	gigantesque	horrible	effroi
peur	feinte	titanesque	stratagème
courageux	épouvante	astuce	colossal
géant	atroce	terreur	intrépide
ruse	vaillant	brave	hideux

Le vocabulaire de l'affrontement

3* **Choisissez des verbes d'action dans la liste suivante pour compléter ce récit de combat :**
secoua • frôlait • s'élança • se cambra • roulèrent • se débattit • saisit • se jeta

Hercule a reçu l'ordre de capturer le taureau de Neptune.

Ce fut comme un signal : dans un grondement de tonnerre le taureau … vers Hercule à toute vitesse ! Au moment où il le … le héros … esquivant de justesse les cornes qui avaient failli l'empaler. Il les … à pleines mains. Rendu fou de rage par cette étreinte, l'animal … la tête et … . Il … à terre ; mais Hercule refusa de lâcher prise si bien que les deux combattants … pêle-mêle dans la poussière, dans un corps à corps colossal !

■ D'après **Christian Grenier**, *Les Douze Travaux d'Hercule* (2003) © Éditions Nathan

4** **Trouvez les verbes qui conviennent pour compléter le récit :**

Le héros Persée combat un dragon pour délivrer la princesse Andromède.

Le dragon, qu'irritait une large blessure, tantôt … en bondissant dans les airs, tantôt … au sein des flots, tantôt … comme un sanglier furieux au milieu d'une meute de chiens. Le héros … habilement ses avides morsures, et partout où son épée pouvait l'atteindre, sur son dos hérissé d'écailles, sur ses flancs ou sur sa queue, il … le dragon de mille coups.

■ D'après **Ovide**, *Métamorphoses*, livre IV (2-8 apr. J.-C.), traduit du latin par Désiré Nisard

■ **Carle van Loo**, *Persée et Andromède* (1735-1740), musée de l'Ermitage (Saint-Pétersbourg, Russie)

Le vocabulaire de l'*Odyssée*

5** **Rendez sa définition à chacune de ces expressions issues de l'univers de l'*Odyssée*.**

de Charybde en Scylla · céder au chant des Sirènes · subir les foudres de… · un cheval de Troie

a. Manœuvre d'infiltration de l'ennemi par la ruse
b. De plus en plus mal, en s'aggravant
c. Ne pas résister à la tentation
d. Endurer la colère de quelqu'un

6*** **Voici des noms de héros ou de monstres modernes. Sur le modèle de l'*Odyssée*, trouvez une épithète homérique pour chacun > p. 128.**

Batman • Dracula • Shrek • Alice • Hermione • Hulk

La ponctuation du récit

Outils Pour être correcte, une phrase doit commencer par une **majuscule** et se terminer par un **point**. Le **point d'exclamation** permet d'exprimer des émotions fortes. Le **point d'interrogation** signale une question. Les **points de suspension** servent à marquer une interruption qui peut aussi être due à une émotion.

1* **Rétablissez les majuscules et les points dans cet extrait de récit. Utilisez si besoin un point d'exclamation pour exprimer l'intensité des émotions, ou un point d'interrogation pour ponctuer une question.**

d'horribles sifflements s'élèvent dans l'obscurité le dragon qui garde la toison d'or Jason l'avait oublié va-t-il devoir se battre de nouveau non Médée entonne une douce chanson et Jason sent ses forces l'abandonner que lui arrive-t-il il voudrait s'asseoir là et écouter Médée jusqu'à la fin des temps le dragon doit être dans le même état car les sifflements cessent et Jason l'entend s'effondrer sur le sol

D'après **Hélène Montardre**, *Jason et la Toison d'or*
© Nathan (2011)

Ce texte vous plaît ? Lisez l'histoire entière ! p. 145

Temps et personne du récit

Outils • Le récit peut être écrit au **présent** ou au **passé** (on utilise alors le passé simple et l'imparfait). > p. 346

• Le récit peut être mené à la **3e personne** ou à la **1re personne**, comme quand Ulysse raconte lui-même ses aventures.

2 **a.**** **Réécrivez le texte suivant au passé.**
b.*** **Réécrivez le texte obtenu à la 1re personne.**

Ulysse s'avance courageusement dans la grotte sombre. Il observe les lieux et se prépare à affronter le monstre. Celui-ci apparaît soudain et pousse un cri terrifiant. Ulysse recule d'un pas, mais il garde son calme. Il attend le bon moment pour attaquer. Prudemment, il saisit son glaive et observe les mouvements du monstre...

L'accord de l'adjectif

Outils L'**adjectif** (ou le participe passé employé seul, comme adjectif) **s'accorde en genre et en nombre** avec le nom qu'il précise. > p. 357

3** **Complétez cette description de monstre avec des adjectifs de votre choix. Attention aux accords !**

Sa peau était ... et ses yeux ... brillaient dans l'obscurité. Ses griffes ... semblaient prêtes à déchirer tout sur leur passage. Sa gueule ... laissait entrevoir des crocs et soufflait une haleine ... . Avec un rugissement ... il s'avança vers Ulysse et ses compagnons.

4*** **Accordez les adjectifs entre parenthèses dans la description de monstre suivante :**

Il existait alors dans une autre île de la Grèce trois *(épouvantable)* monstres. C'étaient trois sœurs sans doute *(échappé)* des Enfers [...]. *(Couverte)* d'écailles, *(armé)* d'*(immense)* dents, de langues *(fourchu)* et de griffes d'airain, elles étaient d'autant plus *(redoutable)* que, lorsqu'elles déployaient leurs ailes d'or, on en restait *(ébloui)*.

D'après **Nathaniel Hawthorne**, *Le Premier Livre des Merveilles*, trad. Pierre Leyris © 1996, éditions Pocket Jeunesse, département d'Univers Poche

Décrire un monstre

5*** **Continuez le texte de l'exercice 4 en décrivant précisément la plus terrible des Gorgones : Méduse. Aidez-vous de l'illustration et de vos recherches personnelles. Utilisez des adjectifs pour la rendre effroyable.**

Projet 1

Écrire un récit de combat avec un monstre

PRODUIRE DES ÉCRITS VARIÉS

Des archéologues ont retrouvé un manuscrit contenant un extrait inédit de l'*Odyssée* : Ulysse y affronte un monstre terrifiant.

→ Écrivez cet épisode en suivant les étapes.

Étape 1 Établissez le plan du récit

▶ Pour construire votre récit, choisissez les éléments parmi les propositions, en vous inspirant des lectures et activités du chapitre :

1. Je choisis le narrateur

❒ Ulysse raconte à la 1re personne.
❒ L'aède narrateur raconte à la 3e personne.

2. Je choisis les temps du récit

❒ J'écris au passé (passé simple, imparfait...).
❒ J'écris au présent.

3. Je choisis le lieu de l'affrontement

❒ une caverne sombre
❒ une épaisse forêt
❒ une île inconnue
❒ la mer

4. Je choisis le monstre

❒ un serpent gigantesque
❒ l'abominable Chimère
❒ l'Hydre de feu
❒ le Minotaure des brumes

5. Je choisis les conditions de l'affrontement

❒ Ulysse observe le monstre de loin et établit un plan.
❒ Ulysse cherche à communiquer avec le monstre.
❒ Le monstre attaque directement Ulysse et ses compagnons.

6. Je choisis les actions d'Ulysse

❒ Ulysse met en place une ruse pour tromper le monstre et lui échapper (ou le vaincre).
❒ Ulysse et ses compagnons combattent le monstre.

7. Je choisis la fin de l'affrontement

❒ Le monstre est vaincu sans violence.
❒ Le monstre est vaincu mais Ulysse a perdu beaucoup de ses compagnons.

▶ À partir de vos choix, établissez le plan de votre récit. Vous pouvez ajouter de nouvelles idées pour préciser l'action. Ne rédigez pas encore : des notes suffisent.

Étape 2 Préparez la description du monstre

▶ Dressez la liste des éléments composant votre monstre et le rendant terrifiant. Complétez pour cela le tableau.

Partie du corps	Caractéristiques / adjectifs
Ex : *des yeux*	de braise / rougeoyants / terrifiants

Étape 3 Rédigez

▶ Rédigez votre brouillon en suivant ces quelques conseils :

- Travaillez en suivant les propositions 3 à 7 de l'étape 1. Chaque nouvelle proposition constituera un paragraphe. Liez ces paragraphes par des connecteurs de temps : *c'est alors que, à ce moment, soudain, tout à coup...*
- Pour rendre ce récit saisissant, n'oubliez pas d'évoquer les bruits de l'affrontement : grognements ou sifflements du monstre, choc des armes, cris des guerriers...
- Mettez en valeur les qualités du héros : son intelligence, sa vaillance.

Étape 4 Améliorez votre brouillon

▶ Avant de recopier votre texte au propre, relisez-vous bien. > p. 375

Projet 2

Organiser une conférence sur l'*Odyssée*

DIRE POUR ÊTRE COMPRIS DANS TOUTES LES DISCIPLINES

Vous organisez une conférence pour faire découvrir l'*Odyssée* à votre auditoire (une autre classe, vos parents…). Vous devez à la fois donner des informations correctes et précises et captiver votre public !

→ Répartissez-vous en 5 groupes et suivez les consignes suivantes.

Groupe 1 Les archéologues

LES RECHERCHES

Vous présenterez Homère et les aèdes de la Grèce antique, ainsi que le document le plus ancien contenant des vers de l'*Odyssée*. Vous pourrez faire découvrir l'alphabet grec et le sens du mot « Odysseus ». > p. 124

L'EXPOSÉ

Vous exposerez chacun une information. Vous projetterez des documents présentant Homère, le document, l'alphabet… Vous pourrez aussi fabriquer des objets : le manuscrit (imprimez-le et découpez-le), la lyre d'Homère (en carton), un vase le représentant (dessinez au feutre noir sur un tesson de pot de terre cuite).

Groupe 2 Les journalistes

LES RECHERCHES

Vous présenterez Ulysse, le héros de l'*Odyssée* : qui est-il ? Que sait-on sur sa famille ? Comment s'est-il retrouvé à participer à la guerre de Troie ? Quel a été son rôle dans cette guerre ? Combien de temps a-t-il mis à rentrer chez lui ? Sa famille l'avait-elle attendu ? reconnu ?

L'EXPOSÉ

Vous pouvez recréer un plateau de télévision avec des journalistes qui poseront des questions à Ulysse (un drap fera une très jolie tunique grecque !). Écrivez les rôles de chacun et apprenez-les. Entraînez-vous à les dire de manière naturelle.

Groupe 3 Les cartographes

LES RECHERCHES

Vous présenterez la carte du voyage d'Ulysse pour rentrer à Ithaque. Vous reprendrez les principales étapes du voyage de manière rapide, jusqu'à son retour à Ithaque. > p. 123

L'EXPOSÉ

Répartissez-vous les étapes à présenter. Projetez une carte des voyages d'Ulysse afin que votre auditoire se représente bien tout le périple du héros.

Groupe 4 Le conseil des dieux

LES RECHERCHES

Faites de rapides recherches sur les 14 dieux grecs principaux. Intéressez-vous particulièrement aux dieux et déesses qui aident Ulysse et à celles ou ceux qui s'opposent à lui. > p. 125 et 173

L'EXPOSÉ

Représentez les dieux et déesses qui interviennent dans l'*Odyssée* sous la direction de Zeus. Ils prendront la parole pour dire pourquoi ils ont choisi d'aider ou de gêner Ulysse lors de son retour et raconteront leurs principales interventions. Ils pourront se disputer et demander à Zeus un arbitrage.

Groupe 5 Les monstrologues

LES RECHERCHES

Faites des recherches sur tous les peuples et les êtres étranges et inquiétants que rencontre Ulysse lors de son voyage. Présentez-les à l'aide d'images. Privilégiez les œuvres et les objets antiques : les vases, les sculptures.

L'EXPOSÉ

Chaque spécialiste présente son monstre ou son peuple monstrueux. Projetez des images pour illustrer votre présentation.

Ulysse résistant au chant des Sirènes, vase à figures rouges (480-470 av. J.-C., h : 35,3 cm), British Museum (Londres, Royaume-Uni)

BILAN

+PROF
Évaluation différenciée et corrigée

Je construis

1 • Les monstres

Pour chaque monstre rencontré par Ulysse dans le chapitre, créez et complétez une carte selon le modèle suivant :

2 • Ulysse : un héros à l'épreuve des monstres

a. Chacune des rencontres permet de révéler une qualité ou plusieurs qualités du héros. Inscrivez-les dans le tableau.

Épisodes étudiés	Qualités d'Ulysse
Le cyclope Polyphème	
Circé la magicienne	
Les Sirènes	
Charybde et Scylla	

b. Remplissez la carte mentale.

Qui aide Ulysse ?
…

Qui s'oppose à Ulysse ?
…

Je retiens

Une épopée

• L'*Odyssée* est une **épopée** datant de l'Antiquité grecque et attribuée à l'**aède Homère**. C'est un long poème qui raconte des aventures héroïques dans un monde où interviennent les **dieux** et des créatures surnaturelles.

Un voyage

• Le sujet de l'*Odyssée* est le **voyage** d'Ulysse après la victoire des Grecs durant la guerre de Troie. Ulysse met dix ans à rentrer à Ithaque et l'épopée raconte chacune des **épreuves** qui retardent son retour final.

L'Odyssée d'Homère

Des monstres

• Au cours de son périple, Ulysse affronte différents **monstres** : Polyphème, un cyclope peu civilisé, Circé, une magicienne dangereuse, des sirènes tentatrices et deux monstres marins terrifiants : Charybde et Scylla.

• Ces monstres symbolisent l'**absence d'humanité**, la **barbarie**.

Un héros

• Ces épreuves monstrueuses permettent de révéler Ulysse comme un **héros**. On le découvre **rusé, courageux, persévérant**, mais parfois aussi **cruel** et **orgueilleux**.

• Contrairement à d'autres **héros** qui recherchent la gloire, Ulysse ne souhaite qu'une chose : rentrer chez lui, à Ithaque. Cette quête le montre donc aussi profondément **humain**.

carnet de
LECTURE

Lire un ouvrage sur un héros ou une héroïne de la mythologie

Choisissez votre profil de lecteur / lectrice

Petite faim ? Gourmand(e) ? Affamé(e) ?

• **Choisissez** un ouvrage sur un héros ou une héroïne, par exemple dans l'une de ces collections.

Collection « Mythologie & compagnie »

Collection « Petites histoires de la mythologie »

Collection « Histoires noires de la mythologie »

Vérifiez que vous avez bien lu

Présentez votre lecture à la classe

• **Préparez** un petit résumé : vous devrez pouvoir le dire à l'oral sans le lire. Entraînez-vous !

• **Trouvez** ou **créez** deux images : l'une représentera le héros du livre, l'autre le monstre.

→ En classe, **formez** des petits groupes dans lesquels chaque élève aura lu un livre différent. À tour de rôle, **présentez** votre livre et ses personnages. Ensuite, **répondez** aux questions de vos camarades.

Créez la galerie des monstres et des héros

• **Choisissez** un monstre ou un héros rencontré dans ce chapitre : vous allez faire son portrait.

• **Créez** une image du monstre ou du héros. Selon vos compétences, **choisissez** le dessin, le collage…

• **Écrivez** un court texte de présentation.

• Sur une feuille A4, **écrivez** soigneusement le nom de votre personnage, **collez** ensuite votre image et le texte de présentation.

• Vous pourrez **exposer** votre galerie dans la classe.

Après la lecture

• Dans votre carnet, **attribuez** un nombre d'étoiles à ce livre (de 1 à 5) pour dire si vous l'avez aimé ou non… et **expliquez** pourquoi.

À lire et à voir…

Un classique

160 pages

I. Pandazopoulos, *Les Douze Travaux d'Hercule*
(Folio junior, 2023)

Demi-dieu par sa naissance, Hercule possède une force prodigieuse. Zeus lui promet l'immortalité s'il réussit 12 épreuves terribles.

Une aventure en mer

126 pages

Sindbad le marin, Les Mille et Une Nuits
(Flammarion, 2023)

Certains contes sont inspirés de l'*Odyssée*. Sindbad le marin, courageux et rusé, parcourt les mers et vit d'extraordinaires aventures durant 7 voyages.

La guerre de Troie

208 pages

Homère, *L'Iliade*
(Folio junior, 2020)

Que s'est-il passé avant l'*Odyssée* ? L'*Iliade* d'Homère te raconte la légendaire guerre de Troie et ses héros : Achille, Ajax, Hector…

Une odyssée moderne

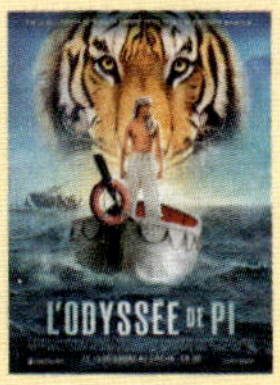

FILM

Ang Lee, *L'Odyssée de Pi* (2012)

Le film retrace le voyage d'un garçon, Pi, qui après un naufrage, se retrouve seul sur un canot avec un tigre !

Au musée

Prolongement **artistique** et **culturel**

Visitez la galerie des monstres

Qu'est-ce qu'un monstre ?

1. Observez les deux monstres ci-dessous. Quels éléments les composent ?
2. Choisissez dans le nuage de mots deux adjectifs qui les caractérisent.

immonde étrange imaginaire horrible terrifiant laid horrible effrayant dégoutant affreux bizarre

3. Recherches Cherchez d'autres monstres mythologiques : correspondent-ils à ce que vous avez observé ? Justifiez votre réponse.

1

- La ***Chimère d'Arezzo*** est une statue **antique** (IVe s. avant J.-C.), faite de **bronze**, un métal qui a résisté au temps.
- Chimère est un monstre mythologique qui a le pouvoir de cracher du feu.
- Depuis, le nom commun « **chimère** » désigne un être imaginaire composé de différentes parties d'êtres existant dans la réalité.

Tu peux voir cette sculpture au musée archéologique national de Florence, en Italie, dans la salle des grands bronzes étrusques.

2

- La ***Méduse*** du peintre italien Caravage a été peinte en **1597** sur une **toile**, puis montée sur un bouclier de bois rond.
- Méduse est un monstre de la mythologie grecque. C'est l'une des trois **Gorgones** qui a le pouvoir de **pétrifier** quiconque croise son regard. Le héros Persée la tue en la décapitant.
- Ce tableau est célèbre pour l'expression du visage de Méduse, surprise par le geste de Persée. Il est particulièrement horrifiant car le sang gicle du cou tranché du monstre tandis que les serpents la coiffant paraissent bouger encore.

Tu peux voir cette œuvre au musée des Offices à Florence, en Italie.

Découvrez des monstres modernes

4. **Observez les deux monstres ci-dessous : sont-ils aussi terrifiants que les précédents ?**

5. **Lequel correspond à la définition d'une chimère ? Comment est imaginé l'autre ?**

6. **Pourquoi peut-on les qualifier de modernes ? Justifiez votre réponse.**

3

- La ***Grenouille aux oreilles de lapin*** est une sculpture modelée en **céramique** (une sorte de poterie) par le sculpteur Jean Carriès en **1891**.
- Ce n'est pas un monstre mythologique mais une pure création de l'artiste qui aime imaginer des animaux **fantastiques** selon le principe de la chimère.
- Cette créature a dégoûté les visiteurs de l'exposition qui la présentait ! L'émail rend parfaitement la couleur et l'aspect de la peau d'un crapaud.

Tu peux voir cette sculpture en France, au Petit Palais, le musée des Beaux-Arts de la Ville de Paris.

4

- ***Le Cyclope*** est une **peinture à l'huile** du peintre Odilon Redon. Elle a été réalisée en **1914**.
- Le cyclope Polyphème est un monstre mythologique qu'Ulysse combat dans l'*Odyssée* d'Homère > p. 126. Mais ici l'œuvre fait référence aux *Métamorphoses* d'Ovide > p. 170 : un passage y raconte que Polyphème est amoureux de la nymphe Galatée.
- Ce tableau est célèbre pour l'expression du visage de Polyphème : il semble doux, paisible et attendri par la vision de Galatée endormie.

Tu peux voir ce tableau au musée Kröller-Müller à Otterlo, aux Pays-Bas.

CARNET DE VOCABULAIRE

Recopiez les mots en vert dans votre carnet en les associant à leur définition.

Créez votre monstre !

7. **En reprenant toutes vos observations, rédigez une définition du monstre.**

8. **Créez une créature monstrueuse et chimérique. Vous lui donnerez un nom. Vous la décrirez en un court paragraphe et la représenterez grâce à un dessin ou un collage.**

7

Les récits de la création du monde

▶ **Comment les différentes cultures racontent-elles la création du monde ?**

Doc 1

■ **Guy Boulizon**, *La Création du monde* (1960), acrylique sur panneau de bois (121 x 106 cm), Musée international d'art naïf de Magog (Canada)

Doc 2

■ **Diego Rivera,** *La Création de la Terre*, illustration pour une édition du *Popol Vuh*, texte sacré maya (1931), Museo Casa Diego Rivera (Guanajuato, Mexique)

Docs 1 à 3

1. Choisissez le ou les adjectifs qui correspondent le mieux à chacune de ces représentations de la création du monde, puis justifiez votre réponse en trouvant des arguments : originale • religieuse • poétique • effrayante • chaotique • harmonieuse.

2. Reconnaissez-vous les différentes civilisations représentées ?

Doc 3

■ **Finn Magnussen**, *Yggdrasill, l'Arbre Monde* (1859), gravure (18 x 12 cm), Bibliothèque publique de Boston (États-Unis)

Projet 1 > p. 166

Produire des écrits variés

Écrire un récit des origines fantaisiste

• Vous allez lire des récits fondateurs racontant les origines du monde de différentes civilisations.

• Vous pourrez ensuite inventer et écrire votre propre récit des origines, mais de façon fantaisiste et humoristique.

Projet 2 > p. 167

Lire et comprendre seul des textes, des documents et des images
Participer à des échanges verbaux

Réaliser et présenter une anthologie de récits de création

• La lecture des récits du chapitre vous permettra de découvrir de nombreuses cultures.

• À vous de rechercher d'autres récits de création et de les rassembler en un recueil que vous présenterez à l'oral.

Je découvre

Les récits de création

Les récits des origines du monde

• Les récits de la création du monde sont également appelés cosmogonies. Ce mot vient de deux radicaux grecs : κόσμος (*kósmos*, « le monde ») et γόνος (*gónos*, « naissance »). Ils racontent la création du monde, des animaux, des plantes et les débuts de l'humanité.

• Ces récits sont d'abord oraux. Grâce à l'invention de l'écriture (3300 ans avant notre ère), ils sont retranscrits et apparaissent dans de nombreuses cultures à travers le monde.

Doc 1

Stèle du harpiste Djedkhonsouioufankh adorant le dieu Rê-Horakhty (vers 1069-664 av. J. -C.), peinture sur bois (29 x 22 cm), musée du Louvre (Paris)

Doc 2

Nicolas Jenson, *Bible latine*, Ancien testament, Genèse : « La Création du monde », enluminure (1476), Bibliothèque nationale de France (Paris)

Des récits souvent religieux

• Ces récits des origines sont aussi souvent des textes religieux. Ils sont appelés théogonies (Θεός / theós, « dieu ») lorsqu'un dieu est à l'origine de la création.

• Les religions les plus anciennes vénéraient souvent plusieurs dieux. Ce sont des religions polythéistes. Dans les mythes grecs par exemple, chaque dieu possédait une fonction et des signes distinctifs qu'on appelle « attributs » > p. 173. Ensemble, ces dieux constituent le panthéon d'une religion.

• Les religions qui ne reconnaissent qu'un seul dieu sont appelées monothéistes. Ces religions sont, notamment, le judaïsme, le christianisme et l'islam.

Étudier les récits des origines en classe

• Ces récits sont aussi des textes littéraires, souvent très poétiques, qui ont longtemps été chantés ou récités.

• Ces textes font partie du **patrimoine de l'humanité** : on les nomme parfois **récits fondateurs**. Que l'on soit croyant ou non, ils ont laissé des traces profondes dans chacune de nos cultures : la littérature, la peinture, la sculpture ou l'architecture y font sans cesse référence.

• L'école **laïque** accueille des élèves qui appartiennent à différentes cultures. Connaître et respecter les cultures des uns et des autres, c'est apprendre à vivre ensemble.

Doc 3

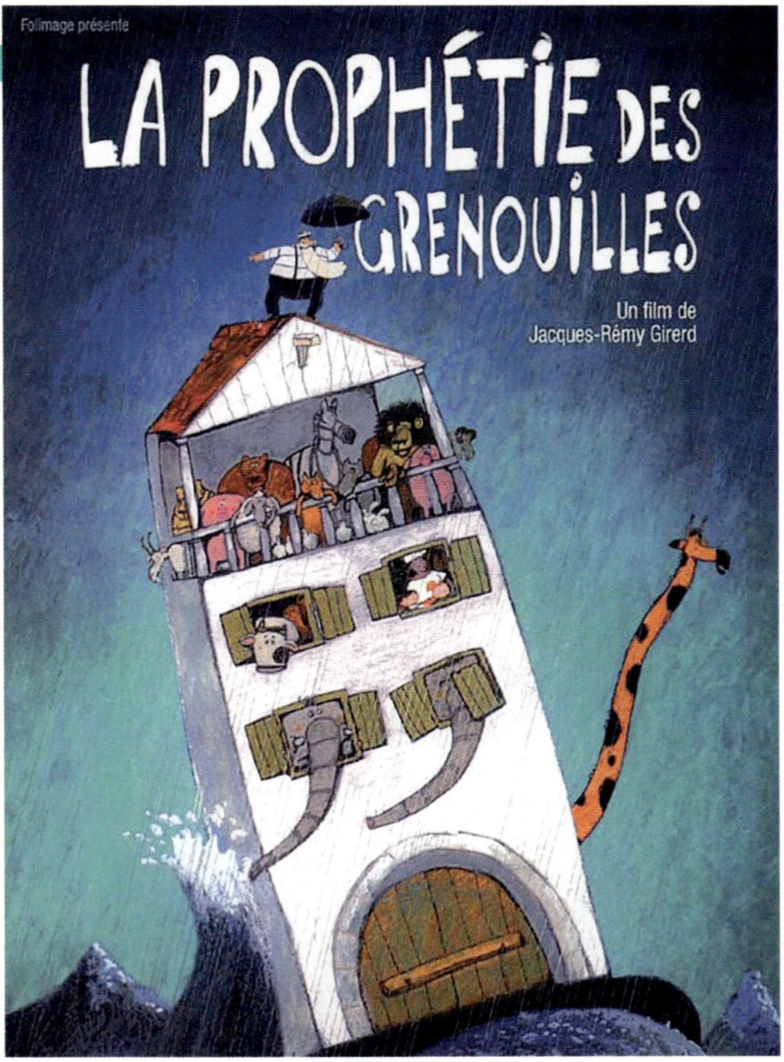

Affiche du film *La Prophétie des grenouilles*, film réalisé par **Jacques-Rémy Girerd** (2003)

1. Recherches

Vers le projet 1

• Recherchez la définition des mots *mythe, conte, légende*. Donnez un exemple précis pour chacune des définitions.

Vers le projet 2

• Faites des recherches pour identifier le personnage représenté sur le document 1. À quelle civilisation appartient-il ? Est-elle polythéiste ou monothéiste ?

2. Doc 3. Quel épisode célèbre de la Bible a inspiré ce film d'animation ?

CARNET DE VOCABULAIRE

Recopiez les mots en vert dans votre carnet en les associant à leur définition.

→ Découvrez à présent comment des récits passionnants ont raconté la création du monde.

Bonne lecture !

La Genèse

Écoutez le texte lu
hatier-clic.fr/25coli152

La Genèse est le premier livre de l'Ancien Testament, commun aux juifs et aux chrétiens. Elle raconte la création du monde et des êtres vivants.

Extrait 1 Le ciel et la terre

Atelier LECTURE

Stratégies de compréhension

Trouvez un synonyme pour chaque mot ou expression du texte surligné en bleu.

Au commencement, Dieu créa le ciel et la terre. Or la terre était vide et vague, les ténèbres couvraient l'abîme[1], et un souffle de Dieu agitait la surface des eaux.

Dieu dit : « Que la lumière soit » et la lumière fut. Dieu vit que la lumière était bonne, et Dieu sépara la lumière et les ténèbres. Dieu appela la lumière « jour » et les ténèbres « nuit ». Il y eut un soir et il y eut un matin : premier jour.

Dieu dit : « Qu'il y ait un firmament[2] au milieu des eaux et qu'il sépare les eaux d'avec les eaux » et il en fut ainsi. Dieu fit le firmament, qui sépara les eaux qui sont sous le firmament d'avec les eaux qui sont au-dessus du firmament, et Dieu appela le firmament « ciel ». Il y eut un soir et il y eut un matin : deuxième jour.

Dieu dit : « Que les eaux qui sont sous le ciel s'amassent en un seul endroit et qu'apparaisse le continent » et il en fut ainsi. Dieu appela le continent « terre » et la masse des eaux « mers », et Dieu vit que cela était bon.

Dieu dit : « Que la terre verdisse de verdure : des herbes portant semence et des arbres fruitiers donnant sur la terre selon leur espèce des fruits contenant leur semence » et il en fut ainsi. La terre produisit de la verdure [...] et Dieu vit que cela était bon. Il y eut un soir et il y eut un matin : troisième jour.

Dieu dit : « Qu'il y ait des luminaires[3] au firmament du ciel pour séparer le jour et la nuit ; qu'ils servent de signes, tant pour les fêtes que pour les jours et les années ; qu'ils soient des luminaires au firmament du ciel pour éclairer la terre » et il en fut ainsi. Dieu fit les deux luminaires majeurs : le grand luminaire comme puissance du jour et le petit luminaire comme puissance de la nuit, et les étoiles. [...] Il y eut un soir et il y eut un matin : quatrième jour.

Bible de Jérusalem, « Genèse », I, 1-31 et II, 1-2 © Les éditions du Cerf (1973)

1. **abîme :** gouffre très profond.
2. **firmament :** ciel et espace.
3. **luminaires :** sources de lumière.

VOCABULAIRE

Enquête

Quel verbe reconnaissez-vous à l'intérieur du mot *semence* (l. 19) ? Déduisez le sens de l'expression : *des fruits contenant leur semence* (l. 18-19).

Partageons notre lecture

- Dites, jour par jour, ce qu'a créé Dieu pendant ces quatre premiers jours.

Activités

1* À quoi ressemblait le monde *au commencement* ? Relevez deux adjectifs et deux noms qui le décrivent.

2 a.* Par quel moyen Dieu crée-t-il le monde ?

b.** Quelles sont les phrases répétées ?

3*** En quoi ce texte peut-il sembler poétique ?

Prolongement artistique et culturel

• Cette **fresque** est peinte par Raffaello Santi, dit **Raphaël**, vers 1515, sur les murs du Vatican à Rome.

1. Décrivez la composition du tableau.

2. Comment et pourquoi le peintre a-t-il donné au lion une place spéciale ?

3. Identifiez le maximum d'animaux.
Lequel n'existait pas ?

Raphaël, *La Création des animaux* (vers 1515-1518), fresque, Loges de Raphaël, palais du Vatican (Rome, Italie)

Lecture d'image
Fresque de Raphaël
hatier-clic.fr/25coli153

Extrait 2 Les animaux de toutes sortes

Atelier LECTURE

Lecture expressive

Entraînez-vous à lire le texte en distinguant bien la narration et les paroles de Dieu.

VOCABULAIRE

Enquête

Trouvez dans le texte plusieurs mots de la même famille pour chacun des mots en gras.

Dieu dit : « Que les eaux **grouillent**[1] d'un grouillement d'êtres vivants et que des oiseaux volent au-dessus de la terre contre le firmament du ciel » et il en fut ainsi. Dieu créa les grands monstres marins et tous les êtres vivants qui glissent : les eaux les firent grouiller selon leur espèce, et toute la gent[2] ailée selon son espèce, et Dieu vit que cela était bon. Dieu les bénit et dit : « Soyez féconds, [...] emplissez l'eau des mers, et que les oiseaux multiplient sur la terre. » Il y eut un soir et il y eut un matin : cinquième jour.

Dieu dit : « Que la terre produise des êtres vivants selon leur espèce : bestiaux[3], bestioles, bêtes sauvages selon leur espèce » et il en fut ainsi. Dieu fit les **bêtes** sauvages selon leur espèce, les bestiaux selon leur espèce et toutes les bestioles du sol selon leur espèce, et Dieu vit que cela était bon.

La Bible de Jérusalem, « Genèse », I, 1-31 et II, 1-2, *ibid.*

1. **grouillent :** s'agitent en grand nombre. 2. **gent :** espèce, race. 3. **bestiaux :** animaux d'élevage (de ferme).

Partageons notre lecture

Qu'est-ce que Dieu a créé ce cinquième jour ? En quoi est-ce surprenant ?

ORAL

Qu'attendez-vous comme nouvelle création dans la suite du texte ?

Activités

1* Associez des noms d'animaux que vous connaissez à ces créations : *grands monstres marins* (l. 3), *êtres vivants qui glissent* (l. 4), *gent ailée* (l. 5), *bestiaux, bestioles, bêtes sauvages* (l. 10).

2 a.* Montrez que Dieu crée les espèces animales en grand nombre en relevant le champ lexical de la multitude. > p. 287

b.** Que demande Dieu aux animaux ? Recopiez la phrase qui l'indique.

Extrait 3 La création des hommes

Atelier LECTURE

Lecture relai

Lisez le texte en relai : chaque élève lit un verset (= paragraphe).

Dieu dit : « Faisons l'homme à notre image, comme notre[1] ressemblance, et qu'ils[2] dominent sur les poissons de la mer, les oiseaux du ciel, les bestiaux, toutes les bêtes sauvages et toutes les bestioles qui rampent sur la terre. »

Dieu créa l'homme à son image, à l'image de Dieu il le créa, homme et femme il les créa.

Dieu les bénit et leur dit : « Soyez féconds, multipliez, emplissez la terre et soumettez-la ; dominez sur les poissons de la mer, les oiseaux du ciel et tous les animaux qui rampent sur la terre. »

Dieu dit : « Je vous donne toutes les herbes portant semence [...] et tous les arbres qui ont des fruits portant semence : ce sera votre nourriture. À toutes les bêtes sauvages, à tous les oiseaux du ciel, à tout ce qui rampe sur la terre et qui est animé de vie, je donne pour nourriture toute la verdure des plantes » et il en fut ainsi. Dieu vit tout ce qu'il avait fait : cela était très bon. Il y eut un soir et il y eut un matin : sixième jour.

Ainsi furent achevés le ciel et la terre [...].

Au septième jour Dieu avait terminé l'ouvrage[3] qu'il avait fait et, le septième jour, il chôma.

■ **La Bible de Jérusalem**, « Genèse », I, 1-31 et II, 1-2, *ibid.*

1. **comme notre :** selon notre.
2. **qu'ils :** que les hommes.
3. **ouvrage :** travail.

VOCABULAIRE

Stratégie de compréhension

Connaissez-vous un mot ressemblant à *chôma* (l. 18) ? Déduisez le sens de ce mot.

■ **Théophane le Crétois**, *Adam nommant les animaux* (1527), fresque, monastère Saint-Nicolas Anapafsas (Grèce)

Partageons notre lecture

● L'homme et la femme ont-ils le même rôle que les autres êtres vivants ? Aidez-vous du texte et de l'image pour répondre.

Activités

1* Observez l'image : parmi les animaux entourant Adam, lesquels reconnaissez-vous ? Y en a-t-il un dont la présence vous surprend ?

2* Sur quel modèle Dieu crée-t-il l'homme et la femme ? Recopiez l'expression du texte qui l'exprime.

3** Qu'ordonne ensuite Dieu aux humains ? Recopiez les verbes qui expriment ces ordres.

4** Que prévoit Dieu pour nourrir les animaux ?

ORAL

Débat Le monde fonctionne-t-il aujourd'hui selon l'organisation décrite dans la Bible ?

Bilan de la Lecture 1

Comment la Bible raconte-t-elle la création du monde ?

1* Pour chacune de ces propositions, choisissez la bonne réponse et ajoutez une preuve après « car » :

a. La Genèse est une cosmogonie *scientifique* / *théogonique* car...

b. Ce texte est fondateur d'une religion *monothéiste* / *polythéiste* car...

c. Dieu crée le monde avec *ses mains* / *la parole* car...

2** Observez les images ci-contre :

a. Indiquez en légende de chaque image l'étape de la création du monde correspondante.

b. Pour chaque image, retrouvez l'ordre divin correspondant et reformulez-le avec vos mots.

c. À quel genre d'ouvrage actuel peuvent faire penser votre texte et ces images ?

Anonyme, *Bible de Souvigny : la création* (vers 1180-1200), enluminure (56 x 39 cm), bibliothèque municipale de Moulins

CARNET DE VOCABULAIRE

Notez et définissez les termes suivants : ***abîme, ténèbres, bénir, fécond..***

Vers le projet 1

Découvrir un récit des origines fantaisiste

Le cinquième jour

Du haut d'un nuage,
Les mains rouges d'argile,
Dieu contemplait les animaux :
« – Je suis mécontent du zèbre,
Dit-il à saint Rémi
Qui tenait la liste,
Il ressemble trop au cheval.
Rayez-le ! »

Pierre Ferran, *Bestiaire fabuleux*, (1983)

a. Expliquez quelle erreur est commise par saint Rémi.

b. Imaginez à votre tour la création fantaisiste d'un animal.

Vers le projet 2

Découvrir la version du Coran

Le Coran est le livre sacré des musulmans : il contient la transcription des paroles du prophète Mahomet.

Sourate XVI, verset 15
« Il a créé pour vous les chevaux, les mulets et les ânes, [...]
C'est lui qui fait descendre du ciel
l'eau qui vous sert de boisson
et qui fait croître les plantes
dont vous nourrissez vos troupeaux.
Grâce à elle, il fait encore pousser pour vous
les céréales, les oliviers, les palmiers, les vignes
et toutes sortes de fruits. »

Le Coran (entre 610 et 632), trad. Denise Masson (1967)

a. Lisez ce texte extrait du Coran.

b. Faites une liste des points communs que vous relevez avec le texte biblique.

Lecture 2

L'harmonie fragile du monde

Dans le mythe d'Héliopolis (Égypte ancienne), le dieu Rê-Atoum créa le monde à partir d'une immensité d'eau appelée « le Noun » et donna naissance à ses enfants : Chou et Tefnout.

Écoutez le texte lu
hatier-clic.fr/25coli156

Chou et Tefnout donnèrent à leur tour naissance à deux enfants: le dieu Geb, la Terre, et la déesse Nout, le Ciel. Chou dut séparer le Ciel et la Terre de manière à créer un vide entre eux, un espace pour permettre à la vie d'apparaître et de se développer. Pour cela, Nout fut élevée dans les airs par son père et c'est son corps étoilé qui forme la voûte céleste. [...]

À cette étape, le monde n'était pas encore achevé, alors Geb créa les minéraux[1] et les plantes. Et Nout mit au monde les autres dieux : Osiris, Isis, Seth et Nephtys. Ainsi sont nés les neuf dieux et déesses qui forment l'*Ennéade*.

Une fois le ciel, la terre, les dieux et tous les autres éléments de la création mis en place, Rê-Atoum, voyant que ses enfants, Chou et Tefnout, n'avaient plus besoin de lui, se retira dans le ciel. Triste de ne plus être auprès d'eux, il pleura, et ses larmes donnèrent naissance aux êtres humains.

Ensuite, les dieux de l'*Ennéade* s'occupèrent d'organiser et de diriger le monde afin qu'il fonctionne correctement. Osiris reçut pour royaume les terres fertiles d'Égypte. Avec sa sœur et épouse Isis, il fut chargé d'apporter la civilisation aux hommes, notamment l'art et l'écriture, et d'assurer la fertilité[2] des sols pour que les récoltes soient abondantes. Seth et Nephtys, eux, devaient s'occuper des terres arides[3] et des déserts. Mais ce partage ne satisfaisait pas Seth qui avait un caractère envieux et violent. [...] Il découpa [le] corps [de son frère] en morceaux qu'il dispersa à travers toute l'Égypte. Ainsi Seth introduisit-il le mal dans le monde. Comme Osiris n'avait pas d'enfant, donc pas d'héritier, Seth devenait le mieux placé pour lui succéder[4]. C'était compter sans la détermination d'Isis qui, aidée par sa sœur Nephtys, retrouva toutes les parties du corps de son époux et réussit à le reconstituer. Grâce à des formules magiques, elle lui redonna vie et eut de lui, en cachette, un fils, Horus. Elle dissimula l'enfant dans les marais du delta afin de le protéger de son oncle Seth jusqu'à ce qu'il fût en âge de le combattre. Après une lutte acharnée, Horus récupéra le trône de son père et devint ainsi le premier pharaon à régner sur les terres d'Égypte. Osiris, lui, se retira dans le royaume des morts pour y régner.

Nathalie Toye, *Récits de la création*, « Mythes de l'Égypte ancienne » (2008)

1. **minéraux :** pierres et roches. 2. **fertilité :** capacité à donner des plantes. 3. **arides :** chaudes et sèches. 4. **succéder :** prendre sa place.

Atelier LECTURE

Stratégies de compréhension

a. Faites une liste de tous les dieux et déesses apparaissant dans ce texte en recherchant les noms propres.

b. Réalisez l'arbre généalogique de ces dieux et déesses de la création dans la mythologie égyptienne. Puis associez à chacun(e) ses missions et/ou royaume en vous aidant des mots surlignés en bleu.

VOCABULAIRE

Enquête

Cherchez dans un atlas ou sur Internet une carte de l'Égypte : expliquez ce qu'est le *delta* (l. 29) et montrez où se trouvent les *terres fertiles* (l. 17) et les *terres arides* (l. 20) du pays.

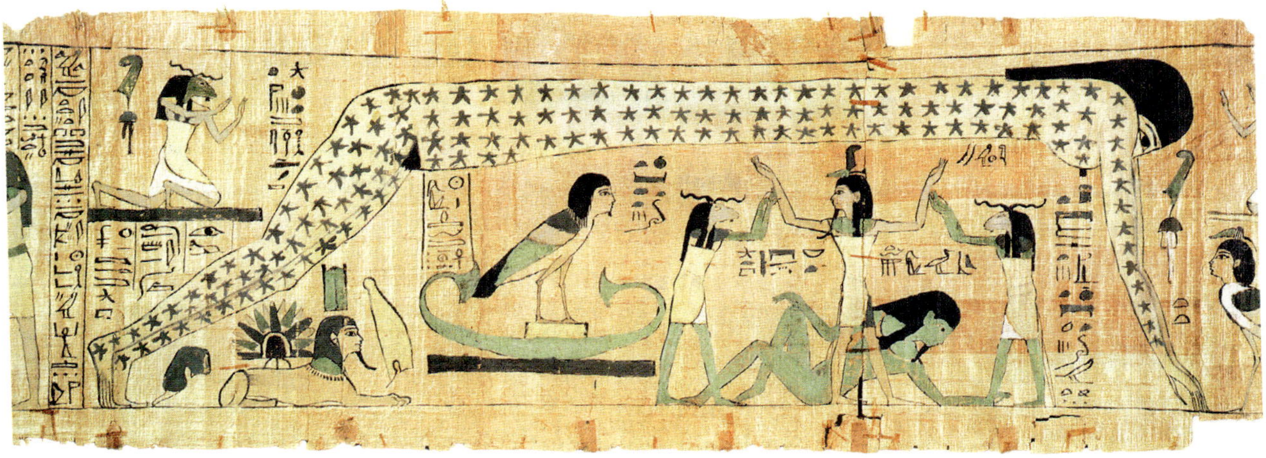

La séparation du Ciel et de la Terre, papyrus funéraire représentant Nout et Geb (1069-945 av J.-C.), Musée égyptien du Caire (Égypte)

Partageons notre lecture

- Que pensez-vous des relations qu'entretiennent les descendants de Rê-Atoum ?

Activités

1* Écoutez le texte et complétez les phrases suivantes :

a. Chou sépare le Ciel et la Terre pour...

b. Rê-Atoum est si triste de ne plus être avec ses enfants qu'il...

c. Seth tue son frère Osiris car...

d. Isis est une épouse extraordinaire parce qu'elle...

2** En vous aidant du texte, identifiez trois personnages représentés sur ce papyrus.

3** Décrivez Seth en trois phrases et en utilisant les mots suivants :
maléfique • cruel • jalousie • stratège

Bilan — Comment ce mythe égyptien décrit-il l'équilibre fragile du monde et des créations ?

4* Choisissez la proposition qui convient.

La cosmogonie égyptienne est *monothéiste / polythéiste*. Le dieu primordial est *Geb / Rê-Atoum*. Ses enfants incarnent des éléments : Nout est *le Ciel / la Terre*. Ses petits-enfants sont responsables de territoires : Seth reçoit le royaume des terres *fertiles / arides*. La création du monde est donc aussi la création d'une famille.

Vers le projet 1 Raconter un combat entre des dieux

a. Racontez le combat entre Horus et Seth : expliquez les raisons de ce combat et les motivations de chacun des dieux.

b. Imaginez les détails du combat et la victoire du dieu Horus. Vous pouvez commencer votre texte par la phrase suivante : « Horus sortit des marais du delta lorsqu'il fut capable de combattre son oncle... »

Vers le projet 2 Devenir égyptologue

a. Chaque dieu de la mythologie égyptienne est représenté avec une tête d'animal. Recherchez les animaux associés aux dieux et déesses figurant dans le texte et complétez votre arbre généalogique.

b. Les mythes égyptiens évoquent un jugement après la mort. Faites des recherches sur la « pesée du cœur » et trouvez un papyrus qui la représente. Vous raconterez le plus précisément possible ce que représente ce papyrus.

Lecture 3

Pas si simple de créer le monde

Écoutez le texte lu
hatier-clic.fr/25coli158

Le peuple Dogon vit sur une falaise à cheval entre le Mali et le Burkina Fasso. Ce peuple d'Afrique subsaharienne cultive encore aujourd'hui ses traditions et sa religion.

[À l'origine de toutes choses était Amma, Dieu, et rien d'autre n'existait à part lui.]

[Amma commença par dessiner dans l'espace le plan du monde qu'il allait créer. Il utilisa pour cela 266 signes sacrés, « les signes d'Amma ». Une fois son plan tracé, il commença son œuvre. À l'intérieur d'un œuf, il superposa[1] les quatre matières qui devaient entrer dans la composition de la vie : l'eau, l'air, le feu et la terre. De cet assemblage naquit une petite graine, la graine d'acacia[2]. Mais les quatre éléments tenaient difficilement ensemble, l'eau s'échappa et le premier monde d'Amma échoua. Dieu décida alors d'en construire un second qui aurait, cette fois, pour base, l'homme. Au lieu de superposer les quatre éléments, il décida de les brasser, de les mélanger. Ce tourbillon d'Amma engendra la minuscule graine de fonio[3]. Dans cette toute petite chose en forme d'œuf résidait une chose plus petite encore : la vie. La graine de fonio, une céréale si nourrissante, était comme le grain du monde, condensant[4], en elle, tout l'univers. Dieu put alors créer d'autres graines. Puis ce fut le tour des premiers êtres animés.]

[Ces êtres, Amma les avait imaginés parfaits : deux couples de jumeaux, composés chacun d'un mâle et de sa femelle. Amma avait voulu leur accorder la parole, car c'est la chose la plus importante au monde. Il avait voulu qu'ils soient les rois de la création.]

[Avant leur naissance, ces êtres avaient une forme de poisson. Comme les bébés, qui doivent être arrivés au terme de leur formation avant de sortir du ventre de leur maman, ils devaient attendre d'être terminés pour sortir de l'œuf du monde. Mais l'un d'eux, un mâle nommé Ogo, s'impatienta et se révolta. Il sortit tout seul de l'œuf, avant même d'avoir atteint son plein développement, en arrachant un morceau de placenta[5] qu'il emmena avec lui. En dérobant cette matière, il espérait façonner son propre monde et rivaliser avec Dieu. C'est ainsi qu'Ogo s'enfuit dans l'univers vide et obscur, laissant derrière lui sa jumelle.]

Maud Lasseur, *Récits de création*, « Mythes du pays dogon »,
© La Documentation française (2008)

Atelier LECTURE

Stratégies de compréhension
Lisez attentivement le texte, puis proposez un titre pour chaque paragraphe entre crochets.

VOCABULAIRE

Enquête
Choisissez le champ lexical auquel appartiennent les verbes *superposer* (l. 6), *brasser*, *mélanger* (l. 12) et *condenser* (l. 15) : l'architecture • l'agriculture • la cuisine • les mathématiques.

1. **superposa :** mettre les unes sur les autres.
2. **acacia :**

3. **fonio :** céréale.

4. **condenser :** réduire.
5. **placenta :** organe permettant les échanges de sang entre la mère et le fœtus.

Partageons notre lecture

● À quel passage du texte le tableau ci-contre vous fait-il penser ?

■ **Vladimir Kush**, *Lever du soleil au bord de l'océan - Sunrise by the Ocean* (1996), huile sur toile (53,3 x 63,5 cm), collection particulière

Activités

1** Faites un tableau avec deux colonnes : racontez dans la colonne de gauche les réussites d'Amma et dans celle de droite ses échecs.

2* Voici une comparaison : *Ses cheveux étaient noirs comme l'ébène*. Formez à votre tour deux phrases de comparaison sur les réussites et les échecs du dieu Amma à partir des groupes de mots suivants **> p. 197** :

comme • dans sa création • il connaît aussi des réussites • la révolte d'Ogo • la graine d'acacia • tels que • Amma rencontre des échecs • l'eau s'échappant de l'œuf • la graine de fonio

Bilan — Comment les Dogons racontent-ils leur difficulté à créer un monde ?

3** Dans ce texte, le monde est-il facile à créer ? Comparez cette création avec celles de la Bible **> p. 152-153**.

4** La parole, *c'est la chose la plus importante au monde* (l. 20) pour Amma. Êtes-vous d'accord avec cette affirmation et pensez-vous qu'Amma regrette de l'avoir donnée aux hommes ?

Vers le projet 1

Imaginer un processus de création qui tourne mal

Imaginez que la création du monde à partir de la graine de fonio n'ait pas fonctionné. Inventez pour Amma un autre moyen de créer le monde et un autre événement inattendu qui va faire échouer sa création.

Vers le projet 2

Réaliser la carte d'identité d'une civilisation

Présentez le peuple Dogon sous la forme d'une carte d'identité. Pour cela, collectez toutes les informations que vous trouverez dans et autour du texte au sujet de cette civilisation. Complétez votre collecte grâce à des recherches personnelles.

Nom : …
Origine géographique : …
Type de religion : …
Culture agricole : …
Faune et flore : …
Pratiques rituelles et traditionnelles : …

Lecture 4

La relation entre les hommes et les dieux

Écoutez le texte lu
hatier-clic.fr/25coli160a

Vidéo
L'ancienne Mésopotamie
hatier-clic.fr/25coli160b

Gilgamesh est un roi et demi-dieu autoritaire et cruel. Les habitants d'Ourouk en ont assez et décident d'invoquer les Grands Dieux pour leur demander de l'aide.

On fit donc des offrandes et les Grands Dieux finirent par entendre la plainte des habitants. Ils allèrent trouver Anou, le dieu seigneur d'Ourouk :

« – C'est bien toi qui as installé dans sa ville ce Gilgamesh de malheur ? Sais-tu qu'il sème la terreur sur son passage ? Les habitants ont construit un beau temple pour toi et pour ta dame Ishtar. Ne peux-tu rien faire pour eux ? »

Ensuite, ils allèrent trouver la déesse Arourou, dont le métier était de créer les humains :

« – C'est bien toi qui as formé les hommes ? Alors obéis à Anou. Il va te demander de créer un homme plus terrible qu'un ouragan. Il affrontera Gilgamesh. Ainsi les gens d'Ourouk auront la paix. »

Arourou entendit leur conseil et répondit favorablement à la demande du dieu Anou. Après avoir trempé ses mains dans l'eau, elle prit un gros morceau d'argile et le déposa dans la steppe[1]. Elle travailla l'argile pour façonner une créature : les jambes, le torse, les bras, la tête sortirent de ses mains expertes. La créature d'argile se mit à vivre.

C'est ainsi que, dans la solitude de la steppe, naquit Enkidou l'homme sauvage.

Enkidou avait le corps tout velu, des cheveux longs qui ondulaient comme les épis de blé[2] sous la caresse du vent. Et avec ça, robuste et massif comme le dieu de la Guerre !

L'Épopée de Gilgamesh, adaptée et racontée par Pierre-Marie Beaude (2009) © Gallimard Jeunesse

Héros maîtrisant un lion, dit « Gilgamesh » (vers 710 av J.-C.), sculpture en gypse (h : 404 cm), musée du Louvre (Paris)

1. **steppe :** grande plaine. 2. **épis de blé :** 

Partageons notre lecture

- Que pensez-vous de la relation entre les dieux ? Est-ce une relation d'égal à égal ?

Atelier LECTURE

Stratégies de compréhension

Lisez ce texte à voix haute en distinguant bien la narration et les phrases prononcées par les personnages.

VOCABULAIRE

Enquête

Quel radical trouvez-vous dans le nom *offrandes* (l. 1) ? Qu'en déduisez-vous sur le sens du mot dans le texte ?

Activités

1 a.** Relevez les différents dieux nommés dans ce texte, ainsi que leurs fonctions. Quel type de religion y est décrit ?

b.** Qui prononce les paroles introduites par un tiret ?

2* Trouvez les indices qui prouvent qu'Anou est le dieu des habitants d'Ourouk.

3 a.** Quels ingrédients Arourou utilise-t-elle pour créer un homme ?

b.*** Enkidou est-il vraiment un homme ? Selon vous, son apparence répond-elle aux attentes des habitants d'Ourouk ?

« Le Rêve de Gilgamesh », tablette d'argile en écriture cunéiforme relatant *L'Épopée de Gilgamesh* (2000-1595 av. J.-C)

Le saviez-vous ?

L'Épopée de Gilgamesh est l'une des plus anciennes épopées du monde. On estime qu'elle a été transmise oralement vers la fin du IIIe millénaire avant J.-C. en Mésopotamie (actuels Irak et Syrie) avant d'être transcrite sur des tablettes d'argile vers le IIe millénaire avant notre ère.

Bilan – Comment *L'Épopée de Gilgamesh* décrit-elle la relation entre les hommes et leurs créateurs ?

4* Complétez ce texte à l'aide des mots suivants :
Les habitants d'Ourouk • Anou • Gilgamesh • Arourou • Les Grands Dieux • offrandes • Enkidou

... vénèrent ... pour qui ils construisent des temples et font des .... Parmi eux, ... est le dieu seigneur de la ville d'Ourouk. Il demande à la déesse ... de créer ..., un homme capable d'affronter....

Vers le projet 1 Imaginer la création de l'homme

a. Imaginez une recette pour créer l'espèce humaine. Comme dans une recette de cuisine, faites une liste d'ingrédients, puis énumérez à l'infinitif les actions permettant d'assembler les ingrédients et de façonner les humains.

b. Rédigez votre recette. Vous pourrez commencer par : *Pour fabriquer un humain...*

Vers le projet 2 Comparez des récits de création

a. Recopiez et complétez ce tableau avec les ingrédients et méthodes employés pour créer l'homme selon les textes de ce chapitre. Faites des recherches complémentaires lorsque les textes ne précisent pas de méthode.

Textes / Culture	Ingrédients	Méthode employée
Bible		
Coran		
Mythologie égyptienne		
Pays Dogon		
Épopée de Gilgamesh		

b. Quels sont les points communs et les différences entre toutes ces cultures et religions ?

Atelier
LECTURE

Échauffement

1* **Entraînez-vous à lire ces phrases sans hésitation.**

a. Du chaos Chronos colossal crée le cosmos.

b. Du verbe vint la vie et depuis le monde vit.

c. Un monde neuf sort d'un œuf.

d. Ce chant des origines réjouit largement les géants.

e. Isis et Osiris fascinent les Égyptiens d'Égypte.

2* **Entraînez-vous à lire le plus vite possible les mots suivants en articulant bien :**

a. Et • est • on • met • mais • en

b. Cet • ses • si • cette • son • sans

c. Dans • tant • ton • en • dès • des

Déchiffrage

3* **Lisez ces mots qui n'existent pas :**

réjoucable • gloculite • ayoiement • abituation • juaribe • aiaménèse • joustrone • courmitraille • suable • boustron

4* **Lisez ces listes de mots à haute voix :**

a. suave • lys • sonore • présente • robuste • commencer • passé • s'amusent

b. géant • Gaia • réjouit • gage • fatigue • jalouse • rugit • gorge

c. sacré • large • célèbre • rient • criant • demeures • engendrèrent

d. tas • date • tradition • tonnant • d'abord • dieux • titube

e. Firmament • fermement • infernal • infirmière • infirmer • fervent

5** **Entraînez-vous à lire ces noms propres extraits des textes du chapitre :**

Audio
hatier-clic.fr/25coli162

a. L'épopée de Gilgamesh : Gilgamesh, Arourou, Ishtar, Enkidou, Ourouk, Anou

b. Les dieux égyptiens : Rê-Atoum, Nout, Tefnout, Geb, Chou, Osiris, Isis, Seth, Nephtys, Horus

c. Le mythe du Pays Dogon : Amma, Ogo

■ **Michel-Ange**, *La Création d'Adam* (1508-1512), fresque (280 x 570 cm), plafond de la chapelle Sixtine (Rome, Italie)

Lecture

6* **Ce poème est tiré d'un gospel américain (un chant d'église).**

a. Repérez les liaisons que vous devrez faire et entraînez-vos à lire le poème.

b. Relevez les mots auxquels il manque une lettre. Quel effet la poétesse recherche-t-elle?

c. Comment l'homme est-il créé ? À quel texte du chapitre, ce mode de création vous fait-il penser ?

Et Dieu s'promena, et regarda bien attentivement]
Son Soleil, et sa Lune, et les p'tits astres de son firmament.]

Il regarda la terre qu'il avait modelée dans sa paume,]
Et les plantes et les bêtes qui remplissaient son beau royaume.]

Et Dieu s'assit, et se prit la tête dans les mains,
Et dit « J'suis encore seul ; j' vais m' fabriquer un homme demain. »]

Et Dieu ramassa un peu d'argile au bord d' la rivière,]
Et travailla, agenouillé dans la poussière.

Et Dieu, Dieu qui lança les étoiles au fond des cieux,]
Dieu façonna et refaçonna l'homme de son mieux.]

Comme une mère penchée sur son p'tit enfant bien-aimé,]
Dieu peina, et s'donna du mal, jusqu'à c'que l'homme fût formé.]

■ **Marguerite Yourcenar**, « La Création »,
Fleuve profond, sombre rivière (1964) © Gallimard

Test de lecture

7 **a. Fluence**

Lisez ce texte. Notez votre temps de lecture précisément.

Écoutez le texte lu
hatier-clic.fr/25coli163

b. Compréhension

Répondez aux questions pour vérifier que vous avez compris l'essentiel du texte.

Ce texte raconte la création du monde selon la mythologie grecque.

Avant la création de la mer, de la terre et du ciel, voûte[1] de l'univers, la nature entière ne présentait qu'un aspect uniforme ; on a donné le nom de chaos à cette masse informe et grossière, bloc inerte[2] et sans vie, assemblage confus d'éléments discordants et mal unis entre eux. Le soleil ne prêtait point encore sa lumière au monde ; la lune renaissante ne faisait pas briller son croissant : la terre, que l'air environne, n'était point suspendue et balancée sur son propre poids ; et la mer n'avait point encore étendu autour d'elle ses bras immenses ; l'air, la mer et la terre étaient confondus ensemble : ainsi la terre n'avait pas de solidité, l'eau n'était point navigable, l'air manquait de lumière ; rien n'avait encore reçu sa forme distincte et propre. Ennemis les uns des autres, tous ces éléments rassemblés en désordre, le froid et le chaud, le sec et l'humide, les corps mous et les corps durs, les corps pesants et les corps légers, se livraient une éternelle guerre.

Un dieu, si ce n'est la bienfaisante Nature elle-même, mit fin à cette lutte, en séparant la terre du ciel, l'eau de la terre, et l'air le plus pur de l'air le plus grossier. Quand il eut débrouillé ce chaos, et séparé les éléments en marquant à chacun d'eux la place qu'il devait occuper, il établit entre eux les lois d'une immuable[3] harmonie.

Bernard Picard, *Le Chaos ou l'origine du monde*, gravure (1733), Bibliothèque nationale de France (Paris)

Ovide, *Les Métamorphoses*, Livre I (Ier siècle), traduit par plusieurs auteurs, texte établi par Désiré Nisard, Firmin-Didot (1850)

1. **voûte :** plafond arrondi.
2. **inerte :** sans mouvement, sans vie.
3. **immuable :** qui ne change pas.

1. Le texte décrit le monde après sa création. ❐ Vrai ❐ Faux

2. Le monde est alors un mélange d'éléments désordonnés qui se font la guerre. ❐ Vrai ❐ Faux

3. Ce désordre est nommé le « chaos ». ❐ Vrai ❐ Faux

4. La Nature détruit le travail de construction du dieu. ❐ Vrai ❐ Faux

Atelier VOCABULAIRE

Le vocabulaire des religions et civilisations

1* **Associez chaque radical de la liste A à sa signification dans la liste B. Puis formez un maximum de mots dérivés à partir de ces radicaux.**

> **COUP DE POUCE**
>
> Le **radical** est la racine (grecque ou latine le plus souvent) d'un mot, à partir de laquelle le mot est formé. Un **mot composé** est formé à partir de deux radicaux. Un **mot dérivé** est formé à partir d'un radical auquel on ajoute un préfixe (avant) et / ou un suffixe (après) > p. 282

A : théo/théisme • cosmo • gonie/généa • logie • poly • mono • a

B : plusieurs • créer • dieu • sans • savoir • monde • seul

2** **Lisez ce texte et trouvez un synonyme pour chaque mot souligné.**

> On a raconté qu'un roseau s'élevait du brouillard. Ce brouillard était l'océan du chaos, et ce roseau, tenu au-dessus de la brume, était le dieu suprême et éternel, et il se nommait Kunitokotatchi. On a raconté la venue d'Izanami, la déesse, et d'Izanagi, le dieu, sur le pont suspendu du paradis. Izanagi portait une lance ornée de pierres précieuses.
>
> ■ B. Reiss et A.Tjoyas, « Les retrouvailles », *Aux Origines du monde* (2004) © Albin Michel

■ **Kobayashi Eitaku**, *Izanagi et Izanami* (vers 1885), rouleau suspendu, encre sur soie (126 x 54,6 cm), musée des Beaux-Arts de Boston (États-Unis)

3** **Recherchez l'origine et la signification des expressions suivantes. Puis complétez :**

ni d'Ève ni d'Adam • arche de Noé • pharaonique • chaos • jardin d'Éden • déluge

a. L'île est dévastée : c'est un véritable ….

b. Je ne l'ai jamais vu, je ne le connais ….

c. Il pleut sans interruption : quel ….

d. Il a le projet … de construire sa maison seul.

e. Ce refuge pour animaux est une véritable … !

f. Cette île de rêve est un ….

Le vocabulaire de la création

4* **Associez chaque nom ou adjectif à son antonyme** > p. 284.

inerte •	• lumière
aride •	• fertile
chaos •	• ordre
ténèbres •	• animé
immuable •	• changeant

5** **Trouvez le nom associé à chaque liste d'expansions et proposez une liste d'expansions pour chaque nom indiqué.**

> **COUP DE POUCE**
>
> Ces **expansions** seront des **adjectifs épithètes** ou des **groupes prépositionnels**.

… → étoilé, nuageux, dégagé, de plomb

Mer → …, …, …, …

… → verdoyante, épineuse, luxuriante, florissante

Animaux → …, …, …, …

… → poussiéreuse, boueuse, de désolation, aride

6** **Choisissez des verbes de création pour compléter cette cosmogonie.**

fabriquèrent • désignèrent • bâtirent • façonnèrent • posèrent • donnèrent • forgèrent

> « Les Dieux très-saints sur cela délibérèrent ;
> À la nuit, à la nouvelle lune ils … des noms ;
> Ils … l'aube et le milieu du jour,
> Le crépuscule et le soir, pour indiquer le temps.
> […] Ils … bien haut un sanctuaire et une cour ;
> Ils… des fourneaux, … des joyaux,
> … des tenailles et … des ustensiles. »
>
> ■ « La Voluspâ », poème islandais tiré de *l'Edda* de Saemund, trad F. G. Bergmann, Paris (1838)

Les temps de la narration

Outils Les temps de la **narration** sont souvent les temps de l'indicatif comme l'**imparfait**, le **passé simple**, le **présent**, le **passé composé** ou le **plus-que-parfait**.

1 ** **Conjuguez les verbes des phrases suivantes : à l'imparfait pour les actions descriptives ou de durée indéterminées et au passé simple pour les actions courtes ou qui se succèdent** > p. 346.

a. Le monde (*être*) informe.

b. Mais un jour, un dieu (*apparaître*).

c. Il (*réfléchir*) sa lumière divine sur le monde.

d. Il (*séparer*) les éléments et (*établir*) un ordre et une place à chacun.

e. Puis il (*créer*) les végétaux qui (*n'exister*) pas encore.

Les temps du discours

Outils Les temps du **discours** sont les temps utilisés lorsqu'un personnage parle. Il peut s'exprimer au **présent**, à l'**imparfait**, au **passé composé** ou au **plus-que-parfait**. Lorsque l'on veut exprimer un **ordre**, on utilise l'**impératif** présent (*Viens ici*) ou le **subjonctif présent** (qu'*il vienne*).

2 **a.** * **Relevez les verbes qui expriment un ordre.**

b. ** **Rangez-les en deux catégories : ceux conjugués à l'impératif présent et ceux conjugués au subjonctif présent.**

« Charge sur ce vaisseau un couple de chaque espèce ; et aussi ta famille – à l'exception de celui dont le sort est déjà fixé – et aussi les croyants » – Mais ceux qui partageaient la foi de Noé étaient peu nombreux – Il dit : « Montez sur ce vaisseau : qu'il vogue et qu'il arrive au port, au nom de Dieu ». [...] Noé appela son fils, resté en un lieu écarté : « Ô mon petit enfant ! Monte avec nous ; ne reste pas avec les incrédules ! »

■ **Le Coran**, Sourate XI, versets 40-42 (entre 610 et 632), trad. Denise Masson, © Gallimard (1967)

3 *** **Imaginez les ordres que Dieu donne à Noé pour l'aider à construire son bateau. Utilisez au moins 3 verbes à l'impératif et 2 verbes au subjonctif présent.**

Le discours direct

Outils Le **discours direct** permet de faire parler un personnage à l'intérieur d'un récit. On peut « entendre » directement ses paroles qui sont introduites par un **verbe de parole** et les **deux-points**. Les paroles sont encadrées par des **guillemets**. Dans un dialogue, chaque parole commence à la ligne, par un tiret.

4 ** **Ajoutez les guillemets, les verbes de parole et les deux-points.**

Taaroa ... à longue voix Qui est sur la terre ? Et la voix de Taaroa fit écho dans les vallées, et il lui fut ... C'est moi la terre stable, c'est moi la montagne inébranlable, c'est moi le sable. Taaroa ... ensuite Qui est vers la mer ? Et il lui fut ... C'est moi les rochers de la haute mer, les récifs qui croissent dans la mer, le corail de la mer.

■ D'après **Louis Gaussin**, *Le Tour du monde* (1860)

■ Bible, Ancien Testament, « Genèse » : « Colombe revenant vers l'Arche » (vers 1225), enluminure

5 *** **Inventez un dialogue dans lequel le dieu Anou demande à la déesse Arourou de créer un homme pour protéger les habitants d'Ourouk. Insérez des verbes de parole et tous les signes de ponctuation nécessaires.**

Projet 1

Écrire un récit des origines fantaisiste

PRODUIRE DES ÉCRITS VARIÉS

Vous avez découvert des cosmogonies du monde entier. À vous maintenant d'écrire la vôtre, à la fois fantaisiste et humoristique!

→ Inventez la suite du texte afin de raconter la création du monde par le *petit Dieu*.

Étape 1 Lisez attentivement ce texte

Il était une fois une maman Dieu, avec son petit Dieu. La maman Dieu était installée dans un grand fauteuil et reprisait des chaussettes pendant que le petit Dieu, assis à une grande table, finissait ses devoirs.

Le petit Dieu travaillait en silence. Et quand il eut fini, il demanda : « Dis-moi, Maman : est-ce que tu me donnes la permission de faire le monde ? »

La maman Dieu le regarda :

« Tu as fini tes devoirs ?

– Oui, Maman.

– Tu as appris tes leçons ?

– Oui, Maman.

– C'est bon. Alors, tu peux.

– Merci, Maman. »

Le petit Dieu prit une feuille de papier, des crayons de couleurs, et il se mit à faire le monde.

■ **Pierre Gripari**, *Contes de la rue Broca*, « Le Petit Dieu » (1978), © Éditions de la Table Ronde

Étape 2 Établissez votre plan de création

▶ **Vous commencerez votre récit en reprenant la dernière phrase du texte.**

▶ **Recopiez ce tableau et rangez les créations suivantes selon un ordre chronologique. Ajoutez à cette liste les deux créations manquantes ainsi que les obstacles / échecs que pourraient rencontrer votre/vos dieu(x).**

les végétaux • le ciel et la terre • l'Homme • les astres (soleil, lune et étoiles) • ? • ?

Organisation	Créations	Obstacles / échecs
Premier paragraphe		
Deuxième paragraphe		
...		

Étape 3 Rédigez votre brouillon

▶ **Travaillez étape par étape :** respectez votre tableau de l'étape 2 pour rédiger vos 5 paragraphes. Le/les dieu(x) ou la/les déesse(s) apparaitront dès le premier paragraphe.

▶ **Liez vos paragraphes** à l'aide de connecteurs de temps : *Puis, ensuite, C'est alors que, à ce moment, Enfin...*

Étape 4 Améliorez votre brouillon

▶ **Avant de recopier au propre, relisez-vous bien.** (> p. 377)

Projet 2

Réaliser et présenter une anthologie de récits de création

LIRE ET COMPRENDRE SEUL DES TEXTES, DES DOCUMENTS ET DES IMAGES
PARTICIPER À DES ÉCHANGES VERBAUX

→ Recherchez d'autres récits de création et fabriquez un livre que vous présenterez devant un auditoire. Répartissez-vous en groupes de deux ou trois élèves et suivez les étapes suivantes.

Étape 1 Je collecte les cosmogonies

▶ **Trouvez des textes sur les cosmogonies d'ici et d'ailleurs pour construire votre anthologie.**

Niveau 1 : Créez votre anthologie à partir des textes du chapitre.

Niveau 2 : Approfondissez vos recherches en :
- recherchant la suite et l'origine des textes utilisés dans les ateliers « vocabulaire » et « langue ».
- enquêtant sur les cosmogonies représentées sur les documents iconographiques de ce chapitre.

Niveau 3 : Explorez d'autres cosmogonies grâce aux livres du Carnet de lecture **> p. 169**.

Niveau expert : Rendez-vous au CDI, dans une médiathèque ou sur Internet pour trouver d'autres cosmogonies.

Étape 2 Je mets en forme les textes

▶ **Utilisez un traitement de texte pour recopier vos textes en suivant ces règles :**
- Mettez un seul texte par page.
- Utilisez la même taille de police pour chaque texte.
- Respectez les paragraphes du texte original en utilisant cette touche du clavier :

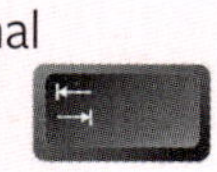

- Sélectionnez tout le texte pour justifier les lignes en cliquant sur ce symbole : ≣
- À la fin de chaque texte, indiquez-en la source : AUTEUR, *Titre*, année/époque.

Étape 3 Je résume l'essentiel de chaque texte

▶ **Recopiez ce tableau à la fin de chaque texte et complétez-le avec ces informations.**

Titre du texte →	...
Origine géographique →	...
Polythéiste ou monothéiste ?	...
Monde créé grâce à ou à partir de →	...

Étape 4 Je réalise un sommaire

▶ **Imprimez une carte du monde.**
- Imprimez une carte du monde et collez une gommette sur chaque pays correspondant à une cosmogonie.
- Indiquez pour chaque gommette le numéro de la page correspondant au texte.

Étape 5 Je me relis et je fais une couverture

▶ **Relisez toutes vos pages en vérifiant que :**
- il n'y a pas d'erreur d'orthographe ;
- les règles typographiques sont respectées ;
- le tableau complété de l'étape 3 est bien présent à la fin de chaque texte.

▶ **Réalisez une couverture illustrée avec pour titre : « Les cosmogonies du monde ».**

Étape 6 Je présente mon anthologie

▶ **Présentez votre anthologie à la classe.**
- Présentez les textes collectés. Puis indiquez leurs points communs, le texte qui vous a le plus surpris, celui que vous avez préféré.
- Partagez vos sources d'information et les difficultés que vous avez rencontrées.

BILAN

+PROF
Évaluation différenciée et corrigée

Je construis

1 • Des textes surprenants

a. Associez chaque texte de ce chapitre à un adjectif de cette liste : poétique • passionnant • surprenant • instructif • intrigant.

b. Justifiez vos choix en rédigeant une phrase d'explication commençant par *Je pense que...*

Premier jour de la Création *(Genèse)*, gravure sur bois, extraite de *La Chronique de Nuremberg* de **Hartmann Schedel** (1493), BNF (Paris)

2 • Des points communs et des différences

Cherchez un maximum de points communs et de différences entre :
– la Bible > p. 152 à 154 et les *Métamorphoses* > p. 163
– *L'Épopée de Gilgamesh* > p. 160 et le mythe du Pays Dogon > p. 168
– Le mythe d'Héliopolis > p. 156 et celui d'Izanagi et Izanami > p. 164, exercice 2.

3 • Des images représentatives

Reprenez les 3 images de la page d'ouverture (p. 148-149)

a. Reconnaissez-vous l'illustration d'un récit que vous avez étudié ? Lequel ?

b. Choisissez une des deux images restantes.
Par groupes de deux, imaginez quel récit fondateur se cache derrière ces représentations : identifiez-vous des divinités ? Qu'est-ce qui est créé ? Comprenez-vous le processus de création ?

Je retiens

Des récits universels

• Les **cosmogonies** sont des **récits collectifs** qui nous rassemblent. Issus du **monde entier**, ils ont permis aux hommes de répondre aux grands **questionnements de l'humanité** : comment sont apparus le monde (*kosmos*), la nature, les éléments, les humains et les animaux ? Quoi ou qui les a créés (*gónos*) ? Quelle est la place de l'homme dans l'univers ?

Des récits religieux

• La science nous permet aujourd'hui de mieux comprendre la naissance du monde mais pendant des millénaires, ce sont les religions qui ont fourni des réponses grâce à ces **récits appelés théogonies**. Qu'elles soient **monothéistes** ou **polythéistes**, ces religions présentent de nombreux points communs : l'**harmonie** du monde naît du **chaos primordial**.

Les récits de création du monde

Des récits poétiques

• Ces récits fascinent encore aujourd'hui par leur **richesse poétique**. Ils sont chargés de **symboles** créateurs, comme l'œuf ou la graine. Ils racontent des **histoires de familles** comme le Panthéon grec ou l'Ennéade égyptienne. **Paroles écrites et orales** se mêlent pour chanter la beauté et la complexité d'un monde fragile.

carnet de
LECTURE

Lire un ouvrage sur une cosmogonie

Choisissez votre profil de lecteur / lectrice

Petite faim? Gourmand(e)? Affamé(e)?

- **Choisissez** un ouvrage sur une cosmogonie, par exemple parmi ceux proposés :

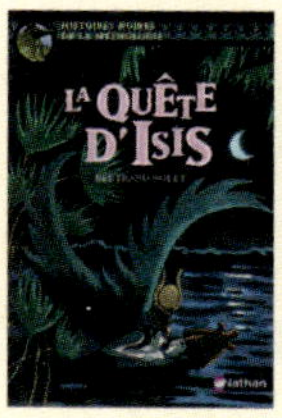

128 pages
La Quête d'Isis

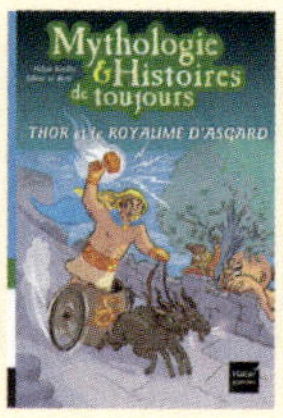

128 pages
Thor et le Royaume d'Asgard

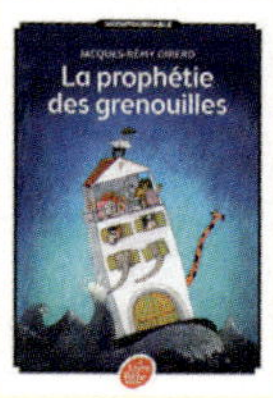

190 pages
La Prophétie des grenouilles

123 pages
L'Épopée de Gilgamesh

Vérifiez que vous avez bien lu

Présentez votre lecture à la classe

- **Expliquez** le lien entre les récits de création du monde étudiés dans ce chapitre et votre lecture.
- **Faites une description** de votre personnage ou récit préféré en expliquant les raisons de ce choix.
- **Lisez** à la classe un passage du livre qui vous a marqué ou que vous avez aimé. **Entraînez-vous** auparavant à le lire à haute voix afin d'offrir à la classe une lecture fluide et expressive.

Réalisez une bande dessinée à partir d'un récit de création

- **Choisissez** un récit de création lu dans ce chapitre pour le raconter en bande dessinée.
- **Sélectionnez** dans le texte 6 moments emblématiques que vous choisirez de représenter.
- Sur une feuille A3 pliée en deux, **tracez** 6 à 8 rectangles correspondant à ces moments. En haut de chaque rectangle, réservez une place pour raconter avec vos mots ce qui sera représenté par vos dessins.
- **Dessinez** dans chaque case le moment choisi dans le texte.

Après la lecture

- Dans votre carnet, **indiquez** par un nombre d'étoiles (de 1 à 5) combien vous avez aimé ce roman et… **expliquez** pourquoi.

À lire et à voir…

La magie du Grand Nord

156 pages
Contes inuit de la banquise (Orbestier, 2000)

Quelle est la légende du brouillard ? Et celle de l'esprit de la Lune ? Autant d'histoires magiques où l'homme partage sa solitude avec une nature sauvage et glaciale.

Des créations animales fantaisistes

224 pages
Rudyard Kipling, Histoires comme ça (1902, traduction de Laurence Kiefé © Le Livre de Poche Jeunesse, 2005)

Comment le chameau eut sa bosse? Et le léopard, ses taches? Ces fables poétiques et comiques expliquent les caractéristiques animalières.

L'incontournable des récits de création

192 pages
La Création du monde (Livre de poche Jeunesse, 2005)

Le récit de trois grands mythes de la création du monde. Ils viennent de Mésopotamie, de Palestine et d'Arabie, berceaux des trois grandes religions monothéistes.

Un film sur le déluge

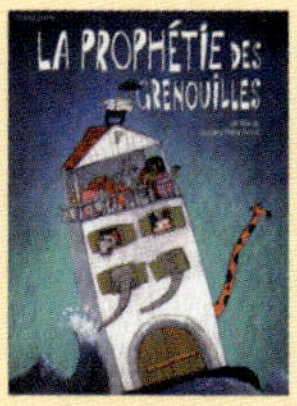

1h30 FILM
Jacques-Rémy Girerd, La Prophétie des grenouilles (2003)

Adapté du livre de Jacques-Rémy Girerd, ce film d'animation donne la parole aux animaux lors d'un nouveau déluge.

8

Œuvre intégrale

Les Métamorphoses d'Ovide

▶ **Comment raconter la naissance du monde et des êtres ?**

Doc 1

■ **Arthur Rackham**, *Philémon et Baucis* (1928), illustration

Doc 2

■ **Véronèse**, *Apollon et Daphné* (vers 1560-1565), huile sur toile (109,4 x 113,3 cm), San Diego Museum of Art (États-Unis)

Doc 3

■ **Francesco Mazzola** (dit **Le Parmesan**), *Actéon transformé en cerf*, détail de la fresque ornant la salle de Diane et Actéon (1503-1540), La Rocca Sanvitale (Fontanellato, Italie)

1. Connaissez-vous le sens du mot *hybride* ? Et le sens du mot *métamorphose* ? Associez ces mots à leur définition :

hybride •	• composé d'éléments d'origine différente
métamorphose •	• changement de forme d'un être

2. **Doc 1 à 3** En quoi les créatures représentées sont-elles « hybrides » ou « métamorphosées » ?

Projet 1 > p. 188

Produire des écrits variés

Écrire un nouveau récit de métamorphose

- Votre lecture des *Métamorphoses* vous donnera sûrement envie d'inventer une histoire de transformation : comment raconter la métamorphose d'un humain en animal, en plante ou en phénomène naturel ?
- Comment vous transformer vous-même en conteur ou conteuse d'histoires passionnantes ?

Projet 2 > p. 189

Lire une œuvre et se l'approprier
Participer à des échanges verbaux

Organiser un procès : le jugement de Jupiter

- Pourquoi les dieux sont-ils si cruels avec les humains ? Lisez plusieurs récits des *Métamorphoses* pour le comprendre.
- Puis partagez vos conclusions avec la classe sous la forme d'un procès fictif.

Je découvre

Les Métamorphoses, un long poème antique

Doc 1

■ **Luca Signorelli**, *Portrait d'Ovide* (1499), fresque de la chapelle de San Brizio (cathédrale d'Orvieto, Italie)

Ovide et *Les Métamorphoses*

- Ovide est un célèbre poète latin du premier siècle après J.-C., auteur de nombreux ouvrages.
- *Les Métamorphoses* sont un long poème écrit à partir de **mythes** grecs et latins. Reprenant le style de l'épopée, il est un des plus longs de l'Antiquité : 15 livres et plus de 12 000 vers ! Cette œuvre a connu un succès immense dès sa publication et reste la plus lue de la littérature antique.

Mythe et métamorphose

- Un **mythe** est un récit (du grec *muthos* = « récit ») de faits imaginaires, qui explique des phénomènes naturels ou certains aspects fondamentaux du monde. Il met en scène des dieux ou des héros. Un **mythe étiologique** raconte l'origine d'un être, une chose ou un phénomène.
- Les mythes latins évoquent surtout l'histoire de la fondation de Rome (VIIIe siècle av. J.-C.) mais intègrent les dieux et mythes grecs et égyptiens. Les humains s'y trouvent souvent en conflit avec les dieux.
- Dans ces mythes, la **métamorphose** est un changement de nature ou d'état : un être humain devient plante, animal ou roche, ou inversement. C'est un moyen divin de **punir** ou de **récompenser** les mortels.

Doc 2

■ Statuette de Jupiter (Ier-IIe siècle), bronze (h : 9,7 cm), The Metropolitan Museum of Art (New York, États-Unis)

1. Vocabulaire

Vers le projet 1

- Donnez deux synonymes du mot *métamorphose*. Connaissez-vous des animaux qui se métamorphosent dans la nature ? Racontez.

Vers le projet 2

- Cherchez l'étymologie du mot *métamorphose*. Avez-vous déjà lu ou vu des histoires (contes, légendes) où des êtres se transforment ? Pour quelles raisons ont-ils été changés ? Racontez.

Les dieux de la mythologie grecque et latine

- **La mythologie romaine a emprunté et adapté de nombreux dieux grecs (et égyptiens).**
- **Les principaux dieux latins sont : Jupiter, Junon, Minerve, Mars, Apollon, Diane, Neptune, Vénus, Cérès, Mercure, Bacchus, Vulcain, Vesta, Pluton.**

Doc 3

Sébastien-Melchior Cornu, *Prométhée modelant le premier homme* (vers 1860), huile sur toile (56 x 170 cm), musée Carnavalet (Paris)

2. Recherches

Recopiez ce tableau comparatif entre les dieux grecs et romains ; complétez les noms, les fonctions (rôles et pouvoirs) et les attributs (signes distinctifs) manquants.

Dieux grecs	Dieux romains	Fonctions	Attributs
1. …	Jupiter	royauté, puissance	foudre, sceptre
Héra	Junon	2. …	voile, grenade
3. …	Minerve	intelligence, guerre	casque, chouette, égide
Arès	Mars	4. …	armes
Apollon	Apollon	soleil, beauté	arc, lyre
Artémis	Diane	lune, chasse, chasteté	arc, biche
Poséidon	Neptune	mer	5. …
Aphrodite	Vénus	6. …	colombe
7. …	Cérès	terre, moissons	gerbe, épi
Hermès	8. …	commerce	ailes, caducée
Dionysos	Bacchus	vin	9. …
Héphaïstos	Vulcain	10. …	enclume, marteau
Hestia	Vesta	foyer	11. …
Hadès	Pluton	12. …	corne d'abondance

CARNET DE VOCABULAIRE

Recopiez les mots en vert dans votre carnet en les associant à leur définition.

→ Vous êtes prêts à découvrir les métamorphoses inventées par les dieux (et Ovide) pour les humains.

Bonne lecture !

De la colère à la clémence

Écoutez le texte lu
hatier-clic.fr/25coli174

Extrait 1 Le déluge

Au début du poème, un dieu commence par créer le monde mais les humains deviennent mauvais. Jupiter décide de les punir en provoquant le déluge.

Déjà on ne distinguait plus la mer de la terre ; tout était océan ; l'océan lui-même n'avait plus de rivages. L'un a gagné à la hâte une colline ; l'autre s'est assis dans une barque recourbée et promène ses rames là où naguère il avait labouré. Celui-ci navigue sur ses moissons et sur les combles[1] de sa ferme submergée ; celui-là prend un poisson sur la **cime** d'un ormeau[2] [...] là où récemment les chèvres élancées ont brouté le gazon, des phoques posent leurs corps informes. Les Néréides[3] s'émerveillent de voir au fond des eaux des parcs, des villes, des maisons ; les dauphins habitent les forêts ; ils bondissent au sommet de leurs **ramures** et se heurtent contre les chênes qu'ils agitent. Le loup nage au milieu des brebis ; l'onde[4] **charrie** des lions au poil fauve ; l'onde charrie des tigres ; le sanglier ne trouve aucun secours dans sa force foudroyante et les jambes agiles du cerf ne l'empêchent pas d'être emporté ; après avoir longtemps cherché une terre où se poser, l'oiseau errant, ses ailes lasses, tombe dans la mer. L'immense débordement de l'océan avait recouvert les collines ; des flots jusqu'alors inconnus battaient les sommets des montagnes. La plus grande partie des êtres vivants est entraînée par les eaux ; ceux que les eaux ont épargnés **périssent** faute de nourriture.

■ **Ovide**, *Les Métamorphoses*, « Le déluge »,
traduit du latin par Georges Lafaye (1992), Folio Classique, Éditions Gallimard

Atelier LECTURE

Stratégies de compréhension

a. Lisez attentivement la première phrase du texte (l. 1-2). Repérez les noms communs.

b. Avez-vous compris ce qu'était un déluge ? Expliquez en quelques mots.

1. **combles :**
2. **ormeau :** arbre.
3. **Néréides :** divinités qui accompagnent le dieu Neptune.
4. **onde :** eau (mer, lac, rivière).

VOCABULAIRE

Synonyme

Trouvez un synonyme pour chaque mot du texte en gras afin de vérifier que vous les comprenez bien.

Partageons notre lecture

Qu'auriez-vous fait pour échapper au déluge ? Expliquez votre point de vue.

Activités

1 a.* Faites la liste des animaux marins, terrestres et célestes évoqués dans ce texte.

b.** Ces animaux se trouvent-ils dans leur milieu naturel ? Pourquoi ? Quel est l'effet produit par ces images ?

2* Trouvez au moins deux raisons pour lesquelles les êtres vivants ne survivent pas au déluge.

3** À votre avis, quel dieu a pu aider Jupiter à provoquer le déluge ?

ÉCRITURE

Nommez quelques animaux dont ne parle pas le poète. Comme Ovide, **imaginez** et **rédigez** un court texte qui raconte le destin de ces animaux au cours du déluge.

Extrait 2 La renaissance des humains

Un couple d'humains vertueux survit au déluge : Pyrrha et son époux Deucalion. Thémis, déesse de la Justice, leur ordonne de recréer l'humanité en jetant les os de leur grand-mère. Pyrrha et Deucalion, comprenant que leur grand-mère est en fait la Terre, se mettent à jeter des cailloux.

Atelier LECTURE

Lecture expressive

Exercez-vous à lire le texte en faisant attention à la ponctuation, à la longueur des phrases, au rythme et aux étapes de la métamorphose.

Ils s'éloignent, se voilent la tête, dénouent leur tunique et, comme ils en ont reçu l'ordre, lancent des pierres derrière leurs pas. Ces pierres (Qui le croirait, si l'Antiquité ne l'attestait ?) perdent leur dureté et leur apparence rigide, elles s'amollissent peu à peu et, en s'amollissant, prennent une nouvelle forme. Puis elles s'allongent, leur nature s'adoucit et on peut y reconnaître jusqu'à un certain point, quoique vague encore, la figure humaine, telle qu'elle commence à sortir du marbre, à peine ébauchée, et toute pareille aux statues imparfaites. La partie de ces pierres où quelques sucs[1] liquides se mêlent à la terre devient la chair ; ce qui est solide et ne peut fléchir se change en os ; ce qui était veine subsiste sous le même nom ; dans un bref espace de temps, comme l'avaient voulu les dieux, les pierres lancées par des mains masculines prirent la forme d'un homme et le sexe féminin dut une nouvelle vie à celles qu'une femme avait jetées. Voilà pourquoi nous sommes une race dure, à l'épreuve de la fatigue.

■ **Ovide**, *Les Métamorphoses*, « La renaissance des humains », *ibid.*

1. **sucs :** substance contenue dans les végétaux ou animaux (sève, salive...).

■ *Deucalion* et *Pyrrha*, relief en marbre (XIXe siècle), parc du Labyrinthe d'Horta, Barcelone (Espagne)

Partageons notre lecture

● À votre avis, pour quelles raisons les dieux recréent-ils les humains ?

VOCABULAIRE

Enquête

Qu'est-ce que le *marbre* (l. 7) ? Relisez la phrase où se trouve ce mot pour comprendre son usage dans l'Antiquité.

Activités

1** Quelle phrase montre que le poète doute de la vérité des mythes qu'il raconte ? De quel type de phrase s'agit-il ? > p. 292

2 a.* Quel matériau est utilisé pour recréer l'humanité ? Pourquoi ce matériau ne semble-t-il pas approprié ?

b.*** Relevez la phrase qui compare la création des humains à la fabrication des statues. > p. 83

3** Quelles correspondances le poète établit-il entre les pierres et les parties du corps humain ?

4** Quelle qualité de la pierre les humains conservent-ils ? Pensez-vous que cette qualité définit bien l'être humain ?

Bilan de la Lecture 1

Que raconte le début des *Métamorphoses* ?

1* Remettez dans l'ordre les étapes du poème :

a. Jupiter provoque le déluge pour punir les humains.

b. L'être humain apparaît mais devient méchant et criminel.

c. Grâce à leur vertu, Deucalion et Pyrrha sont chargés par Thémis de faire renaître l'humanité à partir de pierres.

d. Un dieu crée le monde.

2** Punir ou récompenser ? Répondez à la question a ou b :

a. Quelle métamorphose raconte une punition ? En quoi consiste-t-elle ? Résumez cet épisode en quelques phrases.

b. Quelle métamorphose raconte une récompense ? En quoi consiste-t-elle ? Résumez cet épisode en quelques phrases.

Qu'est-ce qu'une métamorphose ?

3** Voici une représentation de ce mythe en bande dessinée. Complétez la BD en imaginant la vignette suivante. Vous dessinerez l'image et rédigerez le court texte.

Béatrice Bottet et **Ariane Pinel**, « La mythologie en BD » – *Les Métamorphoses d'Ovide* (2023), © Casterman

CARNET DE VOCABULAIRE

Notez et définissez les termes suivants : *déluge, s'amollir, ébaucher.*

Vers le projet 1 Décrire la malédiction de Jupiter

a. Imaginez comment Jupiter maudit les humains et déclenche le déluge.
b. Vous utiliserez des verbes de paroles, des phrases exclamatives et injonctives pour exprimer sa colère.

COUP DE POUCE
L'expression de la colère

- **Verbes de parole :** *déclarer, tonner, gronder...*
- **Phrases exclamatives :** *Ca suffit ! J'en ai assez !...*
- **Phrases injonctives :** *Que la pluie tombe ! Que les vagues se déchaînent...*

Vers le projet 2 Échanger sur une lecture commune

a. Par groupe de deux élèves, relisez chacun silencieusement l'extrait 1 ou l'extrait 2. > p. 174-175
b. Racontez ce que vous avez compris. Répondez aux questions de votre camarade pour vérifier qu'il a bien compris lui aussi.

Au musée

Prolongement **artistique** et **culturel**

Le déluge

Le mythe du déluge

1. Comment l'eau est-elle représentée?

2. Comment l'auteur de l'enluminure suggère-t-il le nombre des victimes?

3. Recherches Dans la Bible, humains et animaux sont sauvés du déluge par Noé. Faites des recherches sur l'Arche de Noé et racontez son histoire. Trouvez une œuvre (peinture, dessin, illustration...) la représentant.

1

- Le **récit du déluge** est présent dans plusieurs textes anciens : l'épopée de Gilgamesh (Mésopotamie, > p. 160), le récit biblique de l'Ancien Testament (> p. 152 à 154), *les Métamorphoses* d'Ovide et certains récits hindouistes indiens.
- Ces textes racontent des histoires similaires : les humains déçoivent leur créateur qui les supprime par un déluge, mais conserve quelques humains pour les régénérer.

2

- Cette **enluminure** du Moyen Âge de **William de Brailes** accompagne un manuscrit : c'est une illustration qui aide les lecteurs à se représenter l'histoire racontée.
- Elle est peinte avec de l'encre sur un **parchemin** et réhaussée de feuilles d'or.

William de Brailes, *Le Déluge de Noé* (vers 1250), enluminure, encre et pigment sur parchemin (13,20 x 9,50 cm), The Walters Art Museum, Baltimore (États-Unis)

CARNET DE VOCABULAIRE

Notez et définissez les termes suivants : *enluminure, parchemin.*

Lecture 2

L'origine des saisons

Écoutez le texte lu
hatier-clic.fr/25coli178

Atelier LECTURE

Écoute attentive

Écoutez le texte lu et essayer de mémoriser les étapes de cette histoire.

Proserpine – fille de Cérès, déesse des Moissons – a été enlevée et épousée par Pluton, dieu des Enfers. Cérès supplie Jupiter d'intervenir. Il lui répond.

Cependant, si tu as si fort à cœur de les séparer, Proserpine reviendra dans les cieux mais à une condition formelle : c'est que là-bas ses lèvres n'aient touché à aucun aliment ; ainsi en a décidé un arrêt[1] des Parques[2]. [...] Cérès persiste à vouloir ramener sa fille des enfers ; mais les destins s'y opposent ; car la jeune fille avait rompu le jeûne[3] ; innocemment, tandis qu'elle se promenait à travers les jardins bien cultivés, elle avait cueilli à un arbre courbé sous ses fruits une grenade[4], elle avait retiré sept grains de la pâle écorce et les avait pressés entre ses lèvres. [...] Arbitre entre son frère et sa sœur désolée, Jupiter divise le cours de l'année en deux parties égales ; maintenant la déesse dont la puissance s'étend à la fois sur deux royaumes passe autant de mois avec sa mère, autant avec son époux. Aussitôt on la voit changer d'humeur et de visage ; car le front de cette déesse qui pouvait paraître sombre même à Pluton, rayonne de joie ; ainsi que le soleil qu'obscurcissaient des nuages chargés de pluie sort des nuages qu'il a vaincus.

■ **Ovide**, *Les Métamorphoses*, « L'origine des saisons », *ibid.*

1. **arrêt :** décision de justice. 2. **Parques :** divinités de la destinée.
3. **rompre le jeûne :** recommencer à s'alimenter. 4. **grenade :**

VOCABULAIRE

Champ lexical

Relevez au moins deux mots appartenant au champ lexical de la justice.

Partageons notre lecture

Avez-vous déjà rencontré des aliments magiques dans des œuvres de fiction (contes, légendes, romans, films, jeux vidéo, etc.) ? Lesquels ? Quels pouvoirs ont-ils ? Racontez.

Activités

1* Dites si les phrases suivantes sont vraies ou fausses. Justifiez vos réponses à l'oral.

a. Proserpine est la fille de Cérès.
b. Pluton est le dieu des Enfers et le frère de Jupiter.
c. Cérès est la déesse des Moissons et la sœur de Jupiter.
d. Pluton a enlevé Cérès.
e. Cérès supplie Jupiter de retrouver sa fille.
f. Jupiter fait revenir Proserpine dans les cieux.
g. Jupiter décide que Proserpine passera sa vie avec son mari.

2** Pourquoi Proserpine ne peut-elle pas revenir des enfers ? Expliquez.

3** Ce mythe raconte l'origine d'un phénomène naturel. Lequel ?

ORAL

Au choix, **imaginez** et **prononcez le discours de Cérès** souhaitant retrouver sa fille, **ou celui de Pluton** pour garder Proserpine auprès de lui.

■ **Alfons Mucha**, *Les Saisons* (vers 1900), lithographie, Victoria and Albert Museum (Londres)

Bilan — Qu'est-ce qu'un mythe étiologique ?

4* Complétez le bilan :

Proserpine est la fille de Cérès, déesse des .... Elle est enlevée par ..., dieu des Enfers. ... doit juger ce conflit qui oppose son frère à sa sœur. Malheureusement pour Cérès, Proserpine a mangé quelques grains de ... dans le monde souterrain : elle ne peut plus revenir comme avant dans les cieux. Jupiter décide donc de diviser l'année en deux : Proserpine passera ... mois avec son mari et ... mois avec sa mère. Ce mythe étiologique raconte de manière poétique l'origine des ... : en automne et en ..., Cérès, triste, cesse de faire pousser les plantes ; en revanche, au printemps et en ..., Cérès, heureuse, fait à nouveau croître la nature, permettant ainsi l'agriculture.

Vers le projet 1

Décrire une émotion sur un visage

Décrivez le changement d'humeur sur le visage de Cérès lorsqu'elle doit laisser sa fille partir aux enfers.
Utilisez des **comparaisons** (> p. 83) pour montrer le chagrin de cette mère.

Vers le projet 2

Résumer des actions

Résumez en une phrase :
a. les actions de Pluton ; **b.** les actions de Cérès ;
c. le jugement de Jupiter.
Débat Le jugement de Jupiter est-il juste ? Expliquez les raisons de ce jugement.

CARNET DE VOCABULAIRE

Notez et définissez les termes suivants : *innocemment, humeur, obscurcir.*

Lecture 3

La punition d'Arachné

Arachné défie la déesse Pallas[1], dans l'art de broder. Lors du concours, Pallas représente des humains transformés pour avoir défié les dieux. Arachné montre des dieux se métamorphosant pour séduire les humains : son travail est parfait.

Écoutez le texte lu
hatier-clic.fr/25coli180

La vierge aux blonds cheveux, irritée d'un tel succès, déchire l'étoffe colorée qui reproduit les fautes des dieux ; elle tenait encore à la main sa navette[2], venue du mont Cytore ; trois ou quatre fois elle en frappe le front d'Arachné, fille d'Idmon. L'infortunée ne peut supporter l'outrage et, dans son dépit[3], elle se noue un lacet autour de la gorge. Elle était pendue quand Pallas, ayant pitié d'elle, adoucit son destin : « Vis, lui dit-elle ; mais reste suspendue, misérable ! Je veux que le même châtiment, pour que tu ne comptes pas sur un meilleur avenir, frappe toute ta race et jusqu'à tes neveux les plus reculés. » Puis, en s'éloignant, elle répand sur elle les sucs d'une herbe choisie par Hécate[4] ; aussitôt, touchés par ce poison funeste, ses cheveux tombent, et avec eux son nez et ses oreilles ; sa tête se rapetisse ; tout son corps se réduit ; de maigres doigts, qui lui tiennent lieu de jambes, s'attachent à ses flancs ; tout le reste n'est plus qu'un ventre ; mais elle en tire encore du fil ; devenue araignée elle s'applique, comme autrefois, à ses tissus.

Ovide, *Les Métamorphoses*, « La punition d'Arachné », *ibid.*

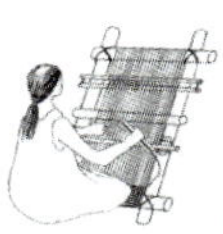

1. **Pallas :** autre nom donné à Athéna (*Minerve* chez les Romains).
2. **navette :** outil utilisé pour tisser.
3. **dépit :** tristesse mêlée de colère due à une déception.
4. **Hécate :** divinité lunaire, des Carrefours et de la Magie.

Atelier LECTURE

Lecture sans faute

Un élève lit le texte à voix haute. Les autres l'arrêtent s'il se trompe dans sa lecture. Les élèves lisent à tour de rôle jusqu'à ce qu'un champion ou une championne arrive au bout sans faire d'erreur !

Partageons notre lecture

Dessinez l'animal en lequel Arachné a été métamorphosée. Quels sont ses caractéristiques ?

Activités

1* Relisez l'introduction du texte. Qui est « la vierge aux blonds cheveux » (l. 1) ? Qui gagne le défi de broderie ?

2** Que pensez-vous de la broderie de Pallas ? Et de celle d'Arachné ? Que symbolisent-elles ?

3 a.* Pallas punit Arachné pour au moins deux raisons : lesquelles ?
b.** Ces motifs sont-ils justes, selon vous ? Expliquez.

4* Que fait Arachné après avoir été frappée par Pallas ?

5** La métamorphose d'Arachné est-elle seulement une punition de la part de Pallas ? Expliquez.

VOCABULAIRE

Enquête

À quel mot vous fait penser le nom « Arachné » ?

■ *Arachné châtiée par Athéna* (1542), fresque, salle d'Arachné, Stadtresidenz Landshut (Allemagne)

Bilan — Comment les dieux punissent-ils l'orgueil des humains ?

6* Vrai ou faux ? Dites si les propositions suivantes sont justes ou non.

a. Pallas punit Arachné pour son incompétence : l'humaine ne sait pas broder.

b. Pallas punit Arachné pour son orgueil : l'humaine prétend être meilleure que la déesse dans l'art de la broderie.

c. Pallas punit Arachné pour son talent : sa broderie s'avère parfaite, au moins égale à celle de la déesse.

d. Pallas punit Arachné parce qu'elle a osé représenter les techniques de séduction des dieux. C'est une provocation pour plusieurs raisons : Arachné expose les fautes des dieux ; sa broderie est un outil de connaissance qui informe les humains sur les dieux.

e. Arachné métamorphose Pallas en araignée après son suicide.

f. Ce mythe étiologique raconte l'origine des araignées.

g. Pallas possède deux défauts dans ce mythe : l'arrogance et la jalousie.

CARNET DE VOCABULAIRE

Notez et définissez les termes suivants : *irrité(e), infortuné(e), outrage, châtiment, funeste.*

Vers le projet 1

Écrire la trame d'une métamorphose comme punition

Imaginez et racontez une métamorphose selon les étapes suivantes :
a. Un humain défie un dieu dans un art. ▸ Inventez un nom d'humain proche d'un animal. Choisissez un dieu.
b. L'humain provoque le dieu. ▸ Trouvez une action humiliante.
c. Le dieu punit l'humain en le métamorphosant. ▸ L'animal conserve un lien avec son identité humaine.

Vers le projet 2

Présenter son récit de métamorphose

Vous avez été témoin de l'histoire d'Arachné. Résumez-la en utilisant les mots suivants : *défi, broderie, défaut, frapper, pendre, punition, pitié, métamorphose, orgueil.*

Lecture 4

Le rajeunissement d'Éson

Le héros Jason demande à son alliée, la magicienne Médée, de rajeunir son père, Éson, afin de pouvoir fêter ensemble leurs exploits.

Écoutez le texte lu
hatier-clic.fr/25coli182

Pendant ce temps, dans un bassin de bronze posé sur des charbons, un philtre[1] puissant bouillonne, déborde et soulève une écume qui en blanchit la surface. Elle y fait cuire des racines qu'elle a coupées dans la vallée d'Hémonie, des graines, des fleurs et des sucs noirâtres. Elle y mêle des pierres rapportées des extrémités de l'Orient et du sable lavé par les flots de l'Océan dans leur reflux ; elle ajoute de la rosée recueillie la nuit sous la pleine lune, les ailes maudites d'une strige[2] avec sa chair, les entrailles d'un loup qui fut habitué à échanger sa forme de bête sauvage contre celle d'un homme ; elle n'a point oublié non plus la peau écailleuse d'un petit chélydre du Cinyps[3], ni le foie d'un cerf mort après une longue vie ; elle y joint le bec et la tête d'une corneille sur qui avaient pesé neuf siècles. Lorsque avec toutes ces substances et avec mille autres sans nom la fille des barbares a préparé l'exécution de ce dessein qui dépasse la condition mortelle, elle agite le tout avec une branche, depuis longtemps desséchée, d'un olivier aux doux fruits, et mélange le fond à la surface. Voici que ce vieux rameau qu'elle a fait tourner dans le bassin brûlant, verdit d'abord, puis, en quelques instants, se couvre de feuilles et tout à coup se charge de lourdes olives. Partout où le feu a fait jaillir l'écume hors du bassin, partout où des gouttes chaudes sont tombées sur la terre, elle prend un aspect printanier ; il y pousse des fleurs et un tendre gazon. À cette vue, Médée tire une épée du fourreau ; elle ouvre la gorge du vieillard, laisse écouler son vieux sang et le remplace par les sucs qu'elle a préparés ; à peine Éson les a-t-il absorbés par sa bouche ou par sa blessure que sa barbe et ses cheveux de blancs deviennent noirs ; sa maigreur disparaît ; la pâleur et la flétrissure de son visage s'évanouissent ; une substance nouvelle comble le creux de ses rides et ses membres reprennent toute leur vigueur ; Éson s'étonne ; il se retrouve tel qu'il était quarante ans auparavant.

Ovide, *Les Métamorphoses*, « Le rajeunissement d'Éson », *ibid.*

1. **philtre :** potion magique.
2. **strige :** monstre mythologique en forme de femme-oiseau se nourrissant du sang d'enfants humains.
3. **chélydre du Cinyps:** tortue peuplant le fleuve Cinyps.

Atelier LECTURE

Lecture magique

Lisez ce texte comme si vous lisiez une formule magique. Soignez le ton, le rythme, les silences, les gestes, les modulations dans la force de la voix. Insistez sur les détails croustillants.

VOCABULAIRE

Enquête

Qui est *la fille des barbares* (l. 13) ? Quel effet sur le lecteur cette expression produit-elle ?

Partageons notre lecture

Ce texte et son héroïne vous font-ils penser à des œuvres que vous avez déjà lues, vues ou entendues ? Racontez. Comparez vos réponses.

Bartolomeo Guidobono, *Médée rajeunit Éson* (vers 1700), huile sur toile (173 x 212 cm), collection particulière

Lecture d'image
Tableau de Guidobono
hatier-clic.fr/25coli183

Activités

1* Que prépare Médée pour rajeunir Éson ? Quels mots vous ont permis de comprendre ?

2 a.* Recopiez le tableau suivant en indiquant les éléments de la recette magique de Médée selon leur origine.

Éléments minéraux	Éléments végétaux	Éléments animaux
...	...	...

b.* Que pensez-vous de ces éléments ? Sont-ils réels ou imaginaires ? Positifs ou négatifs ?

3** Comment Médée administre-t-elle sa potion à Éson ? Quel est l'effet de ce geste sur le lecteur ?

Bilan — Médée la sorcière : magie blanche (bénéfique) ou noire (maléfique) ?

4 a.* Réalisez un nuage de dix mots pour résumer le portrait de Médée en sorcière puissante et inquiétante.

b.** À partir de votre nuage de mots, rédigez un court résumé du passage.

CARNET DE VOCABULAIRE

Notez et définissez les termes suivants : *écume, rosée, barbare, dessein, rameau, vigueur.*

Vers le projet 1 Rédiger la recette de la potion magique

Médée utilise « mille autres » substances dans sa potion magique. Rédigez la liste et complétez les ingrédients du breuvage comme si c'était une recette de cuisine.

COUP DE POUCE

Utilisez des verbes à l'**impératif** ; respectez un **ordre chronologique** ; trouvez des ingrédients rares, réels et imaginaires, étranges ou bizarres ; vous devrez sans doute utiliser des parties de créatures hybrides.

Vers le projet 2 Pour ou contre Médée ? Accuser ou défendre une magicienne

Est-ce positif ou négatif de rajeunir les gens ? Choisissez votre camp et prononcez un court discours pour louer ou blâmer le pouvoir de Médée. Songez aux conséquences humaines globales d'un tel pouvoir.

Échauffement

1* **Entraînez-vous à dire le début et la fin des *Métamorphoses* sans hésitation.**

a. Début :

Je me propose de dire les métamorphoses des formes en des corps nouveaux ; ô dieux (car ces métamorphoses sont aussi votre ouvrage), secondez mon entreprise de votre souffle et conduisez sans interruption ce poème depuis les plus lointaines origines du monde jusqu'à mon temps.

■ **Ovide**, *Les Métamorphoses*, *ibid.*, p. 42

b. Fin :

Et maintenant j'ai achevé un ouvrage que ne pourront détruire ni la colère de Jupiter, ni la flamme, ni le fer, ni le temps vorace. Que le jour fatal qui n'a de droits que sur mon corps mette, quand il voudra, un terme au cours incertain de ma vie : la plus noble partie de moi-même s'élancera, immortelle, au-dessus de la haute région des astres et mon nom sera impérissable. Aussi loin que la puissance romaine s'étend sur la terre domptée, les peuples me liront et, désormais fameux, pendant toute la durée des siècles, s'il y a quelque vérité dans les pressentiments des poètes, je vivrai.

■ **Ovide**, *Les Métamorphoses*, *ibid.*, p. 510

Déchiffrage

2* **Lisez ces listes de mots à voix haute :**

a. aspect • chaos • informe • confuse • inerte • entassement • discordants

b. fléchir • immuable • archives • immense • indestructible • collisions • impérissable

c. farouche • prompte • scélérate • irruption • vil • fraude • perfidie • trahison

3*** **Entraînez-vous à lire ces noms présents dans les *Métamorphoses* :**

a. Les vents : Eurus • Vesper • Zéphyre • Borée • Auster

b. Les demis-dieux : nymphes • faunes • satyres • silvains

c. Les pères et fils : Atrée • Agamemnon • Égée • Thésée • Pélée • Achille • Saturne • Jupiter

Lecture

4** **Lisez silencieusement le texte et indiquez pour chaque partie le rythme de lecture et l'émotion qui s'en dégage. Entraînez-vous ensuite à lire le texte de manière expressive.**

Rythme : moyen – rapide – lent

Émotions : indignation et dégoût – calme – angoisse

Glaucus est amoureux de la nymphe Scylla. Il demande l'aide de la magicienne Circé pour la séduire. Mais Circé, qui est amoureuse de Glaucus, se venge sur la pauvre Scylla.

Il y avait une anse étroite, aux contours sinueux, où Scylla aimait à se reposer. Elle trouvait dans cette retraite un abri contre l'agitation de la mer et contre les feux du ciel, lorsque le Soleil, au milieu de sa course, était le plus brûlant, lorsque des hauteurs du zénith il avait réduit les ombres à leur plus petite part.

• • • • • • •

La déesse infecte à l'avance cet asile, elle le souille de ses poisons monstrueux ; elle y verse les sucs qu'elle a exprimés de racines vénéneuses et avec un obscur amalgame de mots inconnus elle compose un chant magique que sa bouche murmure trois fois neuf fois.

• • • • • • •

Scylla arrive ; à peine est-elle descendue dans l'eau jusqu'à la taille qu'elle aperçoit autour de ses deux aines une hideuse ceinture de monstres aboyants. D'abord, ne pouvant croire qu'ils font partie de son corps, elle veut fuir. Elle repousse ces chiens menaçants dont les crocs l'épouvantent ; mais elle a beau fuir ; elle les entraîne avec elle. Elle examine sa personne, cherchant ses cuisses, ses jambes, ses pieds, elle ne trouve à leur place que les gueules béantes d'une meute de cerbères.

■ **Ovide**, *Les Métamorphoses*, *ibid.*, p. 447

■ *Scylla*, détail d'une illustration extraite d'une édition d'Images des dieux des anciens de **Vincenzo Cartari** (1615)

Test de lecture

5 a. Fluence

Lisez ce texte. Notez votre temps de lecture précisément.

Écoutez le texte lu
hatier-clic.fr/25coli185

Jupiter souhaite récompenser Philémon et Baucis pour leur vie vertueuse.

Alors le fils de Saturne s'exprime ainsi avec bonté : « Vieillard, ami de la justice, et toi, digne épouse d'un juste, dites-moi ce que vous souhaitez. » Après s'être entretenu un instant avec Baucis, Philémon fait connaître aux dieux leur choix commun : « Être vos prêtres et les gardiens de votre temple, voilà ce que nous demandons ; et, puisque nous avons passé notre vie dans une parfaite union, puisse la même heure nous emporter tous les deux ! puissé-je ne jamais voir le bûcher de mon épouse et ne pas être mis par elle au tombeau. »

Leurs vœux se réalisèrent ; ils eurent la garde du temple aussi longtemps que la vie leur fut accordée. Un jour que, brisés par l'âge, ils se tenaient devant les saints degrés et racontaient l'histoire de ce lieu, Baucis vit Philémon se couvrir de feuilles, le vieux Philémon vit des feuilles couvrir Baucis. Déjà une cime s'élevait au-dessus de leurs deux visages ; tant qu'ils le purent, ils s'entretinrent l'un avec l'autre : « Adieu mon époux ! Adieu mon épouse ! » dirent-ils en même temps et en même temps leurs bouches disparurent sous la tige qui les enveloppait. Aujourd'hui encore l'habitant du pays de Thynos montre deux troncs voisins, nés de leurs corps. Voilà ce que m'ont raconté des vieillards dignes de foi qui n'avaient aucun motif pour chercher à me tromper.

Ovide, *Les Métamorphoses*, *ibid.*, p. 280

Janus Genelli, *La métamorphose de Philémon et Baucis* (1801), huile sur toile (80 x 101 cm), collections nationales de Dresde (Allemagne)

b. Compréhension

Répondez au QCM pour vérifier votre compréhension du texte.

1. Le fils de Saturne est :
a. Apollon **b.** Mars **c.** Jupiter

2. Philémon et Baucis ont eu une vie :
a. criminelle **b.** juste **c.** paresseuse

3. Le couple souhaite :
a. se marier **b.** garder le temple et mourir heureux ensemble **c.** manger

4. À la fin de leur vie, Philémon et Baucis se métamorphosent en :
a. oiseaux **b.** rochers **c.** arbres

Atelier
VOCABULAIRE

Écoutez le texte lu
hatier-clic.fr/25coli186

Le vocabulaire de la nature, de la justice et des sentiments

1* Reliez chaque nom à la liste de synonymes correspondants :

- déluge •
- pierre •
- jugement •
- tissu •
- chagrin •

- • étoffe, textile, drap, toile
- • tristesse, affliction, douleur, peine, souffrance, tourment
- • roche, caillou, galet, roc
- • pluie, averse, orage, trombe d'eau
- • décision, arbitrage, arrêt, décret, sentence, verdict

2 a. Trouvez des mots appartenant au champ lexical de la forêt ; de la montagne ; de la campagne.** > p. 287

b. À quel champ lexical appartiennent les mots suivants ?

tête • chair • os • veine • main • jambe

Le vocabulaire de la transformation

3* Choisissez des verbes d'action pour compléter ce récit de métamorphose animale :

jeta • couvre • ajouta • annonçaient • rougit • naître • allonge • change

Actéon a surpris la déesse Diane nue, se baignant dans une source.

Ainsi Diane … d'avoir été vue sans vêtement. [...] Elle aurait bien voulu avoir des flèches sous la main, elle prit ce qu'elle avait, de l'eau, la … à la figure du jeune homme et, répandant sur ses cheveux cette onde vengeresse, elle … ces paroles, qui lui … sa perte prochaine : « Maintenant va raconter que tu m'as vue sans voile ; si tu le peux, j'y consens. » Bornant là ses menaces, elle fait … sur la tête ruisselante du malheureux les cornes du cerf vivace, elle … son cou, termine en pointe le bout de ses oreilles, … ses mains en pieds, ses bras en longues jambes et … son corps d'une peau tachetée.

■ **Ovide**, *Les Métamorphoses*, *ibid.*, p. 111-112

■ *Diane et Actéon*, coupe en faïence (1539), musée du Louvre (Paris)

4 Trouvez les verbes qui conviennent pour compléter le récit suivant :**

Jupiter punit Lycaon de ses crimes en le métamorphosant en loup.

Épouvanté, il … et, après avoir gagné la campagne silencieuse, il se met à … ; en vain il s'efforce de … ; toute la rage de son cœur se concentre dans sa bouche ; sa soif habituelle du carnage se … contre les troupeaux et maintenant encore il se plaît dans le sang. Ses vêtements se … en poils, ses bras en jambes ; devenu un loup, il … encore des vestiges de son ancienne forme. Il a toujours le même poil gris, le même air farouche, les mêmes yeux ardents ; il est toujours l'image de la férocité.

■ **Ovide**, *Les Métamorphoses*, *ibid.*, p. 50-51

Ce texte vous plaît ? Lisez l'histoire entière ! p. 191

Le vocabulaire des *Métamorphoses*

5 Trouvez un adjectif qualificatif pour caractériser chacun des personnages suivants :**

Jupiter, Cérès, Pluton, Arachné, Pallas, Médée, Éson.

6* Reliez chaque périphrase au personnage correspondant :**

- Proserpine •
- Pallas •
- Écho •
- Médée •

- • « la déesse dont la puissance s'étend à la fois sur deux royaumes »
- • « la fille des barbares »
- • « la vierge aux blonds cheveux »
- • « la nymphe qui répète les sons »

Les procédés de reprise

Outils Pour éviter les répétitions d'un nom, on utilise des **pronoms** et des **déterminants**. Pour comprendre le texte, il faut bien analyser ces mots de **reprise**.

1 ** Repérez les pronoms et déterminants possessifs qui renvoient à Jupiter; puis ceux qui renvoient aux humains.

« Je veux détruire la race des humains. Ils ont commis trop de crimes. Je les savais malhonnêtes et méchants. Leur mauvaise réputation était parvenue jusqu'à mes oreilles. J'ai voulu en avoir le cœur net. Sous un déguisement, je suis descendu parmi eux. Ce que j'ai vu dépasse de loin ce qu'on pouvait imaginer. Je les ferai tous disparaître. Je le jure par le Styx. »

■ **Françoise Rachmul**, *16 métamorphoses d'Ovide*, (2003), © Flammarion

Les phrases de forme exclamative

Outils La phrase exclamative se termine par un **point d'exclamation**. Elle exprime une **émotion**. > p. 292

2 **a.** * Relevez les phrases exclamatives.
b. ** Quelles émotions expriment-elles?

Hippomène a lancé un défi à la femme la plus rapide du monde : Atalante. S'il gagne, la jeune femme l'épousera ; s'il perd, il devra mourir.

Les deux adversaires s'élancent hors de la barrière et ils effleurent de leurs pas rapides la surface du sable [...]. Le jeune homme est encouragé par des acclamations sympathiques ; on lui crie : « voilà, voilà le moment de te presser ! Vite, Hippomène ! c'est le moment de donner tout ton effort. Ne perds pas un instant et tu seras vainqueur ! »

■ **Ovide**, *Les Métamorphoses*, *ibid.*, p. 344

Ce texte vous plaît ? Lisez l'histoire entière! p. 344

■ **Guillaume Coustou**, *Hippomène*, (XVIIe siècle), sculpture en marbre (h : 131 cm), musée du Louvre (Paris)

Les phrases de type interrogatif

Outils La phrase de type interrogatif permet de poser une **question**. > p. 292

3 * Relevez les phrases interrogatives dans ce texte. Comment sont-elles construites?

Narcisse est un garçon d'une grande beauté. La nymphe Écho tombe amoureuse de lui.

[Narcisse...] cria : "Y a-t-il quelqu'un près de moi ?" "Moi", répondit Écho. Plein de stupeur, il promène de tous côtés ses regards. "Viens !" crie-t-il à pleine voix ; à son appel elle répond par un appel. Il se retourne et, ne voyant venir personne : "Pourquoi, dit-il, me fuis-tu ?" Il recueille autant de paroles qu'il en a prononcées. Il insiste et, abusé par la voix qui semble alterner avec la sienne : "Ici ! reprend-il ! réunissons-nous !" Il n'y avait pas de mot auquel Écho pût répondre avec plus de plaisir : "Unissons-nous !"

■ **Ovide**, *Les Métamorphoses*, *ibid.*, p. 118-119

Ce texte vous plaît ? Lisez l'histoire entière! p. 191

Écrire une suite

4 ** Imaginez en un court récit la suite de la course d'Atalante et Hippomène (exercice 2).

Vous utiliserez des phrases de forme exclamative et de type interrogatif et impératif pour animer votre récit et exprimer les sentiments des deux coureurs.

Vous veillerez à la cohérence de votre récit en employant les pronoms et les déterminants qui conviennent pour désigner les deux adversaires.

Projet 1

Écrire un nouveau récit de métamorphose

PRODUIRE DES ÉCRITS VARIÉS

Vous êtes comme Ovide un poète de l'Antiquité.

→ **Imaginez et écrivez une nouvelle histoire de métamorphose.**

Portrait d'Ovide, gravure colorisée (XIXe siècle)

Étape 1 Imaginez et résumez l'histoire

▶ Pour imaginer votre histoire, inspirez-vous des lectures de ce chapitre et suivez ces consignes :

a. Choisissez deux rivaux : inventez un(e) humain(e) et choisissez un dieu ou une déesse. Donnez un nom à cet humain.

b. Que pourrait faire l'humain qui déplaise au dieu ? En quoi pourrait-il être métamorphosé ? Essayez d'écrire le résumé de votre histoire en une seule phrase.

Étape 2 Établissez le plan du récit au brouillon

▶ Pour construire le plan de votre récit, répondez à ces questions en respectant leur progression.

a. L'humain, héros de cette histoire : quelles sont ses faiblesses ? ses défauts ? En quoi rivalise-t-il avec les dieux ?

b. L'objectif : que désire cet humain ? Quel est son lien avec le dieu romain ?

c. Le dieu, concurrent de l'humain : quel est son caractère ? Quelles sont ses fonctions ? ses pouvoirs ? Pourquoi l'objectif de l'humain ne lui plaît-il pas ?

d. Le plan du héros : quels obstacles vont s'opposer à l'objectif de l'humain ? Quelles actions va-t-il entreprendre pour surmonter ces obstacles ?

e. La confrontation finale et la métamorphose : le dernier conflit doit être un affrontement direct entre l'humain et le dieu. Quelle métamorphose achève cette ultime confrontation ?

f. La justification : votre dieu explique pourquoi il a transformé l'humain.

g. Le retour à l'équilibre : le dieu est-il devenu meilleur ou moins bon après cette histoire ? Est-il resté le même ou bien a-t-il changé et évolué ? Expliquez en une seule phrase.

Étape 3 Rédigez l'histoire

▶ Rédigez votre histoire en suivant ces quelques conseils :

a. Choisissez un lieu en lien avec l'humain (métier, activité) et le dieu (attributs, domaines).

b. Mettez-vous dans la peau d'un poète antique et imaginez son ton, sa voix, sa posture, en fonction de son caractère. N'hésitez pas à introduire des marques de jugement sur les actions et paroles de vos personnages.

c. Rédigez votre texte étape par étape. Vérifiez que tout est cohérent dans votre histoire ; éliminez les détails qui ne servent pas la conduite et l'avancée de votre récit.

Étape 4 Rédigez au propre

Recopiez votre histoire sur une belle page en soignant la graphie et la présentation. Relisez-la attentivement pour vérifier l'orthographe.

Projet 2

Organiser un procès : le jugement de Jupiter

LIRE UNE ŒUVRE ET SE L'APPROPRIER. PARTICIPER À DES ÉCHANGES VERBAUX

Vous organisez un procès au tribunal de Jupiter. Vous devez à la fois raconter votre version d'une métamorphose et donner votre opinion sur cette histoire pour que Jupiter puisse juger l'affaire.

→ Vous formerez des groupes de 3 élèves et suivrez les consignes suivantes.

Étape 1 L'affaire

a. Choisissez et lisez une métamorphose d'Ovide.

b. Racontez cette histoire entre vous pour vérifier que vous avez tout compris.

Étape 2 Les personnages

▶ **Distribuez-vous les 3 rôles : le juge (Jupiter), l'accusé (un dieu qui a métamorphosé un humain), la victime (un dieu vexé par la métamorphose).**

Étape 3 La préparation du procès

- **Le dieu plaignant** : vous devrez inventer un dieu offensé par la métamorphose en question. L'humain était son protégé, son domaine n'a pas été respecté, ses sacrifices ont diminué… Formulez la plainte et le préjudice subi en une seule phrase.
- **Le dieu accusé** : quelle sera la défense du dieu accusé ? Résumez les raisons de son geste (la métamorphose) en quelques mots.
- **Le juge** : vous devrez résumer l'affaire (l'histoire de la métamorphose), les motifs de la plainte du dieu offensé (l'accusation), les éléments de justification du dieu accusé (la défense).

Étape 4 Le procès

▶ **Jouez le procès comme un jeu de rôles ou une pièce de théâtre en suivant les étapes suivantes.**

a. Organisez l'espace de jeu pour qu'il y ait : le public ; le tribunal avec au centre Jupiter, à droite l'accusé et à gauche, la victime.

b. Jupiter résume l'affaire. Il explique ensuite pourquoi le dieu victime a été offensé et pourquoi le dieu jugé est accusé.

c. Le dieu victime vient à la barre (devant Jupiter). Il donne au tribunal : sa version de l'histoire ; les raisons de sa plainte et les préjudices subis.

d. Le dieu accusé vient à la barre. Il donne au tribunal : sa version ; les raisons de son innocence.

Étape 5 Le jugement

▶ **Jupiter exprime son jugement sur l'affaire.**

a. Il résume l'histoire, l'accusation et la défense.

b. Le public peut ici voter à main levée pour exprimer son opinion : coupable ou innocent ?

c. Jupiter prononce son jugement et les motivations de sa décision :
- soit le dieu accusé est déclaré coupable et condamné à une peine (punition) décidée par Jupiter ;
- soit le dieu accusé est déclaré innocent et est acquitté (libéré) par Jupiter.

Nicolai Abildgaard, *Jupiter pesant la destinée de l'humanité* (1793), huile sur toile (129,5 x 108 cm), Ribe Kunstmuseum (Danemark)

BILAN

+PROF Évaluation différenciée et corrigée

Je fais le bilan

1 • Les métamorphoses

Associez chaque métamorphose du chapitre aux personnages correspondants :

terre > mer •	• Pallas
pierres > humains •	• Médée
année > saisons •	• Pyrrha et Deucalion
arachné > araignée •	• Jupiter
Éson vieux > Éson jeune •	• Proserpine, Cérès, Pluton, Jupiter

2 • Récompenses et punitions

a. Quels sont les défauts, qualités et valeurs associés aux personnages suivants ?

Jupiter Premiers humains Arachné CÉRÈS Pyrrha et Deucalion Pallas Éson Médée

b. Classez les métamorphoses suivantes selon qu'elles sont des récompenses ou des punitions :

Le déluge • la fabrication des humains à partir de pierres • la transformation en araignée • la création des saisons • le rajeunissement

Je retiens

Les *Métamorphoses* d'Ovide

Un long poème mythique

• *Les Métamorphoses* d'Ovide sont une **réécriture** poétique des **mythes** grecs et latins réorganisés autour du motif de la **transformation**. Ce poème de 12 000 vers raconte les changements à l'œuvre dans le monde, depuis sa création jusqu'à l'Empire romain.

Le thème de la métamorphose

• Le fil conducteur de ce long poème est la **métamorphose des éléments** en d'autres formes. Les humains y sont changés en minéraux, végétaux, animaux; les pierres prennent vie et les dieux, des apparences diverses et variées.

Des humains et des dieux

• Dans *Les Métamorphoses*, les **humains** et les **dieux** interagissent sans cesse. Amour, tristesse, colère, peur, pitié, orgueil : tous ces êtres éprouvent les mêmes sentiments mais les seconds possèdent les privilèges du pouvoir sur les premiers.

Punitions et récompenses

• Si l'ordre du monde est régulièrement remis en cause par les mortels, ce sont **les dieux** qui **punissent** ou **récompensent** les humains au gré de leurs humeurs.

carnet de
LECTURE

Lire un autre mythe des *Métamorphoses*

Lisez le récit

- Lisez cette version adaptée du mythe d'Orphée :

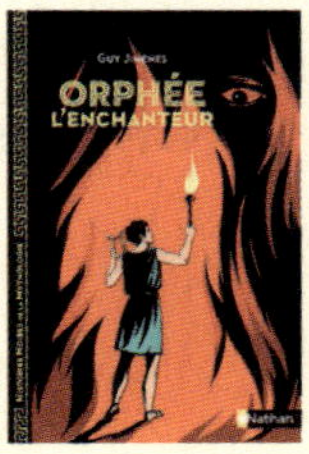

128 pages
Guy Jimenes,
Orphée l'enchanteur

Vérifiez que vous avez bien lu

Réalisez un lapbook

Un lapbook est un dossier contenant des souvenirs de lecture sous forme d'images, de textes à déplier, de petites BD, de mini-cartes... Soyez inventifs !
Choisissez une grande feuille de papier cartonné et pliez-la en trois pour obtenir votre dossier. Sur chacune des faces, **réalisez** une ou deux des activités suivantes :

- **Recherchez** et **collez** sur une feuille une image représentant le mythe d'Orphée. Écrivez bien sa source (titre, auteur, date).
- **Racontez** l'histoire en quelques phrases.
- **Dessinez** Orphée avec sa lyre.
- **Recopiez** votre passage préféré et rangez-le dans une enveloppe.
- **Écrivez** sur cette enveloppe les émotions que vous avez ressenties en lisant cette histoire. Puis collez-la.
- **Inscrivez ou dessinez** les personnages principaux sur une longue feuille pliée en accordéon. Indiquez, pour votre personnage préféré, pourquoi vous l'avez aimé.
- **Présentez** les différents thèmes sous forme de roue ou de mini-cartes.
- **Dessinez** une carte des Enfers en représentant les lieux importants.

Après la lecture

- Dans votre carnet, **indiquez** par un nombre d'étoiles (de 1 à 5) combien vous avez aimé cette histoire et **expliquez** pourquoi.

• À lire et à voir...

• Deux petits classiques collège

192 pages
F. Rachmuhl, *16 métamorphoses d'Ovide* (Gallimard Jeunesse, 2021)
Narcisse changé en fleur, Atlas en montagne... Découvrez d'autres histoires issues de cette œuvre illustre.

160 pages
F. Rachmuhl, *16 nouvelles métamorphoses d'Ovide* (Gallimard Jeunesse, 2010)
Amour, jalousie, punition divine, plongez dans ces histoires haletantes de métamorphoses.

• Quel déluge !

128 pages
Flore Talamon, *Noé face au déluge* (Nathan, 2012)
Noé survivra-t-il à la catastrophe? Une nouvelle version de cet épisode de la Bible qui maintient le suspens !

• un animé japonais

FILM
Mamoru Hosoda *Les Enfants loups* (2001)
Deux enfants mi-humains mi-loups peinent à trouver leur voie entre nature et humanité. Un film émouvant et poétique !

Dans l'atelier du sculpteur

Daphné et Apollon sous tous les angles

1

- **Le Bernin** est un **sculpteur** italien qui réalise cette statue pour la villa Borghèse à Rome, entre 1622 et 1625.
- La statue est sculptée dans du **marbre**. C'est une œuvre en 3 dimensions que l'on peut observer sous différents angles. Elle fait 2,43 mètres de haut.
- Elle comporte un **cartouche** en latin qui avertit le spectateur : « celui qui aime et poursuit les délices de la beauté fugace, remplit sa main de frondes et cueille des baies amères ».
- Elle impressionne le spectateur par son dynamisme et la finesse de ses détails.

CARNET DE VOCABULAIRE

Recopiez les mots en vert dans votre carnet en les associant à leur définition.

2

La métamorphose de Daphné dans les *Métamorphoses*, Ovide, Livre I, chant VII, (1)

Apollon et Amour se disputent sur la valeur de leur arc. Amour veut lui prouver sa puissance : il tire deux flèches. L'une a le pouvoir de rendre amoureux, l'autre, à l'inverse, chasse l'amour du cœur de la victime. La première touche Apollon et la seconde la nymphe Daphné, fille du fleuve Pénée. Ainsi Apollon tombe fou amoureux de Daphné qui le fuit. La jeune nymphe demande l'aide de son père qui, pour la sauver, la métamorphose en laurier.

À peine a-t-elle achevé sa prière qu'une lourde torpeur s'empare de ses membres ; une mince écorce entoure son sein délicat ; ses cheveux qui s'allongent se changent en feuillage ; ses bras, en rameaux ; ses pieds, tout à l'heure si agiles, adhèrent au sol par des racines incapables de se mouvoir ; la cime d'un arbre couronne sa tête ; de ses charmes il ne reste plus que l'éclat. Phébus cependant l'aime toujours ; sa main posée sur le tronc, il sent encore le cœur palpiter sous l'écorce nouvelle ; entourant de ses bras les rameaux qui remplacent les membres de la nymphe, il couvre le bois de ses baisers ; mais le bois repousse ses baisers.

■ **Ovide**, Les *Métamorphoses*, Livre I, chant VII (1), traduit du latin par G. Lafaye (1992), Folio Classique, Éditions Gallimard

La sculpture est réalisée dans un **atelier** où travaillent de nombreux sculpteurs sous la direction d'un maître.

Illustration d'une planche extraite de l'*Encyclopédie* de Diderot et d'Alembert (1771)

La sculpture à la loupe

1. Doc 1. Comment le sculpteur rend-il le dynamisme de la course-poursuite? Relevez au moins trois éléments qui expriment le mouvement.

2. Doc 2. a. Retrouvez la phrase du texte p. 192 qui correspond à ce détail.
b. Comment le sculpteur a-t-il représenté la différence entre l'écorce et la chair?

3. Doc 3. Quelles émotions transparaissent dans le visage de Daphné? Expliquez pourquoi.

Doc 1

Doc 2

Doc 3

Créez votre galerie de statues!

1. Recherches Plusieurs métamorphoses d'Ovide ont inspiré les sculpteurs. Recherchez une de ces statues et notez ses références précises (nom du sculpteur, matériau, date, lieu de conservation).

2. Inscrivez sous votre image de statue le titre de l'épisode du mythe qui est représenté.

3. Découvrez les autres statues présentées par la classe dans la «galerie de statues».

9

Œuvres intégrales

Le chant du monde

▶ Comment la poésie permet-elle de s'émerveiller devant le monde ?

1. Que représente ce tableau ? Est-il proche de la réalité ou la transforme-t-il ? Observez les formes et les couleurs pour répondre.

2. Comment le peintre a-t-il rendu ce paysage banal beau ?

■ **André Derain**, *Montagnes à Collioure* (1905), huile sur toile (81,3 x 100,3 cm), détail, National Gallery of Art (Washington, États-Unis)

Je découvre

Trois poètes d'aujourd'hui

Jacques Roubaud (1932-2024)

Passionné par les mots, il apprend dès son plus jeune âge des centaines de poèmes par cœur. Il expérimente toutes sortes de jeux d'écriture.

Il est l'auteur de nombreux livres de poèmes pour enfants, dont le recueil *Les Animaux de tout le monde* (1983).

Vidéo
Le poète et son recueil
hatier-clic.fr/25coli195

Andrée Chedid (1920-2011)

Cette poétesse franco-syro-libanaise, sensible à la beauté du monde, a écrit plusieurs recueils de poésie tels que *Rythmes* (2003).

Elle est aussi l'autrice de nouvelles, de pièces de théâtre et de romans jeunesse. Mère et grand-mère des musiciens Louis Chedid et Mathieu Chedid (connu sous le nom de « M »), elle leur a écrit des chansons.

Claude Roy (1915-1997)

Très marqué par les guerres, il n'a cessé de chanter la joie de vivre et d'aimer, et la magie de la nature dans ses nombreux poèmes et dans ses romans pour la jeunesse.

L'anthologie *Poèmes* (2010) regroupe ses poèmes les plus célèbres.

1. Dans chaque biographie, repérez les éléments qui peuvent définir un poète puis composez une définition.

2. Pour vous, qu'est-ce qu'un poème ? Chaque élève écrit un mot qui définit pour lui la poésie. > p. 218-219

CARNET DE VOCABULAIRE

Notez et définissez le terme *recueil*.

Projet 1 > p. 212

Produire des écrits variés

Écrire un recueil poétique

- Inspirez-vous des poètes que vous allez découvrir pour écrire, tout au long du chapitre, des poèmes variés. À la fin, vous composerez votre propre recueil de poésie que vous illustrerez.

Projet 2 > p. 213

Participer à des échanges verbaux

Présenter une œuvre d'art à la classe

- Les peintres peuvent aussi enchanter le monde avec leurs pinceaux. Apprenez à décrire un tableau et à dire ce qu'il vous inspire, puis présentez-le à la classe.

Lecture 1

Les Animaux de tout le monde de Jacques Roubaud

Quel regard la poésie porte-t-elle sur le monde animal ?

Les Animaux de tout le monde **(1983) est un recueil poétique rassemblant une soixantaine de poèmes. Dans ce recueil, Jacques Roubaud rend hommage au monde animal avec fantaisie et humour.**

Écoutez le poème lu
hatier-clic.fr/25coli196

Poème 1 « Poème du chat »

Quand on est chat on n'est pas vache
on ne regarde pas passer les trains
en mâchant les pâquerettes avec entrain
on reste derrière ses moustaches
(quand on est chat, on est chat)

Quand on est chat on n'est pas chien
on ne lèche pas les vilains moches
parce qu'ils ont du sucre plein les poches
on ne brûle pas d'amour pour son prochain
(quand on est chat, on n'est pas chien)

On passe l'hiver sur le radiateur
à se chauffer doucement la fourrure

Au printemps on monte sur les toits
pour faire taire les sales oiseaux

On est celui qui s'en va tout seul
et pour qui tous les chemins se valent
(quand on est chat, on est chat)

Jacques Roubaud, *Les Animaux de tout le monde* (1983)

Théophile Alexandre Steinlen, *Été, Chat sur une balustrade* (1909), lithographie couleur (47,6 x 57,8 cm), musée des Beaux-Arts de Houston (États-Unis)

Partageons notre lecture

- Qui parle dans ce poème ?

Atelier LECTURE

Lecture expressive

Exercez-vous à lire le poème à haute voix en veillant à bien mettre l'intonation.

Activités

1 a.* Faites la liste de ce que l'on « doit » faire ou ne pas faire quand on est un chat, d'après le poème de Jacques Roubaud.

b.* Êtes-vous d'accord avec ces affirmations ?

2** Quels traits de caractère attribue-t-on aux chats dans ce poème ? Justifiez avec des citations tirées du texte.

3** **Débat** Pourquoi peut-on dire que ce texte est un poème ?

VOCABULAIRE

Registres de langue

Quels mots et quelles expressions peuvent sembler familiers dans ce poème ?

Poème 2 « L'escargot »

Il passe comme un paquebot
dans l'herbe tremblante de pluie
quand les araignées essuient
leurs toiles car il fait beau

J'ai toujours aimé l'escargot
son pas frais luisant et sans bruit
sa navigation dans la nuit
le long des murs, vivant cargo

on en retrouve le sillage
le matin, brillant au soleil
Où va l'escargot, qui voyage

dans le noir cornes en éveil ?
En haut du fenouil, en équilibre
il médite sur les étoiles libres.

Jacques Roubaud, *Les Animaux de tout le monde*, ibid.

Henri Matisse, *L'Escargot* (1953), gouache sur papier, découpage et collage sur papier marouflé sur toile, Tate Collection (Londres, Royaume-Uni)

Partageons notre lecture

- Faire rimer *escargot* et *paquebot*, est-ce surprenant ?

Atelier LECTURE

Lecture expressive

a. À quel rythme faut-il lire ce poème ? Pourquoi, selon vous ?

b. Lisez-le en veillant à adopter le rythme approprié.

Activités

1* Relevez une comparaison au début du poème et expliquez-la.

2** Observez la ponctuation du poème. Que remarquez-vous ? Quel est l'effet produit ?

3** Quelle question se pose le poète dans les vers 11 et 12 ? Pourquoi sa réponse est-elle drôle ?

4*** Dans le dernier vers du poème, quelle qualité le poète semble-t-il prêter à l'escargot ? Justifiez votre réponse.

Outils

La comparaison est une **figure de style** qui établit un lien entre deux éléments à partir d'**un point commun** et crée ainsi **une image**.

Ex : *L'escargot passe comme un paquebot.*
(L'escargot : comparé ; comme : outil de comparaison ; un paquebot : comparant)

ÉCRITURE

J'ai toujours aimé l'escargot, écrit Jacques Roubaud. **Composez un poème** sur votre animal favori en utilisant vous aussi une **comparaison**.

Poème 3 « Le lombric »

(Conseils à un jeune poète de douze ans)

Dans la nuit parfumée aux herbes de Provence,
le lombric se réveille et bâille sous le sol,
étirant ses anneaux au sein des mottes molles
il les mâche, digère et fore[1] avec conscience.

Il travaille, il laboure en vrai lombric de France
comme, avant lui, ses père et grand-père ; son rôle,
il le connaît. Il meurt. La terre prend l'obole[2]
de son corps. Aérée, elle reprend confiance.

Le poète, vois-tu, est comme un ver de terre
il laboure les mots, qui sont comme un grand champ
où les hommes récoltent les denrées[3] langagières ;

mais la terre s'épuise à l'effort incessant !
sans le pöete lombric et l'air qu'il lui apporte
le monde étoufferait sous les paroles mortes.

Jacques Roubaud, *Les Animaux de tout le monde*, ibid.

1. **fore :** creuse. 2. **obole :** don, offre.
2. **denrée :** au sens propre, produit comestible.

Atelier LECTURE

Lecture-relais

Chaque élève lit une phrase à tour de rôle. Repérez comment évolue le rythme du poème quand le lombric entre en action.

VOCABULAIRE

Enquête

Observez l'orthographe du mot *poète* dans le texte (v. 13) : que remarquez-vous ?

Partageons notre lecture

Quel nom donne-t-on habituellement au lombric ? Est-ce un sujet poétique ?

Vincent Van Gogh, *Laboureur dans un champ* (1889), huile sur toile (50,3 x 64,9 cm), collection particulière

Activités

1* Le lombric est-il présenté comme un animal positif dans ce poème ? Quels bienfaits apporte-t-il à la terre ?

2 a.* Quel vers du poème compare le travail du poète à celui d'un lombric ? Recopiez-le.

b.** Recopiez et complétez le tableau pour bien comprendre la comparaison. › p. 197

Le lombric	Le poète
Les champs, la terre	...
Le travail de labour	...
Les récoltes	...

3 a.* À qui le poète s'adresse-t-il ?

b.** À partir de la réponse précédente, proposez un nouveau titre au poème.

c.*** Dressez la liste des conseils donnés par Jacques Roubaud.

4 Débat Quels bienfaits un poète apporte-t-il en écrivant des poèmes ?

Bilan de la Lecture 1

Que nous dit le poète à propos des animaux ?

1** En vous appuyant sur votre lecture des trois poèmes de Jacques Roubaud, complétez ce texte à trous.

Dans ses poèmes, Jacques Roubaud invite le lecteur à **...** les animaux d'un œil nouveau, même ceux que l'on a l'habitude de voir souvent, comme le chat. Il n'hésite pas, parfois, à se moquer gentiment de leurs petits **...** . Il s'efforce aussi de rendre **...** aux plus petits animaux, comme l'escargot, en leur donnant de l' **...** . Enfin, à travers la comparaison qu'il fait entre le lombric et le poète, il nous permet de comprendre un peu mieux ce qu'est la **...** .

2* Lisez la « Lettre à Monsieur le poète », qui se trouve à la toute fin du recueil *Les Animaux de tout le monde*. Un chien se plaint au poète de ne pas figurer dans le livre.

3*** Écrivez la lettre que Jacques Roubaud pourrait écrire au chien pour s'excuser de son oubli.

Rosa Bonheur, *Tête de chien* (1869), fusain pastel et craie blanche sur papier bleu (53 x 42 cm), musée des Beaux-Arts de Bordeaux

Lettre à Monsieur le poète

Monsieur le pöete,

Je vous écris pour vous dire que nous sommes très en colère ! nous, les quatorze chiens de mon club. C'est à cause de votre livre : vous prétendez évoquer les animaux de tout le monde, et vous oubliez la gent canine, les chiens, quoi ! vous affirmez que l'éditeur n'a pas voulu publier tous vos poèmes... [...] Nous, dans notre club de chiens amateurs de poèmes, on adore les *Chantefables* de Desnos, mais aussi les *Fables* de La Fontaine et les *Histoires naturelles* de Jules Renard. Ils mettent souvent en scène des chiens, pas toujours en nous donnant le beau rôle, c'est vrai, mais enfin, on existe. Pas dans votre livre... Est-ce que vous n'aimez pas les chiens ?

Jacques Roubaud, *Les Animaux de tout le monde*, ibid

CARNET DE VOCABULAIRE

Notez et définissez les termes suivants : *incessant, forer, paquebot, cargo.*

Vers le projet 1 Inventer un nouveau poème du recueil

a. Pour réparer l'oubli du poète dans *Les Animaux de tout le monde*, écrivez un poème dédié aux chiens. Vous pourrez prendre comme modèle le « Poème du chat ». › **p. 196**
b. Illustrez-le.

Vers le projet 2 Composer une galerie animalière

a. Cherchez une œuvre d'art représentant un animal qui vous plaît. Notez bien le nom de l'artiste, son titre, sa nature, le lieu où elle est conservée et l'année de sa création.
b. Décrivez l'œuvre en expliquant à la classe ce qui vous a plu.
c. Affichez dans la classe les œuvres choisies pour constituer votre galerie.

Lecture 2

Rythmes d'Andrée Chedid

Comment la poésie parle-t-elle de la nature ?

Rythmes (2003) est un recueil poétique dans lequel Andrée Chedid célèbre les beautés de la nature et nous parle de l'être humain tel qu'elle le voit en ce monde. C'est un hymne à la vie.

Poème 1 « Nuages »

Les nuages frôlent
Falaises et crêtes[1]
Courtisent[2] les vallées
Tracent sur plan d'azur
De brèves et blanches écritures
Détissées[3] par le temps

Face aux montagnes
Qui surplombent nos saisons passagères
Nous sommes ces nuages
Entre gouffres[4] et sommet.

■ **Andrée Chedid**, *Rythmes* (2003)

■ **Andrea Mantegna**, *Minerve chassant les Vices du jardin de la Vertu* (vers 1520), détail, huile sur toile (161 x 192 cm), musée du Louvre (Paris)

1. **crête :** sommet. 2. **courtiser :** séduire. 3. **détissé :** décousu. 4. **gouffre :** trou profond.

Partageons notre lecture

● Le poème parle-t-il seulement de nuages, selon vous ?

Activités

1* Recopiez et remplissez le tableau avec des mots du poème.

Champ lexical du paysage	Verbes exprimant l'action des nuages
...	...

2** Expliquez avec vos mots ce que font les nuages dans ce poème. Imaginez plusieurs autres phrases décrivant leurs mouvements, en variant les verbes.
Ex : *flotter, nager, voler, caresser...*

3*** La poétesse propose la métaphore *nous sommes ces nuages* (v. 9). Pourquoi, d'après vous ?

4* Débat** Êtes-vous d'accord avec elle ?

Outils **La métaphore** est une **figure de style** qui met en relation deux éléments sans outil de comparaison et crée ainsi une **image**.
Ex : *Nous sommes ces nuages.*
(*Nous* : comparé ; *nuages* : comparant)

Atelier LECTURE

Lecture expressive

Entraînez-vous à lire ce poème en l'accompagnant de gestes expressifs.

VOCABULAIRE

Polysémie

Cherchez tous les sens du mot *azur* (v. 4).

ÉCRITURE

Quel est, selon vous, l'élément de la nature qui vous représente le mieux ? **Rédigez un court poème** qui décrit votre vision, en utilisant des images.

George Braque, *Oiseau traversant un nuage (Oiseaux XI)* (1957), lithographie couleur, collection particulière

Poème 2 « L'Oiseau »

Loin des pesanteurs
De nos vies quotidiennes
Fidèle au seul calendrier
De ses migrations
L'oiseau plane
À tire-d'aile[1]
Par-delà les nations

Loin des raideurs
De nos vies en rengaine[2]
Sans joug[3] sans servitude[4]
Libre de tout son chant
L'oiseau s'élève
À battements d'aile
Plus leste[5] que le vent.

Andrée Chedid, *Rythmes*, ibid.

1. **à tire-d'aile :** avec des battements d'ailes rapides.
2. **en rengaine :** faites d'habitudes.
3. **joug :** contrainte.
4. **servitude :** obligation, dépendance.
5. **leste :** agile, rapide.

Atelier LECTURE

Stratégie de compréhension

a. Cherchez dans le texte deux GN contenant le mot *nos*.

b. Qui est désigné par ce déterminant ?

Partageons notre lecture

Ce poème vous fait-il une impression positive ou négative ? Développez votre point de vue.

Activités

1* Quels mots évoquent l'idée d'une contrainte ? Recopiez-les.

2** **Débat** De quelles contraintes Andrée Chedid parle-t-elle, d'après vous ? Échangez vos idées.

3*** Quelle opposition la poétesse fait-elle entre l'oiseau et l'homme ? Justifiez votre réponse en citant plusieurs mots du poème.

Écoutez le poème lu
hatier-clic.fr/25coli202

Poème 3 « L'Eau »

Par la grâce de l'eau
Nous sommes nés à la terre

De sources en ruisseaux
De rivières en fleuves
De cascades en océans
Surpeuplant tous les sols
Au risque de naufrages

Issus de l'eau remuante
Nous subissons mêmes vagues
Mêmes houles[1] mêmes remous
Mêmes écumes[2] mêmes déluges[3]
Jusqu'à mortelle sécheresse
En désertant le temps

Bâtis d'eau d'étoiles
Et d'une étrange chimie
Voués aux mutations[4]
Fluides ou marécageuses
Voguant entre des berges[5]
Ou bien à la dérive

Nous sommes les éphémères
Nous sommes les permanents.

■ **Andrée Chedid**, *Rythmes*, ibid.

1. **houle :** mouvement de la mer. 2. **écume :** mousse blanchâtre qui se forme à la surface de l'eau.
3. **déluge :** pluie torrentielle. 4. **mutation :** changement.
5. **berge :** bord d'un cours d'eau.

■ **Claude Monet**, *Nymphéas* (vers 1914-1917), huile sur toile (166 x 142 cm), musée des Beaux-Arts de San Francisco (États-Unis)

Partageons notre lecture

● D'après le poème, l'eau est-elle un bienfait ou une menace ?

Activités

1* Qui est désigné par le pronom *nous* (v. 2) ?

2** Quels vers rendent hommage à la nature ? Recopiez-les.

3** Trouvez dans le poème plusieurs antonymes. Comment expliquez-vous la présence de mots de sens contraire dans le texte ?

4*** Que symbolise l'eau dans ce poème ? Les *naufrages* (v. 7) ? La *mortelle sécheresse* (v. 12) ?

Outils Les mots de **sens proche** sont appelés des **synonymes**.
Ex : *beau = magnifique = joli.*
Les mots de **sens contraire** sont appelés des **antonymes**.
Ex : *beau ≠ laid.*

Atelier LECTURE

Lecture expressive

Ce poème ne comporte aucune ponctuation. Lisez-le à haute voix, en essayant de trouver par vous-même les endroits où les pauses vous semblent nécessaires.

VOCABULAIRE

Recherche de synonymes

a. Donnez un synonyme du mot *éphémère* (v. 20).
b. Quels autres mots évoquent le changement ?

Bilan de la Lecture 2

Comment la poétesse nous parle-t-elle de la nature et des êtres humains ?

1** En vous appuyant sur votre lecture des trois poèmes d'Andrée Chedid, complétez ce tableau.

	L'élément de la nature dont il est question est...	Dans ce poème, il symbolise...
Poème 1	...	...
Poème 2	...	...
Poème 3	...	...

2** Selon vous, quel poème exprime le mieux la beauté de la nature ?

3** Quelles figures de style, qui permettent de mettre en lien deux éléments pour former une image, avez-vous appris à reconnaître dans ce chapitre ?

4*** L'être humain vous semble-t-il proche ou éloigné de la nature dans les différents poèmes ? Justifiez votre réponse.

René Magritte, *La Grande famille* (1963), huile sur toile (100,3 x 81,2 cm), musée d'art d'Utsunomiya (Japon)

CARNET DE VOCABULAIRE

Notez et définissez les termes suivants : *azur, à-tire-d'aile, pesanteur.*

Vers le projet 1 Composer un poème sur les oiseaux

a. Au CDI de votre collège, trouvez plusieurs livres ou sites qui parlent des oiseaux.
b. Notez le vocabulaire propre à l'oiseau que vous aurez trouvé : *plumage, nichée, couvée, voleter...*
c. Réutilisez ces mots pour composer à votre tour un poème sur les oiseaux en vous inspirant du poème d'Andrée Chedid. > p. 201

Vers le projet 2 Présenter un tableau de Magritte

a. Faites une recherche sur le peintre René Magritte.
b. Présentez le tableau *La Grande famille* à la classe : que trouvez-vous beau dans ce tableau ? Comment les éléments sont-ils représentés ? Pourquoi l'artiste a-t-il, selon vous, donné ces dimensions à l'oiseau ?

Lecture 3

Poèmes de Claude Roy

Que dit la poésie du temps qui passe ?

L'anthologie *Poèmes* (2010) rassemble plusieurs recueils de Claude Roy publiés entre 1970 et 1993. Le poète y rend hommage aux choses simples de la vie et du cœur, dans une langue claire et lumineuse.

Poème 1 « La rivière coule... »

La rivière coule
vers le couchant
Dans le ciel clair
le vent d'en haut
pousse un enfant nuage
vers le levant[1]
L'eau de la rivière
qui s'en va vers l'ouest
reflète le nuage
qui glisse vers l'est

Où est l'image
à contre-courant
et à contre-temps
de l'enfant nuage ?

Immobile et mobile
elle est dans le temps
et elle échappe au temps

■ **Claude Roy**, « La rivière coule... »
in *Le rivage des jours* © Éditions Gallimard

■ **Paul Sérusier**, *Le pêcheur à la Laïta* (1890), huile sur toile (65,1 x 50,5 cm), collection particulière

1. **le levant** : l'est.

Partageons notre lecture

● Que pourrait être l'*enfant nuage* évoqué dans le poème ?

Atelier LECTURE

Lecture expressive

Le poème ne comporte presque pas de ponctuation. Proposez une lecture en réfléchissant par avance aux pauses qu'il conviendra de faire.

Activités

1* Relevez dans le poème tous les mots qui expriment le mouvement. De quel mouvement le poète parle-t-il d'après vous ?

2** Quels mots du texte sont des antonymes ? › p. 202

3*** Expliquez la dernière strophe du poème : pourquoi, d'après vous, l'image de l'enfant nuage échappe-t-elle au temps ?

VOCABULAIRE

Enquête

a. Quel est le sens des mots *contre-courant* (v. 12) et *contre-temps* (v. 13) ?
b. Trouvez d'autres mots composés comportant le mot *contre*.

Poème 2 « À la lisière du temps »

Quand on marche le soir à la lisière[1] du temps
il monte soudain une bouffée[2] d'enfance
les cris d'hirondelles folles d'un préau d'école
ou le silence de la barque sur la rivière
à la tombée du jour quand le soleil rase l'eau qui moucheronne[3]
ou bien la sonnette (deux fois) de l'épicerie-mercerie[4]
où on achète après l'école les rouleaux de réglisse Zan
qui barbouillent de noir et font les doigts collants

On tend l'oreille le long du voile de la brume.
Quelqu'un parle à voix basse
sans qu'on puisse reconnaître la voix
et sans comprendre les paroles
les mots chuchotés loin   à l'envers du silence

Claude Roy, « À la lisière du temps »
in *À la lisière du temps* © Éditions Gallimard

1. **lisière :** bord, limite. 2. **bouffée :** accès brusque.
3. **moucheronner :** se dit des poissons qui attrapent les insectes à la surface. 4. **mercerie :** commerce spécialisé dans les articles de couture.

Robert Doisneau, *La Récréation* (1956), photographie

Atelier LECTURE

Stratégie de compréhension

a. Que signifient, à votre avis, les expressions *à la lisière du temps* (v. 1) et *une bouffée d'enfance* (v. 2) ?

b. Remplacez-les par des expressions équivalentes.

Partageons notre lecture

- Quels sentiments ce poème suscite-t-il en vous et pourquoi ? Partagez vos avis.
- Quel vers du poème la photographie pourrait-elle illustrer ?

Activités

1* Qui est désigné par le pronom personnel *on* ?

2* De quoi parle ce poème ?

3** Recopiez et complétez le tableau avec les mots du texte appartenant au champ lexical des sens.

L'ouïe	La vue	Le toucher
...	...	...

Quels sens ne sont pas évoqués dans le poème ?

4*** À la fin du poème, le poète évoque *quelqu'un [qui] parle à voix basse sans qu'on puisse reconnaître la voix* (v. 10-11). De qui s'agit-il, d'après vous ?

ÉCRITURE

a. Faites une liste de souvenirs agréables de votre enfance.
Ce peut-être une image, ou le souvenir d'un parfum, d'un son... Ex : *l'odeur de la classe le jour de la rentrée, le soleil sur la balançoire du parc...*

b. Poursuivez la première strophe du poème en énumérant vos propres souvenirs d'enfance.

Poème 3 « Question »

Écoutez le poème lu
hatier-clic.fr/25coli206

Quand je serai grand   *qui est-ce qui sera moi ?*
a demandé l'enfant   Je suis pourtant « grand »
et je me pose encore la question   Elle doit se poser
depuis le début de l'ère primaire[1]
il y a environ six cent quatre-vingts millions d'années
au moment où apparaît une microfaune à squelette
et que les premiers de ces Archaeocyathes[2]
se demandent   *Quand je serai grand*
qui est-ce qui sera moi ?

Gautama[3] disait qu'on se trompe
en affirmant que le moi existe
mais qu'en affirmant qu'il n'existe pas
on ne se trompe pas moins

Ainsi suis-je incertain
comme l'est l'enfant   comme le furent
les Archaeocyathes du Cambrien
et tous les moi plus ou moins moi
qui depuis des millions et des millions d'années
se demandent   *Quand je serai grand*
qui est-ce qui sera moi ?

■ **Claude Roy**, « Question » in *Les Pas du silence* © Éditions Gallimard

1. **ère primaire :** période géologique s'étendant de 542 à 251 millions d'années avant J.-C.
2. **Archaeocyathes :** fossiles.
3. **Gautama :** Bouddha.

Atelier LECTURE

Déchiffrage

Entraînez-vous à lire d'abord les mots difficiles pour pouvoir lire ensuite le poème de manière fluide :
- *ère primaire*
- *microfaune*
- *Archaeocyathes*
- *Cambrien*
- *squelette.*

Partageons notre lecture

Quelles réponses à la question posée par le poème vous viennent à l'esprit à la fin de votre lecture ?

Activités

1* Qui parle et s'interroge au début du poème ? Qui parle et s'interroge ensuite ?

2** Recopiez et remplissez le tableau suivant.

Verbes conjugués à un temps du passé (passé simple ou passé composé)	Verbes conjugués au présent	Verbes conjugués au futur
...	...	...

3** À quel temps le poète s'exprime-t-il ? De quelle période passée parle-t-il ? De quelle période future ?

4*** Sur quoi ce poème nous invite-t-il à réfléchir ?

ÉCRITURE

Rédigez un poème dans lequel vous répondrez à la question que pose le poème : *Quand je serai grand(e), qui est-ce qui sera moi ?*

Prolongement artistique et culturel

- **Carl Larsson** (1853-1919) est un peintre suédois connu pour ses **aquarelles** (peintures à l'eau), représentant la **vie quotidienne**.
- Dans cette œuvre, il peint son fils Esbjörn à son bureau.

1. Que fait Esbjörn ? Qu'est-il censé faire ? Notez tous les détails de l'image qui permettent de répondre à cette question.

2. Le père du garçon est le peintre lui-même et il s'est représenté dans le tableau : saurez-vous le retrouver ?

Lecture d'image
hatier-clic.fr/25coli207

Carl Larsson, *Esbjörn faisant ses devoirs* (1912), aquarelle, gouache et crayon sur papier (74 x 68,5 cm), collection particulière

Bilan de la Lecture 3

Comment le poète mêle-t-il les thèmes de l'enfance et du temps qui passe ?

Complétez ce texte à trous.

Les trois poèmes de Claude Roy évoquent l'... et le ... qui passe. Les deux premiers se tournent vers le ... : ils racontent le temps de l'enfance qui s'éloigne et les ... . Le dernier montre que tous les enfants se posent la question de leur ... : qui seront-ils quand ils grandiront ?

Vers le projet 1 Composer un poème sur le temps

En utilisant au moins cinq mots de ce nuage de mots, écrivez votre propre poème sur le temps.

passé, éphémère, orage, heure, souvenir, temps, avenir, soleil, saison, école, bonheur, cadran, enfance, âge, cycle, rythme, présent, lumière

Vers le projet 2 Découvrir le photographe Robert Doisneau

a. Faites une recherche au CDI sur le photographe Robert Doisneau et trouvez (en ligne, dans un livre…) des photos qu'il a réalisées.

b. Choisissez une photo qui représente un enfant : décrivez-la et dites ce qu'elle vous inspire.

CARNET DE VOCABULAIRE

Notez et définissez les termes suivants : *ère*, *million*, *squelette*.

Atelier
LECTURE

Échauffement

1* Entraînez-vous à lire ces virelangues animaliers.

a. Que c'est crevant de voir crever une crevette sur une cravate !

b. Didon dîna, dit-on, du dos dodu de dix dodus dindons.

c. Son chat Sacha chante sa chanson.

d. Le poivre fait fièvre à la pauvre pieuvre !

e. Ton tatou tatoué a tué ton toutou.

Déchiffrage

2* Lisez à haute voix ces groupes nominaux, en mettant en valeur la rime.

a. Un chat pacha

b. Un lombric pathétique

c. Un escargot cargo

d. Un enfant éléphant

e. Un nuage image

f. Des mers éphémères

3 Lisez sans erreurs ces noms d'animaux difficiles.**

moqueur polyglotte • tyran huppé • diable de Tasmanie • crotale à dos de diamant • lézard à collerette • singe-écureuil à couronne noire • sphinx colibri • renard volant à couronne dorée • tatou poilu qui crie • vipère cornue à queue d'araignée • colibri à gorge rubis

Dessin de tatou

Lecture

4 Dans le début de poème suivant, rétablissez les 5 virgules et le point manquants. Exercez-vous à lire le quatrain en adoptant le bon rythme de lecture.**

Tournez tournez bons chevaux de bois
Tournez cent tours tournez mille tours
Tournez souvent et tournez toujours
Tournez tournez au son des hautbois

Paul Verlaine, « Chevaux de bois », *Romances sans paroles* (1874)

5 Lisez ce poème à haute voix : identifiez le verbe qui est mal conjugué !**

« L'âne entre les deux seaux d'avoine »

Alors j'y vas ou j'y viens
si j'y viens alors j'y vas pas
et si j'y vas alors j'y viens pas
mais si j'y viens alors j'y viens

et si j'y vas alors j'y vas
peut-être que si j'y vas et viens
ou viens et vas peut-être bien
(peut-être) qu'alors ça ira

autrefois d'abord j'y allais
d'abord, et ensuite j'y venais
mais maintenant je n'ose plus

j'ai peur qu'un des seaux disparaisse
et ça me jette dans la détresse
alors je vas plus et je viens plus.

Jacques Roubaud, *Les Animaux de tout le monde*, ibid.

6* Quel son revient dans ces vers ? Lisez-les de manière fluide en mettant ce son en valeur.**

a. Dans son sommeil glissant l'eau se suscite un songe (Claude Roy, *Rêveries*)

b. T'es tatoué, mais, Tatou, que t'es laid ! (Jacques Roubaud, *Les Animaux de tout le monde*)

Test de lecture

7 a. **Fluence**
Lisez ce texte. Notez votre temps de lecture précisément.

Écoutez le texte
hatier-clic.fr/25coli209

b. **Compréhension**
Répondez aux questions pour vérifier que vous avez compris l'essentiel du texte.

« Lettre de l'auteur au hérisson »

Mon cher hérisson, tu me remercies d'avoir pris la défense de ton peuple menacé par les automobilistes avec la complicité des pouvoirs publics. Le hérissonicide qui nous menace est, en effet, un véritable scandale et une honte pour notre pays. Je n'aurais pas rempli mon devoir de pôëte si je n'avais pas attiré l'attention de mes lecteurs sur lui. Tu me demandes aussi de te dire pourquoi j'ai décidé de composer 60 poèmes pour 59 animaux, et comment je m'y suis pris. « La poésie hérissonne classique, m'écris-tu, chante les émotions, la vie intérieure et l'histoire des hérissons, la beauté de leurs piquants et de leurs langues ; je croyais qu'il en était de même de la poésie humaine. » Ce sont de vastes questions, et je te remercie de me les avoir posées.

Je suis parti d'une constatation : il y a beaucoup d'animaux, des longs, des courts, des gras, des beaux (et des moins beaux). Ne pouvant leur offrir à tous des chocolats ou des tulipes (que peut-être ils n'aimeraient pas) et afin de ne pas faire de jaloux, j'ai décidé de leur offrir à chacun un poème [...].

Jacques Roubaud, *Les Animaux de tout le monde*, ibid.

Statuette de hérisson en faïence égyptienne, provenant d'une tombe à Abydos (vers 1500 av. J.-C.), musée Ashmolean (Oxford, Royaume-Uni)

Le saviez-vous ?

Le **hérisson** est présent dans les **mythes** de l'**Égypte ancienne**. On retrouve des statuettes dans les tombes car il est réputé **protéger les morts**. Il symbolise aussi le **disque solaire** quand il se met en boule : ses piquants sont alors les rayons du soleil.

Vrai ou faux ?

	V	F
1. C'est le hérisson qui écrit au poète.	☐	☐
2. Le hérisson est reconnaissant envers le poète.	☐	☐
3. Le poète s'intéresse à tous les animaux.	☐	☐
4. Le poète a offert à tous les animaux des chocolats et des tulipes.	☐	☐

Atelier VOCABULAIRE

Le vocabulaire animalier

1 * **Complétez les comparaisons suivantes avec l'animal approprié.**

a. Fier comme …
b. Gai comme …
c. Laid comme …
d. Malin comme …
e. Têtu comme …
f. Doux comme …
g. Heureux comme …
h. Sale comme …
i. Fait comme …
j. Nu comme …

2 ** **Reliez chaque expression à sa définition.**

1. Prendre la mouche •
2. Verser des larmes de crocodile •
3. Prendre le taureau par les cornes •
4. Être une poule mouillée •
5. Avoir une langue de vipère •
6. Mettre la charrue avant les bœufs •

• **a.** Se mettre à une tâche difficile
• **b.** Être peureux
• **c.** Faire les choses dans le désordre
• **d.** Se vexer
• **e.** Pleurer sans être sincère
• **f.** Dire du mal des autres

3 *** **Donnez un synonyme des verbes suivants, formés sur des noms d'animaux.**

a. Lézarder
b. Cochonner
c. Fourmiller
d. Fureter
e. Singer
f. Cafarder
g. Serpenter
h. Papillonner

Le vocabulaire de la nature

4 ** **Que désignent les GN suivants ?**

1. La mer à boire •
2. Un vent à décorner les bœufs •
3. La loi de la jungle •
4. Un coup de bambou •
5. La montagne qui accouche d'une souris •
6. L'arbre qui cache la forêt •

• **a.** Des résultats décevants
• **b.** La loi du plus fort
• **c.** Une fatigue soudaine
• **d.** Un détail qui cache l'ensemble
• **e.** Une chose difficile à faire
• **f.** Un vent violent

5 ** **Expliquez le sens des métaphores suivantes.**

a. Clara a la tête dans les nuages.
b. Le ciel nous est tombé sur la tête.
c. Il pleut des cordes !
d. Il se fait tard : ils prennent racine…
e. Il est au sommet de son art.
f. Quel ciel de plomb !

6 ** **Recopiez le texte en le complétant avec le verbe approprié :**

tremble • pleut • s'endimanche • bruit • se lève • prend feu

COUP DE POUCE
Pour cela, aidez-vous des **rimes** !

« La vitre bleue »

Sur la vitre bleue
Des fenêtres blanches,
Le ciel …
Même quand il … .

Au gré des saisons,
La vitre protège
Tant de papillons
D'été ou de neige

Que la nuit aidant,
Parfois il me semble
Que le verre en …
Sans le moindre vent.

Quand le jour …
Dans la vitre bleue,
Le rêve s'achève,
Je cligne des yeux.

Au bout de la nuit,
Le soleil … .
Et la maison …
Sous la vitre bleue.

■ D'après **Pierre Coran**, *Jaffabules* (1990)

Ce poème vous plaît ?
Lisez le recueil dans son entier ! > p. 215

Le groupe nominal et ses accords

Outils Pour exprimer l'émerveillement face au monde, la poésie recourt à des **groupes nominaux** étendus : le nom commun est précisé par des adjectifs, par exemple. Il faut alors bien réaliser les **accords**. > p. 360

1 * **Complétez les groupes nominaux suivants avec l'adjectif de votre choix.**

a. Des vents …
b. Un marécage …
c. Des marées …
d. Un loup …
e. Une forêt …
f. Des ourses …

2 ** **Recopiez les phrases en remplaçant les noms en gras par les noms entre parenthèses. Faites les accords nécessaires.**

a. Les **lions** (*lionnes*) allongés sur ce rocher se sont endormis, bercés par la chaleur.

b. Un **voyageur** (*voyageuses*) pressé et étourdi est parti sans sa valise.

c. Ce **navire** (*barques*) bleu et blanc, amarré le long du port, n'a pas servi depuis longtemps.

d. La **biche** (*cerfs*) affolée s'est enfuie quand ont retenti les puissants **tirs** (*détonations*) des chasseurs.

Le présent de l'indicatif et ses emplois

Outils En poésie, les verbes sont souvent conjugués au **présent**. Le poème se place ainsi « hors du temps ». Parmi les valeurs les plus employées, on trouve le **présent de description** et le **présent d'habitude**. > p. 336

3 ** **Conjuguez au présent de l'indicatif les verbes ci-dessous. Attention aux accords !**

a. Au loin (*passer*) … les nuages.
b. (*Sentir*) …-tu l'odeur du tilleul ?
c. Le coucou (*pondre*) … dans le nid des autres.
d. Les fourmis (*envahir*) … le tronc de cet arbre.
e. Les coccinelles nous … (*émerveiller*).

4 ** **Dans les vers de Jacques Roubaud ci-dessous, dites si le verbe au présent en gras sert à décrire ou à exprimer une habitude.**

a. Le jars **est** con la pie **est** sotte mais ça **fait** de la compagnie. (« La caille »)

b. Quand une coccinelle **se pose** dans le cou ça veut dire […] qu'un baiser vous **attend**. (« La coccinelle »)

c. Souvent, quand on **est** de corvée de vaisselle on **casse** un verre. (« L'orvet »)

d. La vache **est** un animal qui **a** environ quatre pattes. (« La vache »)

5 *** **Complétez cette strophe en décrivant les mouvements du vent. Vous veillerez à conjuguer les verbes au présent de l'indicatif.**

« Les malices du vent »

Le vent n'arrête pas de me faire des malices
Il pose sur la page un tout petit insecte
dessiné si fin avec des yeux si microscopiques
des couleurs si pâles dans les verts étouffés
et des gris si transparents que je perds dix minutes
à le regarder Il reste d'abord immobile comme [médusé
puis se met en route pour traverser la feuille […]

■ **Claude Roy**, « Les malices du vent » in *À la lisière du temps* © Éditions Gallimard

Écrire un poème

6 *** **À la manière du poème de l'exercice 5, écrivez un poème sur un insecte surprenant : cherchez d'abord une image d'insecte. Puis décrivez-le précisément dans votre poème en utilisant des verbes au présent et des groupes nominaux enrichis d'adjectifs.**

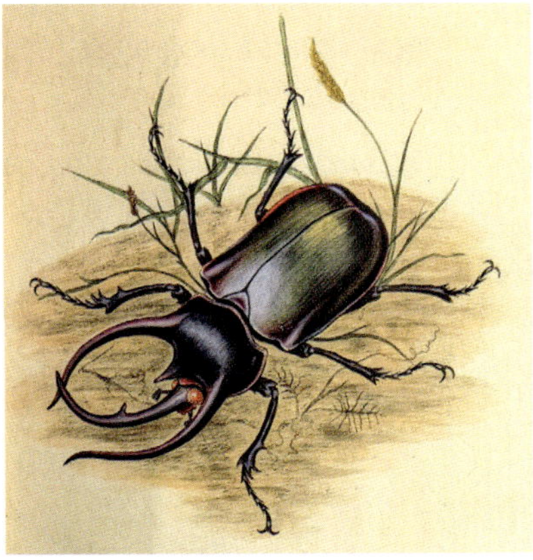

Projet 1

Écrire un recueil poétique

PRODUIRE DES ÉCRITS VARIÉS

Vous êtes un jeune auteur ou une jeune autrice, et vous vous apprêtez à publier votre premier recueil de poèmes.

→ Suivez les étapes.

Étape 1 Collectez vos poèmes

▶ **Rassemblez** tous les poèmes que vous avez écrits au cours du chapitre.

▶ **Faites une relecture** pour les améliorer et les corriger.

▶ **Assurez-vous** qu'ils aient bien un **titre**.

Étape 2 Illustrez vos poèmes

Pour chacun des poèmes, **réalisez une illustration** :

▶ en dessinant vous-même,

▶ en recherchant une image qui corresponde. Si vous choisissez une image réalisée par un artiste, notez bien sa source.

Étape 3 Rédigez une préface à votre recueil

Le saviez-vous ?

Une **préface** est un texte, parfois rédigé par l'auteur, qui **présente un ouvrage**.

Écrivez un court texte qui expliquera ce que représente pour vous un poème. Vous pouvez utiliser les amorces suivantes :

– *Pour moi, un poème c'est...*
– *Mes poèmes sont...*
– *J'aime évoquer dans mes poèmes...*
– *Je me suis inspiré(e) de...*

Étape 4 Réalisez le recueil

▶ **Réalisez une couverture** sur une feuille A4 cartonnée pliée en 2 : vous donnerez un titre à votre recueil et illustrerez votre couverture. Inspirez-vous des trois recueils du chapitre ainsi que de ceux présentés page 215.

▶ **Préparez les pages intérieures :** pliez des feuilles blanches A4 en deux. Une feuille pliée en deux fournira 4 pages pour le recueil.

▶ Sur la première page, réécrivez le **titre** du recueil. Au verso, la page reste blanche. Sur la page 3, recopiez votre **préface**. À partir de la page 4 faites alterner vos poèmes et leur illustration. Le poème et son illustration doivent se trouver face à face. Attention ! Recopiez vos poèmes avec soin : tracez des lignes au crayon de papier !

▶ Enfin, **assemblez** toutes les pages et cousez-les ou agrafez-les à la pliure des feuilles.

Projet 2

Présenter une œuvre d'art à la classe

PARTICIPER À DES ÉCHANGES VERBAUX

Présentez un tableau du Douanier Rousseau à la classe.
→ Suivez les étapes.

Étape 1 Présentez l'œuvre d'art

Lisez attentivement la **légende** de l'œuvre pour prélever et recopier ces informations : auteur, titre de l'œuvre, date, technique, dimensions, lieu de conservation.

■ **Henri Rousseau** dit **Le Douanier Rousseau**, *Paysage exotique* (1910), huile sur toile (130 x 162 cm), Norton Simon Museum (Pasadena, États-Unis)

Étape 2 Décrivez l'œuvre d'art

Servez-vous de la fiche méthode « Lire et analyser une image » (> p. 380) pour décrire le tableau. Aidez-vous des questions suivantes pour affiner votre présentation.

GENRE

- **Quel est le genre** de l'œuvre (portrait, paysage, nature morte...) ? Aidez-vous du titre pour répondre.
- Pourquoi le peintre a-t-il ajouté des singes dans le paysage ? Qu'est-ce que cela lui apporte ?

COMPOSITION

- **Comment l'image est-elle composée** ? Est-il facile de délimiter les différents plans ? Quelle impression cela donne-t-il au spectateur ?
- **Les lignes de force** sont-elles **rectilignes** ? Quelle impression cela donne-t-il au spectateur ?

COULEURS ET LUMIÈRE

- **Quelle couleur domine** le tableau ? Est-elle déclinée en plusieurs nuances ? Est-elle chaude ou froide ?
- Quelle gamme de couleurs contraste avec la couleur dominante ?

Défi ! Saurez-vous retrouver une certaine symétrie des éléments du tableau, perturbée par le jeu des singes ?

Étape 3 Partagez votre émotion

- **Exprimez les émotions et réflexions** que suscite en vous cette œuvre d'art.
- **Interrogez-vous sur le but** de cette œuvre d'art : *faire passer un message, montrer la beauté du monde, dénoncer les injustices...*

Étape 4 Présentez l'œuvre à l'oral à la classe

AVANT L'ORAL

Assurez-vous que vos notes sont bien organisées (titres, couleurs...) et lisibles. Entraînez-vous à présenter l'œuvre sans les lire.

LE JOUR DE L'ORAL

- **Projetez l'œuvre** au tableau.
- **Faites votre analyse** : ne parlez pas trop vite, trop bas, articulez-bien.

Désignez sur l'image projetée les éléments dont vous parlez au fur et à mesure.

BILAN

+PROF Évaluation différenciée et corrigée

Je construis

1 • Dico poésie

Rendez à chaque mot sa définition :

poète •	• ligne en poésie
poésie •	• personne qui écrit de la poésie
recueil •	• paragraphe en poésie
strophe •	• livre qui contient plusieurs poèmes d'un même auteur ou d'une même autrice
vers •	• art qui consiste à jouer avec les mots, les rythmes et les images

2 • Comparaison

a. Recopiez et remplissez ce tableau en vous appuyant sur votre lecture des trois ouvrages du chapitre :

	Nom de l'auteur ou de l'autrice	Titres des poèmes	Thèmes fréquents	Figures de style observées
Les Animaux de tout le monde	...	...	...	...
Rythmes	...	...	...	...
Poèmes	...	...	...	...

b. Lequel avez-vous préféré et pourquoi ?

c. Quel poème vous reste en mémoire ? Qu'est-ce qui vous a touché, surpris en le lisant ?

Je retiens

Recueil poétique

Enchanter le monde

- Le poète ou la poétesse nous permet de **voir le monde** d'une manière **nouvelle** et **originale**. Grâce à ses mots, le lecteur ou la lectrice redécouvre ce qui l'entoure (un nuage, un ver de terre...) ou explore de **nouvelles idées**.

Un recueil poétique

- Un **recueil** est un ensemble de textes poétiques d'un **même auteur ou d'une même autrice**. Il est le fruit d'une inspiration personnelle, il représente son **univers**.
- Dans une **anthologie** poétique, l'éditeur a fait le choix de regrouper plusieurs poèmes issus de différents recueils.

Des thèmes poétiques

- Même si les poèmes ont chacun leur originalité, ils reprennent des **thèmes poétiques** classiques : la **nature** et le **temps** qui passe.

La langue poétique

- La poésie offre une **langue imagée** grâce à des figures de style telles que la **comparaison** et la **métaphore**. Elle est musicale grâce au **rythme** des vers et aux **rimes**.

carnet de LECTURE

Lire un recueil de poèmes

Lisez ce recueil de poèmes

Pierre Coran, *Jaffabules* (1990) © Le Livre de Poche Jeunesse (1990, 2003)

- **Cherchez** ce que signifie *affabuler*.
- Comment comprenez-vous le jeu de mots du titre ?

Vérifiez que vous avez bien lu

Présentez votre lecture à la classe

- Quels sont les **thèmes favoris** de Pierre Coran dans ce recueil ?
- À quoi voyez-vous que ces poèmes s'adressent à de jeunes lecteurs ?
- **Montrez** que Pierre Coran aime tout particulièrement jouer avec les sons.
- **Faites une lecture à voix haute** de trois poèmes que vous aurez choisis et expliquez la raison de votre choix.

Après la lecture

- Dans votre carnet de lecture, **attribuez** un nombre d'étoiles (de 1 à 5) à ce recueil pour dire si vous l'avez aimé ou pas… et **expliquez** pourquoi.
- **Recopiez** les poèmes que vous avez préférés et illustrez-les.

À lire, à voir et à écouter

Animaux en poésie

64 pages

Le Zoo poétique, anthologie illustrée par B. Gibert (Seuil Jeunesse, 2018)

Découvrez les animaux poétiques magnifiquement illustrés de Victor Hugo, Baudelaire, Andrée Chedid et bien d'autres encore.

Nature en poésie

28 pages

Aimé Césaire, Chanson de l'hippocampe et autres poèmes, recueil illustré par Ch. Picard (Gallimard Jeunesse, 2017)

Découvrez le grand poète du XXe siècle Aimé Césaire dans ce recueil illustré.

Un documentaire

FILM 1h01

Luc Jacquet, La Marche de l'empereur (2005)

Ce film documentaire nous plonge dans la vie d'une tribu de manchots empereurs. Il donne à voir la beauté et la fragilité des paysages polaires.

Animaux en musique

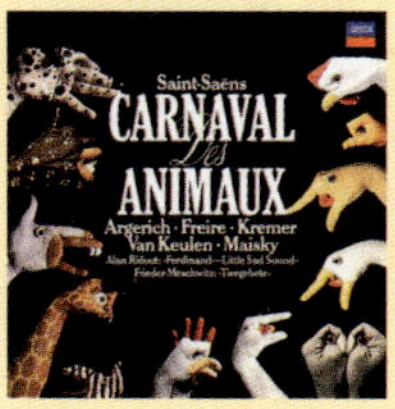

Camille Saint-Saëns, Le Carnaval des animaux (1886)

Camille Saint-Saëns a composé cette œuvre originale qu'il qualifie lui-même de « fantaisie zoologique ». Il y décrit musicalement un monde où se côtoient aussi bien le lion, le cygne que l'éléphant…

10

Jouer avec les mots

▸ Quels sont les secrets des poètes ?

Travailler autrement

ATELIER D'ÉCRITURE

Doc 1

■ Orphée (IIIe siècle), mosaïque (97 x 113,5 cm), musée des Beaux-Arts de Budapest (Hongrie)

1. Quel instrument accompagne Orphée sur chaque image ? Quels liens peut-on faire entre la poésie et la musique ?

2. **Doc 2** Quel pouvoir d'Orphée est représenté ?

3. Observez la date de création des documents. Qu'en concluez-vous sur la popularité du personnage d'Orphée ?

4. **Recherches** Faites des recherches pour être capable de raconter l'histoire d'Orphée.

Doc 2

■ **François Boucher** (école de), *Orphée charmant les animaux* (vers 1745), huile sur toile (54,5 x 65,2 cm), musée des Beaux-Arts Roger-Quilliot (Clermont-Ferrand)

Le saviez-vous ?

• Orphée est appelé « **le Prince des poètes** » car son chant, qu'il accompagnait de sa **lyre**, lui permettait de charmer n'importe quel être vivant ou élément naturel, même des monstres tels que les Sirènes.

• Comme Orphée, les poètes s'attachent à enchanter le monde par la **musique** et la **magie des mots**. Ils invitent à être attentifs à la **beauté du monde**, dont ils connaissent les mystères.

Doc 3

■ **Jean Cocteau**, *Garçon et lyre* (1958), dessin à la craie sur papier bleu, collection particulière

Je découvre

L'écriture poétique

Les caractéristiques d'un poème

- **Un poème est un texte qui joue sur les images et la musique des mots pour exprimer les émotions ou les pensées du poète ou de la poétesse.**
- **Un poème présente généralement une organisation particulière en vers (lignes de poésie) et en strophes (groupes de vers). Mais ce n'est pas obligatoire.**

Poème 1 « Pour un art poétique »

Prenez un mot prenez-en deux
faites-les cuir' comme des œufs
prenez un petit bout de sens
puis un grand morceau d'innocence
faites chauffer à petit feu
au petit feu de la technique
versez la sauce énigmatique[1]
saupoudrez de quelques étoiles
poivrez et puis mettez les voiles

où voulez-vous en venir ?
À écrire
Vraiment ? à écrire ??

Raymond Queneau, « Pour un art poétique » in *Le Chien à la mandoline* © Éditions Gallimard (1965) – La Pléïade (1989)

1. **énigmatique :** mystérieuse.

Joan Miró, *La Poétesse - Constellations* (1959), lithographie en couleurs (38 x 47 cm), Centre Pompidou (Paris)

1. Observez ce texte de Raymond Queneau. À quoi reconnaît-on qu'il s'agit d'un poème ?

2. Avez-vous déjà écrit de la poésie ? Partagez votre expérience avec vos camarades.

Voir le monde autrement

- **Le mot *poème* vient du grec *poïêma* qui signifie « création » : le poète ou la poétesse crée un monde nouveau en exprimant de manière personnelle le monde qui l'entoure.**
- **Lire ou entendre un poème, c'est accéder à ce monde unique et original et éprouver des émotions variées.**

Poème 2 « Comme un art poétique »

Un poème toujours se cherche en toi
Qu'il sorte de ta main
Qu'il sorte de la glaise[1]
Qu'il sorte de ton sang
Qu'il sorte de nos rêves

Claude Haller, *Poèmes du petit matin* (extrait) © Le Livre de Poche Jeunesse (1994, 2003, 2010)

1. **glaise :** terre argileuse utilisée en poterie.

3. Qu'est-ce qui rend ce poème musical ?

4. À partir des poèmes 1 et 2, cherchez quels sont les ingrédients d'un poème : faites une liste.

Secrets de fabrication d'un poème

- Le vers commence souvent par une majuscule. On compte ses syllabes pour le caractériser : octosyllabe (8 syllabes), décasyllabe (10 syllabes) et alexandrin (12 syllabes) sont les plus fréquents.
- On groupe les vers en strophes : quatrain (4 vers), tercet (3 vers), par exemple.
- On peut y observer des rimes, répétition d'un son en fin de vers : rimes suivies (AABB), rimes croisées (ABAB), rimes embrassées (ABBA).
- En poésie, le -e final d'un mot se prononce uniquement lorsqu'il est suivi par un mot commençant par une consonne, sinon il est muet.

Poème 3 « Le Dormeur du val »

C'est un trou de verdure où chante une rivière
Accrochant follement aux herbes des haillons[1]
D'argent ; où le soleil, de la montagne fière,
Luit : c'est un petit val qui mousse de rayons.

■ **Arthur Rimbaud**, *Poésies* (1891 ; extrait).

1. **haillons :** morceaux de vêtements déchirés.

Poème 4 « Spectacle rassurant »

La frissonnante libellule
Mire les globes de ses yeux
Dans l'étang splendide où pullule[1]
Tout un monde mystérieux !

■ **Victor Hugo**, *Les Rayons et les Ombres* (1840 ; extrait).

1. **pullule :** est présent en abondance.

■ **Marianne North**, *Cornouiller et colibris* (1875), huile sur carton (51 x 35 cm), jardins botaniques royaux de Kew (Londres, Royaume-Uni)

5. Incantation Entraînez-vous à lire les poèmes 3 et 4. Attention aux **-e** qui se prononcent et aux liaisons.

6. Formules magiques Retrouvez les secrets de fabrication des poèmes 3 et 4.

« Le poète a construit un... composé de 4... présentant des rimes.... »

7. Charade
Mon premier imite le bruit du serpent.
Mon second est le contraire de « pas assez ».
Mon troisième brûle.
Mon tout est un groupe de vers.

CARNET DE VOCABULAIRE

Notez et définissez les termes et expressions en vert.

ATELIER D'ÉCRITURE

Composer un poème

Cherchez tous les mots que vous évoque ce tableau et écrivez-les sur votre feuille. **Composez** un petit poème avec ces mots.

➜ Découvrez à présent les épreuves de magie qui vous permettront d'obtenir votre diplôme de poète !

Bonne lecture !

Épreuve 1

Voyance

Ouvrez les yeux, observez et cherchez la beauté autour de vous !

■ **Hiroshige II**, *Pluie nocturne à Akasaka* (1859)

Poème 1

À chaque coup de vent
le papillon change de place
sur le saule

■ Bashô

■ **Utagawa Yoshimori**, *Col de Satta* (1863)

Poème 2

Sur le sentier de montagne
le soleil se lève
au parfum des pruniers

■ Bashô

■ **Hiroshige**, *Martin-pêcheur, roseaux, nénuphar du Japon et lune* (1853)

Poème 3

Il est midi
les loriots[1] sifflent
la rivière coule en silence

■ Issa

1. **loriot** : espèce d'oiseau.

Poème 4

Le chardon[1] brille
dans le matin
après la pluie

■ Santôku

1. **chardon** : espèce de plante.

■ **Hiroshige**, *Feuilles d'érable, sanctuaire de Tekona et pont, Mama* (1857)

Les poèmes 1, 3, 4, 5 et 6 sont extraits de *Haïku*, sous la direction de Roger Munier, préface de Yves Bonnefoy © Librairie Arthème Fayard (1978). Le poème 2, intitulé « Sur le sentier de montagne », est extrait de *Haïku. Anthologie du poème court japonais*, traduit par Corinne Atlan et Zéno Bianu © Éditions Gallimard

Hiroshige, *La migration des oies à Katada* (1857)

Poème 5

Heure calme –
un oiseau marche sur les feuilles mortes
bruit de ses pas

Ryûshi

Poème 6

Qu'il est beau
le corbeau d'ordinaire haïssable
ce matin de neige !

Bashô

Takahashi Hiroaki (dit Shotei), *Vue de Sawatari sous la neige* (vers 1930)

VOCABULAIRE

Enquête

Retrouve dans les six poèmes : trois noms désignant un arbre ou une plante et trois noms désignant un animal.

ATELIER D'ÉCRITURE — Écrire un *haïku*

Étape 1. Réalisez une corolle lexicale

1. Lisez ces petits poèmes qui sont des *haïkus*. À votre avis, de quel pays viennent-ils ? Aidez-vous des images.

2. Observez la forme des poèmes, les thèmes dominants, les saisons évoquées, les sensations décrites.

3. Comparez ces textes entre eux et listez leurs points communs.

4. Présentez les caractéristiques de cette forme poétique sous forme de corolle lexicale : dessinez une fleur avec des pétales. Inscrivez une caractéristique sur chaque pétale.

Étape 2. Préparez votre poème

5. Faites une liste des fruits que l'on récolte en été. Choisissez-en un et associez-le avec un adjectif et un lieu idéal pour manger ce fruit.

6. Cherchez le plus de verbes possibles évoquant le goût (*déguster, croquer*...).

Étape 3. Composez votre *haïku*

7. Respectez le schéma suivant :
- **Vers 1 :** CC de temps. > p. 314
- **Vers 2 :** sujet à la 3e personne suivi d'un verbe (de goût) conjugué au présent de l'indicatif. > p. 332-334
- **Vers 3 :** GN évoquant le fruit choisi, complété avec un adjectif. > p. 357 et 360

8. Organisez un *kukaï* (un concours de *haïkus*).

Épreuve 2

Prestidigitation

Manipulez les mots, faites-les disparaître pour faire apparaître un sens nouveau !

Poème 1 « Alphabête »

Quand les ningouins en rabits loirs
Nous berviront ilcools de noires,
Quand les tocteurs en rabits flancs
Nous affriront des nélicans,

Quand les nrairies en rabits merts
Nous phangeront en Culliver,

Quand les unfants en rabits dunes
Nous phanteront leurs imours frunes,

Nous nourrons vegarder la mie
Et nartout sur le gonde cris
Pueillir avec bérénité
Les zleurs de lotre diberté.

■ **Taniel Frugès**, alias Daniel Brugès, dans Jacques Charpentreau, *Jouer avec les poètes*

ATELIER D'ÉCRITURE

Écrire un poème codé

1. Comprenez-vous le poème 1 ? Déchiffrez-le en rétablissant les mots transformés par le poète, puis expliquez comment il les a transformés.

Poème décodé hatier-clic.fr/25coli222

2. Choisissez un poème des pages 196 et 197 et réécrivez-le en transformant les mots de la même façon.

3. Partagez vos créations !

Poème 2 « El Desdichado »

Je suis le Ténébreux, – le veuf, – l'inconsolé,
Le prince d'Aquitaine à la tour abolie :
Ma seule *étoile* est morte, – et mon luth constellé
Porte le *Soleil noir* de la *Mélancolie*.

■ **Gérard de Nerval**, *Les Chimères* (1856 ; extrait)

Le saviez-vous ?

Au Moyen Âge, le **luth** a remplacé la lyre comme attribut du poète.

Poème 3 « Al Dente »

Je suis le vénéneux, le bœuf, l'inconcilié
Le pince capitaine à la mer dépolie
Ma veule étable est porte et mon but contesté
Poste le sommeil loir de Mésopotamie.

■ **Zohra Karim**, dans Jacques Charpentreau, *Jouer avec les poètes*

ATELIER D'ÉCRITURE

Détourner un poème

1. Écoutez votre professeur(e) lire le poème 2. Concentrez-vous sur la musique des mots plutôt que sur leur sens. Quelles émotions ressentez-vous ?

2. Observez le poème 3. Comment la poétesse a-t-elle transformé le poème de Gérard de Nerval ?

3. Choisissez dans votre manuel une strophe d'un poème et recopiez-la. Comme Zohra Karim, remplacez certains mots par d'autres aux sons proches, afin de composer un nouveau poème.

■ **Vladimir Kush**, *Départ du bateau ailé - Departure of the Winged Ship* (2000), huile sur toile (78,7 x 99 cm), collection particulière

Poème 4 « Chemin de fer et poésie »

Alarme ! Ne tirez la poignée qu'en cas de poème.

***

Ne jetez aucun poème par les fenêtres, ce geste peut tuer.

***

Pour avoir un poème, appuyez sur la pédale.

***

Actionner le poème et rabattre le couvercle.

***

En sortant, faites attention, la porte donnant sur le poème a pu être ouverte inopinément.
Sortez avec précaution.

■ **Gérard Le Gouic**, dans Jacques Charpentreau, *Jouer avec les poètes* © Le Livre de Poche Jeunesse (1999, 2002, 2010, 2015)

ATELIER D'ÉCRITURE

Poème « mode d'emploi »

Observez le poème 4 puis transformez le texte 5 en poème grâce à l'un des tours de prestidigitation que vous avez appris. Au choix, remplacez :

- une lettre par une autre (poème codé).
- un mot par un mot de sonorité approchante.
- le mot *bouilloire* par un mot appartenant au champ lexical de la poésie (*poème, poète, strophe, vers, quatrain, rime...*).

Texte 5 Mode d'emploi

- La bouilloire peut atteindre des températures élevées durant le fonctionnement.
- N'utilisez pas la bouilloire si la poignée est desserrée.
- Ne mettez pas la bouilloire en fonction sur un plan incliné.
- Ne vous éloignez pas lorsque la bouilloire est en fonction.
- Ne faites pas fonctionner la bouilloire si la résistance n'est pas complètement immergée dans l'eau.
- Ne déplacez pas la bouilloire lorsqu'elle est allumée.

■ **Notice d'utilisation** de la bouilloire SMEG Tempvaria.

Enchantement

Écoutez la musique des mots pour composer des poèmes mélodieux.

Poème 1 « Le kaki et le kiwi »

Écoutez le texte lu
hatier-clic.fr/25coli224

Le kaki dit au kiwi,
D'un petit ton réjoui,
D'un petit ton délicat :
« Nous portons des noms en "k".
Soyez l'ami du kaki. »
Et d'un petit air exquis,
D'un petit air ébloui,
Conquis, le kiwi dit oui.

■ **Lucienne Desnoues**, *Le Compotier*

ATELIER D'ÉCRITURE

Jouer avec les sons

1. Quels jeux de sonorités (assonances, allitérations) repérez-vous dans ce poème ? Que vous évoquent ces sonorités ?

2. Choisissez un son et composez un vers en répétant ce son autant de fois que possible.

Outils Dans un vers ou une strophe :
- **une assonance** est une répétition de voyelles,
- **une allitération** est une répétition de consonnes.

Poème 2 « Incantation »

Eau
eau des jets d'eau
eau des miroirs d'eau
eau des viviers des fleuves des ruisseaux des éviers
et des bassins des hôpitaux
eau des puits très anciens et des pluies torrentielles
eau des écluses[1] et des quais de halage[2]
eau des horloges et des naufrages
eau à la bouche
eau des yeux grands ouverts sombres et lumineux [...]

■ **Jacques Prévert**, « Charmes de Londres » (extrait)
in *Histoires et autres histoires*

1. **écluse** : retenue d'eau dans un canal.
2. **quai de halage** : chemin le long d'un canal.

ATELIER D'ÉCRITURE

Composer une incantation

1. À votre tour, choisissez un autre élément (terre, air ou feu) et cherchez les lieux et les expressions imagées qu'il vous évoque.

2. Rédigez une incantation commençant par la répétition de l'élément invoqué, et terminez par un souhait. Par exemple, pour l'eau : *Lave ma maison de fond en comble* ou *Plonge-moi dans un torrent de rêves.*

Poème 3 « Ce que dit le tam-tam »

Écoutez le texte lu
hatier-clic.fr/25coli225

Ce que dit le tam-tam
Est au fond de mon cœur
Le tam-tam chante
L'arrivée de la pluie
Le tam-tam chante
Le passage des perroquets
Le tam-tam chante
Le départ des combattants
Le tam-tam chante
La naissance des jumeaux
Ce que dit le tam-tam
Est au fond de mon cœur
Le tam-tam chante
La fleur qui naît et meurt
Sans bruit
Le tam-tam chante
L'aube des temps nouveaux
Le tam-tam chante
La terre nourrissante
Le tam-tam chante
Le ciel fleuri d'étoiles
Ce que dit le tam-tam
Est au fond de mon cœur
Le tam-tam chante
La solitude de l'exilé
Le tam-tam chante
Le lever du soleil
Le tam-tam chante
La vie qui s'ouvre à l'enfance
Le tam-tam chante
Ce que dit mon cœur
Tout bas tout bas.

Pierre-Edgar Moundjegou-Magangue (Gabon), « Ce que dit le tam-tam » in *Le Français est un poème qui voyage*, poèmes réunis par J. M. Henry, Rue du Monde (2006), tiré de Éditions Silex (1987). D. R.

Pilipili Mulongoy, *Guépard* (vers 1950), huile sur toile (115 x 137 cm), musée du quai Branly-Jacques Chirac (Paris)

CARNET DE VOCABULAIRE

Notez et définissez le mot *incantation*.

Atelier LECTURE

Lecture chorale

1. Recopiez le poème en sautant des lignes et notez les liaisons et les **-e** prononcés.

Ex : Ce que dit le tam-tam
Est au fond de mon cœur
Le tam-tam chante
La naissance des jumeaux

2. Échauffez-vous individuellement en lisant à voix haute les poèmes 1 et 2.

3. Vos voix sont des instruments de musique : déterminez ensemble quels mots ou groupes de mots vous lirez seul ou à plusieurs voix.
Ajoutez des « effets sonores » : rythme (accélération, ralentissement), mot ou vers chanté, volume (murmure, cri), effet d'écho (répétition d'un mot ou d'un groupe de mots), bruitages…

Illusionnisme

Redessinez le monde !

Poème 1 « Araignée »

■ **Daniel Brugès**, dans Jacques Charpentreau, *Jouer avec les poètes* © Le Livre de Poche Jeunesse (1999, 2002, 2010, 2015)

ATELIER D'ÉCRITURE

Créer un calligramme

1. À quelles images l'araignée est-elle associée dans ce calligramme ?

2. Choisissez un animal ou une plante et rédigez une longue phrase qui développera toutes les images qu'il ou elle vous évoque.

Poème 2 « La Nuit »

Écoutez le texte lu
hatier-clic.fr/25ccli226

Elle est venue la nuit de plus loin que la nuit
à pas de vent de loup de fougère et de menthe
voleuse de parfum impure fausse nuit
fille aux cheveux d'écume issue de l'eau dormante

Après l'aube la nuit tisseuse de chansons
s'endort d'un songe lourd d'astres et de méduses
et les jambes mêlées aux fuseaux des saisons
veille sur le repos des étoiles confuses

Sa main laisse glisser les constellations
le sable fabuleux des mondes solitaires
la poussière de Dieu et de sa création
la semence de feu qui féconde les terres

Mais elle vient la nuit de plus loin que la nuit
à pas de vent de mer de feu de loup de piège
bergère sans troupeaux glaneuse sans épis
aveugle aux lèvres d'or qui marche sur la neige.

■ **Claude Roy**, *Poésies* © Éditions Gallimard

ATELIER D'ÉCRITURE

Créer un poème en images

1. Divisez la classe en deux et répartissez-vous les vers du poème : chaque élève recopie un vers et dessine ce qu'il lui évoque. Concentrez-vous sur la musique et les émotions ressenties, pas sur le sens.

2. Affichez les deux poèmes en images obtenus et observez leurs différences.

3. Trouvez-vous ce poème beau ? Pour quelles raisons ?

Un peintre illusionniste

Les quatre saisons

1. **Associez chacun des tableaux à une saison.**

2. **Dans ces tableaux, quels fruits et légumes reconnaissez-vous?**

3. Débat **Quelle image ces peintures donnent-elles de la nature?**

■ **Giuseppe Arcimboldo**, série *Les Quatre Saisons* (1573), huile sur toile (76 x 63,5 cm), musée du Louvre (Paris)

Lecture d'image
Arcimboldo, *Le Printemps*
hatier-clic.fr/25coli227a

- **Giuseppe Arcimboldo** (1527-1593) est un peintre italien. Il est devenu célèbre en peignant pour l'empereur d'Autriche. C'est un **peintre de cour**.
- Il peint des **portraits** originaux en trompe-l'œil, en utilisant des éléments de la nature.
- Son œuvre la plus connue, intitulée ***Les Quatre Saisons***, est constituée de quatre panneaux. Chacun représente une tête symbolisant une saison : ce sont des **allégories**.
- À l'origine, la série était accompagnée d'un poème expliquant leur signification allégorique. hatier-clic.fr/25coli227b
- Découvrez l'origine des saisons. > p.178-179

ATELIER D'ÉCRITURE

Écrire un poème d'automne

Composez un poème sur l'automne en vous inspirant des différents éléments du tableau, selon le modèle suivant :

L'automne au nez juteux comme
une poire dodue,
L'automne aux joues…

CARNET DE VOCABULAIRE

Notez et définissez les termes et expressions suivants : *calligramme, peintre de cour, portrait, allégorie.*

BILAN

+PROF Évaluation différenciée et corrigée

Je construis

1 • L'acrostiche poétique

Composez un poème en acrostiche pour donner votre propre recette de poème.

a. Écrivez le mot POÈME verticalement sur une feuille.

b. À chaque ligne, écrivez un vers commençant par la lettre initiale.

P ...
O ...
È ...
M ...
E ...

2 • Les pouvoirs de la poésie

Quel(s) pouvoir(s) magique(s) maîtrisez-vous le mieux ?

a. La voyance : vous regardez désormais le monde différemment et êtes capable de déceler la beauté dans la nature qui vous entoure.

b. La prestidigitation : vous manipulez les mots comme personne et pouvez transformer tout texte en poème par la seule puissance de votre imagination.

c. L'enchantement : vous êtes sensible à la musique des mots et savez les associer pour charmer vos lecteurs.

d. L'illusionnisme : vous voyez au-delà du réel et jouez avec les images pour créer de l'illusion partout où vous passez.

Bravo ! Vous avez réussi toutes les épreuves avec succès et obtenez votre diplôme de poète ! Imprimez votre diplôme pour le compléter et le décorer : hatier-clic.fr/25coli228

Je retiens

L'écriture poétique

Un genre littéraire

- La plupart des poèmes sont écrits en **vers** et comportent des **rimes**.
- Les vers sont regroupés en **strophes**.

Une vision du monde

- Le poète ou la poétesse nous offre sa **vision du monde personnelle** et originale.
- La poésie nous apprend à être attentifs à la **beauté** qui nous entoure.

Mots et images

- En associant les éléments du réel avec des **images** (métaphores et comparaisons), le poète ou la poétesse change notre façon de voir le monde.

La musique des mots

- La musique des mots est produite par la **répétition** de mots ou de **sonorités** ainsi que par la **longueur** et le **rythme** du vers.
- Elle rend le poème harmonieux et procure des **émotions** au lecteur ou à la lectrice.

carnet de
LECTURE

Lire un recueil de poésie

Choisissez votre profil de lecteur / lectrice

Petite faim ? Gourmand(e) ? Affamé(e) ?

• **Choisissez** un ouvrage de poésie parmi les titres proposés.

72 pages
Robert Desnos, *Chantefables et chantefleurs*

48 pages
Guillaume Olive et He Zidong, *Poèmes de Chine de l'époque des Tang*

84 pages
Claude Haller, *Poèmes du petit matin*

288 pages
Jacques Charpentreau, *Jouer avec les poètes*

Vérifiez que vous avez bien lu

Réalisez un recueil illustré

• Après avoir lu le recueil que vous avez choisi, **sélectionnez** vos quatre poèmes préférés.

• **Recopiez soigneusement** chaque poème sur une feuille de papier A4, blanche ou de couleur claire. Vous pouvez positionner la feuille horizontalement ou verticalement, selon la forme et la longueur du poème.

• **Respectez la présentation** du texte, et n'oubliez pas de recopier le titre et les sources.

• Faites appel à votre **sens artistique** : couleurs, taille des lettres, placement dans la page... Appliquez-vous ! Vous pouvez commencer chaque strophe par **une lettrine** (lettre majuscule décorée), et décorer votre feuille avec des dessins.

• **Agrafez** les quatre feuilles. Échangez vos recueils avec vos camarades. Vous devez être capable de leur **expliquer pourquoi** vous avez choisi ces poèmes, et pourquoi vous les avez illustrés comme vous l'avez fait.

Après la lecture

• Dans votre carnet, **attribuez** un nombre d'étoiles à ce livre (de 1 à 5) pour dire si vous l'avez aimé ou non... et **expliquez** pourquoi.

• À lire, à voir et à écouter...

• Une aventure au pays des mots

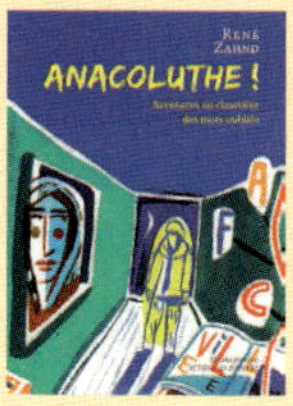

80 pages
René Zahnd, *Anacoluthe*
(Actes Sud, 2019)
Cette pièce de théâtre raconte l'histoire d'un jeune garçon qui se retrouve projeté dans un monde étrange : le pays des mots oubliés.

• Des questions poétiques

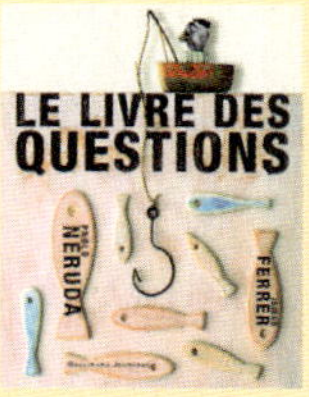

180 pages
Pablo Neruda
Le Livre des questions
(Gallimard Jeunesse, 2008)
Un grand poète chilien soulève des questions déroutantes sur la vie, la mort, la nature.

• Les saisons en musique

Antonio Vivaldi, *Les Quatre Saisons* (1724)
Dans ces quatre concertos pour violon, le compositeur italien Antonio Vivaldi célèbre la nature et le passage des saisons.

• Le métier d'illusionniste

FILM
Julien Chomet, *L'Illusionniste* (2010)
Dans les années 50, le héros, un illusionniste, tente sa chance à Londres où il rencontre une petite fille qui le prend pour un vrai magicien.

11

Œuvre intégrale

Le Médecin volant de Molière

▶ Comment les ruses rendent-elles la pièce comique ?

1. En vous aidant du titre *Le Médecin volant* et du **doc 1**, imaginez ce dont va parler cette pièce.

2. Doc 2
Observez bien le tableau et trouvez le lieu de la représentation théâtrale. Précisez toutes les particularités de ce lieu.

3. Docs 1 et 3
Selon vous, que doit-on trouver dans une pièce comique ?

Doc 1

■ **Estelle Meyrand**, *Le Médecin volant* pour TétrasLire n°77 © AlbaVerba

Doc 2

Pieter Balten, *Une kermesse flamande* (détail, vers 1570), huile sur toile (112 x 157 cm), Rijksmuseum (Amsterdam)

Doc 3

Le Médecin volant de Molière, mise en scène de **Dario Fo** à la Comédie-Française (Paris, 1990)

Projet 1 > p. 250

Produire des écrits variés

Écrire une nouvelle scène

Votre étude du *Médecin volant* permettra de consolider vos compétences d'écriture pour rédiger une scène à votre tour : comment présenter par écrit une scène de théâtre ? Comment rédiger un dialogue comique mettant en scène une ruse ?

Projet 2 > p. 251

Participer à des échanges verbaux

Jouer une scène comique

- L'étude de cette pièce en un acte vous permettra de découvrir le théâtre de Molière.
- Vous allez vous initier au jeu théâtral (mémorisation, diction, interprétation) et vous mettre dans la peau d'un comédien ou d'une comédienne pour monter sur les planches !

Je découvre

Le Médecin volant, une courte pièce comique

Molière, l'auteur du *Médecin volant*

- Jean-Baptiste Poquelin est né en **1622**. À 21 ans, il crée l'Illustre-Théâtre avec la comédienne Madeleine Béjart et prend le surnom de Molière. Mais sa troupe est un échec et il quitte Paris avec quelques comédiens. Pendant douze ans, il parcourt la France avec eux.
- En 1658, Molière revient à Paris pour jouer devant Louis XIV. Le roi lui attribue la salle du Palais-Royal où il remporte de **nombreux succès**.
- En **1673**, épuisé et malade, Molière s'effondre sur scène en jouant *Le Malade imaginaire*. Il meurt quelques heures plus tard.

Doc 1

■ **Charles-Antoine Coypel**, *Molière à sa table de travail* (vers 1730), huile sur toile (80 x 64 cm), Comédie-Française (Paris)

1. **Doc 1** Observez le portrait de Molière. Qu'est-il en train de faire, selon vous ?

2. **Recherches**

Vers le projet 1

scène • tirade • monologue • réplique • didascalie

Recherchez ces mots qui permettent de définir les éléments constituant le texte de théâtre.

Vers le projet 2

dramaturge • metteuse en scène • costumier • comédienne • éclairagiste • décoratrice

Recherchez les définitions des mots que vous ne connaissez pas. Précisez les métiers exercés par Molière.

3. En vous aidant du **doc 1**, retrouvez Molière dans le tableau d'A. Verrio (**doc 2**).

La commedia dell'arte

- La commedia dell'arte est un genre de théâtre italien né au XVIe siècle. Les comédiens improvisaient des scènes **comiques**. Ils portaient des **masques** et jouaient des personnages bien connus, comme Arlequin et Brighella, des valets comiques, Pantalone, le vieil avare, le Docteur, un faux savant, ou les amoureux. Ils avaient tous des traits de caractère exagérés.
- Ce type de théâtre, **populaire**, a beaucoup influencé le théâtre en Europe, et notamment Molière. Le choix des personnages du *Médecin volant* le montre bien.

Doc 2

■ **Antonio Verrio** (attribué à), *Les Farceurs français et italiens* (1670), huile sur toile, Comédie-Française (Paris)

Lecture d'image
Tableau de Verrio
hatier-clic.fr/25coli233

Les personnages du *Médecin volant*

- L'**intrigue** de la pièce est construite autour du valet de Valère, **Sganarelle**, qui se fait passer pour un savant médecin.
- On y trouve aussi **Lucile**, la fausse malade, et son vieux père naïf, **Gorgibus**, qui veut la marier à Villebrequin. Mais Lucile aime **Valère**. Sa cousine **Sabine** va l'aider à ruser pour éviter un mariage forcé.
- **Gros-René**, le valet de Gorgibus, est plus malin que son maître et comprendra la **fourberie**.

4. Quels éléments de la mise en scène (**doc 3**) font penser à une représentation de l'époque de Molière ?

5. Relisez avec attention le paragraphe sur la commedia dell'arte > **p. 232**, et retrouvez les personnages dont s'est inspiré Molière pour sa pièce *Le Médecin volant*.

Doc 3

■ Mise en scène de **Christian Schiaretti**, avec Jeanne Brouaye (Sabine), Damien Gouy (Sganarelle) et David Mambouch (Gorgibus), TNP, Villeurbanne (2007)

CARNET DE VOCABULAIRE

Recopiez les mots en vert dans votre carnet en les associant à leur définition.

→ Découvrez à présent les ruses qui vont permettre à Lucile d'échapper à un mariage forcé.

Bonne lecture !

Découverte de l'intrigue

Extrait 1 Une ruse pour éviter un mariage

Écoutez le texte lu
hatier-clic.fr/25coli234

Scène première

VALÈRE, SABINE

VALÈRE. – Hé bien ! Sabine, quel conseil me donneras-tu ?

SABINE. – Vraiment, il y a bien des nouvelles. Mon oncle veut résolument que ma cousine épouse Villebrequin, et les affaires sont tellement avancées, que je crois qu'ils eussent été mariés dès aujourd'hui, si vous n'étiez aimé ; mais, comme ma cousine m'a confié le secret de l'amour qu'elle vous porte, et que nous nous sommes vues à l'extrémité[1] par l'avarice de mon vilain oncle, nous nous sommes avisées[2] d'une bonne invention pour différer[3] le mariage. C'est que ma cousine, dès l'heure que je vous parle, contrefait[4] la malade ; et le bon vieillard, qui est assez crédule[5], m'envoie quérir[6] un médecin. Si vous en pouviez envoyer quelqu'un qui fût de vos bons amis, et qui fût de notre intelligence[7], il conseillerait à la malade de prendre l'air à la campagne. Le bonhomme ne manquera pas de faire loger ma cousine à ce pavillon qui est au bout de notre jardin, et, par ce moyen, vous pourriez l'entretenir à l'insu de notre vieillard[8], l'épouser, et le laisser pester tout son soûl[9] avec Villebrequin.

VALÈRE. – Mais le moyen de trouver sitôt un médecin à ma poste[10], et qui voulût tant hasarder[11] pour mon service ? Je te le dis franchement, je n'en connais pas un.

SABINE. – Je songe une chose ; si vous faisiez habiller votre valet en médecin ? Il n'y a rien de si facile à duper que le bonhomme.

VALÈRE. – C'est un lourdaud qui gâtera tout ; mais il faut s'en servir, faute d'autre. Adieu, je le vais chercher. Où diable trouver ce maroufle[12] à présent ? Mais le voici tout à propos.

■ **Molière**, *Le Médecin volant* (1659), scène I, texte établi par Charles Louandre, Charpentier (1910)

1. **à l'extrémité** : dans une situation très difficile. 2. nous avons réfléchi à... 3. **différer** : retarder. 4. **contrefait** : imite. 5. **crédule** : naïf. 6. **quérir** : chercher. 7. **de notre intelligence** : notre complice. 8. lui parler sans être vu par son père. 9. **tout son soûl** : autant qu'il voudra. 10. **à ma poste** : à ma disposition. 11. **hasarder** : prendre des risques. 12. **maroufle** : imbécile.

Atelier LECTURE

Stratégies de compréhension

Proposez un synonyme pour les mots surlignés en bleu dans le texte.

VOCABULAIRE

Enquête

Quel adjectif reconnaissez-vous dans le nom *avarice* (l. 6) ? Déduisez-en le sens de ce nom.

Outils

L'exposition ou scène d'exposition, correspond au **début** d'une pièce de théâtre. Elle permet de **présenter les personnages, les lieux**, l'époque et **ce qui s'est passé** dans l'histoire **avant** que la pièce ne commence.

Partageons notre lecture

Quels éléments d'une scène d'exposition retrouvez-vous dans cet extrait ?

Activités

1* Faites un schéma présentant les personnages (présents ou évoqués dans le texte) et les liens qui les unissent. Comparez vos schémas en binôme ou à quatre, et corrigez-les ensemble.

2** Résumez la situation en quatre phrases courtes rédigées au présent.

Extrait 2 Sganarelle, un valet dévoué

Écoutez le texte lu
hatier-clic.fr/25coli235

Scène II

VALÈRE, SGANARELLE

Valère demande à son valet Sganarelle de se déguiser en médecin pour lui rendre service.

SGANARELLE. – Moi, médecin, Monsieur ! Je suis prêt à faire tout ce qu'il vous plaira : mais, pour faire le médecin, je suis assez votre serviteur pour n'en rien faire du tout ; et par quel bout m'y prendre, bon Dieu ? Ma foi ! Monsieur, vous vous moquez de moi.

VALÈRE. – Si tu veux entreprendre cela, va, je te donnerai dix pistoles[1].

SGANARELLE. – Ah ! pour dix pistoles, je ne dis pas que je ne sois médecin ; car, voyez-vous bien, monsieur, je n'ai pas l'esprit tant, tant subtil, pour vous dire la vérité. Mais, quand je serai médecin, où irai-je ?

VALÈRE. – Chez le bonhomme Gorgibus, voir sa fille qui est malade ; mais tu es un lourdaud qui, au lieu de bien faire, pourrais bien... [...]

Sganarelle craint en effet de ne pas accomplir sa mission correctement.

VALÈRE. – Il n'y a rien de si facile en cette rencontre ; Gorgibus est un homme simple, grossier, qui se laissera étourdir de ton discours, pourvu que tu parles d'Hippocrate et de Galien, et que tu sois un peu effronté.

SGANARELLE. – C'est-à-dire qu'il lui faudra parler philosophie, mathématique. Laissez-moi faire, s'il est un homme facile, comme vous le dites, je vous réponds de tout ; venez seulement me faire avoir un habit de médecin, et m'instruire de ce qu'il me faut faire, et me donner mes licences[2], qui sont les dix pistoles promises.

(Valère et Sganarelle s'en vont.)

■ **Molière**, *Le Médecin volant* (1659), scène II, ibid.

1. **pistoles** : monnaie équivalente au louis d'or. 2. **licences** : diplômes.

VOCABULAIRE

Enquête

Recherchez qui étaient Hippocrate et Galien (l. 13). Qu'ont-ils en commun ?

■ Le comédien Thénard en costume de Sganarelle dans *Le Médecin malgré lui* (1807), bibliothèque nationale de France, Paris

B

Partageons notre lecture

● Comment Sganarelle va-t-il devoir s'y prendre pour faire croire qu'il est médecin ?

Activités

1 a.* À quoi sert la dernière didascalie de cette scène ?

b.** Ajoutez une didascalie précisant le ton de Sganarelle pour chacune des deux premières répliques du personnage.

2** Finissez la phrase de Valère (l. 10) : que pourrait faire Sganarelle qui ferait échouer le plan ?

3** Comment Valère parvient-il à convaincre Sganarelle de contrefaire le médecin ? Trouvez les deux éléments qui décident Sganarelle.

Outils Un **texte de théâtre** est composé des **répliques** (des comédiens et comédiennes) et des **didascalies** : tout ce qui permet de mettre en scène la pièce (scènes, noms devant les répliques, intonations, gestes...).

Extrait 3 Gorgibus, un père dupé

Atelier LECTURE

Lecture-relais

Chaque élève lit une phrase des scènes II et III **> p. 235-236**.
Avez-vous rencontré des difficultés ? Lesquelles ?

Scène III

GORGIBUS, GROS-RENÉ

GORGIBUS. – Allez vitement chercher un médecin, car ma fille est bien malade, et dépêchez-vous.

GROS-RENÉ. – Que diable aussi ! Pourquoi vouloir donner votre fille à un vieillard ? Croyez-vous que ce ne soit pas le désir qu'elle a d'avoir un jeune homme qui la travaille ? Voyez-vous la connexité qu'il y a, etc. *(Galimatias.*[1]*)*

GORGIBUS. – Va-t'en vite ; je vois bien que cette maladie-là reculera bien les noces.

GROS-RENÉ. – Et c'est ce qui me fait enrager ; je croyais refaire mon ventre d'une bonne carrelure, et m'en voilà sevré. Je m'en vais chercher un médecin pour moi, aussi bien que pour votre fille ; je suis désespéré. *(Il sort.)*

Molière, *Le Médecin volant* (1659), scène III, ibid.

1. **galimatias** : propos confus, peu compréhensible.

Mise en scène de **Christian Schiaretti**, avec Damien Gouy (Sganarelle), TNP, Villeurbanne (2007)

VOCABULAIRE

Définitions

Reliez chaque mot ou expression des scènes II et III à sa traduction en français d'aujourd'hui.

a. pistoles	**1.** malin
b. subtil	**2.** diplômes
c. un peu effronté	**3.** qui la préoccupe
d. licences	**4.** un bon repas
e. qui la travaille	**5.** anciennes pièces d'or, monnaie à l'époque de Molière
f. la connexité	**6.** le lien
g. une bonne carrelure	**7.** privé
h. sevré	**8.** plein d'assurance, sûr de soi

Partageons notre lecture

Selon vous, Sganarelle va-t-il avoir du mal à faire croire à Gorgibus qu'il est médecin ? Discutez-en entre vous.

Activités

1* Relisez les scènes II et III puis recopiez et remplissez le tableau à l'aide de ces mots et expressions :
dévoué • vieux • méfiant • intéressé par l'argent • naïf • débrouillard • peu instruit • inquiet • maladroit • pas malin.

Portrait de Sganarelle	Portrait de Gorgibus
...	...

2 a.** Quel trait de caractère ces deux personnages ont-ils en commun ?

b.*** Quels effets comiques cela peut-il provoquer dans la suite de la pièce ?

Bilan de la Lecture 1

Qu'apprend-on dans ces trois scènes d'exposition ?

1** Complétez le texte à trous ci-dessous.

On apprend que l'oncle de Sabine, nommé ..., veut forcer ..., sa ..., à se marier avec un homme bien plus vieux qu'elle, nommé ....
Pour retarder le ..., cette jeune fille, qui aime et est aimée de ..., fait semblant d'être ....
Gorgibus cherche donc un ..., et Sabine propose qu'un complice de leur plan se fasse passer pour un ....
Valère demande alors à son ..., ..., de contrefaire le médecin en échange d'argent. Celui-ci finit par accepter.
Le valet de Gorgibus, ..., soupçonne cependant la fille de ne pas être vraiment ....

2 a.* À quoi servent ces trois premières scènes ? Répondez par *Vrai* ou *Faux*.

- Ces scènes permettent d'annoncer la fin de la pièce.
- On apprend ce qui s'est passé pour les personnages avant que la pièce ne commence.
- Ces scènes permettent aux spectateurs de comprendre l'intrigue.
- Chaque personnage est décrit dans ces scènes.

b.** Expliquez pourquoi certaines propositions sont fausses.

Qu'est-ce qu'une ruse ?

3 a.* Cherchez la définition du nom *ruse* dans un dictionnaire et recopiez-la.

b.** Parmi les mots suivants, recopiez ceux qui correspondent à des ruses :

MASQUE simulation
projet aveu
vérité mensonge piège
tromperie fourberie
déguisement

c.** De quelle(s) ruse(s) est-il question dans les trois premières scènes ?

CARNET DE VOCABULAIRE

Notez et définissez les termes suivants : *ruse, galimatias, effronté, subtil, grossier.*

Vers le projet 1 Inventer et écrire la fin d'une réplique

a. Relisez la scène III et la définition du mot *galimatias* > p. 236.
b. Au brouillon, imaginez des idées pour développer ce *galimatias*. Vous pourrez établir des liens amusants et peu sérieux entre la maladie de Lucile et le projet de mariage imposé par son père.
c. Rédigez la fin de la réplique de Gros-René en faisant ressortir son aspect comique.

Vers le projet 2 S'entraîner à jouer un personnage comique

a. Relisez la scène II > p. 235 et repérez tous les signes de ponctuation des répliques de Sganarelle.
Identifiez les types de phrases > p. 292 et l'intonation propre à chaque phrase : étonnement, assurance, satisfaction, agacement...
b. Quelle situation rend le personnage de Sganarelle comique ?
c. En binôme, chacun, à son tour, propose une interprétation du rôle de Sganarelle tandis que l'autre se contente de lire les répliques de Valère. Donnez-vous des conseils pour améliorer l'interprétation.

Lecture 2

Une consultation sans malade

■ Mise en scène de **Vincent Tavernier**, Compagnie Les Malins Plaisirs, Montreuil-sur-Mer (2022)

Scène IV

SABINE, GORGIBUS, SGANARELLE

Sabine présente Sganarelle, déguisé en médecin, à son oncle Gorgibus. Elle prétend que c'est le meilleur médecin du monde.

SGANARELLE. – Ne vous imaginez pas que je sois un médecin ordinaire, un médecin du commun. Tous les autres médecins ne sont, à mon égard, que des avortons de médecine[1]. J'ai des talents particuliers, j'ai des secrets. *Salamalec, salamalec.* « Rodrigue, as-tu du cœur ? » *Signor, si ; segnor, non. Per omnia sæcula sæculorum*[2]. Mais encore voyons un peu.

SABINE. – Eh ! ce n'est pas lui qui est malade, c'est sa fille.

SGANARELLE. – Il n'importe : le sang du père et de la fille ne sont qu'une même chose ; et par l'altération de celui du père, je puis connaître la maladie de la fille. Monsieur Gorgibus, y aurait-il moyen de voir de l'urine de l'égrotante[3] ?

GORGIBUS. – Oui-da ; Sabine, vite allez quérir de l'urine de ma fille. *(Sabine sort.)* Monsieur le Médecin, j'ai grand-peur qu'elle ne meure.

SGANARELLE. – Ah ! qu'elle s'en garde bien ! Il ne faut pas qu'elle s'amuse à se laisser mourir sans l'ordonnance du médecin. *(Sabine rentre.)* Voilà de l'urine qui marque grande chaleur, grande inflammation dans les intestins ; elle n'est pas tant mauvaise pourtant.

GORGIBUS. – Eh quoi ! Monsieur, vous l'avalez ?

SGANARELLE. – Ne vous étonnez pas de cela : les médecins, d'ordinaire, se contentent de la regarder ; mais moi, qui suis un médecin hors du commun, je l'avale, parce qu'avec le goût je discerne bien mieux la cause et les suites de la maladie. Mais, à vous dire la vérité, il y en avait trop peu pour asseoir un bon jugement : qu'on la fasse encore pisser.

Atelier LECTURE

Fluence

Lisez les deux dernières répliques de Sganarelle en articulant le mieux possible. Puis, relisez-les plusieurs fois de suite de plus en plus rapidement (un ou une camarade peut vous chronométrer).

VOCABULAIRE

Famille de mots

Relisez les quatre dernières répliques de cette scène IV (l. 24-32), et notez tous les mots de la famille du verbe *pisser*. Quel mot a été inventé par Molière ?

Écoutez le texte lu
hatier-clic.fr/25coli238

Vidéo
Mise en scène de Christian Schiaretti
hatier-clic.fr/25coli239

SABINE, *sort et revient.* – J'ai bien eu de la peine à la faire pisser.

SGANARELLE. – Que cela ? Voilà bien de quoi ! Faites-la pisser copieusement, copieusement. Si tous les malades pissent de la sorte, je veux être médecin toute ma vie.

SABINE. – Voilà tout ce qu'on peut avoir ; elle ne peut pas pisser davantage.

SGANARELLE. – Quoi ? Monsieur Gorgibus, votre fille ne pisse que des gouttes ? Voilà une pauvre pisseuse que votre fille ; je vois bien qu'il faudra que je lui ordonne une potion pissative. N'y aurait-il pas moyen de voir la malade ?

SABINE. – Elle est levée ; si vous voulez, je la ferai venir.

■ **Molière**, *Le Médecin volant* (1659), scène IV, ibid.

1. **avortons de médecine** : médecins sans valeur.
2. ***Salamalec*, « Rodrigue... », *Signor si...*, *Per omnia...*** : salutation arabe, citation de la pièce de théâtre *Le Cid* de Corneille, propos en italien et phrase extraite de la messe en latin.
3. **l'égrotante** : la malade.

Partageons notre lecture

- Quelle image de la médecine Sganarelle renvoie-t-il dans cette scène ?

Activités

1 a.* Observez l'image : quels personnages reconnaissez-vous ?
b.* Quelle action de la scène IV est représentée ?
2** Comment Sganarelle s'y prend-il pour faire croire qu'il est savant ?
3** Qu'est-ce qui rend cette scène comique ?

Bilan – Pourquoi cette scène est-elle un extrait de farce ?

4** Relisez la définition de la farce et repérez tout ce qui la caractérise.
5*** Pour chaque caractéristique de la farce, retrouvez-en un exemple dans la scène IV. Puis rédigez des phrases du type : « *Cette scène est un extrait de farce car on y trouve* ... (caractéristique trouvée dans la définition). *En effet,* ... (exemple trouvé dans la scène IV). »

Outils Une **farce** est une **courte pièce de théâtre comique** dans laquelle les **ruses**, les **tromperies**, les **changements d'identité** provoquent de **nombreux rebondissements**. Les **gestes** des personnages **provoquent souvent le rire**. C'est un genre théâtral qui date du Moyen Âge. Le **comique grossier** y est fréquent.

Vers le projet 1 Écrire à la manière de Molière

a. Choisissez un verbe parmi les suivants : *roter, péter, loucher, gueuler, pioncer*... Comme Molière avec le verbe *pisser*, formez tous les mots que vous pouvez à partir du verbe familier choisi.
b. À la manière de Molière, réécrivez les quatre dernières répliques avec la famille de mots trouvée. Pensez au sens des répliques. D'autres mots devront être changés.

Vers le projet 2 Interpréter en pensant à la gestuelle

Lignes 1 à 17 : par trois, répartissez-vous les répliques des personnages présents, et proposez une interprétation dans laquelle vous mettrez la gestuelle en évidence. Vous pourrez utiliser des objets.

Lecture 3

Un médecin volant

Écoutez le texte lu
hatier-clic.fr/25coli240

Résumé
Une fois Lucile envoyée à la campagne, Gorgibus rencontre Sganarelle en habit de valet et non de médecin. Le valet prétend alors qu'il est Narcisse, le frère jumeau du médecin avec lequel il est fâché. Gorgibus veut réconcilier les frères. Il fait entrer Narcisse chez lui et l'y enferme pour organiser la réconciliation. Narcisse / Sganarelle saute par la fenêtre pour récupérer ses habits de médecin et poursuivre la fourberie. Gorgibus donne sa clé au faux médecin pour qu'il rejoigne son frère dans la maison.

Scène XV

GROS-RENÉ, GORGIBUS, SGANARELLE

GROS-RENÉ. – Qui diable pensez-vous qui soit chez vous à présent ?

GORGIBUS. – C'est le médecin et Narcisse son frère ; ils avaient quelque différend[1], et ils font leur accord.

GROS-RENÉ. – Le diable emporte[2] ! Ils ne sont qu'un.

SGANARELLE, *à la fenêtre.* – Ivrogne que tu es, je t'apprendrai à vivre. Comme il baisse la vue ! Il voit bien qu'il a failli, le pendard[3] [...].

GROS-RENÉ. – Monsieur, dites-lui un peu par plaisir qu'il fasse mettre son frère à la fenêtre.

GORGIBUS. – Oui-da, Monsieur le médecin, je vous prie de faire paraître votre frère à la fenêtre.

SGANARELLE, *de la fenêtre.* – Il est indigne de la vue des gens d'honneur, et puis je ne le saurais souffrir[4] auprès de moi.

GORGIBUS. – Monsieur, ne me refusez pas cette grâce, après toutes celles que vous m'avez faites.

SGANARELLE, *de la fenêtre.* – En vérité, Monsieur Gorgibus, vous avez un tel pouvoir sur moi, que je ne vous puis rien refuser. Montre, montre-toi, coquin. *(Après avoir disparu un moment, il se remontre en habit de valet).* – Monsieur Gorgibus, je suis votre obligé. *(Il disparaît encore, et reparaît aussitôt en robe de médecin.)* – Hé bien ! avez-vous vu cette image de la débauche ?

GROS-RENÉ. – Ma foi, ils ne sont qu'un : et, pour vous le prouver, dites-lui un peu que vous les voulez voir ensemble.

GORGIBUS. – Mais faites-moi la grâce de le faire paraître avec vous, et de l'embrasser devant moi à la fenêtre.

SGANARELLE, *de la fenêtre.* – C'est une chose que je refuserais à tout autre qu'à vous ; mais, pour vous montrer que je veux tout faire pour l'amour de vous, je m'y résous, quoique avec peine, et veux auparavant qu'il vous demande pardon de toutes les peines qu'il vous a données. – Oui, Monsieur Gorgibus, je vous demande pardon de vous avoir tant importuné, et vous promets, mon frère, en présence de Monsieur Gorgibus que voilà, de faire si bien désormais, que vous n'aurez plus lieu de vous plaindre, vous priant de ne plus songer à ce qui s'est passé. *(Il embrasse son chapeau et sa fraise, qu'il a mis au bout de son coude.)*

GORGIBUS. – Hé bien ! ne les voilà pas tous deux ?

GROS-RENÉ. – Ah ! par ma foi, il est sorcier.

■ **Molière**, *Le Médecin volant* (1659), scène XV, ibid.

Atelier LECTURE

Stratégies de lecture
Lisez la scène avec attention. Dans quelles phrases Sganarelle-médecin fait-il croire qu'il s'adresse à son jumeau ? Et dans quelles phrases le faux jumeau s'adresse-t-il à Gorgibus ?

1. **quelque différend** : un certain désaccord.
2. **Le diable emporte** : Que le diable m'emporte si j'ai tort.
3. **il a failli, le pendard** : il a mal agi, le vaurien.
4. **souffrir** : supporter.

Partageons notre lecture

● Pourquoi les didascalies sont-elles indispensables dans cette scène ?

Molière et les médecins, texte intégral de trois pièces en BD dont *Le Médecin volant*, éditions « Petit à Petit » (2022)

Vidéo
Mise en scène de Dario Fo
hatier-clic.fr/25coli241

Activités

1* Observez la bande dessinée : pourquoi les vignettes de BD permettent-elles de mieux comprendre ce qui se passe dans la scène XV ?

2** Dans l'extrait de la scène XV, relevez un exemple de chaque type de comique. Quel comique fonctionne le mieux selon vous ? Pourquoi ?

Outils Au théâtre, on utilise différents types de **comique**. Le **comique de situation** repose sur ce qui se passe. Le **comique de mots** consiste à utiliser du vocabulaire et des expressions qui font rire ou sourire. Le **comique de gestes** est provoqué par les mouvements et attitudes des personnages. Le **comique de caractère** naît de l'exagération d'un trait de caractère.

Bilan – Pourquoi le personnage de Sganarelle est-il comique ?

3* Quelles identités Sganarelle utilise-t-il ?

4** Pourquoi ces différents « masques » provoquent-ils le rire ?

Vers le projet 1 Écrire une tirade de reproches

En vous inspirant de l'extrait, rédigez une réplique de cinq lignes dans laquelle le faux médecin reproche à son frère d'être un ivrogne qui a tout cassé dans son cabinet.

Vers le projet 2 Interpréter deux personnages en un

En utilisant des accessoires (chapeau pointu, fraise en papier...), entraînez-vous à dire les répliques de Sganarelle.

Lecture 4

La vérité dévoilée

Écoutez le texte lu
hatier-clic.fr/25coli242

Sganarelle sort de la maison en médecin, rend la clé à Gorgibus et fait semblant de s'en aller. Après avoir jeté sa robe, il rentre dans la maison par la fenêtre.

Scène XV

GORGIBUS. – Il faut que j'aille délivrer ce pauvre garçon ; en vérité, s'il lui a pardonné, ce n'a pas été sans le bien maltraiter. *(Il entre dans sa maison, et en sort avec Sganarelle en habit de valet.)*

SGANARELLE. – Monsieur, je vous remercie de la peine que vous avez prise, et de la bonté que vous avez eue, je vous en serai obligé toute ma vie.

GROS-RENÉ. – Où pensez-vous que soit à présent le médecin ?

GORGIBUS. – Il s'en est allé.

GROS-RENÉ, *qui a ramassé la robe de Sganarelle.* – Je le tiens sous mon bras. Voilà le coquin qui faisait le médecin, et qui vous trompe. Cependant qu'il[1] vous trompe et joue la farce chez vous, Valère et votre fille sont ensemble, qui s'en vont à tous les diables[2].

GORGIBUS. – Oh ! que je suis malheureux ! mais tu seras pendu, fourbe, coquin !

SGANARELLE. – Monsieur, qu'allez-vous faire de me pendre ? Écoutez un mot, s'il vous plaît ; il est vrai que c'est par mon invention que mon maître est avec votre fille ; mais, en le servant, je ne vous ai point désobligé : c'est un parti sortable[3] pour elle, tant pour la naissance que pour les biens[4]. Croyez-moi, ne faites point un vacarme qui tournerait à votre confusion[5], et envoyez à tous les diables ce coquin-là avec Villebrequin. Mais voici nos amants.

Scène XVI et dernière

VALÈRE, LUCILE, GORGIBUS, SGANARELLE

VALÈRE. – Nous nous jetons à vos pieds[6].

GORGIBUS. – Je vous pardonne, et suis heureusement trompé par Sganarelle, ayant un si brave gendre. Allons tous faire noces, et boire à la santé de toute la compagnie.

■ **Molière**, *Le Médecin volant* (1659), scènes XV-XVI, ibid.

1. **cependant qu'il** : pendant qu'il. 2. **s'en vont à tous les diables** : désobéissent à Gorgibus. 3. **parti sortable** : homme digne de l'épouser. 4. **naissance / biens** : origine sociale / fortune. 5. **à votre confusion** : à votre désavantage. 6. **Nous nous jetons à vos pieds** : nous nous mettons à genoux pour vous demander pardon.

Atelier LECTURE

Lecture expressive

Répartissez-vous les rôles et lisez la fin de la scène XV (l. 1 à 20) à voix haute en tenant bien compte de la ponctuation et des intentions des personnages.

VOCABULAIRE

Enquête

De quel verbe vient le nom *amant* (l. 20) ? En tenant compte de votre réponse, proposez un synonyme pour ce nom qui a changé de sens depuis le XVIIe siècle.

Partageons notre lecture

● Quels personnages nous sont sympathiques ? Pourquoi ?

Prolongement artistique et culturel

La **Comédie-Française**, fondée en 1680 par Louis XIV, a été créée pour « rendre les représentations des comédies plus parfaites ». On y représente d'abord des œuvres de dramaturges français.

1. Recherchez une photographie de l'actuelle Comédie-Française. Où est-elle située ? Quelle est l'architecture de la salle Richelieu ?

2. Quel élément du décor peut permettre de s'échapper en « volant » ?

Le Médecin volant, mise en scène de **Dario Fo** à la Comédie-Française (Paris, 1990)

Activités

1* Qui découvre la fourberie de Sganarelle ? Comment la vérité est-elle dévoilée ?

2** Observez bien la photographie : quel élément du décor renvoie au sort que risque de subir Sganarelle ? Relevez les mots du texte qui correspondent.

3* Après avoir relu le texte avec attention, dites si les affirmations suivantes sont vraies ou fausses. Justifiez vos réponses.

a. Le dénouement est malheureux.
b. Sganarelle sera pendu.
c. Valère est de bonne famille.
d. Gorgibus est un personnage méchant.
e. Valère et Lucile vont se marier.
f. Le dénouement est celui d'une comédie.

4** Sachant qu'un coup de théâtre est un rebondissement inattendu, quel coup de théâtre permet de clore la pièce ?

Bilan — Comment comprendre le titre de la pièce ?

5* Feuilletez de nouveau tout le chapitre à la recherche de l'illustration qui permet le mieux de comprendre le titre de la pièce.

6** Expliquez en deux ou trois phrases pourquoi la pièce s'intitule *Le Médecin volant*. Soyez précis(e).

CARNET DE VOCABULAIRE

Notez et définissez les termes suivants : *dénouement, comédie, gendre, noces.*

Vers le projet 1 Rédiger sa défense

• En vous inspirant de la dernière réplique de Sganarelle, imaginez ce qu'il aurait pu dire à un juge pour éviter la pendaison.
• Au brouillon, commencez par faire une liste de raisons pour lesquelles il ne mérite pas d'être pendu. Puis, rédigez sa réplique de 8 à 10 lignes, avec une succession de phrases courtes et correctes. Pensez à utiliser différents types de phrases. > p. 292

Vers le projet 2 S'entraîner à changer de ton

• Relisez bien les répliques de Gorgibus. Pour chaque réplique, demandez-vous à qui il s'adresse, quel est le type de phrase > p. 292 utilisé et ce qu'il cherche à exprimer.
• En fonction de cela, proposez une interprétation différente pour chaque réplique et justifiez-la.

Le Médecin volant de Molière en un COUP D'ŒIL

Cette page vous aidera à comprendre les différentes étapes de la pièce.
Vous retrouverez la place des scènes que vous avez étudiées.
Vous pourrez vérifier que vous avez bien compris l'intrigue.

EXPOSITION

SCÈNES 1, 2 ET 3

- **Valère** aime **Lucile**, mais Gorgibus, son père, l'a promise au vieux Villebrequin. Lucile fait semblant d'être malade.
- **Sabine**, la cousine de Lucile, conseille à Valère de faire passer son valet Sganarelle pour un médecin. Le valet finit par accepter de jouer ce rôle contre de l'argent.
- **Gorgibus** envoie Gros-René, son valet, chercher un médecin. Lecture 1

ENTRÉE DANS LA FARCE

SCÈNES 4 À 9

- **Sganarelle** est présenté à Gorgibus comme le meilleur médecin du monde. Il fait semblant d'être savant, demande à voir l'urine de la malade et la boit. Lecture 2
- Sganarelle poursuit son jeu devant Lucile et lui prescrit un séjour à la campagne.
- **L'avocat** de la famille veut s'entretenir avec le médecin. Devant Sganarelle très sûr de lui, l'avocat fait l'éloge de la médecine. Valère, inquiet, voit enfin revenir son valet.

Rebondissements

Scènes 10 à 14

- Sganarelle rassure son maître, qui va rejoindre Lucile.
- Surpris par Gorgibus, le valet prétend qu'il est le **frère jumeau** du médecin, chassé par lui. Voulant réconcilier les frères, Gorgibus obtient du **faux médecin** qu'il pardonne à son jumeau. Mais il veut les voir s'embrasser. Il enferme le **valet** chez lui pour aller chercher le médecin.
- Sganarelle se croit perdu, mais saute par la fenêtre pour poursuivre la **fourberie**.

Coup de théâtre et dénouement

Scènes 15 et 16

- Gorgibus fait venir le médecin chez lui. Il entre par la porte, et Sganarelle par la fenêtre. Sganarelle entre et sort selon qu'il est jumeau ou médecin. Gros-René pense qu'ils ne sont qu'un, mais le valet réussit à le tromper. Lecture 3
- Les **réconciliations** faites, Gros-René trouve la robe de médecin. Gorgibus veut faire pendre Sganarelle, mais le valet révèle que Valère est un bon parti.
- Valère et Lucile demandent pardon. Gorgibus organise les **noces**. Lecture 4

Activités

1* Les personnages à l'affiche

- Retrouvez le nom des personnages et associez chaque nom à l'une des illustrations proposées.
- Quels personnages ne retrouvez-vous pas ? Proposez une explication. Imaginez et dessinez leur costume.
- Quel personnage est représenté deux fois ? Pourquoi ?
- Réalisez une affiche présentant les personnages de la pièce et leurs liens.

2** Un article de presse

Vous êtes journaliste pour la revue « Au théâtre ! ». Présentez l'intrigue de la pièce en trois phrases. Puis, incitez vos lecteurs à aller la voir en insistant sur ses aspects comiques.

3** Testez votre connaissance de l'œuvre

Vous avez lu l'œuvre intégrale ? Répondez aux questions du quiz et autoévaluez votre connaissance du *Médecin volant*.

Quiz hatier-clic.fr/25coli245

4*** Devenez metteur ou metteuse en scène

Vous présentez à votre classe l'organisation de la mise en scène de la scène XV dans laquelle le même comédien doit tour à tour jouer le valet puis le médecin dans des lieux parfois différents. Préparez-vous en binôme : faites la liste des décors, accessoires et personnages nécessaires.

À lire et à voir...

La pièce en bande dessinée

Molière et les médecins
(éditions « Petit à Petit », 2022)

Lisez et découvrez deux autres courtes pièces de Molière.

Atelier
LECTURE

Échauffement

1* Entraînez-vous à lire ces phrases sans hésitation.

a. Les fourbes fous fieffés sont des fripons filous.

b. Les médecins sans officine officient de façon clandestine.

c. Remplissons nos bourses de cent sous, six pistoles et trois écus.

d. Un valet vêtu de robe de velours vaut vingt mauvais médecins.

e. Si la science avance, les savants en savent sans cesse plus.

Déchiffrage

2* Lisez ces mots vieillis caractérisant une personne malade :

valétudinaire • souffreteuse • cacochyme • égrotante • malingre • chétive • crapoussin • rachitique

3 Lisez les paires de mots qui se ressemblent. Repérez les homonymes.**

> **COUP DE POUCE**
> Des **homonymes** sont des mots qui se prononcent de la même manière. > p. 284

a. rein / rien

b. foie / foin

c. pouls / poux

d. cerveau / cervelle

e. main / mien

f. doigt / droit

g. rate / ratte

h. sang / sans

4 a.* Lisez rapidement ces insultes du XVIIe siècle.

b. À deux, face à face, chacun dit un mot de la liste à tour de rôle, sur un ton énervé.**

Benêt !
Débauchée !
Ivrogne !
Carogne !
Sac à vin !
Infâme !
Traître !
Insolente !
Trompeur !
Impertinente !
Coquin !
Lâche !
Pendard !
Gueuse !
Bélître !
Friponne !
Maraud !
Bec cornu !

Lecture

5 Entraînez-vous à lire ces courtes répliques de Molière en mettant le ton. Observez bien la ponctuation.**

a. Ne puis-je point trouver quelque invention pour me venger ?

b. Un habit jaune et vart ! C'est donc le médecin des parroquets ?

c. Ah ! mon père, que je vous suis obligée de toutes vos bontés !

d. Quand un maître ne songe pas à ce qu'il fait, une servante bien sensée est en droit de le redresser.

e. Monsieur, combien est-ce qu'il faut mettre de grains de sel dans un œuf ?

f. Messieurs, en un mot autant qu'en deux mille, je vous dis que je ne suis point médecin.

6* Lisez cette réplique et repérez les neuf mots qui ont été changés. Proposez un mot correct à la place.**

> **COUP DE POUCE**
> Les mots changés sont des **paronymes**, des mots qui se ressemblent.

SGANARELLE. – Son, vous dis-je ; ils m'ont fait médecin malgré mes dents. Je ne m'étais jamais mêlé d'être si savon que cela ; et toutes mes études n'ont été que jusqu'en sixième. [...] Quand j'ai vu qu'à toute force ils voulaient que je fusse médecin, je me suis résolu de l'être aux dépens de qui il appartiendra. Cependant vous ne sauriez croire comment l'horreur s'est répandue, et de quelle façon chacun est endiablé à me croire habile homme. On me vient chercher de tous côtés ; et, si les roses vont toujours de même, je suis d'avis de m'en tenir toute la pie à la médecine. Je trouve que c'est le métier le veilleur de tous ; car, soit qu'on fasse bien, ou soit qu'on fasse sale, on est toujours payé de même sorte. [...] C'est toujours la faute de celui qui meurt. Enfin le bon de cette procession est qu'il y a parmi les morts une honnêteté, une digression la plus grande du monde ; et jamais on n'en voit se plaindre du médecin qui l'a tué.

■ **Molière**, *Le Médecin malgré lui* (1666), acte III, scène 1

Test de lecture

7 a. Fluence

Lisez ce texte. Notez votre temps de lecture précisément.

Écoutez le texte lu
hatier-clic.fr/25coli247

b. Compréhension

Répondez aux questions pour vérifier que vous avez compris l'essentiel du texte.

Dans la pièce de théâtre Inspecteur Toutou *de Pierre Gripari, l'un des personnages est le Génie du Miroir du conte « Blanche-Neige ». Il se présente dans la première scène.*

Mise en scène de **Marie-Françoise et Jean-Claude Broche**, Marie Broche (La fée Rutabaga) et Jean-Claude Broche (Le Génie du miroir), Roseau Théâtre (2003)

Ouvrez bien les oreilles... Je suis le Génie du Miroir magique ! Eh oui ! Car ce miroir, fixé au mur, où vous voyez ma tête, c'est le miroir magique de la Reine de Blanche-Neige ! Vous connaissez, bien sûr, l'histoire de Blanche-Neige ? Eh bien, moi, pas plus tard que la semaine dernière, j'appartenais encore à la reine, vous savez, cette reine si belle, et tellement orgueilleuse... Elle m'aimait bien, au commencement, elle se mettait en face de moi, me parlait gentiment, me faisait des sourires... Entre nous, je crois qu'elle me trouvait beau... Et chaque matin, sitôt levée, elle me demandait : « Miroir, petit miroir au mur, quelle est la plus belle de tout le pays ? » Alors, moi, je lui répondais. Je lui répondais la vérité, bien sûr, je ne suis pas menteur... Elle était contente... Et puis voilà qu'un beau matin, elle s'est levée, comme d'habitude, elle m'a posé la même question, comme d'habitude, je lui ai dit la vérité, comme d'habitude, mais ce jour-là, je ne sais pas pourquoi, elle est entrée dans une colère ! mais dans une de ces colères ! J'ai bien cru qu'elle allait me casser !

Pierre Gripari, *Inspecteur Toutou* (1984) © Âge d'Homme, 1986

1. Qui s'exprime ?

2. Où se trouve ce personnage ?

3. Quel est le précédent propriétaire du miroir ?

4. De quel rituel est-il question ?

5. Qu'est-ce que le personnage sait dire ?

❐ des mensonges ❐ des blagues ❐ la vérité ❐ ce qui fait plaisir

6. Que lui est-il arrivé ?

❐ Il a été cassé. ❐ Il a été vendu. ❐ Il a été abîmé. ❐ Il a été abandonné.

Atelier
VOCABULAIRE

La langue de Molière

1[**] **Choisissez le mot ou l'expression entre parenthèses qui permet de traduire les mots et expressions du XVIIe siècle en gras.**

COUP DE POUCE
Certains mots ou expressions du XVIIe siècle n'ont plus le même sens aujourd'hui.

a. Sganarelle **contrefait** (*imite / dispute*) le médecin.

b. Je vous trouve **à propos** (*pertinent / au bon moment*).

c. J'aimerais me **remettre** (*réunir / réconcilier*) avec mon frère.

d. Nous sommes **d'intelligence** (*malins / complices*) dans cette affaire.

e. Il ne voudrait pas te **désobliger** (*déplaire / critiquer*).

f. Il lui parlera **d'abord qu'il** (*dès qu'il / après qu'il*) le verra.

Les mots du théâtre

2[**] **Complétez le texte à trous suivant avec les mots proposés.**

rideau • spectateurs • scène • applaudissements • comédien • répliques • saluer • coulisses

Quand nous sommes arrivés à la Comédie-Française, tous les ... étaient assis sur les fauteuils rouges dans la salle. Les lumières se sont éteintes, trois coups ont retenti, et le ... s'est levé. Un ... était déjà sur la .... Un autre est sorti des .... Ils ont joué leur rôle en disant leurs .... À la fin de la pièce, les artistes sont venus ..., encouragés par nos ....

3 a.[**] **Identifiez les différentes parties d'un théâtre « à l'italienne » sur la photographie. Discutez-en entre vous.**

parterre (ou orchestre) • scène • poulailler (ou paradis) • balcons • loge

b.[***] **Pourquoi certaines parties ont-elles deux noms ? Proposez une explication, puis discutez-en en classe.**

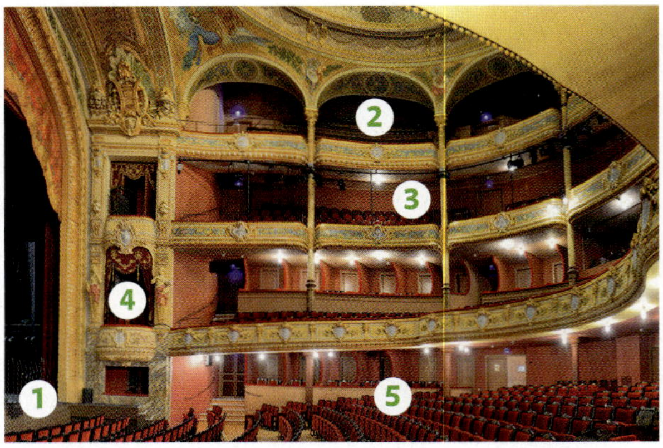

Le théâtre Molière à Sète

4 a.[*] **Précisez la nature des mots suivants, puis proposez un synonyme :** comédien • drôle • malin • costume • ruse • discuter.

COUP DE POUCE
Les **synonymes** (mots de sens proche) et les **antonymes** (mots de sens contraire) sont toujours de même nature.

b.[*] **Précisez la nature des mots suivants, puis proposez un antonyme.**

idiot • beauté • amour • aimer • honnête • santé

c.[**] **Quels mots pourraient être utilisés pour parler de la pièce *Le Médecin volant* ? Choisissez-en deux et placez-les dans une phrase correcte évoquant la pièce.**

Les mots du *Médecin volant*

5[**] **Remplissez le tableau ci-dessous avec des mots ou expressions de même sens, dans le niveau de langue précisé.**

COUP DE POUCE
On utilise **le langage familier** à l'oral. Il est simple, et souvent fautif. **Le langage courant** est correct. Dans le **langage soutenu**, on utilise un vocabulaire recherché. Les phrases sont très bien construites.

Langage familier	Langage courant	Langage soutenu
se fringuer		
	Dépêchez-vous.	
		médecin
		Je prends congé de vous.
médocs		
		importuner

Les types de phrases

Outils • La phrase **déclarative** permet d'**informer**, de répondre, de donner son avis, de raconter ou de décrire. > p. 292

• La phrase **interrogative** permet de **poser des questions**.

• La phrase **impérative** permet de donner un **ordre** ou un **conseil**.

1** **Identifiez le type de chaque phrase. Puis, précisez pour chaque phrase l'intention de celui qui s'exprime.**

SGANARELLE. – Sentez-vous de grandes douleurs à la tête, aux reins ?
LUCILE. – Oui, monsieur.
SGANARELLE. – C'est fort bien fait. [...] Il faut que je vous fasse une ordonnance.
GORGIBUS. – Vite une table, du papier, de l'encre.
SGANARELLE. – Y a-t-il quelqu'un qui sache écrire ?
GORGIBUS. – Est-ce que vous ne le savez point ?
SGANARELLE. – Ah ! Je ne m'en souvenais pas ; j'ai tant d'affaires dans la tête, que j'oublie la moitié... Je crois qu'il serait nécessaire que votre fille [...] se divertît à la campagne.

■ **Molière**, *Le Médecin volant* (1659), scène V

Les interrogations totales et les interrogations partielles

Outils • Quand une interrogation est **totale**, on peut y répondre par ***oui*** ou par ***non***.

• Quand une interrogation est **partielle**, elle ne porte que sur une partie de l'énoncé. On ne peut donc pas y répondre par *oui* ou par *non*.

2 **a.*** **Les phrases interrogatives de l'exercice 1 sont-elles totales ou partielles ? Pourquoi ?**

b.** **Dans les répliques suivantes, précisez si les interrogations sont totales ou partielles. Quand les interrogations sont partielles, relevez le mot qui permet de comprendre ce sur quoi porte la question.**

a. GORGIBUS. – Où est-il donc ?
b. SGANARELLE. – N'y aurait-il pas moyen de voir la malade ?
c. SGANARELLE. – Vous moquez-vous, Monsieur Gorgibus ?
d. VALÈRE. – Qu'as-tu fait depuis que je ne t'ai vu ?
e. SGANARELLE. – Ne connaissez-vous pas un médecin qui est arrivé depuis peu en cette ville ?
f. GORGIBUS. – Comment vous nommez-vous ?
g. SGANARELLE. – Qu'y a-t-il, Monsieur ? Est-il question de vous rendre service ?

■ **Molière**, *Le Médecin volant* (1659)

La forme négative

Outils Chaque type de phrase peut être mis à la forme **négative** grâce à l'emploi d'une négation.

3 **a.*** **Dans l'extrait de l'exercice 1, trouvez une phrase à la forme négative. Réécrivez-la sans négation.**

b.** **Réécrivez les deux premières répliques de l'exercice 1 à la forme négative.**

c.** **Parmi les répliques de l'exercice 2, repérez les phrases à la forme négative et réécrivez-les sans négation.**

Écrire à la forme négative

4** **À la fin de la pièce, Gros-René soupçonne la ruse de Sganarelle et se parle à lui-même. Lisez la réplique ci-dessous, puis inventez trois ou quatre phrases à la forme négative permettant d'évoquer son état d'esprit et ses soupçons.**

GROS-RENÉ. – Ah ! ma foi, voilà qui est drôle ! Comme diable on saute ici par les fenêtres ! Il faut que je demeure ici, et que je voie à quoi tout cela aboutira.

■ **Molière**, *Le Médecin volant* (1659), scène XV

Projet 1

Écrire une nouvelle scène pour *Le Médecin volant*

■ Sganarelle dans *Le Médecin malgré lui*, gravure (1868)

Produire des écrits variés

Imaginez une nouvelle scène de la pièce *Le Médecin volant* dans laquelle Sganarelle se rend à la campagne avec Gorgibus pour ausculter Lucile qui est alitée.

→ Écrivez cette scène en suivant les étapes.

Étape 1 Vérifiez la compréhension du sujet

- Cherchez dans un dictionnaire les mots *ausculter* et *alité*, et recopiez leur **définition** au brouillon.
- Qu'est-ce qu'une **scène** ? De quoi se compose un texte de théâtre ?
- Qui sera présent dans cette scène ? Établissez la **liste des personnages**.

Étape 2 Imaginez la consultation comique

- Pour trouver des idées au brouillon, **choisissez** des éléments parmi les propositions. Vous pouvez aussi en **inventer** vous-même.

1. Je choisis deux objets surprenants pour le faux médecin

❒ une cuillère
❒ une plume
❒ une rose
❒ un collier de perles

2. Je choisis deux maux imaginaires de Lucile

❒ Lucile prétend que ses orteils la chatouillent.
❒ Lucile se plaint de voir en noir et blanc.
❒ Lucile dit qu'elle a le hoquet quand son père lui parle de Villebrequin.
❒ Lucile est restée sans voix après l'annonce de son mariage, elle peut juste chuchoter.
❒ Lucile rit quand elle est triste et pleure quand elle est joyeuse.

Étape 3 Préparez les drôles de questions et proposez des remèdes

- Au brouillon, **rédigez trois questions** que le faux médecin pourrait poser à Lucile pour l'interroger sur son état de santé : une interrogation totale et deux interrogations partielles. > p. 249
Pensez à varier les **mots interrogatifs** : *pourquoi ? comment ? où ? quand ? que ? quel(le) ?*
Pratiquez l'**inversion du sujet**.
- Inspirez-vous des **objets** choisis à l'étape 2 pour prescrire à Lucile ce qu'elle doit avaler et faire.
- Mettez en valeur la **ruse** du faux médecin.

Étape 4 Rédigez

- **Rédigez** votre brouillon en suivant ces quelques conseils :
  - Présentez la scène en commençant le dialogue par les **répliques** suivantes :

> GORGIBUS, *à Lucile.* – Voici monsieur le médecin qui vient voir comment tu te portes.
> LUCILE. – Je n'ai pas quitté le lit depuis ce matin. *(S'adressant à Sganarelle)* Approchez, monsieur le médecin.
> SGANARELLE. – ...

  - **Insérez les questions** préparées, ainsi que les **remèdes** et **comportements** prescrits. Variez les types de phrases.
  - N'oubliez pas d'ajouter des **didascalies** précisant le ton et les gestes des personnages.
  - N'hésitez pas à **imiter** des répliques de la pièce étudiée.
  - **Relisez**-vous en évitant les répétitions, en pensant à la ponctuation et en vérifiant les accords.
  - **Recopiez** au propre.

Projet 2

Jouer une scène comique

PARTICIPER À DES ÉCHANGES VERBAUX

Vous allez former une troupe pour jouer la scène IV du *Médecin volant* ! Vous devrez utiliser votre voix, votre respiration, votre regard, et une gestuelle appropriée.

→ En classe, si possible en demi-groupe, ou chez vous, suivez les conseils suivants.

Étape 1 Échauffez votre corps

▶ Les yeux fermés, **respirez** profondément : inspirez par le nez en gonflant le ventre, puis expirez lentement par la bouche en vidant le ventre.

▶ Les yeux ouverts, **sautillez** et **grandissez**-vous au maximum. Travaillez **l'équilibre** en passant de la pointe des pieds aux talons.

Étape 2 Travaillez votre diction

▶ En autonomie, **répétez** cinq fois, en articulant de plus en plus vite : *Sganarelle sachant chanter des chansons douces, il les susurre au patient souffrant.*

▶ Placez un crayon en travers de votre bouche et dites cette phrase en **articulant** bien : *Un lourdaud dodu dit dix mots durs au docteur médusé.*

Étape 3 Échauffez votre voix

▶ **Lisez à voix haute** la réplique de Sganarelle qui suit, d'abord crescendo (de plus en plus fort), puis decrescendo (finir en chuchotant).

SGANARELLE. – C'est fort bien fait. Ovide, ce grand médecin, au chapitre qu'il a fait de la nature des animaux, dit... cent belles choses ; et comme les humeurs qui ont de la connexité ont beaucoup de rapport ; car, par exemple, comme la mélancolie est ennemie de la joie, et que la bile qui se répand par le corps nous fait devenir jaunes, et qu'il n'est rien plus contraire à la santé que la maladie, nous pouvons dire, avec ce grand homme, que votre fille est fort malade. Il faut que je vous fasse une ordonnance.

Étape 4 Repérez le comique

▶ **Reformulez** en quelques mots simples ce que veut dire Sganarelle dans la réplique ci-dessus.

▶ Quels **éléments comiques** doivent être mis en valeur ?

Étape 5 Incarnez votre personnage

▶ **Répartissez**-vous les rôles de la scène IV.

▶ Pour **produire des effets comiques**, insistez sur certains mots, exagérez certains regards et certaines postures, accentuez les réactions des personnages. **Discutez**-en ensemble.

Étape 6 Mémorisez votre rôle

▶ Pour mémoriser plus facilement, **lisez plusieurs fois** les répliques à apprendre en lecture décalée : lisez une phrase ou une partie de phrase silencieusement, puis dites-la à voix haute sans regarder le support, et ainsi de suite jusqu'à la fin du rôle à apprendre.

▶ **Enregistrez-vous** pour repérer ce qui reste à améliorer, ensuite, dites votre rôle devant un miroir.

▶ Proposez une **interprétation** à votre classe.

■ Mise en scène de **Vincent Tavernier**, Compagnie Les Malins Plaisirs, Montreuil-sur-Mer (2022)

BILAN

+PROF Évaluation différenciée et corrigée

Je construis

1 • Une recette de comédie

a. Faites la liste de tous les éléments de la pièce qui font qu'il s'agit d'une comédie : personnages, situations, objets…

b. Présentez-les ensuite sous forme de recette en séparant les « ingrédients » de la « préparation ».

RECETTE DU *MÉDECIN VOLANT*

Ingrédients
- Une jeune fille promise à un inconnu
- Une fausse maladie
- …

Préparation
- Trompez le père de la jeune fille en lui faisant croire qu'elle est malade.
- …

2 • Les ruses

Dans chaque scène étudiée, Molière imagine des ruses qui rendent la pièce comique.

Retrouvez-les, puis recopiez et remplissez le tableau ci-dessous.

Scènes étudiées	Ruses utilisées	Effets comiques
Scène I		
Scène II		
Scène IV		
Scène XV		

Je retiens

Le Médecin volant de Molière

Une pièce de théâtre

- *Le Médecin volant* est une **pièce de théâtre**, écrite au XVIIe siècle. Elle est composée de **répliques** (propos tenus par les personnages), et de **didascalies** (tout ce qui n'est pas dit sur scène) : noms, gestes des personnages, indications de mise en scène.
- Cette pièce compte un acte et **seize scènes**. Les changements de scènes correspondent aux entrées et/ou sorties des personnages.

Une comédie

- *Le Médecin volant* est une **comédie** qui met en scène des **personnages types** : un vieillard naïf, un valet rusé, des amoureux. Cette pièce finit bien, et même si elle se moque de la médecine, c'est surtout une **farce**, destinée à provoquer le rire, y compris de façon grossière. On y retrouve différents **types de comique**.

Un valet aux multiples visages

- Le valet **Sganarelle** est un personnage comique. Il n'est pas instruit mais il est **rusé**.
- Pour tromper Gorgibus, il est obligé de porter des **masques**, celui du médecin puis celui de son jumeau. C'est en se déguisant qu'il parvient à ruser et à aider les amoureux.

carnet de
LECTURE

Lire un roman pour sauver la langue de Molière !

Lisez le roman

Dans ce roman, Thomas, un jeune adolescent, rencontre M. Pavot, son nouveau voisin.
Celui-ci est bien décidé à sauver les mots de la langue française, qu'on appelle aussi « la langue de Molière ».

Yaël Hassan, *Suivez-moi-jeune-homme* (2007)

Vérifiez que vous avez bien lu

Présentez le livre sous forme de slam

- Pendant votre lecture, **prenez des notes** sur chaque chapitre en répondant aux questions : *où ? quand ? qui ? quoi ?*
- Puis, à deux, **préparez un résumé** du livre avec les notes que vous avez prises.
- **Réécrivez** votre résumé sous forme de slam (forme de poésie destinée à être dite), comme un petit poème avec des rimes qui se suivent.
- Vous pourrez commencer ainsi : *Un beau jour, devant l'ascenseur, / Thomas, collégien râleur, / Rencontre son nouveau voisin / Qui lui semble zinzin.*

Défi ! Utilisez quelques mots du livre à sauver.

Créez une association de sauvegarde des mots dans votre classe

- Comme chaque élève de la classe choisissez **un mot de la pièce** étudiée ou un mot du livre lu que vous avez envie d'utiliser.
- Sur une feuille A5, **recopiez** ce mot en couleur et en lettres capitales, ainsi que sa **définition. Illustrez**-le.
- **Affichez** toutes les feuilles au CDI ou dans un lieu fréquenté de votre collège.
- Et surtout, pensez à **utiliser régulièrement votre mot** pour le sauver de l'oubli !

Après la lecture

- Dans votre carnet, **attribuez** un nombre d'étoiles à ce livre (de 1 à 5) pour dire si vous l'avez aimé ou non… et **expliquez** pourquoi.

À lire et à voir…

Une enquête à Versailles

128 pages

Nathalie Somers, *Il faut sauver Molière* (Didier jeunesse, 2022)

Molière pourra-t-il jouer sa dernière pièce, *Le Malade imaginaire* ? Suivez Pierre et Mado durant les répétitions et dans le labyrinthe du château de Versailles pour le découvrir.

La vie de Molière illustrée

64 pages

Molière, Les Grandes Vies (Gallimard Jeunesse, 2020)

Le livre retrace la vie de Molière, évoque ses pièces de théâtre et raconte le parcours du dramaturge auprès du Roi-Soleil.

Un roman historique

288 pages

Jean-Côme Noguès, *L'Homme qui a séduit le Soleil* (Pocket Jeunesse, 2008)

Quelle était la vie de la troupe de théâtre du Palais-Royal à l'époque de Molière ? Suivez le jeune Gabriel, vagabond devenu moucheur de chandelles…

Une autre pièce de Molière

FILM 1h05

Le Médecin malgré lui (Cie Colette Roumanoff, 2012)

Si vous avez apprécié *Le Médecin volant*, regardez cette comédie restée célèbre et voyez comment Molière se moque de la médecine de son époque.

Vidéos
D'autres pièces à découvrir
hatier-clic.fr/25coli253

12

Œuvre intégrale

Le Petit Chaperon rouge de Joël Pommerat

Travailler autrement

ATELIER MISE EN SCÈNE

▶ Comment l'écriture théâtrale met-elle en scène la ruse ?

1. Repérez le conte qui se cache dans cette image.

2. Saurez-vous identifier les personnages sur scène ? Les éléments du décor ?

Doc 1

■ *Le Petit Chaperon rouge* de Jacob et Wilhelm Grimm, mise en scène de **Céleste Germe** avec Maëlys Ricordeau et Antoine Oppenheim, production Das Plateau, Chapelle des Pénitents Blancs (Festival d'Avignon, 2022)

Lecture d'image
Mise en scène de Germe
hatier-clic.fr/25coli254

Je découvre

Le conte du *Petit Chaperon rouge*

Le Petit Chaperon rouge : un conte pas si classique

- Le conte est un genre **populaire** issu de la **tradition orale**.
- Retranscrit en **1697** par **Charles Perrault**, *Le Petit Chaperon rouge* fait partie du recueil intitulé ***Contes de ma mère l'Oye*** dans lequel l'auteur a collecté d'autres contes traditionnels français > p. 113.
- Comme la plupart des contes, celui du *Petit Chaperon rouge* a évolué au fil du temps : il en existe **plus de trente versions**.
- **Également traduit dans plusieurs langues,** il a aussi été **détourné**, **réinterprété** et **modernisé**.

Doc 2

Gustave Doré, *Le Petit Chaperon rouge*, gravure colorisée (1862)

1. Racontez le conte traditionnel en relais : un ou une élève dit une phrase et choisit l'élève qui continue l'histoire.

Le texte du conte
hatier-clic.fr/25coli255a

2. Recherches a. Identifiez les langues dans lesquelles le conte a été réécrit à partir de ces titres : *Little Red Riding Hood* • *Cappuccetto Rosso* • *Rotkäppchen* • *Caperucita roja*.

b. Découvrez des réécritures et des parodies du conte.

Des versions détournées
hatier-clic.fr/25coli255b

Le Petit Chaperon rouge de Joël Pommerat

- **Joël Pommerat (né en 1963) est un auteur dramatique et metteur en scène.**
- **Il a mis en scène de nombreux textes dont il est l'auteur ainsi que des réécritures de contes : *Le Petit Chaperon rouge* (2005), *Pinocchio* (2008), *Cendrillon* (2011).**

Doc 3

Couverture du livre

3. a. Qui correspond au Petit Chaperon rouge dans la liste des personnages ? Justifiez votre réponse.
la petite fille • la grand-mère • l'homme qui raconte • le loup • l'ombre • la mère

b. D'après vous, pourquoi Joël Pommerat a-t-il choisi de la nommer ainsi ?

4. Quels personnages ne font pas partie du conte à l'origine ?

CARNET DE VOCABULAIRE

Recopiez les mots en vert dans votre carnet en les associant à leur définition.

→ **Découvrez *Le Petit Chaperon rouge* de Joël Pommerat et imaginez la mise en scène.**

Bonne lecture !

Lecture 1

Une petite fille bien seule

■ Affiche pour *Le Petit Chaperon rouge* de Joël Pommerat, La PeTiTe CompAgnie (2007)

L'HOMME QUI RACONTE. Il était une fois une petite fille
qui n'avait pas le droit de sortir toute seule de chez elle
ou alors à de très rares occasions
donc
elle s'ennuyait
car elle n'avait ni frère ni sœur
seulement sa maman
qu'elle aimait beaucoup
mais ce n'est pas suffisant.

Alors elle jouait
elle jouait
elle jouait
seule
toute seule.

Écoutez le texte lu
hatier-clic.fr/25coli256

■ **Joël Pommerat**, *Le Petit Chaperon rouge* (2005) © Actes Sud / Théâtre de Sartrouville – CDN, 2005

VOCABULAIRE

Enquête

a. Que signifie le mot *chaperon* au sens propre ? au sens figuré ?

b. Quels renseignements ce mot nous donne-t-il sur la petite fille ?

Il était une fois une petite fille de village, la plus éveillée qu'on eût su voir : sa mère en était folle, et sa mère-grand plus folle encore. Cette bonne femme lui fit faire un petit chaperon rouge qui lui seyait[1] si bien, que partout on l'appelait le petit Chaperon rouge.

■ **Charles Perrault**, *Le Petit Chaperon rouge* (1697)

1. **seyait** : allait.

Outils

Le texte de théâtre est constitué de **répliques** dites par les personnages.

- Une **tirade** désigne une longue réplique.
- Un **monologue** est un discours prononcé par un personnage à lui-même.

Partageons notre lecture

Quelles ressemblances et quelles différences observez-vous entre ces deux débuts du conte du *Petit Chaperon rouge* ?

Activités

1 a.** Quel est, d'après vous, le rôle de l'homme qui raconte dans la pièce ?

b.* À qui s'adresse-t-il dans sa tirade ? Justifiez votre réponse.

2* Quel élément du théâtre est suggéré par le dessin de la robe sur l'affiche ?

L'intérieur de la Comédie-Française, aquarelle d'Antoine Meunier (1790), bibliothèque nationale de France (Paris)

Vidéo
Mise en scène de Joël Pommerat
hatier-clic.fr/25coli257

ATELIER MISE EN SCÈNE

a. Chaque groupe s'interroge sur les quatre dimensions de la mise en scène de cet extrait :

1 Décors

- Sait-on dans quel **endroit** se trouve l'homme qui raconte ? Où pourrait-il être ?
- Retrouvez le seul **lieu** évoqué dans le texte : qui concerne-t-il ? Demandez-vous comment le représenter par un choix de **décor**.

2 Placements, déplacements et lumières

- À quel **endroit** l'homme qui raconte pourrait-il être placé en début de scène ?
- L'imaginez-vous immobile ou en **mouvement** ? Expliquez votre choix.
- Réfléchissez aux **éclairages** qui pourraient mettre en valeur ce personnage sur scène.

3 Costumes et accessoires

- Comment ce personnage pourrait-il être habillé ? Débattez ensemble des **costumes** possibles pour ce rôle : type de vêtement, matières, couleurs.
- Aurait-il besoin d'**accessoires** ? Pourquoi ?

4 Gestes et expression orale

- Repérez les **conjonctions de coordination** qui articulent le texte : comment les prononcer ? > p. 296
- Y a-t-il des **répétitions** : comment les mettre en valeur ?
- Comment le corps peut-il accompagner la parole : quels **gestes** et à quel moment du texte ?

b. Chaque groupe présente ses choix de mise en scène à ses camarades et répond aux questions.

Lecture 2

Une maman déterminée

Écoutez le texte lu
hatier-clic.fr/25coli258

La petite fille, qui pense souvent à sa grand-mère, aimerait beaucoup lui rendre visite. Elle demande à sa mère de l'accompagner mais celle-ci lui répond qu'il faut beaucoup marcher et qu'elle n'a pas le temps.

La petite fille répondait : mais je peux y aller toute seule !
Mais pourquoi je ne peux pas y
aller toute seule.
Je peux aller toute seule chez ma grand-mère quand même
je suis assez grande maintenant.
Sa mère riait car elle trouvait que sa petite fille n'est vraiment
pas grande du tout
plutôt très petite même oui vraiment très petite.
Elle disait : il faut marcher presque une heure sur la route
et puis il faut passer par le bois
et dans le bois
il y a des bêtes disait la maman de la petite fille
plein de bêtes monstrueuses qui te feraient très peur
si elles te voyaient passer toute seule sur la route
car elles te verront disait-elle
et qu'est-ce que tu feras à ce moment-là ?
Je n'aurai pas peur répondait la petite fille en tremblant un peu.
Tu n'aurais pas peur des bêtes qui se trouvent dans le bois ?
Non disait la petite fille.
Tu n'aurais pas peur des bêtes qui se trouvent dans le bois ?
répétait la maman.
Non répétait encore la petite fille.
Mais elles te mangeront disait la maman.
Ce n'est pas vrai disait la petite fille.
Tu ne crois pas que les bêtes comme cela auront envie de te manger ?
Et la maman de la petite fille refaisait encore et encore la bête
monstrueuse qu'elle savait si bien faire

■ **Joël Pommerat**, *Le Petit Chaperon rouge* (2005), ibid.

Atelier LECTURE

Lecture réflexive

Lisez attentivement le texte et proposez un autre titre pour cet extrait. Justifiez votre choix.

VOCABULAIRE

Débat

Quel synonyme du mot *bête* (l. 12) conviendrait dans ce texte ?

Partageons notre lecture

● Choisissez deux adjectifs du nuage de mots pour décrire la petite fille. Justifiez votre choix en relevant des passages du texte.

courageuse
inquiète
effrayée
curieuse
obéissante
agacée

Activités

1* Quels rapprochements pouvez-vous faire entre la comptine > p. 259 et l'extrait que vous venez de lire ?

2 a.* Connaissez-vous d'autres contes qui évoquent les bois ou la forêt ?

b.** La forêt est-elle plutôt un lieu hostile ou rassurant ? Justifiez.

3*** Observez le rôle joué par la maman : pourquoi pourrait-on parler de « théâtre dans le théâtre » ?

Into the Woods, Promenons-nous dans les bois, film de **Rob Marshall** (2014) avec Lilla Crawford dans le rôle du Petit Chaperon rouge

Vidéo
Mise en scène de Joël Pommerat
hatier-clic.fr/25coli259

Comptine

Promenons-nous dans les bois
Pendant que le loup n'y est pas
Si le loup y était
Il nous mangerait
Mais comme il n'y est pas
Il nous mangera pas.

Outils

- Un **dialogue** est un **échange de répliques** entre deux personnages.
- Les **didascalies** sont des **indications de jeu** pour la mise en scène.

ATELIER MISE EN SCÈNE

a. Chaque groupe s'interroge sur les quatre dimensions de la mise en scène de cet extrait :

1 Dialogue de la petite fille et de la maman

- Sélectionnez dans le texte des parties qui serviront de **répliques**.
- Proposez des **didascalies** pour préciser les intentions de jeu.
- Variez la longueur des répliques pour donner du **rythme**.

2 Lumières et sons

- Quel **éclairage** mettrait en valeur le jeu de la maman ?
- Quelles **couleurs** choisiriez-vous pour cette scène ?
- Débattez des **sons** (bruitages, musique) qui pourraient souligner certaines répliques du dialogue (quel personnage ? à quel moment ?).

3 Décors et costumes

- Dans quelle **pièce** de la maison la scène pourrait-elle se dérouler ? Discutez du décor.
- La scène aurait-elle lieu la journée ou le soir : pourquoi ?
- Débattez ensemble des **costumes** pour les deux rôles : type de vêtement, matières, couleurs.

4 Gestes et expression orale

- Quel **volume de voix** conviendrait à la mère ? à la petite fille ?
- Comment la mère pourrait-elle utiliser son **corps** pour persuader sa fille ?
- Comment traduire les **émotions** de la petite fille : quels gestes ? quelle expression ?

b. Chaque groupe présente ses choix de mise en scène à ses camarades et répond aux questions.

Lecture 3

Une rencontre dans les bois

La maman a fini par laisser partir sa petite fille qui a préparé un flan pour sa grand-mère. Sans vraiment s'apercevoir qu'elle a quitté la route, la petite fille arrive dans les bois.

Écoutez le texte lu
hatier-clic.fr/25coli260

■ *Le Petit Chaperon rouge* de Joël Pommerat, mise en scène et jeu : **Réjane Bajard** et **Thierry Vennesson**, Plateforme Locus Solus, théâtre de Vénissieux (2021)

LE LOUP. Qu'est-ce que tu fais par ici ? Tu es très jolie…

LA PETITE FILLE. Toi aussi tu es très joli aussi… je vais quelque part… chez ma grand-mère qui est la mère de ma mère et qui est très vieille comme le sont souvent les vieux maintenant.

LE LOUP. Jamais on ne voit d'enfant comme toi venir toute seule jusqu'ici.

LA PETITE FILLE. Je crois que je suis sortie de mon chemin en jouant un peu avec mon ombre et j'ai atterri comme ça sous les grands arbres sans faire attention.

LE LOUP. Ton ombre est encore là ?

LA PETITE FILLE. Non, elle ne va jamais sous les grands arbres, j'ai juste un flan avec moi, que j'ai fait moi-même pour ma grand-mère, la mère de ma mère, qui habite une maison qui n'est pas très loin d'ici par la route, j'espère que tu n'auras pas envie d'en manger car je ne l'ai pas fait pour toi.

LE LOUP. Ce n'est pas grave.

LA PETITE FILLE. Je l'ai fait en pensant à ma grand-mère qui est la mère de ma mère et qui est triste car elle est un peu trop toute seule toute la journée en ce moment à cause du fait qu'elle est malade et qu'elle ne peut pas sortir.

LE LOUP. Tu penses beaucoup à ta grand-mère ?

LA PETITE FILLE. Oui beaucoup, beaucoup trop même je crois, ça me rend triste de savoir qu'elle est beaucoup trop toute seule, c'est triste d'être trop tout seul dans la vie.

Atelier LECTURE

Écoute active
Écoutez le texte lu.
Proposez votre propre lecture du texte par binôme.
Recommencez en échangeant les rôles.

• VOCABULAIRE

Enquête

Quelle valeur donnez-vous au mot *ombre* ici (l. 7) : péjorative ou méliorative ? Pourquoi ?

LE LOUP. Est-ce que tu serais contente si je venais aussi la voir avec toi ?

LA PETITE FILLE. Oh oui je crois, elle n'attend personne d'autre que moi aujourd'hui mais cela lui ferait aussi plaisir je crois que tu m'accompagnes. Est-ce que tu es trop tout seul toi aussi des fois ?

LE LOUP. Oui des fois.

LA PETITE FILLE. On pourra tous manger finalement un peu de mon flan si tu viens. Est-ce que tu as un peu faim ?

LE LOUP. Oui un peu c'est vrai, ce n'est pas facile de manger tous les jours quelque chose qui fasse vraiment plaisir à l'intérieur.

■ **Joël Pommerat**, *Le Petit Chaperon rouge*, ibid.

Partageons notre lecture

● Quelle attitude la petite fille adopte-t-elle vis-à-vis du loup ?

ORAL

Débattez des inquiétudes de la petite fille : qu'ont-elles de surprenant ?

Activités

1* Après avoir bien lu le texte, dites si les propositions sont vraies ou fausses :

a. Le loup est surpris de voir la petite fille.

b. Le loup demande à la petite fille de lui dire où habite sa grand-mère.

c. Le loup propose à la petite fille de l'accompagner.

2** Relisez la dernière réplique du loup : que nous dit-elle de ses réelles intentions ?

ATELIER MISE EN SCÈNE

a. Chaque groupe s'interroge sur les quatre dimensions de la mise en scène de cet extrait :

1 Décors et lumières

- Discutez du **décor** pour ce dialogue. Quelle forêt imaginez-vous : dense ? clairsemée ?
- La scène aurait-elle lieu la **journée** ou le **soir** ?
- Réfléchissez aux **éclairages** qui pourraient mettre en valeur les personnages sur scène.

2 Placements et déplacements

- Décidez de l'**endroit** où se trouvent les personnages : le loup arrive-t-il en direction de la petite fille ou l'inverse ?
- Comment les personnages sont-ils placés pendant leur dialogue : face à face ? côte à côte ? l'un derrière l'autre ?

3 Costumes et accessoires

- Comment habilleriez-vous la petite fille ? Débattez du **costume** possible pour ce personnage : type de vêtement, matières, couleurs.
- Listez les **accessoires** utiles.
- Définissez l'**apparence** du loup : animale ou humanisée ?

4 Gestes et expression orale

- Identifiez les **types de phrases** : quelle intonation adopter pour les questions ? > p. 292
- Quel **ton** serait adapté pour le loup ?
- Quelle **émotion** domine la petite fille ? Réfléchissez à son expression et à ses gestes.

b. Chaque groupe présente ensuite ses choix de mise en scène à ses camarades et répond aux questions.

Lecture 4

Une faim de loup

Écoutez le texte lu
hatier-clic.fr/25coli262

Le loup est arrivé le premier chez la grand-mère de la petite fille. Après l'avoir dévorée, il s'est installé dans son lit. Lorsque la petite fille arrive à son tour, elle aperçoit le loup. Malgré sa peur, elle s'assoit près de lui.

Atelier LECTURE

Lecture en duo

Lisez ce texte à deux, à voix haute, en vous répartissant les rôles.

LA PETITE FILLE. J'ai peut-être entendu un bruit dehors.

Elle se lève.

LE LOUP. C'est seulement le vent.

LA PETITE FILLE. Tu as un peu des poils partout sur le corps.

LE LOUP. Tu exagères.

LA PETITE FILLE. Je suis triste.

LE LOUP. Pourquoi ?

LA PETITE FILLE. Je pense à ma maman.

LE LOUP. Viens, je vais te serrer dans mes bras.

LA PETITE FILLE. J'ai un peu chaud maintenant, je m'assois seulement.

La petite fille s'assoit à nouveau.

LE LOUP. Pose ta tête là sur moi.

LA PETITE FILLE. J'entends ton cœur qui bat et quelque chose qui gronde aussi à l'intérieur.

LE LOUP. C'est le tonnerre dehors que tu entends car il va faire de l'orage.

LA PETITE FILLE. Je n'aime pas l'orage.

LE LOUP. Je vais te protéger.

LA PETITE FILLE. J'ai encore plus peur quand je suis près de toi.

LE LOUP. C'est une idée que tu te fais.

LA PETITE FILLE. Je voudrais rentrer chez moi.

LE LOUP. Mets-toi sous la couverture.

LA PETITE FILLE. J'entends l'orage gronder de plus en plus.

LE LOUP. C'est seulement que j'ai faim.

LA PETITE FILLE. C'est cela qui fait gronder l'orage dehors que tu aies faim ?

LE LOUP. Oui.

LA PETITE FILLE. Et que voudras-tu manger alors ?

LE LOUP. Toi, ma petite fille.

■ **Joël Pommerat**, *Le Petit Chaperon rouge*, ibid.

VOCABULAIRE

Recherche

a. À quels autres mots du texte le mot *orage* (l. 15) peut-il être associé ?

b. Quel est l'effet recherché ?

Partageons notre lecture

- Qu'arrive-t-il à la petite fille ?

Activités

1* Cherchez dans le texte les éléments qui présentent le loup :

a. comme un humain ;

b. comme un animal.

2** Retrouvez les répliques mensongères du loup.

3** Pensez-vous que la petite fille a démasqué le loup ? Justifiez votre réponse.

■ *Le Petit Chaperon rouge* de Jacob et Wilhelm Grimm, mise en scène de **Céleste Germe** avec Maëlys Ricordeau et Antoine Oppenheim, production Das Plateau, Chapelle des Pénitents Blancs (Festival d'Avignon, 2022)

Prolongement ***artistique*** et ***culturel***

Céleste Germe est une architecte, dramaturge et metteuse en scène française. Elle a réalisé une **mise en scène** du *Petit Chaperon rouge* en 2023.
La **photographie** représente la petite fille et le loup dans la maison de la grand-mère.

1. Comment le personnage de la petite fille est-il mis en évidence ? Observez les jeux de lumière et les couleurs.

2. Quelles parties du loup restent apparentes ? Représentent-elles un danger pour la petite fille ? Expliquez pourquoi.

ATELIER MISE EN SCÈNE

a. Chaque groupe s'interroge sur les quatre dimensions de la mise en scène de cet extrait :

1 Décors et lumières

- Imaginez la **chambre** de la grand-mère : dans quel type de lit se trouvent les personnages ?
- Réfléchissez aux **éclairages** qui pourraient mettre en valeur les personnages : le même pour les deux ?

2 Placements, déplacements et sons

- Relisez les didascalies de la petite fille. De quelle manière **rejoint**-elle le loup ?
- Réfléchissez à l'**installation** du loup.
- Listez les **sons** évoqués : comment les diffuser ?

3 Costumes et accessoires

- Imaginez le **vêtement** qui vous semble le plus adapté pour le loup.
- Quel **accessoire** utilise-t-il ? Discutez de la façon dont il l'emploie.
- Débattez de la **tenue** de la petite fille au fil du dialogue.

4 Gestes et expression orale

- Retrouvez les **actions** de la petite fille : quel(s) geste(s) adopter ?
- Réfléchissez au **ton** de sa voix : quelle émotion traduire ?
- Discutez des répliques du loup : quel **volume** et à quel moment ? Quel **geste** associer ?

b. Chaque groupe présente ses choix de mise en scène à ses camarades et répond aux questions.

Lecture 5

Une leçon en fin de conte

Prise au piège du loup, la petite fille n'a pas opposé de résistance.

Écoutez le texte lu
hatier-clic.fr/25coli264

L'HOMME QUI RACONTE. Et sur ces mots le loup mangea avec appétit la petite fille.
Ce qui est un peu triste mais qui est la réalité.

Pendant ce temps, la maman attendait sa petite fille et commençait à se demander ce qui pouvait bien se passer.

Le loup, lui, bien rempli de toute la grand-mère et la petite, décida d'aller dormir au moins plusieurs jours pour digérer de tels excès au fond du bois. En chemin, il rencontra un homme qui le trouva si gros et si lent pour une bête, que l'homme prit la décision de l'assommer pour lui ouvrir le ventre et se rendre compte de ce qu'il pouvait bien y avoir à l'intérieur.
Par chance la grand-mère et la petite fille n'étaient pas encore mortes et elles purent ainsi être sauvées.
La petite fille sortit du ventre la première et aida sa grand-mère à en faire de même.
La grand-mère était un peu assommée tout comme le loup et mit du temps à se remettre de cette aventure.
Aujourd'hui la petite fille est devenue une grande femme comme sa maman et elle se souvient très bien de toute cette histoire.

Sa maman qui est vieille habite une maison qui n'est pas très loin, ce qui est plus pratique pour se voir souvent.
Quant au loup après qu'on lui a recousu le ventre et qu'on l'a laissé repartir dans le bois, il a pris la décision, de toute sa vie de ne jamais plus s'approcher des grands-mères et surtout des petites filles.
Une vraiment très très sage décision.

L'homme qui raconte s'en va.
Noir.

Fin.

■ **Joël Pommerat**, *Le Petit Chaperon rouge*, ibid.

Atelier LECTURE

Écoute active

Écoutez attentivement le texte lu et résumez-le en cinq phrases.

Partageons notre lecture

● Pourquoi peut-on parler de renversement de situation dans cette dernière scène ?

Activités

1 a.* Quel nouveau personnage est mentionné dans cet extrait ?
b.** Quel est son rôle dans le déroulement de l'histoire ?
2* Imaginez une raison qui justifie son apparition.

ÉCRITURE

Quelle leçon la petite fille a-t-elle pu tirer de son histoire ? **Rédigez votre réponse** dans un paragraphe de quelques lignes en vous appuyant aussi sur l'image > p. 265.

■ *Le Petit Chaperon rouge* de Joël Pommerat, mise en scène de **Joël Pommerat** avec Murielle Martinelli et Isabelle Rivoal, théâtre Nanterre-Amandiers (2022)

ATELIER MISE EN SCÈNE

a. Chaque groupe s'interroge sur les quatre dimensions de la mise en scène de cet extrait :

1 Décor

- Où pourrait-être l'homme qui raconte : dans le même décor que dans la lecture 1 ? > p. 256
- Retrouvez les **lieux** évoqués dans le texte : demandez-vous comment les représenter par l'intermédiaire d'un décor.

2 Placements, déplacements et lumières

- Réfléchissez à la **position** de l'homme qui raconte en fin de scène : est-il assis ? debout ?
- Se déplace-t-il au fil de sa réplique ?
- Quel **éclairage** peut accompagner son récit jusqu'à son départ ?

3 Costumes et accessoires

- Comment imaginez-vous ce personnage à la fin de l'histoire : a-t-il la même **tenue** que dans la lecture 1 ? > p. 256 S'est-il défait d'un vêtement ?
- Discutez d'un **accessoire** qu'il pourrait manipuler en fin de scène.

4 Gestes et expression orale

- Retrouvez le rebondissement de l'histoire : quelle **intonation** le conteur peut-il adopter pour le mettre en valeur ?
- Quel **geste** imaginer pour ce personnage au moment où il quitte la scène ?

b. Chaque groupe présente ensuite ses choix de mise en scène à ses camarades et répond aux questions.

ATELIER MISE EN SCÈNE

Constituez des équipes d'au moins 4 élèves. Vous allez réfléchir à la réécriture et à la mise en scène du *Petit Chaperon rouge* pour imaginer une autre fin. Suivez les étapes :

ÉTAPE 1 Activités d'écriture

- **Relisez le texte** de la lecture 3 > p. 260 et vérifiez que vous avez bien compris la stratégie du loup en vous appuyant sur les réponses données aux questions.
- Chaque équipe imagine **la suite de l'histoire** de manière à en **changer la fin** qui devient : *le loup est trompé par la petite fille qui arrive seule chez sa grand-mère.*
- Utilisez **le décor avec le chemin et les repères d'écriture** 1, 2, 3 et 4 ci-dessous pour vous guider.
- Répartissez-vous les **4 textes à écrire** en équipe.

Texte 1 • Dialogue du loup et de la petite fille

- Réfléchissez à la **réplique** de la petite fille qui suit la fin du texte de la lecture 3 > p. 260. Positionnez vos personnages sur le **repère** 1 du décor.
- Construisez la **ruse** de la petite fille. Comment réussit-elle à faire prendre le chemin le plus long au loup : propose-t-elle un jeu ? un pari ? un faux rendez-vous ?
- Demandez-vous **ce que répond le loup** : pourquoi accepte-t-il la proposition de la petite fille ? Quelle promesse peut le séduire ?

Texte 2 • Réplique de l'homme qui raconte

- Pensez au **commentaire** que l'homme qui raconte dit à la suite du dialogue. Positionnez vos personnages sur le **repère** 2 du décor. Quelle information donne-t-il au public : à propos de la ruse de la petite fille ? du chemin pris par le loup ?
- Quelle **description du décor** peut-il faire : indique-t-il l'heure de la journée ? le temps qu'il fait ? des bruits que l'on entend ?

Texte 3 • Monologue du loup

- Imaginez le monologue du loup. Positionnez vos personnages sur le **repère** 3 du décor. Quels sont ses **pensées** et ses **sentiments** quand il réalise qu'il est trompé ? Que peut-il dire de sa situation : reconnaît-il sa défaite ? Quelle émotion le domine ?
- Envisage-t-il de **se venger** ?

Texte 4 • Dialogue de la petite fille et de la grand-mère

- Inventez la **conversation** entre la grand-mère et la petite fille. Positionnez vos personnages sur le **repère** 4 du décor. Comment la petite fille annonce-t-elle son arrivée devant la porte ? Que lui dit la grand-mère en l'accueillant ?
- Quelle est l'**attitude** de la grand-mère : manifeste-t-elle une émotion ?
- Que propose-t-elle à la petite fille ? Vont-elles goûter le flan ?

Marionnettes à télécharger
hatier-clic.fr/25coli267

ÉTAPE 2 Activités de mise en scène

- **Relisez** en équipe la réécriture complète de votre histoire (vos quatre textes).
- Ajoutez des **didascalies** dans les dialogues : donnez des indications pour mettre en valeur le jeu.
- **Répartissez-vous les rôles.** Vous pouvez vous exercer au jeu avec le **décor** ci-dessous et des **marionnettes** à doigts que vous pouvez placer sur le décor de votre manuel au fil de votre lecture.

ÉTAPE 3 Activités de bilan

- **Chaque équipe présente à tour de rôle** la mise en scène de sa réécriture.
- Le **décor** utilisé peut être **installé sur la table** de l'équipe **ou projeté** sur le tableau de la classe.

▶ Pour aller plus loin Activités de prolongement

- Vous pouvez **imaginer d'autres numéros** dans le chemin d'écriture.

Ex : une réplique de l'homme qui raconte en **repère** 5.

Atelier VOCABULAIRE

Le vocabulaire de la ruse

1 ★ Replacez les mots de la famille du mot *masque* dans les phrases suivantes.

masque • démasquer • mascarade • masquer • se masquer

a. Pour être acceptés à la soirée, il faudra … car personne ne doit être reconnu.

b. Au sens figuré, une … est une mise en scène destinée à tromper les autres.

c. Après une enquête très pointilleuse, l'inspecteur a fini par … le coupable.

d. Les voleurs n'ont pas pu être identifiés car ils portaient tous un … .

e. … son visage signifie cacher sa réelle identité.

2 ★★ Replacez les lettres dans le bon ordre pour trouver des expressions de la ruse.

OUEJR NU ROTU • LERUOR SNAD AL RIFNAE • AFRIE CHRAMER • NEERM NE TUBAEA

3 ★★★ Complétez avec des voyelles pour identifier des synonymes du verbe *tromper*.

> **COUP DE POUCE**
> Il ne s'agit que de verbes du 1er groupe.

1. D _ P _ R **2.** B _ RN _ R **3.** L _ _ RR _ R
4. AB _ S _ R **5.** FL _ _ _ R

Le vocabulaire des émotions

4 ★ Replacez les synonymes du mot *peur* dans la colonne qui convient.

frayeur • angoisse • trouille • panique • effroi • trac • crainte • anxiété • frousse • affolement • pétoche • appréhension • inquiétude • épouvante • phobie • hantise • terreur

Langage familier	Langage courant	Langage soutenu
…	…	…

5 a.★ Quelle expression contenant le mot *loup* pourrait convenir à l'illustration ?
b.★ Retrouvez celles qui correspondent aux définitions suivantes :

avertir d'un danger • marcher doucement • être un marin expérimenté • avoir un grand appétit

Illustration d'**Isabelle Anglade**

6 a.★ Complétez les expressions suivantes en choisissant la couleur qui correspond.

blanc • rouge • vert • noir • rose • jaune • bleu

1. Voir … **2.** Être … de rage
3. Avoir une peur … **4.** Être … comme un linge
5. Rentrer dans une colère …
6. Voir la vie en … **7.** Rire …

b.★★ Retrouvez la signification de chacune des expressions.

Le vocabulaire du théâtre

7 ★ Retrouvez les mots du théâtre ci-dessous qui ont été cachés dans la grille de lettres :

comédie • dialogue • didascalie • monologue • réplique • tirade • scène • coulisses

> **COUP DE POUCE**
> Les mots peuvent se lire dans tous les sens.

E	I	L	A	C	S	A	D	I	D
M	O	N	O	L	O	G	U	E	O
F	D	D	O	I	A	W	S	E	H
V	T	I	R	A	D	E	C	I	M
E	T	A	R	U	O	T	È	J	L
E	U	L	B	C	R	Y	N	L	I
J	C	O	M	É	D	I	E	E	O
K	T	G	E	G	Z	X	M	B	M
C	O	U	L	I	S	S	E	S	A
L	N	E	U	Q	I	L	P	É	R

Le temps du dialogue

1 * **Conjuguez au présent de l'indicatif les verbes entre parenthèses de ce dialogue.**

LA PETITE FILLE. Tu sais toi aussi où elle *(habiter)* ma grand-mère ?

LE LOUP. Oui, bien sûr, on *(pouvoir)* y aller soit par le petit chemin qui *(continuer)* sous les grands arbres ou bien y aller par le grand chemin qui *(passer)* par la route [...].

■ **Joël Pommerat**, *Le Petit Chaperon rouge*, ibid.

Les types et formes de phrases

Outils Il existe trois **types de phrases** (déclaratif, impératif, interrogatif) et plusieurs **formes** (négative, exclamative, passive...). > p. 292

2 ** **Replacez les répliques dans les colonnes.**

WOLF. – Document !
LE TABATIER[1]. – Pardon, connais pas.
WOLF. – Document papir[2] ausweis[3] carte !
Le tabatier comprend et sort précipitamment sa carte.
LE TABATIER. – Voilà voilà, qu'est-ce qui se passe encore ?
WOLF (*après un rapide coup d'œil*). – Toi pas U dessus.
LE TABATIER. – Moi pas quoi ?
WOLF. – Toi pas Uf ni Ouf.
LE TABATIER. – Moi Laurent Paul, tabatier, caporal.
WOLF. – Toi caporal ?
LE TABATIER. – Non, toi.
WOLF. – Silence fixe repos !

■ **Jean-Claude Grumberg**, *Le Petit Chaperon Uf*, illustrations de B. Bachelier © Actes Sud / Théâtre de Sartrouville – CDN, 2005

1. **tabatier :** ouvrier fabriquant du tabac. 2. **papir :** « papiers ». 3. **ausweis :** « carte d'identité » en allemand.

Ce texte vous plaît ? Lisez l'histoire entière ! p. 271

Phrase déclarative	Phrase interrogative	Phrase injonctive
...	...	...

3 ** **Transformez à la forme indiquée.**

a. Le loup parvient à tromper la petite fille. (forme négative)

b. Ce flan est un délice. (forme exclamative)

c. La maman s'inquiète des bêtes qui rôdent dans le bois. (forme négative)

Le présent de l'impératif

Outils Le mode **impératif** est employé pour exprimer l'ordre, le conseil ou la défense.

4 ** **Complétez le texte avec les verbes au présent de l'impératif à la deuxième personne du pluriel pour aider la petite fille à faire un flan réussi pour sa grand-mère.**

ajouter • laisser • lisser • incorporer • mettre • mélanger • préchauffer • faire • piquer • étaler • verser (2 fois) • oublier

... bouillir 1 l de lait avec une gousse de vanille fendue. ... 45 g de fécule de maïs avec 75 g de sucre en poudre puis ... 2 œufs bien battus. ... ensuite le lait bouillant (sans la gousse) et ... de nouveau. ... à cuire la préparation à feu doux mais n'... pas de remuer pendant environ 1 à 2 min. ... le four à 200°C (thermostat 6-7). ... la pâte brisée dans un plat rectangulaire ou rond préalablement beurré. ... le fond et ... la préparation délicatement. ... la surface et mettez à cuire environ 30 à 40 min. ... refroidir avant de servir.

Écrire et mettre en voix un dialogue de théâtre

5 ** **La mère de la petite fille est très inquiète car elle n'a pas de nouvelles depuis son départ. Elle contacte l'homme qui raconte pour savoir s'il est au courant de quelque chose. Imaginez leur conversation.**

CONSEILS
- Écrivez le nom de chaque personnage en début de réplique.
- Mettez en avant l'émotion de la mère : utilisez la forme exclamative ainsi que des didascalies.

6 **a.** * **À deux, lisez votre dialogue à voix haute.**
b. ** **Enregistrez votre lecture et écoutez votre dialogue pour l'améliorer.**
c. *** **Apprenez le dialogue et jouez-le en classe.**

+PROF
Évaluation différenciée et corrigée

Je construis

1 • Retrouver le rôle des personnages

a. Placez les noms suivants sur le schéma :
la petite fille • la grand-mère • un flan • le loup • l'ombre

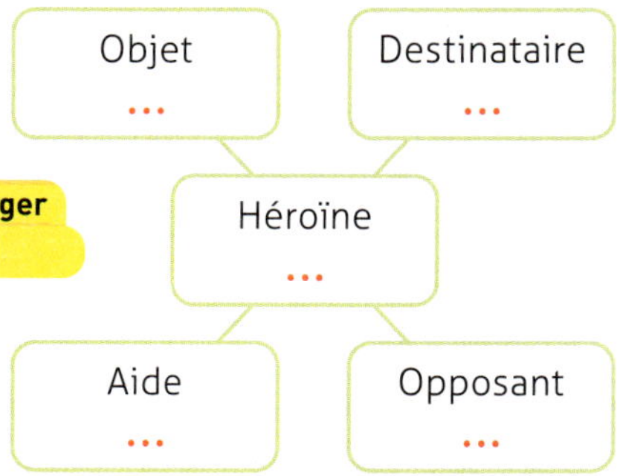

Schéma à télécharger
hatier-clic.fr/25coli270

b. Où placeriez-vous le personnage de la mère ? Expliquez votre choix.

2 • Écrire une critique de la pièce

• Exprimez votre opinion sur la pièce (votre impression de lecteur ou lectrice sur les personnages, les dialogues, la fin de l'histoire...).

• Développez votre critique en trois parties :

1. Présentez la pièce (3 à 5 lignes).

2. Présentez le sujet de la pièce (5 lignes environ).

3. Exprimez votre point de vue en utilisant des termes appréciatifs (positifs) / dépréciatifs (négatifs).

• Terminez votre critique par une conclusion : encouragez la lecture de cette pièce (ou l'inverse si vous ne l'avez pas aimée).

COUP DE POUCE
Faites au **brouillon** la liste de ce que vous avez apprécié ou moins aimé.

Je retiens

Le Petit Chaperon Rouge de Pommerat

Un conte mis en scène

• L'adaptation théâtrale du *Petit Chaperon rouge* permet de renouer avec la **forme traditionnelle** du conte. L'homme qui raconte est le **conteur**.

• Le genre théâtral dramatise les scènes : les **didascalies** traduisent les sentiments des personnages, les **répliques** donnent du rythme.

Une jeune héroïne

• La petite fille fait preuve de curiosité, de détermination et de courage. Elle réussit à convaincre sa mère de la laisser partir et parvient à **dépasser ses peurs** face au loup.

• Sa rencontre avec le loup marque son **passage de l'enfance à l'âge adulte**. Elle grandit entre le début et la fin de la pièce.

Un loup rusé

• Le loup est un **personnage humanisé** qui parle et remplace un homme. Il emploie la **ruse** pour tromper la petite fille ainsi que la grand-mère. Il cache ses intentions et déguise sa voix.

• La petite fille le démasque mais ne peut pas lui échapper. Il symbolise le danger, la cruauté, la fin de l'innocence.

Divertir et instruire

• *Le Petit Chaperon Rouge* aborde le thème des **relations parents-enfants**. Les trois personnages féminins représentent la succession des générations, la mémoire des peurs et l'éducation.

• La mère est une **figure protectrice** dépassée par une enfant qui négocie. La pièce s'adresse avec humour aux enfants qui désirent s'émanciper.

carnet de **LECTURE**

Lire la réécriture d'un conte

Choisissez votre profil de lecteur / lectrice

Petite faim ? Gourmand(e) ? Affamé(e) ?

• **Choisissez** un ouvrage parmi ces réécritures de contes.

Jean-Claude Grumberg, *Le Petit Chaperon Uf*

Olivier Py, *La Jeune Fille, le Diable et le moulin*

Joël Pommerat, *Pinocchio*

Vérifiez que vous avez bien lu

L'abécédaire de lecture

• **Cherchez** pour chaque lettre de l'alphabet un mot qui vous semble important dans l'histoire (un lieu, un personnage, un événement, un objet...).
Ex : *F comme Forêt, L comme Lit...*

• **Écrivez** une phrase pour chaque mot afin d'expliquer sa place et son importance dans l'histoire.
Ex : *Forêt* ▸ *lieu dans lequel la petite fille rencontre le loup.*

Si certaines lettres ne sont pas représentées dans le texte, proposez un second mot pour une lettre de votre choix.

• **Réalisez** votre abécédaire sous la forme d'un carnet ou d'une affiche.

Mettez en valeur votre inventaire en variant les formes, les couleurs, les tailles de lettres et les polices d'écriture.

Après la lecture

• Dans votre carnet, **attribuez** un nombre d'étoiles à ce livre (de 1 à 5) pour dire si vous l'avez aimé ou non... et **expliquez** pourquoi.

• À lire et à voir...

• Des contes en BD

64 pages

Perrault. Les Contes en bande dessinée (Petit à Petit, 2008)

Une occasion de découvrir autrement l'histoire de *Barbe-Bleue*, du *Chat botté*, de *Cendrillon* et tant d'autres célèbres contes de Charles Perrault.

• Le Petit Chaperon rouge dans le monde

96 pages

Les Histoires du Petit Chaperon rouge racontées dans le monde (Syros, 2010)

Un recueil de onze histoires qui vous feront découvrir différentes versions du célèbre conte à travers le monde.

• Un recueil de contes

192 pages

Le Petit Chaperon rouge et autres contes (Flammarion, 2014)

Suivez les aventures de personnages courageux plongés dans des situations risquées. Des contes dans lesquels la ruse et l'humour l'emportent sur la peur et la méchanceté.

• Un conte en film

FILM

Olivier Dahan, Le Petit Poucet (2001)

L'aventure du Petit Poucet et de ses frères abandonnés dans les bois par leurs parents. Le jeune héros et ses aînés rencontrent des loups, des guerriers et surtout l'Ogre dévoreur d'enfants.

Prolongement **artistique** et **culturel**

Découvrez les gravures de Gustave Doré

- **Gustave Doré** est un célèbre artiste **illustrateur** du XIXe siècle.
- Il utilise le procédé de la **gravure sur bois** ou **xylogravure** pour réaliser ses illustrations.
- Il obtient une grande finesse des détails et des nuances de gris en peignant le dessin directement sur du bois de buis, puis en confiant celui-ci aux meilleurs graveurs. Ces derniers gravent l'image inversée (les creux seront « blancs » sur la page imprimée).
- Gustave Doré a illustré entre autres les *Fables* de La Fontaine et les *Contes* de Perrault.

CARNET DE VOCABULAIRE

Recopiez les mots en vert dans votre carnet en les associant à leur définition.

Observez la gravure

1. **Quel célèbre conte reconnaissez-vous ?**

2. **Comment est mise en valeur l'héroïne du conte ? Observez la composition de l'image et l'effet de lumière.**

3. **Comment la gravure met-elle en scène l'opposition entre les deux personnages ?**

4. **Recherches** **Cherchez l'étymologie et la définition du mot *illustration*.**

Défi !
Trouvez deux autres images de Gustave Doré dans votre manuel !

Lecture d'image
Gravure de Doré
hatier-clic.fr/25coli272

Enquêtez sur les œuvres !

5. **Retrouvez les célèbres contes ou fables qu'illustrent ces gravures de Gustave Doré.**

1

2

3

4

5

6

Le saviez-vous ?
On obtient des résultats plus fins en gravant sur le métal. On peut alors utiliser un acide qui ronge le métal sur les parties à évider : ce procédé s'appelle **eau-forte**. On grave aussi le linoleum (revêtement de sol) ou les pommes de terre !

Créez votre bande dessinée !

6. **Recherches** **Recherchez toutes les gravures de Doré qui illustrent un conte de Perrault que vous avez étudié cette année : *Les Fées, Le Petit Chaperon rouge*...**

7. **Créez une bande dessinée en rajoutant des bulles pour les paroles des personnages et des cartouches (encadrés contenant du texte) pour raconter le récit.**

VOCABULAIRE

Retrouvez le vocabulaire thématique en contexte au fil des chapitres.

GRAMMAIRE

La phrase

Natures et fonctions pour analyser la phrase

Natures et fonctions pour analyser le groupe nominal

Conjugaison et valeur des temps

Proposition de progression de langue

1

- Les différents types et formes de phrases RÉVISIONS
- La phrase simple et la phrase complexe
- Le sujet RÉVISIONS
- L'accord du sujet
- Le présent de l'indicatif des verbes du 1er groupe
- Le présent de l'indicatif des verbes des 2e et 3e groupes
- Les emplois du présent de l'indicatif
- Les homophones d'*être* et *avoir*

2

- Le groupe verbal RÉVISIONS
- Le complément d'objet
- L'attribut du sujet
- L'accord de l'attribut du sujet
- Les pronoms personnels
- Le futur simple de l'indicatif RÉVISIONS
- L'imparfait de l'indicatif RÉVISIONS
- L'impératif présent

3

- Les principaux déterminants du nom
- Le complément du nom
- L' épithète du nom
- Le pluriel des noms RÉVISIONS
- Le pluriel des adjectifs RÉVISIONS
- Les accords dans le groupe nominal
- Le champ lexical
- L'origine des mots français

4

- Les compléments circonstanciels
- Les adverbes RÉVISIONS
- Le passé simple de l'indicatif des verbes du 1er groupe
- Le passé simple de l'indicatif des verbes des 2e et 3e groupes
- Le passé simple et l'imparfait dans un récit
- Le conditionnel présent
- La dérivation
- La composition

5

- Les propositions indépendantes
- La proposition subordonnée
- Les temps composés de l'indicatif
- L'accord du participe passé
- La confusion entre infinitif et participe passé
- Les relations entre les mots
- Sens propre et sens figuré

Retrouvez les tableaux de conjugaison p. 370.

Orthographe

Mise en jeu

Faire le point sur :
- le vocabulaire
- l'usage du dictionnaire

Les Olympiades du DICTIONNAIRE

Règles de la compétition
- Chaque équipe possède un dictionnaire et des feuilles de brouillon.
- L'équipe qui résout le plus vite (et correctement !) une épreuve gagne 1 point, la deuxième 2 points, la troisième 3 points, etc.
- L'équipe qui a le moins de points a gagné !
- En cas d'égalité, ce sont les réponses aux défis qui feront la différence.

Épreuve 1 Triple saut

- Indiquez pour chaque mot proposé s'il est avant, après, ou dans la double page du dictionnaire.

- costumer
- coton
- cosinus
- cottage
- cotiser
- cosmique
- cosmos
- côtelette
- cosmopolite
- cotillon

Les **mots repères** indiquent le premier et le dernier mot de la double page du dictionnaire.

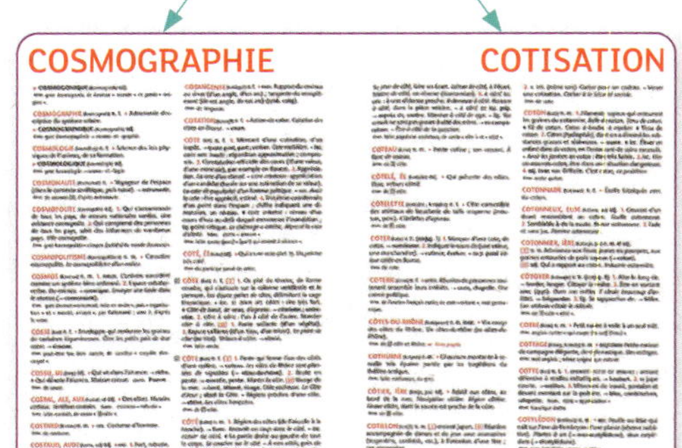
COSMOGRAPHIE COTISATION

Épreuve 2 Course de relais

- **Première manche :** Donnez la signification de ces abréviations courantes dans les dictionnaires.

n.f. • *n.m.* • *prép.* • *adj.* • *v.* • *adv.* • *syn.* • *plur.* • *ex.* • *pron.* • *fig.*

- **Deuxième manche :** Retrouvez chaque animal en déchiffrant son nom écrit en alphabet phonétique.

[piʒɔ̃] [ʃenij] [ʃwɛt] [pwasɔ̃]

Le défi du coach • Quel nom d'animal est aussi un adjectif de sens différent ?

Épreuve 3 Saut de haies

- Dans cette liste de mots, deux n'existent pas. Trouvez-les !

adamantin · siblune · lumignon · guiche · veltrine · zeugma · térébenthine

Épreuve 4 Course de vitesse

• Recopiez le tableau et complétez le plus vite possible la ligne de chaque lettre.

lettre	nom : un animal	nom : un végétal	nom : un objet	adjectif	verbe d'action
Ex : Z	*un zébu*	*un zinnia*	*un zip*	*zélé(e)*	*zébrer*
C					
P					
R					
G					
I					
V					

Épreuve 5 Saut à la perche

• Remplacez chaque nom commun par le 7e nom suivant dans le dictionnaire. Repérez d'abord les noms puis répartissez-vous le travail.

Un Agneau se désaltérait
Dans le courant d'une onde pure.
Un Loup survient à jeun qui cherchait aventure,
Et que la faim en ces lieux attirait.
« Qui te rend si hardi de troubler mon breuvage ?
Dit cet animal plein de rage :
Tu seras châtié de ta témérité.
– Sire, répond l'Agneau, que votre Majesté
Ne se mette pas en colère ;
Mais plutôt qu'elle considère
Que je me vas désaltérant
Dans le courant,
Plus de vingt pas au-dessous d'Elle,
Et que par conséquent, en aucune façon,
Je ne puis troubler sa boisson. »

■ **Jean de La Fontaine**, *Fables*, « Le Loup et l'Agneau », extrait (1668)

Le défi du coach • Appliquez cet exercice à une autre fable que vous connaissez.

Le saviez-vous ?

Ce jeu S + 7 (ou N + 7) est un jeu inventé par le poète Raymond Queneau.
Il l'a lui-même essayé sur la fable de La Fontaine « La Cigale et la Fourmi » qui est devenue « La Cimaise et la Fraction ».

1 Quelle est l'origine des mots français ?

Je trouve l'origine du mot dans le dictionnaire : c'est l'**étymologie**.

Latin et **grec ancien** :
< **latin** (*tempus* → temps)
< **grec** (*historia* → histoire)

Langue française

Autres langues :
< **gaulois** (chêne)
< **germanique** (garder)
< **arabe** (chiffre)
< **italien** (soldat)
< **espagnol** (camarade)
< **anglais** (sport)

\+ **Emprunts** : anglais (parking), italien (spaghetti), espagnol (corrida), arabe (tajine), japonais (sushi)...

Je retiens

→ L'**étymologie** est l'origine d'un mot. La connaître permet de comprendre le **sens** d'un mot et son **orthographe**.
Ex : L'étymologie du mot *temps* est le mot latin *tempus*.

→ Les mots français viennent majoritairement du **latin** ou du **grec ancien**, mais aussi d'**autres langues** telles que le germanique, le gaulois, l'italien, l'espagnol, l'arabe...

→ Le français est une langue vivante qui continue à **emprunter** des mots aux autres langues.

+PROF Proposition de parcours différenciés

Construisons ensemble

1* Identifiez l'étymologie des mots suivants dans ces articles de dictionnaire et dites de quelle langue ils proviennent.

ARBRE n. m. – du latin *arbor*, « arbre », « mât ». Grand végétal dont la tige ligneuse se ramifie à partir d'une certaine hauteur au-dessus du sol.

MASQUE n. m. – de l'italien *maschera*, « faux visage ». Objet dont on couvre le visage humain pour transformer son aspect naturel.

TECHNIQUE n. f. du grec *teckhnê*, « art, métier ». Ensemble de procédés employés pour produire une œuvre ou obtenir un résultat déterminé.

2 Associez chaque mot à son étymologie latine et à sa définition.**

comestible • *réfrigérateur* • *félicité* • *équitation* • *domestique*

a. étymologie latine : *felix* (heureux) • *equus* (cheval) • *domus* (maison) • *frigidus* (froid) • *commedere* (manger)

b. définitions : qui peut être mangé • art de monter à cheval • qui concerne la vie à la maison ou en famille • état de grand bonheur • appareil permettant de conserver des aliments au froid

3 Associez chaque mot français à son étymologie. Repérez dans le mot d'origine les lettres qui expliquent la consonne finale du mot français.**

a. mots français : sirop • corps • loup • drap • gentil • moins • nid • pied • cerf • nez

b. mots latins racines des mots français : *sirupus* • *gentilis* • *drappus* • *nasus* • *lupus* • *minus* • *corporis* • *nidus* • *cervus* • *pedis*

Je m'entraîne → J'approfondis

4

A. ** **Retrouvez plusieurs mots français issus des racines latines ou grecques suivantes.**

a. lat. *collegium* (« compagnie »)
b. gr. *pharmakon* (« poison, remède »)
c. lat. *granum* (« graine »)
d. gr. *hêrôs* (« demi-dieu »)
e. lat. *verbum* (« parole »)

B. *** **Retrouvez plusieurs mots français issus des racines latines ou grecques suivantes.**

a. lat. *stella* (« étoile »)
b. lat. *digitum* (« doigt »)
c. gr. *ekklêsia* (« assemblée »)
d. gr. *poiêtes* (« celui qui fait »)
e. lat. *fabula* (« conversation, récit »)

5

A. ** **Indiquez l'origine des mots suivants. Aidez-vous d'un dictionnaire.**

a. alcool
b. mozzarella
c. biscotte
d. yaourt
e. bébé
f. blini

B. *** **Indiquez l'origine des mots suivants. Aidez-vous d'un dictionnaire.**

a. ananas
b. anorak
c. redingote
d. café
e. gadget
f. maïs

6

A. ** **Recherchez l'origine de ces noms communs.**

a. sandwich
b. poubelle
c. écho
d. céréale
e. clémentine
f. lama
g. bretzel
h. graffiti
i. paréo
j. gilet
k. nem
l. poncho

B. *** **Recherchez l'étymologie et le sens de ces prénoms.**

a. **prénoms venant du latin :** Benoît • Félix • Laetitia • Béatrice • Sylvain • Victor
b. **prénoms venant du grec :** Théophile • Philippe • Georges • Mélanie • Sophie • Irène

Défi ! **En vous appuyant sur l'étymologie du mot *huit*, dites comment s'appelle le huitième enfant de la famille Bidule.**

7

A. ** **Retrouvez le vocabulaire mathématique à partir de ces éléments d'étymologie.**

a. du grec *poly* (« plusieurs ») et *gonia* (« angle »)
b. du latin *perpendiculum* (« fil à plomb »)
c. du grec *dia* (« à travers ») et *metron* (« mesure »)
d. contraction de l'italien *zefiro*
e. du grec *peri* (« autour ») et *metron* (« mesure »)
f. du latin *rectus* (« droit ») et *angulus* (« angle »)
g. du latin *additio* (« action d'ajouter »)

B. *** **Rédigez une phrase pour définir les mots surlignés dans le texte grâce aux étymologies suivantes.**

étymologies latines : *omnis* (« tout ») • *caro, carnis* (« chair ») • *detritus* (« broyé, usé ») • *herba* (« herbe ») • *vorare* (« dévorer »)

> Les animaux ont des régimes alimentaires variés : on distingue les végétariens, dont font partie les herbivores, les carnivores, les omnivores et les détritivores.

*Sciences de la Vie et de la Terre 6*e (1996) © Hatier

ÉCRITURE

8 **Inventez la définition d'au moins trois des mots suivants. Vous rédigerez l'article de dictionnaire correspondant en mentionnant la nature du mot, son étymologie et sa définition. Comparez ensuite votre définition à celle du dictionnaire !**

babiroussa • chancir • flagorner • gloriole • lumbago • métallophone • paparazzi • scolopendre • tarabiscot • yéyé

2 Comment fabriquer un mot par dérivation ?

radical : base servant à la construction du mot et de sa **famille** (*nation, nationalité...*)

Pour comprendre le **mot dérivé**, je cherche le radical. Cela me permet de retrouver le mot simple sur lequel le mot est formé.

international **(= qui se passe entre plusieurs nations)**

préfixe : il change le sens du mot (*inter-* = entre)

suffixe : il change la nature grammaticale du mot (*-al* : crée un adjectif à partir d'un nom)

Je retiens

La dérivation consiste à former un mot en **ajoutant au radical d'un mot simple** :

➜ un **préfixe** qui se place **avant le radical** et change le **sens** du mot ;

et/ou

➜ un **suffixe** qui se place **après le radical** et qui change la **nature** du mot.

> Couverture arrière

L'ensemble des mots formés à partir du même radical constitue une **famille de mots**.

+PROF Proposition de parcours différenciés

Construisons ensemble

1 * **A. Trouvez au moins deux mots de la même famille que les mots suivants.**

B. Soulignez le radical dans chaque mot trouvé.

Ex : *ami* → *amitié, amical, amicalement*

a. jardin
b. gai
c. danger
d. lumière
e. travail
f. mont
g. clair
h. amour

Défi ! **Fabriquez des mots fantaisistes par dérivation (Ex : « jardinesque »).**

2 * **Reliez les préfixes suivants au mot qui convient pour former un nouveau mot.**

ré- •
in- •
anti- •

• partition
• corps
• visible
• habituellement
• organisation
• quiétude
• poux

3 * **A. Soulignez le radical dans les mots suivants.**

B. Donnez pour chacun d'eux un mot de la même famille.

préhistoire • enterrer • découragement • rafraîchir • malchanceux

4 ** **Trouvez le préfixe commun dans chaque liste. Quel est son sens ?**

a. découdre • défaire • déranger • désorganiser
b. malchance • malheur • malodorant • malveillant
c. impossible • immangeable • imprévu • impatient
d. surchargé • surdoué • survêtement • surréaliste

5 ** **Classez les radicaux suivants dans le tableau ci-dessous pour former des mots.**

a. abond-
b. élég-
c. éloign-
d. évid-
e. plat-
f. invent-
g. néglig-
h. perfect-
i. préfér-
j. déménag-
k. exact-
l. descend-

-ement	-ence	-ance	- ion	-itude

Je m'entraîne → **J'approfondis**

6

A. *Je manipule* Formez les antonymes des adjectifs suivants en utilisant un préfixe.**

COUP DE POUCE > Un antonyme est le contraire d'un mot. > Fiche 4 p. 284
Ex : *satisfait* → *insatisfait*

a. poli
b. correct
c. normal
d. obéissant
e. content
f. adroit

B.* *Je manipule* Formez les antonymes des adjectifs suivants en utilisant un préfixe.**

COUP DE POUCE > Le préfixe *in-* se transforme en *im-* devant *m, p, b*, en *ir-* devant *r*, en *il-* devant *l*.

a. logique
b. responsable
c. patient
d. mobile
e. approprié
f. capable
g. digne
h. lisible

7

A. Dites quel mot, comprenant le suffixe -*able* ou -*ible*, signifie :**

a. qui peut être mangé
b. qui peut faire usage de sa raison
c. qui peut être prévu
d. qui peut être corrigé

B.* Dites quel mot, comprenant le suffixe -*able* ou -*ible*, signifie :**

a. qui ne peut pas être séparé
b. qui ne peut pas s'effacer
c. qui ne peut pas être lu
d. qui ne peut pas être compris

8

A. *Je manipule* Formez des noms à partir des adjectifs suivants.**

Ex : *méchant* → *méchanceté*

a. gentil
b. précis
c. fier
d. mince
e. blanc
f. fin
g. immense
h. guéri

B.* *Je manipule* Formez des noms à partir des adjectifs suivants.**

COUP DE POUCE > Certaines familles possèdent un double radical : sel, saler, salière.

a. aimable
b. immense
c. avare
d. courtois
e. bête
f. clair

9

A. Donnez le maximum de mots de la famille des mots simples suivants.**

chant • appel • colle

B.* Donnez le maximum de mots de la famille des mots simples suivants.**

soleil • fleur • mer

10

A. Dans chaque phrase, expliquez le sens du mot surligné en observant sa formation.**

a. Le document le dépossédait de toutes ses richesses.
b. Elle se cacha derrière un paravent.
c. Il travaille dans une recyclerie.
d. Une entreprise viendra dératiser le local.
e. Ils firent le premier voyage transatlantique.

B.* En observant la formation de chaque mot, donnez son sens, puis utilisez-le dans une phrase.**

a. anonyme
b. simplifiable
c. malédiction
d. torrentiel
e. méconnaissance

ÉCRITURE

11 Racontez en quelques lignes l'aventure de deux personnages opposés (par exemple, le chanceux et le malchanceux, le juste et l'injuste…). Vous veillerez à utiliser plusieurs fois dans votre récit un mot et son antonyme.

3 Comment fabriquer un mot par composition ?

Pour comprendre le **mot composé**, je réfléchis aux éléments qui le constituent.

La chauve-souris est un animal insectivore.

mot composé de deux mots français : l'adjectif *chauve* et le nom *souris*

mot savant composé de deux éléments latins : l'élément *insecti-* (insectes) et l'élément *-vore* (qui mange)

Je retiens

La composition consiste à former un mot en combinant :

→ des **radicaux grecs** ou **latins** pour obtenir des **mots savants** ;
Ex : *bios* (la vie) + *graphein* (écrire) = biographie
agri (champ) + *cole* (ayant un rapport avec l'agriculture) = agricole

→ des **mots existants de la langue française** (Ex : *eau-de-vie, coupe-papier*).
Les deux mots formant un mot composé peuvent être reliés par un **trait d'union** (Ex : *couvre-lit*), une **préposition** (Ex : *fer à souder*) ou ils peuvent **être soudés** (Ex : *portefeuille*).

+PROF Proposition de parcours différenciés

Construisons ensemble

1* Classez les mots suivants selon qu'ils sont formés à partir de radicaux grecs ou latins ou bien de mots français.

COUP DE POUCE > Les mots composés de mots français sont facilement identifiables car les éléments qui les composent existent tout seuls. Ce n'est pas le cas pour les mots savants composés d'éléments grecs ou latins.

aristocrate • *bande dessinée* • *géologie* • *marchepied* • *photographie* • *pomme de terre* • *pourboire* • *quadrupède* • *savoir-faire* • *téléphone* • *thermomètre*

Mots composés formés à partir de radicaux grecs ou latins	Mots composés formés à partir de mots français

2* Formez des mots composés en associant un mot de chaque colonne.

a. camion • • page
b. marque • • midi
c. chien • • chat
d. casse • • poubelle
e. après • • loup
f. poisson • • noix

3 Complétez ces mots composés avec un nom qui convient.**

a. un sac à ...
b. un ver de ...
c. un coq en ...
d. un verre à ...
e. une pâte à ...
f. un rouleau à ...

4 Complétez ces mots composés avec l'adjectif qui convient.**

a. À la maternité, la future maman est prise en charge par une ...-femme.
b. Cet hôtel est doté d'un coffre-... pour y garder des objets de valeur.
c. Malgré le danger, Léa a su garder son sang-... .

Je m'entraîne → **J'approfondis**

5

A. Complétez chaque phrase avec un nom pour former le mot composé qui convient.**

a. Ce soir, on mange une soupe de …-fleur !

b. On va cuire les légumes avec une cocotte-… .

c. Quand le plat est prêt, on met les ustensiles dans le lave-… .

d. Élouan connaît une très bonne recette de pot-au-… .

B.* Trouvez le mot composé formé de deux mots.**

a. Cette clé ouvre toutes les portes, c'est un … .

b. Yann range ses papiers et son argent dans un … .

c. Quand il neige, on peut faire un … de … avec une carotte à la place du nez.

d. À l'arrivée de leurs hôtes, ils leur souhaitèrent la … .

6

A. *Je manipule* Dites quels mots peuvent être composés à partir des adverbes et des mots proposés.**

> COUP DE POUCE > On peut former plusieurs mots composés à partir du même mot.

avant- • *arrière-* • *après-*

a. garde
b. train
c. goût
d. vente
e. guerre
f. bras

B.* Complétez chaque phrase avec un mot composé contenant la préposition donnée.**

C.* Proposez un autre mot composé avec la même préposition.**

a. La sorcière était furieuse contre lui. Elle le pour… en brandissant son balai.

b. Cet élève a vraiment d'excellentes notes. Il est peut-être sur… .

c. Le texte n'exprime pas cette idée très clairement. Elle est sous-… .

7

A. *Je manipule* Trouvez le plus de mots possible contenant les éléments suivants tirés du grec.**

a. *bio* (vie)
b. *auto* (soi-même)
c. *méga* (grand)
d. *chrono* (temps)

B.* *Je manipule* Trouvez le plus de mots possible contenant les éléments suivants tirés du grec.**

a. *logie* (étude)
b. *paléo* (ancien)
c. *géo* (terre)
d. *derm* (peau)

ÉCRITURE

8

Conversation

Le porte-monnaie :
Je suis d'une incontestable utilité c'est un fait
Le porte-parapluie :
D'accord mais tout de même il faut bien reconnaître
Que si je n'existais pas il faudrait m'inventer
Le porte-drapeau :
Moi je me passe de commentaires
Je suis modeste et je me tais
D'ailleurs je n'ai pas le droit de parler
Le porte-bonheur :
Moi je porte bonheur parce que c'est mon métier
Les trois autres (hochant la tête) :
Jolie mentalité !

■ **Jacques Prévert**, *Paroles* (1945), « Conversation » © Gallimard

A. Relevez les mots composés dans cet extrait.

B. Expliquez comment ces mots sont formés.

C. Écrivez la suite du poème en imaginant ce que pourrait dire un autre objet, dont le nom est formé de la même manière.

4 Quelles sont les relations entre les mots ?

Astuce : pour ne pas confondre les homonymes, je réfléchis à la famille du mot (*laid* → *laideur* ; *lait* → *laitier*).

laid

disgracieux = **synonyme** (même nature, sens proche)

lait = **homonyme** (même prononciation)

beau = **antonyme** (même nature, sens contraire)

Je retiens

- Les **synonymes** sont des mots de sens proche et de même nature.
  Ex : *laid / disgracieux / vilain...*
- Les **homonymes** sont des mots différents par le sens et parfois par la nature, mais qui se prononcent de la même façon. Ex : *lait / laid / lai...*
- Les **antonymes** sont des mots de même nature et de sens contraire. Ex : *laid / beau*

+PROF Proposition de parcours différenciés

Construisons ensemble

1 * **Reliez chaque mot à son synonyme.**

a. joie •	• bambin
b. grandir •	• surprenant
c. élégant •	• contraindre
d. enfant •	• bonheur
e. obliger •	• chic
f. étonnant •	• croître

2 * **Proposez un antonyme pour chacun des mots suivants.**

COUP DE POUCE > On peut former un antonyme avec un préfixe (> **Fiche 2 p. 280**), mais cela peut aussi être un mot complètement différent.

a. chance
b. froid
c. possible
d. petit
e. accélérer
f. coudre

3 ** **Employez les homonymes de chaque série dans une phrase de votre choix.**

a. fer • faire
b. point • poing
c. tante • tente
d. travail • travaille

4 ** *Je manipule* **Remplacez le verbe *faire* par un synonyme dans les phrases suivantes.**

a. J'ai fait moi-même le gâteau d'anniversaire de mon petit frère.

b. Clara fait trois sports différents : c'est une athlète !

c. Icham fait des maquettes difficiles pour son âge, il est très habile.

d. Les élèves ont fait d'énormes progrès en mathématiques ce trimestre.

5 ** **Classez les homonymes suivants en fonction de leur nature grammaticale (déterminant, nom, adjectif, verbe, conjonction). Un même mot peut se trouver dans plusieurs catégories.**

a. avion – avions
b. mur – mûr – mûre
c. mais – mai – mes – met – mets

Déterminant	
Nom	
Adjectif	
Verbe	
Conjonction	

Je m'entraîne → J'approfondis

6

A. Complétez les phrases avec l'homonyme de [sɑ̃] qui convient.**

sens • sang • cent • sans

a. Les vampires sont des créatures assoiffées de ... .

b. Il est sorti ... son parapluie alors qu'il pleut des cordes !

c. Quand une activité lui plaît, elle s'investit à ... pour ... !

d. Ne ...-tu pas l'odeur de brûlé ?

B.* Complétez les phrases avec l'homonyme de [ku] qui convient.**

cou • coud • coup • coût

a. Il n'a pas mis de crème solaire : il a pris un ... de soleil !

b. Le ... de ces denrées alimentaires a encore augmenté.

c. Tu verras la tour Eiffel depuis ma fenêtre si tu te tords un peu le ... .

d. Elle ... très bien, et sans machine à coudre !

7

A. Trouvez au moins deux synonymes pour chacun des mots suivants.**

a. heureux
b. bateau
c. penser
d. crier

B.* Trouvez au moins deux synonymes pour chacun des mots suivants.**

a. forte
b. maison
c. intelligente
d. fier

8

A. Trouvez un antonyme pour chacun des adjectifs suivants (vous pouvez vous aider d'un dictionnaire).**

a. foncé
b. indispensable
c. calme
d. pauvre
e. généreux
f. haut

B.* Trouvez un antonyme pour chacun des adjectifs suivants (vous pouvez vous aider d'un dictionnaire).**

a. bénéfique
b. soucieux
c. étourdi
d. travailleur
e. sensible
f. réel

9 LECTURE

A. Relevez les homonymes dans ce poème.**

B. Précisez le sens de chacun.**

Homonymes

Il y a le vert du cerfeuil
Et il y a le ver de terre.
Il y a l'endroit et l'envers,
L'amoureux qui écrit en vers,
Le verre d'eau plein de lumière,
La fine pantoufle de vair,
Et il y a moi, tête en l'air,
Qui fait tout de travers.

■ Maurice Carême, *Le Mât de cocagne* (1963)

C.* Relevez les adjectifs antonymes.**

Pierre [...] était exalté, intelligent, changeant et tenace, plein d'utopies[1] et d'idées philosophiques. Jean, aussi blond que son frère était noir, aussi calme que son frère était emporté, aussi doux que son frère était rancunier, avait fait tranquillement son droit et venait d'obtenir son diplôme de licencié[2].

■ Guy de Maupassant, *Pierre et Jean* (1888)

1. **utopies** : rêves
2. Jean a une licence de droit.

ÉCRITURE

10 Écrivez un court poème à la manière de Maurice Carême (> Exercice 9 A) en utilisant les homonymes *saut, seau, sot* et *sceau*.

COUP DE POUCE > Cherchez la définition des mots de la liste que vous ne connaissez pas.

11 En quelques lignes, faites le portrait de deux sœurs très différentes en vous inspirant du texte de Maupassant (> Exercice 9 C).

COUP DE POUCE > Commencez par établir une liste d'antonymes qui caractériseront les deux sœurs.

5 Comment différencier le sens propre et le sens figuré d'un mot ?

Papi cultive des **salades** (= plantes) au jardin.
Tu me racontes des **salades** (= des mensonges) !

Le **sens propre** est le **premier** sens du mot. Le **sens figuré** est souvent issu d'une **image**.

Je retiens

Certains mots ont un **sens propre** et un **sens figuré**.

→ Le **sens propre** est le premier sens d'un mot. Il est le plus souvent **concret**.

Ex : *Je cherche ma* ***clé*** (= objet pour déverrouiller une porte).

→ Le **sens figuré** est le second sens d'un mot. Il est **abstrait**, **imagé**.

Ex : *Voici la* ***clé*** (= la solution) *du problème !*

1 * Dites si le mot en gras est au sens propre ou au sens figuré dans les séries suivantes.

a. J'ai les pieds en **compote**. / Il a fait de la **compote** avec les pommes de son jardin.

b. Le lys est une **fleur** blanche. / Vous m'avez fait une **fleur**.

c. Il a une **dent** contre moi ! / Elle a une **dent** cariée.

d. Il fait froid, mets un **manteau** ! / Le **manteau** neigeux est mince cet hiver.

2 * Associez les expressions au sens figuré à leur signification.

a. décrocher la lune •	• ne rien faire
b. tourner la page •	• réfléchir beaucoup
c. vider son sac •	• dire ce que l'on pense
d. se creuser la tête •	• réaliser un exploit
e. se tourner les pouces •	• passer à autre chose

3 ** Donnez la signification de ces expressions contenant des noms de parties du corps.

a. donner un coup de main
b. casser les oreilles
c. tirer les vers du nez
d. être en tête

4 ** Repérez quelle expression apparaît au sens propre et au sens figuré dans ce texte.

Le maître a dit :

« La leçon d'aujourd'hui, une leçon de grammaire, va vous sembler singulière. Il s'agit de distinguer le propre du figuré.

– Le propre ! Le propre ! Moi je sais ce que c'est ! s'écrie Jean-Pierre, qu'on appelle aussi La Poussière.

– Eh bien, ça m'étonnerait, lui répond une Isabelle. [...]

– Allons, dit le maître, cessez de vous manger le nez. D'ailleurs, "vous manger le nez" au sens propre veut dire "vous le manger vraiment".

– Pouark ! Le sens propre, il est pas propre !

– Et le figuré veut dire "Vous disputer". C'est déjà mieux il me semble. Trouvez-moi d'autres exemples. »

■ Anne Sylvestre, *Les Fabulettes*, *La Ville aux enfants* (1998), « Sens propre, sens figuré »

ÉCRITURE

5 En cinq ou six lignes, poursuivez la leçon du maître (> Exercice 4) en trouvant d'autres exemples d'expressions qui ont un sens figuré.

6 Qu'est-ce qu'un champ lexical ?

mer (nom) bleu (adjectif) océan naviguer (verbe)
vagues déferler houle agité tempête
= champ lexical de la mer

Repérer les champs lexicaux dans un texte permet d'identifier ses **thèmes principaux**.

Je retiens

→ Le **champ lexical** regroupe des mots se rapportant à un **même thème**.

→ Les mots composant le champ lexical sont de **natures grammaticales variées** (nom, verbe, adjectif...).

1 * **Complétez les champs lexicaux suivants par trois mots de votre choix.**

a. île • palmiers • barrière de corail • ...
b. effrayante • peur • frissonner • ...
c. stylo • recopier • trousse • ...
d. chapiteau • acrobates • piste • ...

Défi ! **Choisissez un des champs lexicaux et rédigez un texte de quelques lignes contenant tous les mots qui le composent.**

2 * **A. Repérez l'intrus dans ces champs lexicaux.**
B. Donnez la nature de chaque mot constituant les champs lexicaux.

a. obscurité • assombrir • rugueux • noir • ténèbres
b. joyeux • figure • gaiement • s'esclaffer • rire
c. forêt • arbres • cerf • lianes • fougères • clairière • branches • effroi
d. bonbons • éclairs • croissant • dents • servir • pain • emballer

3 ** **A. Repérez dans cet extrait le champ lexical de la nature et des sensations.**
B. À l'aide de votre relevé, écrivez une phrase pour expliquer ce qu'Arthur Rimbaud évoque dans cet extrait de poème.

Par les soirs bleus d'été, j'irai dans les sentiers,
Picoté par les blés, fouler l'herbe menue :
Rêveur, j'en sentirai la fraîcheur à mes pieds.
Je laisserai le vent baigner ma tête nue. [...]

■ Arthur Rimbaud, *Les Cahiers de Douai* (1870), « Sensation »

ÉCRITURE

4 **A. Choisissez deux ou trois champs lexicaux dans les exercices 1 et 2 qui conviendraient pour évoquer cette image.**

B. Écrivez une courte description en employant les mots de ces champs lexicaux.

C. Faites lire votre texte à un ou une camarade qui devra identifier les champs lexicaux que vous avez utilisés.

Gustave Doré, illustration pour *Atala* de Chateaubriand (1863), bibliothèque nationale de France (Paris)

Je révise Le vocabulaire

Ma fiche de révisions

Pour être encore plus efficace dans mes révisions, je fabrique ma propre fiche de révisions en adoptant la forme qui me convient le mieux : texte, carte mentale… > **Méthode 5 p. 378**

Je vérifie que j'ai compris les fiches 1 à 6

1 Les mots français ne viennent que du latin et du grec ancien.
a. vrai b. faux

2 Un préfixe sert à :
a. modifier le sens d'un mot
b. modifier la nature grammaticale d'un mot

3 Un suffixe sert à :
a. modifier le sens d'un mot
b. modifier la nature grammaticale d'un mot

4 Un mot composé est toujours composé de deux mots français reliés par un trait d'union.
a. vrai b. faux

5 Dans un mot composé, on peut trouver :
a. un élément venant du grec ancien
b. un élément venant du latin
c. une préposition
d. un point-virgule

6 Les mots *point* et *poing* sont des :
a. synonymes
b. antonymes
c. homonymes

7 Deux synonymes sont de la même nature grammaticale.
a. vrai b. faux

8 Pour obtenir un antonyme, on peut :
a. ajouter un préfixe
b. ajouter un suffixe
c. employer un mot différent

9 Le sens figuré d'un mot est souvent :
a. concret b. abstrait c. imagé

10 Un champ lexical regroupe des mots :
a. qui se rapportent à un thème commun
b. qui ont le même radical
c. qui se prononcent de la même manière

→ Je calcule mon score

Corrigés du quiz
hatier-clic.fr/25coli289

Je m'entraîne pour l'évaluation

Les questions 1 à 5 portent sur les phrases a, b, c, d et e.

a. Les parents de Zineb ont une nouvelle automobile.
b. Il s'agit d'un nouveau constructeur de voitures.
c. Cette voiture n'est ni grande, ni petite.
d. Ils se sont arraché les cheveux pour choisir la couleur.
e. Les parents de Zineb se sont rendus aux préventes pour réserver leur véhicule.

Je sais identifier les relations entre les mots

1 Relevez trois synonymes.

2 Relevez deux mots qui forment un couple d'antonymes.

Je sais repérer une expression au sens figuré

3 Relevez une expression qui n'est pas utilisée au sens premier.

Je sais identifier la formation des mots

4 Relevez un mot composé grâce à un préfixe.

5 Décomposez le mot *automobile* en deux éléments qui permettent d'expliquer son sens.

Je sais utiliser et former des antonymes

6 Réécrivez le texte suivant en situant l'action dans un environnement chaud.

Les hommes s'arrêtèrent puis installèrent leur camp. Le feu les réchauffa rapidement. Les chiens se protégèrent du froid en s'abritant sous la neige. Le chargement avait gelé à cause des températures particulièrement basses. La saison hivernale s'annonçait mal.

Je sais utiliser des synonymes

7 Réécrivez le texte ci-dessous en remplaçant chaque mot souligné par un synonyme.

Tous les matins, les marins contrôlent l'état des voiles et des cordages. Le capitaine est très attentif à la sécurité du bateau. Ainsi ils naviguent tranquillement sur les mers.

Je sais identifier un champ lexical

8 Repérez et nommez le champ lexical principal dans le texte ci-dessus.

Mise en jeu

Faire le point sur :
- la phrase

L'île aux PHRASES

Servez-vous de vos connaissances pour suivre la piste du trésor de la célèbre pirate Mary Sans-Peur.

1 Le journal de Mary Sans-Peur

• La pirate a laissé un journal indiquant la position de son trésor. Hélas, il est en très mauvais état. Rendez-le lisible en rétablissant la ponctuation des phrases.

il faudra aborder l'île par la plage du nord on aperçoit alors un sentier qui s'enfonce dans la jungle prenez-le sans hésiter vous tournerez à gauche après le palmier qui porte une croix gravée sur le tronc avancez jusqu'à un amas de rochers surplombant la baie au pied du plus haut vous trouverez mon trésor enterré

Le défi de la capitaine • Vous vous lancez à la recherche du trésor. Écrivez votre aventure en reprenant les éléments du journal : faites 8 phrases complètes, correctes et bien ponctuées.

2 Destination codée

• Mary Sans-Peur a caché le nom de l'île au trésor dans cette page de la célèbre *Histoire générale de la piraterie* composée par Barbadru le Borgne. Repérez les verbes conjugués, recopiez-les dans l'ordre et entourez la première lettre de chaque verbe : le nom de l'île apparaîtra.

Le défi de la capitaine • Réécrivez le texte en remplaçant chaque verbe conjugué par un verbe synonyme. Faites bien les accords !

La piraterie instaura la terreur dans les îles Caraïbes du XVIe au XIXe siècle. Elle y gagnait des fortunes en attaquant les navires de commerce. Les pirates utilisaient la force pour contraindre les équipages à livrer leur précieuse cargaison. Il arrivait même qu'ils naviguent au service d'un roi. On les appelait alors des « corsaires ».

3 Interrogatoire Coco !

Pour connaître tous les secrets de Mary, il suffit de m'interroger poliment... Posez-moi 5 questions. Attention, je ne réponds qu'aux questions correctement construites !

Ex : Où est la clé du coffre de Mary ?

Le défi de la capitaine • Imaginez les réponses de Coco. Choisissez le niveau de difficulté :

Moussaillon : Coco répond par de simples groupes nominaux ne contenant pas de verbes conjugués.

Matelot : Coco répond par des phrases simples contenant un seul verbe conjugué.

Capitaine : Coco répond par des phrases complexes contenant plusieurs verbes conjugués.

4 Conversation top secrète

• Caché dans un tonneau de rhum vide, le jeune mousse Harry Cot surprend une conversation secrète entre Mary et Tom Mc Unpat. Arrivé à terre, il s'empresse de la retranscrire. Recopiez-la dans votre journal de bord en rétablissant la ponctuation et la mise en page appropriée.

METTONS CAP AU SUD FAIS HISSER LES VOILES JE VEUX ARRIVER DE NUIT CROIS-TU QUE LES VENTS SERONT FAVORABLES OUI CAPITAINE NOUS ACCOSTERONS AVANT MINUIT BIEN TU OCCUPERAS LES HOMMES PENDANT QUE J'IRAI ENTERRER LE TRESOR ALLONS EN ROUTE ET SI TU EN PARLES A QUELQU'UN JE TE FERAI COUPER L'AUTRE JAMBE JE SERAI MUET COMME UNE TOMBE POUR SÛR PARFAIT METTONS LES VOILES

Le défi de la capitaine • Surlignez de couleurs différentes les phrases déclaratives, interrogatives et impératives.

5 Les bons conseils font les bons pirates

• Avant d'embarquer, vous relisez les conseils que Barbadru le Borgne a rédigés à l'intention des jeunes pirates. Malheureusement, il s'est trompé dans les négations. Rétablissez-les ou supprimez-les !

Quand les requins tournent autour du bateau, plonge !
Si le capitaine te l'ordonne, ne t'exécute pas !
Lorsqu'on trouve un trésor, on ne le prend pas.
Quand la tempête se lève, mets le cap dessus.

Le défi de la capitaine • Ajoutez 3 conseils de pirate à la liste de Barbadru.

7 RÉVISIONS

Quels sont les différents types et formes de phrases ?

Les types et les formes de phrases **peuvent se combiner**.
Ex : *Marion n'a-t-elle pas fini ses devoirs ?*
→ La phrase est interrogative et négative.

TYPES DE PHRASES
- La phrase déclarative → Marion finit ses devoirs.
- La phrase interrogative → Marion a-t-elle fini ses devoirs ?
- La phrase impérative → Finis tes devoirs, Marion.

FORMES DE PHRASES
- La forme négative → Marion n'a pas fini ses devoirs.
- La forme exclamative → Marion a déjà fini ses devoirs !

Je retiens

TYPES DE PHRASES	La phrase **déclarative**…	communique une **information**.	se termine par un point ou des points de suspension.
	La phrase **interrogative**…	pose une **question**.	se termine par un point d'interrogation.
	La phrase **impérative**…	donne un **ordre** ou un **conseil**.	contient souvent un verbe à l'impératif.
FORMES DE PHRASES	La forme **négative**…	**nie** l'énoncé.	contient des mots négatifs (Ex : *ne… pas*).
	La forme **exclamative**…	traduit une **émotion**.	se termine par un point d'exclamation.

+PROF Proposition de parcours différenciés

Construisons ensemble

1 * Indiquez le type de chaque phrase.

a. Qui est là ?
b. Monsieur le maire nous rend visite.
c. Entrez, soyez le bienvenu !
d. Je me réjouis de cette visite.
e. Quand reviendrez-vous nous voir ?

2 * Relevez les phrases qui sont de forme négative ou exclamative.

a. La classe va au cinéma demain !
b. Certains élèves ne souhaitent pas participer.
c. Le film choisi ne plaît pas à tout le monde.
d. Les professeurs proposent souvent des sorties.
e. Le cinéma est proche du collège.
f. Quelle chance nous avons de pouvoir regarder les films sur grand écran !

3 ** Inventez des phrases impératives correspondant aux situations données.

a. Le professeur de mathématiques envoie un élève au tableau pour corriger un exercice.
b. À la piscine, la maître-nageuse rappelle les consignes de sécurité.
c. Une metteuse en scène conseille un acteur.

4 ** Je manipule À partir des phrases déclaratives suivantes, écrivez une phrase exclamative en utilisant le mot exclamatif *quel*.

COUP DE POUCE > Le déterminant *quel* s'accorde avec le nom qui suit.
Ex : *Elle porte une drôle de casquette.* → *Quelle drôle de casquette elle porte !*

a. Nous avons réussi un exploit.
b. C'est une belle journée.
c. Vous avez des enfants inventifs.

Je m'entraîne → J'approfondis

5

A. *Je manipule* Réécrivez ces phrases à la forme négative.**

a. Nous irons aux sports d'hiver cette année.
b. Venez nous voir dimanche prochain.
c. Ce clafoutis aux cerises est délicieux.
d. Léa a oublié son livre de grammaire.
e. Jérémie a des difficultés à lire.

B.* *Je manipule* Réécrivez ces phrases à la forme négative.**

> COUP DE POUCE > À la forme négative, certains mots sont à modifier. Ex : *tout* → *rien*

a. Erwan part toujours en Bretagne au mois d'août.
b. Élise fait encore des fautes de syntaxe.
c. Alexandra a tout vu et tout entendu.

6

A. Transformez les phrases suivantes en phrases interrogatives en utilisant d'abord l'inversion du sujet, puis la locution *est-ce que*.**

> COUP DE POUCE > Une phrase interrogative peut se construire en inversant le sujet.
> Ex : *Il vient.* → *Vient-il ? Paul vient.* → *Paul vient-il ?*

a. Ulysse est un héros de la Grèce antique.
b. Homère composa l'*Iliade*.
c. Le Parthénon se trouve à Athènes.
d. Didon et Énée sont les héros de l'*Énéide*.
e. Nous trouvons des informations sur la Grèce antique dans nos livres d'histoire.

B.* Formulez la phrase interrogative qui porte sur le mot souligné dans la réponse proposée.**

> COUP DE POUCE > Une phrase interrogative peut commencer par différents mots interrogatifs : *qui, quand, où, quel* + un nom...

a. Tous les ans, le printemps commence le 21 mars.
b. Ma sœur a confectionné ces vêtements.
c. Éloane et Mathis partent en Alsace.
d. Les clients prennent souvent le plat du jour.
e. Imad pense à ses prochaines vacances.
f. Zoé prend le train de 19 h 56.

7

A. Précisez le type des phrases soulignées dans ce texte.**

LA THORILLIÈRE. – Vous jouez une pièce nouvelle aujourd'hui ?
MOLIÈRE. – Oui, monsieur. N'oubliez pas...
LA THORILLIÈRE. – C'est le Roi qui vous la fait faire ?
MOLIÈRE. – Oui, monsieur. De grâce, songez...
LA THORILLIÈRE. – Comment l'appelez-vous ?
MOLIÈRE. – Oui, monsieur.
LA THORILLIÈRE. – Je vous demande comment vous la nommez.

■ **Molière**, *L'Impromptu de Versailles*, scène 2 (1663)

B.* Précisez le type des phrases dans ce texte.**

GORGIBUS. – Allez vitement chercher un médecin, car ma fille est bien malade. Et dépêchez-vous.
GROS-RENÉ. – Que diable aussi ! Pourquoi vouloir donner votre fille à un vieillard ? Croyez-vous que ce ne soit pas le désir qu'elle a d'avoir un jeune homme qui la travaille ? [...]
GORGIBUS. – Va-t'en vite ! Je vois bien que cette maladie-là reculera bien les noces.

■ D'après **Molière**, *Le Médecin volant*, scène 3 (1660)

ÉCRITURE

8 Rédigez la suite de ce dialogue en utilisant les différents types et formes de phrases. Identifiez-les.

MONSIEUR A *(avec chaleur)* – Oh ! Chère amie. Quelle chance de vous...
MADAME B *(ravie)* – Très heureuse, moi aussi. Très heureuse de... vraiment oui !
MONSIEUR A – Comment allez, depuis que... ?

■ **Jean Tardieu**, *Le Professeur Frœppel*, « Finissez vos phrases ! » (1951) © Gallimard

8 Comment reconnaître une phrase simple et une phrase complexe ?

Quand j'analyse une phrase, je commence par **repérer le ou les verbe(s) conjugué(s)**.

Les oiseaux reprendront leur envol.

phrase simple = un seul verbe conjugué = une seule proposition

[Les oiseaux reprendront leur envol] [quand l'automne arrivera.]

phrase complexe = plusieurs verbes conjugués = plusieurs propositions

Je retiens

→ Une phrase **simple** ne comporte qu'**un seul verbe conjugué**.

→ Une phrase **complexe** comporte **plusieurs verbes conjugués** et donc **plusieurs propositions**.

→ Une **proposition** comprend un **verbe conjugué** et les éléments s'y rapportant (sujet, compléments).

+PROF Proposition de parcours différenciés

Construisons ensemble

1* Recopiez les phrases simples suivantes, puis encadrez le verbe conjugué.

COUP DE POUCE > Quand un verbe est conjugué à un temps composé, la forme verbale est composée de deux mots (auxiliaire et participe passé).

a. Malo est impatient de voir le film.
b. Nous sommes allés au cinéma.
c. Le film était très réussi.
d. Malo l'a beaucoup aimé.
e. Les critiques ont été élogieuses.
f. La suite sortira l'an prochain.

2* Relevez les verbes conjugués. Dites si les phrases sont simples ou complexes.

a. La petite troupe pénétra dans la forêt.
b. La petite troupe pénétra dans la forêt, alors que le jour se levait.
c. Ils suivaient le chemin.
d. Ils suivaient le chemin qui était tracé sur la carte.
e. Malgré les nombreux obstacles, ils suivaient le chemin.

3 Indiquez combien de propositions contient chaque phrase.**

a. Depuis quelques heures, nous étions seuls sur la route.
b. Nous perçûmes un bruit : quelqu'un sortait des broussailles.
c. L'homme avança lentement, puis il nous regarda et enfin il prit la parole.
d. Il nous demanda d'une voix aimable comment on allait à la ville.
e. Nous lui répondîmes de la manière la plus précise possible.

4 Recopiez ces phrases complexes et encadrez les verbes conjugués. Isolez les propositions par des crochets.**

a. Quand Louise était en CM2, elle a lu un roman policier.
b. Elle a aimé cette histoire de crimes parce qu'elle était captivante.
c. Sa maîtresse a donné un modèle pour que la classe rédige une fiche de lecture.
d. Maintenant qu'elle est au collège, elle lit encore avec grand plaisir des romans policiers.

Je m'entraîne → J'approfondis

5

A. Je manipule Transformez ces phrases en phrases simples.**

a. À vos stylos !
b. Interdiction de copier !
c. Prêts à rédiger ?
d. Un repas du Moyen Âge !
e. Drôle d'expérience !

B.* Je manipule Complétez ces phrases pour en faire des phrases complexes.**

a. Nous finissons à 15 h 30 car … .
b. Elle écrit une lettre à une amie qui … .
c. Le professeur répond que … .
d. Alors, je compris que … .
e. Le voyage a repris quand … .

6

A. Je manipule Rédigez des phrases complexes en transformant les groupes soulignés en des propositions introduites par le mot proposé.**

a. Lewis Carroll, l'auteur d'*Alice au pays des merveilles*, est le pseudonyme de Charles Dodgson. (*qui*)
b. Enfant, s'ennuyant à l'école, il crée un magazine. (*comme*)
c. Il décide de devenir professeur. (*qu'*)
d. L'idée de son roman lui vient lors d'une sortie en barque. (*alors que*)
e. Il prend beaucoup de photos, devenant un photographe célèbre. (*de sorte que*)

B.* Je manipule Rédigez des phrases complexes en remplaçant les groupes soulignés par une proposition.**

a. Lewis Carroll devient célèbre au moment de la publication de ses histoires.
b. Passionné de mathématiques, il invente aussi des jeux.
c. *Alice au pays des merveilles* est devenu, depuis sa publication, un classique de la littérature.
d. À sa création, le livre n'était pas destiné aux enfants.
e. En suivant un curieux lapin blanc, Alice découvre un monde surprenant.

7 LECTURE

A. Relevez les verbes conjugués. Indiquez combien de propositions compte chaque phrase.**

Le vilain petit canard est pris dans un lac gelé.

Pour finir, il fut à bout de forces, resta tout à fait immobile et fut saisi par la glace.
Au petit matin, un paysan arriva, il le vit, s'avança jusqu'à lui, rompit la glace avec son sabot, et l'emporta chez lui pour le donner à sa femme. Là, il reprit vie.

■ **Hans Christian Andersen**, *Le Vilain Petit Canard* (1842), traduit par M. Auchet © LGF-Le Livre de Poche (2005)

B.* Relevez les verbes conjugués. Précisez si les phrases sont simples ou complexes.**

Dans les contes de fées, les sorcières portent toujours de ridicules chapeaux et des manteaux noirs, et volent à califourchon sur des balais.
Mais ce livre n'est pas un conte de fées. Nous allons parler des vraies sorcières, qui vivent encore de nos jours. Ouvrez grand vos oreilles, et n'oubliez jamais ce qui va suivre.

■ **Roald Dahl**, *Sacrées sorcières* (1983), traduit par M.-R. Farré © Gallimard Jeunesse

ÉCRITURE

8 À partir des éléments donnés ci-dessous, rédigez un texte en utilisant des phrases simples, que vous soulignerez en bleu, et des phrases complexes, que vous soulignerez en rouge.

COUP DE POUCE > Pour former des phrases complexes, on peut utiliser des propositions indépendantes (> Fiche 9 p. 296) ou des propositions subordonnées (> Fiche 10 p. 298).

Le marchand traverse un désert. Seul. Tombée de la nuit. Apparition d'animaux sauvages.
Il est encerclé. Les animaux se rapprochent.

9 Comment construire une phrase composée de propositions indépendantes ?

Les propositions **indépendantes** prises toutes seules constituent des **phrases simples**.

[Marie enfile ses baskets] : [elle sort courir].

→ **Les deux propositions indépendantes sont juxtaposées : elles sont associées grâce à un signe de ponctuation.**

[Marie enfile ses baskets], et [elle sort courir].

→ **Les deux propositions indépendantes sont coordonnées : elles sont associées grâce à une conjonction de coordination.**

mais – ou – et – or – ni – car

Je retiens

→ Deux propositions indépendantes sont dites **juxtaposées** quand elles ne sont associées que grâce à un **signe de ponctuation** (virgule, point-virgule ou deux-points).

→ Deux propositions indépendantes sont dites **coordonnées** quand elles sont associées grâce à une **conjonction de coordination** (*mais, ou, et, or, ni, car*) ou un **adverbe de liaison** (*puis, alors, donc, ensuite, pourtant…*).

+PROF Proposition de parcours différenciés

Construisons ensemble

1* Soulignez les verbes conjugués et délimitez les propositions indépendantes.

a. Les élèves se réjouissent car les cours finissent tôt le lundi après-midi.

b. La sonnerie retentit : ils courent vers le portail.

c. Éthan se dirige vers le gymnase ; il a un match de basket.

d. Ses camarades l'accompagnent et ils l'encouragent durant le match.

2 Précisez si les propositions sont juxtaposées ou coordonnées.**

a. Lina décide de sortir car elle a fini ses devoirs.

b. J'arrive à peine à la maison : on me demande de repartir.

c. Le soleil est enfin levé, le prince peut explorer le manoir abandonné.

3 A. Délimitez les propositions.**

B. Encadrez le mot qui relie les propositions entre elles.

C. Dites si la deuxième proposition est coordonnée ou subordonnée à la première.

COUP DE POUCE > Les mots subordonnants contiennent *-qu*, sauf *si* et *comme*. > Fiche 10 p. 298

a. La forêt profonde abritait le repaire des sorciers, qui était caché par une épaisse végétation.

b. Les voyageurs passaient sur le chemin et ne le voyaient pas.

c. Les bûcherons trouvèrent la maison des sorciers étant donné qu'ils allaient souvent dans cette forêt.

d. Les sorciers voulaient rester discrets donc ils déménagèrent.

e. Ils emportèrent toutes leurs affaires, puis ils s'installèrent dans une clairière.

Je m'entraîne → **J'approfondis**

4

A. Je manipule Construisez une phrase complexe, par juxtaposition ou par coordination, à partir des couples de propositions indépendantes.**

a. Il a neigé cette nuit. Ralph doit dégager la voie.

b. Il enfile ses moufles. Il met son bonnet en laine.

c. Hier, Ralph n'avait pas cours. Il a fait une sculpture sur glace.

d. Ralph est parti en avance. Il est en retard pour prendre le bus.

B.* Je manipule Construisez une phrase complexe, par juxtaposition ou par coordination, à partir des couples de propositions indépendantes.**

a. Les épopées parlent d'exploits extraordinaires. Les héros sont souvent des demi-dieux.

b. Ulysse est un héros. Il est admiré de tous.

c. Le héros affronte des monstres. Il reprend sa quête.

C.* Précisez si les propositions sont juxtaposées ou coordonnées.**

5

A. Je manipule Transformez ces propositions juxtaposées en propositions coordonnées en ajoutant le mot qui convient.**

a. Il pleut : je prends mon parapluie.

b. Je prends mon parapluie : il pleut.

c. J'ai pris mon parapluie, je suis toute mouillée.

d. Je dépose mes affaires, je m'installe au sec.

e. J'ai le choix de prendre un chocolat chaud, je peux aussi prendre un thé.

f. Léo a révisé, il n'a pas eu une bonne note.

B.* Je manipule Transformez ces propositions juxtaposées en propositions coordonnées en ajoutant le mot qui convient. Utilisez un mot coordonnant différent pour chaque phrase.**

a. La princesse était très capricieuse, la fée voulut la mettre à l'épreuve.

b. La princesse trouva un crapaud ; elle dut le garder.

c. Elle était dégoûtée par le crapaud : il était gluant.

d. Elle l'emporta avec elle, elle l'installa dans un seau.

6 LECTURE

A. Dans l'extrait suivant, repérez les propositions indépendantes et dites si elles sont juxtaposées ou coordonnées. Dans ce dernier cas, relevez le mot coordonnant.**

> Un grand rosier se dressait près de l'entrée du jardin ; les roses y étaient blanches, mais trois jardiniers s'affairaient à les peindre en rouge. Alice trouva cela bien étrange et elle s'approcha pour les regarder faire.
>
> ■ **Lewis Carroll**, *Alice au pays des merveilles* (1865)
> © Maxi Livre

B.* Dans l'extrait suivant, repérez les propositions indépendantes et dites si elles sont juxtaposées ou coordonnées. Dans ce dernier cas, relevez le mot coordonnant.**

> La Tortue fantaisie poussa un profond soupir et se frotta les yeux du revers d'une de ses pattes. Elle regarda Alice et tenta de parler, mais durant une minute ou deux, les sanglots lui étouffèrent la voix.
>
> ■ **Lewis Carroll**, *Alice au pays des merveilles* (1865)
> © Maxi Livre

ÉCRITURE

7 Imaginez la vie de Fleur-des-eaux dans la forêt en utilisant des propositions juxtaposées (que vous soulignerez en vert) et coordonnées (que vous soulignerez en rouge).

> Fleur-des-eaux était fille d'un rayon et d'une goutte de rosée. [...] La forêt le savait, et la forêt jalouse cachait son enfant adorée. Elle lui avait donné pour asile une fontaine ombragée de ses rameaux les plus touffus. Là, dans le silence et dans l'ombre, Fleur-des-eaux rayonnait au milieu de ses sœurs.
>
> ■ **Émile Zola**, *Contes à Ninon* (1864), « Simplice »

10 Qu'est-ce qu'une proposition subordonnée ?

La plupart des mots **subordonnants** contiennent les lettres ***-QU*** (sauf *si, comme*...).

mot subordonnant

[Pénélope croit toujours] [qu'Ulysse rentrera à Ithaque].

proposition principale — proposition subordonnée

→ Les deux propositions ne sont pas indépendantes, car la proposition subordonnée remplit une fonction par rapport à la proposition principale. Ici, la proposition subordonnée est COD du verbe *croire* de la proposition principale.

Je retiens

→ Une proposition **subordonnée** est reliée à une proposition **principale** grâce à un **mot subordonnant** (*que, quand, lorsque*...).

→ Une proposition **subordonnée** occupe une **fonction** par rapport à la principale : COD, complément circonstanciel (temps, cause...)...

+PROF Proposition de parcours différenciés

Construisons ensemble

1* Repérez les verbes conjugués. Précisez combien de propositions contient chaque phrase.

a. À dix-neuf heures, le supermarché ferme.

b. Dès que l'émission se termine, le présentateur remercie le public.

c. Jordan m'a demandé de t'appeler pour te demander de rapporter du pain.

d. Je suis venu te dire que tu es le bienvenu.

e. Cela m'a surprise que tu sois déjà arrivée !

2* Soulignez les verbes conjugués. Indiquez quelle est la proposition subordonnée. Encadrez le mot subordonnant.

a. Les souris dansent quand le chat n'est pas là.

b. Lorsque le matou revient, elles se précipitent dans leur trou.

c. Leur cachette possède un garde-manger pour qu'elles conservent un peu de nourriture.

d. Comme elles tardent à sortir, le chat s'impatiente.

e. Il espère qu'elles se laisseront croquer !

f. Il y a des pièges dans la maison pour que les souris disparaissent.

3 A. Encadrez la proposition subordonnée.**
B. Essayez de la déplacer dans la phrase.
C. Déduisez-en si sa fonction est complément circonstanciel.

a. Dès que nous nous levons, nous prenons une douche.

b. Notre mère a trouvé que nous arrivions bien tard.

c. Je vais vous prouver que j'ai raison.

d. Avant qu'on parte, Fodé a pris son sac.

e. Vous voyagerez plus quand vous serez à la retraite.

4 A. Encadrez la proposition subordonnée.**
B. Essayez de la supprimer de la phrase.
C. Déduisez-en si sa fonction est complément essentiel.

a. Lorsque Loan eut franchi la grille du collège, il sentit un frisson le parcourir.

b. Léa et Chloé ont annoncé qu'elles feraient leur exposé demain.

c. La professeure pense que c'est une bonne idée.

d. Vous voyagerez plus quand vous serez à la retraite.

Je m'entraîne → **J'approfondis**

5

A. ** **Expliquez pourquoi les propositions soulignées sont des subordonnées : donnez au moins trois raisons.**

a. Après que les documents ont été vérifiés, ils sont rangés dans les archives.

b. Les chambres sont plus claires parce qu'elles ont été repeintes en blanc.

c. Noémie leur rappelle qu'elle a changé d'adresse.

B. *** **Repérez les propositions subordonnées et encadrez le mot subordonnant.**

C. *** **Expliquez pourquoi ce sont des subordonnées : donnez au moins trois raisons.**

a. Mohamed se demande pourquoi Maëline ne vient pas au collège aujourd'hui.

b. Noé a mal à la main parce qu'une guêpe l'a piqué.

c. Héléna sait que le contrôle sera facile.

6

A. ** *Je manipule* **Remplacez les groupes soulignés par une proposition subordonnée de même sens.**

> COUP DE POUCE > Pour construire une proposition, pensez à remplacer les noms par des verbes conjugués.

a. Après l'entrée des élèves, le collège ferme ses portes.

b. La météo a annoncé de la pluie demain.

c. Manon a appris le départ de ses voisins.

B. *** **Donnez la fonction des groupes soulignés. Remplacez-les par des propositions subordonnées.**

a. Avant de partir au tennis, les enfants prennent un goûter.

b. Corentin avoue avoir mangé tout le gâteau.

c. Les jours de beau temps, nous nous habillons en short.

d. En raison des mauvaises conditions climatiques, le voyage est annulé.

7

A. ** **Complétez ces phrases avec une proposition subordonnée.**

a. Je reconnais … .

b. Les oiseaux se mettent à chanter … .

c. Ils mangent vite … .

d. Les campeurs espèrent … .

e. Les élèves sont heureux … .

B. *** **Complétez les phrases suivantes avec une proposition subordonnée de la fonction demandée.**

a. Le guide nous raconte (*COD*) … .

b. Il s'occupe du ravitaillement (*CC de cause*) … .

c. Tous les matins, ma grand-mère veut (*COD*) … .

d. Nous irons visiter les îles Canaries (*CC de temps*) … .

8

A. ** **Précisez si les propositions subordonnées soulignées expriment le temps ou la cause.**

a. Quand Michel Tournier a écrit *Vendredi ou la Vie sauvage*, il s'est inspiré de *Robinson Crusoé*.

b. Comme ce roman était de grande qualité, il a reçu le prix de l'Académie française.

c. Lorsque Daniel Defoe a écrit *Robinson Crusoé*, il ne pensait pas créer un véritable mythe.

B. *** **Précisez si les propositions subordonnées expriment le temps ou la cause.**

a. Papa a dû chercher les clés parce que nous les avions perdues.

b. Quand je suis allée au jardin, j'ai cueilli ces roses pour vous.

c. Dès que Lilou commence à lire un roman, elle ne peut plus s'arrêter.

ÉCRITURE

9 **Rédigez la suite de ce texte en utilisant des propositions subordonnées compléments circonstanciels (que vous soulignerez en rouge) et des propositions subordonnées compléments d'objet (que vous soulignerez en noir).**

La tempête venait à peine de se calmer. Les tentes avaient été emportées au loin. Elles étaient inutilisables. Les sommets enneigés les entouraient. Les randonneurs allaient devoir réfléchir à une solution pour survivre…

Je révise La phrase

Ma fiche de révisions

LA PHRASE

Les types de phrases

- **déclarative**
  Ex : *Marion va au musée.*
- **interrogative**
  Ex : *Marion va-t-elle au musée ?*
- **impérative**
  Ex : *Va au musée, Marion.*

Les formes de phrases

- **négative**
  Ex : *Marion ne va pas musée.*
- **exclamative**
  Ex : *Marion va plusieurs fois au musée !*

La phrase simple

Un seul verbe conjugué.
Ex : *Marion va au musée.*

La phrase complexe

Plusieurs verbes conjugués.
Ex : *Marion va au musée, puis elle retrouve son frère au restaurant.*

- composée de propositions indépendantes
  Ex : *Marion va au musée, puis elle retrouve son frère au restaurant.*
- composée d'une proposition principale et d'une ou plusieurs proposition(s) subordonnée(s)
  Ex : *Après que Marion est allée au musée, elle retrouve son frère au restaurant.*

Pour être encore plus efficace dans mes révisions, je fabrique ma propre fiche de révisions en adoptant la forme qui me convient le mieux : texte, carte mentale... > **Méthode 5 p. 378**

Je vérifie que j'ai compris les fiches 7 à 10

1 Quelle phrase est déclarative ?
a. Qui est-ce ?
b. Prenez vos cahiers !
c. Noé vient demain.

2 La phrase « Où est mon manteau ? » est de type :
a. déclaratif b. interrogatif
c. impératif

3 Quelle phrase est négative ?
a. Le chien est méchant.
b. Le chien n'est pas gentil.
c. Quel méchant chien !

4 La phrase « Il ne vient jamais. » est de forme :
a. négative b. exclamative

5 Quelle est la phrase simple ?
a. Noah boit du thé car il aime ça.
b. Noah boit du thé tous les matins.
c. Noah boit du thé : c'est bon pour la santé.

6 Combien de verbes conjugués contient une phrase simple ?
a. aucun
b. un seul
c. plusieurs

7 Deux propositions juxtaposées sont reliées par :
a. un mot coordonnant
b. un mot subordonnant
c. un signe de ponctuation

8 Quel mot ne peut pas relier deux propositions coordonnées ?
a. puis b. quand
c. ensuite d. alors

9 Quels mots peuvent relier une proposition subordonnée à une proposition principale ?
a. parce que b. car
c. à cause de d. en effet

10 Une proposition subordonnée peut se trouver toute seule.
a. vrai b. faux

➜ Je calcule mon score

Corrigés du quiz
hatier-clic.fr/25coli301

Je m'entraîne pour l'évaluation

Les questions 1 à 6 portent sur le texte ci-dessous.

Marguerite, petite fille du château, s'est liée d'amitié avec une grenouille.

– Votre couronne et vos bijoux, dit Marguerite étonnée, où sont-ils donc ?

– Je viens te les demander, Margot, car ils sont chez toi.

– Comment cela ?

– Apprends mon histoire, que j'allais te raconter l'autre jour quand ton affreux cygne, cet oiseau de malheur que tu appelles Névé et qui n'est autre que le prince Rolando, est venu te priver de mes confidences. Entends-le ! Il s'agite dans sa cabane de planches, il voudrait me dévorer ; mais je me suis assurée qu'il était bien enfermé : d'ailleurs je sais des paroles magiques pour le tenir en respect. Écoute-moi donc, et fais ton profit de ce que je vais te révéler…

■ **George Sand**, *Contes d'une grand-mère* (1873), « La reine Coax »

Je sais identifier les types et les formes de phrases

1 Relevez une phrase de chaque type.

2 Identifiez une phrase exclamative.

Je sais repérer une phrase simple

3 Recopiez une phrase simple et soulignez en rouge le verbe conjugué.

Je sais repérer et analyser une phrase complexe

4 Recopiez une phrase complexe et indiquez combien elle contient de propositions.

5 Recopiez la proposition subordonnée qui se trouve dans la partie de texte soulignée.

6 Identifiez deux propositions coordonnées et deux propositions juxtaposées.

Je sais rédiger des phrases de différents types et formes

7 Rédigez le début des révélations de la grenouille en utilisant une phrase de chaque type et de chaque forme. Identifiez les types et formes de phrases que vous avez utilisés.

Mise en jeu

Faire le point sur :
- le verbe conjugué dans la phrase

Il était une fois... LE VERBE

Obtenez votre diplôme de sorcellerie ! Ouvrez vos grimoires et sortez vos baguettes. Méfiez-vous des défis de la sorcière !

1 Étrange disparition

• D'un coup de baguette magique, une fée a fait disparaître cinq verbes conjugués dans ce texte. Cherchez leur place dans le texte et retrouvez-les dans la double page.

Ils dans une forêt fort épaisse, où, à dix pas de distance, on ne se pas l'un l'autre. Le bûcheron à couper du bois, et ses enfants à ramasser des broutilles[1] pour faire des fagots. Le père et la mère, les voyant occupés à travailler, d'eux insensiblement, et puis tout à coup par un petit sentier détourné.

D'après **Charles Perrault**, « Le Petit Poucet » (1697)

1. **broutilles :** petites branches.

2 Apprentis sorciers

• Formez des groupes d'apprentis sorciers. Chaque groupe jette un sort de métamorphose différent à cet extrait de conte et réécrit le texte.

Gretel s'enfonce dans la forêt. Après quelques heures de marche, elle se perd. La nuit commence à tomber. Soudain, entre les branches, elle aperçoit une lumière...

- Sort 1 Commencez par *Au temps jadis*...
- Sort 2 Commencez par *Gretel et Hansel*...
- Sort 3 Mettez toutes les phrases à la forme négative.
- Sort 4 Commencez par *Demain matin*...

Le défi de la sorcière • Observez les verbes conjugués dans les quatre textes réécrits. Comment les modifications que vous avez faites peuvent-elles servir à repérer les verbes conjugués dans le texte de départ ?

allèrent

s'enfuirent

se mit

3 Potion magique

• Le magicien Rhétorik le Gris fabrique une potion qui a le pouvoir de faire bien parler. Aidez-le à sélectionner ses ingrédients. Attention aux intrus ! Il lui faut :

• 5 verbes à l'infinitif

lettre • plaisanter • lavoir • rougir • peignoir • pâtissier • rire • émouvoir • tapir • battre

• 5 participes passés

transformé • fermeté • joli • cousu • fini • merlu • ramassé • pourri • cornu

Le défi de la sorcière • Le magicien doit maintenant apporter la touche finale à sa recette : 3 mots qui, selon la phrase, peuvent être soit un nom soit un verbe.

fermoir • branche • geler • cuir • pousse • porte • termine • miroir

4 Formule magique

• Ouvrez votre grimoire (un livre ou un dictionnaire) et choisissez une lettre au hasard.
• Trouvez trois verbes commençant par cette lettre et rédigez un petit texte de trois phrases contenant les trois verbes.

s'éloignèrent

5 Texte ensorcelé

• Le premier qui trouvera les onze verbes conjugués du texte obtiendra une mention TB à son diplôme de sorcellerie.

Arriva le jour où elle eut précisément quinze ans et durant lequel le roi et la reine s'absentèrent du château et où la fillette resta seule. Elle se rendit partout pour le plaisir, inspectant les pièces, les chambres et parvint finalement dans une vieille tour.
Elle monta les marches de l'escalier en colimaçon et arriva devant une petite porte. Dans la serrure, il y avait une vieille clef rouillée et, lorsqu'elle la tourna, la porte s'ouvrit sur une vieille femme assise dans une pièce minuscule…

voyait

11 RÉVISIONS

Comment reconnaître le sujet du verbe ?

accord avec le verbe

Des chevaux **galopent** dans la plaine.
(sujet = groupe nominal)

Ils **galopent** dans la plaine.
(sujet = pronom personnel)

Dans la plaine, **galopent** *des chevaux*.
(sujet inversé)

Pour trouver le sujet du verbe, je pose la question « **Qui est-ce qui** *galopent* ? ». Réponse : ce sont « Des chevaux » qui galopent. « Des chevaux » est donc le sujet du verbe « galopent ».

Je retiens

Le sujet (ou groupe sujet) du verbe

→ Il est généralement placé **avant** le verbe. Il commande l'**accord** de ce verbe.

→ Il désigne **qui fait l'action** exprimée par le verbe ou **qui est dans l'état** décrit par le verbe.

→ Nature : **groupe nominal** ou **pronom**.

+PROF Proposition de parcours différenciés

Construisons ensemble

1* *Je manipule* **Trouvez le sujet de chaque phrase en posant la question « Qui est-ce qui [verbe] ? ».**

COUP DE POUCE > Énoncez votre réponse en utilisant la formule « C'est / Ce sont ... qui (*verbe*) ». Ainsi, vous trouverez le sujet.

a. Les sorcières jettent des sorts.
b. Les lutins jouent des tours aux villageois.
c. De l'autre côté de la montagne s'élève un grand château.
d. La professeure nous raconte cette histoire.

2* *Je manipule* **Repérez les sujets des verbes surlignés. Vérifiez votre réponse en remplaçant les sujets par un pronom personnel.**

COUP DE POUCE > Les pronoms personnels sujets sont : *je, tu, il, elle, on, nous, vous, ils, elles*.

a. Les oiseaux de proie sont aussi appelés rapaces.
b. Le faucon et la buse ont un regard perçant.
c. La chouette loge parfois dans les greniers.
d. L'aigle fait aujourd'hui partie des espèces protégées.
e. Mes amis et moi observons les éperviers dans le ciel clair.

3** **Inventez la fin de la phrase pour les sujets soulignés. Attention à bien accorder le verbe !**

a. Au printemps, les arbres … .
b. La voiture des voisins … .
c. Moussa et moi … .
d. Les filles et les garçons … .
e. Demain, Émile et toi … .

4*** **Trouvez le sujet des phrases suivantes en vous aidant de l'accord du verbe.**

a. Le cirque et sa fanfare sont arrivés en ville.
b. Le chapiteau des artistes se dresse dans le parc.
c. Des affiches placardées dans la rue annoncent l'événement.
d. Mercredi, les enfants du village iront au cirque.

Je m'entraîne → J'approfondis

5 LECTURE

A. Repérez le sujet de chaque verbe surligné dans le texte suivant.**

COUP DE POUCE > Pensez à vous demander « Qui est-ce qui (*verbe*) ? »

Un matin, un beau jeune homme traversait la forêt. Le soleil brillait, les oiseaux chantaient, un vent frais soufflait dans le feuillage, et le jeune homme était joyeux et en belle humeur.

■ Jacob et Wilhelm Grimm, *Contes de l'enfance et du foyer* (1843), « La gardeuse d'oies près de la fontaine », traduit par F. Baudry

B.* Repérez les verbes conjugués, puis identifiez leur sujet.**

[...] tout à coup il aperçut la vieille sorcière accroupie sur ses genoux et coupant de l'herbe avec sa faucille. Elle en avait déjà amassé toute une charge dans son sac, et à côté d'elle étaient deux grands paniers tout remplis de poires et de pommes sauvages.

■ Jacob et Wilhelm Grimm, *Contes de l'enfance et du foyer* (1843), « La gardeuse d'oies près de la fontaine », traduit par F. Baudry

6 ORTHOGRAPHE

A. Accordez les verbes au présent.**

a. Ulysse et ses hommes arrive... sur l'île de Circé.
b. La magicienne transforme... les hommes en cochons.
c. Les hommes d'Ulysse mange... des glands.
d. Mes camarades et moi ri... en lisant cet épisode.

B.* Accordez les verbes au présent.**

a. L'épisode préféré des élèves demeure... celui du cyclope Polyphème.
b. Ce monstre aux habitudes cruelles dévore... les compagnons d'Ulysse.
c. Autour du navire, chante... les Sirènes.
d. Ulysse et ses hommes leur échappe... .

7

A. Repérez le sujet de chaque phrase et donnez sa nature : groupe nominal ou pronom ?**

a. Dans les fables, les animaux représentent les êtres humains.
b. Ils parlent comme des êtres humains.
c. Les fables permettent de réfléchir.
d. Souvent, elles se finissent par une morale.

B.* Complétez chaque phrase avec un sujet de la nature demandée.**

a. (*pronom*) ... se sont réveillés de bonne humeur.
b. (*GN*) ... commencent aujourd'hui.
c. (*pronom*) ... partons à la campagne.
d. (*GN*) ... rêve de se reposer.
e. (*pronom*) ... lui enverront une carte postale.

8

A. Relevez le sujet dans les phrases suivantes.**

a. Comment sont-elles arrivées là ?
b. Derrière les montagnes, disparaît le soleil.
c. Le sorcier, tous les matins après le lever du soleil, pratique sa magie noire.
d. Où est passée Leïla ?

B.* Je manipule Réécrivez les phrases suivantes en plaçant le complément en tête de phrase et en inversant le sujet.**

a. Des nuages menaçants s'amoncellent au loin.
b. Les oiseaux nichent dans les arbres.
c. Les étoiles filent dans l'obscurité.

ÉCRITURE

9 À partir de ces phrases, rédigez un petit texte. Vous utiliserez des pronoms ou d'autres groupes nominaux pour éviter la répétition du nom *abeilles* comme sujet.

a. Les abeilles sont des insectes.
b. Les abeilles vivent en communauté.
c. Quand les abeilles piquent, les abeilles meurent.
d. Les abeilles jouent un rôle important dans la pollinisation des végétaux.
e. Les abeilles sont en danger à cause des pesticides.

Comment reconnaître le groupe verbal ?

Pour reconnaître le groupe verbal, je repère d'abord le verbe conjugué. Ensuite, j'identifie les **compléments qui sont essentiels** ou **qui ne peuvent pas être placés en tête de phrase**.

Le facteur dépose un énorme colis [devant la porte].

Le facteur	dépose	un énorme colis	[devant la porte]
sujet	verbe	complément essentiel → non supprimable / non déplaçable	complément circonstanciel → supprimable / déplaçable
groupe sujet	**groupe verbal**		**complément circonstanciel**

Je retiens

Le groupe verbal

→ Il comprend **le verbe et ses compléments essentiels** (non supprimables et non déplaçables en tête de phrase).

→ Il ne comprend pas les compléments circonstanciels (supprimables et déplaçables en tête de phrase).

+PROF Proposition de parcours différenciés

Construisons ensemble

1* Je manipule Dites si les compléments soulignés sont essentiels ou non : pour cela, vérifiez qu'ils ne sont pas supprimables ni déplaçables.

a. Dès le mois de février, on entend les oiseaux dans les sous-bois.

b. L'écureuil croque des noisettes avec appétit au pied du chêne.

c. Quand la nuit tombe, les chouettes hululent jusqu'au petit matin.

d. De grands hêtres déploient leurs branches majestueusement.

2* Je manipule Complétez les groupes verbaux soulignés par un complément essentiel afin d'obtenir une phrase complète et correcte.

a. Chaque matin, mon voisin Georges ouvre ... .

b. Je me souviens parfaitement ... .

c. La maison bleue semble ... .

d. Sur la place, le fleuriste vend... .

e. Le dimanche, la boulangère offre... .

3 Précisez à quel schéma correspond chaque phrase.**

a. Au petit matin, la brume couvrait la campagne.

b. Le coq chanta.

c. Les rayons du soleil percèrent les nuages.

d. Des tapis de fleurs faisaient des taches roses dans les prés verts.

1. groupe sujet groupe verbal

2. groupe sujet groupe verbal

3. groupe sujet groupe verbal complément circonstanciel

4. complément circonstanciel groupe sujet groupe verbal

Défi ! **Composez une phrase sur ce modèle :** complément circonstanciel groupe sujet groupe verbal complément circonstanciel

4 Je manipule Réécrivez les phrases en supprimant les compléments circonstanciels.**

a. Trois coups secs furent frappés à la porte.

b. Un homme étrange entra dans la salle.

c. Il portait, ce matin-là, un habit brun.

d. Dans la foule, sa haute taille impressionnait.

Je m'entraîne → **J'approfondis**

5

A. Dites si le complément souligné est essentiel (obligatoire) ou circonstanciel (facultatif).**

a. Le joueur passe son tour.
b. Le bus passe à sept heures sept.
c. Les oiseaux sifflent le matin.
d. Léna siffle un air connu.

B.* Identifiez les compléments dans ces phrases et dites pour chacun s'il est essentiel (obligatoire) ou circonstanciel (facultatif).**

a. Les animaux fuient dans les bois.
b. Les aventuriers fuient la tempête.
c. Elle mange une pomme.
d. Les élèves mangent dans la grande salle.

6

A. Repérez les compléments essentiels des verbes soulignés.**

a. Le vieux manoir abandonné intrigue les enfants.
b. Un après-midi, les jeunes aventuriers poussent la grille rouillée de l'antique demeure.
c. Prudemment, ils traversent le jardin en enjambant les ronces.

B.* Soulignez les verbes conjugués, puis repérez les compléments essentiels.**

a. La porte semble solide et fermée à double tour.
b. Une fenêtre cassée les invite à entrer.
c. À l'intérieur, la poussière recouvre meubles, bibelots et tapis.
d. Finalement, ils rebroussent chemin.

7

A. Je manipule Réécrivez ces phrases en remplaçant le complément essentiel par un pronom personnel.**

a. Léa emprunte des livres à sa voisine.
b. La lecture transporte la petite fille.
c. Elle préfère les bandes dessinées.
d. Elle raconte les histoires à ses camarades.

B.* Je manipule Réécrivez ces phrases en remplaçant le pronom personnel complément par un groupe nominal complément.**

a. Les enfants les ont découverts au grenier.
b. Jonas l'offre à sa sœur.
c. Camille lui prête ses crayons.
d. Nassim la lui conseille.

8 LECTURE

A. Repérez les groupes verbaux contenus dans chaque phrase de cette strophe.**

Les hirondelles sont parties.
Le brin d'herbe a froid sur les toits ;
Il pleut sur les touffes d'orties.
Bon bûcheron, coupe du bois.

Victor Hugo, Reliquat des *Chansons des rues et des bois* (1883)

B.* Repérez les groupes verbaux contenus dans chaque phrase de ce poème.**

La bise fait le bruit d'un géant qui soupire ;
La fenêtre palpite et la porte respire ;
Le vent d'hiver glapit sous les tuiles des toits ;
Le feu fait à mon âtre une pâle dorure ;
Le trou de ma serrure
Me souffle sur les doigts.

Victor Hugo, *Dernière Gerbe* (1902), « La Bise »

ÉCRITURE

9 A. Repérez les verbes et leur groupe verbal.
B. Écrivez la suite du texte en employant cinq verbes de votre choix.
C. Soulignez les groupes verbaux que vous avez créés.

Un âne et un renard, ayant lié société, sortirent pour chasser. Un lion se trouva sur leur chemin. Voyant le danger suspendu sur eux, le renard s'approcha du lion et s'engagea à lui livrer l'âne, s'il lui promettait la sûreté.

Ésope, *Fables* (IVe s. av. J.-C.), « L'Âne, le renard et le lion », traduit par E. Chambry

13 Qu'est-ce qu'un complément d'objet ?

envoyer quelque chose à quelqu'un

Juliette envoie une carte postale à sa grand-mère.
V — COD — COI

Juliette la lui envoie.
COD — COI — V

Après un verbe d'action, si je n'arrive pas à supprimer ni à déplacer les compléments, alors ce sont des **compléments d'objet** : ce sont des compléments qui sont **essentiels** et qui **ne peuvent pas être placés en tête de phrase**.

Je retiens

- Les compléments d'objet sont des **compléments essentiels** du verbe, ils appartiennent donc au groupe verbal.
- Ils **complètent logiquement le verbe**. Ex : *une carte postale* et *à sa grand-mère* complètent logiquement le verbe d'action *envoyer* (on *envoie* toujours *quelque chose* et *à quelqu'un*).
- Ils sont **obligatoires** : ni supprimables (Ex : ~~*Juliette envoie*~~.), ni déplaçables en tête de phrase (Ex : ~~Une carte postale Juliette envoie~~.).
- Le complément d'objet est **direct** (**COD**) quand il se construit **sans préposition** ; il est **indirect** (**COI**) quand il se construit **avec une préposition** (*à, de...*).
- On peut **remplacer le complément d'objet par un pronom**.
  Ex : *Elle envoie une carte.* → *Elle l'envoie.* (COD)
  Elle parle à sa sœur. → *Elle lui parle.* (COI)

+PROF Proposition de parcours différenciés

Construisons ensemble

1 * Je manipule Déterminez si les compléments surlignés sont essentiels en essayant de les supprimer ou de les placer en tête de phrase.

a. Zoé apprend le code informatique depuis deux ans.
b. Elle souhaite devenir ingénieure informaticienne.
c. Elle apprécie particulièrement l'univers des jeux.
d. Elle a codé un petit programme ingénieux qui permet de tirer au sort un chiffre entre 1 et 10.

2 * Dans les phrases suivantes, repérez les compléments d'objet.

a. Les élèves s'habituent à la vie du collège.
b. Ils pensent à prendre leurs affaires.
c. Inès et Dylan apportent leur livre à chaque cours.
d. Ils jouent au basket dans la cour.

3 ** Je manipule Vérifiez que les compléments soulignés sont bien COD en les remplaçant par un pronom personnel.

a. Philéas Fogg a fait un long voyage.
b. Passepartout accompagne son maître durant ce périple.
c. Les voyageurs parcourent le monde.
d. Ils défilent triomphants au bout de quatre-vingts jours de voyage.

4 ** Inventez la fin de chaque phrase en complétant par un complément d'objet.

a. Marwan rêve de ... .
b. La colline domine ... .
c. Ce cahier appartient à ... .
d. Nisrine a gagné ... .
e. Ce plat manque de ... .

Je m'entraîne → **J'approfondis**

5

A. Précisez si le complément souligné est un COD ou un COI.**

a. Les espions ont intercepté un message.

b. L'agent X a envoyé ce message à un autre espion.

c. La sécurité du monde dépend de cette mission.

d. On liste les suspects.

e. L'agent X a réussi à sauver le monde.

B.* Repérez les compléments d'objet, puis précisez s'il s'agit d'un COD ou d'un COI.**

a. Vadim tient beaucoup à son livre.

b. M. Germain a offert ce livre à son élève.

c. Ce livre raconte les aventures d'un enfant américain.

d. Tom dit beaucoup de mensonges.

e. Tante Polly gronde souvent Tom.

6

A. *Je manipule* Remplacez les pronoms soulignés par un COD d'une autre nature grammaticale.**

a. Ilan l'a compris.

b. Le marchand le change.

c. Camille l'écoutera demain.

d. Fatimata la modifie.

B.* *Je manipule* Remplacez les pronoms soulignés par un COD ou un COI d'une autre nature grammaticale.**

a. Océane s'en doute depuis longtemps.

b. Hugo le lui a donné hier.

c. Ce cadeau lui plaît beaucoup.

d. Julie la regarde avec attention.

7

A. *Je manipule* Remplacez les COD ou COI soulignés par un pronom.**

a. Joris descend l'escalier.

b. Il a oublié son cartable à l'étage.

c. Arrivé en bas, il s'aperçoit de son oubli.

d. Il remonte l'escalier.

B.* *Je manipule* Remplacez les compléments d'objet par un pronom.**

a. Mme Dupont a préparé un cake aux brocolis.

b. Alfred n'a pas aimé le cake.

c. Alfred se vengera de Mme Dupont.

d. Il imagine un cake ensorcelé.

8 LECTURE

A. Indiquez si les compléments soulignés sont des COD ou des COI.**

Un homme brutal bat un chien appelé Buck, puis s'adresse à lui.

« Nous nous comprenons, je crois. Vous venez d'apprendre à connaître votre place. Moi, je saurai garder la mienne. Si vous êtes un bon chien, cela marchera. Si vous faites le méchant, voici un bâton qui vous enseignera la sagesse. Compris, pas vrai ?... Entendu !... Et, sans nulle crainte, il passa sa rude main sur la tête puissante. »

■ Jack London, *L'Appel de la forêt* (1906), traduit par R. de Galard

B.* Indiquez si les compléments soulignés sont des COD, des COI ou un autre complément.**

COUP DE POUCE > L'attribut du sujet se construit avec un verbe attributif (*être*, *sembler*...) et renvoie au sujet du verbe. > Fiche 14 p. 310

Il était professeur au Johannæum, et faisait un cours de minéralogie pendant lequel il se mettait régulièrement en colère une fois ou deux. Non point qu'il se préoccupât d'avoir des élèves assidus à ses leçons, ni du degré d'attention qu'ils lui accordaient, ni du succès qu'ils pouvaient obtenir par la suite ; ces détails ne l'inquiétaient guère.

■ Jules Verne, *Voyage au centre de la Terre* (1864)

ÉCRITURE

9 Imaginez la notice de montage d'un meuble en employant les verbes ci-dessous complétés par un COD ou un COI, que vous soulignerez. Utilisez les verbes dans l'ordre que vous souhaitez.

vissez • collez • cassez • peignez • méfiez-vous de • pensez à • clouez

14 Qu'est-ce qu'un attribut du sujet ?

On peut presque toujours **remplacer** un verbe attributif **par le verbe *être***.
Ex : *La mer est furieuse.*

La mer paraît furieuse.

sujet — verbe — attribut du sujet

Je retiens

- L'attribut du sujet est un **complément essentiel** du verbe. Il fait donc partie du groupe verbal.
- Il **caractérise le sujet** par l'intermédiaire d'un verbe attributif. Ex : *furieuse* complète le verbe *paraître*.
- Il est **obligatoire** : ni supprimable (Ex : ~~La mer paraît.~~), ni déplaçable en tête de phrase (Ex : ~~Furieuse la mer paraît.~~).
- Il **se construit avec un verbe attributif** : *être*, *paraître*, *sembler*, *demeurer*, *rester*... et les locutions *avoir l'air*, *être considéré comme*...
- On peut le **remplacer par un pronom**. Ex : *La mer paraît furieuse.* → *La mer le paraît.*
- Le sujet et l'attribut du sujet **renvoient** toujours **à la même personne** ou **à la même chose**. Ex : *La mer = furieuse*

+PROF
Proposition de parcours différenciés

Construisons ensemble

1* Je manipule Déterminez si les compléments surlignés sont essentiels en essayant de les supprimer ou de les placer en tête de phrase.

a. La montagne est très haute.
b. Les skieurs semblent minuscules.
c. Les bouquetins ont l'air de petits points noirs sur la neige blanche.
d. Le vent reste fort.
e. Le massif se dresse dans la lumière du soir.

2 A. Identifiez le sujet de chaque verbe conjugué dans les phrases suivantes.**

B. Pour chaque complément souligné, précisez s'il caractérise ou non le sujet du verbe.

C. Déduisez-en s'il s'agit d'un attribut du sujet.

a. Robinson arrive sur une île.
b. L'île semble déserte.
c. Robinson rencontre un autre humain.
d. Cet homme a l'air sympathique.
e. Robinson reste méfiant.

3 Complétez chaque phrase avec un attribut du sujet.**

a. Le castor est ... .
b. Dans cette forêt, les animaux semblent ... .
c. Le chemin n'a pas l'air ... .
d. Devant tant de beauté, nous restons ... .
e. Le paysage paraît ... .

4 Je manipule Vérifiez que les compléments soulignés sont des attributs du sujet en les remplaçant par un pronom personnel.**

a. Ce roman semble très intéressant.
b. Les élèves paraissent passionnés.
c. Leur lecture est captivante.
d. Les élèves lisent avec passion.
e. Leur enthousiasme paraît sincère.

Je m'entraîne → **J'approfondis**

5

A. Précisez si le complément souligné est un attribut du sujet ou un COD.**

a. La robe de la princesse semble une œuvre d'art.

b. Des pierres précieuses ornent sa jupe.

c. Le tissu a l'air aérien.

d. Les couturières ont fabriqué un chef-d'œuvre.

B.* Repérez le complément, puis précisez s'il s'agit d'un attribut du sujet ou d'un COD.**

a. Le collège semble tout neuf.

b. On a repeint toutes les salles.

c. Les bâtiments paraissent plus agréables.

d. Les élèves apprécient vraiment ce changement.

e. Les élèves ont l'air très contents.

6

A. Je manipule Remplacez le pronom souligné par un attribut du sujet d'une autre nature grammaticale.**

a. Les sorciers le sont.

b. Les elfes ne le paraissent pas.

c. Les ogres en ont l'air.

d. Les dragons le sont toujours.

B.* Je manipule Remplacez le pronom attribut par un attribut du sujet d'une autre nature grammaticale.**

a. Les vampires le sont toujours.

b. Les sirènes le semblent un peu.

c. Les géants le paraissent souvent.

d. Les fantômes le restent.

7

A. Je manipule Remplacez le verbe *être* par des verbes attributifs variés.**

a. Ce plat est délicieux.

b. Les légumes sont bien assaisonnés.

c. La présentation est soignée.

d. Ce plat est la spécialité du chef.

e. Ce plat est un classique de la cuisine bretonne.

B.* Associez le sujet et l'attribut proposés en utilisant des verbes attributifs variés.**

a. L'avion / un moyen de transport rapide.

b. Le train / écologique.

c. Le nom du bateau / le *Titanic*.

d. La marche à pied / agréable.

e. La voiture / pratique.

8 LECTURE

A. Repérez les verbes attributifs, puis relevez les attributs du sujet.**

Valère et Lucas battent Sganarelle pour qu'il avoue être médecin alors qu'il est bûcheron.

SGANARELLE. – Ah, ah ! Eh bien, Messieurs, oui, puisque vous le voulez, je suis médecin, je suis médecin, apothicaire encore, si vous le trouvez bon. J'aime mieux consentir à tout que de me faire assommer.

VALÈRE. – Ah ! Voilà qui va bien, Monsieur, je suis ravi de vous voir raisonnable.

■ **Molière**, *Le Médecin malgré lui* (1666), I, 5

B.* Relevez trois attributs du sujet, puis, pour chaque attribut, précisez quel sujet il complète.**

La reine d'un royaume voisin avait deux filles. La première était plus belle que le jour. La même fée qui avait assisté à la naissance du petit Riquet à la houppe voulut modérer la joie de la reine ; elle lui déclara que cette petite princesse n'aurait point d'esprit, et qu'elle serait aussi stupide qu'elle était belle.

■ **Charles Perrault**, *Histoires ou Contes du temps passé* (1697), « Riquet à la houppe »

ÉCRITURE

9 A. Observez l'image de Daphné **> p. 192****.**

B. Recherchez des adjectifs pouvant décrire son attitude ou son caractère.

C. Rédigez sa description en quelques phrases. Utilisez des verbes attributifs variés ainsi que des attributs du sujet.

15 À quoi les pronoms personnels servent-ils ?

Remplacer un groupe nominal par un pronom personnel permet d'**éviter des répétitions** dans un texte.

Anna tricote un bonnet à son petit frère.
S V COD COI
→ Elle le lui tricote.

Je retiens

→ Le pronom personnel est un mot qui **désigne une personne** ou **remplace un groupe nominal**.

→ Il **change de forme selon sa fonction** dans la phrase (sujet, COD, COI...).

	1re personne		2e personne		3e personne	
	singulier	pluriel	singulier	pluriel	singulier	pluriel
Sujet	je	nous	tu	vous	il, elle, on	ils, elles
COD	me	nous	te	vous	le, la	les
COI	me	nous	te	vous	lui	leur

+PROF
Proposition de parcours différenciés

Construisons ensemble

1* Je manipule Remplacez chaque nom ou GN souligné par un pronom personnel.

a. Timéo chante.

b. Timéo et Léa chantent une chanson.

c. Léa chante une chanson à Timéo.

d. Timéo et toi allez au collège.

2 Indiquez si la forme soulignée est un pronom ou un déterminant.**

COUP DE POUCE > Un déterminant se trouve devant un nom > Fiche 18 p. 322. Un pronom complément se trouve devant un verbe.

a. La plante a poussé. La voisine la soigne bien.

b. Le car est passé. Nous le prenons le matin.

c. Les oiseaux migrent. Les chercheurs les observent.

3 Réécrivez ces phrases en mettant le terme souligné au pluriel.**

a. Le voilier a subi une tempête, il est rentré très abîmé.

b. Si la robe ne convient pas, je la reprendrai.

c. Parle à ton frère, tu lui dois bien ça.

4 A. Dans les phrases suivantes, cherchez la fonction grammaticale des termes soulignés.**

B. Transformez ces termes en pronoms personnels dont vous donnerez la fonction.

COUP DE POUCE > Pour revoir les fonctions sujet et complément > Fiche 11 p. 304 et Fiche 13 p. 308.

a. Le tour de France passera par l'Auvergne.

b. Mon oncle m'a réparé mon violon.

c. Leurs chiens ne sont pas tenus en laisse, or ces chiens sont dangereux.

d. Mélanie écrit à ses tantes.

Je m'entraîne → **J'approfondis**

5

A. Remplacez chaque groupe souligné par un pronom personnel qui évitera la répétition.**

a. Philémon et Baucis sont pauvres mais heureux. Mariés depuis longtemps, Philémon et Baucis s'aiment comme aux premiers jours de leur union.

b. Un jour, Philémon et Baucis reçoivent la visite de Jupiter. Philémon et Baucis accueillent Jupiter, puis la vieille Baucis prépare à Jupiter un repas simple mais copieux.

B.* Réécrivez les phrases suivantes en utilisant des pronoms personnels pour éviter les répétitions.**

a. Jupiter est ému par les deux vieillards amoureux. Jupiter promet aux deux vieillards amoureux de ne jamais séparer les deux vieillards.

b. Comment Jupiter tient-il la promesse qu'il a faite à Philémon et Baucis ? Jupiter transforme Philémon et Baucis en deux arbres qui croiseront leurs branches pour l'éternité.

6

A. Précisez quel élément de la première phrase est repris par le pronom personnel souligné.**

a. L'acteur s'est présenté au public en compagnie d'un chimpanzé qui joue dans le film. Il n'a cessé de faire des grimaces et des pitreries.

b. Le chien est, dit-on, le meilleur ami de l'être humain. Il apprécie ses qualités de gardien et de compagnon fidèle.

c. Autrefois, les loups menaçaient les troupeaux. Les chiens qui les protégeaient étaient courageux.

B.* Inventez une phrase contenant l'élément repris par les pronoms personnels soulignés.**

a. … . Ils prirent le départ au petit matin.

b. … . Elle promit de le poursuivre aux quatre coins du monde.

c. … . Elle le lui jura.

d. … . Le vieil homme la leur dévoila.

e. … . Notre héros les gagna et repartit satisfait de son exploit.

7 LECTURE

A. Relevez les pronoms personnels qui reprennent le *gros vieux chêne*.**

Il y avait autrefois en la forêt de Cernas un gros vieux chêne qui pouvait bien avoir cinq cents ans. La foudre l'avait frappé plusieurs fois, et il avait dû se faire une tête nouvelle, un peu écrasée, mais épaisse et verdoyante. Longtemps ce chêne avait eu une mauvaise réputation. [...]

Pourtant le moment vint où il fut plus que jamais réputé sorcier après l'aventure d'Emmi.

■ **George Sand**, *Contes d'une grand-mère* (1876), « Le Chêne parlant »

B.* Relevez les pronoms personnels qui désignent la Belle.**

La dixième nuit qu'elle passa chez son père, elle rêva qu'elle était dans le jardin du palais et qu'elle voyait la Bête couchée sur l'herbe, et prête à mourir. [...] « Ne suis-je pas bien méchante, dit-elle, de donner du chagrin à une bête qui a pour moi tant de complaisance ? ».

■ **Madame Leprince de Beaumont**, *Le Magasin des enfants* (1756), « La Belle et la Bête »

ÉCRITURE

8 Réécrivez ce texte en remplaçant certains pronoms personnels par des groupes nominaux ou des noms propres afin de créer une histoire précise et compréhensible. Vous pouvez enrichir le texte avec d'autres phrases.

Dès qu'il la vit, il fut stupéfait. Elle lui apparut dans toute sa grandeur, telle qu'ils la découvraient tous pour la première fois. Elle s'élevait face à eux, semblant prête à prendre la parole et à les engager à prendre les armes pour elle. Mais il ne se laissa pas impressionner. Il connaissait les dangers vers lesquels elle les avait menés auparavant. Il décida d'être raisonnable et lui tourna le dos.

16 Comment reconnaître le complément circonstanciel ?

Je repère facilement les compléments circonstanciels : je peux les **supprimer** ou les **déplacer**.

Ce matin, Tom court vite dans le couloir parce qu'il est en retard.

- *Ce matin* : Quand ? (groupe nominal)
- *Tom* : sujet
- *court* : V
- *vite* : Comment ? (adverbe)
- *dans le couloir* : Où ? (groupe nominal prépositionnel)
- *parce qu'il est en retard* : Pourquoi ? (proposition)

Je retiens

→ Les compléments circonstanciels ne sont pas essentiels : ils sont **supprimables**. De plus, on peut généralement les **déplacer**.

Ex : *Ce matin, dans le couloir, parce qu'il est en retard, Tom court vite.*

→ Ils ont différentes **valeurs** selon la **circonstance** exprimée : le lieu (où ?), le temps (quand ?), la cause (pourquoi ?), la manière (comment ?)...

→ Ils peuvent avoir **différentes natures grammaticales** : ce sont souvent des groupes nominaux, des groupes nominaux prépositionnels, des adverbes ou des propositions.

+PROF Proposition de parcours différenciés

Construisons ensemble

1* Réécrivez ces phrases en supprimant les compléments circonstanciels.

a. Les feuilles tombent à l'automne sur le sol qui commence à geler.

b. Dès que le vent se lève, les cigales se taisent dans les jardins.

c. Il a plu toute l'après-midi.

d. On allume joyeusement un grand feu dans la cheminée.

e. Les femmes le trouvent laid à cause de sa barbe bleue.

2* Réécrivez les phrases de l'exercice 1 en déplaçant les compléments circonstanciels.

COUP DE POUCE > Quand le complément circonstanciel est en début de phrase ou au milieu, il faut le détacher entre virgules.
Ex : *Dans les bois, hurlent les loups.*
Les loups, dans les bois, hurlent.

3 Dites si les compléments soulignés sont des compléments essentiels ou circonstanciels.**

a. Après les vacances, nous lirons l'*Odyssée*.

b. Homère a composé cette épopée dans l'Antiquité.

c. Au fil du récit, nous découvrirons, avec plaisir, les aventures du roi d'Ithaque.

d. Ulysse affronte bravement des monstres parce qu'ils l'empêchent de rentrer chez lui.

e. Les élèves apprécient les aventures de ce célèbre roi.

4 Complétez ces phrases minimales avec un complément circonstanciel de votre choix.**

a. Les pirates lancent l'abordage.

b. Le vaisseau espagnol riposte.

c. Tout l'équipage est réuni.

d. Les pirates cherchent de l'or.

e. Ils trouvent un coffre.

Défi ! **Donnez la nature grammaticale du complément que vous avez inventé.**

Je m'entraîne → J'approfondis

5

A. Relevez les compléments circonstanciels qui indiquent le lieu ou le temps.**

a. Adam part de chez lui à 8 h 05. Il arrive au collège à 8 h 25. Calculez le temps de son trajet.

b. Maïa joue aux billes. Elle en possède 12. À la récréation du matin, elle gagne 7 billes. À la récréation de l'après-midi, elle en perd 4. Combien de billes possède-t-elle à la fin de la journée ?

B.* Relevez les compléments circonstanciels, puis classez-les selon qu'ils indiquent le lieu ou le temps.**

a. Imad doit prendre 2 comprimés le matin, pendant une semaine. Il y a 15 comprimés dans chaque boîte de médicaments. Combien Imad doit-il acheter de boîtes ?

b. Tom va à la piscine tous les jours pendant 7 semaines. Combien de fois ira-t-il à la piscine ?

6

A. Donnez la valeur (temps, lieu, cause, manière) des compléments circonstanciels soulignés.**

a. Le soir même, la jeune inconnue repartait pour Moscou.

b. Les vulcanologues surveillent attentivement les volcans.

c. Grâce à Athéna, Ulysse pourra retourner à Ithaque.

d. Le roi salua ses sujets avec bienveillance.

e. Promets-moi de revenir ici bientôt !

B. Précisez leur nature grammaticale.**

C.* Donnez la valeur (temps, lieu, cause manière) des compléments circonstanciels.**

a. Les matelots embarquèrent vers New York au petit matin à cause du brouillard.

b. On ne peut pas accéder chez moi parce que c'est inondé.

c. Reviens rapidement !

d. Les arbres sont couchés au milieu de la route en raison de la tempête.

e. Les élèves vont fréquemment consulter des revues au CDI.

D.* Précisez leur nature grammaticale.**

7 LECTURE

A. Indiquez à quelle question répondent les compléments circonstanciels soulignés (Où ? Quand ? Comment ? Pourquoi ?).**

Diane Flochardet, une enfant malade, rentre chez elle.

Diane n'eut plus la fièvre, et elle avait presque repris ses couleurs quand Flochardet la mit dans les bras de sa belle-mère en disant à celle-ci : Je vous la ramène parce qu'elle était malade. [...] Diane était si contente de se retrouver chez ses parents qu'elle en fut comme ivre pendant plusieurs jours.

■ George Sand, *Contes d'une grand-mère* (1876), « Le Château de Pictordu »

B.* Relevez deux compléments circonstanciels de lieu, un complément circonstanciel de temps et trois compléments circonstanciels de cause.**

Entre le VIIIe et le VIe siècle avant J.-C., de nombreux Grecs quittent leurs cités pour créer de nouvelles cités autour de la mer Méditerranée et de la mer Noire. Ils partent à cause de la misère, de peur d'un gouvernement tyrannique ou par goût de l'aventure. La langue et la religion grecques se répandent ainsi sur les côtes méditerranéennes.

■ D'après *Histoire Géographie 6*e © Hatier (2004)

ÉCRITURE

8 Enrichissez ce texte en utilisant des compléments circonstanciels variés exprimant le temps, le lieu, la cause et la manière.

Le soleil se couche. Les animaux sauvages sortent. Les aventuriers se cachent. Le camp est monté. Les aventuriers sont en sécurité. Ils dorment.

17 RÉVISIONS

À quoi les adverbes servent-ils ?

modifie le sens de la phrase

modifie le sens de l'adverbe *prudemment*

modifie le sens de l'adjectif *déserte*

Alors, il s'avança très prudemment dans la rue presque déserte.

modifie le sens du verbe *s'avancer*

Je reconnais les adverbes en vérifiant que ce sont des **mots invariables** et que l'on peut presque toujours les **supprimer**.
Ex : *Il s'avança dans la rue déserte.*

Je retiens

→ Les adverbes sont des **mots invariables**.

→ Ils servent à **modifier le sens** des mots ou des groupes de mots sur lesquels ils portent (un verbe, un adjectif, un autre adverbe, une phrase).

+PROF Proposition de parcours différenciés

Construisons ensemble

1* Dites si les mots soulignés sont invariables. Précisez si on peut les supprimer. Déduisez-en s'il s'agit ou non d'adverbes.

a. Les élèves faisant partie de la chorale ont très bien chanté hier soir.

b. Partout on a vu des affiches annonçant le spectacle.

c. La chorale donnera le même spectacle demain.

d. Autrefois le professeur de musique chantait dans cette chorale.

e. Le public a applaudi chaleureusement tous les jeunes chanteurs.

2 Indiquez sur quel mot ou groupe de mots porte l'adverbe souligné.**

a. Demain, nos amis viendront ensemble à la maison.

b. Comme il fait très beau, nous prendrons notre repas dehors.

c. Hier il pleuvait des cordes.

d. Nous cuirons sûrement le repas au barbecue.

e. Ils ont apporté un gâteau. Ils sont si gentils !

f. Nous aimons beaucoup nous retrouver.

3 Classez les adverbes suivants selon qu'ils expriment le temps ou le lieu.**

puis • près • là • ici • finalement • soudainement • hier • après • jamais • maintenant • partout • dedans • alors • avant • dehors • loin • devant • derrière • longtemps • enfin • toujours

Adverbes de temps	Adverbes de lieu
....	....

4 Complétez ce récit avec les adverbes de temps qui conviennent.**

jadis • maintenant • après • d'abord • longtemps • désormais • demain

... vivaient dans ce château un seigneur et sa famille. Ils restèrent ... les seuls occupants de ces lieux. Mais une guerre fut déclenchée avec la région voisine. ... le seigneur dut quitter sa demeure natale. ... sa famille devrait vivre dans une autre région. ... le château est devenu un musée que nous pouvons visiter. ... toute la famille ira visiter ce musée avec grand plaisir. Nous regarderons ... les meubles anciens.

Je m'entraîne → J'approfondis

5

A. *Je manipule* Formez des adverbes de manière en ajoutant le suffixe *-ment* aux adjectifs au féminin singulier.**

Ex : *précieux* → *précieuse* → *précieusement*

a. sévère
b. léger
c. doux
d. régulier
e. lent
f. fou

B.* *Je manipule* Formez des adverbes de manière en ajoutant le suffixe *-ment* aux adjectifs suivants.**

Ex : *patient* → *patiemment* ; *méchant* → *méchamment*

a. élégant
b. brillant
c. savant
d. intelligent
e. évident
f. grand

6

A. Enrichissez les phrases suivantes en utilisant un adverbe de votre choix portant sur le mot ou le groupe souligné.**

a. Nathan est impatient.
b. La classe va voir une conférence importante.
c. Les intervenants sont célèbres.
d. Ils maîtrisent leur sujet.

B.* Enrichissez les phrases suivantes en utilisant un adverbe de votre choix. Précisez s'il exprime le temps, le lieu ou la manière.**

a. Quand la porte s'ouvre, il faut ... dire son nom.
b. ... le jeu continue.
c. Celui qui est dehors doit retenir ... le nom de chacun.

7

A. Complétez les phrases suivantes avec l'adverbe d'intensité qui convient portant sur le mot souligné.**

autant • beaucoup • davantage • moins • si

a. Lola aime le théâtre.
b. Les visiteurs sont près de la cage des lions.
c. Enzo pratique le football et le vélo.

B.* Complétez les phrases suivantes avec un adverbe d'intensité. N'utilisez pas deux fois le même adverbe.**

assez • beaucoup • guère • moins • trop • plus

a. Hugo n'aime pas les légumes.
b. Chloé s'intéresse à la peinture mais elle connaît la photographie. (2 adverbes)

8

A. *Je manipule* Remplacez les groupes soulignés par un adverbe de même sens.**

a. Le jour précédent, Nolan a visité un musée.
b. Toutes les collections étaient exposées dans ce musée.
c. Nolan a fait à toute vitesse le tour de l'exposition.
d. Les visiteurs aiment de préférence les antiquités égyptiennes.
e. Dans ce lieu, Nolan a fait de nombreuses découvertes.
f. Il a observé de manière attentive les différents objets.

B.* *Je manipule* Remplacez les groupes soulignés par un adverbe ou une locution adverbiale de même sens.**

COUP DE POUCE > Une locution adverbiale est formée de plusieurs mots, dont des adverbes (Ex : *bel et bien*).

a. Les promeneurs déposent du pain pour les oiseaux à divers endroits.
b. Les oiseaux se rapprochent des promeneurs de manière progressive.
c. À partir d'aujourd'hui, ils sont habitués à ce rendez-vous.

ÉCRITURE

9 Racontez le déroulement des jeux dans la Grèce antique. Marquez la succession des événements par des adverbes de temps. Enrichissez votre texte par des adverbes de lieu et de manière.

1er jour : sacrifices en l'honneur de Zeus, de Héra et du héros Pélops, fondateur des jeux d'Olympie • serment des athlètes

2e-5e jours : épreuves (course à pied, lutte, courses de chevaux et de chars)

7e jour : distribution des récompenses (couronnes de laurier) • banquet des vainqueurs

Je révise
Le verbe

Ma fiche de révisions

Qui est-ce qui + verbe ?

Groupe sujet
Généralement placé avant le verbe, il commande l'accord de ce verbe.

Nature grammaticale : groupe nominal, nom propre ou pronom

+

Les compléments essentiels ne sont ni supprimables ni déplaçables.

Groupe verbal
verbe conjugué + compléments essentiels (COD, COI ou attribut du sujet)

COD
Il complète logiquement le verbe, il se construit **sans** préposition.

Nature grammaticale : groupe nominal, nom propre ou pronom

COI
Il complète logiquement le verbe, il se construit **avec** une préposition.

Nature grammaticale : groupe nominal, nom propre ou pronom

Attribut du sujet
Il caractérise le sujet par l'intermédiaire d'un verbe **attributif**.

Nature grammaticale : groupe nominal, nom propre, adjectif ou pronom

+

Les compléments circonstanciels sont supprimables et déplaçables.

Complément circonstanciel
Il indique les circonstances de l'action : le lieu (où ?), le temps (quand ?), la cause (pourquoi ?), la manière (comment ?)...

Nature grammaticale : groupe nominal (avec ou sans préposition) ou adverbe

Exemple

Ce matin	le facteur	apporte	à Jeanne	un colis.	Le paquet	paraît	léger.
CC	S	V	COI	COD	S	V	attribut du sujet

Pour être encore plus efficace dans mes révisions, je fabrique ma propre fiche de révisions en adoptant la forme qui me convient le mieux : texte, carte mentale... > **Méthode 5 p. 378**

Je vérifie que j'ai compris les fiches 11 à 17

1 Le centre du groupe verbal est :
a. un nom
b. un complément
c. un verbe conjugué
d. un attribut du sujet

2 Les compléments circonstanciels font partie du groupe verbal.
a. vrai b. faux

3 Le groupe sujet fait partie du groupe verbal.
a. vrai b. faux

4 L'attribut du sujet peut être :
a. supprimé b. déplacé
c. remplacé par un pronom

5 Un complément circonstanciel peut être :
a. supprimé b. déplacé
c. aucun des deux, il est essentiel

6 Le groupe sujet peut se trouver après le verbe conjugué.
a. vrai b. faux

7 L'attribut du sujet ne se trouve qu'après un verbe attributif comme *être*.
a. vrai b. faux

8 Un pronom peut être :
a. sujet
b. COD ou COI
c. attribut du sujet

9 L'adverbe s'accorde avec le mot sur lequel il porte.
a. vrai b. faux

10 Un adverbe peut modifier le sens :
a. d'un verbe
b. d'un adjectif
c. d'une phrase
d. d'un autre adverbe

→ Je calcule mon score

Corrigés du quiz
hatier-clic.fr/25coli319

Je m'entraîne pour l'évaluation

Les questions 1 à 6 portent sur le texte ci-dessous.

Ma chère Sophie,
Maman et Mme de Rosbourg iront dîner demain chez ta belle-mère ; elles nous emmèneront, Madeleine, Marguerite et moi. Nous sommes très contentes ; nous ne mettrons pas de belles robes pour pouvoir jouer à notre aise. Adieu, ma chère Sophie, je t'embrasse.

■ Comtesse de Ségur, *Les Petites Filles modèles* (1858)

Je sais analyser le groupe sujet et le groupe verbal

1 **Relevez le groupe verbal dans la phrase soulignée.**

2 **Identifiez dans le texte un COD et un attribut du sujet.**

3 **Parmi les sujets, relevez un sujet qui est un pronom.**

Je sais repérer et analyser un complément circonstanciel

4 **Relevez un complément circonstanciel de temps, un de lieu et un de manière.**

5 **Donnez la nature grammaticale de chaque complément circonstanciel relevé.**

Je sais repérer et analyser un adverbe

6 **Relevez un adverbe qui modifie le sens d'un adjectif.**

Je sais rédiger des phrases contenant un groupe sujet, un groupe verbal et un complément circonstanciel

7 **Rédigez les premières phrases de la lettre de réponse de Sophie. Soulignez en rouge les verbes conjugués, en vert leur sujet. Utilisez au moins un COD (que vous soulignerez en bleu), un COI (que vous soulignerez en noir), un attribut du sujet (que vous surlignerez) et un complément circonstanciel dont vous préciserez la circonstance.**
Vous pourrez commencer votre lettre par : « Ma chère Camille… »

Mise en jeu

Faire le point sur :
- le groupe nominal et ses composants

Le labyrinthe de LA BIBLIOTHÈQUE

Bienvenue dans la Très Très Grande Bibliothèque ! Vous êtes perdu(e)… La bibliothécaire va vous aider à trouver la sortie mais avant, elle a besoin d'un coup de main. À vous de jouer !

1 Coup de main

- Sur les vieilles couvertures, les titres s'effacent. Complétez les groupes nominaux suivants pour les retrouver.

Le … Poucet | … rivière … l'envers | Le Médecin … | Enfant … … jungle | … jours en hiver | Sinbad le …

Le défi de la bibliothécaire • Observez les titres complétés et proposez une définition du groupe nominal.

2 Un peu d'ordre !

- Retrouvez les titres de ces célèbres romans en les recomposant : un déterminant, un nom, une expansion. Soyez attentifs aux accords !

Déterminants	Noms communs	Expansions
35	Île	mystérieuse
Le	Appel	de Kensuké
Les	Royaume	de la forêt
L'	Vengeance	de la momie
La	Kilos	d'espoir
L'	Lettres	du chat perché
Les	Contes	de mon moulin

Le défi de la bibliothécaire
- Utilisez les éléments proposés pour composer le titre de livre le plus farfelu !

3 Chasse au trésor

- Munis d'un papier et d'un crayon, cherchez 7 livres dont le titre :

1. est composé d'un nom propre
2. contient un adjectif
3. contient un nom d'animal
4. contient un nom de lieu
5. contient une préposition : *à, de, par, pour, sans…*
6. contient plus de 5 mots
7. est composé d'un groupe nominal au pluriel

AIDE
Rendez-vous au CDI du collège !

Le défi de la bibliothécaire • Analysez chaque titre trouvé en le comparant au schéma grammatical suivant :

déterminant + expansion + NOM + expansion

4 Baccalauréat

• Pour chercher un livre dans un rayon, il est indispensable de bien connaître l'alphabet ! Trouvez un nom commun pour chacune des lettres de l'alphabet. Le premier qui a trouvé les 26 noms a gagné.

Le défi de la bibliothécaire • Pour 5 des noms communs, proposez un groupe nominal qui pourrait être le titre d'un roman ou d'un conte. Aidez-vous du modèle suivant :

déterminant + NOM + expansion

5 Mots perdus

• Quelqu'un a emprunté le roman de Gudule, *La Bibliothécaire*, et a renversé du thé sur une page. Certains mots ne sont plus lisibles… Lisez le texte et retrouvez les mots manquants.

Parcourir … livre dans … mauvais sens, c'est comme voir … film défiler à … envers. … séquences se suivent sans logique apparente, … gens marchent à reculons, tombent vers … haut, parlent avant d'ouvrir … bouche. Hallucinés, … quatre ados remontent … histoire en accéléré, aperçoivent … chenille qui récite … vers en fumant … narghileh, une Alice géante coincée dans … maison miniature, … course … pied sans but et sans point de départ, … océan de larmes.

■ D'après **Gudule**, *La Bibliothécaire* © Le Livre de Poche Jeunesse (2001)

6 Par ici la sortie !

• Vous croisez Aymeric, élève de 6e B, qui vous demande de l'aider à faire ses devoirs… En échange, il vous montrera où est la sortie !

Lisez le texte. Recopiez le tableau et classez les noms, les déterminants et les adjectifs.

« Dans la vie réelle, quand un drame arrive, on se dit : "Comme j'aimerais retourner dans le passé, profiter du bonheur d'avant !" La lecture nous donne cette possibilité : il suffit de reprendre les chapitres précédents, et on revit les moments que l'on aime chaque fois qu'on le désire. »

■ **Gudule**, *La Bibliothécaire*, ibid.

Noms	Déterminants	Adjectifs

18 Quels sont les principaux déterminants du nom ?

un (article indéfini)
le (article défini)
mon (déterminant possessif)
ce (déterminant démonstratif)

→ chaton roux
nom noyau

Je repère facilement le **déterminant** : il est placé devant le **nom**.

Je retiens

Le **déterminant du nom** détermine le genre et le nombre du nom.

→ **L'article indéfini** (*un, une, des, de*) désigne généralement quelqu'un ou quelque chose que l'on n'a pas encore identifié.

→ **L'article défini** (*le, la, les, l'*) désigne généralement quelqu'un ou quelque chose que l'on a déjà identifié.

→ **Le déterminant possessif** (*mon, ma, mes, ton, ta, tes, son, sa, ses, notre, nos, votre, vos, leur*(*s*)) indique le possesseur.

→ **Le déterminant démonstratif** (*ce, cet, cette, ces*) désigne le nom dont on parle.

+PROF Proposition de parcours différenciés

Construisons ensemble

1* Créez un maximum de groupes nominaux en associant le déterminant au nom.

COUP DE POUCE > Attention aux accords !

un •	• bois
les •	• scarabée
cet •	• architecte
tes •	• stylos

2* Identifiez la nature des déterminants : article défini ou indéfini, déterminant possessif ou démonstratif.

des • un • le • notre • vos • cet • leur • les • la • ce

3 Dans chaque phrase, repérez les déterminants et les noms qu'ils déterminent.**

a. *Riquet à la houppe* est un conte de Perrault.
b. Il raconte l'histoire d'un garçon très laid.
c. Mais une fée promet un bel avenir à cet enfant.
d. Riquet rencontrera l'amour.
e. Il offrira son intelligence à une princesse.

4 Proposez un déterminant pour les phrases suivantes.**

a. Nous venons d'adopter ... jeune chien.
b. ... chien est ... berger.
c. ... poils sont longs et d'... brun fauve.
d. Nous avons choisi ... nom et lui avons acheté ... collier et ... laisse.
e. Aujourd'hui, ... chien fait partie de ... famille.

Défi ! **Inventez une phrase avec un maximum de déterminants.**

5* Je manipule Réécrivez ces phrases en mettant le déterminant en gras au pluriel.**

COUP DE POUCE > Pensez à faire les accords (noms, adjectifs, verbes).

a. **Ce** tableau de Berthe Morisot est magnifique.
b. **La** couleur change avec **la** lumière.
c. **La** peintre impressionniste utilise **une** couleur éclatante.
d. **Cette** toile est exposée dans **un** musée.
e. **Un** visiteur vient voir **ce** tableau.
f. **Le** visiteur est émerveillé par **cette** œuvre.

Je m'entraîne → J'approfondis

6

A. Complétez ces phrases avec le déterminant indiqué.**

a. (*déterminant démonstratif*) **...** personnage du Chat botté est un animal.

b. (*déterminant possessif*) **...** qualités sont étonnantes : il parle et possède (*article indéfini*) **...** intelligence hors du commun.

c. (*déterminant possessif*) **...** propriétaire vit (*article indéfini*) **...** aventure extraordinaire.

d. (*déterminant démonstratif*) **...** animal est très particulier.

B.* Complétez ces phrases avec le déterminant indiqué.**

> COUP DE POUCE > L'article indéfini *des* se transforme en *de* :
> - dans une phrase négative
>
> Ex : *Il n'a pas commis de fautes* (= *des fautes*).
> - quand le nom est précédé d'un adjectif
>
> Ex : *Elle lui offre de jolies fleurs* (= *des fleurs*).

a. Le Chat botté imagine (*article indéfini*) **...** nombreuses ruses.

b. Mon chat, lui, n'a pas (*article indéfini*) **...** bottes.

7 LECTURE

A. Indiquez la nature des déterminants en gras et le nom qu'ils déterminent.**

Le renard et **la** panthère se disputaient à propos de **leur** beauté. La panthère vantait à tous coups **la** variété de **son** pelage. **Le** renard prenant **la** parole dit : « Je suis tellement plus beau que toi, moi qui suis varié, non de corps, mais d'esprit. »

Cette fable montre que **les** ornements de l'esprit sont préférables à **la** beauté du corps.

D'après **Ésope**, *Fables* (VIe s. av. J.-C.)

B.* Dites si les noms soulignés ont un déterminant. Donnez la nature de chacun.**

Un <u>renard</u> s'étant glissé dans la <u>maison</u> d'un <u>acteur</u> fouilla successivement toutes ses hardes[1], et trouva, entre autres objets, une <u>tête</u> de <u>masque</u> artistement travaillée. Il la prit dans ses <u>pattes</u> et dit : « Oh ! quelle tête ! mais elle n'a pas de cervelle. »

D'après **Ésope**, *Fables* (VIe s. av. J.-C.)

1. **hardes** : vêtements usés

8 ORTHOGRAPHE

A. Choisissez la bonne orthographe.**

> COUP DE POUCE > *Ses* indique le possesseur (= *les siens, les siennes*) et *ces* désigne le nom (= *ceux-là, celles-là*).

a. Lilou doit penser à prendre *ses / ces* cahiers.

b. *Ses / Ces* incidents ne doivent pas se reproduire.

c. *Ses / Ces* professeurs l'ont inscrite au concours.

d. *Ses / Ces* nouvelles technologies sont incroyables !

B.* Je manipule Réécrivez les phrases a, b, c, d au singulier.**

C.* Je manipule Réécrivez les phrases a et c à la 2e personne du singulier (*tu*) puis du pluriel (*vous*).**

D.* Choisissez la bonne orthographe. Justifiez.**

a. La mer offre à *ces / ses* promeneurs *ses / ces* reflets argentés.

b. *Ces / Ses* tableaux de Van Gogh sont incroyables avec *ses / ces* bleus.

ÉCRITURE

9 Complétez ce texte avec des déterminants de votre choix.

Autrefois, petit village nichait au creux de vallée. Village comprenait dizaine de maisons. Rues étaient en terre battue et place principale s'organisait autour de vieux puits.

10 Racontez en quelques phrases votre matinée, de votre lever à votre arrivée au collège. Employez des déterminants variés que vous soulignerez.

> COUP DE POUCE > Vous pourrez commencer par « Ce matin, je me suis réveillé(e) à ... »

19

Qu'est-ce qu'un complément du nom ?

une idée de génie = groupe nominal

idée : nom noyau

de génie : complément du nom (CDN)

Je ne le confonds pas avec un complément de verbe : **le CDN complète un nom.**

Je retiens

Le complément du nom (CDN)

➜ C'est une **expansion du nom** (facultative) qui apporte une précision sur le nom.

➜ Il est introduit par une **préposition** (*à, de, pour, par, sans…*).

➜ Nature : **groupe nominal**.

+PROF Proposition de parcours différenciés

Construisons ensemble

1* À partir de chacun des noms proposés, créez des groupes nominaux en ajoutant divers compléments du nom introduits par *à, de, en, pour, sans…*

voiture • cheval • bonnet • planche

2 *Je manipule* Dans les groupes nominaux suivants, remplacez l'adjectif épithète par un complément du nom de même sens.**

Ex : *une pièce métallique* → *une pièce de métal*

a. le palais royal

b. un paysage campagnard

c. l'écosystème marin

d. le métro parisien

e. des hommes préhistoriques

3 Complétez chaque phrase avec la préposition qui convient pour former le(s) complément(s) du nom.**

COUP DE POUCE > Pour un lien de possession, on utilise la préposition *de*. Ex : *le livre de Samia*

a. Max enfile son bonnet **…** laine et sa doudoune **…** duvet.

b. Nous passerons les vacances dans la maison **…** ma tante.

c. Le cartable **…** Jordan traîne sous le préau **…** collège.

d. Au dessert, nous aurons une tarte **…** citron, ou une tarte **…** fraises.

4* Dites si le complément souligné complète un nom. Si c'est le cas, précisez quel est le nom complété.**

a. Il prépare son voyage en Italie.

b. Il s'est installé en Italie.

c. Elle a la passion des mangas.

d. Elle parle des mangas.

e. J'ai offert un livre à ma sœur.

f. J'ai égaré le livre de ma sœur.

Défi ! **Donnez la fonction des compléments qui ne complètent pas un nom.**

5* Réécrivez les phrases suivantes en remplaçant le complément du nom souligné par un autre complément du nom de même signification, mais de la nature demandée entre parenthèses.**

a. J'ai revu Frédéric hier, j'avais un bon souvenir de ce garçon. (*pronom*)

b. Nous avons évoqué les histoires des années passées. (*adverbe*)

c. Dès la fin des cours, il avait un besoin irrépressible de courses et de cris. (*infinitifs*)

d. Cela m'impressionnait car je n'avais aucun besoin de bouger autant. (*groupe nominal*)

e. Je cherchais juste la joie d'être avec eux. (*groupe nominal*)

Je m'entraîne → **J'approfondis**

6

A. Complétez les groupes nominaux par un complément du nom.**

a. *Cendrillon* est un conte de … .
b. Elle perd une pantoufle de … .
c. Blanche-Neige repose dans un cercueil de … .
d. La maison des … se trouve dans la forêt de … .
e. Le chevalier au … protège le château du … .
f. Le monstre à … dévore tous les hivers les habitants de … .

B.* Complétez les groupes nominaux suivants par un complément du nom de la nature demandée.**

COUP DE POUCE > Le CDN peut avoir d'autres natures (Ex : groupe pronominal, groupe infinitif).

a. Le Chat Botté enfile ses bottes de (*groupe nominal*) … .
b. Les contes sont des lectures pour (*pronom*) … .
c. C'est une histoire à (*groupe infinitif*) … .

7 LECTURE

A. Relevez les GN dans ce texte, repérez les compléments du nom, puis entourez les noms qu'ils complètent.**

Deux heures plus tard, Robinson le vit revenir en traînant derrière lui sans douceur une sorte de mannequin. La tête était faite dans une noix de coco, les jambes et les bras dans des tiges de bambou. Surtout, il était habillé avec des vieux vêtements de Robinson, comme un épouvantail à oiseaux.

■ **Michel Tournier**, *Vendredi ou la Vie sauvage* (1971) © Gallimard

B.* Relevez les GN dans ce texte, repérez les compléments du nom, puis entourez les noms qu'ils complètent.**

Robinson avait eu la veille une indigestion de filets de tortue aux myrtilles. Et voilà que Vendredi lui mettait sous le nez cette fricassée de python et d'insectes ! Robinson eut un haut-le-cœur et envoya d'un coup de pied la grande coquille rouler dans le sable avec son contenu.

■ **Michel Tournier**, *Vendredi ou la Vie sauvage*, (1971) © Gallimard

C.* Donnez la nature des compléments relevés.**

8

A. Repérez les noms puis les compléments du nom dans les groupes nominaux suivants.**

COUP DE POUCE > Les compléments du nom peuvent se trouver imbriqués.
Ex : *le trésor des elfes (de la montagne)*

a. des chaussettes en laine de mouton
b. une championne de tennis de table
c. l'homme aux chaussures en peau de crocodile
d. la fille de la tante du père de ma voisine

B.* Repérez les noms puis les compléments du nom dans les groupes nominaux suivants.**

a. Les héroïnes des temps modernes vivent des existences aux rebondissements incroyables.
b. L'école des sorciers du film *Harry Potter* ressemble à un château hanté des temps anciens.
c. Le lutin aux petits sabots de bois trottine sur les sentiers tortueux de la forêt des miracles.
d. Le métier de tailleur de pierres me plaît.
e. Elle vit dans une maison en pain d'épices.

ÉCRITURE

9 A. Voici un vers du poème « Cortège » de Jacques Prévert :
Un serpent à café avec un moulin à lunettes
Repérez les noms et leur complément du nom. Comment le vers est-il construit ?

B. À votre tour, complétez les noms proposés par un complément du nom attendu, puis réécrivez-les en échangeant les compléments du nom.

a. un conte pour … avec un œuf à … .
b. une voiture à … avec un oiseau des … .
c. un bonnet à … avec des lampes à … .

C. Imaginez trois nouveaux vers et écrivez au propre votre poème.

20 Qu'est-ce qu'une épithète du nom ?

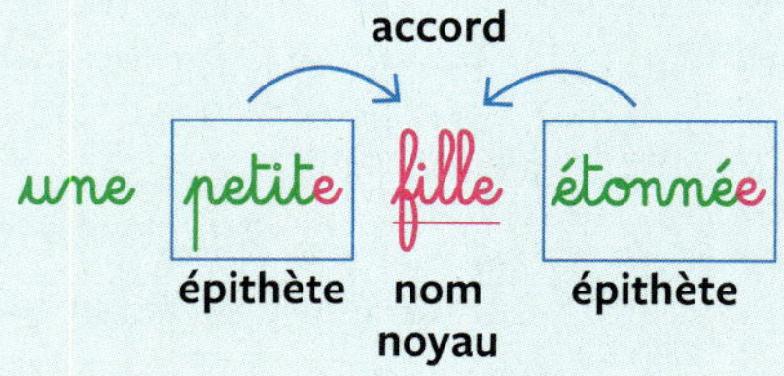

Pour trouver le ou les épithètes, je pose la question : « **Comment est** la fille ? » Réponse : « Elle est petite et étonnée. »

Je retiens

L'épithète du nom

→ C'est une **expansion du nom** (facultative) qui apporte une précision sur le nom.

→ Elle est directement placée **avant** ou **après** le nom.

→ Nature : **adjectif** ou **participe passé** qui s'accorde avec le nom.

+PROF Proposition de parcours différenciés

Construisons ensemble

1 * Complétez les groupes nominaux avec le nombre d'adjectifs épithètes indiqué.

a. trois grenouilles (1)
b. un loup (1)
c. des yeux (2)
d. la mer (2)
e. une forêt (2)
f. un homme (3)

2 ** Complétez les groupes nominaux suivants par les adjectifs épithètes qui conviennent. Attention aux accords !

Adjectifs épithètes : *bruns* • *ailées* • *nacrée* • *grise* • *blanches* • *pointues* • *vertes* • *bouclés*

a. des cheveux
b. trois sauterelles
c. des yeux
d. une perle de culture
e. des chaussures
f. une étoffe

3 ** *Je manipule* Dans les groupes nominaux suivants, remplacez l'expansion du nom surlignée par un adjectif épithète de même sens.

Ex : *une pièce de métal / qui est faite de métal* → *une pièce métallique*

a. un village de la montagne
b. une réaction d'enthousiasme
c. une brise de printemps
d. un prince qui fait preuve d'orgueil
e. l'énergie du Soleil
f. les habitudes de la campagne

4 ** Dans les groupes nominaux suivants, accordez correctement l'épithète entre parenthèses.

COUP DE POUCE > Une épithète peut s'accorder avec plusieurs noms.

a. des couleurs (*vif*) • trois vaisseaux (*spatial*) • des phénomènes (*inquiétant*) • une peur (*soudain*) • une école (*maternel*) • des fins (*heureux*)

b. un brugnon et une pêche bien (*mûr*) • un écureuil à fourrure (*gris*) • des élèves (*sérieux*)

Défi ! **Créez une phrase contenant un groupe nominal de la liste a, puis une autre contenant un groupe nominal de la liste b.**

5 * *Je manipule* Repérez l'adjectif épithète répété dans le texte suivant. Réécrivez le texte en le remplaçant par des épithètes variées de votre choix.**

Intérieur bourgeois anglais, avec des fauteuils anglais. Soirée anglaise. M. Smith [...] dans son fauteuil et ses pantoufles anglais, fume sa pipe anglaise et lit un journal anglais, près d'un feu anglais. Il a des lunettes anglaises, une petite moustache grise, anglaise. À côté de lui, dans un autre fauteuil anglais, Mme Smith [...] raccommode des chaussettes anglaises.

■ **Eugène Ionesco**, *La Cantatrice chauve* (1950) © Gallimard

Je m'entraîne → J'approfondis

6

A. Repérez les épithètes des noms soulignés dans les devinettes suivantes.**

a. Je possède une fourrure fauve tachetée, de longs crocs bien aiguisés et des yeux pailletés.

b. Des plumes colorées et mon incroyable talent d'imitateur font mon succès mondial.

c. Mon corps minuscule ne doit pas faire oublier les démangeaisons intenses de mes piqûres nocturnes.

Défi ! **Trouvez la réponse à chaque devinette.**

B.* Repérez les épithètes des noms dans ces devinettes.**

a. Ma peau verruqueuse et mes yeux globuleux ne séduisent généralement pas les princesses.

b. Vous sentirez mon odeur pestilentielle avant de voir ma barbichette hirsute et mes yeux tendres.

C.* À votre tour, proposez trois devinettes, comprenant chacune au moins deux épithètes correctement accordées.**

7 ORTHOGRAPHE

A. Accordez les adjectifs épithètes du texte suivant.**

> Ah ! qu'elle était jolie, la (*petit*) chèvre de Monsieur Seguin ! qu'elle était jolie avec ses yeux (*doux*), sa barbiche de sous-officier, ses sabots (*noir*) et (*luisant*), ses cornes (*zébré*) et ses (*long*) poils (*blanc*) qui lui faisaient une houppelande[1] !
>
> D'après **Alphonse Daudet**, *Lettres de mon moulin* (1869), « La Chèvre de Monsieur Seguin »

1. **houppelande** : long manteau

B.* Accordez les adjectifs épithètes du texte suivant.**

> Un œil (*jaune*), tout (*rond*), avec, bien au centre, une pupille (*noir*). Un œil qui ne cligne jamais. C'est tout à fait comme si le garçon regardait une bougie (*allumé*) dans la nuit ; il ne voit plus que cet œil : [...] l'œil du loup.
>
> D'après **Daniel Pennac**, *L'Œil du loup* (1984) © Nathan

C.* Je manipule Réécrivez ce texte en remplaçant les déterminants *un* et *une* par *deux*.**

8

A. Observez l'épithète : quel est son sens selon qu'elle est placée avant ou après le nom ?**

a. un meuble ancien • mon ancien téléphone

b. Quel curieux garçon ! • Quel garçon curieux !

c. une grande reine • une reine grande

B.* Sur le modèle de l'exercice 8A, inventez des couples de groupes nominaux avec les adjectifs suivants.**

petit • bon • seul • sale

ÉCRITURE

9

A. Relevez les épithètes des noms soulignés et justifiez leur accord.

B. Imaginez en quelques phrases comment l'écrevisse va pouvoir guider la reine vers le château. Vous utiliserez au moins trois noms accompagnés d'une épithète chacun.

> Comme elle parlait ainsi, elle remarqua que l'eau de la fontaine s'agitait ; puis une grosse écrevisse parut et lui dit : « Grande reine, vous aurez enfin ce que vous désirez : je vous avertis qu'il y a ici proche un palais superbe que les fées ont bâti ; mais il est impossible de le trouver, parce qu'il est environné de nuées fort épaisses que l'œil d'une personne mortelle ne peut pénétrer. Cependant, comme je suis votre très humble servante, si vous voulez vous fier à la conduite d'une pauvre écrevisse, je m'offre de vous y mener. »
>
> **Madame d'Aulnoy**, *Contes nouveaux* (1698), « La Biche au bois »

Je révise
Le groupe nominal

Ma fiche de révisions

GROUPE NOMINAL (GN)

déterminant + **nom noyau** + **expansion(s)** (supprimable(s))

Déterminant :

- Articles indéfinis
  Ex : *un, une, des*
- Articles définis
  Ex : *le, l', la, les*
- Déterminants démonstratifs
  Ex : *ce, cet, cette, ces*
- Déterminants possessifs
  Ex : *mon, ma, mes, ton, ta, tes, son, sa, ses, notre, nos, votre, vos, leur, leurs*

Nom noyau :

Accord en genre et en nombre du déterminant et de l'épithète avec le nom noyau

Expansion(s) :

Epithète
- Nature : adjectif ou participe passé
- placé avant ou après le nom

Complément du nom (CDN)
- Nature : GN, groupe infinitif, pronom
- construit avec une préposition (*à*, *de*, *par*, *pour*, *sans*…)

Les compléments du nom peuvent être imbriqués.
Ex : *le bonnet [de laine [de chameau]]*

Exemples
- déterminant → un/le/ce/mon chaton
- épithète → un petit chaton adopté
- complément du nom → un chaton de la SPA/à poils longs/pour toi

Pour être encore plus efficace dans mes révisions, je fabrique ma propre fiche de révisions en adoptant la forme qui me convient le mieux : texte, carte mentale... > Méthode 5 p. 378

Je vérifie que j'ai compris les fiches 18 à 20

1 Le noyau du groupe nominal est :
a. un nom
b. un déterminant
c. un verbe
d. un adjectif

2 Les expansions du nom peuvent être supprimées.
a. vrai b. faux

3 Un déterminant peut être (*plusieurs réponses possibles*) **:**
a. possessif b. indicatif
c. démonstratif d. passif

4 Le mot *des* est :
a. un article défini
b. un déterminant démonstratif
c. un article indéfini
d. un déterminant possessif

5 Quel article défini choisiriez-vous pour déterminer le nom *hirondelle* ?
a. le
b. une
c. la
d. l'

6 Une épithète du nom peut être (*plusieurs réponses possibles*) **:**
a. un déterminant
b. un adjectif
c. un adverbe
d. un participe passé

7 Quelle épithète conviendrait pour compléter *des rivières* ?
a. tumultueuse
b. tumultueux
c. tumultueuses

8 Un complément du nom est souvent introduit par :
a. un déterminant
b. une préposition
c. une conjonction
d. un pronom

9 Identifiez les prépositions :
a. de
b. ou
c. à
d. pour

10 Un complément du nom peut être un groupe nominal ou un groupe infinitif.
a. vrai
b. faux

→ Je calcule mon score

Corrigés du quiz
hatier-clic.fr/25coli329

Je m'entraîne pour l'évaluation

Je sais repérer les groupes nominaux dans des phrases

1 Réécrivez les groupes nominaux : le déterminant en vert, le nom en rouge, l'expansion en bleu.

a. Un cirque ambulant s'est installé dans mon village de campagne.

b. Son grand chapiteau de toile se dresse sur la place du marché.

c. Une parade colorée défile joyeusement dans la rue de l'école.

d. Ses acrobates agiles et ses jongleurs habiles émerveillent les passants.

e. L'événement anime cette grise semaine d'automne.

Je sais identifier les déterminants

2 Pour chaque déterminant des phrases a, b, c, d, e, donnez sa nature précise.

Je sais analyser l'épithète d'un nom

3 Parmi les expansions repérées dans les phrases a, b, c, d, e, lesquelles sont des épithètes ? Donnez leur nature précise ainsi que le nom qu'elles précisent.

Je sais repérer les compléments du nom

4 Parmi les expansions repérées dans les phrases a, b, c, d, e, lesquelles sont des compléments du nom ? Donnez leur nature précise et entourez la préposition utilisée.

Je sais enrichir un texte

5 Réécrivez le portrait suivant en enrichissant les noms par des expansions de votre choix (épithètes et compléments du nom).

C'était un cheval. Il avait grandi dans les prairies. Sa robe luisait au soleil. Quand il galopait, on voyait ses muscles et sa crinière volait au vent. Sur l'herbe sa silhouette se détachait comme une flamme.

Faire le point sur :
- la conjugaison

Dragons et CONJUGAISON

Matériel
Vous disposez d'un dé par équipe et d'un pion par joueur. Vous jouez sur le plateau de jeu ci-contre.

Règles du jeu
Votre professeur(e) sera le maître ou la maîtresse du jeu et décidera du temps que vous avez pour jouer et des défis à relever.

+ PROF Mise en place du jeu

- Votre pion arrive sur une case avec un verbe ? Relevez un défi.
- Votre pion arrive sur une case « Pas de chance ! » ? Vous glissez sur le dos du dragon jusqu'à la case indiquée…
- Il arrive sur une case « Raccourci » ? Montez tout en haut de la tour jusqu'à la case indiquée.

Défi gagné ? Relancez le dé une fois.
Défi perdu ? C'est au tour de votre voisin(e)… Courage, vous ferez mieux la prochaine fois !

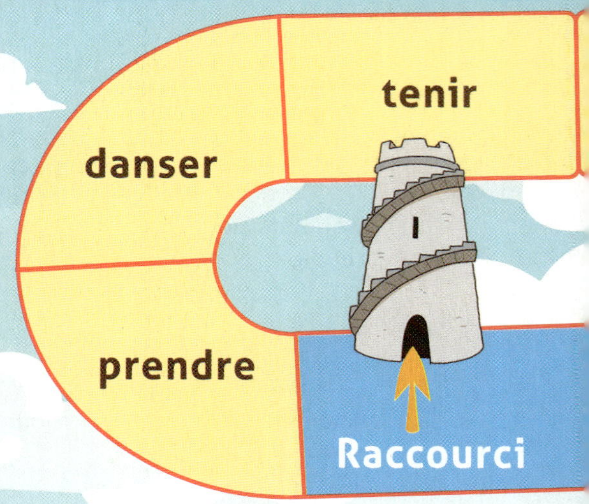

1 Défi hasard

Conjuguez le verbe à la personne indiquée par le dé ( = 1re personne, etc.)

2 Défi gauche-droite

Conjuguez le verbe à une personne choisie par le ou la camarade qui se trouve à votre gauche, puis à une autre personne choisie par le ou la camarade qui se trouve à votre droite.

3 Défi duel

Conjuguez le verbe à la 1re personne du singulier en épelant sa terminaison. Si votre réponse est correcte, vous défiez un ou une camarade, qui doit poursuivre la conjugaison aux personnes restantes. Vous ne rejouerez que si votre adversaire commet une erreur !

4 Défi précision

Conjuguez le verbe à toutes les personnes, en épelant les terminaisons.

5 Défi vitesse

Conjuguez le verbe à toutes les personnes, en épelant les terminaisons, dans le temps imposé par le maître ou la maîtresse du jeu.

21 Comment conjuguer le présent de l'indicatif des verbes du 1er groupe ?

Aujourd'hui, Ethan se promène à vélo.

Pour trouver la forme du présent, on peut commencer la phrase par : « **Aujourd'hui**, il... », car le présent exprime **ce qui se passe en ce moment**.

Je retiens

Infinitifs	Personnes	Radicaux	Terminaisons
CHANTER	je	chant-	e
MANGER	tu	mang-	es
IMITER	il, elle, on	imit-	e
SIGNER	nous	sign-	ons
LAVER	vous	lav-	ez
MESURER	ils, elles	mesur-	ent

+PROF Proposition de parcours différenciés

Construisons ensemble

1 * Pour chaque infinitif, donnez le radical qui permettra de conjuguer le verbe au présent de l'indicatif.

a. tirer
b. noter
c. activer
d. donner
e. hanter
f. briller
g. réparer
h. cacher

2 * Repérez la terminaison dans chaque forme verbale.

a. il refuse
b. nous remarquons
c. vous chuchotez
d. tu remercies
e. elles classent
f. je rentre

3 * Faites correspondre le pronom personnel à la forme qui convient.

a. je •
b. tu •
c. elle •
d. ils •

• marche
• sautille
• contrôlent
• tranches

4 ** A. Pour chaque forme verbale, séparez le radical de la terminaison.

B. Précisez s'il s'agit d'un verbe conjugué au présent de l'indicatif.

a. tu guides
b. elle sauta
c. vous dansez
d. nous criions
e. je hurle
f. nous soufflons
g. ils débutent
h. vous supposiez

Défi ! Identifiez le temps des verbes qui ne sont pas conjugués au présent de l'indicatif.

5 ** Conjuguez les verbes suivants à la personne demandée et au présent de l'indicatif.

COUP DE POUCE > Les verbes du 1er groupe qui se terminent en *-ger* prennent un **e** après le ***g*** aux 1re et 2e personnes du pluriel, pour conserver le son ***j***. Ex : *nous mangeons*

a. rallonger (*nous*)
b. neiger (*il*)
c. loger (*tu*)
d. changer (*nous*)
e. soulager (*je*)
f. juger (*elles*)
g. songer (*nous*)
h. déranger (*tu*)

Je m'entraîne → **J'approfondis**

6

A. Conjuguez les verbes au présent de l'indicatif.**

COUP DE POUCE > Selon la personne du verbe, le radical peut être modifié. Il faut deux ***l*** ou deux ***t*** pour avoir le son **è**. Ex : *il attelle / nous attelons*

a. Léa (*trembler*) de froid quand le vent du nord (*arriver*).
b. Elle (*monter*) jusqu'au sommet de la montagne.
c. Elle (*regarder*) le paysage au loin.
d. Elle ne (*jeter*) pas ses déchets dans la nature.

B.* Conjuguez les verbes au présent de l'indicatif.**

Le paon

La fiancée n'(*arriver*) pas. Il (*monter*) au haut du toit et (*regarder*) du côté du soleil. Il (*jeter*) son cri diabolique : Léon ! Léon ! C'est ainsi qu'il (*appeler*) sa fiancée.

■ D'après **Jules Renard**, *Histoires naturelles* (1894)

7

A. Je manipule Réécrivez les phrases suivantes en mettant le sujet au pluriel (*je* → *nous*).**

a. Je soulève plusieurs difficultés.
b. Je gèle sur place cet hiver.
c. Je change parfois d'avis.
d. J'achète une nouvelle gomme.

B.* Je manipule Réécrivez ces phrases en mettant le sujet au pluriel (*je* → *nous*).**

a. Je feuillette le manuel.
b. Je pèle une pomme de terre.
c. Je nage sur de longues distances avec plaisir.
d. J'envoie le dossier rédigé au principal du collège.

8

A. Je manipule Réécrivez les phrases suivantes en mettant le sujet au singulier (*vous* → *tu*).**

a. Vous créez de nouveaux documents.
b. Vous vous fatiguez vite.

B.* Je manipule Réécrivez les phrases suivantes en mettant le sujet au singulier (*vous* → *tu*).**

a. Vous rayez les mentions inutiles.
b. Vous essuyez la sueur sur votre front.

9

A. Relevez les verbes du 1er groupe conjugués au présent de l'indicatif, puis donnez leur infinitif.**

a. Je laisse mes chaussures dans l'entrée.
b. Je pense qu'il fera beau demain, ce qui me fait plaisir.
c. Je relève le courrier, puis je l'étale sur la table.
d. J'emporte mes affaires dans ma chambre.
e. Nous montons à l'étage pour admirer le feu d'artifice du 14 Juillet.
f. Vous corrigez votre brouillon avant de rendre votre copie au professeur.
g. Léane et Fatima promènent le chien du voisin.

B.* Relevez les verbes du 1er groupe conjugués au présent de l'indicatif, puis donnez leur infinitif.**

Le narrateur évoque son enfance.

De retour de la distribution des prix, je retire mes chaussures neuves et je laisse mon prix jusqu'au soir sur la cheminée de la grande pièce sans même retirer le ruban. [...] Dans la nuit, je me relève et j'emporte mon prix sur la table de la cuisine. Après avoir tourné autour, je finis par l'ouvrir...

■ **Daniel Picouly**, *Le Champ de personne* (1995) © Flammarion

ÉCRITURE

10 Rédigez en cinq phrases la matinée d'un collégien ou d'une collégienne. Vous utiliserez des verbes du 1er groupe comme *se lever*, *déjeuner*, *se préparer*, *porter*, *marcher*, *arriver*... Vous pouvez utiliser la 1re ou la 3e personne du singulier.
Vous commencerez par « Tous les matins ... ».

22 Comment conjuguer le présent de l'indicatif des verbes des 2e et 3e groupes ?

Aujourd'hui, Louise fait de la peinture.

Pour trouver la forme du présent, on peut commencer la phrase par : « **Aujourd'hui**, elle… » car le présent exprime **ce qui se passe en ce moment**.

Je retiens

Personnes	Terminaisons	2e GROUPE	3e GROUPE	
		FINIR	PARTIR	PRENDRE
je	-s (-x) (-ds)	finis	pars	prends
tu	-s (-x) (-ds)	finis	pars	prends
il, elle, on	-t (-t) (-d)	finit	part	prend
nous	-ons	finissons	partons	prenons
vous	-ez	finissez	partez	prenez
ils, elles	-ent (-ont)	finissent	partent	prennent

+PROF
Proposition de parcours différenciés

Construisons ensemble

1* Classez les verbes suivants selon qu'ils appartiennent au 2e ou au 3e groupe.

COUP DE POUCE > Les verbes du 2e groupe ont un infinitif qui se termine en *-ir* et ont un radical en *-iss* à la 1re personne du pluriel. Ex : *finir* → *nous finissons*

a. tondre
b. saisir
c. interdire
d. valoir
e. obéir
f. s'enfuir
g. rougir
h. boire
i. moisir

2* Indiquez quels sont les verbes conjugués au présent.

a. ils doivent • ils devront
b. nous haïssons • nous haïssions
c. tu accomplis • tu accompliras
d. vous blanchirez • vous blanchissez
e. il divertit • il divertirait

Défi ! **Indiquez à quels temps sont conjuguées les formes verbales qui ne sont pas au présent de l'indicatif.**

3 En vous aidant de la leçon et des tableaux de conjugaison** > p. 370**, conjuguez au présent de l'indicatif un verbe de la liste. Présentez-le au tableau à vos camarades en soulignant ses difficultés.**

pouvoir • faire • partir • dormir • venir • mettre • aller • prendre • boire • vouloir • être • avoir

4 À partir des formes verbales suivantes, donnez l'infinitif de chaque verbe.**

COUP DE POUCE > Les verbes des 2e et 3e groupes ne peuvent pas se terminer par *-er*, sauf le verbe *aller*.

a. je cuis
b. vous agissez
c. tu rajeunis
d. il dit
e. elles punissent
f. nous mettons

5 Précisez à quelle personne le verbe est conjugué au présent de l'indicatif.**

COUP DE POUCE > Au présent de l'indicatif, on peut trouver la terminaison *-s* aux 1re et 2e personnes du singulier.

a. retenons
b. inscrivez
c. couvrent
d. éclaircit
e. garantissons
f. réussis

Je m'entraîne → **J'approfondis**

6 ORTHOGRAPHE

A. Complétez ces formes conjuguées au présent de l'indicatif.**

a. Je *sui*... en sixième et je *sui*... bien les cours.
b. En tant que déléguée, je *ser*... de porte-parole à mes camarades.
c. Maxime *s'endo*... parfois sans s'en rendre compte.

B.* Complétez ces formes conjuguées au présent de l'indicatif.**

a. Norah *conclu*... son exposé par une citation.
b. Je *doi*... respecter le règlement intérieur.
c. Nous ne *faibli*... pas malgré le vent.
d. Tu *guér*... rapidement de ce mauvais rhume.

7

A. Conjuguez les verbes suivants au présent de l'indicatif à la personne demandée.**

a. *sortir* : 1re personne du singulier
b. *être* : 2e personne du pluriel
c. *partir* : 1re personne du pluriel
d. *rugir* : 3e personne du pluriel
e. *établir* : 2e personne du singulier

B.* Créez une phrase avec chaque verbe, conjugué au présent de l'indicatif à la personne demandée.**

a. *paraître* : 3e personne du pluriel
b. *souffrir* : 1re personne du singulier
c. *avoir* : 2e personne du singulier
d. *ralentir* : 1re personne du pluriel

8

A. Conjuguez les verbes entre parenthèses au présent de l'indicatif.**

a. Je (*venir*) de rentrer chez moi.
b. Vous (*sentir*) que la pluie arrive.
c. Il (*avoir*) un mauvais pressentiment.
d. Je n'(*entendre*) pas encore l'orage.
e. Nous (*bondir*) hors de la maison.
f. Elles (*apprendre*) la bonne nouvelle.

B.* Conjuguez les verbes entre parenthèses au présent de l'indicatif.**

a. C'est vous qui le (*dire*) !
b. Vous me (*faire*) bien rire !
c. Que (*vouloir*)-vous ?
d. Qui (*être*)-tu ?
e. Elles (*avoir*) bien raison.
f. Je (*pâlir*) car je (*être*) malade.

9

A. Je manipule Réécrivez les phrases suivantes en remplaçant *il* par *ils*.**

COUP DE POUCE > Le changement de sujet implique le changement de terminaison du verbe, mais aussi des déterminants possessifs (*sa* → *leur*).

a. Il réfléchit à une stratégie pour la course.
b. Il court à un rythme lent.
c. Il met un dossard avant de prendre le départ.
d. Il prend sa gourde d'eau.

B.* Je manipule Réécrivez le texte en remplaçant *Sophie* par *Sophie et Camille*.**

Sophie court dans le salon où étaient les petits poissons ; elle s'approche de la cuvette, les pêche tous, les met dans une assiette de son ménage, retourne à sa petite table, prend quelques-uns de ces pauvres petits poissons, et les étend sur un plat.

■ **Comtesse de Ségur**, *Les Malheurs de Sophie* (1858)

ÉCRITURE

10 A. Réécrivez le texte en conjuguant les verbes soulignés au présent de l'indicatif.

B. Rédigez ce qui va arriver à la barque et à son équipage en utilisant au moins trois verbes des 2e et 3e groupes conjugués au présent de l'indicatif.

Pendant une fraction de seconde, la barque se tint en l'air, tous les rameurs immobiles à leur poste, sauf l'homme, celui du gouvernail. Puis le bateau replongea dans le bouillon et disparut de nouveau.

■ **Jack London**, *Belliou la Fumée* (1912), traduit par L. Postif

23 Comment employer le présent de l'indicatif ?

Ilan se lève pour aller au sport.

→ **L'action a lieu en ce moment : c'est un présent d'actualité.**

Il se lève toujours tôt le mercredi.

→ **L'action se répète : c'est une habitude.**

Le soleil se lève à l'est.

→ **L'action est toujours valable, pour tous : c'est une vérité générale.**

Quand j'analyse la valeur d'un temps verbal, j'explique **pourquoi ce temps a été utilisé** et ce qu'il **apporte comme information sur l'action du verbe**.

Je retiens

→ Le présent est un temps simple qui exprime une action en train d'avoir lieu : c'est le **présent d'actualité**.

→ Il exprime aussi une **habitude**, une action qui se répète dans le présent.

→ Ce qu'exprime le présent de **vérité générale** est valable tout le temps, pour tout le monde.

+PROF Proposition de parcours différenciés

Construisons ensemble

1* Dans les phrases suivantes, identifiez les verbes conjugués au présent de l'indicatif.

> Fiche 21 p. 332 et Fiche 22 p. 334

a. Salima va au stade pour s'entraîner.

b. Demain, elle participera au relais organisé par son club.

c. Depuis une semaine, elle s'est entraînée avec son équipe.

d. Ils avaient très envie de courir ensemble.

e. Aujourd'hui, elle est prête.

Défi ! **Donnez le temps des verbes qui ne sont pas conjugués au présent de l'indicatif.**

2* Parmi les phrases suivantes, indiquez celles qui contiennent un verbe au présent d'actualité.

a. Élie révise pour son contrôle d'anglais.

b. Chaque soir, il apprend quelques mots de vocabulaire.

c. Pour réussir son contrôle, il revoit régulièrement les leçons.

d. Élie et ses amis apprennent ensemble au CDI.

e. Maintenant qu'il a fini, il rentre chez lui.

3 Précisez quelles phrases expriment une répétition et quelles phrases expriment une action en train de se dérouler.**

a. Tous les jours, Timéo mange à la cantine.

b. Le mercredi, il passe en priorité pour aller au club théâtre.

c. Aujourd'hui, il mange des haricots verts.

d. Timéo prend toujours un fruit en dessert.

4 Repérez les verbes au présent qui expriment une vérité générale.**

a. La Terre est ronde.

b. Mon chat s'appelle Simba.

c. Les chats sont des félins.

d. Je prends le bus tous les matins.

e. Il existe plusieurs types d'hommes préhistoriques.

Je m'entraîne → **J'approfondis**

5

A. Relevez les verbes au présent qui expriment une hypothèse.**

COUP DE POUCE > Le présent permet d'exprimer une hypothèse, dans une proposition introduite par *si*.

a. Si tu viens ce soir, je serai contente.

b. Je suis si contente que tu viennes ce soir.

c. Tu es si gentil !

d. Si tu apportes des chocolats, je serai encore plus contente.

B.* Complétez ces phrases en formulant une hypothèse au présent de l'indicatif.**

a. Nous partirons à l'heure … .

b. Vous aurez de bonnes notes … .

c. Tes amis seront là pour toi … .

d. Elle pourra assister à la répétition de la chorale … .

e. Ilyes et Gabin représenteront le collège … .

f. Alexia sera qualifiée pour le championnat régional … .

6

A. Relevez les verbes conjugués au présent de l'indicatif et donnez la valeur du temps.**

a. Chaque fois que Tiago voit un croissant, il ne résiste pas et mord dedans.

b. Les élèves mangent à la cantine actuellement. Zoé veut prendre deux desserts.

c. Tous les hivers, les brebis rentrent à la bergerie.

d. Aujourd'hui, Louna et Célia se baignent puis dorment sur la plage.

B.* Relevez les verbes conjugués au présent de l'indicatif et donnez la valeur du présent.**

Comme tous les soirs, l'âne ramène son maître dans sa carriole. Ils progressent tranquillement sous le ciel étoilé. L'âne, qui est un animal gourmand, en profite toujours pour grignoter quelques branches au passage.
Mais tout à coup, le tonnerre gronde. Ce soir, le trajet devient inquiétant.

7

A. *Je manipule* Transformez ces phrases pour que le verbe exprime une habitude.**

a. Liam écoute de la musique.

b. Léna lit un roman d'aventures.

c. Youssef joue le premier rôle au théâtre.

B.* *Je manipule* Créez des phrases avec ces verbes, exprimant un présent d'habitude.**

a. *gagner*, 3e personne du singulier

b. *tricher*, 2e personne du pluriel

c. *partager*, 1re personne du singulier

8

A. *Je manipule* Modifiez les phrases pour qu'elles expriment une vérité générale.**

a. Mon chien Médor est un animal domestique.

b. Le citronnier de mon jardin fleurit au printemps.

c. Jade aime discuter avec ses amies.

d. Mes efforts doivent être récompensés de manière juste.

B.* *Je manipule* Rédigez des phrases avec les verbes suivants, exprimant un présent de vérité générale.**

COUP DE POUCE > Les proverbes permettent d'exprimer une vérité générale.

a. semer b. ressembler c. partir d. mener

ÉCRITURE

9 A. Rédigez un récit en utilisant les éléments proposés et en conjuguant les verbes au présent de l'indicatif. Vous pouvez ajouter des éléments.

aviatrice • décoller • atterrir • réussir • parvenir • relier • rivage • pays

B. Soulignez d'une couleur différente un verbe exprimant l'actualité, un verbe d'habitude et un verbe de vérité générale.

10 Rédigez en cinq phrases votre rencontre avec un animal sauvage, alors que vous vous trouvez dans la cour du collège. Utilisez au moins deux verbes conjugués au présent de l'indicatif exprimant l'actualité, un verbe au présent d'habitude et un verbe au présent de vérité générale.

Vous pouvez commencer par : « Alors que je suis dans la cour, tout à coup, j'aperçois... ».

24 Comment conjuguer l'impératif présent ?

Changeons le monde !

L'impératif sert à donner un **ordre** ou un **conseil**. Il présente les mêmes formes que le présent de l'indicatif, sauf pour *être* et *avoir*. Il **ne se conjugue qu'à trois personnes**.

Je retiens

	CHANTER	FINIR	PRENDRE	ALLER	ÊTRE	AVOIR
2e personne du singulier	chante (pas de s)	finis	prends	va (pas de s)	sois	aie (pas de s)
1re personne du pluriel	chantons	finissons	prenons	allons	soyons	ayons
2e personne du pluriel	chantez	finissez	prenez	allez	soyez	ayez

1* Conjuguez les verbes suivants aux trois personnes de l'impératif présent.

a. marcher
b. aller
c. ralentir
d. vendre
e. voler
f. dire
g. avertir
h. faire

2* Identifiez les formes verbales conjuguées à l'impératif présent.

COUP DE POUCE > À l'impératif, le pronom personnel sujet n'apparaît pas devant le verbe conjugué.

a. rentre
b. tu rêves
c. grandissez
d. tu vois
e. ayons
f. nous allions
g. vous venez
h. regardons
i. vérifie
j. il crie
k. tu dis
l. gardez

3 *Je manipule* Réécrivez les phrases suivantes en mettant les verbes à la 2e personne du pluriel.**

a. Sors de la salle !
b. Viens jusqu'au portail.
c. Observe l'environnement.
d. Sois attentive.

4* *Je manipule* Réécrivez les phrases suivantes en utilisant un verbe conjugué à l'impératif présent.**

Ex : *Il faut que tu sortes tes affaires.* → *Sors tes affaires.*

a. Il faut que nous choisissions le film de ce soir.
b. Il faut que tu respectes l'avis des autres.
c. Il faut que vous trouviez un film qui plaise à tous.
d. Il faut que tu partes à l'heure.

ÉCRITURE

5 Rédigez cette recette en utilisant des verbes conjugués à l'impératif, à la 2e personne du singulier.

COUP DE POUCE > Vous pourrez commencer par « En premier... ».

Il faut casser quatre œufs. Ensuite, il faut battre les œufs énergiquement. Puis il faut faire chauffer une poêle. Après, il faut verser les œufs battus dans la poêle. Il faut enfin saler, poivrer et parsemer de fromage râpé. On peut déguster quand c'est cuit.

25

RÉVISIONS

▸ Conjugaison et valeur des temps • Le futur simple de l'indicatif

Comment conjuguer le futur simple de l'indicatif ?

Plus tard, je voyagerai.

Pour trouver la forme du verbe au futur simple de l'indicatif, je commence la phrase par « **Plus tard**, je... ».
Astuce : Pour les verbes des 1er et 2e groupes, j'ajoute la terminaison à l'infinitif du verbe.
Ex : *étudier* → *j'étudierai*

Je retiens

Infinitifs	Personnes	Radicaux	Désinences	
				Terminaisons
CHANTER	je	chant(e)-	r	ai
FINIR	tu	fini-	r	as
PARTIR	il, elle, on	parti-	r	a
PRENDRE	nous	prend-	r	ons
METTRE	vous	mett-	r	ez
VENIR	ils, elles	viend-	r	ont

1 * **Créez des formes verbales au futur simple en associant un pronom personnel, un radical et la terminaison qui convient.**

je •	• voyager-	• -a
tu •	• agir-	• -ez
Inès •	• poser-	• -as
vous •	• fleurir-	• -ai

2 * **Identifiez l'infinitif de ces formes verbales.**

COUP DE POUCE > Les verbes du 3e groupe, ainsi qu'*avoir* et *être*, sont irréguliers.
avoir → j'**aur**ai ; *être* → je **ser**ai ; *pouvoir* → je **pourr**ai ; *aller* → j'**ir**ai ; *faire* → je **fer**ai ; *dire* → je **dir**ai ; *venir* → je **viendr**ai ; *voir* → je **verr**ai ; *vouloir* → je **voudr**ai ; *prendre* → je **prendr**ai

a. je trouverai
b. ils grandiront
c. tu seras
d. nous prendrons
e. elle pourra
f. vous voudrez
g. je saluerai
h. tu iras
i. il choisira
j. nous viendrons

3 ** **Pour chaque verbe proposé, donnez la forme au futur, à la personne demandée.**

COUP DE POUCE > Certains verbes du 1er groupe doublent leur consonne dans le radical du futur.
Ex : *appeler* → *j'appellerai* ; *jeter* → *je jetterai*

a. *avoir* : tu ...
b. *jeter* : nous ...
c. *réussir* : elle ...
d. *voir* : il ...
e. *appeler* : vous ...
f. *dire* : je ...
g. *applaudir* : elles ...
h. *venir* : vous ...

4 ** **Parmi les formes verbales suivantes, relevez celles qui sont conjuguées au futur simple. Justifiez votre choix.**

COUP DE POUCE > Les verbes du 1er groupe en *-yer* ont un radical en *-ier* au futur.
Ex : *essuyer* → *j'essuierai*

a. j'appuierai
b. nous nagerons
c. ils travaillent
d. vous aimez
e. vous essaierez
f. ils frémiront
g. tu présentas
h. elle fera

ÉCRITURE

5 **Racontez en quelques phrases ce que vous ferez quand vous serez en vacances.**

COUP DE POUCE > Vous pourrez commencer par « Quand je serai en vacances, je ... »

26 RÉVISIONS

Comment conjuguer l'imparfait ?

Pour trouver la forme de l'imparfait de l'indicatif, je commence la phrase par : « **Autrefois**, il... ».

Tous les matins, le monstre sortait de sa grotte.

Je retiens

L'imparfait est formé sur le radical de la 1re personne du pluriel (*nous*) du présent.

Infinitifs	Personnes	Radicaux	Terminaisons
CHANTER	je	chant-	ais
FINIR	tu	finiss-	ais
PARTIR	il, elle, on	part-	ait
PRENDRE	nous	pren-	ions
METTRE	vous	mett-	iez
VENIR	ils, elles	ven-	aient

+PROF Proposition de parcours différenciés

Construisons ensemble

1* Recopiez chaque forme verbale, puis séparez le radical de la terminaison.

a. j'aidais
b. ils avertissaient
c. j'étais
d. nous refroidissions
e. tu présentais
f. je pouvais
g. il acceptait
h. nous avions

2* Repérez les verbes intrus qui ne sont pas conjugués à l'imparfait.

a. elle trouvait
b. nous crions
c. je réagissais
d. elles essaient
e. nous tissons
f. tu voulais
g. je voyais
h. vous skiez

3* Formez des verbes à l'imparfait en faisant correspondre les éléments proposés.

a. appuy- •	• - ions
b. all- •	• - ais
c. jet- •	• - iez
d. habill- •	• - ait
e. aplatiss- •	• - aient

Défi ! **Indiquez l'infinitif de chaque forme verbale.**

4 A. Conjuguez chaque verbe au présent, à la 1re personne du pluriel.**

B. Indiquez le radical de chaque forme conjuguée.

COUP DE POUCE > Certains verbes conservent une voyelle particulière pour former l'imparfait.
Ex : *manger → je mangeais, crier → nous criions*

a. écouter
b. envahir
c. faire
d. salir
e. voyager
f. aller
g. trier
h. posséder
i. dire
j. vernir

5 Conjuguez chaque verbe à l'imparfait à la personne demandée.**

a. *porter* : je ...
b. *garnir* : tu ...
c. *être* : elle ...
d. *bondir* : nous ...
e. *montrer* : vous ...
f. *pouvoir* : je ...
g. *répéter* : vous ...
h. *remplir* : ils ...
i. *garder* : tu ...
j. *avoir* : nous ...

6 Repérez les verbes à l'imparfait.**

a. Les roses fleurissaient dans leur vase.
b. Le dragon mesurait plusieurs mètres de haut.
c. Le spectacle était vraiment extraordinaire.

Je m'entraîne → J'approfondis

7

A.** **Conjuguez les verbes à l'imparfait.**

COUP DE POUCE > Pour bien conjuguer le verbe, repérez son sujet. > Fiche 11 p. 304

a. Tous les soirs, la grand-mère (*raconter*) une histoire aux enfants.
b. Nous (*refuser*) de croire à l'existence des ogres.
c. Le chemin (*s'élargir*) en sortant de la forêt.
d. Vous (*prendre*) le temps de nous rassurer.

B.*** **Conjuguez les verbes à l'imparfait.**

a. Les parents (*appeler*) les enfants.
b. La silhouette de la cavalière (*rétrécir*) alors qu'elle (*s'éloigner*).
c. Nous (*envoyer*) des lettres à plusieurs correspondants.
d. Vous ne (*saisir*) pas toujours ce que le maître (*vouloir*) dire.
e. Les élèves (*faire*) beaucoup d'efforts pour rester attentifs.

8 ORTHOGRAPHE

A.** **Identifiez la forme à l'imparfait parmi les deux formes proposées.**

COUP DE POUCE > Pour bien identifier la forme à l'imparfait, commencez par repérer la terminaison.

a. À l'hippodrome, nous *parions* / *pariions* sur les chevaux.
b. Les enfants *se balancaient* / *se balançaient* pour s'amuser.
c. Vous nous *conseillez* / *conseilliez* de parier sur le cheval gris.

B.*** **Identifiez la forme à l'imparfait parmi les deux formes proposées.**

a. En tant que villageois, nous *bénéficions* / *bénéficiions* de la protection du seigneur.
b. Sans carte, nous nous *débrouillons* / *débrouillions* comme nous pouvions.
c. La route *enlacait* / *enlaçait* la montagne.
d. Un pont *prolongait* / *prolongeait* le chemin étroit.
e. Vous *cartographiez* / *cartographiiez* la région pour repérer les zones dangereuses.

9

A.** Je manipule **Réécrivez les phrases en mettant le sujet souligné au pluriel. Accordez le verbe à l'imparfait.**

COUP DE POUCE > La 1re personne du singulier est *je*, la 1re personne du pluriel est *nous*. La 2e personne du singulier est *tu*, la 2e personne du pluriel est *vous*.

a. Je signais le contrat pour louer un vélo.
b. Tu appréciais les journées passées à la plage.
c. Il refroidissait son potage en soufflant dessus.

B.*** Je manipule **Réécrivez les phrases en mettant le sujet au pluriel. Accordez le verbe à l'imparfait.**

a. Je sciais du bois pour construire une cabane.
b. Tu balayais la classe à la fin de la journée.
c. La princesse rajeunissait grâce à un philtre magique.
d. Igor obéissait aux ordres du tsar.
e. Je faisais ce que je pouvais.

ÉCRITURE

10 Décrivez en quelques phrases les Sirènes rencontrées par Ulysse et son équipage. Vous pouvez commencer votre description par : « Lors de son odyssée, Ulysse et son équipage rencontrèrent de nombreuses créatures merveilleuses. Les Sirènes... » Vous emploierez des verbes conjugués à l'imparfait.

Ulysse résistant au chant des Sirènes (480-470 av. J.-C.), stamnos (vase) à figures rouges (h : 35,3 cm), British Museum (Londres, Royaume-Uni)

27 Comment conjuguer le passé simple des verbes du 1er groupe ?

Léa leva la tête et regarda les étoiles.

Pour trouver la forme du passé simple, je commence la phrase par : « **Tout à coup**, il... », car le passé simple exprime une **action ponctuelle dans le passé**.

Je retiens

Infinitifs	Personnes	Radicaux	Terminaisons
CHANTER	je	chant-	ai
NAVIGUER	tu	navigu-	as
APPELER	il, elle, on	appel-	a
ENVOYER	nous	envoy-	âmes
PAYER	vous	pay-	âtes
CRIER	ils, elles	cri-	èrent

On retrouve la voyelle **a** dans les **verbes du 1er groupe**.

+PROF Proposition de parcours différenciés

Construisons ensemble

1 * Relevez les verbes du 1er groupe dans la liste suivante.

COUP DE POUCE > Les verbes du 1er groupe ont un infinitif qui se termine en *-er*.

a. tresser
b. applaudir
c. battre
d. rebondir
e. envahir
f. grandir
g. croire
h. faire
i. déduire
j. vérifier
k. accorder
l. balayer

Défi ! **Précisez à quel groupe appartiennent les verbes qui ne sont pas du 1er groupe.**

2 * Créez des formes conjuguées au passé simple en associant le pronom, le radical et la terminaison qui conviennent.

a. je •		• - èrent
b. nous •		• -âtes
c. ils •		• - ai
d. vous •	• grimp - •	• - a
e. tu •		• - âmes
f. elle •		• - as

3 * Identifiez les formes verbales conjuguées au passé simple parmi les formes proposées.

COUP DE POUCE > Au passé simple, la 1re personne du singulier (*je*) a pour terminaison *-ai*. À l'imparfait, la 1re personne du singulier (*je*) a pour terminaison *-ais*.
> Fiche 26 p. 340

a. j'apportai
b. je basculais
c. je calmais
d. je dictais
e. j'enquêtais
f. je félicitai
g. j'habitai
h. j'ignorais
i. je lâchais

4 ** Conjuguez ces verbes au passé simple, à la personne demandée.

a. *couper* : tu ...
b. *blesser* : je ...
c. *ajouter* : elle ...
d. *disposer* : nous ...
e. *écraser* : vous ...
f. *gêner* : ils ...
g. *informer* : tu ...
h. *jouer* : vous ...
i. *laisser* : je ...
j. *corriger* : vous ...

5 ** Conjuguez les verbes entre parenthèses au passé simple.

a. Un jour d'été, le seigneur (*donner*) un bal.
b. Les jeunes filles (*s'appliquer*) pour se montrer sous leur meilleur jour.
c. Le cocher les (*mener*) jusqu'au château.

Je m'entraîne → **J'approfondis**

6

A. Trouvez** **Dans chaque liste, trouvez le verbe qui n'est pas conjugué au passé simple.**

a. il abaissa • il fait • il balança • il captura

b. ils avalèrent • ils dégonflèrent • ils vendaient

c. je rappelai • je forçai • je gouvernai • j'aurai

d. tu approchas • tu pries • tu hésitas

e. nous commençâmes • nous venions • nous vînmes

B.* Précisez quelles formes verbales sont conjuguées au passé simple.**

C.* Indiquez l'infinitif du verbe et le temps verbal des autres formes conjuguées.**

a. je ramenai

b. je ramenais

c. il ramena

d. il ramènera

e. nous ramenions

f. ils ramenèrent

7

A. Conjuguez les verbes suivants au passé simple, à la 3e personne du singulier.**

> COUP DE POUCE > Pour bien écrire la base verbale, prononcez le verbe conjugué à voix haute. Pour produire le son [s], la lettre *c* prend une cédille (*ç*). Pour produire le son [ʒ] après la lettre *g*, il faut ajouter un *e*. Ex : *il logea*

manger • figer • enlacer • forger • foncer • dégager • glacer • balancer

B.* Créez une phrase contenant le verbe proposé, conjugué au passé simple à la personne demandée.**

a. *manger* : 1re personne du singulier

b. *figer* : 3e personne du singulier

c. *enlacer* : 1re personne du pluriel

d. *foncer* : 2e personne du pluriel

e. *dégager* : 2e personne du singulier

f. *balancer* : 3e personne du pluriel

8

A. Relevez les verbes du 1er groupe conjugués au passé simple dans les phrases suivantes.**

a. Ilan trouva que sa chemise n'était pas très propre pour se présenter à ses nouveaux amis.

b. Il tira la conclusion qu'il devait la laver avant de sortir.

c. Avec du savon, il frotta longuement sur la tache pour qu'elle disparût.

d. Le tissu s'enflamma quand il voulut le repasser, provoquant une grande frayeur.

e. Il ne se risqua pas à réessayer, ne voulant pas détruire son vêtement.

B.* Relevez les verbes du 1er groupe conjugués au passé simple dans le texte suivant.**

Un chercheur d'or construit un feu.

[Il] trouva le bois qui lui était nécessaire. Il établit avec soin un petit foyer, puis tira de sa poche une allumette, en même temps qu'un morceau d'écorce de bouleau, sur lequel il la frotta. Le bouleau s'enflamma plus rapidement encore que ne l'eût fait un bout de papier, et le feu jaillit, en sifflant.

■ **Jack London**, *Construire un feu* (1908), traduit par L. Postif et P. Gruyer

ÉCRITURE

9 Rédigez en cinq phrases la suite de ce récit au passé. Vous utiliserez au moins quatre verbes du 1er groupe conjugués au passé simple.

[D]éjà l'île d'Arran se relevait à l'horizon, quand le matelot de vigie signala un énorme poisson qui s'ébattait dans le sillage du yacht[1]. Le capitaine John Mangles fit aussitôt prévenir Lord Edward de cette rencontre. Celui-ci monta sur la dunette[2] avec le major Mac Nabbs, et demanda au capitaine ce qu'il pensait de cet animal.

■ **Jules Verne**, *Les Enfants du capitaine Grant* (1868)

1. **yacht** : bateau
2. **dunette** : partie arrière du pont du bateau

28 Comment conjuguer le passé simple des verbes des 2e et 3e groupes ?

Je partis tôt, je courus vite et je tins ma promesse.

Je conjugue le passé simple des verbes du **2e groupe** avec la lettre ***i***.
Les verbes du **3e groupe** se conjuguent avec ***i***, ***u*** ou ***in*** (uniquement pour les verbes *tenir*, *venir* et leurs composés).

Je retiens

Personnes	FINIR	DORMIR	VOULOIR	VENIR
je	finis	dormis	voulus	vins
tu	finis	dormis	voulus	vins
il, elle, on	finit	dormit	voulut	vint
nous	finîmes	dormîmes	voulûmes	vînmes
vous	finîtes	dormîtes	voulûtes	vîntes
ils, elles	finirent	dormirent	voulurent	vinrent

+PROF Proposition de parcours différenciés

Construisons ensemble

1* **Complétez la conjugaison au passé simple des trois verbes suivants.**

a. *jaunir* : je jaunis • tu jaun**...** • il jaun**...** • nous jaun**...** • vous jaun**...** • elles jaun**...**

b. *boire* : je b**...** • tu bus • elle b**...** • nous **...** • vous b**...** • ils b**...**

c. *venir* : je v**...** • tu v**...** • on vint • nous v**...** • vous v**...** • elles v**...**

2* **Donnez l'infinitif de chaque forme verbale.**

il dit • il dut • elles virent • elles vinrent • nous fîmes • nous fûmes • je pus • tu sus • vous tîntes

3** **Recopiez le tableau ci-dessous et classez les verbes selon la voyelle avec laquelle ils se conjuguent : *-i-*, *-u-* ou *-in-*.**

avoir • être • tenir • voir • pouvoir • prendre • devenir • faire • soutenir • partir • se taire

Voyelle -i-	Voyelle -u-	Voyelle -in-

4** **Identifiez la personne (1re, 2e ou 3e) et le nombre (singulier ou pluriel) des verbes conjugués.**

COUP DE POUCE > Il peut y avoir plusieurs bonnes réponses.

a. attendirent
b. voulûmes
c. survins
d. apparut
e. rendîtes
f. tordis

5** **Rédigez une phrase au passé simple avec chaque verbe. Variez les sujets.**

a. engloutir un gâteau
b. conclure un marché
c. se souvenir de l'itinéraire
d. être calme
e. avoir le vertige
f. recevoir un message urgent

6** **Choisissez la forme au passé simple correcte.**

Je *prie* / *pris* / *prit* mes affaires et *couru* / *courus* / *courut* vers la porte. Je *fie* / *fis* / *fit* irruption dans la pièce. Mon ami *parue* / *parus* / *parut* très surpris.

Je m'entraîne → **J'approfondis**

7

A. Conjuguez le verbe entre parenthèses au passé simple.**

a. Toutes les participantes (*avoir*) ... la patience d'attendre jusqu'au lendemain. Malheureusement, le match (*être*) ... annulé.

b. L'athlète (*battre*) ... son record de vitesse. Le public n'en (*croire*) ... pas ses yeux.

c. Nefertiti (*être*) ... l'épouse d'Akhénaton.

d. Elle (*vouloir*) ... jouer un rôle politique important.

e. On ne (*pouvoir*) ... jamais identifier sa tombe.

B.* Conjuguez le verbe entre parenthèses au passé simple.**

> COUP DE POUCE > Bien qu'il appartienne au 3e groupe, le verbe *aller* se conjugue au passé simple comme un verbe du 1er groupe, en *-er*.

a. Les randonneurs (*être*) ... nombreux. Par chance, il y (*avoir*) ... du beau temps.

b. Toutes les personnes présentes (*aller*) ... s'installer autour de la scène ; la troupe (*s'apercevoir*) ... qu'il y avait du monde.

8 LECTURE

A. Relevez les verbes conjugués au passé simple.**

> Le bon homme, après avoir pris son chocolat, sortit pour aller chercher son cheval, et comme il passait sous un berceau de roses, il se souvint que la Belle lui en avait demandé, et cueillit une branche, où il y en avait plusieurs. Au même instant, il entendit un grand bruit, et vit venir à lui une bête si horrible, qu'il fut tout prêt de s'évanouir.
>
> ■ **Madame Leprince de Beaumont**, *Magasin des enfants* (1756), « La Belle et la Bête »

B.* Relevez les verbes conjugués au passé simple et donnez leur infinitif.**

> Quand elle se réveilla le matin, elle se trouva dans la maison de son père, et ayant sonné une clochette, qui était à côté de son lit, elle vit venir la servante, qui fit un grand cri, en la voyant. Le bon homme accourut à ce cri, et manqua mourir de joie, en revoyant sa chère fille ; et ils se tinrent embrassés plus d'un quart d'heure.
>
> ■ **Madame Leprince de Beaumont**, *Magasin des enfants* (1756), « La Belle et la Bête »

9

A. Je manipule Réécrivez ces phrases en mettant le sujet singulier au pluriel et inversement.**

> COUP DE POUCE > Pensez à faire les accords sujet-verbe et toutes les autres modifications nécessaires.

a. L'enfant se blottit dans son lit et parut s'endormir.

b. Les acrobates se tinrent en équilibre sur le trapèze puis firent un saut spectaculaire.

c. Tu rougis du compliment.

d. Son cri avertit les voisins.

B.* Je manipule Réécrivez ces phrases en mettant le sujet singulier au pluriel et inversement.**

a. Les personnes présentes à la cérémonie eurent le plaisir de rencontrer leur idole : elles obtinrent des autographes et purent prendre des photos.

b. L'animal aperçut un prédateur et s'enfuit.

c. Lisa choisit un article dans un journal.

d. Ilan et moi voulûmes voir d'autres films.

e. La vague grossit démesurément.

ÉCRITURE

10 Choisissez une phrase de l'exercice 9A. Ajoutez trois à cinq phrases pour former un texte. Employez au moins six verbes au passé simple.

11 Racontez en quelques phrases le début d'un conte merveilleux. Employez dix verbes au passé simple que vous soulignerez.

> COUP DE POUCE > Vous pouvez commencer par « Il était une fois ».

29 Comment employer le passé simple et l'imparfait dans un récit ?

passé simple → premier plan du récit au passé : action principale

imparfait → arrière-plan du récit au passé : description • faits répétés • actions secondaires • actions qui durent

*La voyageuse **partit** aussitôt : elle **était** très courageuse et **affrontait** régulièrement les orages qui **effrayaient** la population de l'île.*

Je retiens

➜ Le récit au passé associe souvent des verbes conjugués au **passé simple** et des verbes conjugués à l'**imparfait**.

➜ Le passé simple est utilisé pour le **premier plan** du récit : les actions principales.

➜ L'imparfait traduit l'**arrière-plan** du récit : la description des lieux et des personnages, l'expression des habitudes ou des répétitions, les actions secondaires ou les actions qui durent.

+PROF Proposition de parcours différenciés

Construisons ensemble

1* Conjuguez les verbes à la personne indiquée, à l'imparfait, puis au passé simple.

COUP DE POUCE > Révisez les terminaisons de l'imparfait > p. 340 et celles du passé simple > p. 342-344.

a. *achever*, 1re personne du singulier
b. *finir*, 2e personne du singulier
c. *parvenir*, 3e personne du pluriel
d. *conclure*, 3e personne du singulier

2 Conjuguez les verbes à l'imparfait et précisez la valeur du temps dans chaque phrase : description, habitude, action secondaire ou action qui dure.**

a. L'absence du roi d'Ithaque (*se prolonger*) depuis plusieurs années.
b. Ce roi (*être*) Ulysse, le guerrier grec puni par Poséidon.
c. De nombreux prétendants (*convoiter*) le trône et le pouvoir.
d. Jour après jour, Pénélope les (*repousser*) et (*défaire*) sa tapisserie.

3 A. Classez les verbes en deux colonnes selon le temps utilisé : passé simple ou imparfait.**

Ils **arrivèrent** enfin à la maison où **était** cette chandelle, non sans bien des frayeurs, car souvent ils la **perdaient** de vue, ce qui leur **arrivait** toutes les fois qu'ils **descendaient** dans quelques fonds. Ils **heurtèrent** à la porte, et une bonne femme **vint** leur ouvrir. Elle leur **demanda** ce qu'ils **voulaient**.

■ **Charles Perrault**, *Les Contes de ma mère l'Oye* (1697), « Le Petit Poucet »

B. Recopiez les verbes à l'imparfait qui expriment des faits qui se répètent et justifiez votre réponse.

4 A. Complétez les débuts de phrases proposés par de courts paragraphes.**

B. À quels temps avez-vous conjugué les verbes utilisés ? Justifiez votre choix.

a. Lorsque j'étais enfant ...
b. Or, un matin, Lina découvrit ...
c. Le château se dressait, dominant la forêt, ...

Je m'entraîne → J'approfondis

5

A. ** **Identifiez le temps de chaque verbe. Pour chaque verbe, expliquez pourquoi ce temps a été choisi.**

Quand elles **furent** à la porte du château, elles **frappèrent** : aussitôt une vieille femme épouvantable leur **vint** ouvrir, elle n'**avait** qu'un œil au milieu du front, mais il **était** plus grand que cinq ou six autres, le nez plat, le teint noir, et la bouche si horrible, qu'elle **faisait** peur : elle **avait** quinze pieds de haut et trente de tour[1].

■ **Madame d'Aulnoy**, *Les Contes de fées* (1698), « Finette Cendron »

1. Un pied mesure environ 33 cm.

B. *** **Je manipule Réécrivez le début du texte (du début jusqu'à *frappèrent*) en remplaçant *elles* par *je*.**

C. *** **Je manipule Réécrivez la suite du texte (depuis *aussitôt*, l. 2, jusqu'à la fin) en remplaçant *une vieille femme* par *deux vieillards*.**

COUP DE POUCE > Relisez bien le texte pour distinguer les actions des personnages, d'une part, et leur description, d'autre part.

Défi ! **Combien la vieille femme mesure-t-elle ?**

D. *** **Écrivez la suite de cet extrait en deux phrases. Soulignez les verbes conjugués. Précisez leur temps et leur valeur.**

6

A. ** **Choisissez le passé simple ou l'imparfait. Pour certains verbes, les deux temps sont possibles.**

Quand Zeus *amena / amenait* le septième jour, le vent *cessa / cessait* de souffler par tourbillons. Alors, étant montés sur la nef[1], nous la *poussâmes / poussions* au large ; et, le mât étant dressé, nous *déployâmes / déployions* les blanches voiles. Et nous *abandonnâmes / abandonnions* l'île, et aucune autre terre *ne fut / n'était* en vue ; et rien ne se *vit / voyait* que l'Ouranos[2] et la mer.

■ D'après **Homère**, *Odyssée* (VIIIe siècle av. J.-C.), chant XII, traduit par Leconte de Lisle

1. **nef** : navire
2. **Ouranos** : désigne le ciel étoilé

B. *** **Conjuguez les verbes entre parenthèses à l'imparfait ou au passé simple.**

Hermès rend visite à la nymphe Calypso.

Et, quand il fut arrivé sur l'île lointaine, il (*passer*) ... de la mer bleue sur la terre, jusqu'à la vaste grotte que la Nymphe aux beaux cheveux (*habiter*) ..., et où il la (*trouver*) ... . Et un grand feu (*brûler*) ... au foyer, et l'odeur du cèdre et du thuya ardents (*parfumer*) ... toute l'île. Et la Nymphe (*chanter*) ... d'une belle voix, tissant une toile avec une navette[1] d'or.

■ D'après **Homère**, *Odyssée* (VIIIe siècle av. J.-C.), chant V, traduit par Leconte de Lisle

1. **navette** : pièce mobile d'un métier à tisser

ORAL

7 **Lisez ce texte à voix haute, puis transposez-le à l'imparfait. Relisez-le. Dites ensuite pourquoi l'imparfait convient dans ce texte.**
Avez-vous reconnu l'insecte dont il est question ?

Tout le jour, elle saute et s'acharne aux trousses d'invisibles braconniers qu'elle n'attrape jamais. Les plus hautes herbes ne l'arrêtent pas.
Rien ne lui fait peur, car elle a des bottes de sept lieues, un cou de taureau, le front génial, le ventre d'une carène[1], des ailes en celluloïd[2], des cornes diaboliques et un grand sabre au derrière.

■ **Jules Renard**, *Histoires naturelles* (1894)

1. **carène** : coque de bateau
2. **celluloïd** : plastique transparent

30 Comment construire les temps composés de l'indicatif ?

J'ai oublié ce que j'étais venu chercher.

passé composé — plus-que-parfait

Les temps composés sont formés avec l'**auxiliaire *avoir* ou *être*** + le **participe passé**.

= auxiliaire (*être* ou *avoir*) au présent
+ participe passé du verbe à conjuguer

= auxiliaire (*être* ou *avoir*) à l'imparfait
+ participe passé du verbe à conjuguer

Je retiens

➜ Les verbes à des **temps composés** sont formés de deux éléments : l'**auxiliaire** (*être* ou *avoir*) et le **participe passé**.

➜ L'**auxiliaire** est **conjugué** : il change selon la personne et le temps.

➜ On utilise l'**auxiliaire *être*** pour les verbes de **déplacement** (*aller, partir, arriver, entrer, sortir*...) et les **verbes pronominaux** (*se lever, s'appeler, se rappeler*...). Sinon, on utilise l'**auxiliaire *avoir***.

➜ Le participe passé n'est **pas une forme conjuguée**, mais il faut bien appliquer la **règle d'accord**. > Fiche 36 p. 362

➜ Chaque temps composé correspond à un temps simple :
– le **passé composé** se construit avec l'**auxiliaire au présent** ;
– le **plus-que-parfait** se construit avec l'**auxiliaire à l'imparfait.**

+ PROF Proposition de parcours différenciés

Construisons ensemble

1* Recopiez la phrase si le verbe est à un temps composé. Soulignez le verbe.

COUP DE POUCE > N'oubliez pas qu'à un temps composé, il faut souligner les deux mots qui composent le verbe.

a. Tu as pris ta douche ?
b. Regarde cette vidéo, c'est très drôle.
c. Je ne sais pas diviser par 5 de tête.
d. Ils sont venus en avion.
e. Les invités avaient apporté des cadeaux.
f. Où as-tu trouvé une idée pareille ?

2* Classez en deux colonnes les verbes de l'exercice 1, selon l'auxiliaire employé : *avoir* ou *être*.

3 Posez la question qui correspond à la réponse indiquée. Respectez bien le temps verbal.**

a. Ilan a pris l'avion de quinze heures.
b. Les arbres avaient perdu toutes leurs feuilles en novembre.
c. Les élèves sont allés au théâtre.
d. Les naufragés étaient rentrés chez eux des années plus tard.

4 A. Identifiez le temps de chaque forme verbale : plus-que-parfait ou passé composé.**

B. Conjuguez au plus-que-parfait les verbes qui sont au passé composé, et inversement.

a. j'ai cru
b. nous avions fini
c. il a été
d. elle était partie
e. tu es entrée
f. ils sont sortis
g. vous aviez lu
h. elles étaient arrivées

Je m'entraîne ⇒ **J'approfondis**

5

A. Recopiez les verbes conjugués à un temps composé.**

Quand les derniers élèves sont sortis du collège, la sonnerie avait retenti depuis quinze minutes. Une partie du groupe est allée à l'arrêt de bus.

B.* Précisez le temps de chaque verbe recopié.**

C.* *Je manipule* Conjuguez chaque verbe à la personne du singulier ou du pluriel correspondante.**

6

A. Conjuguez les verbes au temps demandé.**

COUP DE POUCE > Attention aux terminaisons du participe passé. Verbes du 1er groupe et *aller* : *-é* ; verbes du 2e groupe : *-i* ; verbes du 3e groupe : *-i* / *-u* / *-s* / *-t*.

a. passé composé

Lorsque la policière (*s'approcher*) et (*ouvrir*) la portière, elle en (*ne pas croire*) ses yeux.

b. plus-que-que-parfait

J'(*donner*) ma réponse lorsque je (*rentrer*) à la maison et que j'(*consulter*) mes parents.

B.* Conjuguez les verbes au temps demandé.**

a. passé composé

Le hamster (*avoir*) peur et (*se cacher*) au fond de la cage. Nous (*essayer*) de l'attirer, mais il (*ne pas vouloir*) ressortir.

b. plus-que-que-parfait

Mes parents (*rêver*) de visiter l'Afrique mais (*rester*) en Europe par facilité. Finalement, ils (*mettre*) de côté leurs idées de voyage et (*se tourner*) vers d'autres projets.

7 LECTURE

A. Recopiez les verbes conjugués à des temps composés et analysez-les (donnez leurs infinitif, mode, temps, personne).**

Moi par exemple, j'ai tout appris de ma mère. Elle m'a entraînée, elle a corrigé mes erreurs, elle a mesuré mes progrès. C'est grâce à elle que je suis devenue ce que je suis : une sacrée bonne professionnelle.

■ **Marie Desplechin**, *Verte* (1996) © L'École des loisirs

B.* Recopiez les verbes conjugués à des temps composés et analysez-les (donnez leurs infinitif, mode, temps, personne).**

SGANARELLE. – Ils m'ont fait médecin malgré mes dents. Je ne m'étais jamais mêlé d'être si savant que cela ; et toutes mes études n'ont été que jusqu'en sixième. Je ne sais point sur quoi cette imagination leur est venue.

■ **Molière**, *Le Médecin malgré lui* (1666), III, 1

8

A. Conjuguez au temps indiqué.**

– Les enfants, je vous présente Liouba Gogol, (*dire*, passé composé) ... M. Dubeuf au moment où elle pénétrait dans la salle.

Personne n'(*rire*, passé composé) ... . [...] J'(*penser*, passé composé) ... à toutes les fois où j'(*traiter*, plus-que-parfait) ... Djézone de gogol et j'(*avoir*, passé composé) ... honte.

■ D'après **Agnès Desarthe**, *La Plus Belle Fille du monde* (2009) © L'École des loisirs

B.* Conjuguez au temps indiqué.**

J'(*vouloir*, passé composé) ... ce matin te rapporter des roses ;
Mais j'en (*prendre*, plus-que-parfait) ... tant dans mes ceintures closes
Que les nœuds trop serrés n'(*pouvoir*, passé composé) ... les contenir.

■ D'après **Marceline Desbordes-Valmore**, *Poésies inédites* (1860), « Les roses de Saadi »

ÉCRITURE

9 **Qu'avez-vous fait hier ? Racontez votre journée en utilisant au moins dix verbes conjugués au passé composé.**

31 Comment conjuguer le conditionnel présent ?

Le conditionnel exprime le **doute**, l'**hypothèse** ou le **souhait**.

J'aimerais tellement aller me baigner.

Le conditionnel présent est formé sur le **radical du futur simple** avec les **terminaisons de l'imparfait**.
Ex : *manger* → *je mangerai* (*futur*) → *je manger**ais*** (*conditionnel présent*)

Je retiens

Infinitifs	Personnes	Radicaux	Désinences	Terminaisons
CHANTER	je	chant(e)-	r	ais
FINIR	tu	fini-	r	ais
PARTIR	il, elle, on	parti-	r	ait
PRENDRE	nous	prend-	r	ions
METTRE	vous	mett-	r	iez
VENIR	ils, elles	viend-	r	aient

+PROF Proposition de parcours différenciés

Construisons ensemble

1* Recopiez les formes qui sont conjuguées au conditionnel présent.

COUP DE POUCE > Demandez-vous si le radical est suivi de la lettre *-r-* et si la terminaison est celle de l'imparfait.

a. je prendrai
b. tu observerais
c. elle sifflera
d. nous disposions
e. vous ouvririez
f. ils agissaient

2* Choisissez la terminaison au conditionnel présent qui convient.

COUP DE POUCE > Attention à accorder le verbe avec le sujet !

a. Si je pouvais, je *voyagerais/voyagerai/voyagerait*.
b. Je suis sûre qu'ils ne *ferais/ferait/feraient* jamais une chose pareille.
c. Vous *pourriez/pouvez/pourrez* fermer la porte, s'il vous plaît ?
d. Je l'ai entendu dire qu'elle *ira/irait/iriez* chez Papy.

3 Associez chaque forme à son infinitif.**

a. je voudrais •
b. il verrait •
c. nous voudrions •
d. elles varieraient •
e. vous verriez •
f. tu varierais •

• varier
• voir
• vouloir

4 Complétez avec la forme conjuguée au conditionnel présent.**

COUP DE POUCE > Seule la terminaison change, le radical reste le même.

a. *pouvoir* : je pourrai (futur) → je ...
b. *être* : tu seras → tu ...
c. *avoir* : il aura → il ...
d. *prendre* : nous prendrons → nous ...

5 Conjuguez au conditionnel présent à la personne demandée.**

nous (*aller*) • elle (*tiédir*) • je (*trier*) • il (*pouvoir*) • nous (*nager*) • tu (*vieillir*) • vous (*avoir*) • tu (*réparer*) • ils (*devoir*)

Je m'entraîne ⇨ **J'approfondis**

6

A. Précisez si ces formes verbales sont à l'infinitif, au futur simple, à l'imparfait ou au conditionnel présent.**

partir • on partait • tu seras • je chanterais • je chanterai • être • tu étais • tu serais • on partira • chanter • on partirait • je chantais

B.* Précisez si ces formes verbales sont à l'infinitif, au futur simple, à l'imparfait ou au conditionnel présent.**

venir • vous regarderiez • nous viendrions • nous viendrons • vous regardiez • nous venions • regarder • vous regarderez

7 LECTURE

A. Relevez les verbes au conditionnel présent.**

Chaque fée offre un don à la princesse.

La plus jeune lui donna pour don qu'elle serait la plus belle du monde, celle d'après qu'elle aurait de l'esprit comme un ange, la troisième qu'elle aurait une grâce admirable à tout ce qu'elle ferait, la quatrième qu'elle danserait parfaitement bien.

■ **Charles Perrault**, *Histoires ou Contes du temps passé* (1697), « La Belle au bois dormant »

B.* Relevez les verbes au conditionnel présent. Donnez leur infinitif.**

Le rang de la vieille fée étant venu, elle dit en branlant la tête, encore plus de dépit que de vieillesse, que la princesse se percerait la main d'un fuseau, et qu'elle en mourrait. Ce terrible don fit frémir toute la compagnie, et il n'y eut personne qui ne pleurât.

■ **Charles Perrault**, *Histoires ou Contes du temps passé* (1697), « La Belle au bois dormant »

8 ORTHOGRAPHE

A. Conjuguez les verbes entre parenthèses au conditionnel présent.**

COUP DE POUCE > Au futur, le verbe *savoir* a un radical particulier : *je saurai*.

Ne forçons point notre talent ;
Nous ne (*faire*) ... rien avec grâce.
Jamais un lourdaud, quoi qu'il fasse,
Ne (*savoir*) ... passer pour galant.

■ D'après **Jean de La Fontaine**, *Fables* (1668), « L'Âne et le Petit Chien »

B.* Conjuguez les verbes entre parenthèses au conditionnel présent.**

Tout vous est aquilon, tout me semble zéphir
Encor si vous naissiez à l'abri du feuillage
Dont je couvre le voisinage
Vous n'(*avoir*) ... pas tant à souffrir :
Je vous (*défendre*) ... de l'orage

■ D'après **Jean de La Fontaine**, *Fables* (1668), « Le Chêne et le Roseau »

ÉCRITURE

9 Conjuguez les verbes de ce poème au conditionnel présent, puis inventez une autre strophe sur le même modèle.

Si j'étais jardinier d'amour
Je te (*cueillir*) ... des caresses,
Je te (*fêter*) ... tout le jour
Si j'étais jardinier d'amour !

■ D'après **Léon Roger-Milès**, extrait de « Si j'étais jardinier » (1893)

10 Décrivez votre vision du collège idéal : rédigez au moins cinq phrases au conditionnel présent. Attention, n'utilisez pas deux fois le même verbe, ni le même sujet !

« Dans un collège idéal, il y aurait... »

COUP DE POUCE > Vous pouvez utiliser les verbes suivants pour trouver l'inspiration : *apprendre, commencer, évaluer, écrire, venir, manger, pouvoir, aborder, devoir...*

Je révise Conjugaison

Ma fiche de révisions

VERBES

1er groupe : *chanter*
2e groupe : *finir* (*finissant*)
3e groupe : *partir*, *voir*, *faire*, *prendre*

	TERMINAISONS 1er groupe	TERMINAISONS 2e et 3e groupes	VALEURS	TEMPS COMPOSÉ CORRESPONDANT
PRÉSENT DE L'INDICATIF	-e -es -e	-s(x) -ds -s(x) -ds -t -d	Il s'emploie pour exprimer une action **en train de se réaliser** (actualité), une **habitude** ou une **vérité générale**.	**PASSÉ COMPOSÉ** auxiliaire *être* ou *avoir* au présent *tu as mangé* *tu es parti(e)*
	-ons -ez (-tes) -nt			
IMPARFAIT	-ais -ais -ait -ions -iez -aient		Il s'emploie dans un récit au passé pour exprimer des **actions d'arrière-plan**, des **actions qui durent**, une **description** ou des **faits répétés**.	**PLUS-QUE-PARFAIT** auxiliaire *être* ou *avoir* à l'imparfait *tu avais mangé* *tu étais parti(e)*
FUTUR SIMPLE	-rai -ras -ra -rons -rez -ront		Il s'emploie pour exprimer les **actions à venir**.	
PASSÉ SIMPLE	-ai -as -a -âmes -âtes -èrent	-(i, u, in)s -(i, u, in)s -(i, u, in)t -(î, û, în)mes -(î, û, în)tes -(i, u, in)rent	Il s'emploie dans un récit au passé pour raconter les **actions principales**.	
CONDITIONNEL PRÉSENT	-rais -rais -rait -rions -riez -raient		Il exprime le **doute**, l'**hypothèse** ou le **souhait**.	
IMPÉRATIF PRÉSENT	-e	-s(x) -ds	Il exprime l'**ordre**, le **conseil**.	
	-ons -ez(-tes)			

Je vérifie que j'ai compris les fiches 21 à 31

1 Quel verbe est conjugué au présent de l'indicatif ?
a. vous manquiez
b. nous chargeons
c. je courus

2 La forme *je choisirais* est conjuguée au futur simple.
a. vrai b. faux

3 Quel verbe est conjugué au passé simple ?
a. je discutai b. je discuterai
c. je discutais d. je discuterais

4 Quelle est la forme du verbe *finir* à l'imparfait, à la 3e personne du pluriel ?
a. elles finissent b. elle finissait
c. elles finissaient d. elles finiraient

5 À quel temps la forme *entre* est-elle conjuguée ?
a. à l'imparfait
b. à l'impératif présent
c. au conditionnel présent
d. au passé simple

6 Quelle phrase exprime une vérité générale ?
a. J'écris à ma grand-mère tous les mardis.
b. Je vous écris de chez moi.
c. Que tu écris bien !
d. Les enfants apprennent à écrire à l'école.

7 Alors que Lenny marchait, le tonnerre...
a. gronda. b. grondât.
c. grondait. d. grondera.

8 Si Léa réfléchit bien, ...
a. elle trouverait la solution.
b. elle trouvait la solution.
c. elle trouvera la solution.
d. elle trouva la solution.

9 Quelle forme n'existe pas à l'impératif présent ?
a. devine b. devinons
c. devinez d. devines

10 Quelle est la forme du verbe *courir* au passé simple, à la 3e personne du singulier ?
a. il coura b. il courut
c. il courra d. il courût

➜ Je calcule mon score

Corrigés du quiz
hatier-clic.fr/25coli353

Je m'entraîne pour l'évaluation

Les questions 1 à 4 portent sur le texte ci-dessous.

Ensuite elle <u>alla</u> regarder dans la souricière, où elle <u>trouva</u> six souris toutes en vie. Elle dit à Cendrillon de lever un peu la trappe de la souricière, et, à chaque souris qui <u>sortait</u>, elle lui <u>donnait</u> un coup de sa baguette, et la souris était aussitôt changée en un beau cheval : ce qui fit un bel attelage de six chevaux, d'un beau gris de souris pommelé. Comme elle était en peine de quoi elle ferait un cocher : « Je vais voir, dit Cendrillon, s'il n'y a pas quelque rat dans la ratière, nous en ferons un cocher.

– Tu as raison, dit sa marraine, va voir. »

■ **Charles Perrault**, *Histoires ou Contes du temps passé* (1697), « Cendrillon »

Je sais identifier les temps simples de l'indicatif

1 Relevez deux verbes au présent de l'indicatif, quatre verbes au passé simple et trois verbes à l'imparfait.

Je sais différencier le futur simple et le conditionnel présent

2 Trouvez le même verbe conjugué au futur simple et au conditionnel présent.

Je sais identifier l'impératif

3 Identifiez un ordre exprimé à l'impératif.

Je sais identifier la valeur des temps du récit

4 Donnez le temps et la valeur des verbes soulignés.

Je sais utiliser et conjuguer les temps du récit au passé

5 Écrivez la suite de ce récit au passé en imaginant la confrontation entre l'aventurier et la créature qui rôde. Vous utiliserez au moins trois verbes conjugués au passé simple, deux verbes conjugués à l'imparfait et un verbe au plus-que-parfait.

Le chercheur d'or s'installa au bord de la rivière gelée. Il bâtit un abri très simple et entreprit d'allumer un feu. Lorsque les flammes jaillirent, il aperçut deux yeux brillants dans la nuit, qui le fixaient...

Mise en jeu

Faire le point sur :
- les accords
- la conjugaison du présent de l'indicatif

L'odyssée de L'ORTHOGRAPHE

Poséidon vous défie ! Comme Ulysse et ses compagnons, vous devrez surmonter ces épreuves pour atteindre Ithaque.

1 Levez l'ancre !

• Pour que le vent se lève, répondez à cette question. Quelles sont les marques possibles du pluriel d'un nom ou d'un adjectif ?

S T X D Ø

Le défi de Poséidon • Vérifiez votre réponse en réécrivant ces phrases en mettant tous les noms au pluriel.

Le héros naviguait sur son bateau dans le flot bleu de la mer. Au loin, sur une île, un volcan crachait un gaz mortel.

2 Le problème de Polyphème

• Polyphème, le cyclope, ne maîtrise ni les lois de l'hospitalité ni celles de l'orthographe. Réécrivez le message qu'il envoie à ses monstrueux camarades de manière à ce qu'il soit compréhensible et lisible.

A led lé scie clope ! Père sonne avou lu me tu et. Moneuille meuh fée sous frire. Veux nez vit !

Le défi de Poséidon
• Pourquoi, selon vous, est-il important de respecter l'orthographe quand nous communiquons par écrit ?

3 La bonne personne

• La tempête fait rage. Pour éviter le naufrage, faites correspondre la personne et la ou les terminaison(s) correcte(s) pour les temps simples de l'indicatif.

je •	• ons - mes
vous •	• ent - ont
ils-elles •	• ez - tes
nous •	• e - s - x

Le défi de Poséidon • Conjuguez à toutes les personnes et à tous les temps simples de l'indicatif :

- braver la tempête
- parvenir à Ithaque
- revoir Pénélope

• Répartissez-vous les tâches pour gagner le défi !

4 Pièges mortels

• Monstres à l'horizon ! Choisissez la bonne orthographe.

Le **champ / chant** des sirènes est un **appel / appelle** irrésistible **auquel / auxquelles** les marins ne **peuve / peuvent** résister. Ulysse et ses compagnons franchissent **cette / cet** obstacle sans **frémir / frémirent**. Les créatures **cruels / cruelles** ont **échouer / échoué**.

Le défi de Poséidon • Si l'on remplace ***sirènes*** par ***tritons***, faut-il modifier d'autres mots ?

5 Nom de Zeus !

• Zeus, dans un élan de colère, veut foudroyer votre navire....
Retrouvez les phrases en associant les groupes bien accordés pour éviter son courroux.

- *Le cyclope Polyphème*
- *Circé et Calypso*
- *Nausicaa*
- *Les Phéaciens*

- *se montre hospitalière.*
- *accueillent Ulysse.*
- *dévore les compagnons d'Ulysse.*
- *sont de redoutables ennemies.*

Le défi de Poséidon • Mélangez les groupes pour former d'autres phrases. Attention aux accords !

6 Euréka !

• Au loin, vous distinguez l'île d'Ithakos... Ithaque ! Vous l'atteindrez si vous complétez ces mots dont l'orthographe particulière est due à leur origine grecque.

une l...re

une am…ore

un t…éâtre

l'ar…éologie

Le défi de Poséidon • Trouvez et écrivez un nom d'origine grecque en répondant à cette devinette.

Après quatre ans de collège, tu viendras chez moi pour préparer ton avenir. Qui suis-je ?

32 RÉVISIONS Comment mettre les noms au pluriel ?

un tableau → des tableau**x**
pluriel = singulier + ***-x***

une histoire → des histoire**s**
pluriel = singulier + ***-s***

Ces tableaux illustrent les histoires des héros.

un héros → des héros
pluriel = singulier + Ø

Je retiens

➜ En général, pour écrire un nom au pluriel, **on ajoute -s à la fin** de la forme au singulier.

➜ Lorsque le singulier se termine par ***-eau***, ***-au*** ou ***-eu***, **on ajoute *-x*** à la place de *-s*.
Exceptions : les noms *bleu*, *pneu* et *landau* s'écrivent avec *-s* au pluriel.

➜ Lorsque le nom se termine par ***-s***, ***-x*** ou ***-z*** **au singulier**, la forme **ne change pas** au pluriel.

Pour aller plus loin…

➜ Les noms qui se terminent par ***-ou*** au singulier s'écrivent ***-ous*** au pluriel, sauf sept noms qui s'écrivent ***-oux*** : ***bijou***, ***caillou***, ***chou***, ***genou***, ***hibou***, ***joujou***, ***pou***.

➜ Les noms ***bal***, ***carnaval***, ***festival***, ***récital***, ***chacal***, ***régal*** s'écrivent ***-als*** au pluriel. Les autres noms qui se terminent par ***-al*** font leur pluriel en ***-aux***.

1 * **Classez ces noms en deux catégories : singulier et pluriel identiques / pluriel différent du singulier.**

une croix → des croix • un pois → des pois • un caillou → des cailloux • un enfant → des enfants • une souris → des souris • un château → des châteaux • un puits → des puits

2 ** **Prononcez et épelez ces noms au pluriel.**

COUP DE POUCE > Les noms qui se terminent par *-ail* s'écrivent *-ails* au pluriel, sauf cinq noms qui s'écrivent *-aux* : *corail, émail, soupirail, travail, vitrail.*

a. un hôpital → des …
b. un travail → des …
c. un portail → des …
d. un animal → des …
e. un nez → des …
f. un canal → des …
g. un vitrail → des …
h. un prix → des …
i. un corail → des …
j. un festival → des …

3 ** *Je manipule* **Complétez avec *-s* ou *-x*. Justifiez votre réponse.**

des aventure… • des bijou… • des film… • des chapeau… • des tissu… • des bateau… • des clou… • des œuf… • des lieu… • des chou…

4 ** *Je manipule* **Mettez les noms au pluriel, puis soulignez l'intrus de chaque liste.**

a. un cheval • un total • un carnaval
b. un trou • un bambou • un hibou
c. un landau • un noyau • un joyau
d. un cheveu • un adieu • un pneu

5 ** *Je manipule* **Retrouvez le nom au singulier.**

des stylos • des héros • des vaisseaux • des journaux • des yeux • des jeux • des tapis • des genoux • des temps • des champs • des mois • des rois • des noix

33 RÉVISIONS ▸ Orthographe

Comment mettre les adjectifs au pluriel ?

Singulier

Dans votre sac vide, rangez votre beau dessin et votre crayon gris.

Pluriel

Dans vos sacs vides, rangez vos beaux dessins et vos crayons gris.

On ajoute un **-s** au pluriel. On ajoute un **-x** au pluriel. On n'ajoute rien au pluriel.

Je retiens

→ En général, pour accorder un adjectif au pluriel, on **ajoute *-s*** à la fin de la forme au singulier.

→ Lorsque le singulier se termine par -***eau***, on **ajoute *-x*** à la place de -*s*.

→ Pour la plupart des adjectifs qui se terminent par -***al*** au singulier, on remplace -*al* par -***aux*** au pluriel.

→ Lorsque l'adjectif se termine par -***s*** ou par -***x*** **au singulier, on n'ajoute rien** au pluriel.

1 * Complétez avec la terminaison correcte du pluriel. Repérez l'intrus dans chaque liste.

COUP DE POUCE > L'adjectif *hébreu* est une exception. Son pluriel s'écrit *hébreux*.

a. ces vernis incolore… • mes aliments favori… • des textes hébreu… • les cheveux long… • ses films muet…

b. des exercices difficile… • des frères jumeau… • quelques pauvre… maisons • nos vêtements repassé… • ces stylos bleu…

2 * Identifiez les exceptions, puis prononcez les adjectifs au pluriel.

COUP DE POUCE > Les adjectifs *banal, bancal, fatal, natal, naval* s'écrivent -*als* au pluriel.

a. royal • fatal • végétal • animal • minéral

b. spatial • total • amical • grippal • banal

c. natal • estival • matinal • original • spécial

d. féodal • loyal • naval • brutal • génial

3 * Recopiez uniquement les adjectifs dont l'orthographe est la même au singulier et au pluriel.

vengeurs • sérieux • jolis • faux • gentils • gros • assis • faibles • fins • doux

4 ** Je manipule Transformez au pluriel.

COUP DE POUCE > Les adjectifs de couleur ne s'accordent pas quand ils sont composés (Ex : *bleu foncé*) ou quand ils sont aussi un nom commun (Ex : *marron*), sauf *écarlate, fauve, incarnat, mauve, pourpre, rose*.

a. un repas royal • un menu exceptionnel • un dessert fabuleux • une nappe rose

b. une entrée chaude • un plat tiède • un fromage frais • une boisson orange

c. un œuf brouillé • un hors-d'œuvre savoureux • un sac rouge foncé • un potage oriental

d. un pâté indigeste • un oignon nouveau • un bon gratin • une sauce verte

ÉCRITURE

5 Rédigez l'inventaire des étalages d'un magasin (supermarché, librairie, boutique d'articles de sport…). Votre texte prendra la forme d'une liste de groupes nominaux au pluriel. Chaque groupe comportera au moins un nom et un adjectif.

34 Comment accorder le sujet et le verbe ?

Pour trouver le sujet, je pose la question :
« Qui est-ce qui (*verbe*) ? » ou
« Qu'est-ce qui (*verbe*) ? »

Les acteurs / Ils / Ilan et Raphaël (sujets) → ACCORD → **jouent** (verbe) leur rôle sur scène.

Je retiens

- ➜ Le **sujet commande** l'**accord du verbe**.
- ➜ Lorsqu'il y a **plusieurs sujets**, le verbe **s'accorde au pluriel**.
- ➜ Le sujet peut être **inversé**.

Ex : ***Jouent**-ils leur rôle sur scène ?*

- ➜ Le sujet peut être **séparé du verbe** par un groupe de mots.

Ex : *Les acteurs, chaque soir, **jouent** leur rôle sur scène.*

+PROF Proposition de parcours différenciés

Construisons ensemble

1* Choisissez le verbe bien accordé.

COUP DE POUCE > Trouvez d'abord le sujet grâce à la question « Qui est-ce qui (*verbe*) ? ».

a. Le printemps me *réchauffes / réchauffe / réchauffent* le cœur.

b. Je suppose que tu *arriverai / arrivera / arriveras* à l'heure.

c. À bord du navire *embarquent / embarque / embarquons* les marins.

d. À quelle heure *arrive / arrivez / arrivent* tes parents ?

2* Reliez chaque groupe nominal à son pronom personnel.

a. je •	• Emma et sa mère
b. elles •	• Zakaria
c. vous •	• mes amis et moi
d. il •	• toi et ta copine
e. nous •	• moi

3 Dans chaque phrase, soulignez le sujet et accordez le verbe entre parenthèses au présent de l'indicatif.**

a. Le pirate (*saisir*) ... tous les cordages.

b. Tous les soirs, nous (*lire*) ... un conte.

c. (*comprendre*) ...-tu cet exercice ?

d. Gilles et Jules (*recevoir*) ... des cadeaux.

4 Proposez un sujet à chaque phrase.**

a. ... sommes partis à l'aube.

b. Malgré le vent, ... faisait plutôt bon.

c. ..., durant toute la représentation, admirent le jeu du comédien.

d. ... dirait que ... a encore faim !

5* Je manipule Réécrivez ces phrases en mettant le sujet au pluriel.**

a. La boulangerie dégage une odeur délicieuse.

b. Cette méchante sorcière attrape Hansel.

c. Je pars à la recherche de l'entrée du souterrain.

d. Dans le ciel noir brillait une minuscule étoile.

Je m'entraîne → **J'approfondis**

6

A. Complétez ces phrases par le pronom personnel qui convient.**

a. … est têtue comme une mule.
b. À l'aube, … s'enfuient dans la forêt profonde.
c. Pourriez-… nous aider ?
d. … souhaite que … lui lises une fable.

B.* Complétez ces phrases par le verbe qui convient.**

a. L'un des candidats … durant l'épreuve.
b. Le chien et le chat … des mammifères.
c. La flèche d'Ulysse … les douze haches.
d. Les visiteurs … les pandas.

7 LECTURE

A. Identifiez le sujet de chaque verbe souligné.**

Vancouver souhaite des informations sur Dardenbœuf, qui aimerait épouser sa fille. Il interroge la servante Chiquette.

VANCOUVER. – Eh bien… comment le trouves-tu ?… Affreux, n'est-ce pas ? […] Ronfle-t-il ?… Horriblement ! tant mieux !
CHIQUETTE. – Je ne sais pas.
VANCOUVER. – Porte-t-il un bonnet de coton ?… Jusqu'au menton… tant mieux !
CHIQUETTE. – Mais je ne le sais pas !
VANCOUVER. – Ah ! quelle brute !… Elle ne sait jamais rien !

■ **Eugène Labiche**, *Mon Isménie* (1852), scène 1

B.* Relevez six verbes conjugués et identifiez leur sujet.**

Galathée souhaite faire un repas qui fasse plaisir à Dardenbœuf, qui doit épouser sa nièce, la fille de Vancouver.

GALATHÉE. – Ah ! vous ne vous inquiétez de rien !… Vous êtes là comme un gros inutile.
VANCOUVER. – Que diable ! je ne peux pas aller réveiller ce monsieur pour lui dire : « Pardon, aimeriez-vous la fraise de veau[1] ? » Il grincerait dans son bonnet de coton !
ISMÉNIE. – Comment ! Il porte un bonnet de coton ?

■ **Eugène Labiche**, *Mon Isménie* (1852), scène 4

1. **fraise de veau** : sorte de tripes de veau

8

A. Accordez chaque verbe avec son sujet, au présent de l'indicatif.**

a. Que (*dire*)-vous de ce gâteau ?
b. À l'orée des bois, (*se trouver*) une maison.
c. Du volcan (*s'échapper*) des coulées de lave. Elles (*dévaler*) la pente.
d. C'(*être*) dans les montagnes que (*vivre*) la marmotte.

B.* *Je manipule* Remplacez le sujet souligné par celui entre parenthèses.**

a. Cendrillon (*Les vilaines sœurs*) attendait le soir du bal.
b. Toutes (*Cendrillon*) dansèrent dans leurs plus belles robes.
c. Les sœurs (*La belle-mère*) regretteront longtemps leur méchanceté.

9

A. Recopiez ces phrases, entourez les sujets placés avant les verbes et soulignez les sujets inversés.**

a. Ici rien ne me plaît, pourrions-nous voir ailleurs ?
b. « Veux-tu bien vider le lave-vaisselle ? », demanda ma mère.

B.* *Je manipule* Dans ces phrases, modifiez l'ordre des mots pour inverser le sujet.**

a. La Seine coule sous le pont Mirabeau.
b. Pourquoi le renard est rusé ?
c. Sa tristesse fut grande.
d. Ici une princesse dort depuis cent ans.

ÉCRITURE

10 En binôme, inventez un conte merveilleux. L'un de vous décidera des sujets et l'autre devra trouver les verbes en les accordant correctement.

COUP DE POUCE > Vous pourrez commencer par « Il était une fois… ».

35 Quels accords faire dans le groupe nominal ?

Pour déterminer les accords à faire, je me pose des questions. **Un ou plusieurs** « paquets » ? **Qu'est-ce qui est** « petits » ? Y a-t-il un ou plusieurs « gâteaux » dans un paquet ?

accord du déterminant avec le nom

des petits paquets de gâteaux → **Dans le complément du nom, l'accord se fait selon le sens.**

accord de l'adjectif avec le nom

Je retiens

→ Le **déterminant s'accorde** en genre et en nombre **avec le nom**.

→ L'**adjectif s'accorde** en genre et en nombre **avec le nom**.
Si l'adjectif qualifie **plusieurs noms**, il **s'accorde au pluriel** et au masculin pluriel si les noms sont de genres différents.

→ Le **nom** est le **noyau du GN**. Ses expansions s'accordent avec lui.

→ Le **complément du nom s'accorde en fonction du sens**.

+PROF Proposition de parcours différenciés

Construisons ensemble

1 * Relevez le nom noyau de chaque GN et précisez son genre et son nombre.

a. le petit chaperon rouge
b. la princesse au petit pois
c. les trois mousquetaires
d. les clients du café de la gare
e. le malade imaginaire
f. le tour du monde en quatre-vingts jours

2 * Accordez le déterminant démonstratif et l'adjectif entre parenthèses avec les noms dans ces GN.

COUP DE POUCE > Pour former le pluriel des adjectifs > Fiche 33 p. 357.

a. (ce) ... (*haut*) ... marches de pierre
b. (ce) ... forêt (*silencieux*) ...
c. (ce) ... (*petit*) ... lutins (*amical*) ...
d. (ce) ... arbre (*centenaire*) ...
e. (ce) ... ambulance (*bruyant*) ...
f. (ce) ... (*magnifique*) ... trône et (ce)... couronne (*doré*) ...

3 ** Accordez les adjectifs entre parenthèses.

a. une serviette (*blanc*)
b. une assiette et une soupière (*cassé*)
c. des femmes (*généreux*)
d. des galets (*rond*)
e. des voisins et une famille (*accueillant*)
f. des sacs et des valises (*volumineux*)
g. une carotte et une courgette (*épluché*)
h. un chaton et une souris (*attendrissant*)

4 ** Constituez le maximum de GN en utilisant chaque fois un mot de chaque liste.

Liste A : un / l' / des / cet
Liste B : affreux / courageux / maudites / admirable
Liste C : prince / monstre / sorcières / enchanteur

5 ** Accordez en nombre ces compléments du nom en fonction de leur sens.

a. un groupe (*d'élève*)
b. le bocal (*de sucre*)
c. le sac (*de course*)
d. des cuillères (*de cacao*)
e. la boîte (*d'allumette*)
f. un bouquet (*de fleur*)
g. des feuilles (*de papier*)
h. une liste (*de livre*)
i. une pile (*de carton*)
j. des litres (*d'eau*)

Je m'entraîne → **J'approfondis**

6

A. Je manipule Remplacez les adjectifs soulignés par un complément du nom de même sens.**

a. un projet diabolique
b. les fêtes hivernales
c. un contrat locatif
d. des prédateurs nocturnes

B.* Remplacez les compléments du nom soulignés par un adjectif épithète de même sens.**

COUP DE POUCE > Pensez aux accords.

a. Cette institutrice a une patience de mère.
b. Ces enfants ont des visages d'ange.
c. Le cambrioleur a laissé des empreintes de doigts.

7

A. Je manipule Mettez ces GN au pluriel lorsqu'ils sont au singulier et inversement.**

a. une chatte affectueuse
b. ces arbres en fleurs
c. vos devoirs de mathématiques
d. un départ précipité

B. Ajoutez à ces GN une expansion de votre imagination.**

C.* Je manipule Mettez ces GN au pluriel lorsqu'ils sont au singulier et inversement.**

COUP DE POUCE > Pour former le pluriel des noms > Fiche 32 p. 356.

a. un lourd rideau de velours
b. le carnaval de Rio
c. des vitraux anciens et dépolis
d. un clou rouillé et orange

8

A. Dans le texte suivant, relevez les déterminants et les expansions des noms soulignés.**

J'ai de sérieuses raisons de croire que la planète d'où venait le petit prince est l'astéroïde B 612. Cet astéroïde n'a été aperçu qu'une fois au télescope, en 1909, par un astronome turc.
Il avait fait alors une grande démonstration de sa découverte à un Congrès International d'Astronomie.

■ **Antoine de Saint-Exupéry**, *Le Petit Prince* (1943) © Gallimard

B.* Dans le texte suivant, relevez les déterminants et les expansions des noms soulignés.**

Tom a récupéré de nombreux objets précieux offerts par ses camarades.

Outre les objets mentionnés ci-dessus, il possédait douze billes, l'embouchure d'un sifflet, un morceau de verre bleu, un canon en bois, une clef qui n'ouvrait rien, un bout de craie, un bouchon de carafe, deux soldats d'étain [...].

■ **Mark Twain**, *Tom Sawyer* (1876), traduit par W. L. Hughes

9

A. Enrichissez ces phrases en ajoutant des expansions aux noms soulignés.**

a. La montagne était splendide : on voyait ses pics, ses lacs et ses vallées.
b. L'ogre s'empara du garçon.
c. Ulysse lança un pieu dans l'œil du cyclope.
d. Les miettes furent bientôt mangées par les oiseaux.

B.* Je manipule Remplacez les noms soulignés par le synonyme entre parenthèses.**

a. Les félins (*panthères*) noirs ont des membres (*pattes*) longs et musclés.
b. Les bananes (*kiwis*) et les pommes (*poires*) mûres sont idéales dans une salade de fruits.
c. Lors de cette fête (*festin*) fabuleuse, les invités portaient de beaux habits (*tenues*).

ÉCRITURE

10 Imaginez la publicité que ferait un vendeur pour un objet se trouvant dans la classe. Ajoutez plusieurs expansions du nom pour vanter les qualités de cet objet.

COUP DE POUCE > Vous pourrez commencer par « Ce produit est révolutionnaire ! Il s'agit de... ».

36 Comment accorder le participe passé ?

Je reconnais le participe passé : c'est une **forme non conjuguée** du verbe. Ex : *mangé* (*manger*), *fini* (*finir*), *mis* (*mettre*), *fait* (*faire*)...

auxiliaire *être* — **auxiliaire *avoir*** — **pas d'auxiliaire**

La magicienne est apparue et a jeté un sort sur les hommes effrayés.

accord (La magicienne → apparue) — **accord** (hommes → effrayés)

Je retiens

→ **Sans auxiliaire**, le participe passé **s'accorde avec le nom** qu'il précise, comme un adjectif.

→ Si le participe passé est précédé de l'auxiliaire ***être***, il **s'accorde** en genre et en nombre **avec le sujet**.

→ Avec l'auxiliaire ***avoir***, le participe passé **ne s'accorde pas avec le sujet**. Quand le **COD** est placé **avant le verbe conjugué**, le participe passé **s'accorde avec ce COD**.

1* Donnez le participe passé masculin singulier des verbes de chaque liste et déterminez le groupe verbal auquel ils appartiennent.

COUP DE POUCE > Le participe passé se termine en **-é** pour les verbes en *-er* (*mangé*), en **-*i*** pour les verbes en *-ir* du 2e groupe (*fini*). Pour les verbes du 3e groupe, il peut se terminer en **-*i*** (*dormi*), **-*u*** (*cru*), **-*is*** (*pris*) ou **-*t*** (*fait*).

Liste A : applaudir • épanouir • trahir

Liste B : aller • être • tenir

Liste C : chanter • ranger • rechercher

2* Accordez ces participes passés.

a. Elles sont venu... déjeuner.

b. Les comédiens sont acclamé... .

c. Les trains sont arrivé... à l'heure.

d. Elles seront félicité... .

3 Conjuguez les verbes entre parenthèses au passé composé.**

COUP DE POUCE > Attention à la place du COD !

a. Le chat (*voir*) des souris au grenier.

b. Il (*apprendre*) une poésie. Il l' (*réciter*).

c. Le corbeau (*lâcher*) le fromage.

4 A. Recopiez les phrases ci-dessous et soulignez en bleu l'auxiliaire *être* et en rouge l'auxiliaire *avoir*.**

B. Replacez dans les phrases les participes passés de la liste suivante.

tranchée • *terrifié* • *brandi* • *combattu* • *gémi* • *impressionnée* • *tombée*

a. La bête avait ... les habitants du village.

b. Elle n'a donc pas été ... devant Hercule.

c. Il a alors ... son épée et a ... le monstre.

d. Lorsque la dernière tête a été ..., l'Hydre a ... de douleur, puis est ... dans le marais.

5* A. Dans le texte suivant, remplacez les verbes à l'infinitif entre parenthèses par leur participe passé.**

B. Soulignez les participes passés utilisés comme adjectifs.

Une fois les enfants (*endormir*), l'ogre a (*aiguiser*) son couteau. Une fillette, qui n'était pas (*assoupir*), s'est (*diriger*) vers la porte (*entrouvrir*). Lorsqu'elle a (*voir*) le couteau (*affuter*), elle a (*frémir*) de peur. Elle est (*aller*) réveiller ses frères. Malheureusement, les garçons ne l'ont pas (*croire*).

37

▸ Orthographe

Comment accorder l'attribut du sujet ?

accord

Les Sirènes sont dangereuses.

sujet — verbe attributif — attribut du sujet

Pour bien repérer l'attribut du sujet, je relis la **Fiche 14 p. 310** et je vérifie que je peux dire : *Les Sirènes* (sujet) = *dangereuses* (attribut du sujet).

Je retiens

➜ L'attribut du sujet **s'accorde** en genre et en nombre **avec le sujet** qu'il précise.

➜ Il se construit avec un **verbe attributif** comme *être*, *paraître*, *sembler*, *demeurer*, *rester* et les **locutions** *avoir l'air*, *être considéré comme*...

1 * **Complétez les phrases suivantes par un attribut correctement accordé.**

a. Cette tarte au citron paraît ... .

b. Les animaux du zoo sont ... .

c. Cet exercice semble ... .

d. Mes cousines sont ... .

e. Dans ces tenues, nous avons l'air ... .

2 * **Accordez les adjectifs attributs entre parenthèses et soulignez les verbes attributifs.**

a. Les monstres mythologiques paraissent (*effrayant*).

b. La chimère est particulièrement (*affreux*).

c. Circé, la magicienne, semble (*dangereux*) malgré son apparence humaine.

d. Les vagues qui submergent le radeau sont (*violent*).

e. Les marins restent (*concentré*) à l'approche de l'orage.

3 * **Accordez les attributs du sujet.**

a. Pénélope est affligé... de l'absence d'Ulysse.

b. Ulysse et ses compagnons semblent pressé... de retrouver Ithaque.

c. Calypso paraît décidé... à laisser Ulysse partir.

d. Les tempêtes affrontées par Ulysse semblent surnaturel... .

e. Quel monstre est le plus terrible... ?

4 ** **Proposez un sujet pour ces phrases. Observez bien les accords !**

a. ... sont intelligentes et sérieuses.

b. ... est rusé et ... sont astucieuses.

c. Ce matin, ... demeure clouée au lit par la fièvre.

d. ... semblez bien fatigués.

5 ** *Je manipule* **Formez quatre phrases composées d'un sujet, d'un verbe et d'un attribut du sujet en choisissant, pour chacune, trois vignettes parmi celles ci-dessous.**

COUP DE POUCE > Attention aux accords !

SORCIÈRE — ODEUR — BISCUIT

MAISONNETTE — VIEILLE FEMME — LAID

CHALEUREUX — ALLÉCHANT — ÊTRE

PARAÎTRE — SEMBLER — PASSER POUR

6 ** *Je manipule* **Réécrivez les phrases suivantes en remplaçant le sujet par les mots entre parenthèses.**

a. L'ogre (*Les ogresses*) est géant et cruel.

b. Fabio (*Fabio et Yanis*) paraît concentré sur son exercice.

c. Le cheval (*Les chevaux*) demeurait sauvage.

d. Pauline (*Pauline et moi*) est ravie.

38 Comment reconnaître les verbes *être* et *avoir* ?

Le chien a faim : il est assis dans la cuisine.
→ avait → était

Les chiens ont faim : ils sont assis dans la cuisine.
→ avaient → étaient

Pour reconnaître les verbes *être* et *avoir*, j'essaie de **conjuguer les formes à l'imparfait**. Si ce n'est pas possible, ce sont des homophones.

Je retiens

	Verbes	Homophones
a, as	verbe *avoir* → remplacer par *avait* ou *avais*	*à* (préposition)
ont	verbe *avoir* → remplacer par *avaient*	*on* (pronom personnel) → remplacer par *nous*
est	verbe *être* → remplacer par *était*	*et* (conjonction de coordination) → remplacer par *et puis*
sont	verbe *être* → remplacer par *étaient*	*son* (déterminant possessif) → signifie « le sien »

Remarque : Il ne faut pas confondre *est* avec *es* (tu es → tu étais) ou *ai* (j'ai → j'avais).

+PROF Proposition de parcours différenciés

Construisons ensemble

1* Je manipule Conjuguez *être* et *avoir* à l'imparfait dans ces phrases.

Ex : *Il a pêché des crevettes.* → *Il avait pêché des crevettes.*

a. La mer est basse et le crabe est sorti.
b. Tu es tombé du rocher et ton pantalon est trempé.
c. Elle a perdu ses lunettes de soleil à la plage.
d. On a très beau temps : les enfants ont joué dans le sable toute la journée.
e. Son oncle et son cousin sont-ils bien arrivés ?

2* Repérez toutes les formes des verbes *être* et *avoir* dans le texte suivant.

Pour savoir si la jeune inconnue était vraiment une princesse, la gouvernante a ôté toute la literie et a placé un petit pois au fond du lit. Ensuite, elle a pris vingt matelas et elle les a entassés sur le lit. Quand le matin est arrivé, les domestiques ont demandé à la jeune fille si elle avait bien dormi. Ella a répondu que le petit pois l'avait gênée : ils en ont conclu que c'était une vraie princesse !

3 Je manipule Recopiez la phrase en remplaçant *nous* par les sujets indiqués.**

Nous avons pris les livres et nous sommes maintenant à l'arrêt de bus.

a. je **b.** Vanessa et Hamza **c.** tu **d.** Mauricia

4 A. Je manipule Complétez les phrases suivantes.**

B. Réécrivez-les en mettant le verbe au passé composé.

C. Repérez les formes homophones.

a. Alexis réussit toujours à **…** .
b. Il donne rendez-vous à **…** .
c. Roméo pensait souvent à **…** .
d. Leila part à **…** et à **…** pour les vacances.

Je m'entraîne → **J'approfondis**

5

A. Choisissez entre le verbe *être* (*es* / *est*) et la conjonction de coordination *et*.**

a. Je voudrais des fraises *es* / *est* / *et* des framboises.

b. Il *es* / *est* / *et* passé par la forêt *es* / *est* / *et* les champs.

c. Tu *es* / *est* / *et* en colère mais elle n'y *es* / *est* / *et* pour rien.

d. Le soleil *es* / *est* / *et* haut dans le ciel *es* / *est* / *et* il n'y a aucune nuage.

B.* Complétez avec *ai* / *et* / *es* / *est*.**

a. Je l'... vu manger ... boire ton goûter.

b. Je t'... invité ... tu ... arrivé aussitôt.

c. ...-ce que tu t'... brossé les cheveux ... les dents ?

d. Il ... tard ... tu n'... toujours pas en pyjama !

e. Tu ... arrivée ... tout le monde s'... tu immédiatement.

f. J'... vu que le concert ... annulé ... qu'il ... reporté à demain.

6

A. Complétez avec le déterminant possessif *son* ou avec le verbe *sont*.**

a. ... bulletin est arrivé et ses notes ... excellentes.

b. Il a perdu ... pari, alors il attend ... gage.

c. ... hypocrisie et ... attitude ... intolérables !

d. ...-ils partis avec ... camping-car ?

e. Dans ... histoire, les personnages ... effrayants.

B.* Complétez avec le déterminant possessif *son* ou avec le verbe *sont*.**

Arthur Conan Doyle crée ... héros Sherlock Holmes au XIXe siècle. ... ami, le docteur Watson, l'aide à trouver des indices qui ... parfois très importants pour ... enquête. Les amateurs de l'œuvre de Conan Doyle ... très nombreux.

7

A. Complétez avec *a*, *as* ou *à*.**

a. Il arrive ... l'improviste ... la cérémonie de remise des médailles.

b. ... force de courir, elle s'épuise.

c. ...-tu reçu mon message ? Alors, ... demain !

d. Il ... trois vélos, mais ... quoi bon ?

e. Tu ... de la route, ... bientôt !

f. Pense ... rapporter le livre que tu ... emprunté ... la bibliothèque !

B.* Complétez avec *a*, *as* ou *à*.**

a. Elle ... acheté un maillot ... pois.

b. Si tu ... joué, ... qui est-ce le tour ?

c. Il ... passé son temps ... se plaindre.

d. Noé ... acheté des chouquettes ... la boulangerie du village.

e. L'*Odyssée* ... débuté ... Ithaque.

Défi ! **Inventez trois phrases dans lesquelles on trouvera au moins une fois *à* et une fois *as* ou *a*.**

8

A.** *Je manipule* **Retrouvez des phrases correctes dans ce mélange de mots.**

a. colis / à / est / Son / la / arrivé / poste

b. a / Yassine / à / mangé / peine

c. bonnet / sont / Son / son / et / côté / à / manteau

d. lu / petit / son / Il / a / livre / petit / à

e. à / Elle / rideaux / des / bleus / a / fenêtre / mis / sa

B. Inventez à votre tour trois phrases comportant trois homophones et mélangez les mots pour faire deviner la phrase à votre voisin(e) de table.**

C.* Replacez les mots ci-dessous dans les phrases suivantes.**

à • m'ont • la • ses • m'a • l'a • s'est • mon

> **COUP DE POUCE >** Les verbes *être* et *avoir* peuvent être associés à un pronom : *m'a* (→ remplacer par *m'avait*), *s'est* (→ remplacer par *s'était*).

a. Il ... vue ... dernière fois.

b. Ils ... offert ... repas.

c. Mon amie ... attrapée lorsqu'on jouait ... chat.

d. Marius ... amélioré en faisant régulièrement ... gammes.

ÉCRITURE

9 Racontez l'arrivée d'un nouvel ou d'une nouvelle élève dans la classe. Rédigez quatre phrases contenant le plus d'homophones de *a* et *est*.

39 Comment distinguer infinitif et participe passé ?

Pour différencier le participe passé et l'infinitif des verbes du 1er groupe, je les **remplace par un verbe du 3e groupe** afin d'« entendre » la différence.
Ex : *La bonne fée, **émue** par sa peine, a **promis** de la **soutenir**.*

La bonne fée, touchée par sa peine, a essayé de la consoler.

touchée = participe passé employé comme adjectif
essayé = participe passé
consoler = infinitif

Je retiens

→ Les **verbes du 1er groupe** ont un **infinitif en *-er***. Pour distinguer l'infinitif d'un participe, **on remplace** le verbe **par un verbe du 2e ou du 3e groupe**.

→ Le **participe passé** employé **comme adjectif s'accorde** en genre et en nombre **avec le nom** qu'il qualifie.

→ Le **participe passé** employé avec l'**auxiliaire *être* s'accorde** en genre et en nombre **avec le sujet**. Les terminaisons du participe passé pour les verbes du 1er groupe sont ***-é*/*-ée*/*-és*/*-ées***.
Avec l'**auxiliaire *avoir***, il **ne s'accorde pas**, sauf si le **COD est placé avant**.

+PROF
Proposition de parcours différenciés

Construisons ensemble

1 * *Je manipule* **Identifiez chaque forme surlignée : participe passé ou verbe à l'infinitif ?**

a. Les yeux écarquillés de peur, il a couru se cacher.
b. « C'est moi, bêta ! Je me suis déguisé pour vous effrayer ! » a déclaré mon cousin.
c. Il a enlevé son masque pour prouver son identité.
d. Sa blague était ratée : mon petit frère était traumatisé.
e. J'ai longuement essayé de le rassurer.

2 ** **Complétez les phrases ci-dessous avec les mots de la liste.**

envoûtés • rêvé • égaré • palmées • enneigées • trouvé • achetée • nager • dissimulée

a. Vous avez ... de montagnes ... .
b. Ils ont ... une route ... par les ronces.
c. La sorcière les a ... .
d. Avec ses pattes ..., le canard sait très bien ... .
e. Elle a ... la bague qu'elle avait ... .

3 ** **Dans les phrases suivantes, remplacez le verbe souligné par l'une des trois propositions.**

a. Il va déménager (*partir*/*parti*/*partis*) demain.
b. La maison dévastée (*démolir*/*démolie*/*démoli*) est hantée (*envahir*/*envahie*/*envahis*).
c. Elle a égaré (*perdue*/*perdre*/*perdu*) ses clés.
d. Hector a besoin de pinceaux pour colorier (*peignit*/*peint*/*peindre*) son tableau.
e. Nous sommes sévèrement corrigés (*punir*/*punis*/*punit*) par le gardien.

4 ** **Recopiez les phrases, puis soulignez les verbes à l'infinitif et entourez les participes passés.**

a. J'espère un jour goûter du caramel au beurre salé.
b. Veux-tu marcher sur le sable mouillé ?
c. Une fois le repas dégusté, vous devez ranger.
d. Nous pourrons avancer sur le chemin illuminé.

5 ** *Je manipule* **Proposez une phrase pour chacune des formes suivantes.**

décoré • décorer • décorés • décorées

Je m'entraîne → **J'approfondis**

6

A. Je manipule Transformez ces phrases en actions futures en suivant l'exemple.**

Ex : *Karim a joué toute la journée.* → *Karim va jouer toute la journée.*

a. Ladji n'a rien mangé au dîner.

b. Les policiers ont retrouvé le suspect.

c. Le héros est tombé dans un piège.

B.* Je manipule Transformez ces phrases en actions futures en suivant l'exemple.**

Ex : *Karim a joué toute la journée.* → *Karim va jouer toute la journée.*

a. Nous avons mangé des bananes flambées.

b. Hansel s'est retrouvé enfermé dans une cage.

c. Les opérations compliquées l'ont effrayée.

7

A. Je manipule Remplacez le verbe souligné par un verbe synonyme du 1er groupe.**

a. Théo a englouti son gâteau d'anniversaire en deux minutes.

b. Le lion est prêt à bondir sur sa proie.

c. L'ail est haïe par les vampires.

d. Les nains bannis du royaume vont se tapir dans la forêt.

B.* Je manipule Remplacez le verbe souligné par un verbe synonyme du 2e ou du 3e groupe.**

a. Il a rédigé sa liste de courses.

b. Elle va terminer son devoir ce soir.

c. Les douze travaux sont achevés par Hercule.

d. Une fois les malles de bijoux enterrées, les pirates vont continuer d'attaquer des bateaux.

8 LECTURE

A. Choisissez la forme qui convient parmi les propositions.**

Achille ! gémit Priam, je viens *t'imploré / t'implorer*. J'avais cinquante fils. Presque tous ont *périr / péris / péri* dans cette interminable guerre. Et tu as *tué / tuer / tués* Hector, mon fils *préférer / préféré / préférée* ! Je t'en supplie, rends-moi son corps.

Face au désespoir et au courage de ce vieil homme qui ose se *jeté / jetés / jeter* aux pieds de son pire ennemi, Achille est *décontenancer / décontenancé / décontenancée*.

■ D'après **Christian Grenier**, *Contes et Légendes des héros de la mythologie* (2010) © Nathan

B.* Complétez les terminaisons en [e] (é) des mots dans le texte ci-dessous prononcé par Pénélope.**

Étranger, je suis accabl... sous les malheurs que la divinité m'envoie. [...] Mon cœur fond du regret d'Ulysse. Eux ne songent qu'au mariage. Moi, je file mes ruses. D'abord un dieu m'a inspir... de dress... mon grand métier pour tiss... fin une étoffe immense et je leur disais : « [...] puisque Ulysse est mort, malgré votre hâte, attendez que j'aie fini ce voile, pour que le fil ne soit pas gâch... [...] »

■ D'après **Homère**, *Odyssée* (VIIIe s. av. J.-C.), extrait du chant XIX, traduit par M. Woronoff © Casterman (2010)

RÉÉCRITURE

9 Réécrivez cette recette de gâteau en choisissant la bonne terminaison pour les mots entre parenthèses.

Avec un batteur, vous (*faire*) (*monter*) les blancs en neige. Une fois les blancs (*monter*), vous (*incorporer*) le sucre (*vaniller*), la farine (*tamiser*) et les noisettes (*griller*). Une fois la préparation (*terminer*), vous (*devoir*) (*verser*) le tout dans un moule (*beurrer*) et (*enfourner*) à 180°C.

ÉCRITURE

10 Inventez une recette farfelue avec tous les ingrédients que vous préférez en variant les infinitifs et les participes passés.

Je révise Orthographe

Règles d'orthographe	Exemples	Dictées
• En général, pour écrire un nom au pluriel, **on ajoute -s à la fin** de la forme au singulier. • Lorsque le singulier se termine par **-eau**, **-au** ou **-eu**, **on ajoute -x** à la place de -*s*. Exceptions : les noms *bleu*, *pneu* et *landau* s'écrivent avec -*s* au pluriel. • Lorsque le nom se termine par **-s**, **-x** ou **-z au singulier**, la forme **ne change pas au pluriel**.	Ce tableau illustre l'histoire du héros. Ces tableaux illustrent les histoires des héros.	Dictée n° 1 : extrait d'*Arkéo Junior*
• En général, pour accorder un adjectif au pluriel, **on ajoute -s à la fin** de la forme au singulier. • Lorsque le singulier se termine par **-eau**, **on ajoute -x** à la place de -*s*. • Pour la plupart des adjectifs qui se terminent par **-al** au singulier, on remplace -*al* par **-aux** au pluriel. • Lorsque l'adjectif se termine par **-s** ou **-x au singulier**, **on n'ajoute rien** au pluriel.	Dans votre sac vide, rangez votre beau dessin et votre crayon gris. Dans vos sacs vides, rangez vos beaux dessins et vos crayons gris.	Dictée n° 2 : extrait du « Petit Poucet » de Charles Perrault
• Le **sujet** commande l'accord du **verbe**. • Lorsqu'il y a **plusieurs sujets**, le verbe s'accorde **au pluriel**. • Le sujet peut être **inversé.** • Le sujet peut être **séparé du verbe par un groupe de mots**.	Ilan et Raphaël jouent leur rôle sur scène. Jouent-ils leur rôle sur scène ? Les acteurs, chaque soir, jouent leur rôle sur scène.	Dictée n° 3 : extrait de *La Gloire de mon père* de Marcel Pagnol
Le **déterminant s'accorde** en genre et en nombre avec le **nom**.	des petits paquets de gâteaux	Dictée n° 4 : extrait des *Dieux de la Grèce* de Rémi Simon
• L'**adjectif s'accorde** en genre et en nombre avec le **nom**. • Si l'adjectif qualifie **plusieurs noms**, **il s'accorde au pluriel**. • Si les noms sont de genres différents, **il s'accorde au masculin pluriel**.	des petits paquets de gâteaux un manteau et un bonnet bleus de petits bols et assiettes	

+PROF Les textes des dictées 1 à 8

Écoutez les dictées hatier-clic.fr/25coli369

Règles d'orthographe	Exemples	Dictées
• **Sans auxiliaire**, le participe passé s'accorde avec le nom qu'il précise, **comme un adjectif**. • Si le participe passé est précédé de l'**auxiliaire *être***, il **s'accorde** en genre et en nombre avec le sujet. • Avec l'**auxiliaire *avoir***, le participe passé **ne s'accorde pas** avec le sujet. • **Quand le COD est placé avant le verbe conjugué**, le **participe passé s'accorde avec le COD**.	La magicienne est apparue et a jeté un sort sur les hommes effrayés. Quels sorts a-t-elle jetés ?	Dictée n° 5 : extrait d'*Écologie mode d'emploi* de Jean-Benoît Durand
• L'**attribut du sujet s'accorde** en genre et en nombre avec le **sujet** qu'il précise. • Il se construit avec un **verbe attributif** : *être, paraître, sembler, demeurer, rester* et les locutions *avoir l'air, être considéré comme…*	Les Sirènes sont dangereuses.	Dictée n° 6 : extrait de *La Petite Sirène* de Hans Christian Andersen
Les **formes du verbe *avoir*** peuvent se reconnaître en **changeant le temps verbal**.	Le chien a faim. (→ Le chien avait faim.) Les chiens ont faim. (→ Les chiens avaient faim.)	Dictée n° 7 : extrait de *16 Contes de loups* de Brigitte Coppin
Les **formes du verbe *être*** peuvent se reconnaître en **changeant le temps verbal**.	Il est assis dans la cuisine. (→ Il était assis dans la cuisine.) Ils sont assis dans la cuisine. (→ Ils étaient assis dans la cuisine.)	
Les **verbes du 1er groupe** ont un **infinitif en *-er***. Pour distinguer l'infinitif d'un **participe passé en *-é***, on **remplace** le verbe **par un verbe du 2e ou du 3e groupe**. On entend ainsi la différence entre l'infinitif et le participe passé.	La bonne fée, touchée par sa peine, a essayé de la consoler. (→ La bonne fée, émue par sa peine, a promis de la soutenir.)	Dictée n° 8 : extrait du « Petit Poucet » de Charles Perrault

Tableaux de conjugaison

Être

INDICATIF	
Temps simples	**Temps composés**
Présent	**Passé composé**
je suis	j' ai été
tu es	tu as été
il est	il a été
nous sommes	nous avons été
vous êtes	vous avez été
ils sont	ils ont été
Imparfait	**Plus-que-parfait**
j' étais	j' avais été
tu étais	tu avais été
il était	il avait été
nous étions	nous avions été
vous étiez	vous aviez été
ils étaient	ils avaient été
Passé simple	**Passé antérieur**
je fus	j' eus été
tu fus	tu eus été
il fut	il eut été
nous fûmes	nous eûmes été
vous fûtes	vous eûtes été
ils furent	ils eurent été
Futur simple	**Futur antérieur**
je serai	j' aurai été
tu seras	tu auras été
il sera	il aura été
nous serons	nous aurons été
vous serez	vous aurez été
ils seront	ils auront été
Conditionnel présent	**Conditionnel passé**
je serais	j' aurais été
tu serais	tu aurais été
il serait	il aurait été
nous serions	nous aurions été
vous seriez	vous auriez été
ils seraient	ils auraient été
SUBJONCTIF	
Temps simples	**Temps composés**
Présent	**Passé**
que je sois	que j' aie été
que tu sois	que tu aies été
qu'il soit	qu'il ait été
que nous soyons	que nous ayons été
que vous soyez	que vous ayez été
qu'ils soient	qu'ils aient été
Imparfait	**Plus-que-parfait**
que je fusse	que j' eusse été
que tu fusses	que tu eusses été
qu'il fût	qu'il eût été
que nous fussions	que nous eussions été
que vous fussiez	que vous eussiez été
qu'ils fussent	qu'ils eussent été
IMPÉRATIF	**INFINITIF**
Présent	**Présent**
sois	être
soyons	**Passé**
soyez	avoir été
PARTICIPE	
Présent	**Passé**
étant	été

Avoir

INDICATIF	
Temps simples	**Temps composés**
Présent	**Passé composé**
j' ai	j' ai eu
tu as	tu as eu
il a	il a eu
nous avons	nous avons eu
vous avez	vous avez eu
ils ont	ils ont eu
Imparfait	**Plus-que-parfait**
j' avais	j' avais eu
tu avais	tu avais eu
il avait	il avait eu
nous avions	nous avions eu
vous aviez	vous aviez eu
ils avaient	ils avaient eu
Passé simple	**Passé antérieur**
j' eus	j' eus eu
tu eus	tu eus eu
il eut	il eut eu
nous eûmes	nous eûmes eu
vous eûtes	vous eûtes eu
ils eurent	ils eurent eu
Futur simple	**Futur antérieur**
j' aurai	j' aurai eu
tu auras	tu auras eu
il aura	il aura eu
nous aurons	nous aurons eu
vous aurez	vous aurez eu
ils auront	ils auront eu
Conditionnel présent	**Conditionnel passé**
j' aurais	j' aurais eu
tu aurais	tu aurais eu
il aurait	il aurait eu
nous aurions	nous aurions eu
vous auriez	vous auriez eu
ils auraient	ils auraient eu
SUBJONCTIF	
Temps simples	**Temps composés**
Présent	**Passé**
que j' aie	que j' aie eu
que tu aies	que tu aies eu
qu'il ait	qu'il ait eu
que nous ayons	que nous ayons eu
que vous ayez	que vous ayez eu
qu'ils aient	qu'ils aient eu
Imparfait	**Plus-que-parfait**
que j' eusse	que j' eusse eu
que tu eusses	que tu eusses eu
qu'il eût	qu'il eût eu
que nous eussions	que nous eussions eu
que vous eussiez	que vous eussiez eu
qu'ils eussent	qu'ils eussent eu
IMPÉRATIF	**INFINITIF**
Présent	**Présent**
aie	avoir
ayons	**Passé**
ayez	avoir eu
PARTICIPE	
Présent	**Passé**
ayant	eu

Chanter 1er groupe

INDICATIF	
Temps simples	**Temps composés**
Présent	**Passé composé**
je chante	j' ai chanté
tu chantes	tu as chanté
il chante	il a chanté
nous chantons	nous avons chanté
vous chantez	vous avez chanté
ils chantent	ils ont chanté
Imparfait	**Plus-que-parfait**
je chantais	j' avais chanté
tu chantais	tu avais chanté
il chantait	il avait chanté
nous chantions	nous avions chanté
vous chantiez	vous aviez chanté
ils chantaient	ils avaient chanté
Passé simple	**Passé antérieur**
je chantai	j' eus chanté
tu chantas	tu eus chanté
il chanta	il eut chanté
nous chantâmes	nous eûmes chanté
vous chantâtes	vous eûtes chanté
ils chantèrent	ils eurent chanté
Futur simple	**Futur antérieur**
je chanterai	j' aurai chanté
tu chanteras	tu auras chanté
il chantera	il aura chanté
nous chanterons	nous aurons chanté
vous chanterez	vous aurez chanté
ils chanteront	ils auront chanté
Conditionnel présent	**Conditionnel passé**
je chanterais	j' aurais chanté
tu chanterais	tu aurais chanté
il chanterait	il aurait chanté
nous chanterions	nous aurions chanté
vous chanteriez	vous auriez chanté
ils chanteraient	ils auraient chanté
SUBJONCTIF	
Temps simples	**Temps composés**
Présent	**Passé**
que je chante	que j' aie chanté
que tu chantes	que tu aies chanté
qu'il chante	qu'il ait chanté
que nous chantions	que nous ayons chanté
que vous chantiez	que vous ayez chanté
qu'ils chantent	qu'ils aient chanté
Imparfait	**Plus-que-parfait**
que je chantasse	que j' eusse chanté
que tu chantasses	que tu eusses chanté
qu'il chantât	qu'il eût chanté
que nous chantassions	que nous eussions chanté
que vous chantassiez	que vous eussiez chanté
qu'ils chantassent	qu'ils eussent chanté
IMPÉRATIF	**INFINITIF**
Présent	**Présent**
chante	chanter
chantons	**Passé**
chantez	avoir chanté
PARTICIPE	
Présent	**Passé**
chantant	chanté

Le conditionnel passé et le mode subjonctif ne sont pas étudiés en 6e.

Finir 2e groupe

INDICATIF

Temps simples	Temps composés
Présent	**Passé composé**
je finis	j' ai fini
tu finis	tu as fini
il finit	il a fini
nous finissons	nous avons fini
vous finissez	vous avez fini
ils finissent	ils ont fini
Imparfait	**Plus-que-parfait**
je finissais	j' avais fini
tu finissais	tu avais fini
il finissait	il avait fini
nous finissions	nous avions fini
vous finissiez	vous aviez fini
ils finissaient	ils avaient fini
Passé simple	**Passé antérieur**
je finis	j' eus fini
tu finis	tu eus fini
il finit	il eut fini
nous finîmes	nous eûmes fini
vous finîtes	vous eûtes fini
ils finirent	ils eurent fini
Futur simple	**Futur antérieur**
je finirai	j' aurai fini
tu finiras	tu auras fini
il finira	il aura fini
nous finirons	nous aurons fini
vous finirez	vous aurez fini
ils finiront	ils auront fini
Conditionnel présent	**Conditionnel passé**
je finirais	j' aurais fini
tu finirais	tu aurais fini
il finirait	il aurait fini
nous finirions	nous aurions fini
vous finiriez	vous auriez fini
ils finiraient	ils auraient fini

SUBJONCTIF

Temps simples	Temps composés
Présent	**Passé**
que je finisse	que j' aie fini
que tu finisses	que tu aies fini
qu'il finisse	qu'il ait fini
que nous finissions	que nous ayons fini
que vous finissiez	que vous ayez fini
qu'ils finissent	qu'ils aient fini
Imparfait	**Plus-que-parfait**
que je finisse	que j' eusse fini
que tu finisses	que tu eusses fini
qu'il finît	qu'il eût fini
que nous finissions	que nous eussions fini
que vous finissiez	que vous eussiez fini
qu'ils finissent	qu'ils eussent fini

IMPÉRATIF	INFINITIF
Présent	**Présent**
finis	finir
finissons	**Passé**
finissez	avoir fini

PARTICIPE

Présent	Passé
finissant	fini

Aller 3e groupe

INDICATIF

Temps simples	Temps composés
Présent	**Passé composé**
je vais	je suis allé(e)
tu vas	tu es allé(e)
il va	il est allé
nous allons	nous sommes allé(e)s
vous allez	vous êtes allé(e)s
ils vont	ils sont allés
Imparfait	**Plus-que-parfait**
j' allais	j' étais allé(e)
tu allais	tu étais allé(e)
il allait	il était allé
nous allions	nous étions allé(e)s
vous alliez	vous étiez allé(e)s
ils allaient	ils étaient allés
Passé simple	**Passé antérieur**
j' allai	je fus allé(e)
tu allas	tu fus allé(e)
il alla	il fut allé
nous allâmes	nous fûmes allé(e)s
vous allâtes	vous fûtes allé(e)s
ils allèrent	ils furent allés
Futur simple	**Futur antérieur**
j' irai	je serai allé(e)
tu iras	tu seras allé(e)
il ira	il sera allé
nous irons	nous serons allé(e)s
vous irez	vous serez allé(e)s
ils iront	ils seront allés
Conditionnel présent	**Conditionnel passé**
j' irais	je serais allé(e)
tu irais	tu serais allé(e)
il irait	il serait allé
nous irions	nous serions allé(e)s
vous iriez	vous seriez allé(e)s
ils iraient	ils seraient allés

SUBJONCTIF

Temps simples	Temps composés
Présent	**Passé**
que j' aille	que je sois allé(e)
que tu ailles	que tu sois allé(e)
qu'il aille	qu'il soit allé
que nous allions	que nous soyons allé(e)s
que vous alliez	que vous soyez allé(e)s
qu'ils aillent	qu'ils soient allés
Imparfait	**Plus-que-parfait**
que j' allasse	que je fusse allé(e)
que tu allasses	que tu fusses allé(e)
qu'il allât	qu'il fût allé
que nous allassions	que nous fussions allé(e)s
que vous allassiez	que vous fussiez allé(e)s
qu'ils allassent	qu'ils fussent allés

IMPÉRATIF	INFINITIF
Présent	**Présent**
va	aller
allons	**Passé**
allez	être allé

PARTICIPE

Présent	Passé
allant	allé

Dire 3e groupe

INDICATIF

Temps simples	Temps composés
Présent	**Passé composé**
je dis	j' ai dit
tu dis	tu as dit
il dit	il a dit
nous disons	nous avons dit
vous dites	vous avez dit
ils disent	ils ont dit
Imparfait	**Plus-que-parfait**
je disais	j' avais dit
tu disais	tu avais dit
il disait	il avait dit
nous disions	nous avions dit
vous disiez	vous aviez dit
ils disaient	ils avaient dit
Passé simple	**Passé antérieur**
je dis	j' eus dit
tu dis	tu eus dit
il dit	il eut dit
nous dîmes	nous eûmes dit
vous dîtes	vous eûtes dit
ils dirent	ils eurent dit
Futur simple	**Futur antérieur**
je dirai	j' aurai dit
tu diras	tu auras dit
il dira	il aura dit
nous dirons	nous aurons dit
vous direz	vous aurez dit
ils diront	ils auront dit
Conditionnel présent	**Conditionnel passé**
je dirais	j' aurais dit
tu dirais	tu aurais dit
il dirait	il aurait dit
nous dirions	nous aurions dit
vous diriez	vous auriez dit
ils diraient	ils auraient dit

SUBJONCTIF

Temps simples	Temps composés
Présent	**Passé**
que je dise	que j' aie dit
que tu dises	que tu aies dit
qu'il dise	qu'il ait dit
que nous disions	que nous ayons dit
que vous disiez	que vous ayez dit
qu'ils disent	qu'ils aient dit
Imparfait	**Plus-que-parfait**
que je disse	que j' eusse dit
que tu disses	que tu eusses dit
qu'il dît	qu'il eût dit
que nous dissions	que nous eussions dit
que vous dissiez	que vous eussiez dit
qu'ils dissent	qu'ils eussent dit

IMPÉRATIF	INFINITIF
Présent	**Présent**
dis	dire
disons	**Passé**
dites	avoir dit

PARTICIPE

Présent	Passé
disant	dit

Tableaux de conjugaison

Vouloir 3e groupe

INDICATIF

Temps simples		Temps composés		
Présent		**Passé composé**		
je	veux	j'	ai	voulu
tu	veux	tu	as	voulu
il	veut	il	a	voulu
nous	voulons	nous	avons	voulu
vous	voulez	vous	avez	voulu
ils	veulent	ils	ont	voulu
Imparfait		**Plus-que-parfait**		
je	voulais	j'	avais	voulu
tu	voulais	tu	avais	voulu
il	voulait	il	avait	voulu
nous	voulions	nous	avions	voulu
vous	vouliez	vous	aviez	voulu
ils	voulaient	ils	avaient	voulu
Passé simple		**Passé antérieur**		
je	voulus	j'	eus	voulu
tu	voulus	tu	eus	voulu
il	voulut	il	eut	voulu
nous	voulûmes	nous	eûmes	voulu
vous	voulûtes	vous	eûtes	voulu
ils	voulurent	ils	eurent	voulu
Futur simple		**Futur antérieur**		
je	voudrai	j'	aurai	voulu
tu	voudras	tu	auras	voulu
il	voudra	il	aura	voulu
nous	voudrons	nous	aurons	voulu
vous	voudrez	vous	aurez	voulu
ils	voudront	ils	auront	voulu
Conditionnel présent		**Conditionnel passé**		
je	voudrais	j'	aurais	voulu
tu	voudrais	tu	aurais	voulu
il	voudrait	il	aurait	voulu
nous	voudrions	nous	aurions	voulu
vous	voudriez	vous	auriez	voulu
ils	voudraient	ils	auraient	voulu

SUBJONCTIF

Temps simples		Temps composés		
Présent		**Passé**		
que je	veuille	que j'	aie	voulu
que tu	veuilles	que tu	aies	voulu
qu'il	veuille	qu'il	ait	voulu
que nous	voulions	que nous	ayons	voulu
que vous	vouliez	que vous	ayez	voulu
qu'ils	veuillent	qu'ils	aient	voulu
Imparfait		**Plus-que-parfait**		
que je	voulusse	que j'	eusse	voulu
que tu	voulusses	que tu	eusses	voulu
qu'il	voulût	qu'il	eût	voulu
que nous	voulussions	que nous	eussions	voulu
que vous	voulussiez	que vous	eussiez	voulu
qu'ils	voulussent	qu'ils	eussent	voulu

IMPÉRATIF	INFINITIF
Présent	**Présent**
veux (veuille)	vouloir
voulons (veuillons)	**Passé**
voulez (veuillez)	avoir voulu

PARTICIPE

Présent	Passé
voulant	voulu

Pouvoir 3e groupe

INDICATIF

Temps simples		Temps composés		
Présent		**Passé composé**		
je	peux (puis)	j'	ai	pu
tu	peux	tu	as	pu
il	peut	il	a	pu
nous	pouvons	nous	avons	pu
vous	pouvez	vous	avez	pu
ils	peuvent	ils	ont	pu
Imparfait		**Plus-que-parfait**		
je	pouvais	j'	avais	pu
tu	pouvais	tu	avais	pu
il	pouvait	il	avait	pu
nous	pouvions	nous	avions	pu
vous	pouviez	vous	aviez	pu
ils	pouvaient	ils	avaient	pu
Passé simple		**Passé antérieur**		
je	pus	j'	eus	pu
tu	pus	tu	eus	pu
il	put	il	eut	pu
nous	pûmes	nous	eûmes	pu
vous	pûtes	vous	eûtes	pu
ils	purent	ils	eurent	pu
Futur simple		**Futur antérieur**		
je	pourrai	j'	aurai	pu
tu	pourras	tu	auras	pu
il	pourra	il	aura	pu
nous	pourrons	nous	aurons	pu
vous	pourrez	vous	aurez	pu
ils	pourront	ils	auront	pu
Conditionnel présent		**Conditionnel passé**		
je	pourrais	j'	aurais	pu
tu	pourrais	tu	aurais	pu
il	pourrait	il	aurait	pu
nous	pourrions	nous	aurions	pu
vous	pourriez	vous	auriez	pu
ils	pourraient	ils	auraient	pu

SUBJONCTIF

Temps simples		Temps composés		
Présent		**Passé**		
que je	puisse	que j'	aie	pu
que tu	puisses	que tu	aies	pu
qu'il	puisse	qu'il	ait	pu
que nous	puissions	que nous	ayons	pu
que vous	puissiez	que vous	ayez	pu
qu'ils	puissent	qu'ils	aient	pu
Imparfait		**Plus-que-parfait**		
que je	pusse	que j'	eusse	pu
que tu	pusses	que tu	eusses	pu
qu'il	pût	qu'il	eût	pu
que nous	pussions	que nous	eussions	pu
que vous	pussiez	que vous	eussiez	pu
qu'ils	pussent	qu'ils	eussent	pu

IMPÉRATIF	INFINITIF
Présent	**Présent**
–	pouvoir
	Passé
	avoir pu

PARTICIPE

Présent	Passé
pouvant	pu

Prendre 3e groupe

INDICATIF

Temps simples		Temps composés		
Présent		**Passé composé**		
je	prends	j'	ai	pris
tu	prends	tu	as	pris
il	prend	il	a	pris
nous	prenons	nous	avons	pris
vous	prenez	vous	avez	pris
ils	prennent	ils	ont	pris
Imparfait		**Plus-que-parfait**		
je	prenais	j'	avais	pris
tu	prenais	tu	avais	pris
il	prenait	il	avait	pris
nous	prenions	nous	avions	pris
vous	preniez	vous	aviez	pris
ils	prenaient	ils	avaient	pris
Passé simple		**Passé antérieur**		
je	pris	j'	eus	pris
tu	pris	tu	eus	pris
il	prit	il	eut	pris
nous	prîmes	nous	eûmes	pris
vous	prîtes	vous	eûtes	pris
ils	prirent	ils	eurent	pris
Futur simple		**Futur antérieur**		
je	prendrai	j'	aurai	pris
tu	prendras	tu	auras	pris
il	prendra	il	aura	pris
nous	prendrons	nous	aurons	pris
vous	prendrez	vous	aurez	pris
ils	prendront	ils	auront	pris
Conditionnel présent		**Conditionnel passé**		
je	prendrais	j'	aurais	pris
tu	prendrais	tu	aurais	pris
il	prendrait	il	aurait	pris
nous	prendrions	nous	aurions	pris
vous	prendriez	vous	auriez	pris
ils	prendraient	ils	auraient	pris

SUBJONCTIF

Temps simples		Temps composés		
Présent		**Passé**		
que je	prenne	que j'	aie	pris
que tu	prennes	que tu	aies	pris
qu'il	prenne	qu'il	ait	pris
que nous	prenions	que nous	ayons	pris
que vous	preniez	que vous	ayez	pris
qu'ils	prennent	qu'ils	aient	pris
Imparfait		**Plus-que-parfait**		
que je	prisse	que j'	eusse	pris
que tu	prisses	que tu	eusses	pris
qu'il	prît	qu'il	eût	pris
que nous	prissions	que nous	eussions	pris
que vous	prissiez	que vous	eussiez	pris
qu'ils	prissent	qu'ils	eussent	pris

IMPÉRATIF	INFINITIF
Présent	**Présent**
prends	prendre
prenons	**Passé**
prenez	avoir pris

PARTICIPE

Présent	Passé
prenant	pris

Voir 3e groupe

INDICATIF	
Temps simples	**Temps composés**
Présent	**Passé composé**
je vois	j' ai vu
tu vois	tu as vu
il voit	il a vu
nous voyons	nous avons vu
vous voyez	vous avez vu
ils voient	ils ont vu
Imparfait	**Plus-que-parfait**
je voyais	j' avais vu
tu voyais	tu avais vu
il voyait	il avait vu
nous voyions	nous avions vu
vous voyiez	vous aviez vu
ils voyaient	ils avaient vu
Passé simple	**Passé antérieur**
je vis	j' eus vu
tu vis	tu eus vu
il vit	il eut vu
nous vîmes	nous eûmes vu
vous vîtes	vous eûtes vu
ils virent	ils eurent vu
Futur simple	**Futur antérieur**
je verrai	j' aurai vu
tu verras	tu auras vu
il verra	il aura vu
nous verrons	nous aurons vu
vous verrez	vous aurez vu
ils verront	ils auront vu
Conditionnel présent	**Conditionnel passé**
je verrais	j' aurais vu
tu verrais	tu aurais vu
il verrait	il aurait vu
nous verrions	nous aurions vu
vous verriez	vous auriez vu
ils verraient	ils auraient vu

SUBJONCTIF	
Temps simples	**Temps composés**
Présent	**Passé**
que je voie	que j' aie vu
que tu voies	que tu aies vu
qu'il voie	qu'il ait vu
que nous voyions	que nous ayons vu
que vous voyiez	que vous ayez vu
qu'ils voient	qu'ils aient vu
Imparfait	**Plus-que-parfait**
que je visse	que j' eusse vu
que tu visses	que tu eusses vu
qu'il vît	qu'il eût vu
que nous vissions	que nous eussions vu
que vous vissiez	que vous eussiez vu
qu'ils vissent	qu'ils eussent vu

IMPÉRATIF	INFINITIF
Présent	**Présent**
vois	voir
voyons	**Passé**
voyez	avoir vu

PARTICIPE	
Présent	**Passé**
voyant	vu

Venir 3e groupe

INDICATIF	
Temps simples	**Temps composés**
Présent	**Passé composé**
je viens	je suis venu(e)
tu viens	tu es venu(e)
il vient	il est venu
nous venons	nous sommes venu(e)s
vous venez	vous êtes venu(e)s
ils viennent	ils sont venus
Imparfait	**Plus-que-parfait**
je venais	j' étais venu(e)
tu venais	tu étais venu(e)
il venait	il était venu
nous venions	nous étions venu(e)s
vous veniez	vous étiez venu(e)s
ils venaient	ils étaient venus
Passé simple	**Passé antérieur**
je vins	je fus venu(e)
tu vins	tu fus venu(e)
il vint	il fut venu
nous vînmes	nous fûmes venu(e)s
vous vîntes	vous fûtes venu(e)s
ils vinrent	ils furent venus
Futur simple	**Futur antérieur**
je viendrai	je serai venu(e)
tu viendras	tu seras venu(e)
il viendra	il sera venu
nous viendrons	nous serons venu(e)s
vous viendrez	vous serez venu(e)s
ils viendront	ils seront venus
Conditionnel présent	**Conditionnel passé**
je viendrais	je serais venu(e)
tu viendrais	tu serais venu(e)
il viendrait	il serait venu
nous viendrions	nous serions venu(e)s
vous viendriez	vous seriez venu(e)s
ils viendraient	ils seraient venus

SUBJONCTIF	
Temps simples	**Temps composés**
Présent	**Passé**
que je vienne	que je sois venu(e)
que tu viennes	que tu sois venu(e)
qu'il vienne	qu'il soit venu
que nous venions	que nous soyons venu(e)s
que vous veniez	que vous soyez venu(e)s
qu'ils viennent	qu'ils soient venus
Imparfait	**Plus-que-parfait**
que je vinsse	que je fusse venu(e)
que tu vinsses	que tu fusses venu(e)
qu'il vînt	qu'il fût venu
que nous vinssions	que nous fussions venu(e)s
que vous vinssiez	que vous fussiez venu(e)s
qu'ils vinssent	qu'ils fussent venus

IMPÉRATIF	INFINITIF
Présent	**Présent**
viens	venir
venons	**Passé**
venez	être venu

PARTICIPE	
Présent	**Passé**
venant	venu

Faire 3e groupe

INDICATIF	
Temps simples	**Temps composés**
Présent	**Passé composé**
je fais	j' ai fait
tu fais	tu as fait
il fait	il a fait
nous faisons	nous avons fait
vous faites	vous avez fait
ils font	ils ont fait
Imparfait	**Plus-que-parfait**
je faisais	j' avais fait
tu faisais	tu avais fait
il faisait	il avait fait
nous faisions	nous avions fait
vous faisiez	vous aviez fait
ils faisaient	ils avaient fait
Passé simple	**Passé antérieur**
je fis	j' eus fait
tu fis	tu eus fait
il fit	il eut fait
nous fîmes	nous eûmes fait
vous fîtes	vous eûtes fait
ils firent	ils eurent fait
Futur simple	**Futur antérieur**
je ferai	j' aurai fait
tu feras	tu auras fait
il fera	il aura fait
nous ferons	nous aurons fait
vous ferez	vous aurez fait
ils feront	ils auront fait
Conditionnel présent	**Conditionnel passé**
je ferais	j' aurais fait
tu ferais	tu aurais fait
il ferait	il aurait fait
nous ferions	nous aurions fait
vous feriez	vous auriez fait
ils feraient	ils auraient fait

SUBJONCTIF	
Temps simples	**Temps composés**
Présent	**Passé**
que je fasse	que j' aie fait
que tu fasses	que tu aies fait
qu'il fasse	qu'il ait fait
que nous fassions	que nous ayons fait
que vous fassiez	que vous ayez fait
qu'ils fassent	qu'ils aient fait
Imparfait	**Plus-que-parfait**
que je fisse	que j' eusse fait
que tu fisses	que tu eusses fait
qu'il fît	qu'il eût fait
que nous fissions	que nous eussions fait
que vous fissiez	que vous eussiez fait
qu'ils fissent	qu'ils eussent fait

IMPÉRATIF	INFINITIF
Présent	**Présent**
fais	faire
faisons	**Passé**
faites	avoir fait

PARTICIPE	
Présent	**Passé**
faisant	fait

1 Lire et comprendre une consigne

Pour réussir votre exercice, respectez bien la consigne !
Suivez les étapes.

ÉTAPE 1 Je lis la consigne

→ Je lis la consigne **en entier**.

→ Je repère les **différents éléments de la consigne**.

Astuce > **J'entoure** les différents éléments pour ne pas en oublier.

Ex : Dans les [deux premières strophes] du poème, [relevez] les mots appartenant au [champ lexical de la nature]. → **Action ?** relever **Quoi ?** les mots du champ lexical de la nature **Où ?** dans les deux premières strophes du poème

ÉTAPE 2 Je comprends les verbes de la consigne

→ Je vérifie que je sais **ce que signifie(nt) le ou les verbe(s)** de la consigne.

VERBES	EXEMPLES	FORME DE RÉPONSE ATTENDUE
Relever, repérer, identifier	Repérez les pronoms. / Relevez les verbes de parole.	Je **rédige une phrase complète** dans laquelle **je recopie** les mots du texte **entre guillemets**.
Citer, justifier	Citez une métaphore. / Justifiez votre réponse en citant le texte.	Je **recopie** un mot, une expression, une phrase, **entre guillemets**.
Analyser, expliquer	Expliquez le comportement du personnage.	Je **rédige une explication** avec **mes propres mots**. Si c'est possible, je cite le texte.
Raconter, imaginer, décrire	Racontez une expédition vers Mars.	J'**écris un récit** avec **mes propres mots**.
Indiquer, préciser	Indiquez la personne utilisée dans le poème.	Je **rédige ma réponse en faisant une phrase complète**. Si c'est possible, je cite le texte.

ÉTAPE 3 J'applique la consigne

→ J'écris **toujours** ma réponse **sous forme de phrase(s) complète(s)**.

Astuce > **Je reprends les termes** de la consigne pour rédiger ma réponse.

Ex : Quel temps est employé dans le texte ? → Le temps employé dans le texte est...

→ **Je réponds** à la consigne **sans rien oublier** et **sans me tromper**.

À toi de jouer ! Johan a-t-il répondu à toutes les consignes de cet exercice ? À l'oral, corrigez ses erreurs.

1) Entourez les verbes conjugués dans le texte.
2) Soulignez les pronoms de la 1re personne du singulier (« je », « me », « moi »).
3) Quelle est la nature des mots en gras ? *des noms*

Mais [je] n'<u>allai</u> pas loin. Un invincible **besoin** de <u>dormir</u> <u>s'empara</u> de [moi], et [je] dus m'étendre sur le **sable** en un **coin** abrité. Quand j'<u>ouvris</u> les **yeux**, la **nuit** était venue et la **mer** montait.

■ **George Sand**, « Le gnome de l'huître » (1873).

2 Préparer un travail écrit au brouillon

Écrire un texte ne se fait pas directement au propre.
Tous les écrivains font des brouillons ! Suivez les étapes.

ÉTAPE 1 Je lis le sujet

→ Je lis le sujet **en entier**. Je vérifie que **je comprends** ce qui est demandé.
Astuce > **Je réalise** une **liste à cocher**.

Ex :

Sujet d'écriture Décrivez un ogre terrifiant. Votre description sera rédigée à l'imparfait et fera environ 5 lignes.

→

☐ description d'un ogre terrifiant
☐ un paragraphe de 5 lignes
☐ verbes à l'imparfait

ÉTAPE 2 Je cherche des idées

→ Je note **mes idées** sur **un brouillon** sans les rédiger.
→ Je peux faire une **carte mentale** ou un **schéma**.

COUP DE POUCE > Je cherche des **idées** dans des textes que j'ai lus.

Portrait physique

Mots qui évoquent la peur
- effrayant
- horrible
- ...

Caractéristiques physiques
- géant
- corps recouvert de poils
- ...

ÉTAPE 3 Je rédige le brouillon

→ Je **rédige les cinq lignes** de la description de l'ogre à **partir de mes notes** ou de la carte mentale.

COUP DE POUCE > J'écris **une ligne sur deux** pour avoir la place de corriger.

ÉTAPE 4 J'améliore mon texte

→ Je **remplace** les **verbes passe-partout** (*faire*, *être*...) par des mots plus précis et les **répétitions** par des synonymes.
→ J'**enrichis** le texte : j'ajoute des **adjectifs**, des **compléments circonstanciels**...

COUP DE POUCE > J'utilise un **dictionnaire de synonymes** (papier ou en ligne).

Ex : • Il fait peur à tout le monde. → Il effraie tous les villageois.
• Son corps était couvert de poils. → Du sommet du crâne aux orteils, son corps était couvert de poils drus comme ceux du sanglier.

ÉTAPE 5 Je corrige mon texte

→ Je vérifie que chaque phrase est **complète, correcte** (avec un verbe conjugué), et correctement **ponctuée**.

COUP DE POUCE > Je lis mon texte **à voix haute** pour vérifier la ponctuation. J'évite les phrases trop longues.

3 Recopier un texte au propre

Prêt(e) à recopier au propre ? Pour rendre une copie bien écrite et bien présentée, suivez les étapes !

ÉTAPE 1 Je relis mon brouillon > Fiche 2 p. 375

→ Je relis mon texte **une dernière fois** pour vérifier que j'ai bien **répondu au sujet**.

ÉTAPE 2 Je prépare la copie

→ Je note les **informations indispensables** qu'il faut faire figurer sur ma feuille.

Nom, prénom, classe, date, titre du devoir

ÉTAPE 3 Je me prépare à recopier au propre

→ Je note des **repères sur mon brouillon** pour penser à tout.

→ J'entoure les **majuscules** ainsi que les **points** à la fin des phrases.

→ Je fais une croix aux endroits où je dois **aller à la ligne** et où je dois placer un **alinéa** (un espace blanc en début de paragraphe).

Attention ! Parfois, la consigne impose une **présentation**, il faut **la respecter** (un poème…).

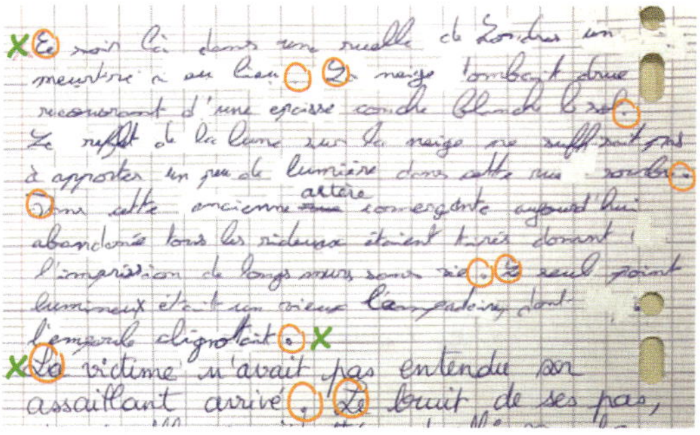

ÉTAPE 4 Je recopie et je me relis

→ Je **recopie** lentement, **mot par mot**, sans me tromper, en suivant les repères que j'ai notés sur mon brouillon.

→ Je fais attention à **écrire de façon lisible**.

Guide pour bien former les lettres
hatier-clic.fr/25coli376

→ Je n'écris **pas trop serré** et **j'espace les lignes**.

→ Je vérifie l'**orthographe** et je corrige toutes les **fautes évidentes**, phrase par phrase.
> p. 368-369

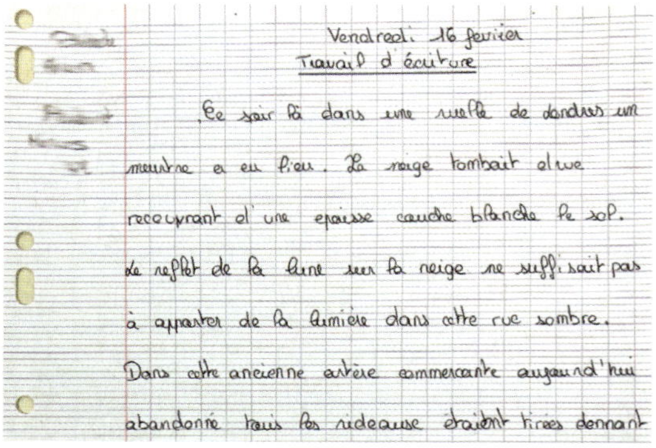

COUP DE POUCE > Je **souligne** au crayon de papier les mots à vérifier.

Les accords	du sujet et du verbe • du participe passé • du nom et de l'adjectif
Les homophones	*a* et *à* • *est* et *et* • *sont* et *son* • *ont* et *on*
L'orthographe	doubles consonnes, consonne finale muette
La conjugaison	Utilisez les tableaux de conjugaison à la fin du manuel.

4 Utiliser le dictionnaire

Consulter un dictionnaire est très utile pour comprendre un mot ou pour vérifier son orthographe. Suivez les étapes !

ÉTAPE 1 Je cherche un mot

→ Les **mots** sont classés par **ordre alphabétique**. Les mots **indiqués** en haut de la page de gauche et en haut de la page de droite servent de **repère**.

→ **Je tourne les pages** jusqu'à trouver **les mots repères** dont les premières lettres sont les plus proches de celles du mot que je cherche.

Ex : • Le mot *corail* se trouve dans la double page dont les mots repères sont *copain* et *corbeau*.
• Les mots *colibri* et *collège* se trouvent dans la double page de dictionnaire dont les mots repères sont *coléreux* et *collier*, mais les mots *colère*, *coléoptère* et *colline* n'y figurent pas.

ÉTAPE 2 Je comprends les informations données

→ **Je lis l'article** du dictionnaire. Il contient **plusieurs informations**.

prononciation — nature — étymologie (= origine du mot)

entrée → **AZUR** [azyr] n. m. (de l'arabe *lāzaward*, « lapis-lazuli »)
définitions → **1.** Verre bleui broyé pour fabriquer du pigment.
2. Couleur bleue du ciel. **Syn.** Bleu clair.
3. Fig. Le ciel, l'air.

sens figuré — synonyme (mot de sens proche)

• Il y a plusieurs sortes de dictionnaires : de langue, des noms propres, des synonymes, des rimes…
• Vous en trouverez au CDI. Certains dictionnaires sont en ligne sur Internet. Vous en trouverez sur le site lexilogos.com.

ÉTAPE 3 Je me sers des informations données

→ En lisant toutes les informations, je peux **enrichir mes connaissances**.

Ex : Je peux trouver autour de ce mot des mots de la même famille.
→ Mots de la même famille que le mot *azur* : *azurer, azuré*…

On broie du verre bleu pour fabriquer des couleurs utilisées dans des peintures.

AZUR [azyr] n. m. (de l'arabe *lāzaward*, « lapis-lazuli »)
1. Verre bleui broyé pour fabriquer du pigment.
2. Couleur bleue du ciel. **Syn.** Bleu clair.
3. Fig. Le ciel, l'air.

Le lapis-lazuli est une pierre de couleur bleue.

5 Apprendre une leçon

Apprendre une leçon, ça s'apprend. Suivez les étapes !

ÉTAPE 1 Je lis la leçon

→ Dans la leçon, **je sélectionne les éléments** que je dois **mémoriser**.

COUP DE POUCE > Je réfléchis à l'avance aux **questions** qu'on peut me poser en évaluation : de quelles informations aurai-je besoin pour réussir ?

Ex :

Leçon : Pour conjuguer un verbe au passé composé, on utilise un auxiliaire au présent et le participe passé du verbe.

Informations à retenir :
passé composé = auxiliaire au présent + participe passé

ÉTAPE 2 Je fabrique mon outil de mémorisation

→ Je fabrique un **outil de mémorisation**, avec la possibilité de cacher les réponses.

Ex : Cartes mémoire à retourner

Question au recto	Réponse au verso
Comment se conjugue un verbe au passé composé ?	Avec un auxiliaire au présent et un participe passé.

ÉTAPE 3 J'organise mes révisions

→ Je prévois **plusieurs séances** de révisions espacées dans le temps (J+1, J+3, J+7).

Ex :

- **20 oct.** — J 0 Jour de la **leçon en classe**.
- **21 oct.** — J+1 Je **sélectionne les informations** à retenir et je **fabrique l'outil de mémorisation**.
- **23 oct.** — J+3 Je me **teste** et si je me trompe **je regarde la leçon**.
- **27 oct.** — J+7 Je me **teste** jusqu'à être capable de **ne pas regarder la leçon**.

→ Je **compare mes réponses** fausses avec mon outil de mémorisation.

COUP DE POUCE > Je peux **m'interroger moi-même** ou demander à quelqu'un de le faire.

ÉTAPE 4 J'adopte la bonne attitude

→ J'adopte un **état d'esprit positif** : je sais que si je me trompe, je suis capable de faire des progrès.

→ Je ne me décourage pas.

COUP DE POUCE > Je **prends soin de moi** : bien dormir, manger correctement et faire du sport aident à mémoriser !

Ex : Je ne me dis pas : « Et voilà, je suis nul(le), je n'ai rien compris. »
→ Je me dis : « Je vais y arriver, j'en suis capable ! ».

6 Présenter un document sur support numérique

Vous devez présenter un texte et une image trouvés sur Internet dans un document numérique ? Suivez les étapes !

ÉTAPE 1 Je crée un document sur un logiciel

→ **J'ouvre un document** dans un logiciel de traitement de texte (OpenOffice, Word...).

→ **Je saisis** mon nom, ma classe et la date.

→ **J'enregistre mon document en lui donnant un nom**, soit sur une clé USB, soit dans l'espace de la classe sur le réseau du collège.

Astuce > **Je nomme le document** de manière à pouvoir l'identifier facilement (j'évite les noms trop vagues comme *travail, français, document*...).

Ex : **Consigne** Recherchez, sur Internet, un poème qui vous plaît sur le thème de l'oiseau. Présentez-le dans un document numérique accompagné d'une illustration. → Nom du document : poème-oiseau.odt

ÉTAPE 2 Je mets en forme

Le texte

→ Je trouve le texte sur un **site fiable** (adresses en .org, .fr...).

→ Je le **copie-colle**. Je n'oublie pas le titre et les sources.

→ **Je choisis la police**, sa **taille** (ni trop petite ni trop grosse) et sa **couleur** (qui doit être lisible).

COUP DE POUCE > **J'observe les sources** des textes de mon manuel et je m'en sers comme **modèle**.

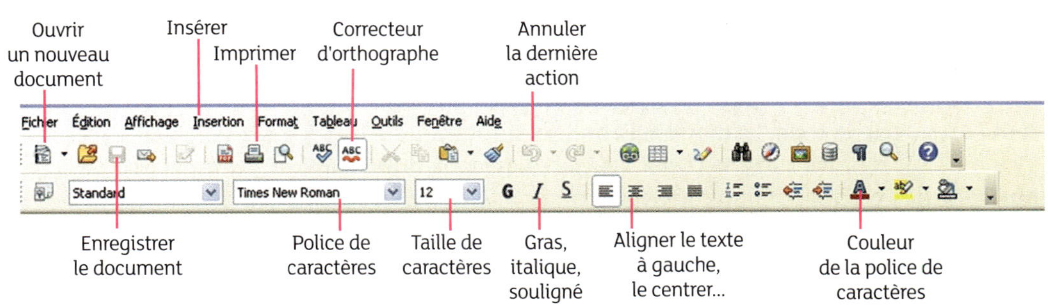

L'image

→ Je trouve une image en utilisant la **fonction « image »** du moteur de recherche. Je choisis un site fiable (musée...).

→ Je vérifie qu'elle est de **bonne qualité** et que le site donne ses **sources** pour pouvoir saisir ou copier la légende dans le document (auteur, titre, date, technique, lieu de conservation).

→ Je l'insère dans mon document en utilisant la **fonction « insertion »** du traitement de texte ou en faisant un copié-collé.

→ Je saisis ou copie-colle la **légende**.

7 Lire et analyser une image

Vous devez présenter une image ? Voici une « boîte à outils » et un modèle pour analyser les images. Suivez les étapes !

ÉTAPE 1 Je détermine précisément la source de l'image

➜ Je dois être capable de donner les **informations** suivantes qui se trouvent, en général, dans la **légende** :

l'artiste, le titre, la date de réalisation, la technique, les dimensions, le lieu de conservation.

Ferdinand Hodler, *Portrait de Werner Miller*, 1899, huile sur toile, 56 x 46,5 cm, Musée d'Orsay (Paris).

ÉTAPE 2 Je décris l'image

➜ Je dis **ce que l'image représente**, ce qui me permet de déterminer son **genre** (portrait, paysage, nature morte, scène historique, mythologique...).

Ex : Ce tableau est un **portrait** d'un enfant nommé Werner Miller. L'enfant pose et regarde le spectateur du tableau avec un visage très sérieux. Il tient deux pâquerettes.

➜ Je décris la **composition** : les différents **plans** (premier plan, second plan, arrière-plan...), la **position** des éléments dans l'image, et les **lignes de force** qui structurent l'image.

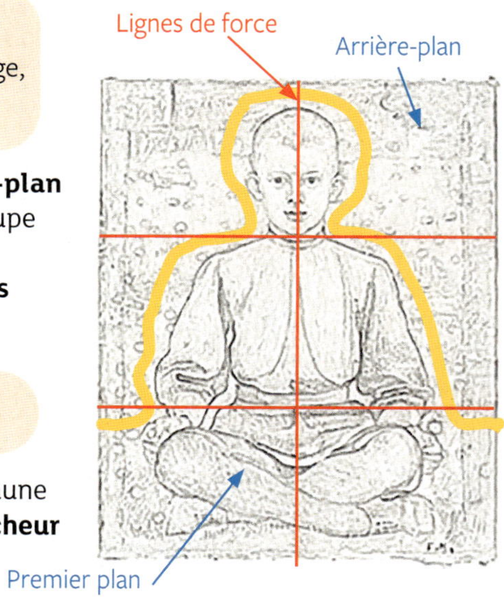

Ex : L'enfant est assis en tailleur au **premier plan**. L'**arrière-plan** est constitué d'un décor de nature printanière. L'enfant occupe tout l'espace de la toile. La **composition** très symétrique s'organise autour d'un **axe vertical** central et de deux **lignes horizontales** qui lui donnent un aspect immobile et stable.

➜ Je décris les **couleurs**, les effets de **lumière**.

Ex : Le bleu et le vert dominent. À l'arrière-plan, l'emploi du jaune permet d'évoquer des taches de **lumière** reprises par la **blancheur** des pâquerettes qui lient le premier plan à l'arrière-plan.

ÉTAPE 3 J'interprète l'image

➜ **J'exprime** ce que l'image transmet comme **émotion** ou comme **message**.

Ex : Ce portrait d'enfant est troublant car l'enfant nous regarde **intensément**. Par ailleurs, le **cadre du portrait** peut apparaître comme **symbolique** : le printemps évoque la fraîcheur et la jeunesse de Werner et son lien avec la nature.

Index des auteurs et des autrices

Index des artistes

M N O

P Q R

S T V W Y

Achevé d'imprimer en France par Pollina - 14219
Dépôt légal : 11893-5/01 - Mai 2025

Solutions du jeu du colibri

Message secret : **Bienvenue** (*Colibris 6ᵉ*, pages 235, 130, 123, 80, 46, 314, 378, 191, 44)
Défi de vitesse : ❶ p. 248 ❷ p. 33 ou p. 83 ou p. 197 ❸ p. 350 ❹ p. 126 ou p. 192 ❺ p. 208

Table des crédits

Crédit texte

p. 196, 197, 198, 199, 208, 209 : Jacques Roubaud, *Les Animaux de tout le monde*, © Éditions Ramsay, 1983 © Éditions Seghers, Paris, 1990 © Éditions Seghers Jeunesse, Paris, 2004, 2022

Crédits iconographiques

Pages de garde

1-h ph © PHOTOSTOCK-ISRAEL/SCIENCE PHOTO LIBRARY/sciencephoto.fr
6 ph © Mary Evans/Bridgeman Images
7 © Kissaki Films, Stacey Reiss Productions/ARP Sélection
8-9, 9-h © migfoto/stock.adobe.com
9-b © Yannick Robert
10-11 © poltavetsanzhelika/Freepik
10 ph © Musée du Louvre, Dist. GrandPalaisRmn/Thierry Ollivier
11-h ph © Ghigo Roli/Photo12
11-b ph © Luisa Ricciarini/opale.photo
12 © mubaister/Freepik
13 © yojo/Freepik
14 © Thomas Lydell/iStock
16-17 © DarianaArt / Shutterstock
16-17 © Freepik
18 ph © Mary Evans/Bridgeman Images
19-2 © 2023, Groupe Elidia – Plein Vent
19-3,g ph © hkuchera/stock.adobe.com
19-3,d ph © everydoghasastory/stock.adobe.com
20-1 Coll. The Bancroft Library, Université de Californie
20-2 © André Juillard, Jean Ollivier (DR)
21-3 Coll. University of Washington Libraries, Special Collections, Eric A. Hegg, photographer, Hegg85
21-4 ph © Lucky Comics, 2025
23 ph © Mary Evans/Bridgeman Images
24 © Cartarium/iStock
25 © 2023, Groupe Elidia – Plein Vent
27 Coll. Université de Californie
29 © Éditions Sarbacane, 2015
31 © Éditions Gallimard Jeunesse
33 Coll. Media History Digital Library, Wisconsin Center for Film and Theater Research
35-bg © 20th Century Studios, TSG Entertainment
35-bd © 2023, Groupe Elidia – Plein Vent
36 ph © Niday Picture Library/Alamy Stock Photo
37 © 2023, Groupe Elidia – Plein Vent
38 © Musée d'arts de Nantes – Photo : Alain Guillard
39 ph © hkuchera/stock.adobe.com
40 © Dream Well Studio, Sacrebleu Productions, Take Five Productions
41, 42 ph © Mary Evans/Bridgeman Images
43-h © Casterman Junior
43-b,1 © Glénat
43-b,2 © Éditions Gallimard Jeunesse
43-b,3 © Livre de Poche
43-b,4 © ImageMovers, Playtone, Dreamworks Pictures, Twentieth Century Fox
44-hg © serikbaib/stock.adobe.com
44-1,g *Portrait de Charlie Chaplin par Homer Peyton, vers 1929* : Charlie Chaplin™ © Bubbles Incorporated S. A.
44-1,d *Charlie Chaplin en Charlot* : Charlie Chaplin™ © Bubbles Incorporated S. A.
44-2 *Affiche de 1955 pour le film La Ruée vers l'or.* Léo Kouper © ADAGP, Paris, 2025, Collection La Cinémathèque française
45 images A,B,D,E,F : © Roy Export SAS
45 image C : © Roy Export Company Ltd.
45 images « *Le dîner* » et « *Charlot en poulet* » : © Roy Export SAS
46 © Studio Ghibli – Dwango – NHK Enterprises – Polygon Pictures/Coll. Christophel
47-2 ph © imageBROKER/Sjoberg/Coll. Christophel
47-3 © New Line/courtesy Everett Collection/Aurimages
48 ph © Universal History Archive/UIG/Bridgeman Images
49 © Studio Ghibli – Dwango – NHK Enterprises – Polygon Pictures/Coll. Christophel
49-1 © Mashaki/Freepik
50 © Irina Petelina
53 ph © Thomas M. Jauk
54 © Studio Ghibli – Dwango – NHK Enterprises – Polygon Pictures/Coll. Christophel
57 Coll. Nationalmuseum, Stockholm
58-59 © keiko takamatsu/iStock
59-bd © Studio Ghibli
60 © Ilon Wikland AB
61 ph © United Archives GmbH/Alamy Stock Photo
63 ph © Bridgeman Images
64 © Irina Petelina
65 © Ilon Wikland AB
67-h © Éditions Gallimard Jeunesse
67-b,1 © DRAKOO
67-b,2 © Éditions Rue de Sèvres
67-b,3 © Éditions Hatier
67-b,4 © Lisez!
68-hg © Jcomp/Freepik
68-1 © Éditions Gallimard Jeunesse
68-2 © Adagp, Paris, 2025 – Étonnants Voyageurs
69 Dessin de Hugo Pratt issu de *Corto Maltese. La maison dorée de Samarkand.* 1980 © Cong SA, Suisse – Réalisation ART MURAL asbl 2009 – ph © Stefflater (CC BY-SA 4.0)
70-h © Éditions Gallimard Jeunesse
70-bg © Lisez!
70-bd © Éditions Gallimard Jeunesse
71-g © Éditions Thierry Magnier
71-d © Flammarion Jeunesse
72-h © Lisez!
72-b © Jungle, 2018
74 © Éditions Gallimard Jeunesse
75 Coll. Minneapolis Institute of Art/The Julius C. Eliel Memorial Fund
76 © Flammarion Jeunesse
77 © Kissaki Films, Stacey Reiss Productions/ARP Sélection
78 © Éditions Thierry Magnier
79 Coll. The Metropolitan Museum of Art/H. O. Havemeyer Collection, Bequest of Mrs. H. O. Havemeyer, 1929
80-h © Éditions Gallimard Jeunesse
80-b © velryba01/Shutterstock
82 © Netflix – Crystal Dynamics – DJ2 Entertainment – Legendary Television – Powerhouse Animation Studios – Square Enix – Tractor/Coll. Christophel
83 © Christopher/stock.adobe.com
84 © Éditions Gallimard Jeunesse
85 © pch.vector/Freepik
87-1 © Belin Éducation
87-2, 3 © Éditions Gallimard Jeunesse
87-4 © DreamWorks Animation, Dentsu
88 © Adagp, Paris, 2025 – ph © GABRIELE CROPPI/Scala, Florence
89-2 ph © Micheline PELLETIER/GAMMA
89-3,1 © Éditions G.P.
89-3,2 © Livre de Poche
89-3,3 © Éditions G.P.
90 ph © BnF, Paris
91 ph © Christie's Images/Bridgeman Images
92 ph © Tore Sætre, Domaine public
94-2 © Nastasic/iStock
94-4 © Olena Yepifanova/iStock
95 ph © The National Gallery, Londres, Dist. GrandPalaisRmn/National Gallery Photographic Department
97 ph © New Line Productions/BBQ_DFY/Aurimages
99 © Éditions Rue de Sèvres
100 © designer29/iStock
101 ph © BnF, Paris
102-103 © Nosyrevy/iStock
103-b © Belin Éducation
105 Courtesy National Gallery of Art, Washington
106 ph © MaskaRad/stock.adobe.com
107 ph © Look and Learn/Bridgeman Images
108 © nuvolanevicata/stock.adobe.com
109-g,m © Éditions Gallimard Jeunesse
109-d © Éditions Hatier
110 © Larousse
111-h,1 © Éditions Hatier
111-h,2 © Didier Jeunesse
111-h,3 © l'école des loisirs
111-b,1 © Kana
111-b,2 © l'école des loisirs
111-b,3 © Éditions Hatier
111-b,4 © Malavida Films
112 © Casterman. Avec l'aimable autorisation des autrices et des Éditions Casterman
113 ph © BnF, Paris
115 © Clarissa Filice
116 © Éditions Hatier
117 © Tetiana Lazunova/iStock
119 © Yannick Robert
120 © Rudzhan/stock.adobe.com
121-h,1 © Hachette
121-h,2 © l'école des loisirs
121-h,3 © Éditions Gallimard Jeunesse
121-b,1 © Éditions Gallimard Jeunesse
121-b,2 © l'école des loisirs
121-b,3 © Belin Éducation
121-b,4 © Nord-Ouest Production
122 Théo Schmied (graveur) © Adagp, Paris, 2025 – ph © The Stapleton Collection/Bridgeman Images
123-2 Théo Schmied (graveur) © Adagp, Paris, 2025 – ph © BnF, Paris
123-3 ph © 2025 Museum of Fine Arts, Boston. All rights reserved. Museum purchase with funds donated in honor of Edward W. Forbes/Bridgeman Images
124 ph © GrandPalaisRmn (musée du Louvre)/Franck Raux
125-2 ph © Photo12/imageBROKER/Kim Petersen
125-b © pch.vector/Freepik
126 ph © Musée du Louvre, Dist. GrandPalaisRmn/Pierre Philibert
127-h,1,2 © lineartestpilot/stock.adobe.com
127-b ph © Archives Charmet/Bridgeman Images
128-h © BigJoy/stock.adobe.com
128 ph © Christie's Images/Bridgeman Images
129 © Malchev/stock.adobe.com
130-2 © BigJoy/stock.adobe.com
130-3 © Annika Gandelheid/stock.adobe.com
130-4 © Artinblackink/stock.adobe.com
131 ph © Manchester Art Gallery/Bridgeman Images
133 ph © National Gallery of Victoria, Melbourne/Bridgeman Images
134 © Ihor/stock.adobe.com
135 © Casterman. Avec l'aimable autorisation des autrices et des Éditions Casterman
137-b © Rosebud Productions
138 ph © Abgrall/LA COLLECTION
139 © Willy Pogány (DR) – ph © Ivy Close Images/Alamy Stock Photo
140 ph © Fineart/opale.photo
141 © Oleksandr Pokusai/stock.adobe.com
142 © migfoto/stock.adobe.com
143 ph © Luisa Ricciarini/opale.photo
144 © Malchev/stock.adobe.com
145-h © Nathan
145-b,1 © Éditions Gallimard Jeunesse
145-b,2 © Flammarion
145-b,3 © Éditions Gallimard Jeunesse
145-b,4 © Fox 2000 Pictures, Dune Entertainment, Ingenious Media, Haishang Films
146-1 ph © Luisa Ricciarini/opale.photo
146-2 ph © akg-images
147-3 CC0 Paris Musées/Petit Palais, musée des Beaux-Arts de la Ville de Paris
147-4 ph © Bridgeman Images
148 © Guy Boulizon – ph © Musée international d'art naïf de Magog
149-2 © 2025 Banco de México Diego Rivera Frida Kahlo Museums Trust, Mexico, D.F./Adagp, Paris – ph © Iberfoto/Bridgeman Images

149-3 Coll. Bibliothèque publique de Boston
150-1 ph © GrandPalaisRmn (musée du Louvre)/Hervé Lewandowski
150-2 ph © BnF, Paris
151 © Folimage Valence Production/Coll. Christophel
153 ph © akg-images
154 ph © Konstantinos Kontos/LA COLLECTION
155 Coll. Bibliothèque municipale de Moulins
157 ph © Bridgeman Images
158-2 © Satoru Sketches/stock.adobe.com
158-3 © Iamnee/iStock
159 © Kush Fine Arts Limited 2025
160 ph © Musée du Louvre, Dist. GrandPalaisRmn/Thierry Ollivier
160-2 © bioraven/stock.adobe.com
161 ph © akg-images/Bible Land Pictures
162 ph © Bridgeman Images
163 ph © BnF, Paris
164 ph © William Sturgis Bigelow Collection/ Bridgeman Images
165 ph © BnF, Paris
166 *Aquarelle d'Elizabeth Wang* © Radiant Light/Bridgeman Images
167-2,1 © Artpacker/stock.adobe.com
167-2,2 © Aleksey/stock.adobe.com
167-4 © asantosg/iStock
168 ph © BnF, Paris
169-h,1 © Nathan
169-h,2 © Éditions Hatier
169-h,3 © Le Livre de Poche
169-h,4 © Éditions Gallimard Jeunesse
169-b,1 © Éditions D'Orbestier
169-b,2, 3 © Le Livre de Poche
169-b,4 © Folimage Valence Production
170 ph © The Stapleton Collection/Bridgeman Images
171-2 ph © San Diego Museum of Art/Gift of Anne R. and Amy Putnam/ Bridgeman Images
171-3, 172-1 ph © Ghigo Roli/Photo12
172-2 Coll. The Metropolitan Museum of Art/Rogers Fund, 1917
173 CC0 Paris Musées/Musée Carnavalet – Histoire de Paris
174 © nomadnebula282/Freepik
175 ph © Till F. Teenck – CC BY 3.0
176 © Casterman. Avec l'aimable autorisation des autrices et des Éditions Casterman
177 Coll. The Walters Art Museum (Baltimore/Maryland/USA)
178 © Pngtree
179 ph © Photo12/V&A Images
180-1 © ECHOcommunity
180-3 Dessin de Stéphane Mallarmé – domaine public
181 ph © Bayerische Schlösserverwaltung an.
183 ph © Heritage Images/Aurimages
184 Coll. Université de Heidelberg
185 ph © BPK, Berlin, Dist. GrandPalaisRmn/ Elke Estel
186 ph © GrandPalaisRmn (musée du Louvre)/Jean-Gilles Berizzi
187 ph © Jean-Marc ZAORSKI/Gamma-Rapho via Getty Images
188 ph © North Wind Pictures/Bridgeman Images
189 ph © Ribe Kunstmuseum
191-h © Nathan
191-b,1, 2 © Flammarion Jeunesse
191-b,3 © Nathan
191-b,4 © Studio Chizu
192-hg © Macrovector/stock.adobe.com
192-1 ph © Luisa Ricciarini/opale.photo
193-h ph © BnF, Paris
193-1 ph © Valina Tsikalá – CC BY-SA 4.0
193-2 ph © Eric Vandeville/akg-images
193-3 Digital Image 2023 © Photo Scala, Firenze
194 ph © SuperStock/Aurimages
195-hd ph © Jean-Luc Bertini/Pasco&co
195-mg ph © Louis Monier. All rights reserved 2025/Bridgeman Images
195-bd ph © Ulf Andersen/Aurimages
196-h © Serghers Jeunesse
196-m ph © The Bayou Bend Collection, gift of Miss Ima Hogg/Bridgeman Images
197 ph © Tate, Londres, Dist. GrandPalaisRmn/ Tate Photography
198 ph © Christie's Images/Bridgeman Images
199 ph © Jean-Pierre Dalbéra – CC BY 2.0
200-h © Éditions Gallimard
200-m ph © GrandPalaisRmn (musée du Louvre)/Gérard Blot
201 © Adagp, Paris, 2025 – ph © Artepics/ Alamy Stock Photo
202 ph © akg-images
203 © Adagp, Paris, 2025 – ph © Artothek/ LA COLLECTION
204-h © Éditions Gallimard Jeunesse
204-m ph © DR
205 ph © Robert DOISNEAU/GAMMA RAPHO
207 ph © Bridgeman Images
208 © CSA-Printstock/iStock
209 ph © Ashmolean Museum/Bridgeman Images
210 ph © PHOTOSTOCK-ISRAEL/SCIENCE PHOTO LIBRARY/sciencephoto.fr
211 ph © Bramfab – CC BY-SA 4.0
212 © Seuil Jeunesse
213 ph © Bridgeman Images
215-h © Hachette
215-b,1 © Seuil Jeunesse
215-b,2 © Éditions Gallimard Jeunesse
215-b,3 © Bonne Pioche, National Geographic Films
215-b,4 © DECCA
216-hg © Iconriver/Freepik
216 ph © Fineart/opale.photo
217-2 ph © akg-images
217-3 © Adagp/Comité Cocteau, Paris 2025 – ph © Michael Parkin Gallery/ Bridgeman Images
218 © Successió Miró/Adagp, Paris, 2025 – ph © Centre Pompidou, MNAM-CCI, Dist. GrandPalaisRmn/Audrey Laurans
219 ph © The Board of Trustees of the Royal Botanic Gardens, Kew/Bridgeman Images
220-1 Coll. The Art Institute of Chicago (États-Unis) Gift of Chester W. Wright
220-2 ph © 2025 Museum of Fine Arts, Boston William Sturgis Bigelow Collection/ Bridgeman Images
220-3 Coll. RISD Museum (Providence, États-Unis) Gift of Mrs. John D. Rockefeller, Jr. 34.156.2
220-4 Coll. Los Angeles County Museum of Art – ph © Museum Associates/ LACMA
221-5 Coll. The Art Institute of Chicago (États-Unis) Clarence Buckingham Collection
221-6 ph © Photo12/AlfredoDagliOrti
221-b ph © Pro Symbols/Shutterstock
222 © Stefan_Alfonso/iStock
223 © Kush Fine Arts Limited 2025
224-g © dariaustiugova/stock.adobe.com
224-d © Iryna Daineka/iStock
225 ph © Musée du quai Branly – Jacques Chirac, Dist. GrandPalaisRmn/ Pauline Guyon
226 © Daniel Brugès – Le Livre de Poche
227 ph © akg-images/André Held
228 © Yulia Bliznyakova/iStock
229-h,1 © Gründ
229-h,2 © Seuil
229-h,3, 4 © Livre de Poche
229-b,1 © Actes Sud
229-b,2 © Éditions Gallimard Jeunesse
229-b,3 Coll. musée International et Bibliothèque de la Musique, Bologne
229-b,4 © Django Films, Ciné B, France 3 Cinéma
230 © AlbaVerba
231-2 Coll. Rijksmuseum (Amsterdam)
231-3 ph © Daniel CANDE, Saif, 2025/BnF, Paris
232 ph © Darchivio/opale.photo
233-2 ph © Photo Josse/Bridgeman Images
233-3 ph © Christian Ganet/ArtComPress via opale.photo
235 ph © BnF, Paris
236 ph © Christian Ganet/ArtComPress via opale.photo
238 ph © Benoit Bremer
241 © Éditions Petit à Petit
243 ph © Daniel CANDE, Saif, 2025/BnF, Paris
244-245 © razihusin/iStock
245-b © Éditions Petit à Petit
247 ph © Roseau Théâtre
248 ph © Monuments historiques, photo JF Peiré (2020)
250 ph © The Print Collector/Heritage Images/Coll. Christophel
251 ph © Hélène Aubert/Les Malins Plaisirs
252-1,h © Natalia Kirillova/stock.adobe.com
252-1,b © Vector Tradition/stock.adobe.com
252-2 ph © Éditions Hatier
253-h © Casterman
253-b,1 © Didier Jeunesse
253-b,2 © Éditions Gallimard Jeunesse
253-b,3 © Lisez!
253-b,4 © Sita Production
254-hg © shooarts/stock.adobe.com
254 ph © Pascal Gely/Hans Lucas
255-2 ph © akg-images
255-3 © Actes Sud Jeunesse
256 © Tiphaine Guitton/La PeTiTe CompAgnie
257 ph © BnF, Paris
259 ph © Walt Disney Pictures/EVERETT/ Mountain, Peter/Aurimages
260, 263 ph © Émile Zeizig
265 ph © Victor Tonelli
266-267 © noreefly/stock.adobe.com
266-1, 5 © Ekaterina Porokhnia/iStock
268 © Isabelle Anglade
271-h,1 © Flammarion
271-h,2 © l'école des loisirs
271-h,3 © Les Ateliers Actes Sud
271-b,1 © Éditions Petit à Petit
271-b,2 © SYROS
271-b,3 © Flammarion
271-b,4 © BAC Films, Studiocanal, France 3 Cinéma, Des Films, La Chauve Souris
272-hg © creativestall/stock.adobe.com
272-hd Coll. The J. Paul Getty Museum, Los Angeles
272-bg ph © BnF, Paris
273 ph © BnF, Paris
276-277 © PaleStudio/iStock
276-3 © brgfx/Freepik
277-4 © brgfx/Freepik
287 ph © BnF, Paris
290-291 © duncan1890/iStock
290-1 © Tribalium/Freepik
290-2,h © brgfx/Freepik
290-2,b © rawpixel.com/Freepik
291-5 © ygstudio/Freepik
302-303 © brgfx/Freepik
302-2,h © naddya/stock.adobe.com
302-2,b © eduardrobert/stock.adobe.com
303-4 © Freepik
303-5,h © goodstudiominsk/Freepik
303-5,b © GraphicsRF/stock.adobe.com
320-321 © upklyak/Freepik
320-3 © Bogdan Skrypnyk/stock.adobe.com
321-5 © Le Livre de Poche
330-331 © vvalentine/stock.adobe.com
341 ph © Luisa Ricciarini/opale.photo
354-355 © float/stock.adobe.com
354-1 © PrettyVectors/stock.adobe.com
355-5,h © anatolir/stock.adobe.com
355-5,b © ODES/stock.adobe.com
355-6,g © Vector Tradition/stock.adobe.com
355-6,mg © nsit0108/stock.adobe.com
355-6,md © Pavlo Molchanovych/iStock
355-6,d © Denis Novikov/iStock
355-6,bd © the8monkey/iStock
380 ph © Musée d'Orsay, Dist. GrandPalaisRmn/Patrice Schmidt

DR : Malgré nos efforts, il nous a été impossible de joindre les ayants droit de certains documents pour obtenir l'autorisation de reproduction, mais nous avons naturellement réservé en notre comptabilité des droits usuels

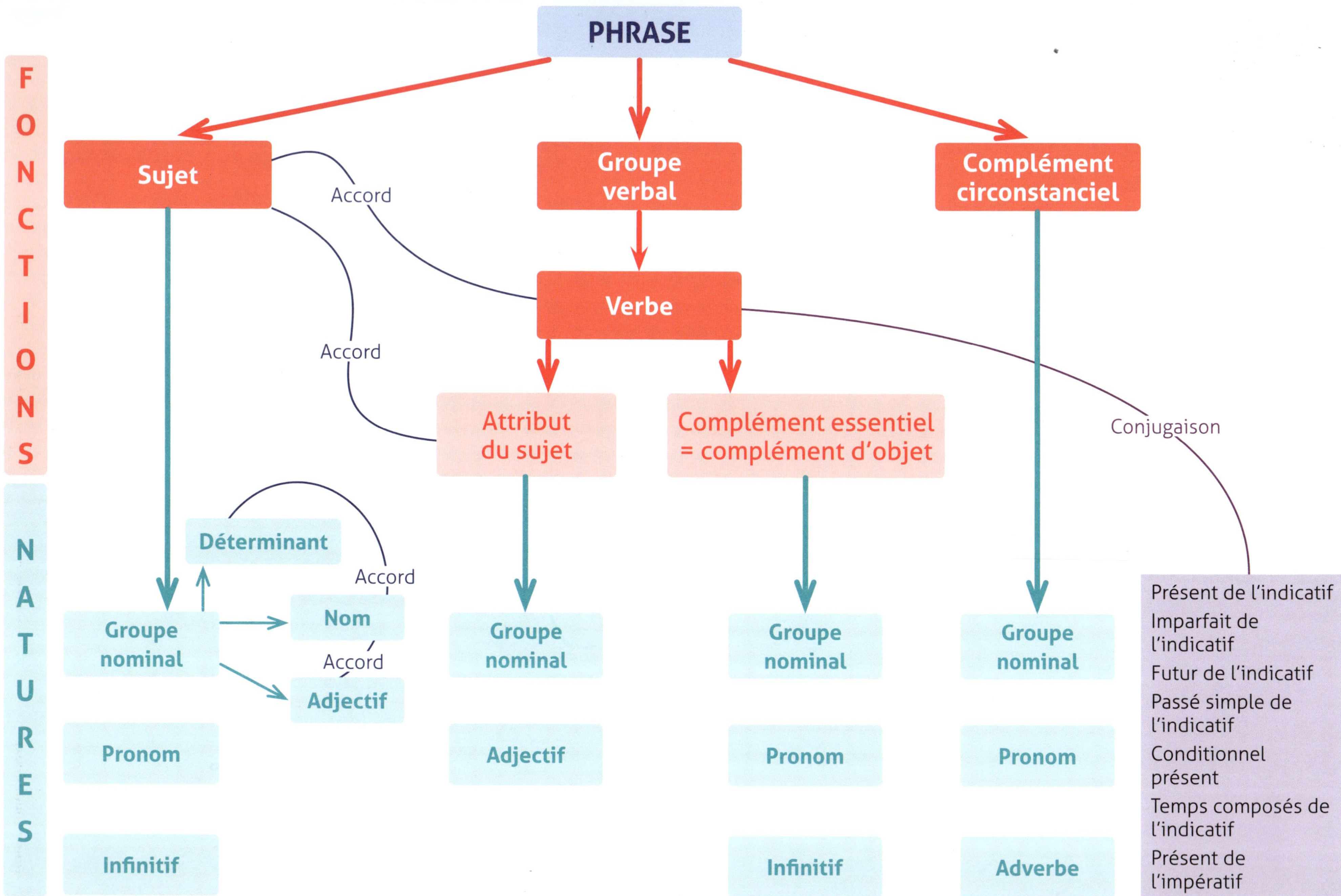
PHRASE
FONCTIONS
NATURES
Sujet
Groupe verbal
Complément circonstanciel
Verbe
Attribut du sujet
Complément essentiel = complément d'objet
Accord
Accord
Conjugaison
Groupe nominal
Déterminant
Nom
Adjectif
Accord
Accord
Pronom
Infinitif
Groupe nominal
Adjectif
Groupe nominal
Pronom
Infinitif
Groupe nominal
Pronom
Adverbe
Présent de l'indicatif
Imparfait de l'indicatif
Futur de l'indicatif
Passé simple de l'indicatif
Conditionnel présent
Temps composés de l'indicatif
Présent de l'impératif